빛이 드는 법

HOW THE LIGHT GETS IN

옮긴이 안현주

이화여자대학교에서 국문학과 영문학을 전공했다. 레이먼드 챈들러의 『나는 어떻게 글을 쓰게
되었나』, G.K.체스터턴의 『못생긴 것들에 대한 옹호』를 기획, 번역하면서 전문 번역가가 되었
다. 『기이한 것과 으스스한 것』, 『방해하지 마시오』, 『낫씽맨』, 『여자가 쓴 괴물들』 등을 우리말로
옮겼다.

How the Light Gets In

루이즈 페니 지음 | 안현주 옮김

빛이 드는 법

LOUISE PENNY

피니스
아프리카에

✝ 일러두기
본문의 모든 주는 옮긴이 주입니다.

1

오드레 빌뇌브는 자신의 상상이 실현될 리 없다는 것을 알았다. 그녀는 다 큰 여자였고, 현실과 상상은 구분할 수 있었다. 하지만 매일 아침 몬트리올 동쪽 끝에 위치한 집에서 사무실까지 운전해 빌마리 터널을 지날 때 그것을 볼 수 있었다. 그것이 들렸다. 그것이 일어나는 게 느껴졌다.

첫 신호는 운전자들이 브레이크를 밟아 댈 때 폭발하는 붉은빛들일 터였다. 앞선 트럭은 홱 돌며 옆으로 미끄러질 것이었다. 단단한 벽을 맞고 튄 끔찍한 소리들이 혼이 나간 자신을 향해 쏟아지리라. 경적 소리, 경고음, 브레이크 소리, 사람들의 비명이.

그런 다음에 오드레는 금속 혈관과 힘줄이 엉킨, 천장에서 떨어진 거대한 콘크리트 블록들을 볼 것이었다. 터널은 그 내장을 다 쏟아 낼 것이었다. 구조물을 지탱하고 있던 것을. 몬트리올이라는 도시를 지탱했던 것들을.

오늘까지.

그다음엔, 그런 다음엔⋯⋯ 반원형으로 들던 햇빛, 터널의 끝이 닫히리라. 눈이 감기듯이.

그리고 어둠이 찾아들 터였다.

그리고 길고 긴 기다림. 으스러질 때까지.

매일 아침 그리고 매일 저녁, 오드레 빌뇌브가 도시의 한쪽 끝과 다른 쪽 끝을 잇는 이 공학 기술의 기적을 지나칠 때마다 터널은 무너졌다.

"다 잘될 거야." 오드레는 혼자 웃었다. 조소. "다 잘될 거야."

그녀는 음악 소리를 한껏 높이고 큰 소리로 노래했다.

하지만 운전대를 움켜쥔 그녀의 손은 여전히 얼얼했고 차갑게 굳었고, 심장은 쿵쿵거렸다. 질퍽해진 눈이 앞 유리를 후려쳤다. 와이퍼가 그것을 밀어내며 반달 모양의 줄진 시야를 남겼다.

차들이 느려졌다. 그러고는 멈췄다.

오드레는 눈을 크게 떴다. 이런 적은 한 번도 없었다. 터널을 통과하는 것만으로도 충분히 안 좋았다. 그 안에 멈춰 서는 것은 상상도 할 수 없었다. 머릿속이 얼어붙었다.

"다 잘될 거야." 하지만 그녀는 자신의 목소리를 들을 수 없었다. 내쉬는 숨은 너무 얕았고, 머릿속 울부짖음은 너무 거대했다.

오드레는 팔꿈치로 문을 잠갔다. 누가 들어오지 못하게 막기 위해서가 아니라 자신을 안에 가두기 위해서. 문을 벌컥 열고 비명을 지르며 달리고 달려 터널 밖으로 나가지 않으려는 미미한 시도로. 그녀는 운전대를 그러잡았다. 더 단단히. 세게. 더 세게.

그녀의 눈이 진흙탕이 튀긴 벽, 천장, 저 앞의 벽을 빠르게 훑었다.

금.

맙소사, 금이라니.

그리고 그 금들을 메우기 위한 무성의한 회반죽들.

보수가 아니라 감추기 위한.

그렇다고 터널이 무너지진 않아. 그녀는 자신을 다독였다.

하지만 그 금들이 벌어지며 그녀의 이성을 갉아 댔다. 그녀의 상상 속 모든 괴물이 현실이 되었고, 그 결함들을 비집고 뻗쳐 나왔다.

그녀는 과민 반응을 떨치고 운전에 집중할 수 있도록 음악을 껐다. 앞 차가 살짝 앞으로 나아가더니 다시 섰다. "가, 가, 가라고." 그녀는 애원했다.

하지만 오드레 빌뇌브는 갇혔고, 겁에 질려 있었다. 어디에도 갈 수 없는 채로. 터널도 안 좋지만 12월의 음울한 햇빛 속에서 그녀를 기다리고 있는 것은 더욱 좋지 않았다.

그녀는 며칠, 몇 주, 몇 달−솔직해지자면 심지어 몇 년− 동안 알고 있었다. 괴물들이 존재한다는 것을. 그들은 터널의 갈라진 금 안에, 골목길 어둠 속에, 깔끔하게 늘어선 집 안에 기거했다. 그들에게는 프랑켄슈타인이나 드라큘라 같은, 그리고 마르타와 데이비드와 피에르 같은 이름이 있었다. 그리고 거의 늘 전혀 예기치 못했던 곳에서 발견되었다.

그녀는 백미러를 흘낏 보다 공포에 질린 갈색 눈을 마주했다. 하지만 그 반영에서 그녀는 자신의 구원책 역시 보았다. 자신의 은 탄환. 자신의 말뚝.

그것은 근사한 파티 드레스였다.

그녀는 그 드레스를 짓는 데 오랜 시간이 걸렸다. 남편과 딸들을 위한 크리스마스 선물을 포장하는 데 썼거나 썼어야 했을 시간. 사탕 단추와 젤리 눈이 달린 유쾌한 눈사람과 별과 천사 모양의 쇼트브레드 쿠키를 굽는 데 썼거나 썼어야 했을 시간.

대신 오드레 빌뇌브는 매일 밤 집에 가면 지하실로, 재봉틀로 직행했다. 에메랄드빛 녹색 옷감 위에 몸을 구부리고 자신의 온 희망을 그 파티 드레스에 기워 넣었다.

그녀는 그날 밤 그 옷을 입고 크리스마스 파티로 걸어 들어가 연회장을 훑을 테고, 자신에게 쏟아지는 놀란 눈길들을 느낄 터였다. 착 달라붙는 녹색 드레스 덕에 촌스러운 오드레 빌뇌브는 주목받게 되리라. 하지만 그 드레스는 모든 이의 관심을 끌기 위한 것이 아니었다. 오직 한 남자를 위한 것이었다. 그리고 그 관심을 얻게 되면 그녀는 안심할 수 있을 것이었다.

자신의 짐을 넘기고 자신의 삶을 살 것이었다. 잘못이 바로잡힐 것이었다. 갈라진 틈이 메워진다. 괴물들은 자신이 속한 곳으로 돌아간다.

샹플랭교로 나가는 출구가 보였다. 평소에 택하는 길이 아니었지만 지금은 평소와 달랐다.

오드레는 깜빡이를 켰고, 옆 차에 탄 남자가 던지는 못마땅한 시선을 보았다. 이 여자가 어디로 가려는 거야? 다들 갇혀 있는데. 하지만 오드레 빌뇌브는 한층 더 갇혀 있었다. 남자는 가운뎃손가락을 세워 보였지만 그녀는 화내지 않았다. 퀘벡에서 그 정도는 친근한 손 인사만큼이나 흔했다. 퀘베쿠아퀘벡 사람가 차를 디자인한다면 후드 장식물이 가운뎃손가락이리라. 평소대로라면 그녀 역시 남자에게 '친근한 손 인사'를 돌려주었겠지만 그녀는 다른 생각에 빠져 있었다.

오드레는 다리로 나가는 출구를 향해 가장 오른쪽 차로로 천천히 나아갔다. 터널 벽이 고작 몇 센티미터 옆에 있었다. 터널에 난 구멍 중 하나에 주먹을 넣을 수도 있었다.

"다 잘될 거야."

오드레 빌뇌브는 많은 게 잘될 것이라는 것을 알았지만 다 잘되지 않을지도 몰랐다.

2

"당신도 염병할 오리 한 마리 키워 봐." 루스가 그렇게 말하고 로사를 더 가까이 끌어안았다. 살아 있는 이불을.

콩스탕스 피노가 미소를 지으며 앞을 응시했다. 나흘 전만 해도 오리를 키울 생각조차 못 했겠지만 지금 그녀는 로사가 있는 루스가 정말 부러웠다. 뼛속까지 스미는 이 혹독한 12월 추위에 오리가 제공하는 온기 때문만은 아니었다.

나흘 전만 해도 비스트로 난롯가의 안락한 의자를 떠나, 취했거나 정신 나간 여자와 얼음처럼 차가운 벤치에 나란히 앉을 생각은 결코 들지 않았을 것이었다. 하지만 그녀는 여기 있었다.

나흘 전만 해도 콩스탕스 피노는 온기가 여러 형태를 취한다는 것을 알지 못했다. 온전한 정신이 그런 것처럼. 하지만 이제 그녀는 알았다.

"수비—이." 루스가 얼어붙은 연못 위의 어린 선수들에게 소리쳤다. "원 세상에, 에메 패터슨, 로사도 그보단 잘하겠다."

에메는 스케이트를 지치며 지나쳤고, 콩스탕스는 에메가 '오리duck'인지 뭐라는 중얼거림을 들었다. '퍽puck'이든가. 아니면······.

"쟤들은 날 좋아하지." 루스가 콩스탕스에게 말했다. 혹은 로사에게. 혹은 허공에 대고.

"무서워하지요." 콩스탕스가 말했다.

루스가 콩스탕스에게 날카로운 시선을 던졌다. "아직 있었나? 죽은 줄 알았는데."

콩스탕스는 웃었고, 즐거움이 담긴 숨결은 마을 광장 위를 떠돌다 굴뚝에서 흘러나온 나무 땐 연기에 섞여 들었다.

나흘 전만 해도 그녀는 자신의 웃음이 다했다고 생각했다. 하지만 발목까지 눈에 파묻히고 엉덩이는 떨어져 나가게 추운 지금 루스 곁에서 그녀는 웃음을 더 발견했다. 웃음은 감춰져 있었다. 여기 스리 파인스에. 웃음이 지켜진 곳.

두 여자는 이상한 꽥꽥거림을 빼면 침묵 속에 마을 광장에서의 움직임을 바라보았다. 콩스탕스는 그것이 오리가 내는 소리이길 바랐다.

이 나이 든 여자들은 또래지만 정반대였다. 콩스탕스는 부드러웠고, 루스는 딱딱했다. 콩스탕스는 부드럽고 긴 머리카락을 깔끔하게 틀어 묶었고, 루스는 거친 머리카락을 짧게 잘랐다. 콩스탕스는 둥글둥글했고, 루스는 날카로웠다. 온통 날이 서 있었다.

로사가 뒤척이더니 날개를 펄럭거렸다. 그러고는 루스의 무릎에서 눈 덮인 벤치로 미끄러져 내려 뒤뚱거리며 콩스탕스에게 몇 발 다가갔다. 콩스탕스의 무릎으로 올라간 로사는 이내 자리를 잡았다.

루스는 눈을 가늘게 떴다. 하지만 움직이지 않았다.

콩스탕스가 스리 파인스에 도착한 이래 밤낮으로 눈이 내렸다. 성인이 된 이후 몬트리올에서 살았던 그녀는 눈이 이토록 아름다울 수 있다는 사실을 잊고 있었다. 그녀의 경험에 따르면 눈은 치워야 하는 무엇이었다. 하늘이 떨구는 잡일이었다.

하지만 스리 파인스의 눈은 어린 시절 그 눈이었다. 기쁨을 주는, 놀기 좋은, 반짝거리고 깨끗한. 더 많이 내릴수록 더 즐거운. 이 눈은 장난감이었다.

눈은 마을 광장을 따라 늘어선 자연석으로 지은 집, 물막이 판자를 댄 집, 붉은 벽돌집 들을 뒤덮었다. 비스트로를, 서점을, 빵집을, 잡화점을 뒤덮었다. 그것은 콩스탕스에게 연금술사의 작업으로 보였고, 스리 파인스가 그 결과였다. 난데없는 마술로 이 골짜기에 갖다 놓은. 혹은 어쩌면 눈처럼 하늘에서 떨어진 작은 마을이 마찬가지로 하늘에서 떨어질 사람들을 위해 연착륙을 제공하는 것인지도 몰랐다.

콩스탕스는 처음 도착해 머나의 서점 앞에 주차했을 때 눈발이 폭설로 바뀔지 걱정했었다.

"차를 옮겨야 할까?" 콩스탕스는 침대에 들기 전 머나에게 물었다. 머나는 그녀의 '새 책과 헌책 서점' 창가에 서서 그 물음을 생각했다.

"그대로도 괜찮을 것 같아요."

그대로도 괜찮다.

그리고 정말 그랬다. 콩스탕스는 제설차에서 날 사이렌 소리를 기다리며 잠을 설쳤다. 자신의 차를 파내서 빼라는 경고를 기다리며. 방 창문은 바람이 창문에 눈을 패대기치듯 덜걱거렸다. 눈보라가 나무들과 견고한 집들 사이를 휘몰아치는 소리가 들렸다. 무언가가 살아나 사냥에 나선 것 같았다. 이불 아래 온기 속에서 콩스탕스는 겨우 잠에 빠져들었다. 잠에서 깼을 때 폭설은 잦아든 뒤였다. 콩스탕스는 차 위에 쌓인 눈이 하얀 둔덕을 이루었을 것이라 생각하며 창가로 갔다. 생각과 달리 길은 눈이 치워져 있었고, 차들은 모두 파내진 상태였다.

그대로도 괜찮다.

그리고 마침내 그녀도 그랬다.

눈이 나흘간 밤낮으로 내린 뒤에야 빌리 윌리엄스가 제설차를 몰고 나타났다. 그리고 그전까지 스리 파인스 마을은 고립된 채 눈에 파묻혔다. 하지만 그들이 필요한 모든 것이 거기에 있었기 때문에 상관없었다.

서서히, 일흔일곱의 콩스탕스 피노는 자신이 괜찮다는 것을 깨달았다. 비스트로에 있어서가 아니라 올리비에와 가브리의 비스트로에 있어서. 이곳에는 그냥 서점이 아닌 머나의 서점이 있었고, 사라의 빵집, 무슈 벨리보의 잡화점이 있었다.

그녀는 자급자족적인 도시 여자의 모습으로 도착했지만 지금은 눈에 뒤덮인 채 미친 사람과 나란히 벤치에 앉아 있었고, 무릎에는 오리가 앉아 있었다.

이제 누가 미친 사람이지?

하지만 콩스탕스 피노는 알았다. 자신이 미치기는커녕 마침내 제정신을 찾았다는 것을.

"한잔하겠는지 물어보려고 왔어요." 콩스탕스는 말했다.

"원 세상에, 이 노인네야, 왜 진즉 그렇게 묻지 않았어?" 루스는 일어서서 코트의 눈을 떨었다.

콩스탕스도 일어서서 로사를 루스에게 돌려주며 말했다. "오리 가져가요."

루스는 코웃음을 치고 오리와 그 말을 받아들였다.

비앤비B&B Bed&Breakfast 아침 식사를 제공하는 여관에서 나온 올리비에와 가브리가 길에서 그들과 마주쳤다.

"게이가 몰아치는군." 루스가 말했다.

"전 날리는 눈처럼 순수했다가," 가브리가 콩스탕스에게 털어놓았다.

"눈 더미가 되었죠."

올리비에와 콩스탕스가 웃음을 터뜨렸다.

"메이 웨스트배우이자 작가. 〈다이아몬드 릴〉이라는 연극에서 이중적인 의미를 담은 대사를 연

발하는 캐릭터를 창조했다랑 접신이라도 하나?" 루스가 말했다. "에설 머맨미국의

가수 겸 배우이 질투하지 않겠어?"

"그 모두가 들어갈 만큼 넉넉한 공간이 있죠." 올리비에가 덩치 큰 파

트너를 곁눈질하며 말했다.

적어도 자신이 알기로 콩스탕스는 이전에 동성애자들과 대화를 나눈

적이 없었다. 그녀가 그들에 대해 아는 것은 그들이 '그들'이라는 것뿐이

었다. '우리'가 아니라. 그리고 '그들'은 부적절했다. 박애 정신을 최대한

발휘해 그녀는 동성애자들은 결함이 있다고 생각했다. 병에 걸렸다고.

하지만 대개 그녀가 그들을 떠올린다면 부정적인 생각이 뒤따랐다.

혐오스럽기까지 했다.

나흘 전까지는. 눈이 오기 시작해 골짜기 안의 이 작은 마을이 고립되

기 전까지는. 자신이 냉대했던 올리비에라는 남자가 자신의 차를 파내

주었다는 사실을 알기 전까지는. 부탁하지도 않았는데. 말도 없이.

서점 위층 머나의 고미다락 자신의 침실 창가에 서서, 휘몰아치는 눈

보라에 맞서 머리를 잔뜩 숙이고 터벅터벅 걷는 가브리가 아침을 먹으

러 비스트로에 갈 수 없는 마을 사람들을 위해 커피와 따뜻한 크루아상

을 나르는 모습을 보기 전까지는.

그녀가 지켜보는 동안 그는 음식을 가져다준 다음 그들의 현관과 계

단과 진입로의 눈을 치웠다.

그러고는 자리를 떴다. 그리고 다음 집으로 갔다.

콩스탕스는 자신의 팔 위에 놓인 올리비에의 강한 손이 자신을 안전하게 잡아 주는 것을 느꼈다. 이 순간 낯선 이가 마을에 들어선다면 어떻게 생각할까? 가브리와 올리비에가 내 아들이라고 여길까?

그녀는 그렇길 바랐다.

콩스탕스는 문간에 들어서며 이제는 친숙해진 비스트로의 냄새를 맡았다. 어두운 색 나무 들보와 널찍한 나무 널 마루에는 단풍나무 땔감과 진한 커피 향이 한 세기 이상 배어 있었다.

"여기예요."

콩스탕스는 목소리를 따라갔다. 격자창들은 빛을 한껏 받아들이고 있었지만 여전히 어두웠다. 그녀의 눈이 비스트로 양쪽 끝 기분 좋게 타고 있는 벽난로를 향했고, 벽난로 주위는 편안한 소파와 안락의자 들이 둘러싸고 있었다. 거실 중앙 의자들이 놓인 곳과 벽난로 사이에는 은식기와 거기에 어울리지 않는 본차이나가 비치된 골동품 소나무 테이블이 놓여 있었다. 한구석에는 빨강, 파랑, 초록 전구들이 켜져 있고, 방울과 구슬과 고드름 들이 가지에 마구잡이로 달린, 가지가 많은 큼직한 크리스마스트리가 놓여 있었다.

손님 몇 명이 안락의자에 앉아 카페오레나 핫초콜릿을 마시면서 어제자 영어 신문과 프랑스어 신문을 읽고 있었다.

큰 소리가 거실 저 끝에서 들렸고, 소리친 여자가 누군지 잘 보이지 않았지만 콩스탕스는 누가 말했는지 분명히 알았다.

"차 시켜 놨어요." 머나 랜더스가 한쪽 난롯가에서 그들을 기다리며 서 있었다.

"그 말은 이 여자한테 하는 게 좋을 거야." 루스가 그렇게 말하고 벽난로 옆 가장 좋은 자리에 앉으며 발 받침대에 발을 올렸다.

콩스탕스는 머나를 포옹했고, 두꺼운 스웨터 아래로 부드러운 살집을 느꼈다. 머나는 자신보다 적어도 스무 살은 아래인 덩치 큰 흑인 여자였지만 자신의 엄마처럼 느껴졌고, 엄마 같은 냄새가 났다. 머나와의 포옹은 누군가가 자신을 살짝 밀쳐 균형을 잃게 한 것처럼 처음에는 충격이었다. 하지만 이내 그녀는 그 포옹들을 고대하게 되었다.

콩스탕스는 차를 홀짝이며 깜빡이는 불꽃들을 바라보았고, 머나와 루스가 눈 때문에 늦어진 최근 책들에 대해 이야기하는 것을 흘려들었다.

그녀는 자신이 온기에 고개를 꾸벅이고 있다는 것을 느꼈다.

나흘. 그리고 그녀는 게이 아들 두 명에 덩치 큰 흑인 엄마, 정신 나간 시인 친구가 생겼고, 오리를 키울까 생각 중이었다.

그것은 이번 방문에서 예상했던 게 아니었다.

그녀는 불가에서 정신을 놓고 수심에 잠겼다. 자신이 여기 온 이유를 머나가 이해했는지 확신할 수 없었다. 자신이 왜 그 오랜 세월이 지난 뒤에 연락했는지. 머나의 이해가 필수적이었지만 이제 시간이 얼마 없었다.

"눈이 그치고 있네." 클라라 모로가 말했다. 그녀는 부스스한 머리를 정리하려고 머리에 손을 댔지만 더 엉망이 될 뿐이었다.

콩스탕스는 정신이 들면서 자신이 클라라가 오기를 고대하고 있었다는 것을 깨달았다.

그녀는 스리 파인스에 도착한 첫날 밤에 클라라를 만났다. 그녀와 머나는 저녁 초대를 받았고, 콩스탕스는 머나와 단둘의 조용한 저녁 식사를 원했지만 어떻게 해야 정중하게 거절할 수 있을지 몰랐다. 그래서 그들은 코트를 입고 부츠를 신은 다음 터덜터덜 걸어갔다.

자신들 셋뿐일 줄 알았고 그것만으로도 충분히 나빴는데, 이내 루스 자도와 그녀의 오리가 도착했고, 그날 저녁은 점점 나빠졌다. 오리 로사는 저녁 내내 '퍽fuck, 퍽, 퍽.'처럼 들리는 소리를 냈고, 루스는 술을 마시고, 욕을 하고, 모욕적인 말을 하고, 말을 끊으며 저녁 시간을 보냈다.

콩스탕스는 물론 그녀에 대해 들었었다. 이 총독상 수상 시인은 캐나다가 제정신이 아니고 적의가 가득한 계관시인을 얻었다는 뜻이나 다름없었다.

누가 네게 상처를 입혔지 / 회복할 수 없을 만큼 깊이 / 그래서 다가오는 모든 것들을 그렇게 대하는 거니 / 삐죽한 입을 하고서?

저녁 식사가 계속되면서 콩스탕스는 그게 좋은 질문이라는 것을 깨달았다. 이 미치광이 시인에게 그 질문을 던지고 싶었지만 같은 질문이 돌아올까 두려워 묻지 못했다.

클라라는 녹인 염소 치즈를 넣고 오믈렛을 만들었다. 드레싱에 버무린 샐러드와 갓 구운 따뜻한 바게트로 식탁을 완성했다. 그들은 큰 부엌에서 식사를 했고, 식사가 끝나자 머나는 커피를 끓였고, 루스와 로사는 거실로 향했으며, 클라라는 자신을 스튜디오로 데려갔다. 그곳은 비좁았고 붓과 팔레트와 캔버스로 꽉 차 있었다. 오일과 테레빈유와 너무 익은 바나나 냄새가 났다.

"피터가 있었으면 치우라고 잔소리 좀 했겠네요." 클라라가 지저분한 스튜디오를 보며 말했다.

클라라는 저녁 식사를 하면서 남편과의 별거에 대해 말했었다. 콩스탕스는 동정적인 표정을 띠고 화장실 창문으로 기어 나갈 수 있을지 생각했다. 눈에 파묻혀 죽는 게 그리 나쁘지만은 않겠지?

그리고 지금 여기서 클라라는 다시 남편 이야기를 하고 있었다. 별거 중인 남편. 속옷 차림으로 퍼레이드를 하는 것 같았다. 자기 속내를 그렇게 다 드러내다니. 추하고 부적절하고 불필요했다. 콩스탕스는 그저 집에 가고 싶었다.

거실에서 '퍽, 퍽, 퍽.' 소리가 들렸다. 그녀는 그 말을 하는 게 오리인지 시인인지 알 수도 없었고, 알고 싶지도 않았다.

클라라는 이젤 하나를 지나쳐 걸었다. 캔버스에는 남자가 될 듯한 희미한 윤곽이 보일 뿐이었다. 콩스탕스는 대단한 열의 없이 클라라를 따라 스튜디오 끝까지 들어갔다. 클라라는 램프를 켰고, 조명이 작은 그림을 비추었다.

처음에 그것은 흥미를 불러일으키지도, 분명 뛰어나 보이지도 않은 것 같았다.

"괜찮으시다면 당신을 그려 보고 싶어요." 클라라가 자신의 손님을 쳐다보지도 않고 말했다.

콩스탕스는 긴장했다. 클라라가 날 알아봤을까? 콩스탕스가 누구인지 알아차렸을까?

"내키지 않네요." 그녀가 단호한 목소리로 대답했다.

"이해해요." 클라라가 말했다. "저도 그려지고 싶은지 자신할 수 없으니까요."

"왜요?"

"누가 알아차릴까 두려워서요."

클라라가 미소를 짓더니 다시 문으로 걸었다. 콩스탕스가 뒤를 따르며 그 작은 그림에 마지막으로 눈길을 던졌다. 그것은 지금 클라라 소파에 뻗어서 코를 골고 있는 루스 자도였다. 그림 속에서 늙은 시인은 깡마른 손으로 목에 두른 파란색 숄을 움켜쥐고 있었다. 양파 껍질처럼 반투명한 피부를 통해 목의 혈관들이며 힘줄들이 드러나 있었다.

클라라는 루스의 비통, 그녀의 고독, 그녀의 분노를 포착했다. 콩스탕스는 이제 그 초상화에서 눈을 돌리기가 거의 불가능하다는 것을 깨달았다.

그녀는 스튜디오 입구에서 다시 뒤를 돌아보았다. 그녀의 눈은 더 이상 예리하지 않았지만 그럴 필요까지 없이 클라라가 실제로 포착해 낸 것을 알아차릴 수 있었다. 그것은 루스였다. 하지만 다른 누군가이기도 했다. 콩스탕스가 어린 시절 무릎을 꿇고 떠올린 이미지.

그것은 미친 노시인이었지만 성모마리아이기도 했다. 신의 어머니. 잊히고 분해하는. 뒤에 남겨진. 자신이 무엇을 주었는지를 더 이상 기억하지 못하는 세상을 굽어보는.

콩스탕스는 자신을 그리고 싶다는 클라라의 부탁을 거절했다는 것에 안도했다. 클라라가 신의 어머니를 이렇게 본다면 자신한테서는 무엇을 볼까?

저녁 늦게 콩스탕스는 정처 없이 떠돌다 다시 스튜디오 문간으로 향했다.

등 하나가 여전히 그 초상화를 비추고 있었고, 문간에서도 콩스탕스는 자신을 초대한 이가 단순히 미친 루스를 그린 게 아니라는 것을 알 수 있었다. 잊히고 비탄에 빠진 마리아를 그린 것만도 아니었다. 그 늙은 여인은 어딘가 먼 곳을 응시하고 있었다. 어둡고 고독한 미래를. 하지만. 하지만. 바로 거기. 살짝 손이 미치지 않는 곳. 막 보이기 시작한. 거기에 다른 무언가가 있었다.

클라라는 절망을 포착했지만 동시에 희망도 잡아냈다.

콩스탕스는 커피를 들고 루스와 로사, 클라라, 머나와 합류했다. 그제야 그들의 이야기에 귀를 기울였다. 그리고 그녀는 이름과 얼굴을 매치할 수 있다는 게 어떤 것인지 이해하기 시작했다.

그것이 나흘 전이었다.

그리고 지금 그녀는 짐을 꾸렸고, 떠날 준비가 되어 있었다. 비스트로에서 마지막으로 차를 한 잔 마시고 나면 떠날 것이었다.

"가지 마세요."

머나가 부드럽게 말했다.

"가야 해."

콩스탕스는 머나의 눈길을 피했다. 머나의 눈길은 너무나 속을 꿰뚫어 보는 것 같았다. 대신 그녀는 서리가 낀 창 밖으로 눈 덮인 마을을 내다보았다. 땅거미가 내려앉아 크리스마스의 불빛들이 나무와 집 들 위에 드러나 있었다.

"다시 와도 될까? 크리스마스에?"

길고 긴 침묵이 따랐다. 그리고 그 침묵 속에서 콩스탕스의 모든 두려움이 기어 나오고 있었다. 그녀는 무릎 위에 단정하게 포갠 자신의 손으로 눈길을 떨구었다.

그녀는 자신을 드러냈었다. 자신이 안전했다고, 사랑받았다고, 환영받았다고 자신을 속여 왔다.

그때 그녀의 손에 커다란 손이 느껴졌고, 그녀는 눈을 들었다.

"그럼 너무 좋죠." 머나가 그렇게 말하고 미소를 지었다. "아주 즐거울 거예요."

"즐겁다고?" 가브리가 소파에 몸을 던지며 물었다.

"콩스탕스가 크리스마스에 돌아온대."

"멋진데요. 당신은 크리스마스이브의 캐럴 미사에 갈 수도 있어요. 우리 애창곡을 다 부르죠. 〈고요한 밤 거룩한 밤〉, 〈퍼스트 노엘〉⋯⋯."

"〈크리스마스의 열두 게이〉." 클라라가 말했다.

"〈한밤중에 게이 오셨네〉." 머나가 말했다.

"클래식들이죠." 가브리는 말했다. "올해는 새 노래도 연습하고 있지만요."

"〈오, 지저분한 밤O Holy Night을 O Holey Night로 들리게 한 말장난〉은 아니길 바라." 콩스탕스가 말했다. "그 노래는 들을 준비가 안 된 것 같으니까."

가브리가 웃음을 터트렸다. "아뇨. 〈휴런 캐럴The Huron Carol〉이에요. 아세요?" 그는 그 오래된 퀘벡 캐럴 몇 소절을 노래했다.

"그 노랠 좋아하지만," 그녀가 말했다. "더는 좋아하는 사람이 없지."

저 바깥세상에서는 잊힌 무언가를 이 작은 마을에서 발견했다는 사실이 놀랍지 않았다.

콩스탕스는 "아 비엥토À bientôt 또 봐요!"라는 외침들에 작별 인사를 하고 머나와 자신의 차로 향했다.

콩스탕스는 시동을 걸어 차를 예열했다. 하키 경기를 하기에는 너무 어두워져서 아이들이 하키 스틱을 지팡이 삼아 스케이트를 신은 발로 눈 위를 뒤뚱거리며 얼음판을 떠나고 있었다.

지금이 아니면 못 할 거라는 사실을 콩스탕스는 알았다.

"우리도 저랬었지." 그녀는 그렇게 말했고, 머나는 콩스탕스의 시선을 쫓았다.

"하키 경기요?"

콩스탕스가 끄덕였다. "우리 팀이 있었어. 아버지가 우리를 코치하셨지. 엄마는 응원을 하셨고. 하키는 프뢰르Frère 사제. 수도사. 형제라는 뜻의 프랑스어 앙드레가 가장 좋아한 운동이었어."

그녀는 머나와 눈을 맞추었다. 이거야. 그녀는 생각했다. 됐어. 그 추잡한 비밀이 드디어 드러났다. 자신이 돌아올 때면 머나는 많은 질문을 품을 것이었다. 그리고 마침내, 마침내 콩스탕스는 자신이 그 질문들에 답하게 되리라는 것을 알았다.

머나는 친구가 떠나는 모습을 지켜보았고, 더 이상 그 대화를 생각하지 않았다.

3

"신중하게 생각하게." 아르망 가마슈가 말했다. 그의 목소리는 거의 중립적이었다. 거의. 하지만 그의 깊은 갈색 눈에 서린 표정은 오해의 여지가 없었다.

그의 눈은 엄격하고 차가웠다. 그리고 단호했다.

그는 반달 모양 독서용 안경 너머 그 수사관을 바라보며 기다렸다.

회의실이 조용해졌다. 종이를 부스럭대는 소리, 희미하고 무례한 속삭임이 사라졌다. 즐거워하는 흘끔거림도 멈췄다.

그리고 모두 가마슈 경감에게 집중했다.

경감 옆에 앉은 이자벨 라코스트 형사는 경감에게서 거기 모인 수사관과 형사 들에게로 시선을 옮겼다. 이 회의는 퀘벡 경찰청 살인 수사과의 주간 보고 자리였다. 수사 중인 사건들에 대한 생각과 정보를 교환하자는 의도였다. 한때는 도움이 되었지만 이제는 라코스트가 꺼리는 시간이 되었다.

그리고 그녀가 그렇게 느꼈다면 가마슈 경감은 어떨까?

더 이상은 경감이 실제로 어떻게 느끼고 생각하는지 알기 어려웠다.

이자벨 라코스트는 이 방에 모인 누구보다 그를 잘 알았다. 자신이 가장 오래 그의 밑에서 일했다는 것을 이자벨은 새삼스럽게 깨달았다. 오래 일했던 다른 부하들은 모두 자의적인 요청으로, 혹은 프랑쾨르 총경의 지시에 따라 이동되었다.

그리고 이 어중이떠중이들이 부서에 합류했다.

이 나라에서 가장 성공적이었던 살인 수사과는 이렇게 오염되었고, 게으르고 무례하며 무능한 건달들로 대체되었다. 혹은 그들이 실제로 무능할까? 살인 수사를 맡는 수사관으로서는 확실히 무능했다. 하지만 그게 정말 그들의 일일까?

물론 아니었다. 그녀는, 그리고 그녀가 의심하기로는 가마슈 역시 이들 남녀가 정말로 무엇 때문에 여기 있는지를 알고 있었다. 그리고 그것은 살인을 해결하기 위해서가 아니었다.

그럼에도 가마슈 경감은 여전히 그럭저럭 그들을 통제했다. 이끌었다. 간신히. 그 균형이 기울고 있다는 것을 라코스트는 느낄 수 있었다. 매일 더 많은 새 수사관이 들어왔다. 그녀는 안다는 듯한 미소를 주고받는 그들을 볼 수 있었다.

라코스트는 치솟는 분노를 느꼈다.

군중의 광기. 광기가 그들의 부서를 침범했다. 그리고 매일 가마슈 경감은 고삐를 조이며 통제했다. 하지만 그것조차 미끄러지는 중이었다. 고삐를 완전히 놓치기 전까지 그가 얼마나 더 버틸 수 있을까?

라코스트 형사는 두려워하는 것이 많았고, 주로 어린 아들딸과 관련된 것들이었다. 자식들에게 무슨 일이 벌어지지나 않을까 하는 두려움. 그녀는 그런 두려움들이 대개 비이성적이라는 것을 알았다.

하지만 가마슈 경감이 통제를 잃으면 무슨 일이 일어날지에 대한 두려움은 비이성적이지 않았다.

그녀는 그중 나이가 많은 수사관 한 명과 눈을 맞추었다. 그는 의자에 기대앉아 팔짱을 끼고 있었다. 대놓고 지겨워하고 있었다. 라코스트는 그에게 비판적인 시선을 던졌다. 그는 눈을 떨구고 얼굴을 붉혔다.

자신을 부끄러워하는 것이리라. 그래야 하고.

라코스트가 지켜보는 동안 그는 몸을 바로 세우고 팔짱을 풀었다.

그녀는 고개를 끄덕였다. 사소하고 분명 일시적이긴 하지만 승리. 하지만 최근엔 그런 것들마저 소중했다.

라코스트 형사는 다시 가마슈에게 몸을 돌렸다. 그는 커다란 손을 테이블 위에 단정하게 포개고 있었다. 주간 보고서 위에. 쓰이지 않은 펜

하나가 그 옆에 놓여 있었다. 그의 오른손이 살짝 떨렸고, 라코스트는 아무도 알아차리지 못하기를 바랐다.

그는 깔끔하게 면도한 상태였고, 그가 어떤 사람인지 구석구석 보였다. 오십 줄을 훌쩍 넘긴 남자. 잘생겼다기보다는 기품 있는. 경찰이라기보다는 교수 같은. 사냥꾼이라기보다는 탐험가 같은. 그에게서는 장미 향이 섞인 백단향 향이 났고, 그는 매일 재킷에 타이 차림으로 일하러 나왔다.

회색빛으로 변해 가는 검은 머리칼은 단정히 빗겨 관자놀이와 귓가에서 살짝 곱슬거렸다. 얼굴은 세월과 근심과 웃음으로 주름이 져 있었다. 하지만 그 주름은 딱히 최근 일 때문에 생긴 것은 아니었다. 그리고 왼쪽 관자놀이에는 영원히 남을 흉터가 있었다. 자신들 중 누구도 영원히 잊지 못할 사건들을 상기시키는.

180센티미터 키의 그의 체구는 크고 탄탄했다. 정확히 근육질은 아니었지만 뚱뚱하지도 않았다. 그는 단단했다.

라코스트는 단단하다고 생각했다. 본토처럼. 광활한 바다를 마주하는 곳처럼. 이제 끊임없는 난타에 더 깊은 주름과 틈이 생기기 시작하는 중일까? 균열이 보이기 시작하는 중일까?

이 순간 가마슈 경감은 침식의 징후를 보이지 않았다. 그는 문제를 일으킨 수사관을 응시하고 있었고, 라코스트조차 일말의 동정을 느끼지 않을 수 없었다. 이 신입 수사관은 본토를 모래톱으로 착각하는 실수를 범했다. 그리고 이제 뒤늦게야 자신이 무엇에 맞섰는지 깨달았다.

그녀는 오만한 태도가 불안으로, 그리고 두려움으로 변하는 모습을 지켜보았다. 그는 지원을 바라며 동료들을 돌아보았지만 그들은 하이에

나 무리처럼 물러섰다. 그가 찢겨 나가기를 거의 고대라도 하듯.

이 순간까지 라코스트는 그 무리가 얼마나 기꺼이 자신의 동료에게 등을 돌릴 수 있는지 깨닫지 못했다. 혹은 적어도, 도움을 거절할 수 있는지.

그녀는 당혹해하는 수사관에게서 단호한 시선을 거두지 않는 가마슈를 힐끗 보았고, 경감이 무엇을 하고 있는지 알았다. 그는 그들을 시험하고 있었다. 그들의 충성심을. 그는 무리에서 한 명을 떼어 내고 누군가 그를 구하러 올지 지켜보며 기다렸다.

하지만 그들은 그러지 않았다.

이자벨 라코스트는 약간 안도했다. 가마슈 경감은 여전히 통제권을 쥐고 있었다.

가마슈는 그 수사관을 계속 응시했다. 이제 다른 이들이 꼼지락거렸다. 하나는 뚱한 얼굴로 "할 일이 있어서요."라며 일어서기까지 했다.

"앉게." 경감은 보지도 않고 말했다. 그리고 그는 바위처럼 자리에 떨어져 내렸다.

가마슈는 기다렸다. 그리고 기다렸다.

"데졸레 파트롱désolé, Patron. 죄송합니다. 경감님." 마침내 그 수사관이 말했다. "아직 용의자를 인터뷰하지 않았습니다."

그 말이 테이블 위에 미끄러져 내렸다. 끔찍한 시인. 그들 모두 이 수사관의 인터뷰에 대한 거짓말을 들었고, 이제 경감이 어떻게 할지 보려고 기다렸다. 그가 이 남자를 어떻게 몰아붙일지를.

"회의 후에 이에 관해 말하겠네." 가마슈가 말했다.

"네, 경감님."

테이블을 둘러싼 반응은 즉각적이었다.

교활한 미소들. 경감이 힘을 보인 이후, 그들은 이제 나약함을 감지했다. 경감이 그 수사관을 갈기갈기 찢어 놨다면 그들은 경감을 존경했을 터였다. 두려워했을 터였다. 하지만 이제 그들은 피 냄새를 맡았을 뿐이었다.

그리고 이자벨 라코스트는 생각했다. 하느님 맙소사, 나조차 경감이 이 수사관에게 굴욕을, 치욕을 안기길 바랐다니. 가마슈 경감에게 반하는 자는 누구든 경고의 의미로 그자를 벽에 박았기를.

여기까지고 더 이상은 안 된다는 의미로.

하지만 이자벨 라코스트는 경찰에 오래 몸을 담은 만큼 말보다 총을 쏘기가 얼마나 쉬운지 충분히 알았다. 이성적이기보다 고함치기가 얼마나 더 쉬운지. 위엄 있고 정중하기보다 굴욕을 주고 품위를 손상시키고 권력을 남용하기가 얼마나 더 쉬운지. 심지어 전혀 그러지 않는 사람들조차.

잔인하기보다 친절하기 위해 얼마나 더 많은 용기가 필요한지.

하지만 시대가 변했다. 경찰은 변했다. 이제 잔인함에 보상하는 문화였다. 잔인함을 추구하는 문화였다.

가마슈 경감은 그것을 알았다. 그럼에도 자기 목을 드러낸 참이었다. 고의였을까? 라코스트는 궁금했다. 아니면 경감은 정말로 약해졌을까?

그녀는 더 이상 알 수 없었다.

그녀가 안 것은 지난 6개월간 경감이 자신의 부서가 오염되는 것을, 조악해지는 것을 지켜보았다는 것이었다. 그의 업무가 와해되었다. 그는 자신에게 충성했던 부하들이 떠나는 것을 지켜보았다. 혹은 자신에게 등을 돌리는 것을.

처음에 그는 선전했지만 내쳐졌다. 그녀는 몇 번이나 그가 총경과 언쟁을 벌이고 사무실로 돌아오는 모습을 보았다. 가마슈는 패해서 돌아왔다. 그리고 이제 그에겐 투지가 거의 남아 있지 않은 듯 보였다.

"다음." 가마슈가 말했다.

그리고 회의는 한 시간가량 계속되었다. 모든 수사관이 가마슈의 인내심을 시험하고 있었다. 하지만 본토는 확고했다. 허물어지는 조짐도, 이것이 경감에게 어떤 영향을 미쳤다는 기미도 없었다. 마침내 회의가 끝났고, 가마슈는 일어섰다. 라코스트 형사도 일어섰고, 약간 망설임이 있은 후에 누군가 먼저 일어서자 나머지도 일어섰다. 문가에서 경감은 몸을 돌려 거짓말을 했던 수사관을 보았다. 시선을 던졌을 뿐이지만 그것으로 충분했다. 그 수사관은 가마슈의 뒤에 서서 경감의 사무실로 그를 따라갔다. 문이 막 닫힐 때 라코스트는 경감의 얼굴에 스치는 표정을 포착했다.

지친 표정을.

"앉게." 가마슈는 의자를 가리킨 다음 자신도 책상 뒤로 돌아가 회전의자에 앉았다. 수사관은 허세를 부려 보려 했지만 근엄한 얼굴 앞에서 이내 위축이 되었다.

입을 여는 경감의 목소리에는 힘들이지 않은 권위가 실려 있었다.

"여기서 만족한가?"

수사관은 그 질문에 놀랐다. "그런 것 같습니다."

"그보다 나은 대답을 할 수 있을 텐데. 간단한 질문이잖나. 자네는 여기서 만족스러운가?"

"제겐 선택의 여지가 없습니다."

"선택할 수 있네. 그만둘 수도 있지. 자네는 도제가 아닐세. 그리고 내 생각엔 자네가 연기하는 것처럼 바보는 아닌 것 같네만."

"저는 바보인 척 연기하고 있지 않습니다."

"그런가? 그렇다면 자넨 살인 사건 수사에서 주요 용의자 신문을 놓친 걸 뭐라고 하겠나? 거짓말임을 곧장 알아볼 게 틀림없는 사람에게 거짓말하는 걸 뭐라고 하지?"

하지만 그 수사관은 들키리라고는 전혀 생각지 않은 게 분명했다. 자신이 경감의 사무실에 혼자 남아 추궁을 당하는 것은 분명 자신에게 절대 일어나지 않을 일이었다.

하지만 대개는 경감이 자신을 맹렬히 비난하는 대신, 갈기갈기 찢어 놓는 대신 사려 깊은 눈으로 응시만 하는 상황은 자신에게 절대 일어나지 않을 일이었다.

"바보 같은 짓이라고 할 겁니다." 수사관이 인정했다.

가마슈는 계속 그를 지켜보았다. "자네가 날 어떻게 생각하든 난 신경 쓰지 않네. 여기서 자네가 맡은 일을 자네가 어떻게 생각하든 신경 쓰지 않아. 자네가 옳아. 자네가 여기 있는 건 자네 선택이 아니지, 내 선택도 아니고. 자넨 훈련받은 강력계 형사가 아니네. 하지만 자네는 퀘벡 경찰청의, 세계에서 가장 뛰어난 경찰 조직 중 하나의 수사관이네."

수사관은 히죽 웃다가 이내 살짝 놀란 표정을 지었다.

경감은 농담을 하고 있지 않았다. 실제로 그렇게 믿고 있었다. 실제로 퀘벡 경찰청이 우수하고 효율적인 경찰 조직이라고 믿었다. 시민들과 그들에게 해를 가하는 자들 사이의 방파제라고.

"자네는 강력반에서 온 걸로 아네만."

수사관이 끄덕였다.

"분명 끔찍한 사건들을 목격했겠지."

수사관은 아주 조용히 앉아 있었다.

"냉소적이 되지 않기가 어렵겠지." 경감이 조용히 말했다. "여기서 우리는 한 가지만 다루네. 거기에 아주 큰 장점이 있지. 우리는 전문가가 되네. 단점은 우리가 다루는 것이지. 죽음. 전화가 울릴 때마다 한 생명을 잃는 일이 생기네. 때로는 사고이고. 때로는 자살이지. 가끔은 자연적인 죽음으로 밝혀지기도 하고. 하지만 대부분은 아주 부자연스러워. 그게 우리가 끼어들 때지."

수사관은 그 두 눈을 깊이 들여다보았고, 그는 순간 수년간 밤낮으로 쌓였던 그 끔찍한 죽음들을 보았다고 믿었다. 젊은이들과 노인들. 아이들. 아빠와 엄마와 딸과 아들 들. 죽임을 당한. 살해당한. 생명을 빼앗긴. 그래서 이 남자의 발치에 누워 있는 그 시체들을.

죽음이 지금 이 자리에 끼어들어 공기를 퀴퀴하고 답답하게 하는 것 같았다.

"삼십 년 동안 죽음을 다루고 나서 내가 무엇을 배웠는지 아나?" 가마슈가 수사관에게 몸을 숙이며 낮은 목소리로 물었다.

수사관은 자기도 모르게 몸을 앞으로 숙였다.

"삶이 얼마나 소중한지를 배웠네."

수사관은 다음 말을 기다리며 경감을 보다가 더 말이 없자 다시 의자에 몸을 기댔다.

"자네가 하는 일은 사소하지 않아." 경감이 말했다. "사람들은 자넬 믿고 있네. 난 자네를 믿고 있고. 진지하게 받아들이게."

"알겠습니다."

가마슈가 몸을 일으키자 수사관이 자리에서 일어났다. 경감은 그를 문으로 안내하고 그가 나갈 때 고개를 끄덕였다.

살인 수사과 사무실의 모든 이가 폭발을 기대하며 지켜보고 있었다. 가마슈 경감이 문제를 일으킨 수사관을 찢어발기기를 기다리면서. 라코스트조차 기다리며 지켜보았다.

하지만 아무 일도 일어나지 않았다.

수사관들은 시선을 교환했고, 더 이상 자신들의 만족감을 숨기려 애쓰지 않았다. 결국 전설적인 가마슈 경감은 허수아비였다. 그는 아직 무릎을 꿇지 않았지만 그 순간이 임박해 있었다.

라코스트가 노크했을 때 가마슈는 독서용 안경 너머로 올려다보았다.

"들어가도 될까요, 파트롱?" 그녀가 물었다.

"물론이네." 그가 일어나 의자를 가리켰다.

라코스트는 문을 닫으며 전부는 아니지만 그 큰 사무실의 수사관 중 일부가 여전히 지켜보고 있다는 것을 알았다. 하지만 그녀는 신경 쓰지 않았다. 지옥에나 가라지.

"저들은 경감님이 그를 찢어발기길 원했죠."

경감이 끄덕였다. "아네." 그가 그녀를 찬찬히 들여다보았다. "그리고 이자벨, 자네도?"

경감에게는 거짓말이 통하지 않았다. 그녀는 한숨을 쉬었다.

"제 일부는 그랬어요. 하지만 이유는 다릅니다."

"자네 이유는 뭐였나?"

라코스트가 수사관들 쪽으로 고갯짓을 했다. "그게 저들에게 경감님이 밀리지 않는다는 걸 보여 줬을 거예요. 저들이 이해하는 건 잔인함뿐이죠."

가마슈는 잠시 생각하더니 고개를 끄덕였다. "물론 자네 말이 옳아. 그리고 그럴 뻔했다고 인정해야겠지." 그가 그녀에게 미소 지었다. 자신의 맞은편에 장 기 보부아르가 아닌 아자벨 라코스트가 앉아 있는 모습을 보는 데 익숙해지기까지 한동안 시간이 걸렸다.

"나는 저 젊은이가 한때 자신의 직업을 믿었다고 생각하네." 가마슈가 창을 통해 그 수사관이 수화기를 집어 드는 모습을 보며 말했다. "저들 모두 그랬다고 생각하지. 수사관 대부분이 돕고자 하는 마음으로 경찰에 투신했다고 진심으로 믿네."

"봉사하고 지키기 위해서요?" 라코스트가 엷은 미소를 띠고 물었다.

"봉사, 진실, 정의." 그가 경찰의 모토를 인용했다. "구식이지. 아네." 그가 항복의 의미로 양손을 들어 올렸다.

"그래서 뭐가 바뀌었나요?" 라코스트가 물었다.

"어째서 훌륭한 젊은이들이 불한당이 되지? 어째서 영웅이기를 꿈꾸던 군인들이 포로를 학대하고 시민을 쏘게 될까? 정치인들이 왜 타락하지? 어째서 경찰들이 용의자들을 의식을 잃을 만큼 폭행하고 자신들이 수호해야 할 법을 어기지?"

가마슈와 이야기를 나누었던 수사관은 이제 전화 통화를 하고 있었다. 다른 수사관들이 비웃는데도 그는 가마슈가 요구했던 것을 하고 있었다.

"그럴 수 있어서요?" 라코스트가 물었다.

"다른 이들이 다 그렇게 하니까." 가마슈가 그렇게 말하며 몸을 숙였다. "부패와 야만이 본보기가 되고 기대되고 보상받으니까. 그게 정상이 되니까. 그리고 그에 맞서는 이는, 그들에게 그릇되었다고 말하는 이는 무너지니까. 더 잘못되거나." 가마슈는 고개를 저었다. "아니, 난 길을 잃는 젊은이들을 비난할 수 없네. 그렇지 않은 이가 드물지."

경감이 그녀를 보고 미소 지었다.

"그러니까 자넨 내가 그럴 수 있으면서 왜 그를 찢어발기지 않았는지 묻는 건가? 그게 이유네. 그리고 자네가 나를 영웅적이라 오해할까 봐 덧붙이자면, 나는 영웅이 아니네. 이기적이지. 나 자신에게 내가 아직 그 정도로 추락하진 않았다는 걸 증명할 필요가 있었지. 그게 끌렸다는 걸 인정해야겠군."

"프랑쾨르 총경에게 붙으시려고요?" 그녀가 그 시인에 놀라 물었다.

"아니, 그 대응으로 악취를 풍기는 내 무리를 만들려고."

가마슈가 자신의 말을 가늠하는 듯 보이는 그녀를 응시했다.

"난 내가 뭘 하는지 아네, 이자벨." 그가 조용히 말했다. "나를 믿게."

"제가 의심하지 말아야 했습니다."

그리고 이자벨 라코스트는 부패가 어떻게 시작됐는지 보았다. 그것은 하룻밤 새가 아니라 서서히 일어났다. 작은 의구심이 그 피부를 찢었다. 그러고는 감염이 시작되었다. 의문. 비난. 냉소. 불신.

라코스트는 가마슈가 훈육한 수사관을 보았다. 그는 수화기를 내려놓고 컴퓨터로 무언가를 기록하며 자기 일을 하려고 했다. 하지만 동료들이 그를 놀려 대고 있었고, 라코스트 경위가 지켜보는 사이 그는 타이핑을 멈추고 동료들을 향해 몸을 돌렸다. 그리고 웃었다. 다시 그들 중 하나가 되어.

라코스트 경위는 가마슈 경감에게 관심을 돌렸다. 그녀는 자신이 가마슈를 배신할 수 있으리라고 절대 믿지 않았다. 하지만 한때 훌륭했던 다른 수사관들이 그럴 수 있었다면, 어쩌면 자신도 그럴지 몰랐다. 어쩌면 이미 그랬는지도 몰랐다. 프랑쾨르 쪽 수사관들이 점점 더 많이 옮겨 올수록, 그들이 가마슈가 약화되리라 믿으면서 점점 더 경감에게 반기를 들수록, 어쩌면 그에 동조되어 자신 역시 배신에 젖어 들고 있을지 몰랐다.

어쩌면 자신이 그를 의심하기 시작했는지도 몰랐다.

6개월 전에는 경감이 부하를 어떻게 훈련하는지 결코 묻지 않았다. 하지만 이제 그녀는 물었다. 그리고 그녀의 일부는 자신이 본 것이, 그들 모두가 본 것이 결국 나약함이 아닌지 의문을 품었다.

"무슨 일이 있든 이자벨," 가마슈가 말했다. "자네는 자신을 믿어야 하네. 알겠나?"

그는 그 말을 단순히 그녀의 머릿속이 아니라 보다 깊숙한 어딘가에 심으려는 듯 강렬한 눈으로 그녀를 보고 있었다. 어떤 은밀하고 안전한 곳에.

그녀가 끄덕였다.

그가 미소를 지으며 긴장을 풀었다.

"봉Bon 좋아. 이 말을 하러 왔나, 아니면 다른 일이 있나?"

그녀는 그것을 떠올리는 데 시간이 걸렸고, 손에 들린 포스트잇을 보고서야 생각이 났다.

"몇 분 전에 전화가 한 통 왔어요. 경감님을 방해하고 싶지 않았습니다. 그게 개인적인 일인지 업무인지 확신할 수 없어서요."

그가 독서용 안경을 걸치고 메모를 읽은 다음 얼굴을 찌푸렸다.

"나도 확신하지 못하겠는데." 가마슈가 의자에 몸을 기댔다. 재킷이 벌어졌고, 라코스트는 그의 벨트의 총집에 글록이 들어 있는 것을 알아차렸다. 그녀는 거기서 그것을 보는 게 결코 익숙해지지 않았다. 경감은 총을 꺼렸다.

마태복음 10장 36절.

그것은 라코스트가 살인 수사과에 합류했을 때 배운 첫 번째 가르침 중 하나였다. 그녀는 지금 앉은 그 자리에 앉아 있던 가마슈 경감의 모습을 아직도 떠올릴 수 있었다.

"마태복음 십 장 삼십육 절." 그는 말했었다. "**집안 식구가 바로 원수가 된다.** 그 점을 잊지 말게, 라코스트 형사."

라코스트는 가마슈가 뜻하는 바를 살인 사건을 수사할 때는 그 가족에서 출발해야 한다는 의미로 이해했었다. 하지만 지금은 그 말에 그보다 훨씬 더 많은 의미가 담겨 있다는 것을 알았다. 가마슈 경감은 무장을 했다. 경찰청 본부 내에서. 자신의 집 안에서.

가마슈가 책상에서 포스트잇을 집어 들었다. "드라이브나 할까? 점심 때쯤이면 도착하겠군."

라코스트는 놀랐지만 두 번 물을 필요는 없었다.

"책임자로 누구를 남길까요?" 그녀가 코트를 챙기면서 물었다.

"지금 누가 책임자지?"

"당연히 경감님이죠, 파트롱."

"그렇게 말해 줘서 정말 고맙지만 우리 둘 다 사실이 아닌 걸 알지. 어떤 불씨도 남기지 않았길 바랄 뿐이네."

문이 닫힐 때 가마슈는 자신과 대화를 나누었던 수사관이 동료들에게 막 말을 꺼내는 소리를 들었다. "삶이 얼마나……,"

그는 높은 아이 목소리로 경감을 흉내 내고 있었다. 경감의 말이 바보 같이 들리게.

경감은 긴 복도를 따라 엘리베이터를 향해 걸으며 미소를 지었다. 엘리베이터 안에서 그들은 숫자를 지켜보았다. 15, 14……

엘리베이터에서 사람들이 내리고 두 사람만 남았다.

……13, 12, 11……

라코스트는 누구도 들어서는 안 될 한 가지 질문을 하고 싶은 유혹에 시달렸다.

그녀는 숫자를 지켜보는 경감을 보았다. 느긋하게. 하지만 그녀는 새 주름들과 깊어진 주름들을 알아볼 만큼 그를 잘 알았다. 눈 밑의 다크서 클을.

그래. 라코스트는 생각했다. 여기서 나가자. 다리를 건너 섬을 떠나는 거야. 이 저주받은 장소에서 가능한 한 멀리.

8…… 7…… 6……

"경감님?"

"위Oui 웅?"

경감은 그녀에게 몸을 돌렸고, 그녀는 다시 방심한 순간에 찾아오는 그 피로를 보았다. 그리고 그녀는 차마 그 질문을 입에 올릴 용기가 나지 않았다. 장 기 보부아르에게 무슨 일이 있었는지. 자신 이전의 가마슈의 부관에게. 자신의 멘토에게. 가마슈의 제자에게. 그리고 그 이상이었던 사람에게.

15년 동안 가마슈와 보부아르는 가공할 팀이었다. 경감보다 스무 살 젊은 장 기 보부아르는 그의 자리를 이어받도록 훈련받았다.

그러다 갑자기 몇 달 전 외딴 수도원에서의 사건을 끝내고 돌아온 뒤 보부아르 경위는 프랑쾨르 총경의 부서로 이동되었다.

그때의 상황은 엉망이었다.

라코스트는 보부아르에게 무슨 일이 있었는지 물으려 했지만 경위는 살인 수사과의 누구와도 상대하려 하지 않았고, 가마슈 경감은 명령을 내렸다. 살인 수사과의 누구도 장 기 보부아르와 관계하지 말 것.

그는 배제되었다. 사라졌다. 투명인간이 되었다.

페르소나 논 그라타Persona non grata 기피 인물일 뿐 아니라, 페르소나 논 엑시스타Persona non exista 존재하지 않는 인물였다.

이자벨 라코스트는 믿을 수가 없었다. 시간이 흘러도 받아들이기 힘들었다.

3⋯⋯ 2⋯⋯

그녀가 묻고 싶은 게 그것이었다.

사실인가요?

라코스트는 혹시 전략이 아닌지 궁금했다. 보부아르를 프랑쾨르의 진영에 침투시키려는 방도가 아니었는지. 총경이 어떤 작당을 하고 있는지를 알아내려는 시도가 아닌지.

분명 가마슈와 보부아르는 이 위험한 게임에서 여전히 같은 편일 것이었다.

하지만 달이 갈수록 보부아르의 행동은 더 변덕스러워졌고, 가마슈는 더 확고해졌다. 그리고 그들 사이의 만은 대양이 되었다. 그리고 이제 그들은 다른 두 세계에 사는 듯 보였다.

가마슈를 따라 그의 차로 가면서 라코스트는 그의 감정이 아닌, 자신의 감정을 다치고 싶지 않아서 질문을 하지 않았다는 것을 깨달았다. 답을 알고 싶지 않았다. 보부아르가 충성하고 있다고, 그리고 프랑쾨르의 속셈이 무엇이건 가마슈에게 그것을 막을 희망이 있다고 믿고 싶었다.

"자네가 운전하겠나?" 가마슈가 그녀에게 키를 넘기며 물었다.

"기꺼이요."

그녀는 빌마리 터널을 지나 샹플랭교로 들어섰다. 가마슈는 말없이 저 아래 반쯤 얼어붙은 세인트로렌스강을 내려다보고 있었다. 차들이 느려지더니 다리 중앙의 가장 높은 곳에 이르러 거의 멈춰 섰다. 라코스트는 높이에 전혀 두려움이 없는데도 불안을 느꼈다. 다리 위를 운전하는 것과 야트막한 난간을 바로 옆에 두고 멈춰 있는 것은 별개의 문제였다. 그리고 그 너머 긴 추락도.

그녀는 저 아래 찬 물결에 얼음 조각이 서로 부딪히는 것을 볼 수 있었다. 진흙처럼 된 눈이 다리 아래로 천천히 움직였다.

가마슈 경감이 옆에서 급하게 숨을 들이마시더니 몸을 들썩였다. 그녀는 그에게 고소공포증이 있다는 사실을 떠올렸다. 라코스트는 그의 손이 공처럼 단단히 말렸다 풀어지는 것을 알아차렸다. 움켜쥐고, 풀고.

"보부아르 경위 말인데요." 라코스트는 자신의 목소리를 들었다. 약간 다리 위에서 뛰어내리는 것처럼 느껴졌다.

그는 자신이 후려치기라도 한 것처럼 보였다. 라코스트는 그것이 자신의 목적이었다는 것을 깨달았다. 경감을 후려치는 것. 그가 머릿속에 숨기고 있는 것들을 깨 버리는 것.

물론 그녀는 가마슈 경감을 칠 수 없었다. 물리적으로는. 하지만 감정적으로는 그럴 수 있었다. 그리고 그녀는 그렇게 했다.

"그런데?" 그는 그녀를 보았지만 목소리도 표정도 그다지 고무적이지 않았다.

"무슨 일이 있었는지 제게 말씀해 주실 수 있나요?"

차가 몇 미터 나아가다 멈춰 섰다. 그들은 거의 다리 중간에 있었다. 가장 높은 지점에.

"아니."

그가 딱 잘라 말했다. 그리고 라코스트는 통증을 느꼈다.

그들은 1분가량 어색한 침묵 속에 앉아 있었다. 하지만 라코스트는 경감이 더 이상 주먹을 쥐었다 폈다 하지 않는 것을 알아차렸다. 이제 그는 창밖을 내다보고 있었다. 그리고 그녀는 자신의 일격이 너무 강했는지 궁금했다.

그때 가마슈의 표정이 변했고, 라코스트는 그가 더 이상 세인트로렌스강의 어둑한 물살을 내려다보고 있지 않다는 것을 깨달았다. 대신 그는 강둑을 보고 있었다. 그들은 정상에 다다랐고, 이제 차가 밀리는 이유를 알 수 있었다. 경찰차 몇 대와 구급차 한 대가 저 앞의 오른쪽 차선, 다리가 남쪽 해안가와 만나는 지점을 가로막고 있었다.

와이어가 달린 들것에 담요로 감싼 시체가 둑으로 끌어 올려지고 있었다. 라코스트는 성호를 그었다. 습관의 힘이지, 죽은 자나 산 자에게 어떤 영향을 끼치리라는 믿음에서 나온 행위는 아니었다.

가마슈는 성호를 긋지 않았다. 대신 그는 응시했다.

몬트리올 남쪽 해안가에서 시체가 발견되었다. 그들 관할이 아니었고, 따라서 그들의 시체도 아니었다. 퀘벡 경찰청은 퀘벡 전 지역에서 일어나는 사건들을 담당했지만 고유 기관이 있는 몇몇 도시는 예외였다. 그렇다 해도 여전히 관할 구역은 막대했고, 시체도 차고 넘쳤다. 하지만 이 시체는 아니었다.

게다가 가마슈와 라코스트 둘 다 그 가엾은 영혼이 아마도 자살했으리라는 것을 알았다. 크리스마스 연휴가 다가오자 절망감에 찼으리라.

가마슈는 신생아처럼 담요에 싸인 시체를 지나치면서 삶이 얼마나 고되었으면 차가운 잿빛 물이 더 나아 보였을지 궁금했다.

이윽고 그들은 그 현장을 지나쳤고, 길이 뚫렸고, 이내 고속도로를 따라 속도를 내면서 다리에서 멀어졌다. 그 시체에서. 퀘벡 경찰청 본부에서. 스리 파인스 마을을 향해.

4

가마슈가 서점에 들어서자 문 위에 달린 작은 종이 딸랑거렸다. 그는 눈을 떨려고 문설주에 부츠를 툭툭 찼다.

그들이 몬트리올을 떠났을 때에도 눈은 살짝 내리고 있었다. 바람에 흩날리는 정도로. 하지만 도시 남쪽 고지대를 올라가는 사이 눈발이 강해졌다. 그는 이자벨 라코스트가 부츠를 차는 둔탁한 소리를 들었고, 이내 그녀가 자신을 따라 안으로 들어왔다.

눈가리개를 했더라도 가마슈는 이 친숙한 가게를 묘사할 수 있었다. 벽은 양장판과 문고판이 가득한 책장으로 둘러싸여 있었다. 소설, 자서전, 과학책과 SF소설 들. 미스터리와 종교. 시와 요리책. 이 공간은 생각과 느낌과 창의력과 욕망으로 가득 차 있었다. 새것과 묵은 것으로.

마루를 깐 바닥에는 예스러운 깔개들이 여기저기 깔려 있어서 오래된 시골집에 자리한 잘 관리된 도서관 느낌을 풍겼다.

머나의 '새 책과 헌책 서점' 입구에는 생기 넘치는 화환이 걸려 있었고, 한구석에는 크리스마스트리가 놓여 있었다. 트리 아래에는 선물들이 쌓여 있었고, 거기에서 달콤한 발삼 향이 살짝 풍겼다.

서점 한가운데에는 양쪽에 안락의자를 두고 주전자의 물이 끓고 있는 검은색 무쇠 장작 난로가 놓여 있었다.

몇 년 전 가마슈가 처음 머나의 서점에 들어선 그날 이래 바뀐 것이 없었다. 퇴창 옆 소파와 안락의자들에 씌운, 솔직히 촌스러운 꽃무늬 커버 하나까지도. 푹 꺼진 의자들 한옆에 책들이 쌓여 있었고, 「뉴요커」와 「내셔널지오그래픽」 과월 호들이 커피 테이블 위에 흩어져 있었다.

가마슈는 한숨을 형상화하면 이렇게 보일 것 같다고 생각했다.

"봉주르Bonjour 안녕하십니까?" 그는 그렇게 외치고 기다렸다. 아무도 나오지 않았다.

서점 뒤에는 위층 머나의 집으로 이어지는 계단이 있었다. 막 소리치려는 찰나 라코스트가 금전등록기 옆에서 휘갈겨진 쪽지를 발견했다.

십 분 내로 옵니다. 뭔가 산다면 돈을 남겨 주세요(루스, 당신 말이에요).

서명은 없었다. 그럴 필요가 없었다. 하지만 쪽지를 남긴 시간이 메모 위에 쓰여 있었다. 11:55.

라코스트는 손목시계를 확인했고, 가마슈는 책상 뒤 커다란 시계를 돌아보았다. 막 12시가 되려는 참이었다.

그들은 잠시 통로를 오가며 어슬렁거렸다. 프랑스어와 영어 책이 반반씩 있었다. 새것도 있었지만 대부분 헌책이었다. 가마슈는 제목들에 몰두하다가 마침내 고양이의 역사에 대한 낡은 책을 집었다. 그는 두툼한 코트를 벗고 자신과 라코스트가 마실 차를 따랐다.

"우유, 설탕?" 그가 물었다.

"둘 다 조금씩요, 실 부 플레s'il vous plaît 부탁드려요." 저 너머에서 라코스트의 대답이 들렸다.

그는 난롯가에 앉아 책을 펼쳤다. 라코스트는 다른 안락의자에 앉아 차를 홀짝거렸다.

"한 마리 키우시려고요?"

"고양이 말인가?" 그는 책 표지를 넘겨보았다. "농Non 아니. 플로렌스와 조라가 반려동물을 갖고 싶어 해서. 지난 방문 이후로 특히. 앙리에 빠져서 이젠 자기들의 독일셰퍼드를 갖고 싶어 해."

"파리에서요?" 라코스트가 흥미롭다는 듯 물었다.

"그러게. 자신들이 파리에 산다는 사실을 모르는 것 같아." 가마슈는 어린 손녀들을 떠올리며 웃음을 터트렸다. "렌 마리가 지난밤에 다니엘과 로슬린이 고양이를 들일까 생각 중이라더군."

"마담 가마슈가 파리에 계신가요?"

"크리스마스 동안. 나는 다음 주에 갈 예정이지."

"기다려지시겠군요."

"위." 그는 그렇게 말하고 책으로 돌아갔다. 얼마나 고대하는지 숨기고 있어. 그녀는 생각했다. 아내를 얼마나 그리워하는지도.

문이 열리는 소리에 가마슈는 놀라울 정도로 흥미진진한 얼룩 고양이의 역사에서 빠져나왔다. 그는 고개를 들어 책방과 비스트로를 연결하는 문으로 들어오는 머나를 보았다.

그녀는 수프 한 그릇과 샌드위치를 들고 오다가 그들을 보자마자 멈춰 섰다. 이내 얼굴이 자신이 입은 스웨터 색깔만큼이나 밝아지며 함박 웃음을 띠었다.

"아르망, 당신이 정말 오실 거라곤 생각도 못 했어요."

가마슈가 일어서자 라코스트도 일어섰다. 머나는 책상 위에 그릇들을 올려놓고 그들을 둘 다 껴안았다.

"점심 식사를 방해했군요." 그가 미안한 듯 말했다.

"오, 경감님에게서 전화가 올까 봐 후딱 다녀오는 참이에요." 이내 그녀가 말을 멈추고 예리한 시선으로 그의 얼굴을 살폈다. "왜 여기 있어요? 무슨 일 있어요?"

자신의 존재가 거의 언제나 근심과 함께 맞이된다는 사실이 가마슈에게는 어떤 슬픔의 원천이었다.

"전혀요. 당신이 메시지를 남겼고, 이게 우리의 응답이죠."

머나가 웃음을 터트렸다. "서비스가 참 뛰어나네요. 전화 생각은 못 하셨어요?"

가마슈가 라코스트를 향해 돌아섰다. "전화. 왜 우리는 그 생각을 못 했지?"

"저는 전화를 신뢰하지 않아요." 라코스트가 말했다. "전화란 악마의 산물이죠."

"사실 난 이메일이 그렇다고 믿지." 가마슈가 머나를 돌아보며 말했다. "덕분에 몇 시간쯤 도시를 벗어날 구실이 생겼죠. 그리고 스리 파인 스라면 언제든 기꺼이 올 겁니다."

"보부아르 경위는 어디 있죠?" 머나가 물으며 주변을 둘러보았다. "주차 중인가요?"

"그는 다른 일이 있습니다." 경감이 말했다.

"그렇군요." 머나가 그렇게 말했고, 아르망 가마슈는 그 짧은 사이에 머나가 무엇을 보았는지 궁금했다.

"두 분 다 점심 드셔야죠." 머나가 말했다. "여기서 먹어도 괜찮을까요? 좀 더 조용하게요."

비스트로의 메뉴가 펼쳐졌고, 이내 가마슈와 라코스트 역시 스페시알 뒤 주르_{spécial du jour 오늘의 특별 요리} 수프와 샌드위치를 시켰다. 그런 다음 그들 셋 모두 퇴창의 밝은 빛 속에 둘러앉았다. 가마슈와 라코스트는 소파에, 머나는 그녀의 체형을 영구히 지지해 주며 이 관대한 여성의 확장처럼 보이는 커다란 안락의자에 앉았다.

가마슈는 자신의 보르시치_{러시아식 수프}에 사워크림을 조금 넣고 휘저어 짙은 붉은색 수프가 연한 분홍색으로 바뀌면서 비트와 양배추와 연한 소고기와 한데 섞이는 모습을 지켜보았다.

"당신의 메시지는 약간 모호하더군요." 그가 건너편에 앉은 머나를 보며 말했다.

그의 옆에서 이자벨 라코스트가 구운 토마토와 바질 그리고 브리 치즈를 넣은 샌드위치를 막 먹으려는 참이었다.

"의도적이라고 생각했습니다." 경감이 말했다.

살인 사건 수사차 스리 파인스라는 작은 마을을 처음 방문한 이래 그는 수년간 머나를 알아 왔다. 그때 머나는 용의자였지만 이제 그는 그녀를 친구로 여겼다.

때로 어떤 것들은 더 낫게 바뀌었다. 하지만 때로는 그렇지 않다.

그는 테이블 위에 놓인 바게트 바구니 옆에 노란 종이 한 장을 올려놓았다.

번거롭게 해서 미안해요. 하지만 도움이 필요해요. 머나 랜더스.

이어서 그녀의 전화번호가 적혀 있었다. 가마슈가 그 번호를 무시하기로 한 것은 일정 부분 경찰청을 벗어날 구실 때문이기도 했지만 머나가 이전에 한 번도 도움을 청한 적이 없기 때문이었다. 심각한 일은 아닐지라도 그것은 그녀에게 중요했다. 그리고 그녀는 그에게 중요했다.

그는 머나가 말을 고르는 동안 보르시치를 먹었다.

"정말 아무 일도 아닐 거예요." 머나가 입을 열다가 그와 눈을 맞추고 말을 멈췄다. "저는 걱정이 돼요." 머나는 인정했다.

가마슈는 스푼을 내려놓고 친구에게 온전히 집중했다.

머나가 창밖을 내다보았고, 가마슈는 그녀의 시선을 좇았다. 거기, 창틀 사이로 그는 스리 파인스를 보았다. 모든 곳을. 거대한 소나무 세 그루가 작은 마을을 지배하고 있었다. 처음으로 그는 그 나무들이 바람막이 역할을 한다는 것을, 몰아치는 눈보라의 예봉을 막아서고 있다는 것을 깨달았다.

그래도 여전히 두껍게 쌓인 눈이 모든 것을 덮고 있었다. 도시의 더러운 눈이 아니었다. 이곳 눈은 발자국과 크로스컨트리 스키와 설피의 자국들만 빼면 거의 순백색이었다.

스케이트를 신은 몇몇 어른이 삽을 밀며 얼음을 정리하는 동안 아이들이 조바심치며 기다렸다. 마을 광장을 둘러싼 집들은 같은 모양이 하나도 없었고, 가마슈는 그 집들을 하나도 빠짐없이 알고 있었다. 속속들이. 심문을 통해서, 그리고 파티를 통해서.

"지난주에 친구가 놀러왔어요." 머나가 설명했다. "어제 다시 와서 크리스마스 동안 머물기로 했었죠. 전날 밤 전화해서 점심 무렵에 도착할 거라고 했지만 나타나지 않았어요."

머나의 목소리는 차분했다. 신중했다. 가마슈가 알게 된 대로 완벽한 목격자. 불필요한 부분은 전혀 없었다. 객관적 설명. 정확히 일어났던 일만 전달했다.

하지만 스푼을 든 그녀의 손이 살짝 떨려 나무 테이블에 작고 붉은 보르시치 국물이 튀었다. 그리고 그녀의 눈에는 간청이 담겨 있었다. 도움을 구하는 것이 아닌. 그 눈은 그에게 위안을 구하고 있었다. 자신이 과민 반응하는 거라고, 아무것도 아닌 일로 걱정하고 있다고 말해 달라고.

"그럼 이십사 시간 되었군요." 이자벨 라코스트가 말했다. 그녀는 샌드위치를 내려놓고 완전히 집중하고 있었다.

"오래되진 않았겠죠?" 머나가 말했다.

"성인의 경우 우린 대게 이틀 동안은 걱정하지 않습니다." 가마슈가 말했다. "사실, 실종 상태가 사십팔 시간을 넘지 않으면 공식적인 수사가 시작되지 않죠." 가마슈의 어조에는 '하지만'이 들어 있었고, 머나는 기다렸다. "하지만 저도 가까운 누군가가 사라진다면 사십팔 시간을 기다렸다가 찾기 시작하진 않을 겁니다. 잘하셨습니다."

"아무 일 아닐지도 몰라요."

"그래요." 경감이 말했다. 그는 그녀가 듣고 싶어 하는 그 말을 하지는 않았지만 그의 존재 자체가 위안을 주고 있었다. "물론 친구분께 전화하셨겠죠."

"어제 네 시쯤까지 기다렸다가 집으로 전화했어요. 그녀에겐 휴대전화가 없거든요. 응답기로 바로 넘어가더군요. 저는 전화를," 머나는 잠시 말을 멈추었다 "아주 많이 했어요. 거의 매시간."

"언제까지요?"

머나가 시계를 보았다. "마지막이 오늘 아침 열한 시 반이었어요."

"그분은 혼자 사십니까?" 가마슈가 물었다. 그의 목소리가 진지한 대화에서 질문으로 바뀌었다. 이제 이것은 일이었다.

머나가 끄덕였다.

"나이는요?"

"일흔일곱이요."

경감과 라코스트는 그 말을 받아들이는 데 조금 시간이 걸렸다. 암시하는 바는 명확했다.

"지난밤에 프랑스계와 영국계 병원들에 전화를 해 봤어요." 머나가 두 사람의 생각의 꼬리를 파악하고 즉시 말했다. "그리고 오늘 아침에도요. 아무것도 없었어요."

"그분은 여길 운전하고 오셨습니까?" 가마슈가 확인했다. "버스를 타거나 다른 사람이 태워 주지 않고요?"

머나가 끄덕였다. "자기 차가 있어요."

그녀는 이제 그를 면밀히 살피며 그의 깊은 갈색 눈에 담긴 표정을 읽어 내려 애쓰고 있었다.

"혼자 왔었습니까?"

그녀가 다시 끄덕였다. "무슨 생각 하세요?"

하지만 그는 대답하지 않았다. 대신 가슴에 달린 주머니에서 작은 수첩과 펜을 꺼냈다. "친구분 차의 제조사와 모델이 뭡니까?"

라코스트도 패드와 펜을 꺼냈다.

"모르겠어요. 작은 차예요. 오렌지색이고요." 아무도 받아 적지 않는 모습을 보고 머나가 물었다. "그게 도움이 돼요?"

"차 번호를 모르시겠죠?" 라코스트가 별 기대 없이 물었다. 그렇다 해도 물을 필요가 있었다.

머나가 고개를 저었다.

라코스트가 휴대전화를 꺼냈다.

"여기선 안 터지는 거 아시잖아요." 머나가 말했다. "산 때문에요."

라코스트는 알았지만 퀘벡 지역에 아직도 벽에 부착된 전화가 남아 있다는 사실을 잊고 있었다. 라코스트는 일어섰다.

"전화 좀 써도 될까요?"

"물론이죠." 머나는 책상을 가리켰고, 라코스트가 움직이자 그녀는 가마슈를 보았다.

"라코스트 경위는 교통과에 전화해서 고속도로나 이 주변 길에서 사고가 없었는지 알아보려는 겁니다."

"하지만 제가 병원들에 전화했어요."

가마슈가 대답하지 않자 머나는 이해했다. 모든 피해자가 다 병원이 필요한 것은 아니었다. 그들 둘 다 듣고 있지만 받아 적지 않는 라코스트를 지켜보았다.

가마슈는 머나가 그것을 좋은 조짐이라고 여길지 궁금했다.

"당연히 정보가 더 필요합니다. 친구분 이름이 뭡니까?"

그가 펜을 집어 들고 수첩을 가까이 끌어당겼다. 하지만 침묵뿐이자 그가 고개를 들었다.

머나는 그에게서 자신의 서점 내부로 시선을 돌리고 있었다. 그는 그녀가 그 질문을 들었는지 궁금했다.

"머나?"

그녀는 시선을 그에게 돌렸지만 입은 다문 채였다. 굳게.

"이름이요?"

머나는 여전히 망설였고, 가마슈는 놀라서 고개를 살짝 기울였다.

이자벨 라코스트가 돌아와 앉으며 머나에게 안심시키는 미소를 던졌다. "어제는 이곳과 몬트리올 사이 고속도로에서 심각한 교통사고가 없었대요."

머나는 안도했지만 그것은 오래가지 않았다. 그녀는 가마슈 경감과 대답하지 못한 그의 질문에 다시 관심을 돌렸다.

"말해 주셔야 합니다." 호기심이 인 그가 그녀를 지켜보며 말했다.

"알아요."

"이해가 가지 않는군요, 머나. 왜 말하기를 꺼리시죠?"

"그녀가 여전히 나타날지도 모르는 데다 그녀를 당황스럽게 하고 싶지 않아서요."

머나를 잘 아는 가마슈는 그녀가 사실을 말하고 있지 않다는 것을 알았다. 그는 한동안 그녀를 응시하다가 다른 식으로 접근하기로 마음먹었다.

"어떤 사람인지 설명해 주시겠습니까?"

머나가 끄덕였다. 말하면서 머나는 아르망 가마슈가 지금 앉은 바로 그 자리에 앉아 있던 콩스탕스를 보았다. 책을 읽다가 이따금 책을 내려놓고 창밖을 내다보는. 자신에게 말을 건네는. 이야기를 듣는. 위에서 저녁 식사 준비를 돕거나 비스트로 벽난로 앞에서 루스와 스카치를 나누는.

그녀는 콩스탕스가 자신의 차에 올라 손을 흔드는 모습을 보았다. 그런 다음 스리 파인스 밖 언덕을 운전하는 모습을.

그리고 그녀는 사라졌다.

백인. 프랑스어 주사용자. 약 165센티미터. 약간 과체중, 하얀 머리, 파란 눈. 77세.

이것이 라코스트가 받아 적은 내용이었다. 이것이 콩스탕스에 대한 요약이었다.

"그리고 이름은요?" 가마슈가 물었다. 그의 목소리는 이제 단호했다. 그는 머나의 눈을 들여다보았고, 머나는 그의 눈을 들여다보았다.

"콩스탕스 피노." 마침내 그녀가 말했다.

"메르시|Merci 고맙습니다." 가마슈가 조용히 말했다.

"그게 농 드 네상스nom de naissance 결혼 전 이름인가요?" 라코스트가 물었다.

머나가 대답하지 않자 라코스트는 이 영국계 여자가 프랑스어를 이해하지 못했을 경우를 대비해 명확히 물었다. "결혼 전 이름인가요, 결혼

후 이름인가요?"

하지만 가마슈는 머나가 그 질문을 완벽하게 이해했다는 걸 알 수 있었다. 머나를 혼란스럽게 하는 것은 그 답이었다.

그는 이 여성의 두려움, 슬픔, 기쁨, 불안에 가득 찬 모습을 본 적 있었다. 당황한 모습도.

하지만 그는 머나가 혼란스러워하는 모습을 본 적이 없었다. 그리고 그것이 그녀에게도 이질적인 상황이라는 게 그녀의 반응으로 분명했다.

"둘 다 아니에요." 마침내 그녀가 말했다. "오, 세상에, 제가 아무한테나 이 말을 하면 그녀가 저를 죽일 거예요."

"우리는 '아무나'가 아닙니다." 가마슈가 말했다. 그 말에는 가벼운 책망이 실렸을망정 세심하고 부드러웠다.

"어쩌면 좀 더 기다려야 할까 봐요."

"어쩌면요." 가마슈가 말했다.

그는 자리에서 일어나 서점 한가운데에 있는 난로에 장작 두 개를 넣고 차가 담긴 머나의 머그잔을 가져왔다.

"메르시." 그녀는 그렇게 말하고 잔을 양손으로 감쌌다. 먹다 남은 그녀의 점심은 이제 손댈 일이 없을 터였다.

"경위님, 집에다 한 번 더 전화해 주시겠어요?"

"압솔뤼망Absolument 그러죠." 라코스트는 일어섰고, 머나는 종이 쪼가리에 번호를 휘갈겼다.

그들은 서점 저편에서 라코스트가 번호를 누르는 삑삑삑 소리를 들었다. 가마슈가 한참 지켜보더니 머나를 돌아보고 목소리를 낮추었다.

"콩스탕스 피노가 아니라면 그녀는 누굽니까?"

머나는 그의 시선을 붙들었다. 하지만 둘 다 그녀가 그에게 말하리라는 것을 알았다. 그것은 불가피한 일이었다.

"피노는 제가 그녀를 알게 됐을 때 이름이에요." 그녀는 차분하게 말했다. "그녀가 쓰는 이름이죠. 그녀의 어머니의 처녀 적 이름이었어요. 그녀의 진짜 이름, 그녀의 농 드 네상스는 콩스탕스 우엘레트예요."

머나는 반응을 기대하며 그를 지켜보았지만 아르망 가마슈는 머나의 기대를 이행하지 않았다.

서점 저편에서 이자벨 라코스트는 전화기에 귀를 기울이고 있었다. 말없이. 전화는 텅 빈 집에서 울리고, 울리고, 울렸다.

콩스탕스 우엘레트의 집에서. 콩스탕스 우엘레트.

머나는 그를 유심히 살피는 중이었다.

그는 물을 수도 있었다. 묻고 싶었다. 그리고 그래야 한다면, 그는 분명 그럴 터였다. 하지만 가마슈는 스스로 그 답에 도달하고 싶었다. 그는 이 실종된 여성이 자신의 기억 속에 숨어 있을지 호기심이 일었고, 만일 그렇다면 그의 기억이 그녀에 대해 말할 것이었다.

그 이름은 분명 친숙하게 들렸다. 하지만 모호했고 불분명했다. 마담 우엘레트가 그의 기억 속에 살았다면 그녀는 오늘에서 저 멀리 떨어져 있었다. 그는 마음을 돌려 저 멀리로 빠르게 움직였다.

그는 자신의 개인사를 우회해 퀘벡의 집단적 기억에 집중했다. 콩스탕스 우엘레트는 대중적 인물이리라. 그랬거나. 유명하거나 악명이 높거나. 한때는 누구나 알았을 이름.

기억을 들여다볼수록 그는 그녀가 분명 그 안에 있다는 확신이 들었다. 그의 마음속 어딘가에 숨어 있다는 확신이. 자신을 드러내길 원치 않은 나이 든 여성.

그리고 지금 그녀는 실종 중이었다. 자신의 선택이거나 누군가의 의도로.

그는 얼굴에 손을 대고 생각에 빠졌다. 기억에 점점 가까이 다가가며.

우엘레트. 우엘레트. 콩스탕스 우엘레트.

이내 그는 숨을 들이켜고 눈을 가늘게 떴다. 흐릿한 흑백사진이 시야에 들어왔다. 일흔일곱 살 된 여성이 아니라 웃으며 손을 흔드는 여자아이.

찾았다.

"누구를 말하는지 아실 거예요." 머나가 그의 눈에 떠오른 빛을 보고 말했다.

가마슈가 끄덕였다.

하지만 기억을 더듬는 동안 그는 또 다른 기억을 건드렸다. 훨씬 더 최근의. 훨씬 더 걱정스러운. 그는 일어서서 라코스트가 막 전화를 끊고 있는 책상으로 다가갔다.

"아무도 받지 않아요, 경감님." 그녀는 그렇게 말했고, 그는 고개를 끄덕이며 그녀에게서 수화기를 받아 들었다.

머나가 일어섰다. "무슨 일이죠?"

"그냥 생각이 나서요." 그는 그렇게 말하고 다이얼을 돌렸다.

"마르크 브로입니다." 목소리는 명쾌하고 사무적이었다.

"마르크. 아르망 가마슈일세."

"아르망." 목소리가 친근해졌다. "어떻게 지내나?"

"좋지. 고맙네. 저기, 마르크, 귀찮게 해서 미안하네만……"

"전혀 아닐세. 무슨 일인가?"

"나는 지금 이스턴 타운십스에 있네. 오늘 아침 열한 시 사십오 분경 샹플랭교를 건널 때," 가마슈는 머나에게서 등을 돌리고 목소리를 낮추었다. "자네 쪽 경찰들이 남쪽 해안가에서 시체를 건지는 걸 봤네."

"시체의 신원을 알고 싶은 건가?"

"관할을 침범하려는 건 아니지만, 그래."

"알아보지."

가마슈는 몬트리올 경찰서의 살인 수사과장이 기록에 접속하려고 딸깍거리는 소리를 들을 수 있었다.

"음. 아직 알아낸 게 많지 않군."

"여성인가?"

"그래. 이틀 정도 물속에 있었던 것 같네. 부검은 오늘 오후로 예정되어 있고."

"살인을 의심하나?"

"그런 건 아니야. 다리에서 여자의 차가 발견됐어. 다리에서 강으로 뛰어내리려다 실족한 걸로 보이네. 해변가로 떨어져서 다리 아래로 굴렀지. 인부 몇이 오늘 아침에 발견했고."

"이름을 아나?"

가마슈는 마음을 다잡았다. 콩스탕스 우엘레트.

"오드레 빌뇌브."

"파르동Pardon 뭐라고?" 가마슈가 물었다.

"오드레 빌뇌브라고 되어 있네. 삼십 대 후반. 남편이 이틀 전에 실종 신고를 했군. 출근하지 않았다고. 흠……."

"뭔가?" 가마슈가 물었다.

"흥미로운데."

"뭐가?"

"국토교통부 도로 관련 부서에서 일했군."

"감독관이었나? 사고로 떨어졌나?"

"어디 보자……." 브로 경감이 파일을 읽는 동안 정적이 흘렀다. "아니. 이 여자는 선임 서기였어. 자살이 거의 분명하지만 부검을 해 보면 더 잘 알겠지. 부검 결과를 보내 줄까, 아르망?"

"괜찮네. 하지만 고맙군. 주아이유 노엘Joyeux Noël 메리 크리스마스, 마르크."

가마슈는 전화를 끊고 돌아서서 머나 랜더스의 얼굴을 마주했다.

"무슨 전화예요?" 그녀가 물었고, 그는 그녀가 자신이 할 말에 대비해 용기를 끌어모으고 있다는 것을 알 수 있었다.

"오늘 아침 샹플랭교 옆에서 시체 한 구가 발견됐습니다. 혹시 당신 친구가 아닐까 걱정했지만 아니군요."

머나는 눈을 감았다. 이내 다시 눈을 떴다.

"그럼 그녀는 어디 있죠?"

5

이자벨 라코스트와 가마슈 경감은 몬트리올로 돌아가기 위해 교통이 혼잡한 시간대에 샹플랭교로 향하는 중이었다. 이제 겨우 4시 반 무렵이었지만 해가 졌고, 한밤중처럼 느껴졌다. 눈은 그쳐 있었고, 가마슈의 시선은 이자벨 라코스트 너머 창밖, 6차선 저편을 향했다. 오드레 빌뇌브가 삶 대신 죽음을 택한 그 지점을.

지금쯤 그녀의 가족들에게 소식이 전해졌을 터였다. 아르망 가마슈는 수없이 죽음을 전했지만 그 일은 결코 쉬워지지 않았다. 죽은 자들의 얼굴을 들여다보는 것보다 더 힘들었다. 남겨진 이들의 얼굴을 마주하는 것, 그리고 그들의 세계가 영원히 달라지는 그 순간을 목도하는 것은.

그것은 그가 수행한 일종의 살인이었다. 어머니, 아버지, 아내 혹은 남편을. 그의 노크에 문을 연 그들은 세상이 흠은 있지만 근본적으로는 선한 곳이라고 믿었다. 그가 입을 열 때까지는. 그것은 그들을 절벽에서 내던지는 것과 같았다. 그들의 추락을 지켜보는. 그리고 충돌하는 모습. 파괴되는 모습. 이전의 그들, 그들이 알아 왔던 삶은 영원히 사라졌다.

그리고 그가 그랬다는 듯 그들의 눈에 떠오른 표정.

그들이 떠나기 전 머나는 그에게 콩스탕스의 집 주소를 주었다.

"여기 있었을 때 그녀는 어때 보였습니까?" 가마슈가 물었다.

"평소와 같았어요. 한동안 보지 못했지만 평소처럼 보였어요."

"걱정거리는 없었고요?"

머나는 고개를 저었다.

"돈? 건강?"

머나가 다시 고개를 저었다. "짐작하시겠지만 그녀는 아주 사적인 사람이었어요. 자기 얘기는 별로 하지 않았지만 느긋해 보였죠. 여기 와서 행복했고, 크리스마스 연휴에 다시 오게 돼서 행복했죠."

"이상한 점은 전혀 눈치채지 못했습니까? 여기서 누구와든 논쟁을 벌인 적은요? 감정이 상했다든가?"

"루스를 의심하시나요?" 머나가 그렇게 물었고, 얼굴에 미소가 언뜻 스쳤다.

"저야 항상 루스를 의심하죠."

"실은, 콩스탕스와 루스는 죽이 잘 맞았어요. 무언가 화학작용이 있었죠."

"화학작용이요, 아니면 약물작용이요?" 라코스트가 그렇게 물었고, 머나는 미소를 지었다.

"두 사람이 비슷합니까?" 가마슈가 물었다.

"루스와 콩스탕스요? 전혀 다르지만 어째선지 서로 좋아하는 것 같았어요."

가마슈는 약간의 놀람과 함께 그 말을 받아들였다. 그 늙은 시인은 원칙적으로 모든 사람을 싫어했다. 모든 사람을 증오할 힘을 끌어모을 수만 있었다면 모든 사람을 증오했을 터였다.

"누가 네게 상처를 입혔지 / 회복할 수 없을 만큼 깊이 / 그래서 다가오는 모든 것들을 그렇게 대하는 거니 / 삐죽한 입을 하고서?" 머나가 말했다.

"뭐라고요?" 가마슈가 그 질문에 어리둥절해하며 물었다.

머나가 미소를 지었다. "루스의 시요. 콩스탕스가 루스를 만나고 온 어느 날 밤에 저한테 이 시를 인용하더군요."

가마슈는 고개를 끄덕였고, 자신들이 마침내 콩스탕스를 찾아냈을 때 그녀가 회복할 수 없을 만큼 상처를 입었을지 궁금했다.

가마슈는 서점을 가로질러 가 코트를 집어 들었다. 문간에서 머나의 양쪽 뺨에 키스했다.

그녀가 살짝 떨어져 그를 잡고 그의 얼굴을 보았다. "경감님은요? 괜찮아요?"

그는 그 질문을 숙고했고, 모든 가능한 답변들을 검토했다. 성의 없는 답변부터 일축까지, 그리고 진실까지. 그는 머나에게는 거짓말이 통하지 않는다는 것을 알았다. 하지만 그녀에게 진실을 말할 수도 없었다.

"괜찮습니다." 그는 대답했고, 그녀의 미소를 보았다.

머나는 그들이 차를 타고 스리 파인스 너머 언덕을 오르는 모습을 지켜보았다. 콩스탕스도 같은 길을 갔지만 돌아오지 않았다. 하지만 머나는 가마슈가 돌아오리라는 것과 자신이 들어야 할 답을 가져오리라는 것을 알았다.

차들이 조금씩 앞으로 움직이기 시작했고, 오래지 않아 두 경찰은 샹플랭교를 지나 도시로 들어섰다. 라코스트 경위는 몬트리올의 푸앵트생샤를 지구에 있는 아담한 집 앞에 차를 세웠다.

거리에 늘어선 집집마다 불이 밝혀져 있었다. 크리스마스 장식들이 새로 내린 눈 위에 빨갛고 노랗고 파란 빛을 비추었다.

이 집을 제외하고. 즐거움이 넘치는 이웃집들 사이에 이 집은 구멍이었다.

가마슈 경감은 받은 주소를 확인했다. 그래, 이 집이 콩스탕스 우엘레트가 사는 집이었다. 그는 다른 무언가를 기대했었다. 더 큰 집을.

그는 다른 집들을 보았다. 맞은편 잔디 위에 눈사람이 나뭇가지 팔을 벌리고 서 있었다. 집 앞 창문으로 안이 또렷하게 들여다보였다. 한 여자가 아이의 숙제를 도와주고 있었다. 그 옆집에는 노부부가 텔레비전을 보고 있었고, 벽난로에 걸린 장식이 깜박거렸다.

모든 곳에 삶이 있었다. 콩스탕스 우엘레트의 어두컴컴한 집을 제외하고.

계기판 시계가 막 5시가 지났음을 알렸다.

그들은 차에서 내렸다. 라코스트 경위는 손전등을 쥐고 어깨에 가방을 휘둘러 멨다. 감식 키트를.

마담 우엘레트의 집 진입로에는 눈이 치워져 있지 않았고, 눈 위에 발자국이 없었다. 그들은 계단을 올라 좁은 콘크리트 포치에 섰다. 내뱉은 숨결이 피어올라 밤으로 사라졌다.

미풍에 가마슈의 뺨이 불타올랐고, 그는 소매와 목도리 틈을 기어드는 추위를 느꼈다. 경감은 냉기를 무시하며 주위를 둘러보았다. 창틀에 쌓인 눈은 아무도 건드리지 않은 채였다. 라코스트 경위가 초인종을 눌렀다.

그들은 기다렸다.

경찰 업무의 상당 부분은 기다림이었다. 용의자들을. 부검을. 과학수사 결과를. 누군가 질문에 답하기를. 혹은 초인종에 답하기를.

그는 기다림이 이자벨 라코스트의 뛰어난 재능 중 하나이며, 쉽게 간과되는 재능이라는 것을 알았다. 그녀는 아주아주 참을성이 많았다.

발로 뛰는 것은 누구든 할 수 있지만 조용히 기다릴 줄 아는 이는 많지 않았다. 지금 자신들이 그런 것처럼. 하지만 가마슈 경감과 라코스트 경위가 아무 일도 하지 않고 있다는 뜻은 아니었다. 기다리면서 그들은 주변의 정보들을 흡수하고 있었다.

이 작은 집은 잘 관리되어 있었다. 낙숫물 홈통은 잘 손질되어 있었고, 창틀은 페인트칠이 되어 있었으며, 이가 나가거나 금이 간 곳도 없었다. 깔끔하고 단정했다. 포치를 둘러싼 철제 난간에 크리스마스 전등이 매여 있었지만 불은 꺼진 채였다. 현관에는 크리스마스 화환이 걸려 있었다.

라코스트는 경감을 돌아봤고, 그는 고개를 끄덕였다. 그녀는 바깥문을 열고 현관에 난 반원형 장식 유리 너머로 현관 안쪽을 엿보았다.

가마슈는 이와 유사한 집에 많이 들어가 보았다. 1940년대 말, 50년대 초에 재향 군인들을 위해 지어진 집들이었다. 교양 있는 동네에 지어진 수수한 집들. 그 이후 이와 같은 많은 집들이 허물어지거나 늘어났다. 하지만 이런 집 일부는 고스란히 남았다. 작은 보물.

"아무것도 없습니다, 경감님."

"봉Bon 좋아." 그가 말했다. 계단을 내려가면서 그는 오른쪽을 손짓했고, 높이 쌓인 눈으로 걸어가는 라코스트를 지켜보았다. 가마슈 자신은 반대쪽으로 돌았고, 그곳에 쌓인 눈에도 발자국은 없었다. 그는 정강이까지 묻혔다. 눈이 부츠 속으로 들어왔고, 눈이 얼음물이 되어 양말을 적시는 바람에 냉기가 느껴졌다.

라코스트처럼 그는 손을 말아 눈 주위에 대고 창문 안을 들여다보았다. 부엌은 비어 있었고, 깨끗했다. 싱크대 위에 설거지할 그릇이 쌓여 있지 않았다. 그는 창문을 밀어 보았다. 모두 잠겨 있었다. 조그만 뒷마당에서 그는 반대쪽에서 다가오는 라코스트와 만났다. 그녀가 고개를 젓더니 까치발을 하고 한 창문 안을 들여다보았다. 가마슈가 지켜보는 동안 그녀는 손전등을 켜 안을 비추었다.

그녀는 가마슈를 향해 돌아섰다.

그녀는 누언가를 발견했다.

아무 말 없이 라코스트는 가마슈에게 손전등을 건넸다. 가마슈는 손전등으로 창문 안을 비추었고, 침대를 보았다. 옷장을. 열려진 옷 가방을. 그리고 바닥에 쓰러져 있는 나이 든 여성을. 회복할 수 없을 만큼.

아르망 가마슈와 이자벨 라코스트는 콩스탕스 우엘레트의 집 안 작은 거실에 서서 기다렸다. 집 밖과 마찬가지로 집 안도 깔끔했지만 인간미가 없을 정도는 아니었다. 집에는 책과 잡지 들이 있었다. 낡은 슬리퍼 한 쌍이 소파 옆에 놓여 있었다. 이 집은 특별한 손님들을 위해 비워둔 쇼룸이 아니었다. 콩스탕스는 분명히 이곳을 사용했다. 그 옛날 박스 형태의 텔레비전 한 대가 구석에 놓여 있었고, 소파 하나와 안락의자 두 개가 마주 보고 놓여 있었다. 집 안의 다른 모든 것들처럼 의자는 한때 비쌌겠지만 이제는 낡은, 잘 만들어진 제품이었다. 이곳은 편안하고 안락한 거실이었다. 그의 할머니가 고상한 방이라고 부를 법한 공간.

창문을 통해 시체를 발견한 뒤 가마슈는 마르크 브로에게 전화했고, 두 경찰은 몬트리올 경찰이 와서 현장을 맡을 때까지 차 안에서 기다렸다. 그리고 그들이 도착했을 때, 가마슈 경감과 라코스트 경위의 도움이 배제된 채 익숙한 절차가 시작되었다. 그들은 거실로 물러섰고, 이 수사의 객이었다. 그것은 자신들이 땡땡이를 치기라도 하는 것처럼 이상하게 느껴지게 했다. 경감과 라코스트는 그 수수한 거실을 어슬렁대며 장식물과 개인적인 물건들에 주목하면서 시간을 보냈다. 하지만 아무것도 만지지 않고, 앉지도 않고.

가마슈는 세 의자의 앉는 자리가 그 위에 여전히 투명 인간이 앉아 있기라도 한 것처럼 보인다는 것을 알아차렸다. 머나의 서점에 있는 안락의자처럼 의자들은 매일같이 오랜 세월 동안 그것들을 사용했던 사람들의 형태를 유지했다.

크리스마스트리는 없었다. 집 안에 장식은 없었지만 왜 필요했겠는가? 그녀는 스리 파인스에서 연말을 보낼 계획이었다.

닫힌 커튼 틈으로 헤드라이트 불빛이 보였고, 차 한 대가 멈추는 소리에 이어 차 문이 닫히고 눈을 밟는 신중한 부츠 소리가 들렸다.

집 안으로 들어온 마르크 브로가 거실에 서 있는 가마슈와 라코스트를 발견했다.

"자네가 올 줄은 몰랐군, 마르크." 가마슈가 그렇게 말하며 몬트리올 살인 수사과의 수장과 악수를 나누었다.

"음, 집에 갈 참이었네만 자네가 신고를 했으니 누가 자네를 체포할지 몰라 가 봐야겠다 싶었지."

"정말 친절하군, 몽 아미mon ami 친구." 가마슈가 미소 지었다.

브로는 라코스트를 향해 돌아섰다. "우린 손이 달려. 연휴니까. 자네가 우리 팀을 도와줄 수 있겠나?"

라코스트는 그가 자리를 비켜 달라고 돌려 말했다는 것을 알아차렸다. 그녀가 자리를 떴고, 브로가 총명한 눈을 가마슈에게 돌렸다.

"자, 이제 자네가 찾은 이 시체에 대해 말해 보게."

"그녀의 이름은 콩스탕스 우엘레트네." 가마슈가 말했다.

"자네가 오늘 오후에 걱정했던 여자가 이 사람인가? 자살일지도 모른다고 생각한?"

"위Oui 그래. 그녀는 어제 점심 약속이 있었네. 내 친구가 하루 동안 그녀가 나타나길 기다렸다가 나한테 전화했지."

"자넨 죽은 여자를 알았나?"

가마슈는 심문을 받는 게 기묘한 경험이라는 것을 깨달았다. 이것이 그것이었다. 정중한. 친근한. 하지만 심문이었다.

"개인적으로는 아닐세, 아니야."

마르크 브로는 다른 질문을 던지려고 입을 열었다가 망설였다. 그는 한동안 가마슈를 살폈다.

"개인적으로는 모른다는 거군. 하지만 다른 식으로는 안다는 뜻인가? 유명인인가?"

가마슈는 브로의 예리한 사고가 작동하고, 듣고, 분석하고 있다는 것을 알 수 있었다.

"그래. 그리고 자네도 알 거야." 그는 잠시 기다렸다. "그녀는 콩스탕스 우엘레트네, 마르크." 그는 그 이름을 다시 말했다. 필요하다면 그녀가 누구인지 브로에게 말해 줄 수도 있었지만 그는 동료가 가능한 한 스스로 그것을 알아내기를 바랐다.

그는 자신의 친구가 자신이 그랬듯 기억을 훑는 모습을 지켜보았다. 그리고 브로의 눈이 커지는 것을 보았다.

브로는 콩스탕스 우엘레트가 누군지 알아냈다. 그는 돌아서서 문을 응시하더니 거실을 떠나 빠르게 복도를 지나쳤다. 침실과 시체를 향해.

머나는 가마슈에게 아무 소식도 듣지 못했지만 그렇게 빨리 소식이 오리라 기대하지 않았다. 무소식이 희소식이야. 머나는 중얼거렸다. 반복해서.

그녀는 클라라에게 전화를 걸어 차 한잔 마시자고 불렀다.

"자기한테 할 말이 있어." 머나는 일단 스카치를 한 잔씩 따르고 고미다락의 벽난롯가에 자리를 잡고 말했다.

"뭔데?" 클라라가 친구에게 몸을 기울이며 물었다. 그녀는 콩스탕스가 실종되었다는 사실을 알았고, 머나처럼 걱정하고 있었다.

"콩스탕스 얘기야."

"무슨 일인데?" 클라라는 나쁜 소식에 대비해 마음을 추스렀다.

"그녀가 진짜 누구인지에 대해."

"뭔데?" 클라라가 물었다. 사라진 공포가 혼란으로 대체되었다.

"그녀는 콩스탕스 피노라는 이름으로 살았지만, 그건 그녀 어머니의 처녀 때 성이었어. 그녀의 진짜 이름은 콩스탕스 우엘레트야."

"누구?"

"콩스탕스 우엘레트."

머나는 친구를 지켜보았다. 가마슈의 반응을 본 뒤 이제 그녀는 그 침묵에 익숙해졌다. 사람들이 궁금해하는 두 가지. 콩스탕스 우엘레트가 누구며, 머나가 왜 그토록 그 이름에 야단인지.

클라라가 눈썹을 찌푸리며 뒤로 기대앉아 다리를 꼬았다. 그녀는 스카치를 한 모금 마시고 먼 곳을 바라보았다.

이내 진실이 클라라를 친 순간 그녀의 몸이 살짝 들썩했다.

거실로 돌아오는 마르크 브로의 걸음은 이번엔 느렸다.

"팀원들한테 얘기했네." 그가 꿈꾸는 듯한 목소리로 말했다. "침실을 수색했지. 아르망, 그녀가 누구인지 자네가 말하지 않았다면 우린 몰랐을 거야. 컴퓨터를 훑기 전까지는."

브로는 작은 거실을 둘러보았다.

"그녀가 우엘레트 가족 중 한 명이었다는 사실을 시사하는 증거는 전혀 없었네. 여기도, 침실에도. 어딘가 신문이나 사진이 있을지 모르겠지만 아직까지는 찾지 못했어."

두 남자는 거실을 둘러보았다.

작은 도자기 인형과 책과 CD와 십자말풀이 책과 낡은 지그소 퍼즐 갑들. 사적인 삶의 증거지만 과거의 것은 아닌.

"그녀가 막내인가?" 브로가 물었다.

가마슈가 끄덕였다. "그런 것 같네."

검시관이 머리를 들이밀더니 시체를 옮길 예정이라며 마지막으로 한 번 보겠는지 물었다. 브로가 가마슈를 돌아봤고, 가마슈는 고개를 끄덕였다.

두 남자는 검시관을 따라 좁은 복도를 걸어 집의 가장 뒤쪽에 자리한 침실로 향했다. 거기서 몬트리올 살인 수사과의 과학수사반이 증거를 수집하고 있었다. 가마슈가 나타나자 그들은 일을 멈췄고, 그를 알아보았다. 그들의 작업을 지켜보고만 있던 이자벨 라코스트는 그들이 그가 누군지 알아차리고 눈이 커지는 것을 보았다.

경찰청의 가마슈 경감. 퀘벡 경찰 대다수가 함께 일하고 싶어 하는 사람. 현재 경감의 살인 수사과에 배속된 바로 그 경찰들만 빼고. 라코스트는 마담 우엘레트의 시체가 놓인 자리를 표시한 테이프 주변을 돌아 문가에 서 있는 두 남자와 합류했다. 작은 방에 갑자기 사람들이 가득 찼다.

거실처럼 침실은, 단정하게 정리된 침대 위에 내용물이 가득 차 있고 열린 채인 여행 가방을 비롯해 개인적인 흔적이 많았다. 하지만 거실과 마찬가지로 사진은 한 장도 없었다.

"내가 좀 봐도 되겠나?" 가마슈가 과학수사반 수사관에게 묻자 그가 끄덕였다. 경감은 콩스탕스 옆에 무릎을 꿇었다. 그녀는 단추를 모두 채운 가운을 입고 있었다. 가운 아래 플란넬 잠옷이 보였다. 스리 파인스로 떠나기 전날 밤, 짐을 꾸리던 중에 살해된 것이 분명했다.

가마슈 경감은 그녀의 차가운 손을 잡고 그녀의 눈을 들여다보았다. 두 눈은 크게 뜨여 있었다. 응시하고 있었다. 아주 파란 눈. 확실한 죽음. 놀라움 없이. 고통 없이. 두려움 없이.

텅 빈. 생명이 그저 빠져나간 듯이. 다 된 배터리처럼. 머리 밑의 피와 시체 옆, 바닥에 피가 묻은 깨진 램프를 제외하면 평화로운 광경이었을 터였다.

"우발적으로 보입니다." 한 수사관이 말했다. "이런 짓을 저지른 자가 누구든 흉기를 가져오지 않았습니다. 램프는 저기에 있던 겁니다." 그녀가 침대 옆 탁자를 가리켰다.

가마슈는 고개를 끄덕였다. 하지만 그것이 우발적을 의미하지는 않았다. 그것은 범인이 흉기를 어디서 구할 수 있는지 알았다는 것을 의미할 뿐이었다.

가마슈는 발치에 누워 있는 여자를 내려다보면서 범인이 그녀가 누구인지 알았는지 궁금했다.

"확실해?" 클라라가 물었다.

"아주 확실해." 머나가 미소를 감추려고 애쓰며 말했다.

"왜 우리한테 말하지 않았어?"

"콩스탕스가 아무도 몰랐으면 했어. 그녀는 비밀이 많아."

"그 사람들은 다 죽은 줄 알았는데." 클라라가 낮은 목소리로 말했다.

"아니길 바라."

"솔직히," 마르크 브로가 우엘레트의 집에서 함께 나설 채비를 할 때 인정했다. "이거 정말 안 좋은 때에 터졌어. 매년 크리스마스에 남편들은 아내들을 죽이고 고용인들은 고용주들을 죽이지. 어떤 사람들은 자신을 죽이고. 이번엔 이거군. 우리 팀은 대부분 휴가 중인데 말이지."

가마슈가 끄덕였다. "난 일주일 안에 파리로 떠나네. 렌 마리는 이미 가 있지."

"나는 금요일에 생아가트에 있는 우리 별장으로 떠나네." 브로가 동료에게 살피는 듯한 시선을 던졌다. 그들은 이제 보도에 내려서 있었다. 이웃들이 모여들어 힐끗거리기 시작했다. "혹시……," 마르크 브로는 손을 덥히려고 장갑 낀 손을 비볐다. "자네도 맡은 사건들이 넘쳐 나는 건 아니네만, 아르망……,"

브로는 그 이상이라는 것을 알았다. 가마슈 경감이 말해서가 아니라 퀘벡, 아마도 캐나다의 고참 경찰이라면 누구나 알았다. 경찰청 살인 수사과는 '구조 조정' 중이었다. 가마슈는 공개적으로는 칭찬을 받았지만 은밀하게, 그리고 철저하게 주변부로 밀려나고 있었다. 가마슈 경감이 알아차리지 못한 양 행동하고 있는 게 아니라면 그것은 굴욕적이었다.

"기꺼이 맡겠네."

"메르시." 브로가 눈에 띄게 안도하며 말했다.

"봉." 경감이 라코스트에게 손짓했다. 떠날 시간이었다. "자네 팀이 인터뷰와 과학수사를 마치면 우리가 아침에 인계하겠네."

그들은 차로 걸었다. 이웃 사람 몇이 무슨 일인지 물었다. 브로 경감이 모호하지만 안심시키는 말을 했다.

"당연하지만 그녀의 죽음을 감출 수는 없네." 브로가 낮은 목소리로 가마슈에게 말했다. "하지만 진짜 이름을 공개하지는 않을 걸세. 언론이 정보를 요청하면 콩스탕스 피노라고 하세." 브로는 이웃들의 불안한 얼굴을 보았다. "저들이 그녀가 누군지 알았을까?"

"아닐걸." 가마슈가 말했다. "그녀는 이름을 포함해 자신이 누구였는지 이웃들에게 말할 모든 증거를 지웠을 걸세."

"이웃들이 추측했을 수도 있지." 브로가 말했다. 하지만 가마슈와 마찬가지로 그는 그렇게 생각하지 않았다. 자신들의 연로한 이웃이 한때 퀘벡이나 캐나다, 북아메리카에서뿐만 아니라 전 세계에서 가장 유명한 인물 중 하나였다는 사실을 누가 짐작이나 했겠는가?

라코스트는 차에 시동을 걸고 히터를 틀어 창문의 성에를 제거했다. 두 남자는 차 밖에 서 있었다. 마르크 브로는 자리를 뜨지 않고 미적거렸다.

"그냥 말하게." 가마슈가 말했다.

"사임할 건가, 아르망?"

"사건을 맡은 지 겨우 이 분 됐는데 벌써 내 사임을 요구하는 건가?" 가마슈가 웃음을 터트렸다.

브로가 미소를 지으며 동료를 계속 주시했다. 가마슈가 숨을 깊이 들이쉬고 장갑을 꼈다.

"자네는 그럴 건가?" 마침내 그가 물었다.

"내 나이라면? 난 연금이 준비됐고 자네도 그렇지. 내 상사가 그렇게까지 날 쫓아내고 싶어 한다면 총알처럼 튀어 나가겠네."

"자네 상사가 그렇게까지 자넬 쫓아내고 싶어 한다면," 가마슈가 말했다. "이유가 궁금하지 않겠나?"

가마슈는 브로 뒤 길 건너편 살이 붙지 않은 피조물의 뼈 같은 양팔을 올린 눈사람을 보았다. 손짓하는.

"은퇴하게, 몽 아미." 브로가 말했다. "파리로 가 휴가를 즐긴 다음 은퇴하는 거야. 하지만 이 사건부터 해결하게."

6

"어디로 갈까요?" 이자벨 라코스트가 물었다.

가마슈는 계기판 시계를 확인했다. 7시가 다 되어 있었다.

"앙리 때문에 집에 가야 하네. 그런 다음 잠깐 본부에 들르지."

딸 아니에게 앙리의 밥과 산책을 부탁해도 된다는 것을 알았지만 아니의 마음은 다른 것들로 꽉 차 있었다.

"마담 랜더스는요?" 라코스트가 우트레몽에 있는 경감의 집 쪽으로 차를 돌리며 물었다.

가마슈도 같은 생각을 하고 있었다.

"내가 오늘 밤 늦게 가서 직접 얘기하겠네."

"같이 가요." 라코스트가 말했다.

"메르시, 이자벨, 하지만 그럴 필요 없어. 나는 비앤비에 묵을지도 모르네. 브로 경감이 자기네 파일을 보내 준다더군. 자네는 내일 아침 그걸 받아 주게. 나는 스리 파인스에서 할 수 있는 걸 찾아보지."

그들은 경감이 자신과 앙리의 하룻밤 묵을 짐을 쌀 만큼만 그의 집에 머물렀다. 가마슈는 커다란 독일셰퍼드에게 차의 뒷자리에 앉으라고 손짓했고, 앙리는 위성안테나 같은 귀를 세우고 기쁘게 그 명령을 받아들였다. 앙리는 펄쩍 뛰어오른 다음 가마슈의 마음이 바뀔까 걱정하듯 곧장 몸을 최대한 공처럼 단단히 말았다.

난 안 보여. 나아안 안 보이인다고오오.

하지만 너무 들뜬 나머지, 그리고 너무 빨리 먹은 나머지 앙리는 지나치게 친숙한 방식으로 자신의 존재를 드러냈다.

앞 좌석에 앉은 경감과 이자벨 라코스트는 동시에 창문을 활짝 열고 시트를 녹일 듯한 위협보다 바깥의 매서운 추위를 선택했다.

"앙리가 자주 이러나요?" 이자벨은 숨을 참았다.

"애정 표시라고 하더군." 경감이 그녀의 눈을 피하며 말했다. "찬사."

가마슈는 숨을 참고 창문으로 머리를 돌렸다. "엄청난 찬사."

이자벨 라코스트는 미소를 지었다. 그녀는 남편과, 이제는 어린 아들에게서까지 유사한 '찬사'들을 받는 데 익숙했다. 그녀는 Y염색체는 왜 그토록 냄새를 풍기는지 궁금했다.

경찰 본부에 도착하자 가마슈는 앙리에게 가죽끈을 채웠고, 셋은 건물로 들어섰다.

"잠깐만요!" 어떤 남자가 복도 끝에 있는 엘리베이터에 들어설 때 라코스트가 소리쳤다. 가마슈와 앙리를 앞서 라코스트가 그쪽을 향해 급히 가는가 싶더니 갑자기 걸음이 느려졌다. 그리고 멈췄다.

엘리베이터 안의 남자가 버튼을 눌렀다. 그리고 다시 눌렀다. 그리고 다시.

라코스트는 엘리베이터에서 한 발 앞에 멈춰 섰다. 문이 빨리 닫혀서 다음 엘리베이터를 타게 되기를 고대하면서.

하지만 가마슈 경감은 망설이지 않았다. 그와 앙리는 손가락으로 닫힘 버튼을 힘껏 눌러 대는 남자를 무시한 채 라코스트를 지나쳐 엘리베이터 안으로 들어섰다. 문이 닫히기 시작하자 가마슈는 팔을 뻗어 문을 멈추고 라코스트를 보았다.

"탈 건가?"

라코스트가 발을 내디뎌 아르망 가마슈와 앙리와 합류했다. 그리고 장 기 보부아르와.

가마슈가 이전 부관에게 작은 고갯짓으로 인사했다.

장 기 보부아르는 인사를 받지 않고 정면을 응시하길 선택했다. 엘리베이터에 탔을 때 이자벨 라코스트는 애초에 에너지니 오라 같은 것들을 믿지 않았다 해도 내릴 때에는 믿게 될 터였다. 보부아르 경위는 강한 감정을 발산하고 진동하고 있었다.

하지만 어떤 감정을? 라코스트는 숫자를 ……2…… 3…… 4…… 응시하며 장 기 보부아르의 쿵쾅대는 파동을 분석하려고 애썼다.

부끄러움? 당황? 자신이 그라면 분명 그 두 감정을 느끼리라. 하지만 그녀는 그가 아니었다. 그리고 그녀는 보부아르가 느꼈고 발산한 것이 보다 근원적인 것이리라고 의심했다. 더 거친. 더 단순한.

그가 뿜어내는 것은 분노였다.

6…… 7……

라코스트는 곰보 자국이 난 엘리베이터 문에 비친 보부아르를 흘긋 보았다. 그가 살인 수사과를 떠나 프랑쾨르 총경이 이끄는 부서로 배치된 이래 그를 거의 보지 못했다.

이자벨 라코스트는 자신의 멘토를 유연하고, 정력적이고, 때로는 부산했다고 기억했다. 다부진 가마슈에 비해 호리호리한. 직관적인 경감에 비해 이성적인. 가마슈가 사색파라면 그는 행동파였다.

보부아르는 목록을 좋아했다. 가마슈는 사고, 아이디어를 좋아했다.

보부아르는 질문하기를 좋아했고, 가마슈는 듣기를 좋아했다.

그럼에도 이 나이 든 남자와 젊은 남자 사이에는 시간을 초월한 듯 보이는 유대가 있었다. 그들은 서로의 삶에서 자연스러운, 거의 태곳적부터 있던 위치를 차지하고 있었다. 장 기 보부아르가 경감의 딸 아니와 사랑에 빠졌을 때는 한층 더 깊어졌다.

보부아르가 아니에게 빠졌을 때 라코스트는 살짝 놀랐다. 그녀는 보부아르의 전처나 그가 데이트했던 일련의 화려한 퀘베쿠아와 전혀 달랐다. 아니 가마슈는 패션보다 편안함을 택하는 사람이었다. 그녀는 예쁘지도 못생기지도 않았다. 날씬하진 않았지만 뚱뚱하지도 않았다. 아니 가마슈는 방에서 가장 매력적인 여자는 결코 될 수 없을 터였다. 그녀는 결코 누군가의 머리를 돌리게 한 적이 없었다.

웃기 전까지는. 그리고 말하기 전까지는.

라코스트가 놀랍게도 장 기 보부아르는 많은 남자들이 간과한 무언가를 간파했다. 행복이 얼마나 아름답고 얼마나 매력적인지를.

아니 가마슈는 행복했고, 보부아르는 그 여자와 사랑에 빠졌다.

이자벨 라코스트는 보부아르의 그 점을 존경했다. 사실 그녀는 자신의 멘토에게 있는 여러 면을 존경했지만 그녀가 가장 경탄한 점은 일에 대한 열정과 가마슈 경감에 대한 의심 없는 충성심이었다.

불과 몇 달 전까지는. 하지만 자신이 솔직해진다면 틈들은 그전에 시작되었었다.

이제 그녀는 가마슈에게 눈을 돌렸다. 그는 앙리의 가죽끈을 느슨하게 쥔 채 여유로워 보였다. 옅어져 가는 흉터가 보였다.

그런 일이 있었던 날 이후로 무엇도 예전 같지 않았다. 그럴 수 없었다. 그래서도 안 되었다. 하지만 라코스트는 모든 것이 얼마나 변했는지 정말로 깨닫기까지 시간이 걸렸다.

그녀는 지금 그 잔해로 둘러싸인 폐허에 서 있었고, 그것의 대부분은 보부아르에게서 떨어진 것이었다. 그의 깨끗이 면도한 얼굴은 흙빛이었고 초췌했다. 그는 서른여덟인 자기 나이보다 훨씬 더 들어 보였다. 그저 피곤하거나 진이 빠진 정도까지가 아니라 텅 비어 있었다. 그리고 그 빈자리에 자신에게 마지막 남은 것을 채워 넣고 있었다. 분노를.

9······ 10······

경감과 보부아르 경위가 이렇게 갈라선 척하고 있을 뿐이라는 라코스트가 품었던 희미한 희망은 사라졌다. 피난처는 없었다. 희망도 없었다. 의혹도 없었다.

장 기 보부아르는 아르망 가마슈를 혐오했다.

이것은 연기가 아니었다.

이자벨 라코스트는 자신이 이 엘리베이터에 두 사람과 함께 있지 않았다면 어떤 일이 벌어졌을지 궁금했다. 두 무장한 남자. 그리고 이렇게 말할 수 있다면, 거의 바닥없는 분노를 품었다는 이점을 가진 한 남자.

여기에 잃을 게 거의 없는, 총을 가진 남자가 있었다.

장 기 보부아르가 가마슈를 혐오한다면 경감은 어떻게 느낄지 라코스트는 궁금했다.

그녀는 다시 여기저기 긁히고 움푹 팬 엘리베이터 문으로 가마슈를 관찰했다. 그는 완벽하게 편안해 보였다.

그런 걸 선택이라고 한다면, 이 순간 앙리는 다시 한번 엄청난 찬사를 날리길 선택했다. 라코스트는 생존 본능에 따라 자기도 모르게 손으로 얼굴을 가렸다.

개는 얼어붙은 분위기 따위는 아랑곳하지 않고 꼬리표를 기운차게 짤랑거리며 사방을 둘러보았다. 커다란 갈색 눈이 옆에 선 남자를 올려다보았다. 끈을 잡고 있는 사람이 아니라 다른 남자를.

친숙한 남자를.

14······ 15.

엘리베이터가 멈추고 문이 열리며 산소가 들어왔다. 이자벨은 옷을 태워야 할지 고민했다.

가마슈는 라코스트를 위해 문을 잡아 주었고, 그녀는 되도록 빨리 죽을 힘을 다해 그 냄새에서 벗어나기 위해 엘리베이터를 빠져나왔다. 전적으로 앙리 때문만은 아니었다. 하지만 가마슈가 발을 내딛기 직전 앙리는 보부아르에게 돌아서더니 그의 손을 핥았다.

보부아르는 데기라도 한 듯이 화들짝 물러섰다.

독일셰퍼드는 경감을 따라 엘리베이터를 나섰다. 그리고 그들 뒤로 문이 닫혔다. 셋이서 살인 수사과로 들어서는 유리문을 향해 걸어가는 동안 라코스트는 끈을 쥔 손이 떨리는 것을 눈치챘다.

희미했지만 떨림이 있었다.

그리고 라코스트는 가마슈가 앙리를 완벽히 통제했다는 것을 깨달았다. 앙리의 장까지는 아니더라도. 그는 독일셰퍼드가 보부아르 가까이 가지 못하도록 끈을 단단히 쥐었을 수도 있을 터였다.

하지만 가마슈는 그러지 않았다. 그는 앙리가 핥게 내버려 두었다. 그 작은 키스를 허락했다.

엘리베이터가 경찰청 본부의 꼭대기 층에 다다랐고 문이 덜컥 열리면서 복도에 서 있는 두 남자가 보였다.

"젠장, 보부아르, 냄새가 지독한데." 그들 중 하나가 째려보았다.

"내가 아냐." 보부아르는 손에 축축하고 따뜻하게 남은 앙리의 혀를 느낄 수 있었다.

"그렇겠지." 그 남자가 그렇게 말하며 다른 수사관과 눈을 맞추었다.

"엿이나 먹어." 보부아르는 중얼대며 그들 사이를 밀치고 지나쳐 사무실로 향했다.

가마슈 경감은 자신의 살인 수사과를 둘러보았다. 한때 분주하게 일하는 수사관들이 밤늦게까지 자리를 채웠던 그 책상들이 이제 텅 비어 있었다.

그는 이 고요함이 모든 살인 사건이 해결되었기 때문이었으면 싶었다. 혹은, 더 좋은 것은 더 이상 살인이 없는 것이었다. 삶을 앗아 가게 할 만큼 엄청난 고통이 더 이상 없도록. 남이든 자신이든.

콩스탕스 우엘레트처럼. 그 다리 아래 누워 있던 시체처럼. 자신이 방금 엘리베이터에서 느꼈던 것처럼.

하지만 아르망 가마슈는 현실적인 사람이었고, 살인 사건 목록은 점점 더 길어질 뿐이라는 것을 알았다. 사라진 것은 그 사건들을 해결할 자신의 능력이었다.

프랑쾨르 총경은 일어서지 않았다. 고개를 들지 않았다. 그는 보부아르와 다른 팀원들이 자신의 커다란 개인 사무실의 의자에 앉을 때 그들을 무시했다.

보부아르는 이제 그것에 익숙했다. 프랑쾨르 총경은 퀘벡에서 가장 높은 자리에 있는 경찰이었고, 그래 보였다. 회색 머리카락과 자신감 넘치는 태도에 기품을 갖춘 그는 권위를 내뿜었다. 우습게 볼 남자가 아니었다. 프랑쾨르 총경은 주지사와 친분이 있었고, 치안총감과 식사를 하곤 했다. 퀘벡의 추기경과는 이름을 부르는 사이였다.

가마슈와 달리 프랑쾨르는 자신의 수사관들을 자유롭게 풀어 주었다. 그는 부하들이 어떤 식으로 결과를 얻어 내는지는 신경 쓰지 않았다. **결과만 가져와.** 그가 하는 말이었다.

프랑쾨르 총경이 유일한 진짜 법이었다. 넘어선 안 될 유일한 선이 그 주위에 쳐져 있었다. 그의 권위는 절대적이었고 의심할 여지가 없었다.

가마슈와 일하는 것은 언제나 너무 복잡했다. 애매한 영역이 너무 많았다. 무엇이 옳은지 늘 토론해야 했다. 그것이 어려운 문제인 것처럼.

프랑쾨르 총경과 일하는 것은 간단했다.

법을 준수하는 시민들은 안전했고, 범죄자들은 그렇지 않았다. 프랑쾨르는 누가 누구였는지 결단을 내리고 그에 대해 어떻게 해야 할지 아는 부하들의 결정을 신뢰했다. 실수가 있으면? 그들은 서로 덮어 주었다. 서로 방어해 주었다. 서로 보호해 주었다.

가마슈와 달리.

보부아르는 채찍 같은 그 입맞춤을 지우려고 애쓰며 손을 문질렀다. 그는 예전 상사에게 자신이 말했어야 했고, 말할 수 있었던 것들을 생각했다. 하지만 그러지 못했다.

"이제 그만하고 집에 가게." 가마슈가 사무실 문가에 서서 말했다.

"정말 제가 같이 가지 않아도 괜찮으시겠어요?" 라코스트가 물었다.

"괜찮고말고. 말했듯이 아마 하룻밤 묵게 될 거야. 고맙네, 이자벨."

그녀를 보자 거의 항상 그랬던 것처럼 짧은 이미지가 스쳤다. 자신에게 몸을 굽히고 있는 라코스트의 모습. 자신을 부르는. 그리고 그는 콘크리트 바닥에 사지를 뻗고 누워 있는 자신의 머리 양옆을 움켜쥐는 그녀의 손을 다시 느낄 수 있었다.

가슴에 묵직한 충격이 있었고, 머릿속이 분주했다. 그리고 말해야 할 두 마디. 라코스트를 응시하며 그녀가 알아듣길 간절히 바랐던 두 마디.

렌 마리.

할 말은 그것뿐이었다.

회복하고 나서 이자벨의 얼굴이 자신에게 가깝게 닿아 있었을 때를 기억하고 처음에는 자신의 나약함에 당황스러웠다.

자신의 일은 그들을 이끌고 그들을 보호하는 것이었다. 그리고 실패했다. 대신 그녀가 자신을 구했다.

하지만 이제 그녀를 보면서, 그리고 자신들 사이에 폭발한 짧은 이미지를 보면서 그는 그 순간 자신들이 영원히 융화되었다는 것을 깨달았다. 그리고 그는 그녀에게 무한한 애정을 느꼈다. 그리고 감사를. 자신 곁에 머문 것과 간신히 속삭였던 말을 들은 것에. 그녀는 자신의 마지막 생각을 쏟아 낸 그릇이었다.

렌 마리.

아르망 가마슈는 그녀가 이해했다는 것을 알았을 때의 그 엄청난 안도를 늘 기억할 터였다. 그리고 자신은 떠날 수 있었다.

하지만 물론 떠나지 않았다. 상당 부분 이자벨 라코스트 덕분에 살아

남았다. 하지만 그날 너무 많은 부하가 살아남지 못했다.

장 기 보부아르를 포함해서. 그 겉멋만 든 건방진 녀석은 그 공장에 남았고, 다른 무언가가 나왔다.

"집에 가게, 이자벨." 가마슈가 말했다.

총경은 페이지를 천천히 넘기며 앞에 있는 서류를 계속 읽었다.

보부아르는 그 서류가 며칠 전 자신이 수행한 급습 보고서라는 것을 인지했다.

"여길 보니," 프랑쾨르가 특유의 깊고 차분한 목소리로 말했다. "증거품이 보관실로 다 가지 않은 것 같군."

그가 보부아르의 커진 눈을 보았다.

"약물 몇 가지가 사라진 것 같아."

총경이 다시 보고서로 눈을 내린 동안 보부아르의 심장이 줄달음질 쳤다.

"하지만 사건에 영향을 주진 않을 것 같군." 프랑쾨르가 마침내 그렇게 말하며 마르탱 테시에를 향했다. "보고서에서 그 부분을 삭제하게."

그가 자신의 부관에게 서류를 넘겼다.

"네, 총경님."

"추기경과 삼십 분 내로 저녁 약속이 있네. 추기경께서 오토바이 폭주족에 대해 우려를 표하시더군. 내가 뭐라고 말씀드리면 되겠나?"

"그 여자애가 죽은 건 유감입니다." 테시에가 말했다.

프랑쾨르가 테시에를 노려보았다. "그 말씀을 드릴 필요는 없을 것 같은데, 안 그런가?"

보부아르는 그들이 무슨 이야기를 하는지 알았다. 퀘벡에 사는 사람이라면 모두 알았다. 일곱 살짜리 아이가 차가 폭발했을 때 헬스에인절스 조직원 몇과 함께 날아갔다. 그 사건이 뉴스를 도배했다.

"그 전까지 라이벌 갱단에 정보를 제공해 서로를 물고 뜯게 하는 전략은 상당히 성공적이었습니다." 테시에가 말했다.

처음에는 충격적이었지만 보부아르는 그 전략의 진가를 인정하게 되었다. 범죄자들을 서로 죽이게 하라. 경찰이 할 일은 그들에게 약간의 가이드를 해 주는 것뿐이었다. 여기다 약간의 정보를 흘리며. 저기다 약간. 그런 다음 비켜선다. 나머지는 라이벌 갱들이 알아서 했다. 쉽고 안전했고, 무엇보다 효과적이었다. 사실, 이따금 시민이 그 사이에 끼게됐지만 경찰은 죽은 남자나 여자가 그 가족이 주장하는 만큼 무고하지 않을지도 모른다는 암시를 언론에 흘리곤 했다.

그리고 그것은 먹혔다.

이 아이 전까지는.

"자네들은 어쩌고 있지?" 프랑쾨르가 물었다.

"음, 대응할 필요가 있습니다. 놈들의 벙커 중 하나를 쳐야죠. 록머신이 아이를 죽게 한 폭탄을 설치했으니 놈들에 대한 급습을 준비해야 합니다."

장 기 보부아르는 눈을 깔고 카펫을 응시했다. 손을 응시했다.

난 안 돼. 난 안 돼. 다신 안 돼.

"세부 사항에는 관심 없네." 프랑쾨르가 일어서자 모두가 일어섰다. "결과만 갖고 와. 빠를수록 좋아."

"네, 총경님." 테시에가 그렇게 말하며 문밖으로 그를 따랐다.

보부아르는 그들이 나가는 모습을 보고 숨을 내쉬었다. 안도.

엘리베이터 앞에서 총경이 테시에에게 작은 병을 건넸다.

"우리 팀 신참이 약간 초조해 보이더군, 안 그런가?" 프랑쾨르가 테시에의 손에 그 약병을 꾹 눌렀다. "보부아르를 그 작전에 투입하게."

그는 엘리베이터에 탔다.

보부아르는 책상에 앉아 컴퓨터 화면을 멍하니 쳐다보았다. 그 미팅을 잊으려고 애쓰면서. 프랑쾨르가 아닌 가마슈와의. 그는 매일을 계획하고, 할 수 있는 모든 걸 다해 가마슈 경감을 피하려 했다. 오늘 밤까지 몇 달 동안은 효과가 있었다. 전신에 멍이 든 느낌이었다. 손의 작은 부위를 빼고. 아무리 문질러 말리려 해도 여전히 축축하고 따뜻하게 느껴지는 부위.

보부아르는 팔꿈치께에 존재감을 느끼고 고개를 쳐들었다.

"좋은 소식이야." 테시에 경위가 말했다. "자네가 프랑쾨르에게 깊은 인상을 남겼더군. 총경은 자넬 기습 팀에 넣길 원해."

보부아르의 위장이 경직됐다. 이미 옥시콘틴을 두 알 먹었지만 이제 통증이 돌아왔다.

책상 위로 몸을 숙이며 테시에가 보부아르의 손에 약병을 놓았다.

"우린 모두 이따금 약간의 도움이 필요하지." 병 뚜껑을 톡톡 치는 테시에의 목소리는 가볍고 낮았다. "한 알 먹어. 별거 아냐. 약간의 이완이랄까. 우리도 다 먹어. 기분이 나아질 거야."

보부아르는 약병을 응시했다. 작은 경고음이 울렸지만 너무 낮았고 너무 늦었다.

7

아르망 가마슈는 불을 끈 다음 앙리와 복도로 걸어 나왔지만 아래로
향하는 버튼 대신 위로 가는 버튼을 눌렀다. 꼭대기 층이 아닌 바로 그
아래층. 그는 시계를 보았다. 8시 30분. 완벽했다.

잠시 후 그는 어느 문을 두드렸고, 대답을 기다리지 않고 안으로 들어
갔다.

"봉." 브루넬 총경이 말했다. "왔군요."

언제나처럼 작고 우아한 테레즈 브루넬은 자리에서 일어나, 마찬가지
로 일어난 남편 제롬 옆의 의자를 가리켰다. 그들은 악수를 나누었고,
모두 앉았다.

테레즈 브루넬은 경찰의 은퇴 연령을 넘겼지만 누구도 그녀에게 그
사실을 지적할 만큼 간이나 다른 장기가 크지 않았다. 그녀는 늦은 나이
에 경찰에 들어와 가마슈에게 훈련을 받은 다음, 일정 부분 그녀의 성실
한 근무 태도와 능력을 통해 그를 빠르게 뛰어넘었지만 두 사람 모두 알
다시피 일정 부분은 가마슈의 경력이 프랑쾨르 총경이 쌓은 벽에 부딪
혔기 때문이었다.

그녀의 나이가 여느 신입 경찰의 두 배였고, 그가 그녀의 교관이던 경
찰학교 시절 이래 두 사람은 친구로 지내 왔다.

그들이 지금 누리는 역할, 사무실, 계급은 뒤바뀌었어야 마땅했다.
테레즈 브루넬은 그것을 알았다. 제롬도 알았다. 가마슈도 알았지만 그

만이 신경 쓰지 않는 듯했다.

그들은 딱딱한 소파와 의자에 앉았고, 앙리는 가마슈와 제롬 사이에 몸을 뻗고 엎드렸다. 둘 중 연상인 남자가 팔을 내려 무의식적으로 셰퍼드를 쓰다듬었다.

칠십을 훌쩍 넘긴 제롬은 거의 완벽하게 둥글어서, 키가 조금만 더 작았다면 앙리가 그를 쫓고 싶은 유혹을 느꼈을 터였다.

계급 차이에도 불구하고 아르망 가마슈가 책임자인 것은 분명했다. 그의 사무실은 아니었지만 이것은 그가 주관하는 미팅이었다.

"새로운 소식이 있습니까?" 그가 테레즈에게 물었다.

"우린 근접해 가고 있는 것 같지만, 아르망, 문제가 있어요."

"몇몇 벽에 부딪혔네." 제롬이 설명했다. "누가 됐건 아주 영리해. 막 열을 올리려고 하면 막다른 골목인 걸 알게 되지."

목소리에는 짜증이 배어 있었지만 그의 태도는 쾌활했다. 제롬은 앞으로 몸을 둥글게 말았고, 깍지를 끼고 있었다. 눈은 밝았고, 미소와 싸우고 있었다.

그는 즐기고 있었다.

브루넬 박사는 수사관이었지만 퀘벡 경찰청과 일하지는 않았다. 지금은 은퇴한 그는 몬트리올의 노트르담 병원 응급 의학과 과장이었다. 그가 교육한 것은 재빨리 응급 상황을 파악하고 부상자의 치료 우선순위를 정한 다음 진단하는 것이었다. 그리고 치료했다.

은퇴한 지 몇 년이 된 지금, 그는 자신의 에너지와 기술을 수수께끼와 암호를 향해 재조준했다. 그의 아내와 가마슈 경감 둘 다 그에게 암호가 연루된 사건들의 자문을 구했다. 하지만 그 자문은 은퇴한 의사가 시간을 때우는 것 이상이었다. 제롬 브루넬은 수수께끼를 풀기 위해 태어난 사람이었다. 그의 머리는 다른 이들이 몇 시간이나 며칠 걸릴, 혹은 결코 알아내지 못할 연관성을 찾고, 보았다.

하지만 브루넬 박사가 선택한 게임, 그가 선택한 마약은 컴퓨터였다. 그는 사이버 중독자였고, 가마슈는 그에게 기막히게 끝내주는 퍼즐이라는 형태로 무제한적인 헤로인을 공급해 주고 있었다.

"이렇게 몇 겹이나 되는 보안은 처음 봤네." 제롬이 말했다. "누군가 이걸 숨기려고 상당히 애를 썼더군."

"그러니까 뭘요?" 가마슈가 물었다.

"당신이 우리한테 공장 급습 비디오를 진짜 흘린 사람이 누군지 알아봐 달라고 했잖아요." 브루넬 경정이 말했다. "당신이 이끌었던 건 말이에요, 아르망."

그가 끄덕였다. 그 비디오는 수사관 각각의 헤드셋에 부착됐던 소형 카메라에서 찍힌 것이었다. 그것들은 모든 것을 녹화했다.

"조사가 있었죠, 물론." 브루넬 경정이 말했다. "사이버 수사과가 내린 결론은 해커가 운 좋게도 그 파일들을 발견하고 편집해서 인터넷에 올렸다는 거였어요."

"개뿔." 브루넬 박사가 말했다. "해커가 이런 파일을 우연히 발견할 일은 없어. 그것들은 아주 잘 숨겨져 있었네."

"그래서요?" 가마슈가 제롬에게 몸을 돌렸다. "누가 그랬습니까?"

하지만 그들 모두 누구 짓인지 알고 있었다. 운 좋은 해커가 아니라면 경찰청 내 누군가여야 했다. 꼬리를 숨길 만큼 높은 위치의 누군가. 하지만 브루넬 박사가 그 꼬리를 발견했고 추적했다. 그들 모두 그 꼬리가 자신들 바로 위 사무실로 이어지리라는 것을 알았다. 경찰청 내 가장 높은 위치로.

하지만 가마슈는 자신들이 옳은 질문을 던지고 있는지 의문을 품은 지 오래였다. 누구인지가 아니라 왜. 그는 그 비디오가 단지 어느 훨씬 더 큰 존재의 역겨운 똥 덩어리에 불과하다는 것을 발견하게 되지 않을까 의심스러웠다. 그 똥을 진짜 위협으로 착각한 게 아닐까.

아르망 가마슈는 여기에 모인 이들을 보았다. 은퇴할 나이를 넘긴 경찰 간부. 통통한 의사. 그리고 자신. 소외된 중년 경찰.

자신들 셋뿐. 그리고 자신들이 쫓는 존재는 언뜻 보일 때마다 커지는 것 같았다.

그럼에도 가마슈는 단점이 또한 장점이라는 것을 알았다. 자신들은 쉽게 간과되고 잊혔다. 특히 자신들이 보이지 않고 무적이라고 믿는 사람들에게.

"나는 우리가 점점 가까이 가고 있다고 보네, 아르망. 하지만 계속 막다른 길에 부딪히고 있어." 제롬이 말했다. 박사가 갑자기 조금 엉큼해 보였다.

"계속하세요." 가마슈가 말했다.

"확실치는 않지만 내가 와처watcher 보초, 감시자라는 뜻를 찾은 것 같네."

가마슈는 아무 말도 하지 않았다. 그는 와처가 무엇인지 사이버 용어만큼이나 물리적으로 알았다. 하지만 그는 제롬이 보다 정확하게 말해주길 원했다.

"내가 제대로 찾았다면 그는 아주 영리하고 아주 기술적으로 뛰어난 사람일세. 한동안 그가 나를 지켜봤을 가능성이 있네."

가마슈는 커다란 두 손을 깍지 끼고 무릎 위에 팔꿈치를 올렸다. 목표물을 향해 물을 가르고 나아가는 전함처럼.

"프랑쾨르입니까?" 가마슈가 물었다. 에둘러 말할 필요가 없었다.

"개인적인 의견으로 그는 아니지만," 제롬이 말했다. "그게 누구든 경찰청 네트워크 내부에 있네. 이 일을 오래 해 왔지만 이렇게 정교한 건 본 적이 없어. 내가 멈춰서 보려고 할 때마다 놈은 배후로 사라지네."

"그가 거기에 있는 걸 어떻게 아십니까?" 가마슈가 물었다.

"확실친 않지만 감, 움직임, 변화로."

브루넬은 말을 멈췄고, 가마슈는 처음으로 이 쾌활한 의사에게서 어떤 근심의 기미를 느꼈다. 브루넬 박사가 뛰어난 만큼, 그가 더 뛰어난 누군가를 상대하고 있다는 느낌을.

가마슈는 무언가가 그를 지나치며 밀기라도 한 양 의자에 몸을 기댔다. **우리가 알아낸 게 뭐지?**

자신들만 그 존재를 사냥하고 있었던 것이 아니라 이제 그 존재 역시 자신들을 사냥하고 있는 것 같았다.

"그 와처가 박사님이 누군지 압니까?" 그가 제롬에게 물었다.

"그런 것 같진 않네."

"같진 않다고요?" 굳은 눈을 한 가마슈가 날카로운 목소리로 물었다.

"아니." 제롬이 고개를 저었다. "놈은 모르네."

아직은. 그 말은 입 밖으로 나오지 않았지만 암시적이었다. 아직은.

"조심하십시오, 제롬." 가마슈가 몸을 일으켜 앙리의 목줄을 집으며 말했다. 그는 작별 인사를 하고 그들과 헤어져 밤으로 향했다.

숲으로 깊이 들어설수록 백미러에서 도시와 시내와 마을의 불빛들이 사라져 갔다. 잠시 뒤 눈길을 비추는 헤드라이트 불빛을 제외하고 완전한 어둠이 내려앉았다. 이윽고 그는 전방의 부드러운 불빛을 보았고, 그것이 무엇인지 알았다. 가마슈의 차가 언덕에 이르렀고, 그곳 골짜기에서 그는 녹색과 빨간색과 노란색 전구가 빛을 내는 거대한 소나무 세 그루를 보았다. 전구가 수천 개는 되는 듯 보였다. 그리고 마을 사방에 포근한 불빛이 포치들과 말뚝 울타리들과 돌다리 위에 걸려 있었다.

차가 언덕을 내려가자 휴대전화에서 신호가 사라졌다. 전화도 먹통, 이메일도 먹통. 마치 자신과 뒷좌석에서 잠든 앙리가 지구 상에서 떨어져 나온 듯.

그는 머나의 '새 책과 헌책 서점' 앞에 차를 댔고, 여전히 위층에 불이 켜져 있는 것을 알아차렸다. 그는 너무 자주 이곳에 죽음을 찾으러 왔었다. 이번에는 자신이 죽음을 데려왔다.

8

클라라 모로가 먼저 차가 도착하는 것을 알아차렸다.

그녀와 머나는 다시 데운 스튜와 샐러드로 간단한 저녁을 먹었고, 그녀가 설거지를 하러 자리에서 일어났지만 머나가 곧 그녀와 합류했다.

"혼자 할 수 있어." 클라라가 뜨거운 물에 세제를 짜 넣고 거품이 나는 모습을 지켜보며 말했다. 그것이 늘 이상하게 만족스러웠다. 그것이 클라라를 마법사나 마녀나 연금술사처럼 느끼게 했다. 납을 금으로 바꾸는 것만큼 가치 있지는 않겠지만 늘 유용한.

클라라 모로는 집안일을 좋아하는 사람이 아니었다. 그녀가 좋아한 것은 마법이었다. 물을 거품으로. 더러운 접시들을 깨끗한 접시들로. 텅 빈 캔버스를 예술 작품으로 바꾸는 것.

그녀가 좋아한 것은 변화라기보다 탈바꿈이었다.

"앉아 있어." 클라라가 그렇게 말했지만 머나는 마른 행주를 들고 따듯하고 깨끗한 접시에 다가섰다.

"머리를 비우는 데 도움이 돼."

둘 다 그릇을 닦는 게 거친 바다의 허술한 뗏목이라는 것을 알았지만 잠시라도 머나를 떠 있게 해 준다면 클라라는 대찬성이었다.

그들은 불안을 없애 주는 리듬에 빠져들었다. 클라라는 설거지를 하고 머나는 말리고.

클라라는 설거지를 마치자 물을 빼고 조리대를 훔친 다음 몸을 돌려 방을 마주했다. 머나가 몬트리올에서 심리 치료사 일을 그만두고 자신의 작은 차에 전 재산을 욱여넣은 이래 방은 수년간 변하지 않았다. 머나가 우연히 스리 파인스에 굴러들었을 때, 그녀는 서커스에서 도망친 사람처럼 보였다.

분명 차보다 더 큰 거대한 흑인 여자가 차에서 내렸다. 시골길에서 길을 잃은 그녀가 커피, 패스트리, 화장실을 위해 멈춘 곳에서 예상치 않은 작은 마을을 발견한 때. 다른 곳으로 가던 중의 정차. 보다 흥미롭고, 보다 유망한 어딘가로. 하지만 머나 랜더스는 결코 떠나지 않았다.

비스트로에서 카페오레와 패스트리를 먹으면서 그녀는 자신이 있는 곳이 괜찮다는 것을 깨달았다.

머나는 짐을 풀고 올리비에의 비스트로 옆, 빈 가게를 임차해 '새 책과 헌책 서점'을 열었다. 자신은 가게 위층 고미다락으로 이사했다.

그렇게 클라라는 처음으로 머나를 알게 되었다. 그녀는 새로 생긴 서점이 어떤지 들렀다가 위층에서 나는 욕설과 비질 소리를 들었다. 가게 뒤로 이어지는 계단을 올라가 클라라는 머나를 발견했다.

비질을 하며 욕설을 뱉고 있는.

그 이후 그들은 죽 친구였다.

그녀는 머나가 빈 가게를 서점으로 바꾸는 마법을 지켜보았다. 빈 공간을 만남의 장소로 바꾸는. 사용되지 않던 고미다락을 집으로 바꾸는. 행복하지 않은 삶을 만족스러운 삶으로 바꾸는.

스리 파인스는 조용할지 모르지만 결코 정체되지 않았다.

클라라는 방을 둘러보며 창문 너머 크리스마스 전구의 불빛들을 보다가 스치는 불빛을 본 것 같았다. 헤드라이트.

하지만 이내 그녀는 차의 엔진 소리를 들었다. 그녀는 역시 그 소리를 들은 머나를 향했다.

둘 다 같은 생각을 하고 있었다.

콩스탕스.

클라라는 안도하긴 이르다는 것을 알고 안도감을 억누르려고 애썼지만 그 감정은 그녀의 주의를 감싸고 부풀어 올랐다.

아래층에서 문이 딸랑거렸다. 그리고 발소리. 누군가 한 사람이 자신들 아래 마루를 가로지르는 소리가 들렸다.

머나가 클라라의 손을 잡고 소리쳤다. "누구세요?"

소리가 멈췄다. 그리고 이내 친숙한 목소리.

"머나?"

클라라는 머나의 손이 차갑게 식는 것을 느꼈다. 콩스탕스가 아니었다. 전달자였다. 자전거를 멈춰 세운 우편배달부.

경찰청 살인 수사과의 수장이었다.

머나는 입도 대지 않은 차가 든 머그잔을 양손으로 감싸 쥐었다. 마시기 위해서가 아니라 온기를 위해서.

그녀는 장작 난로에 난 창으로 이는 불꽃과 잉걸불을 응시했다. 얼굴에 반사된 그 불꽃들이 그녀의 얼굴을 실제보다 생기 있게 해 주었다.

클라라는 소파에, 아르망은 머나 건너편 안락의자에 앉았다. 그 역시 커다란 두 손에 찻잔을 들고 있었다. 하지만 그는 불이 아닌 머나를 바라보았다.

쿵쿵거리며 고미다락을 돌아다니던 앙리는 난로 앞 깔개에 자리를 잡았다.

"그녀는 고통스러웠을까요?" 머나가 불에서 눈을 떼지 않고 물었다.

"아니었을 것 같습니다."

"누가 그런 짓을 했는지는 모르고요?"

그런 짓. 그런. 머나는 아직 '그런 짓'이 무엇인지 분명히 입에 올릴수 없었다.

하루가 지나도 콩스탕스가 나타나지 않았을 때, 전화조차 하지 않았을 때 머나는 최악의 상황에 대비했다. 콩스탕스의 심장마비. 뇌졸중. 사고.

더 나쁜 일이 있을 수 있다고는 전혀 생각지 못했다. 자신의 친구가 생명을 잃은 것이 아니라 생명을 빼앗겼다고는.

"우린 아직 모르지만 제가 찾아낼 겁니다." 가마슈는 이제 앞으로 몸을 기울이고 있었다.

"그러실 수 있다고요?" 그가 소식을 전한 이후 처음으로 입을 열며 클라라가 물었다. "그녀는 몬트리올에 살지 않았나요? 경감님 관할 밖 아니에요?"

"맞습니다. 하지만 몬트리올 살인 수사과장이 제 친굽니다. 저한테 사건을 인계했죠. 콩스탕스를 잘 아셨습니까?" 그가 머나에게 물었다.

머나는 입을 열다가 클라라를 넘겨다보았다.

"오." 클라라가 문득 이해하고 말했다. "비켜 줄까?"

머나가 망설이더니 고개를 저었다. "아니, 미안해. 환자에 대해 얘기하지 않는 게 습관이 돼서."

"그럼 그녀는 환자였군요." 가마슈가 말했다. 그는 수첩을 꺼내지 않았다. 집중해서 듣는 편을 선호했다. "그냥 친구가 아니었군요."

"처음엔 환자였고, 그다음에 친구가 되었죠."

"어떻게 만났습니까?"

"수년 전에 상담을 하러 왔었어요."

"얼마나 오래전이죠?"

머나는 생각했다. "이십삼 년 전이요." 그녀는 그 사실에 살짝 놀란 듯했다. "이십삼 년간이나 알아 왔어요." 머나는 경탄하더니 억지로 현실로 돌아왔다. "상담을 종료한 뒤에도 우린 계속 연락했어요. 식사도 같이 하고 연극도 보고요. 자주는 아니었지만 혼자 사는 두 여자라 공통점이 많다는 걸 발견했죠. 저는 그녀가 좋았어요."

"내담자와 친구가 되는 게," 가마슈가 물었다. "드문 일인가요?"

"예전 환자지만 그래요, 극히 드물죠. 제 경우엔 그녀뿐이었어요. 상담사는 분명한 경계가 있어야 해요. 예전 환자라도요. 이미 누가 머릿속에 들어와 있는데, 만약 그 사람이 삶에도 들어온다면 문제가 생기죠."

"하지만 콩스탕스는 그랬고요?"

머나가 끄덕였다. "우리 둘 다 좀 외로웠던 것 같아요. 그리고 그녀는 제법 정신이 온전해 보였죠."

"제법이요?" 가마슈가 물었다.

"우리 중 누가 온전한 제정신이죠, 경감님?"

두 사람은 머리끝이 다시 일어서고 모자에 눌린 데다 정전기가 일고 머리를 헤집는 버릇이 있는 클라라를 보았다.

"왜?" 클라라가 물었다.

가마슈는 다시 머나에게 몸을 돌렸다. "스리 파인스로 이주하신 뒤에 콩스탕스를 만난 적이 있습니까?"

"제가 몬트리올에 갔을 때 두어 번요. 여기서 만난 적은 없었어요. 주로 카드나 전화로 연락했죠. 사실, 최근에는 좀 멀어졌고요."

"그렇다면 이제 그녀는 뭣 때문에 여길 방문한 거죠?" 경감이 물었다. "당신이 초대했습니까?"

머나는 그에 관해 생각하더니 고개를 저었다. "아뇨, 그런 것 같지 않아요. 그녀가 오고 싶다는 암시를 했고, 제가 그녀를 초대했는지는 모르지만 그녀 생각이었던 것 같아요."

"특별히 오고 싶었던 이유가 있을까요?"

다시 머나는 대답하기 전에 생각했다. "들으셨는지 몰라도…… 콩스탕스의 언니가 시월에 죽었어요."

가마슈는 고개를 끄덕였다. 뉴스에 나왔었다. 콩스탕스의 죽음도 그럴 터였다. 콩스탕스 피노 살인 사건은 통계 자료일 뿐이었다. 콩스탕스 우엘레트 살인 사건은 헤드라인 뉴스감이었다.

"자매들이 모두 죽자 그녀 인생엔 아무도 남지 않았죠." 머나가 말했다. "콩스탕스는 굉장히 비밀이 많았어요. 그게 잘못이라는 건 아니지만 그런 생활이 그녀에겐 약간 집착이 되었어요."

"그녀의 친구들 이름을 알려 주실 수 있습니까?"

머나는 고개를 저었다.

"전혀 모르십니까?" 그가 물었다.

"전혀 없었어요."

"파르동Pardon 뭐라고요?"

"콩스탕스에겐 친구가 없었어요." 머나가 말했다.

가마슈는 그녀를 응시했다. "전혀요?"

"전혀요."

"자기가 그녀의 친구였잖아." 클라라가 말했다. "여기 있는 모두와 친구였지. 루스까지도."

그렇게 말했을 때 클라라는 자신의 실수를 깨달았다. 그녀는 친근을 친구로 착각했다.

머나는 말을 꺼내기 전에 한동안 침묵을 지켰다.

"콩스탕스는 실제로는 그렇게 느끼지 않으면서 우정과 친밀감을 주었어요."

"그게 다 거짓이었다는 말이야?" 클라라가 물었다.

"다는 아니야. 사이코패스라거나 그렇다는 말은 아니야. 그녀는 사람들을 좋아했어, 하지만 항상 어떤 벽이 있었지."

"당신한테도 말입니까?" 가마슈가 물었다.

"저한테도요. 그녀가 잘 숨겨 온 그녀 삶의 큰 부분이 있었어요."

클라라는 초상화를 그려 주겠다고 한 자신의 제안을 콩스탕스가 거절했던 스튜디오에서의 대화를 떠올렸다. 그녀는 무례하지 않았지만 단호했다. 분명한 밀어내기였다.

"뭡니까?" 가마슈가 머나의 얼굴에 집중하는 표정이 떠오르는 것을 보고 물었다.

"클라라가 방금 한 말을 생각하고 있었는데, 그녀가 맞아요. 콩스탕스는 여기서 행복했던 것 같고, 모든 사람을 진심으로 편하게 느낀 것 같아요. 심지어 루스도요."

"그게 어떤 의미죠?" 가마슈가 물었다.

머나는 생각했다. "어쩌면……."

그녀는 방을 가로질러 창밖의 소나무에 장식한 크리스마스 불빛을 응시했다. 작은 전구들이 밤바람에 살랑거렸다.

"그녀는 마침내 마음을 열고 있었는지 몰라요." 머나는 그렇게 말하며 자신의 손님들에게 시선을 돌렸다. "그에 관해 생각해 본 적 없지만 그녀는 덜 방어적이고 더 진실해진 것 같았어요. 날이 갈수록요."

"내게 자기를 그리게 해 주지는 않았을 거야." 클라라가 말했다.

머나가 미소를 지었다. "하지만 그건 이해할 만하지 않아? 콩스탕스와 자매들이 가장 두려워했던 게 바로 그거였어. 전시되는 것."

"하지만 나는 그때 그녀가 누군지 몰랐잖아." 클라라가 말했다.

"상관없었을걸. 자기가 알았으니까." 머나가 말했다. "하지만 떠날 때쯤에는 여기가 안전하다고 느낀 것 같아. 비밀을 들키든 아니든."

"그리고 비밀이 탄로 났습니까?" 가마슈가 물었다.

"저는 말하지 않았어요." 머나가 말했다.

가마슈는 발 받침대에 놓인 잡지를 보았다. 아주 오래된 「라이프」였고, 표지에 유명한 사진이 실려 있었다.

"하지만 당신은 분명 그녀가 누군지 알았군요." 그가 클라라에게 말했다.

"오늘 오후에 제가 클라라에게 말해 줬어요." 머나가 설명했다. "콩스탕스가 어쩌면 다시는 나타나지 않을지도 모른다는 걸 받아들이기 시작했을 때에요."

"다른 사람들은 모릅니까?" 그가 잡지를 집어 들고 사진을 응시하며 다시 물었다. 전에 수없이 보았던 사진. 작고 예쁜 겨울 코트와 토시 차림의 다섯 여자아이들. 바로 그 코트들. 바로 그 여자아이들.

"제가 알기로는요." 머나가 말했다.

그리고 다시 한번 가마슈는 콩스탕스를 죽인 자가 그녀가 누구인지 알았을지, 그리고 그자가 그녀의 자매 중 마지막 남은 사람을 죽이고 있다는 것을 알았을지 궁금했다. 우엘레트 다섯쌍둥이 중 마지막 남은 한 명을.

9

아르망은 차고 상쾌한 밤길로 나섰다. 눈은 그친 지 오래였고, 하늘은 맑게 개어 있었다. 막 자정이 지났을 무렵이었고, 그가 거기 서서 깨끗한 공기를 깊이 들이마시는 동안 나무에서 반짝이던 불빛들이 꺼졌다.

경감과 앙리는 깜깜한 세상의 외로운 존재들이었다. 그가 위를 올려다보자 천천히 별들이 나타났다. 오리온자리. 북두칠성. 북극성. 그리고 수많은 다른 별빛들. 지금 모든 게 아주아주 선명했다. 바로 지금. 어둠 속에서만 보이는 빛.

가마슈는 뭘 해야 할지, 어디로 가야 할지 확신이 서지 않았다. 몬트리올로 돌아갈 수도 있었다. 지쳐서 그러고 싶지는 않았지만 머나에게 곧장 가느라 비앤비에 예약을 하지 못했다. 그리고 지금은 자정이 넘었고, 비앤비는 불이 전부 꺼져 있었다. 저 너머 숲을 등진 옛 마차 여관의 윤곽을 간신히 분간할 수 있을 뿐이었다.

하지만 그가 지켜보는 사이, 위층 창문의 커튼 너머로 부드러운 불빛이 나타났다. 그리고 잠시 뒤 아래층에도 불이 들어왔다. 이내 현관 유리창으로 불빛이 흘러나오더니 문이 열렸다. 문간에 덩치 큰 남자가 그림자를 드리웠다.

"이리 와, 이 녀석, 이리 오라고." 목소리가 들렸고, 앙리가 목줄을 힘껏 당겼다.

가마슈가 목줄을 놓자 셰퍼드는 진입로를 달려 계단을 올라 가브리의 품으로 뛰어들었다.

가마슈가 다다랐을 때, 가브리는 간신히 몸을 일으켰다.

"착한 녀석." 그가 경감을 껴안았다. "들어오세요. 제 엉덩이가 얼어붙겠어요. 그렇다고 못 써먹을 건 아니지만."

"우리가 온 줄 어떻게 알았습니까?"

"머나가 전화했어요. 경감님께 방이 필요할지도 모른다고요." 그가 예상치 않은 손님을 가늠했다. "묵고 싶은 거, 맞죠?"

"아주 절실하게요." 경감은 말했고, 더 바랄 게 없었다.

가브리가 그들 뒤로 문을 닫았다.

장 기 보부아르는 차에 앉아서 닫힌 문을 응시했다. 그는 몸을 깊이 묻고 있었다. 완전히 안 보일 정도는 아니지만 조심스럽게 행동하려고 애쓰고 있다는 것처럼 보일 만큼은. 그것은 계산적이었고, 흐릿한 머릿속 저 아래 어딘가에서 그는 그것이 한심하다는 것 또한 알았다.

하지만 그는 더 이상 신경 쓰지 않았다. 그녀가 창밖을 내다보길 바랄 뿐이었다. 자신의 차를 알아보길. 여기 있는 자신을 보길. 문을 열길.

그의 바람은……

그의 바람은……

그의 바람은 다시 품 안에서 그녀를 느끼는 것이었다. 그녀의 향기를 맡고 싶었다. 그녀가 이렇게 속삭여 주었으면 싶었다. "다 잘될 거야."

무엇보다 자신이 그렇게 믿고 싶었다.

"머나 말로는 콩스탕스가 실종됐다던데요." 가브리가 가마슈의 겉옷을 걸기 위해 옷걸이로 손을 뻗으며 말했다. 그는 경감에게서 파카를 받아 들고 말을 멈추었다. "그녀 때문에 오신 거군요?"

"유감스럽게도 그렇습니다."

가브리는 머뭇거리다 물었다. "죽었나요?"

경감은 고개를 끄덕였다.

가브리는 파카를 끌어안고 가마슈를 바라보았다. 더 많이 묻고 싶은 생각이 간절했지만 참았다. 경감이 얼마나 피로한지 알 수 있었다. 질문을 하는 대신 그는 겉옷을 걸고 계단으로 향했다.

가마슈는 물결치는 거대한 가운을 따라 계단을 올랐다.

앞장서서 복도를 지난 가브리가 친숙한 문 앞에 멈춰 섰다. 그는 스위치를 딸깍 올리고 가마슈가 언제나 묵는 방을 밝혔다. 가브리와 달리 이 방은, 사실 이 비앤비 전체가 절제의 극치였다. 폭넓은 나무 널을 깐 마루 위에는 오리엔탈풍 작은 깔개들이 여기저기 흩어져 있었다. 어두운 색 나무로 만든 침대는 크고 안락했으며 바스락거리는 하얀 리넨 시트들과 두꺼운 하얀 이불 그리고 거위털 베개들이 잘 정돈되어 있었다.

깔끔하고 편안했다. 단순하고 안락했다.

"저녁 식사는 하셨어요?"

"안 했지만 아침까지 기다릴 수 있습니다." 침대 옆 탁자 위 시계가 12:30을 가리키고 있었다. 가브리는 창문으로 다가가 신선하고 차가운 공기가 들어오게 창문을 살짝 연 다음 커튼을 쳤다.

"몇 시에 일어나실 거죠?"

"여섯 시 반이면 너무 이른가요?"

가브리는 핼쑥해졌다. "전혀요. 저흰 늘 그 시간에 일어나죠." 그가 문가에서 멈춰 섰다. "오후 여섯 시 반을 말씀하신 거죠?"

가마슈는 침대 옆 마루에 가방을 놓았다.

"메르시, 파트롱." 그는 미소를 짓고 그렇게 말하며 가브리와 잠시 눈을 맞추었다.

옷을 갈아입기 전에 가마슈는 문가에 서 있는 앙리를 보았다.

방 한가운데 선 경감은 따뜻하고 부드러운 침대에서 앙리를, 다시 앙리에서 침대를 보고 있었다.

"오, 앙리, 그냥 노는 거 이상 바라는 게 있어야 할 거야." 그는 한숨을 쉬고 앙리의 가방을 뒤져 테니스공과 봉투를 꺼냈다.

경감과 앙리는 조심스레 계단을 내려왔다. 가마슈는 파카, 장갑, 모자를 다시 쓰고 문을 열었고, 둘은 다시 밤을 향해 나섰다. 이번에는 앙리에게 목줄을 매지 않았다. 앙리가 뛰쳐나갈 일은 거의 없었다. 앙리는 가마슈가 아는 가장 모험심이 적은 개였다.

마을은 이제 완전히 어둠에 묻혔고, 집들은 숲을 배경으로 희미하게 보일 뿐이었다. 둘은 마을 광장으로 걸었다. 가마슈는 앙리가 볼일을 마치는 모습을 만족스럽게 지켜보고 조용히 감사의 기도를 올렸다. 경감은 봉투에 그것을 담고 앙리를 칭찬해 주려고 돌아보았다.

하지만 개는 없었다. 산책 때마다, 수백 번이 넘는 산책 때마다 앙리는 가마슈 옆에서 기대감에 차 그를 올려다보았다. 한 번의 칭찬이 또 다른 칭찬을. 퀴드 프로 쿠오Quid pro quo '가는 말에 오는 말'을 뜻하는 라틴어.

하지만 지금, 믿을 수 없게도 앙리가 거기에 없었다. 사라졌다.

가마슈는 자신의 어리석음을 저주하며 손에 들린 빈 목줄을 보았다. 앙리가 사슴이나 코요테 냄새를 맡고 숲속으로 들어갔을까?

"앙리." 경감은 불렀다. "이 녀석아, 이리 와."

그는 휘파람을 불었고, 이내 눈에 난 발자국을 발견했다. 발자국은 길을 가로질렀지만 비앤비 쪽이 아니었다.

가마슈는 몸을 굽히고 발자국을 따라 뛰었다. 길 건너, 눈 더미 너머로. 잔디 광장으로. 눈을 치우지 않은 보도를 따라 아래로. 그날 두 번째로 경감은 눈덩이들이 부츠 속으로 굴러들어 양말을 적시는 것을 느꼈다. 또 한 번의 축축. 하지만 그는 신경 쓰지 않았다. 그가 원하는 것은 앙리를 찾는 것뿐이었다.

가마슈는 멈춰 섰다. 거기에 거대한 귀가 달린 어두운 형체가 기대에 차 어느 문을 올려다보고 있었다. 꼬리를 흔들며. 안으로 들어가길 기다리며.

경감은 심장이 진정되는 것을 느끼며 심호흡을 하고 안도의 숨을 쉬었다.

"앙리." 그는 강하게 속삭였다. "비엥 이시Viens ici 이리 와."

셰퍼드가 그 쪽을 보았다.

다른 집으로 가 버린 것이 아주 놀랍지는 않다고 가마슈는 생각했다. 앙리는 마음이 큰 반면 뇌는 그다지 크지 않았다. 앙리의 머리는 거의 전부 귀가 차지하고 있었다. 사실 앙리의 머리는 단지 일종의 두 귀의 받침대로 보였다. 다행히 앙리는 사실 머리가 필요 없었다. 앙리는 마음에 모든 중요한 것들을 담았다. 아마 집 주소를 빼고.

"이리 오렴." 경감은 그토록 잘 훈련되고, 보통은 매우 순종적인 앙리가 즉시 응답하지 않는 것에 놀라며 앙리를 불렀다. "너 때문에 이 집 사람들이 반쯤 죽을 만큼 겁을 먹겠구나."

하지만 그 말을 하는 순간, 경감은 앙리가 전혀 착각하지 않았다는 것을 깨달았다. 앙리는 애초에 이 집에 오려던 것이었다. 앙리는 비앤비를 알았지만 이 집을 더 잘 알았다.

앙리는 여기서 자랐다. 강아지 때 구조되어 이 집으로 와서 나이 든 한 여인에게 키워졌다. 에밀리 롱프레가 녀석을 구했고, 이름을 붙였고, 사랑해 주었다. 그리고 앙리는 그녀를 사랑했다.

이 집은 앙리의 집이었고, 어떤 점에서는 언제나 그럴 터였다.

가마슈는 앙리가 자신보다 스리 파인스를 더 잘 알았다는 것을 잊고 있었다. 모든 냄새, 모든 풀잎, 모든 나무, 모든 사람을.

가마슈는 눈에 난 앙리의 발자국과 자신의 부츠 자국을 내려다보았다. 현관 진입로가 치워져 있지 않았다. 베란다로 오르는 계단은 지저분했다. 집은 어두웠다. 그리고 비어 있었다.

이 집에 아무도 살지 않는다고 그는 확신했고, 아마도 에밀리 롱프레가 죽은 뒤 수년 동안 그랬을 것이었다. 아르망과 렌 마리가 홀로 남은 강아지를 입양하기로 결정한 그 이후로.

앙리는 잊지 않았다. 가마슈는 개를 데리러 눈 쌓인 계단을 오르며 그게 아니라면 앙리는 마음으로 이 집을 안다고 생각했다. 그리고 지금 셰퍼드는 정신없이 꼬리를 흔들며 자신을 집 안에 들여서 쿠키를 주며 착한 녀석이라고 말해 줄, 오래전 죽은 여인을 기다렸다.

"착한 녀석." 가마슈는 몸을 굽혀 앙리에게 목줄을 걸고 그 거대한 귀에 속삭였다. 하지만 계단을 내려오기 전에 경감은 창문 안을 들여다보았다.

가구들이 천에 덮여 있었다. 유령 가구.

이내 그와 앙리는 포치를 내려섰다. 별의 캐노피 아래에서 그와 앙리는 마을 광장을 천천히 걸었다.

하나는 생각에 잠겨, 하나는 추억에 잠겨.

테레즈 브루넬은 한쪽 팔꿈치를 짚고 몸을 일으켜 제롬이라는 덩어리 너머 침대 옆 탁자에 놓인 시계를 보았다.

새벽 1시가 지나 있었다. 그녀는 매트리스에 다시 몸을 묻고, 남편의 평온을 부러워하며 고른 숨을 쉬고 있는 그를 바라보았다.

그녀는 남편이 사려 깊은 남자고, 그래야 했지만 상황의 심각성을 정말 모르기 때문인지 궁금했다.

아니면 아마도 제롬은 아내와 아르망에게 계획이 있다고 믿기 때문일 터였다.

결혼 생활 동안 테레즈는 응급실 의사인 제롬이 언제나 도움이 될 수 있다는 생각에 마음이 편했다. 자신이나 아이들 중 하나가 목에 뭐가 걸린다면. 혹은 어디에 머리를 부딪힌다면. 혹은 교통사고를 당한다면. 혹은 심장마비를 일으킨다면. 그가 자신들을 구할 것이었다.

하지만 이제 그녀는 역할이 뒤바뀌었음을 깨달았다. 남편은 자신에게 의지하고 있었다. 그녀는 뭘 해야 할지 모르겠다고 그에게 털어놓을 용기가 없었다. 그녀는 분명한 대상, 명확한 목표 들을 다루는 훈련을 받았다. 사건을 해결하고 범죄자를 체포하도록. 하지만 지금은 모든 것이 흐릿해 보였다. 불분명했다.

브루넬 경정은 천장을 응시하며 남편의 묵직하고 규칙적인 숨소리를 듣고 있다가 상황이 두 가지 가능성으로 요약된다는 것을 깨달았다. 제롬은 사이버 공간에서 발견되지 않았다. 꼬리가 밟히지 않았다. 그것은 착각이었다.

혹은 남편은 발견되었다. 그리고 꼬리를 밟혔다.

어느 쪽이든 경찰청 내 높은 위치의 누군가가 자신들이 하는 짓을 덮는 데 엄청난 곤경에 빠졌다는 의미였다. 비도덕적이든 타당하든 바이러스성 동영상보다 더 큰 곤경에.

침대에 누워 천장을 응시하면서 그녀는 생각지 못했던 것을 생각했다. 자신들이 쫓는 존재가 수년간 거기서 자라고 책략을 꾸몄다면? 꾸준히 계획을 세워 왔다면?

그게 자신들이 우연히 마주친 것이었을까? 유출된 동영상을 쫓다가 제롬이 보다 방대하고 원숙하고, 심지어 보다 혐오스러운 무언가를 발견했을까?

그녀는 남편을 보았고, 그가 결국 깨어 자신처럼 천장을 응시하고 있는 것을 알아차렸다. 남편의 팔을 건드리자 그가 몸을 굴려 그녀의 얼굴에 아주 가까이 얼굴을 댔다.

그가 그녀의 양손을 감싸 쥐며 속삭였다. "다 잘될 거야, 마 벨ma belle 내 사랑."

그녀는 그를 믿을 수 있기를 바랐다.

마을 광장 끝에서 경감은 걸음을 멈추었다. 목줄에 묶인 앙리는 가마슈가 자신이 자란 어둡고 텅 빈 집을 살펴보는 동안 추위 속에서 참을성 있게 서 있었다. 앙리가 오늘 밤 그를 데려간 곳.

어떤 생각이 형태를 갖추었다.

1분쯤 후, 가마슈는 셰퍼드가 눈과 얼음을 떨어내려고 앞발을 들었다 놨다 하고 있는 것을 알아차렸다.

"가자꾸나, 몽 뷰mon vieux 친구." 그는 그렇게 말하고 걸음을 재촉해 비앤 비로 돌아갔다.

침실에서 경감은 두꺼운 햄샌드위치, 쿠키 몇 개 그리고 핫초콜릿이 놓여 있는 접시를 발견했다. 그는 참을 수 없을 만큼 저녁 식사를 들고 침대로 기어들고 싶었다.

하지만 먼저 그는 무릎을 꿇고 앙리의 차가운 발을 자신의 따뜻한 손으로 녹여 주었다. 하나씩 하나씩. 그런 다음 그 귀에 대고 속삭였다.

"다 잘될 거야."

그리고 앙리는 그를 믿었다.

10

다음 날 아침 6시 반에 가마슈는 문을 두드리는 소리를 듣고 깼다.

"메르시, 파트롱Merci, patron 고마워요. 주인장." 그는 그렇게 외치고 이불에서 나와 창문을 닫으려고 싸늘한 방을 조심조심 가로질렀다.

샤워를 마친 뒤 그와 앙리는 진한 커피와 메이플 훈제 베이컨 냄새를 쫓아 아래층으로 내려갔다. 난로 안에서 불꽃이 춤을 췄다.

"계란 한 개 드릴까요, 두 개 드릴까요, 파트롱?" 가브리가 외쳤다.

가마슈는 부엌을 들여다보았다. "두 개요. 어젯밤, 샌드위치 고마웠습니다." 그는 빈 접시와 머그잔을 개수대에 집어넣었다. "맛있었어요."

"잘 주무셨어요?" 가브리가 프라이팬가로 베이컨을 밀고 고개를 들며 말했다.

"아주요."

그리고 그는 그랬다. 오랜만에 처음으로 아주 깊은 단잠을 잤다.

"아침 식사는 몇 분이면 준비될 거예요." 가브리가 말했다.

"그때쯤 돌아오죠."

현관에서 그는 올리비에를 만났고, 두 남자는 포옹을 나누었다.

"여기 계셨다고 들었어요." 두 사람이 부츠를 신으려고 몸을 구부렸을 때 올리비에가 말했다.

몸을 펴면서 올리비에는 잠시 멈추었다. "가브리가 콩스탕스 얘기를 해 주더군요. 정말 끔찍한 일입니다. 심장 문제였나요?"

가마슈가 대답하지 않자 올리비에의 눈이 경감의 엄숙한 얼굴에서 자신이 본 것의 심각성을 이해하려 애쓰며 서서히 커졌다.

"설마." 그가 속삭였다. "살해됐어요?"

"그런 것 같습니다."

"세상에." 올리비에는 고개를 저었다. "빌어먹을 도시라니."

"온실이란 말인가요, 무슈?" 가마슈가 말했다.

올리비에는 입을 다물고 가마슈를 따라 현관 포치로 나섰고, 거기서 경감은 앙리에게 목줄을 채웠다. 그들은 1년 중 낮이 가장 짧은 동지를 맞는 중이었다. 해는 아직 뜨지 않았지만 마을 사람들은 활동을 시작하고 있었다. 두 남자와 개가 거기 서 있는 동안에도 마을 광장을 둘러싼 창문마다 불이 켜졌고, 공기 중에서는 희미하게 나무 때는 냄새가 났다.

그들은 올리비에가 아침 식사 손님들을 맞을 준비를 하러 비스트로로 향하는 동안 함께 걸었다.

"어떻게요?" 올리비에가 물었다.

"집에서 공격을 받았습니다. 머리를 맞았죠."

어둠 속에서도 가마슈는 옆 사람의 찡그린 얼굴을 볼 수 있었다. "누가 왜 그랬을까요?"

그리고 물론, 그것이 의문이라고 가마슈는 생각했다.

때로 그것은 '어떻게'이기도 했지만 거의 항상 '누가'였다. 하지만 그 모든 사건에 항상 맴도는 의문은 바로 '왜'였다.

누가 왜 일흔일곱 살 먹은 여인을 죽였을까? 그리고 범인은 콩스탕스 피노를 죽였을까, 콩스탕스 우엘레트를 죽였을까? 범인은 그녀가 축복 받은 우엘레트 다섯쌍둥이 중 하나라는 것을 알았을까? 다섯쌍둥이일 뿐 아니라 마지막 남은 쌍둥이였다는 것을?

왜?

"모릅니다." 가마슈는 인정했다.

"경감님이 맡으셨나요?"

끄덕이는 가마슈의 머리가 발걸음에 맞추어 숙여졌다.

비스트로 앞에 다다라 올리비에가 작별 인사를 할 참에 경감이 손을 뻗어 그의 팔을 건드렸다. 올리비에는 그 장갑 낀 손을 내려다보고 고개를 들어 강렬한 갈색 눈을 마주 보았다.

올리비에는 기다렸다.

가마슈는 손을 내렸다. 그는 자신이 하려는 것이 현명한지 전혀 확신이 가지 않았다. 올리비에의 잘생긴 얼굴이 추위에 분홍색으로 변해 가고 있었고, 그의 길어진 숨이 헐떡였다.

경감은 올리비에에게서 눈을 떼고 허공에 발길질을 하며 눈밭에 뒹굴고 있는 앙리에게 시선을 던졌다.

"같이 좀 걸을까요?"

올리비에는 조금 놀랐다. 그리고 적지 않은 경계심을 느꼈다. 경험상 살인 수사과장이 개인적으로 얘기를 나누자고 할 때는 좋은 일일 리가 없었다.

마을 광장 주변을 조심스럽게 걷자 길에 두껍게 쌓인 눈이 뽀득거렸다. 키가 크고 다부진 남자와 더 작고 더 날씬하고 더 젊은 남자. 머리를 맞대고 신뢰를 나누며. 살인에 대한 게 아니라 완전히 다른 것에 대한 이야기를 나누며.

그들은 에밀리 롱프레의 집 앞에 멈춰 섰다. 굴뚝에서 연기가 나지 않았다. 창문에 불빛이 없었다. 하지만 그 집은 가마슈가 매우 존경했고 앙리가 사랑한 나이 든 여인의 추억이 꽉 차 있었다. 두 남자는 그 집을 보았고, 가마슈는 자신이 원하는 바를 설명했다.

"무슨 말인지 알겠습니다, 파트롱." 경감의 부탁을 듣고 올리비에가 말했다.

"고맙군요. 비밀로 해 줄 수 있습니까?"

"물론이죠."

그들은 갈라섰다. 올리비에는 자신의 비스트로 문을 열러 갔고, 가마슈와 앙리는 아침 식사를 하러 비앤비로 돌아갔다.

벽난로 앞에 있는 낡은 소나무 테이블 위에서 커다란 카페오레 사발이 경감을 기다리고 있었다. 앙리에게 먹이를 주고 신선한 물을 따라 준후 가마슈는 그 테이블에 앉아 커피를 마시면서 메모를 정리했다. 앙리는 그의 발치에 엎드려 있었지만 가브리가 오자 고개를 쳐들었다.

"부알라Voilà 나왔습니다." 여관 주인은 계란 두 개, 베이컨, 구운 잉글리시머핀들 그리고 신선한 과일을 담은 접시를 테이블에 올려놓은 다음 카페오레 한 잔을 들고 경감과 함께 앉았다.

"올리비에가 비스트로에서 방금 전화했더군요." 가브리가 말했다. "콩스탕스가 살해당했다고 하던데요. 정말인가요?"

가마슈는 고개를 끄덕이고 커피를 한 모금 마셨다. 향이 풍부하고 진했다. "다른 말은 없었습니까?" 가마슈는 가벼운 목소리를 유지했지만 가브리를 살폈다.

"집에서 그렇게 됐다던데요."

가마슈는 기다렸지만 올리비에는 약속대로 나머지 대화의 비밀을 지킨 것 같았다.

"사실입니다." 가마슈가 말했다.

"하지만 왜죠?" 가브리가 구운 잉글리시 머핀 한 개를 집으며 물었다.

또군. 가마슈는 생각했다. 그의 파트너처럼 가브리 역시 '누구'가 아닌 '왜'를 물었다.

물론 가마슈는 두 질문 다 아직 대답할 수 없었다.

"당신은 콩스탕스를 어떻게 생각했습니까?"

"아시다시피, 여기엔 고작 며칠 있었는걸요." 가브리가 말했다. 그러더니 질문을 곱씹었다. 가마슈는 어떤 답을 듣게 될지 호기심에 차서 기다렸다.

"처음에는 친절했지만 별로 말이 없었어요." 가브리가 마침내 말했다. "게이들을 좋아하지 않았죠. 그건 분명했어요."

"당신은 그녀를 좋아했습니까?"

"그랬어요. 어떤 사람들은 그저 동성애자들을 만난 경험이 별로 없는데, 그게 그들의 문제죠."

"일단 당신과 올리비에를 만난 뒤에는 어땠나요?"

"뭐, 그녀가 딱히 패그 해그fag hag 속어로 게이와 잘 노는 여자가 되진 않았지만 그다음 급은 됐죠."

"그게 뭐죠?"

재치를 부리는 대신 가브리는 진지해졌다. "우리 둘에게 아주 엄마처럼 됐어요. 제 생각엔, 우리 모두에게요. 루스만 빼고요."

"루스에게는 어땠습니까?"

"처음에 루스는 그녀와 어울리지 않았어요. 보자마자 콩스탕스를 싫어했죠. 아시다시피 그게 루스한테는 일종의 자랑이잖아요. 모두를 싫어하는 거요. 루스와 로사는 멀찍이 떨어져서 욕이나 중얼거렸죠."

"그렇다면 루스는 일상적인 반응을 보였군요." 가마슈가 말했다.

"로사가 돌아와서 기쁘지만," 가브리는 그 말을 속삭여 털어놓고는 과장스럽게 주변을 둘러보는 척했다. "좀 날아다니는 원숭이처럼 보이지 않아요?"

"요점을 벗어나지 않았으면 좋겠군요, 도러시「오즈의 마법사」의 주인공. 작중 서쪽 마녀가 날아다니는 원숭이를 부린다." 가마슈가 말했다.

"웃기는 건, 콩스탕스를 로사 똥처럼 대하던 루스가 갑자기 그녀에게 살가워졌다는 거예요."

"루스가요?"

"제 말이요. 그런 건 본 적도 없어요. 어느 날인가는 루스의 집에서 둘이 저녁도 같이 먹었다니까요. 단둘이요."

"루스가요?" 가마슈는 되풀이했다.

가브리가 머핀에 마멀레이드를 바르면서 고개를 끄덕였다. 가마슈는 가브리를 살폈지만 그는 아무것도 숨기는 것 같지 않았다. 그제야 경감은 가브리가 콩스탕스가 누군지 모른다는 것을 깨달았다. 안다면 지금쯤 무슨 말이든 했을 터였다.

"그럼 당신 말에 따르면, 여기서 일어난 일 중에 그녀의 죽음을 설명할 만한 일이 전혀 없다는 겁니까?" 가마슈는 물었다.

"전혀요."

가마슈는 가브리가 입을 보탠 아침 식사를 마치고 자리에서 일어나 앙리를 불렀다.

"경감님 방을 남겨 둘까요?"

"부탁합니다."

"그리고 물론 보부아르 경위님 방도 있어야겠죠. 곧 합류하나요?"

"사실, 아닙니다. 그는 다른 사건을 맡았습니다."

가브리가 사이를 두더니 고개를 끄덕였다. "아."

두 남자 다 그 '아'가 어떤 의미인지 정말로 알지 못했다.

가마슈는 사람들이 자신을 보고 옆에 보부아르가 서 있는 모습을 떠올리길 그만두기까지 얼마나 오래 걸릴지 궁금했다. 그리고 자신은 옆에 장 기가 없다는 걸 깨닫기까지 얼마나 오래 걸릴까? 참기 힘든 것은 통증이 아니라고 가마슈는 생각했다. 참기 힘든 것은 그 무게였다.

경감과 앙리가 비스트로에 도착했을 때, '몰려든다'는 표현이 부적절한지도 모르지만 그곳은 아침 식사를 하러 몰려든 사람으로 꽉 차 있었다. 누구도 그다지 서두르는 것 같지 않았다.

많은 마을 사람이 커피를 두고 미적거리며 몬트리올에서 하루 늦게 도착한 아침 신문들을 펴 들고 난롯가 의자들에 몸을 묻고 있었다. 몇몇은 작고 둥근 테이블에 앉아 프렌치토스트나 크레페나 베이컨과 계란을 먹고 있었다.

태양이 막 떠올라 화창한 하루를 비출 참이었다.

가마슈가 문을 향해 걷자 모든 눈이 그를 돌아보았다. 그는 그것에 익숙했다. 그들은 물론 콩스탕스를 알았다. 그녀가 실종 상태라고 알고 있었고, 이제는 그녀가 죽었다는 사실을 알게 되리라. 살해당했다는 것을.

가마슈가 트인 공간을 훑어보는 동안 그는 호기심에 찬, 짜증스러워하는, 살피는, 단지 궁금해하는 눈들과 마주쳤다. 그가 어깨에 해답이 든 가방을 짊어지고 오기라도 한 듯이.

파카를 걸면서 가마슈는 몇몇의 미소를 알아차렸다. 마을 사람들이 그의 동반자, 그 귀의 주인을 알아보았다. 돌아온 아들을. 그리고 앙리는 그들을 알아보았고, 가마슈와 비스트로 안으로 걸어가는 동안 침과 꼬리와 부적절한 킁킁거림으로 그들에게 인사했다.

"여기예요."

가마슈는 안락의자들과 소파가 모인 자리에 서 있는 클라라를 보았다. 그는 그 손짓을 돌려주고 테이블 사이를 헤치고 나갔다. 어깨에 마른 천을 걸치고 손에는 젖은 행주를 든 올리비에가 자리로 다가왔다. 그는 경감이 머나, 클라라, 루스와 인사를 나누는 동안 테이블을 훔쳤다.

"앙리가 여기 있어도 괜찮겠습니까, 아니면 비앤비에 두고 올까요?" 가마슈가 물었다.

올리비에가 로사를 보았다. 오리는 난롯가 안락의자에 「몬트리올 가제트」를 깔고, 날개에 읽히길 기다리는 「라 프레스」를 덮고 앉아 있었다.

"괜찮을 것 같은데요." 올리비에가 말했다.

루스가 초대라고밖에 해석될 수 없는 태도로 소파 위 자신의 옆자리를 두드렸다. 그것은 맞춤형 화염병을 받아 드는 것 같았다.

가마슈는 앉았다.

"그래, 보부아르는 어디 있지?"

경감은 모든 역경과 자연의 법칙에 맞서 장 기와 루스가 우정을 쌓았다는 사실을 잊고 있었다. 우정까진 아니어도 이해를 나눴다는 것을.

"그는 다른 사건을 맡았습니다."

루스는 경감을 노려보았고, 그는 그 시선을 받았다. 차분하게.

"그가 결국 당신을 간파했군, 그랬나?"

가마슈가 미소를 지었다. "그랬겠죠."

"당신 딸은? 그가 여전히 그녀와 연애 중인가, 그것도 망쳤나?"

가마슈는 차갑고 늙은 시선을 계속 마주했다.

"로사가 돌아와서 기쁘군요." 그가 마침내 말했다. "좋아 보입니다."

루스가 가마슈에게서 오리로 시선을 돌렸다가 다시 경감을 보았다. 그러더니 그녀는 그가 이전에 보지 못했던 무언가를 했다. 그녀는 동의했다.

"고맙군." 그녀가 말했다.

아르망은 숨을 깊이 들이마셨다. 비스트로는 싱그러운 소나무 냄새와 장작 타는 냄새와 희미한 크리스마스용 캔디 냄새를 풍겼다. 벽난로 위에는 화환이 걸려 있었고, 구석에 놓인 트리는 어울리지 않는 장식품과 사탕 들로 장식되어 있었다.

그가 머나에게 몸을 돌렸다. "오늘 아침은 어떻습니까?"

"아주 끔찍해요." 그녀가 작은 미소를 띠며 말했다. 그리고 정말로 그녀는 그다지 잠을 많이 자지 못한 것처럼 보였다.

클라라가 손을 뻗어 친구의 손을 쥐었다.

"라코스트 경위가 오늘 아침 몬트리올 경찰에서 구체적인 증거를 모두 받을 겁니다." 그가 그들에게 말했다. "제가 가서 함께 인터뷰 내용들을 살펴볼 겁니다. 주요 의문은 콩스탕스를 죽인 범인이 그녀가 진짜 누구였는지 알았는가입니다."

"그건 범인이 낯선 사람이었다는 뜻인가요?" 올리비에가 물었다. "아니면 누군가가 의도적으로 콩스탕스를 대상으로 삼았다는 건가요?"

"그게 항상 의문이죠." 가마슈가 인정했다.

"범인이 그녀를 죽일 작정이었다고 생각하세요?" 클라라가 물었다. "아니면 실수였을까요? 강도질이 너무 나간 걸까요?"

"죄의식이 따른 멘스 레아ᵐᵉⁿˢ ʳᵉᵃ 범행 의도를 일컫는 라틴어였는가, 사고였는가?" 가마슈가 말했다. "그게 우리가 물을 질문이 될 겁니다."

"잠깐만요." 그 자리에 합류했지만 그답지 않게 조용히 있던 가브리가 말했다. "'그녀가 진짜 누구였는지'가 무슨 말이에요? '그녀가 누구였는지'가 아니라 '그녀가 진짜 누구였는지'가요. 그게 무슨 말이에요?"

가브리가 가마슈에게서 머나에게로, 다시 가마슈에게 시선을 돌렸다.

"그녀가 누구였는데요?"

경감은 대답을 하려고 몸을 숙였다가 의자에 조용히 앉아 있는 머나를 보았다. 그가 끄덕였다. 그것은 머나가 수십 년간 지켜 온 비밀이었다. 그 비밀을 털어놓는 것은 그녀의 몫이었다.

머나는 입을 열었지만 다른 목소리가, 짜증스러운 목소리가 말했다.

"그 여자는 콩스탕스 우엘레트였어, 머저리."

11

"콩스탕스 우엘레트 머저리?" 가브리가 물었다.

루스와 로사가 그를 노려보았다.

"퍽, 퍽, 퍽." 오리가 웅얼댔다.

"그 여잔 콩스탕스 우엘레트고," 루스가 빙하 같은 목소리로 분명히 말했다. "자네가 머저리라고."

"알고 있었어요?" 머나가 늙은 시인에게 물었다.

루스가 로사를 들어 무릎에 올려놓고 고양이라도 되는 양 쓰다듬었다. 로사는 목을 늘여 부리를 루스를 향해 들어 올리고는 그 늙은 몸에 둥지를 틀었다.

"처음엔 아니야. 그저 그런 지루한 늙은이인 줄 알았어. 자네처럼."

"잠깐요." 가브리가 혼란을 걷어 내기라도 하려는 듯 앞에다 커다란 손을 저으며 말했다. "콩스탕스 피노가 콩스탕스 우엘레트였다고요?" 그가 올리비에를 돌아보았다.

"자기는 알았어?" 하지만 그의 파트너 역시 놀라워하는 게 분명했다.

가브리는 그 자리에 모인 이들을 둘러보고 마침내 가마슈에게 시선을 멈췄다.

"우리, 같은 얘기 하고 있는 거 맞아요? 그 우엘레트 다섯쌍둥이?"

"세 사C'est ça 맞습니다." 경감이 말했다.

"다섯쌍둥이?" 가브리는 여전히 확실히 이해하지 못하겠다는 듯이 고집스럽게 그 말을 되풀이했다.

"바로 그거요." 가마슈가 그의 말을 확언했다. 하지만 가브리의 혼란은 더해질 뿐인 듯했다.

"그 사람들은 죽은 줄 알았는데요." 그가 말했다.

"왜 사람들이 자꾸 그렇게 말하지?" 머나가 물었다.

"뭐, 그 모든 게 아주 오래돼 보이니까. 옛날 옛적."

그들은 조용히 앉아 있었다. 가브리가 못을 박았다. 정확히 그들 모두가 생각하고 있던 그 사실에. 우엘레트 다섯쌍둥이 중 하나가 죽었다는 것이 충격이 아니라, 그들 중 누구라도 살아 있었다는 사실이 충격이었다. 그리고 그 하나가 자신들과 함께 지냈다는 것이.

다섯쌍둥이는 퀘벡의 전설이었다. 캐나다의. 아니, 전 세계의. 그들은 하나의 현상이었다. 거의 광적이랄 만큼. 똑같이 생긴 다섯 명의 여자아이. 대공황 시기에 태어난. 임신 촉진제 없이 잉태된. 체외 수정이 아니라 체내 수정된. 자연 임신으로 분만된 다섯쌍둥이 중 유일하게 살아남았다고 알려진. 그리고 그들은 일흔일곱 해를 살아 냈다. 어제까지.

"콩스탕스가 마지막으로 남은 아이였죠." 머나가 말했다. "언니인 마르그리트는 시월에 죽었어요. 뇌졸중으로."

"콩스탕스는 결혼했어요?" 올리비에가 물었다. "그래서 피노가 된 거예요?"

"아니, 다섯쌍둥이 중 누구도 결혼하지 않았어." 머나가 말했다. "어머니의 결혼 전 성을 따랐지, 피노."

"왜?" 가브리가 물었다.

"왜인 것 같아, 멍청아?" 루스가 물었다. "사람들이 다 관심을 갈망하지는 않아."

"그럼 당신은 그녀가 누군지 어떻게 알았는데요?" 가브리가 따졌다.

루스가 그 말에 입을 다물자 모두 놀랐다. 다들 침묵이 아닌 퉁명스러운 응수를 기대했었다.

"그 여자가 말했지." 루스가 마침내 말했다. "그래도 우린 그에 관해 얘기하지 않았어."

"오, 좀." 머나가 말했다. "자기가 우엘레트 다섯쌍둥이라고 그녀가 말했는데도 질문 하나 안 던졌다고요?"

"자네가 믿건 말건 상관없어." 루스가 말했다. "아아, 그것이 진실이도다."

"진실이요? 진실이 '아아' 하며 당신을 씹었으면 당신도 진실을 몰랐을걸요." 가브리가 말했다.

루스는 그를 무시하고 자신을 지켜보고 있던 가마슈에게 초점을 맞추었다.

"그 여자가 우엘레트 다섯쌍둥이여서 죽임을 당했나?" 루스가 그에게 물었다.

"어떻게 생각하십니까?" 그가 물었다.

"이유를 모르겠군." 루스는 인정했다. "하지만……."

하지만. 가마슈는 일어서면서 생각했다. 하지만. 그게 아니라면 그녀는 왜 살해당했을까?

그는 손목시계를 보았다. 거의 9시. 가야 할 시간. 그는 스리 파인스에서 자신의 전화기가 먹통이라는 것과 이메일 역시 그렇다는 것을 제때에 기억해 내고, 바에서 전화를 걸려고 양해를 구했다. 그는 메시지들이 내려앉지 못한 채 마을 위 하늘에서 이리저리 펄럭이는 모습을 거의 기대했다. 스리 파인스 밖 언덕을 향해 오르는 자신을 기다렸다가 급강하하는 메시지를.

하지만 자신이 여기 있는 한 그 무엇도 자신에게 다다를 수 없었다. 아르망 가마슈는 그것이 어느 정도 자신의 단잠을 설명한다고 의심했다. 그리고 그것이 또한 이 마을에서 콩스탕스 우엘레트가 점점 편안함을 느낀 것을 설명한다고 의심했다.

그녀는 여기서 안전했다. 그 무엇도 그녀에게 다다를 수 없었다. 떠났다는 이유로 그녀는 살해되었다.

아니면…….

전화벨 소리를 들으며 그의 생각은 점점 더 뻗어 갔다.

아니면…….

그는 그녀가 떠나서 살해된 게 아니었다는 것을 깨달았다. 콩스탕스 우엘레트는 스리 파인스로 돌아오려고 해서 살해당했다.

"봉주르, 파트롱." 라코스트 경위의 밝은 목소리가 전화선을 타고 들려왔다.

"난 줄 어떻게 알았지?" 그가 물었다.

"발신자가 '비스트로'로 돼 있어서요. 경감님을 뜻하는 암호명이죠."

그가 그 말이 사실인지 궁금해하는 와중에 그녀가 웃음을 터트렸다.

"아직 스리 파인스에 계신가요?"

"그래, 막 떠날 참이네. 뭘 찾았나?"

"몬트리올 경찰에서 부검과 법의학 결과를 보냈습니다. 그리고 이웃들에게 받은 증언을 검토 중이고요. 모두 경감님께 보냈습니다."

허공에 맴도는 메시지들 사이에 있겠다고 가마슈는 생각했다.

"내가 알아야 하는 건?"

"아직은 없습니다. 이웃들은 그녀가 누구였는지 몰랐던 것 같고요."

"지금은 아나?"

"우린 그들에게 말하지 않았습니다. 가능한 한 오래 숨기고 싶어서요. 마지막으로 남은 다섯쌍둥이가 이제 막 죽었을 뿐 아니라 살해당했다는 게 알려지면 미디어가 달려들 거예요."

"현장을 다시 한번 보고 싶군. 한 시간 반 뒤에 우엘레트의 집에서 만날 수 있겠나?"

"다코르D'accord 알겠습니다." 라코스트가 말했다.

가마슈는 바 뒤에 걸려 있는 거울을 올려다보았다. 그는 거울에 비친 자신과, 자신의 뒤 크리스마스 장식이 된 비스트로와, 창을 통해 눈 쌓인 마을을 보았다. 이제 해는 수목한계선에 이르렀고, 하늘은 아주 옅은, 겨울의 파란빛을 띠고 있었다. 비스트로의 손님들은 자신들의 이야기로 돌아가 자신들이 우엘레트 다섯쌍둥이 중 한 명을 직접 만났다는 소식에 흥분해서 신이 나 있었다. 가마슈는 밀려왔다가 밀려가는 그들 감정의 흐름을 감지할 수 있었다. 발견에 흥분. 이내 그녀가 죽었다는 사실을 떠올린다. 그러다 다섯쌍둥이 현상으로 돌아간다. 그러다 그 살인. 양극을 오가는 원자들 같았다. 어느 한곳에 머물지 못하는.

벽난로 주변에서는 친구들이 머나를 위로하고 있었다. 그리고 그는 거울에 비친 상을 보고 있을 때 어떤 움직임이 있다는 인상을 받았다. 누군가가 자신을 응시하고 있다가 재빨리 눈을 떨구었다.

하지만 한 쌍의 눈이 자신에게 남았다. 고집스럽게 응시하는.

앙리.

셰퍼드는 주변의 소란에 무심한 채 완벽하게 침착한 상태로 앉아 있었다. 개는 가마슈를 응시했다. 얼어붙은 채로. 기다리면서. 앙리는 언제까지고 기다릴 것이었다. 가마슈가 절대 자신을 잊지 않으리라는 굳건한 확신에 안심한 채로.

가마슈는 거울을 통해 셰퍼드와 눈을 맞추고 미소를 지었다. 앙리는 꼬리를 흔들었지만 몸의 나머지 부분은 여전히 돌처럼 굳어 있었다.

"이제 어쩌실 거죠, 파트롱?" 가마슈가 전화기를 내려놓자 올리비에가 바를 돌아 나오며 물었다.

"이제 몬트리올로 돌아갑니다. 아쉽게도 할 일이 있군요."

올리비에가 전화기를 집어 들었다. "저 역시 할 일이 있죠. 행운을 빕니다, 경감님."

"당신도요, 몽 뷰mon vieux 친구."

가마슈 경감은 콩스탕스의 집 앞에서 이자벨 라코스트와 만나 함께 안으로 들어갔다.

"앙리는 어쩌셨어요?" 이자벨이 불을 켜며 말했다. 화창한 날이었지만 색이 빠져나간 것처럼 집이 어둡게 느껴졌다.

"클라라에게 맡겼지. 그래서 둘 다 꽤 행복해하는 것 같더군."

그는 앙리에게 자신이 돌아올 거라고 확신시켰고, 셰퍼드는 그를 믿었다.

가마슈와 라코스트는 부엌 식탁에 앉아 인터뷰와 과학수사를 검토했다. 몬트리올 경찰은 진술과 샘플과 지문 들을 철저히 조사했다.

"그녀의 지문뿐이군." 가마슈가 읽던 보고서에서 고개를 들지 않고 말했다. "무단 침입의 흔적은 없고, 문은 우리가 왔을 때 열려 있었지."

"그건 아무 의미 없을지 몰라요." 라코스트가 말했다. "이웃들이 진술한 내용을 보시면, 대부분이 낮에 집에 있는 동안은 문을 잠그지 않아요. 여긴 안정적인 옛 동네예요. 범죄가 없는. 가족들은 수년간 여기서 살아왔어요. 어떤 경우엔 수 세대가요."

가마슈는 고개를 끄덕였지만 콩스탕스 우엘레트는 아마도 자신의 현관을 잠갔으리라 생각했다. 그녀가 가장 귀하게 여긴 자산은 사생활이었던 것으로 보였고, 좋은 의도를 품은 어떤 이웃에게도 그녀는 그것을 앗아 가게 하고 싶지 않았을 것이었다.

"검시관은 그녀가 자정 전에 살해됐다고 확정하는군." 그는 읽었다. "우리가 발견했을 무렵에는 죽은 지 하루하고 반나절 정도 지났겠어."

"그게 왜 아무도 아무것도 못 봤는지도 설명해 주죠." 라코스트가 말했다. "어두웠고 추웠고, 모두가 집에서 자거나 텔레비전을 보거나 선물을 싸고 있었겠죠. 그리고 종일 눈이 내려서 혹시 있었을지 모를 흔적을 덮어 버렸고요."

"놈이 어떻게 들어왔을까?" 가마슈가 고개를 들어 라코스트와 눈을 맞추며 물었다. 그들 주위의 구식 부엌은 그들 중 하나가 차를 끓이거나 통 안의 비스킷을 꺼내 먹기를 기다리는 것 같았다. 쾌적한 주방이었다.

"음, 문은 우리가 도착했을 때 잠겨 있지 않았으니까 그녀가 잠그지 않아서 범인이 들어왔거나 문을 잠갔는데 범인이 초인종을 눌러서 그녀가 들였겠죠."

"그런 다음 범인은 그녀를 죽이고 떠났다." 가마슈는 말했다. "문을 잠그지 않은 채로."

라코스트는 고개를 끄덕이며 가마슈가 기대앉아 머리를 젓는 모습을 지켜보았다.

"콩스탕스 우엘레트는 그자를 들이지 않았을 걸세. 머나는 그녀가 거의 병적으로 비밀이 많았다고 했고, 이게 그걸 뒷받침하지." 그가 과학 수사 보고서를 톡톡 쳤다. "한 사람의 지문만 있는 집을 마지막으로 본 게 언제지? 아무도 이 집에 들어오지 않았네. 최소한 누구도 초대받지 않았어."

"그렇다면 분명 문이 잠겨 있지 않아서 범인이 들어왔겠군요."

"하지만 잠기지 않은 문 또한 그녀의 본성에 들어맞지 않아." 경감이 말했다. "그리고 그녀가 다른 이웃들처럼 문을 잠그지 않는 습관이 있었다고 치지. 늦은 밤이었고, 그녀는 잘 준비를 하고 있었네. 그때쯤에는 문을 잠갔겠지, 농non 아닌가?"

라코스트는 고개를 끄덕였다. 콩스탕스가 살인자를 집에 들였거나 범인 스스로 들어왔다.

둘 다 가능성이 없어 보였지만 둘 중 하나는 진실이었다.

가마슈가 보고서의 나머지를 읽는 동안 라코스트 경위는 지하실에서부터 자기만의 꼼꼼한 수색을 시작했다. 가마슈는 아래쪽에서 그녀가 이것저것 뒤지는 소리를 들을 수 있었다. 그 소리에 겹쳐 싱크대 위의 시계가 시간을 새기는 똑딱 소리만이 들렸다.

마침내 그는 보고서와 독서용 안경을 내려놓았다.

이웃들은 아무것도 보지 못했다. 그중에서 가장 연장자로 이 거리에서 평생 살아온 한 노부인만이 35년 전에 이 집으로 세 자매가 이사 왔던 것을 기억하고 있었다.

콩스탕스, 마르그리트, 조세핀.

노부인이 알기로 마르그리트가 가장 연상이었지만 조세핀이 그들 중 가장 먼저 5년 전에 사망했다. 암으로.

자매들은 친절했지만 비밀이 많았다. 누구도 안에 들이지 않았지만 아이들이 기금 마련을 할 때면 늘 오렌지며 포도며 크리스마스 초콜릿들을 상자째 샀고, 따뜻한 여름날 정원 일을 할 때면 그들은 하던 일을 멈추고 수다를 떨었다.

그들은 다정했지만 오지랖이 넓지는 않았다. 그리고 오지랖을 허용하지도 않았다.

완벽한 이웃이었지요. 그 부인은 말했었다.

그녀는 옆집에 살았고, 마르그리트와 레모네이드를 마신 적이 있었다. 두 사람은 포치에 함께 앉았고, 콩스탕스가 세차하는 모습을 지켜보았다. 두 사람은 그녀를 독려하고 그녀가 놓친 부분을 장난스럽게 가리켰다.

가마슈는 그들을 그릴 수 있었다. 톡 쏘는 레모네이드 맛을 느끼고 호스를 통해 뜨거운 포장도로에 쏟아지는 차가운 물 내음을 맡을 수 있었다. 그는 이 나이 든 이웃이 어째서 자신이 우엘레트가家의 다섯쌍둥이 중 하나와 앉아 있다는 사실을 눈치채지 못했는지 궁금했다.

하지만 그는 그 답을 알고 있었다.

다섯쌍둥이는 흑백사진과 뉴스 속에만 존재했다. 그들은 완벽한 작은 성에 살았고, 어처구니없을 만큼 주름 장식이 많이 달린 드레스를 입었다. 그리고 다섯이 떼 지어 왔다.

셋이 아니라. 하나가 아니라.

영원히 아이로 남은 다섯 소녀.

우엘레트 다섯쌍둥이는 실재하지 않았다. 그들은 나이 들지 않았고, 죽지 않았다. 그리고 그들은 분명 푸앵트생샤를에서 레모네이드를 홀짝이지 않았다.

그것이 누구도 그들을 알아보지 못한 이유였다.

그들이 스스로를 드러내려 하지 않았던 것도 도움이 되었다. 루스가 말한 대로 모든 이가 관심을 바라지는 않는다.

"아아, 그것이 진실이도다." 루스는 말했었다.

아아. 가마슈 경감은 생각했다. 그는 부엌을 나서서 자신의 조사를 시작했다.

클라라 모로는 바닥에 신선한 물을 한 그릇 놓았지만 너무 흥분한 앙리는 알아차리지 못했다. 앙리는 집 안을 온통 뛰어다니며 킁킁거렸다. 그 모습을 보면서 클라라는 마음이 부푸는 동시에 무너졌다. 그녀는 얼마 전에 자신의 골든레트리버 루시를 안락사시켜야 했다. 머나와 가브리가 함께였지만 클라라는 자신이 혼자라고 느꼈다. 피터는 그 자리에 없었다.

클라라는 루시의 일을 피터에게 전하는 것을 고민했지만 그것이 연락하기 위한 구실일 뿐이라는 것을 알았다.

그 거래는 1년을 기다리자는 것이었고, 그때는 그가 떠난 지 6개월도 채 안 됐을 무렵이었다.

클라라는 앙리를 따라 자신의 스튜디오로 들어갔다. 거기서 앙리는 오래된 바나나 껍질을 찾아냈다. 앙리에게서 그것을 받아 들고 그녀는 아직까지는 윤곽에 불과한 자신의 최신작 앞에 멈춰 섰다.

캔버스 위의 이 유령은 남편이었다.

어느 아침, 어느 저녁이면 그녀는 여기 들어와 그에게 말을 건넸다. 그에게 자신의 하루를 이야기했다. 때로는 심지어 저녁 식사와 양초 한 자루를 들고 와서 이 피터의 대체물 앞에서 촛불에 의지해 밥을 먹었다. 그녀는 먹으며 그와 수다를 떨었고, 하루 동안의 일들을 그에게 이야기했다. 좋은 친구만이 귀 기울일 소소한 일들을. 그리고 거창한 사건들도. 콩스탕스 우엘레트 살해 같은.

클라라는 그 초상을 그리면서 그림에 말을 걸었다. 여기에 붓질을 하고 저기를 살짝 두드리면서. 자신의 창작물 남편. 그는 이야기를 들어주었다. 마음을 써 주었다.

앙리는 여전히 킁킁거리고 냄새를 맡으며 스튜디오를 돌아다녔다. 바나나 껍질을 하나 발견했으니 더 있으리라고 기대할 법했다. 잠시 자신의 그림 앞에 멈춰 있던 클라라는 앙리가 바나나 껍질을 찾는 게 아니라는 사실을 깨달았다. 앙리는 아르망을 찾고 있었다.

클라라는 주머니에 손을 넣어 아르망이 남기고 간 간식 중 하나를 꺼낸 다음 웅크리고 앉아 개를 불렀다. 종종걸음을 멈춘 앙리는 그녀를 보더니 그녀의 목소리를 향해 위성안테나 귀를 돌리고 자신이 가장 좋아하는 채널을 찾고 있었다. 간식 채널을.

앙리는 다가와 앉고는 뼈 모양 간식을 조심스럽게 물었다.

"괜찮아." 클라라는 앙리의 머리에 이마를 맞대며 개를 안심시켰다. "그는 돌아올 거야."

이내 클라라는 초상화를 향했다.

"콩스탕스에게 나를 위해 앉아 달라고 부탁했었어." 그녀는 덜 마른 그림에 대고 말했다. "하지만 그녀는 거절했지. 내가 왜 그런 부탁을 했는지 확실히 모르겠어. 당신 말대로 나는 캐나다에서, 어쩌면 세계에서 가장 뛰어난 예술가니까 그녀는 기뻐해야 했는데 말이야."

차라리 과장을 해―이 피터는 눈을 굴릴 수 없었다.

클라라는 캔버스에서 몸을 떼고 붓을 입에 물다가 암갈색 물감을 뺨에 묻혔다.

"지난밤엔 머나 집에서 잤어." 그녀는 피터에게 자신이 어떻게 몸에 따뜻한 이불을 두르고 무릎 위에 놓은 「라이프」 과월 호의 표지를 관찰했는지 설명했다. 그녀가 그것을 보았을 때, 소녀들의 이미지는 사랑스러운 느낌에서 묘한, 모호하게 불안한 느낌으로 변했다.

"그 애들은 전부 똑같았어, 피터. 표정이며 분위기며. 그냥 비슷한 정도가 아니라 정확히 똑같았어."

예술가이자 초상화가인 클라라 모로는 조금이라도 다른 점이 있는지 그 얼굴들을 살펴보았다. 그리고 아무것도 찾지 못했다. 그런 다음 그녀는 침대에 앉아 자신이 만났던 그 나이 든 여성을 떠올렸다. 클라라가 초상화를 그리게 앉아 달라고 부탁한 이는 많지 않았다. 즉흥적으로 그런 부탁을 하는 것은 그녀에겐 지나치게 부담스러운 일이었다. 하지만 분명 즉흥적으로, 그녀는 콩스탕스에게 그 질문을 던졌었다. 그리고 확실하게 퇴짜를 맞았다.

그녀는 사실 피터에게 딱히 과장하지 않았다. 클라라 모로는 자신이 그리는 초상화들로 놀랄 만큼 유명해졌다. 최소한, 그것은 그녀에게 놀라웠다. 그리고 그것은 그녀의 예술가 남편을 분명 놀라게 했다.

그녀는 존 싱어 사전트미국의 대표적인 초기 인상주의 화가가 한 말을 떠올렸다.

초상화 한 점을 그릴 때마다 나는 친구 하나를 잃는다.

클라라는 남편을 잃었다. 그녀가 그를 그렸기 때문이 아니라 그를 뛰어넘었기 때문에. 때로 캄캄한 겨울밤이면 그녀는 자신이 거대한 발과 자궁 전사들을 붙들고 있었다면 좋았을 거라 생각했다.

"하지만 내 그림들이 당신을 떠나게 한 건 아니잖아, 안 그래?" 그녀는 캔버스에 대고 물었다. "그건 당신 자신의 악마들이지. 그 악마들이 결국 당신을 잡아먹었어."

그녀는 그를 속속들이 떠올렸다.

"얼마나 상처를 받았을까." 그녀는 조용히 말했다. "지금 어디 있어, 피터? 도망치길 멈췄어? 그게 뭐든 당신의 행복, 당신의 창의성, 당신의 좋은 감각을 먹어 치운 걸 마주했어? 당신의 사랑을 먹어 치운 걸?"

그것이 그의 사랑을 먹어 치웠지만 클라라의 사랑은 그러지 못했다.

앙리는 클라라의 발치에 깔린 닳아 빠진 카펫 위에 자리를 잡고 있었다. 그녀는 붓을 집어 들고 캔버스에 다가갔다.

"그는 돌아올 거야." 그녀는 속삭였다. 어쩌면 앙리에게.

가마슈 경감은 서랍과 옷장과 찬장을 열고 콩스탕스 우엘레트 집의 내용물들을 조사 중이었다. 현관 벽장에서 그는 코트 한 벌과 모자 몇 개 그리고 장갑 한 쌍을 발견했다.

여기에 비축은 없었다.

그는 책장과 벽난로를 보았다. 손과 무릎을 바닥에 대고 가구 밑을 들여다보았다. 몬트리올 경찰에 따르면 콩스탕스는 도둑맞지 않았다. 남아 있는 지갑에는 돈과 모든 게 들어 있었다. 그녀의 차는 길에 세워져 있었다. 벽에 걸렸을지 모를 그림의 빈 자국이나 놀라우리만치 귀중한 장신구가 있었을지 모를 장식장의 공간도 없었다.

아무것도 없어지지 않았다.

하지만 여전히 그는 살폈다.

그는 자신이 몬트리올 경찰이 이미 조사한 영역을 조사하고 있다는 것을 알았지만 그는 다른 무언가를 찾고 있었다. 그들의 첫 수색은 범인의 단서를 찾는 것이었다. 피 묻은 장갑 한 짝, 여벌 열쇠, 협박 편지. 지문, 발자국. 도둑맞은 흔적.

그가 찾는 것은 그녀의 삶의 흔적이었다.

"아무것도 없습니다. 경감님." 라코스트가 손에서 지하실 먼지를 떨며 말했다. "감상적인 가족은 아니었나 봐요. 아기 때 옷도, 오래된 장난감도, 썰매나 설피도 없습니다."

"설피?" 가마슈가 흥미로운 듯 물었다.

"우리 부모님 지하실에는 그런 것들이 가득하거든요." 라코스트는 인정했다. "그리고 부모님이 돌아가시면 제 지하실이 그렇게 되겠죠."

"버리지 않고?"

"그럴 수 없죠. 경감님은요?"

"마담 가마슈와 나는 부모님한테 물려받은 게 약간 있네. 자네도 알다시피, 마담 가마슈는 형제가 삼백 명이라 그 모든 게 우리한테 올 거라는 건 의심할 여지가 없지."

이자벨 라코스트가 웃음을 터트렸다. 경감이 마담 가마슈의 가족들을 언급할 때마다 형제 수가 불어났다. 그녀는 경감처럼 외동으로 자란 사람이 갑자기 대가족 틈의 자신을 발견하면 분명 어찌할 바를 모르리라고 생각했다.

"아래층은 어떻던가?" 그가 물었다.

"여름옷이 든 삼나무 궤짝 하나와 겨울이라 들여놓은 야외용 가구들이 있더군요. 대부분 저렴한 플라스틱 물건들이었어요. 정원용 호스랑 장비도 있고요. 개인적인 물품은 없었습니다."

"어린 시절 물건도 없고?"

"전혀요."

두 사람 모두 냉혹하리만치 감상적이지 않은 사람이라도 그런 일은 드물다는 것을 알았다. 하지만 다섯쌍둥이라면? 그들을 둘러싸고 거창한 사업들이 펼쳐졌다. 기념품, 책, 인형, 퍼즐 들. 가마슈는 자신의 집조차 열심히 찾아보면 이 다섯쌍둥이와 관련된 물건이 있으리라 확신했다. 어머니가 모았던 스푼. 그 소녀들의 미소 짓는 얼굴이 든, 렌 마리 가족에게서 온 엽서.

퀘벡쿠아들이 막 교회에서 등을 돌리려던 참에 이 다섯쌍둥이는 새로운 종교가 되었다. 기적과 엔터테인먼트의 환상적인 조합이었다. 엄격한 가톨릭교회와 달리 이 다섯쌍둥이에게는 즐거움이 있었다. 희생과 죽음을 가장 강력한 상징으로 삼는 교회와 달리 다섯쌍둥이에게 감도는 이미지엔 행복이 가득했다. 활기차고 생기 넘치는 다섯 명의 웃고 있는 작은 소녀들. 세계가 그들 앞에 무릎을 꿇었다. 그들에게 매혹되지 않는 유일한 이들은 다섯쌍둥이 본인들뿐인 것 같았다.

가마슈와 라코스트는 복도를 따라가 각기 침실을 맡았다. 그들은 몇 분 뒤에 만나 정보를 교환했다.

"아무것도 없습니다." 라코스트가 말했다. "깨끗해요. 단정하고요. 옷도 개인적인 물건도 없습니다."

"사진도 없고."

그녀는 고개를 저었다.

가마슈는 한숨을 쉬었다. 그들의 삶이 정말 그렇게 살균되었을까? 그러나 집은 차갑게 느껴지지 않았다. 따뜻하고 쾌적하게 느껴졌다. 개인적인 소지품은 있었지만 비밀스러운 것은 없었다.

그들은 콩스탕스의 침실로 갔다. 핏자국이 남은 카펫이 여전히 깔려 있었다. 여행 가방이 침대 위에 놓여 있었다. 흉기는 경찰이 가져갔지만 그것이 떨어져 있던 자리를 나타내는 경찰 테이프가 붙어 있었다.

가마슈는 작은 여행 가방으로 다가가 소지품들을 꺼내어 침대 위에 깔끔하게 늘어놓았다. 스웨터들, 속옷들, 두꺼운 스타킹들, 스커트 한 벌과 편안한 바지들. 긴 내복과 플란넬 가운. 추운 지방에서 크리스마스를 보내기 위해 쌀 법한 것들이었다.

따뜻한 셔츠들 사이에서 그는 지팡이 모양 사탕 포장지로 싼 선물 세 개를 발견했다. 그가 만지자 포장지가 바스락거렸다. 안에 뭐가 들었든 부드러운 것이었다.

그는 자신이 어릴 때 받은 양말이며 타이며 목도리 들 같은 옷이라는 것을 알았다. 그는 꼬리표를 들여다보았다.

하나는 클라라, 하나는 올리비에, 하나는 가브리 것이었다.

그는 그것들을 라코스트에게 건넸다. "이것들을 풀어 보겠나?"

라코스트가 포장을 푸는 동안 그는 가방을 더듬었다. 스웨터 중 하나가 의당 그래야 할 촉감과 달랐다. 가마슈는 그 옷을 집어 들고 펼쳤다.

"클라라에게는 목도리, 올리비에와 가브리에게는 장갑이네요." 라코스트가 말했다.

그녀는 그것들을 다시 쌌다.

"이것 보게." 가마슈가 말했다. 그는 스웨터 한가운데에서 찾아낸 것을 들어 올렸다. 사진 한 장이었다.

"몬트리올 경찰들이 수색한 목록에는 들어 있지 않은 거예요." 라코스트가 말했다.

"놓치기 쉽지." 가마슈가 말했다. 그리고 그는 그들 머릿속을 상상해 볼 수 있었다. 늦었고 추웠고 배고팠고 이제 곧 이 사건은 그들 손을 떠날 터였다.

그들은 부족했다기보다 철저하지 못했다. 그리고 이 작은 흑백사진은 두꺼운 울 스웨터 속에 감춰져 있다시피 했다.

그는 창가로 사진을 가져가 라코스트와 함께 사진을 들여다보았다.

가마슈가 보기에 30대 정도로 보이는 네 여성이 자신들을 향해 미소 짓고 있었다. 그들은 서로의 허리에 팔을 두르고 카메라를 똑바로 보고 있었다. 가마슈는 자신이 그 미소를 돌려주고 있다는 것을 깨달았고, 라코스트 역시 마찬가지라는 것을 알아차렸다. 여자들의 미소는 크지 않았지만 진실했고 전염성이 강했다.

여기 행복한 네 사람이 있었다.

하지만 표정은 똑같은 반면, 그 외는 전부 달랐다. 옷, 머리, 신발, 스타일. 체형조차 달랐다.

둘은 통통했고, 하나는 말랐고, 하나는 평균이었다.

"무슨 생각이 드나?" 그가 라코스트에게 물었다.

"네 자매가 분명하네요. 하지만 서로 달라 보이기 위해서 할 수 있는 모든 노력을 기울인 것 같아요."

가마슈가 끄덕였다. 그가 받은 인상도 그랬다.

그는 사진의 뒷면을 보았다. 아무것도 없었다.

"왜 네 명뿐이죠? 한 사람은 어떻게 된 걸까요?"

"한 명은 어릴 때 죽은 것 같은데." 그가 말했다.

"찾아보기 어렵지 않겠죠." 라코스트가 말했다.

"맞아. 그럼 그건 내 일인 것 같군." 가마슈가 말했다. "자넨 어려운 일을 맡을 수 있으니까."

가마슈는 그 사진을 주머니에 집어넣었고, 이후 몇 분간 그들은 콩스탕스의 방을 수색했다.

침대 옆 탁자에 책이 몇 권 쌓여 있었다. 가마슈는 다시 여행 가방으로 가 그녀가 읽고 있던 책을 발견했다. 킴 투이_{베트남 난민 출신 캐나다 소설가}의 『루Ru』였다.

그는 책갈피가 꽂힌 쪽을 펼친 다음 조심스럽게 그 페이지를 보았다. 첫 문장을 읽었다. 콩스탕스 우엘레트는 결코 읽을 수 없을 문장을.

책을 사랑하는 사람으로, 최근에 죽은 자가 꽂아 둔 책갈피는 그를 늘 슬프게 했다. 그는 그런 책 두 권을 챙겼었다. 그것들은 그의 서재 책꽂이에 꽂혀 있었다. 그 책들은 아르망이 아이였을 때, 부모님이 교통사고로 돌아가신 후 부모님 방 테이블 옆에서 할머니가 찾은 것이었다.

때로 그는 그 책들을 꺼내 책갈피들을 쓰다듬었지만 아직 그것들을 뽑아 들 엄두가 나지 않았다. 그 뒷부분을 읽을 엄두가.

이제 그는 콩스탕스의 책을 내려놓고 창밖으로 작은 뒷마당을 내다보았다. 눈 아래 작은 텃밭이 있지 않을까 생각했다. 여름이면 세 자매가 커다란 단풍나무 그늘에 값싼 플라스틱 의자들을 내다 놓고 앉아 아이스티를 홀짝였으리라. 그리고 책을 읽고. 혹은 이야기를 나누고. 혹은 그저 조용히 앉아 있었으리라.

그는 그들이 우엘레트 다섯쌍둥이로 살았던 시절을 이야기했을지 궁금했다. 그들이 추억에 잠겼을까? 그다지 믿기지 않았다.

이 집은 피난처 같았고, 그들은 그 추억에서 숨고자 했다.

그는 몸을 돌려 카펫에 남은 자국과 경찰 테이프를 보았다. 그리고 손에 들린 책을.

곧 이야기 전체를 알아내리라.

"음, 우엘레트 자매들이 왜 자기들이 다섯쌍둥이인 걸 사람들이 모르길 바랐는지 이해가 가요." 떠날 채비를 하면서 라코스트가 말했다. "하지만 왜 자기들만 사는 집에까지 사진이나 카드나 편지를 두지 않았을까요? 이상하지 않으세요?"

가마슈는 포치를 내려갔다. "그들 삶에서 일반적이라 할 점을 거의 찾을 수 없지 않을까 싶네."

그들은 눈에서 반사되는 눈부신 햇빛에 눈을 찡그리며 눈 덮인 보도를 천천히 걸었다.

"없는 게 또 있네." 경감이 말했다. "눈치챘나?"

라코스트는 그에 관해 생각했다. 그녀는 이 질문이 테스트가 아니라는 것을 알았다. 경감은 그런 것을 초월했고, 그녀 역시 그랬다. 하지만 그녀는 아무 생각도 나지 않았다.

그녀는 고개를 저었다.

"부모가 없어." 그가 말했다.

제기랄. 라코스트는 생각했다. 부모가 없었다. 그녀는 그 점을 놓쳤다. 다섯쌍둥이에, 혹은 다섯쌍둥이 중 빠진 사람에 정신이 팔린 나머지 다른 무언가를 놓쳤다.

무슈 우엘레트와 마담 우엘레트. 자신들 과거의 일부를 지운 것과 별개로 왜 자신들의 부모도 지웠을까?

"어떤 의미일까요?" 그녀가 물었다.

"별거 아닐 수도 있겠지."

"살인자가 가져간 게 그걸까요?"

가마슈는 그것을 생각했다. "부모님 사진들을?"

"가족사진들요. 부모님과 자매들이 함께 찍은 사진."

"그럴 수도 있겠지." 그가 말했다.

"막 떠오른 건데……." 그녀가 차에 다다랐을 때 말했다.

"말해 보게."

"아뇨, 정말 어이없는 생각이에요."

그는 눈썹을 치켜올렸지만 아무 말도 하지 않았다. 그녀를 응시했을 뿐이었다.

"우리가 우엘레트 다섯쌍둥이에 대해 정말로 아는 게 뭐죠?" 그녀가 물었다. "그들은 의도적으로 사람들을 피해 피노 자매가 되었죠. 극도로 비밀이 많았고……."

"그냥 말하게, 경위." 가마슈가 말했다.

"어쩌면 콩스탕스가 마지막이 아닐지도 몰라요."

"파르동?"

"다른 자매들이 죽었는지 어떻게 알죠? 한 명은 죽지 않았을지도 모르죠. 달리 누가 그 집에 들어갈 수 있죠? 달리 누가 그들이 살았던 곳을 알기까지 하죠? 가족사진을 가져갈 사람이 또 있겠어요?"

"우리는 범인이 그녀가 다섯쌍둥이라는 사실을 알았는지조차 모르네." 경감이 지적했다. "그리고 가족사진이 도난당한지도 모르고."

하지만 차를 타고 가면서 그의 마음속에서 라코스트의 말이 점점 자라났다.

어쩌면 콩스탕스는 마지막 생존자가 아니었을지도 몰랐다.

12

집중해. 장 기 보부아르는 자신에게 애원했다. **맙소사. 정신 차리라고.**

무릎이 덜덜 떨려서 그는 손을 무릎에 올렸다. 무릎을 누르려고.

회의실 앞에서 마르탱 테시에가 이제 곧 폭주족의 본거지를 급습할 경찰청 수사관들에게 지시를 전달하고 있었다.

"이놈들은 문신을 한 깡패들이 아니다." 프랑쾨르의 부관이 자기 태블릿에 뜬 그래픽에서 고개를 돌려 그들을 마주하며 말했다. "이 바이커들을 과소평가해서 죽어 나간 경찰과 깡패 두목이 아주 많아. 이놈들은 군인이다. 촌놈들처럼 보일지 몰라도 착각하지 마라. 놈들은 훈련을 받았고, 충성스럽고, 자기네 영역을 지키려는 의욕이 아주 강하다."

테시에는 이미지, 도식, 계획 들을 띄우면서 계속했다.

하지만 보부아르가 들은 것은 자신의 목소리뿐이었다. 간청하는.

신이시여. 제발 저를 죽지 않게 해 주세요.

가마슈 경감은 문을 두드리고 테레즈 브루넬의 사무실로 들어갔다. 그녀는 그가 들어서자 책상에서 고개를 들었다.

"문 닫아요." 그녀가 안경을 벗으며 말했다. 목소리며 태도가 그녀답지 않게 무뚝뚝했다.

"메시지를 받았지만 시외에 있었습니다." 가마슈는 책상에 놓인 시계를 힐끗 보았다. 막 정오가 지난 참이었다.

그녀는 의자를 가리켰다. 그는 잠시 망설이다가 앉았다. 그녀는 그 옆으로 의자를 가져갔다. 그녀는 피곤해 보였지만 여전히 완벽한 모습이었고, 자신과 가마슈를 완벽하게 통제하고 있었다.

"이젠 도리가 없어요, 아르망. 유감이에요."

"무슨 뜻입니까?"

"무슨 뜻인지 알잖아요. 난 그에 관해 생각해 봤고, 제롬과 얘기해 봤고, 우린 거기에 아무것도 없다고 생각해요. 우린 우리 자신의 꼬리를 쫓아온 거예요."

"하지만……,"

"내 말 끝나지 않았어요, 경감. 이 비디오 사건은 선을 넘은 데다 터무니없어요. 이제 끝이에요. 비디오는 이미 유출됐고, 어떻게 하든 돌이킬 수 없어요. 당신도 그냥 잊어야 해요."

"이해가 가지 않는군요……." 그는 그녀의 얼굴을 살폈다.

"아주 간단해요. 당신은 상처받았고, 분노했고, 복수하고 싶었죠. 당연해요. 그러다 당신은 단순히 비디오 이상의 무언가가 있다고 확신하게 됐어요. 스스로 동요했고, 당신 주변의 사람을 동요시켰어요. 날 포함해서. 그건 내 잘못이지, 당신 잘못은 아니죠. 나 스스로 당신을 믿었으니까."

"무슨 일입니까, 테레즈?"

"경정님." 그녀가 말했다.

"데졸레Désolé 죄송합니다, 경정님." 그는 목소리를 낮추었다. "무슨 일이 있었습니까?"

"물론 있었어요. 난 분별을 찾았고, 당신도 그러길 충고하는 바예요.

지난밤에 거의 잠을 못 자다가 결국 일어나서 메모를 해 봤어요. 보고 싶어요?"

가마슈는 그녀를 뚫어지게 쳐다보면서 고개를 끄덕였다. 그녀는 그에게 손으로 쓴 쪽지를 건넸다. 그는 독서용 안경을 쓰고 쪽지를 읽었다. 그런 다음 조심스럽게 반으로 접었다.

"보다시피, 난 당신 편에서 모든 증거를 목록화했어요. 프랑쾨르 총경이 습격 비디오를 유출했고, 보다 크고 보다 악의적 목적으로……"

"테레즈!" 가마슈는 그녀가 더 말하는 것을 물리적으로 막기라도 하겠다는 듯 몸을 급히 숙이며 외쳤다.

"오, 맙소사, 경감, 그만둬요. 이 사무실은 도청되지 않아요. 아무도 우리 말을 안 듣는다고요. 아무도 신경 쓰지 않아요. 다 당신 머릿속에 있죠. 내 메모를 봐요. 증거가 전혀 없잖아요. 우리 우정의 무게와 당신에 대한 내 존경심이 내 판단을 흐렸어요. 당신은 자신이 창조한 점들을 이었던 거라고요." 그녀는 거의 협박하는 자세로 그를 향해 몸을 숙였다. "분명 프랑쾨르에 대한 당신의 개인적인 혐오감에 이끌렸겠죠. 당신이 계속 이런다면, 아르망, 내가 직접 당신 행동에 대한 증거를 들고 그를 찾아가겠어요."

"당신이 그럴 리 없습니다." 가마슈는 거의 목소리를 내지 못했다.

"나는 지쳤어요, 아르망." 그녀는 그렇게 말하고 일어서서 책상 뒤 자리에 앉았다. "제롬은 진이 빠졌어요. 당신이 우리 둘을 당신의 판타지 속으로 끌고 간 탓이죠. 포기해요. 은퇴하면 더 좋고요. 크리스마스에 파리에 가서 생각해 봐요. 그리고 돌아오면……"

그녀는 마지막 말을 자신들 사이의 허공에 띄웠다.

그는 일어섰다. "실수하시는 겁니다, 경정님."

"내가 실수하는 거라면, 난 밴쿠버에서 딸과 그럴 거예요. 그리고 거기 있는 동안 제롬과 난 내 미래도 의논도 할 거예요. 이제 비켜설 때예요, 아르망. 경찰청은 무너지지 않아요. 당신이 무너지죠. 우리는 공룡들이고 유성이 떨어졌어요."

"준비됐나?" 테시에가 보부아르의 등을 철썩 쳤다.

아니.

"됐습니다." 보부아르가 말했다.

"좋아. 자네가 팀을 끌고 벙커 이 층을 치는 거야."

테시에는 방금 경위에게 바하마에 가는 티켓이라도 준 양 싱글거리고 있었다.

"네, 경위님."

그는 간신히 화장실로 갔다. 화장실 칸 문을 잠그면서 그는 구역질을 하고 또 했다. 속 깊은 곳에서 고약한 냄새를 풍기는 트림만이 나올 때까지.

"전화입니다, 경감님."

"중요한 전화가?"

비서가 열린 문틈으로 그의 사무실을 들여다보았다. 가마슈 경감을 위해 일해 온 수년 동안, 그는 한 번도 그런 질문을 던진 적이 없었다. 그는 그녀가 전화를 연결하면 받을 가치가 있다고 그녀의 판단을 신뢰했었다.

하지만 그는 브루넬 경정과의 미팅에서 돌아온 뒤로 정신이 팔린 듯
했고, 지난 20분 동안 창밖을 내다보고 있었다.

"메시지를 받아 둘까요?" 그녀가 물었다.

"아니, 아니네." 그는 수화기로 손을 뻗었다. "받지."

"살뤼 파트롱salut patron 안녕하세요, 경감님." 올리비에의 활기찬 목소리가 들
렸다. "방해가 되지 않았으면 좋겠는데요." 그는 대답을 기다리지 않고
계속했다. "가브리가 오늘 밤에도 묵으실지 물어봐 달라더군요."

"그 얘기는 이미 했던 것 같은데요." 경감은 자신의 목소리에 살짝 짜
증이 섞인 것을 느꼈지만 어조를 바꾸려 하지 않았다.

"저기요, 저는 그저 메시지를 전달할 뿐입니다."

"그가 이중으로 예약을 잡거나 그런 겁니까?"

"아뇨, 방은 있지만 가브리가 몇 분이 오실지 알고 싶어 해서요."

"무슨 말입니까?"

"음, 보부아르 경위가 오나요?"

가마슈는 수화기에 대고 날카롭게 한숨을 내쉬었다.

"부아이용Voyons 이봐요, 올리비에." 그는 입을 열었다가 이내 자제했다.
"잘 들어요, 올리비에. 그것도 얘기했습니다. 보부아르 경위는 다른 일
을 맡았습니다. 라코스트 경위는 몬트리올에 남아 여기서 조사를 계속
할 거고, 나는 그 사건을 조사하러 스리 파인스로 갈 겁니다. 앙리를 마
담 모로에게 맡겼으니 어쨌거나 나는 내려가야 합니다."

"화내실 필요 없잖아요, 경감님." 올리비에가 받아쳤다. "그냥 확인하
는 것뿐이었어요."

"화나지 않았습니다."—화난 것이 분명했지만— "그냥 바쁘고 이럴

시간이 없는 것뿐입니다. 비앤비를 이용할 수 있다면 됐습니다. 안 된다면, 앙리를 데리고 몬트리올로 돌아오죠."

"농, 농. 이용 가능합니다. 얼마든지 머무세요. 가브리가 크리스마스까지는 예약을 안 받을 테니까요. 콘서트에 너무 매달리고 있거든요."

가마슈는 이 대화에 끌려갈 생각이 없었다. 그는 올리비에에게 감사를 표했고, 전화를 끊었고, 책상에 놓인 작은 시계를 보았다. 거의 1시 반이었다.

경감은 의자에 몸을 기댄 다음 사무실과 등지도록 의자를 돌려 눈 덮인 몬트리올을 내다보려고 큰 창을 마주했다.

1시 반.

1시 반이었다.

보부아르는 다시 한번 심호흡을 하고 부릉거리는 밴에 몸을 기댔다. 눈을 감아 봤지만 욕지기는 더 강해졌다. 그는 얼굴을 돌려 차가운 금속에 뜨거운 얼굴을 갖다 댔다.

한 시간 반 뒤면 급습이 시작될 터였다. 그는 시내를 내다볼 수 있게 밴에 창문이 있으면 했다. 친숙한 건물들을. 단단하고 뻔히 아는. 장기는 늘 자연적인 것보다 인공적인 것들이 더 편했다. 그는 자신들이 어디 있는지 상상해 보려 했다. 아직 다리 위에 있을까? 밖에 건물들이 있을까, 아니면 숲이?

난 어디에 있을까?

가마슈는 보부아르가 어디에 있는지 알았다. 3시로 예정된 급습 팀에 있었다.

또 다른 급습. 프랑쾨르가 지시한 불필요한 급습이었다.

경감은 눈을 감았다. 숨을 깊게 들이쉬고. 숨을 깊게 내쉬고.

이내 그는 코트를 걸쳤다. 문간에서 그는 라코스트 경위가 한 무리의 수사관에게 지시를 내리는 모습을 지켜보았다. 혹은 그러려고 애쓰는.

그들은 가마슈의 부하들이 이동돼 경찰청 각 부서로 흩어졌을 때 들어온 신입 수사관들이었다. 모두가 놀랍게도, 경감은 항의하지 않았다. 맞서지 않았다. 자신의 부서가 와해되는 것을 신경 쓰거나 알아차리지도 못한 것 같았다.

동요하지 않는 모습 이상이었다. 어떤 이들은 아르망 가마슈가 이제 신경이나 쓸지 궁금해하기 시작했다. 처음엔 조용히. 이내 드러내 놓고. 하지만 여전히 그가 그 무리에 다가서면 그들은 조용해졌고 경계했다.

"얘기 좀 하지, 경위." 그는 그렇게 말했고, 수사관들에게 미소를 지었다.

이자벨 라코스트는 가마슈를 따라 그의 사무실로 들어갔고, 그는 문을 닫았다.

"맙소사, 경감님, 우리가 왜 저걸 참아야 하죠?" 그녀가 사무실 밖을 향해 고갯짓을 했다.

"우린 그냥 최선을 다하면 되네."

"어떻게요? 포기해서요?"

"누구도 포기하고 있지 않네." 그가 안심시키는 목소리로 말했다. "날 믿어야 해. 자네는 뛰어난 수사관이야. 집요하고 직관적이지. 영리하고. 그리고 참을성이 무한하지. 이제 그걸 활용할 필요가 있네."

"무한하진 않습니다, 파트롱."

그가 끄덕였다. "이해하네." 이내 그가 책상 모퉁이를 쥐고 그녀에게 몸을 숙였다. "따돌림당하지 말게. 중심을 지키게. 그리고 항상, 항상 자네의 본능을 믿게, 이자벨. 지금 그게 자네에게 뭐라고 하지?"

"우리는 망했다고요."

그가 몸을 젖히고 웃음을 터트렸다. "그럼 내 걸 믿게. 모든 게 내가 원한 대로는 아니라는 건 확실하네. 하지만 끝나지 않았네. 지금은 행동을 하지 않는 게 아니라, 숨을 깊이 고르는 걸세."

그녀는 자신의 명령을 무시하고 책상에서 빈둥대고 있는 수사관들을 흘끗 보았다.

"그리고 우리가 숨을 고르는 사이 그들이 장악하고 있고요. 우리 팀을 파괴하고 있어요."

"그래." 그가 말했다.

그녀는 '하지만'을 기다렸지만 아무 말도 나오지 않았다.

"제가 저들을 위협해야 할까 봐요." 그녀가 제안했다. "사자가 유일하게 존중하는 건 자기보다 더 큰 사자죠."

"저들은 사자가 아니네, 이자벨. 거슬리지만 아주 작아. 개미 아니면 두꺼비지. 자넨 저들을 넘어 가거나 돌아가거나야. 하지만 짓밟을 필요 없네. 사자는 두꺼비와 싸우지 않지."

두꺼비 혹은 똥. 보다 큰 어떤 짐승이 싸지른 것들이라고 사무실을 나가며 라코스트는 생각했다. 하지만 가마슈 경감이 옳았다. 이 신입 수사관들에게는 공들일 가치가 없었다. 저들을 돌아갈 것이었다. 당분간은.

가마슈는 지정 주차 자리에 차를 세웠다. 그는 평소 여기에 주차하는 직원에게 이 자리가 필요 없다는 것을 알았다. 그녀는 파리에 있었다.

2시였다. 그는 잠시 멈춰서 눈을 감았다. 이내 눈을 뜨고 얼음 낀 길을 따라 국립도서관 뒷문으로 단호하게 걸었다. 문에서 그는 키패드에 렌 마리의 암호를 쳐 넣었고, 빗장이 딸깍하고 열리는 소리를 들었다.

"무슈 가마슈." 당연하게도 놀란 릴리 뒤푸르가 책상에서 고개를 들었다. "렌 마리와 파리에 계신 줄 알았는데요."

"아뇨, 아내는 먼저 갔습니다."

"뭘 도와드릴까요?" 그녀가 자리에서 일어나 그를 맞으러 걸어 나왔다. 그녀는 날씬했고 자립적이었다. 친절하지만 거의 엄하다시피 냉정했다.

"조사할 게 좀 있는데 당신이 도와주실 수 있을 것 같군요."

"어떤 거죠?"

"우엘레트 다섯쌍둥이요."

그는 그녀가 눈썹을 치켜세우는 것을 보았다.

"진짜군요. 왜죠?"

"그걸 알려 드릴 거라고 생각하진 않으시겠죠?" 가마슈가 미소를 지으며 물었다.

"그렇다면 제가 도와드릴 거라고 생각하진 않으시겠죠?"

그의 미소가 사라졌다. 렌 마리가 마담 뒤푸르에 대해 말한 적이 있었다. 국립도서관과 기록 보관소에 있는 자료들을 자신의 사적인 수집품인 양 수호한다는.

"경찰 업무입니다." 그가 말했다.

"도서관 업무예요, 경감님." 그녀가 그렇게 말하며 닫힌 큰 문을 향해 고갯짓을 했다.

그는 그녀의 시선을 좇았다. 자신들은 수석 사서들이 일하는 뒤쪽 사무실들에 있었다. 저 문을 거치면 공공 영역이었다.

그는 아내를 방문할 때면 학생들과 교수들과 연구자들과 단순히 호기심 많은 이들이 있는, 줄지은 책상과 독서 등을 갖춘 거대한 새 공공 도서관에서 기다리는 것에 대개 만족했다. 책상마다 노트북을 위한 콘센트가 있었고, 무선 인터넷으로 파일에 접근할 수 있었다.

하지만 모든 파일은 아니었다. 퀘벡 도서관 기록 보관소는 수천수만의 자료를 담고 있었다. 책뿐 아니라 지도들, 일기들, 편지들, 증서들. 그중 많은 것이 수백 년 된 것이었다. 그리고 그것들 대부분이 아직 컴퓨터에 저장되지 않았다.

많은 기술자가 모든 자료를 스캔하기 위해 장시간 일하고 있었지만 그 작업은 수년이, 수십 년이 걸릴 터였다.

그는 거기 보관된 모든 역사를 상상하며 그 통로를 걷기를 좋아했다. 카르티에프랑스의 항해가이자 탐험가가 그린 지도들. 마르그리트 뒤빌몬트리올 수녀회 창립자로 프랑스계 캐나다인이 쓴 일기들. 아브라함 평원 전투영국군과 프랑스군이 퀘벡시 외곽에서 맞붙었던 전투의 피로 얼룩진 작전 지도들.

그리고 아마도, 아마도, 우엘레트 다섯쌍둥이들에 대한 이야기. 대중이 소비한 부분이 아니라 그들의 사적인 삶에 대한 것. 카메라가 꺼졌을 때 그들의 실제 생활들에 대한 것.

그런 것들이 있다면 여기 있을 터였다.

그리고 그는 그것이 필요했다.

그는 마담 뒤푸르에게 몸을 돌렸다. "사건 때문에 우엘레트 다섯쌍둥이를 조사 중인데 당신 도움이 필요합니다."

"그 정도는 짐작했어요."

"비공개 기록 보관소에 있는 자료를 봐야 합니다."

"그건 봉인됐어요."

"왜죠?"

"그것들을 읽은 적이 없어서 몰라요. 봉인됐으니까요."

가마슈는 순간 짜증이 일었다가 그녀의 얼굴에 떠오른 살짝 흥미로운 표정을 알아차렸다.

"그것들을 읽어 보고 싶겠죠?" 그가 물었다.

이제 그녀는 올바른 대답과 진심 어린 대답 사이에서 망설였다.

"저한테 뇌물을 쓰시려고요?" 그녀가 물었다.

이제 그가 흥미로울 차례였다. 그는 그녀의 마음을 알았다. 자신과 같은 마음이었다. 정보, 지식. 아무도 모르는 것을 찾아내는 것.

"제가 허락한다 해도 법정에서 경감님이 찾아낸 정보를 사용하실 수 없어요." 그녀가 말했다. "불법적으로 얻은 정보일 테니까요. 원칙은 여전히 살아 있죠."

그는 그녀가 의미한 바가 다섯쌍둥이라는 것을 알았다.

그가 말이 없자 그녀는 조용해졌고, 그녀의 지적인 눈이 그를 재더니 침묵이 따랐다.

"절 따라오세요."

그녀는 유리와 금속으로 된 공공 도서관으로 이어지는 커다란 문에서 몸을 돌리고 그를 반대 방향으로 안내했다. 복도를 따라. 몇몇 계단을 내려가. 그리고 마침내 그녀가 키패드에 비밀번호를 눌렀고, 커다란 금속 문이 희미하게 쉭 소리를 내며 딸칵 열렸다.

문이 열리자 눈부시게 밝은 전등들이 자동으로 켜졌다. 창문이 없는 내부는 서늘했다.

"조명은 죄송해요." 그녀는 그렇게 말하며 등 뒤로 문을 잠그고 안으로 더 깊이 들어갔다. "최소화하려고 하고는 있어요."

눈이 적응하자 그는 자신이 커다란 방에 있음을 깨달았다. 하지만 그 방은 수많은 방 중 하나일 뿐이었다. 그는 오른쪽을 보았다. 그리고 왼쪽을. 그리고 앞을. 모두 연결된 방과 방이 도서관 밑에 지어져 있었다.

"오고 계세요?" 그녀가 걸어가면서 말했다. 가마슈는 그녀를 놓치면 길을 잃으리라는 것을 깨달았다. 그래서 그는 그녀를 바짝 따라붙었다.

"방들은 이십오 년 단위로 정리되어 있어요." 그녀가 이어진 방들을 빠르게 지나치며 말했다.

가마슈는 걸으면서 서랍들에 붙어 있는 라벨을 읽어 보려 했지만 희미한 불빛 때문에 그러기가 쉽지 않았다. 그는 샹플랭퀘벡을 건설한 17세기 프랑스 탐험가로 시신이 발견되지 않았다이라는 라벨이 붙은 서랍을 본 것 같았고, 샹플랭 본인이 실제로 여기에 보관된 게 아닌지 궁금했다. 그리고 뒤이은 또 다른 방은 1812년 전쟁에 관한 방이었다.

잠시 후 그는 자신의 눈을 정면, 마담 뒤푸르의 마른 등에 고정했다. 자신을 스쳐 가는 이 보물들은 모르는 게 약이었다.

마침내 그녀가 멈춰 섰고, 그는 그녀와 부딪힐 뻔했다.

"저기요." 그녀가 어느 서랍을 향해 끄덕였다.

라벨에 **우엘레트 다섯쌍둥이**라고 적혀 있었다.

"이 문서를 본 사람이 또 있습니까?" 그가 물었다.

"제가 알기론 없어요. 자료가 수집되고 봉인된 이후로는요."

"그게 언제죠?"

마담 뒤푸르는 서랍에 다가가 라벨을 자세히 들여다보았다.

"1958년 칠월 이십칠일이요."

"왜 그때죠?" 그는 궁금했다.

"왜 지금인데요, 경감님?" 그녀가 그렇게 물었고, 그는 그녀가 자신과 자신이 알 필요가 있는 것 사이에 서 있다는 것을 깨달았다.

"비밀입니다." 그는 가벼운 목소리로 말했지만 눈은 그녀의 눈을 떠나지 않았다.

"전 비밀을 잘 지켜요." 그녀가 그렇게 말하며 길게 늘어선 서류들을 힐끗 내려다보았다.

그는 잠시 그녀를 뜯어보았다. "콩스탕스 우엘레트가 이틀 전에 죽었습니다."

마담 뒤푸르는 그 정보를 듣고 얼굴이 일그러졌다. "유감이군요. 그녀가 마지막이었던 것 같은데요."

가마슈가 끄덕였고, 이제 그녀가 그를 더 면밀히 살폈다.

"그냥 죽은 게 아니군요, 그렇죠?"

"네."

릴리 뒤푸르는 숨을 크게 들이쉬고 한숨을 내쉬었다. "엄마가 그들을 보러 갔어요, 아시죠, 여기 몬트리올에 그들을 위해 지어진 그 집에요. 몇 시간씩 줄을 서셨죠. 그때 그들은 아이들일 뿐이었어요. 엄마는 죽는 날까지 그 얘기를 하셨죠."

가마슈는 고개를 끄덕였다. 이 다섯쌍둥이에게는 마술적인 무언가가 있었고, 이후 그들의 극도로 사적인 삶은 신비로움을 더할 뿐이었다.

마담 뒤푸르가 옆으로 비켜섰고, 가마슈는 그들의 사적인 삶이 담긴 서랍에 다가섰다.

보부아르는 손목시계를 보았다. 3시 10분 전. 그는 벽돌담에 몸을 바짝 붙였다. 그의 뒤에 경찰 셋이 있었다.

"여기 있게." 그는 속삭이고 모퉁이가로 다가갔다. 그는 그들의 얼굴에 비친 놀라움을 힐끗 보았다. 충격과 걱정. 그들이 덮칠 참인 폭주족이 아니라 자신들을 이끌어야 할 수사관에 대한.

보부아르는 그들이 두려워할 이유가 있다는 것을 알았다.

그는 담장에 댄 머리를 가볍게 찧고 있었다. 그런 다음 웅크리고 앉아 무릎을 끌어안고 몸을 흔들기 시작했다. 그러면서 그는 자신의 묵직한 부츠가 그 흔들림에 맞춰 눈을 뽀득거리며 밟는 소리를 들었다. 기름칠을 해야 하는 흔들 목마처럼. 무언가가 필요한.

3시 8분 전.

보부아르는 방탄조끼 주머니에 손을 뻗었다. 상처의 출혈을 멎게 할 붕대와 테이프가 들어 있는 주머니. 그는 약병 두 개를 꺼내서 하나의 뚜껑을 비틀어 열고 옥시콘틴 두 알을 재빨리 삼켰다. 앞서 삼켰던 약들은 토해 버렸고, 이제 그는 통증 때문에 거의 생각을 할 수가 없을 지경이었다.

그리고 다른 병. 그 다른 병. 그는 그 약병을 응시했고, 자신이 다리를 반쯤 건넌 사람처럼 느껴졌다.

약을 먹기도, 안 먹기도 두려웠다. 벙커로 들어서기가 두려웠고 도망치기도 두려웠다. 그는 죽는 게 두려웠고 사는 것도 두려웠다.

무엇보다 자신이 정말 얼마나 두려워하고 있는지 다른 이들이 알아차릴 게 두려웠다.

보부아르는 뚜껑을 비틀고 약병을 흔들었다. 쏟아진 알약이 그의 떨리는 손에서 튀어 올라 눈 속으로 사라졌다. 하지만 한 알이 남았다. 약은 그의 손바닥 중앙에 놓여 있었다. 필요한 양은 너무 많았고, 그 약은 너무 작았다. 그는 허겁지겁 약을 입에 털어 넣었다.

3시 5분 전.

가마슈는 자료를 읽고 메모를 하며 기록 보관소 책상에 앉아 있었다. 지금까지 찾아낸 것들에 사로잡혀. 일기들, 사적인 편지들, 사진들. 하지만 이제 그는 안경을 벗고 눈을 비비며 여전히 읽어야 할 자료와 책들을 보았다. 오후까지 그것들을 끝낼 도리가 없었다.

마담 뒤푸르는 그에게 버저를 보여 주었었고, 그는 이제 그 버저를 눌렀다. 3분 뒤에 그는 포장된 콘크리트 바닥에 울리는 발소리를 들었다.

"자료를 가져가고 싶습니다." 그가 책상 위에 쌓인 문서들을 고갯짓으로 가리켰다.

그녀는 무언가를 말하려고 입을 열었지만 다시 다물었다. 그리고 잠시 생각했다.

"콩스탕스 우엘레트가 정말로 살해됐나요?" 그녀가 물었다.

"그렇습니다."

"그리고 당신 생각에 여기 있는 무언가가," 그녀는 책상 위의 문서들을 보았다. "도움이 될지 모른다고요?"

"그럴 거라고 생각합니다."

"나는 팔월이면 퇴직해요. 정년퇴직이요."

"유감이군요." 그가 그렇게 말하자 그녀가 주위를 둘러보았다.

"해고죠." 그녀가 미소 지으며 말했다. "나나 그 서류들이나 누가 찾을 것 같진 않군요. 마음대로 하세요, 무슈. 하지만 돌려줘야 해요. 아시겠지만 그걸 잃어버리거나 당신 개가 그걸 먹으면 벌금이 상당할 거예요."

"메르시." 그렇게 말한 그는 마담 뒤푸르가 앙리를 만난 적 있는지 궁금했다. "부탁이 더 있습니다."

"신장 한쪽이요?"

"비밀번호요."

잠시 뒤 그들은 뒷문 옆에 서 있었다. 가마슈는 코트를 입고 있었고, 양손에 무거운 상자를 들고 있었다.

"찾으시는 걸 찾길 바라요, 경감님. 렌 마리를 만나면 안부 전해 주시고요. 주아이유 노엘."

하지만 문이 닫히고 잠기기 전에 그녀는 그를 다시 불렀다.

"조심하세요." 그녀가 말했다. "직사광선과 습기는 영구적인 손상을 입힐 수 있어요." 그녀는 잠시 그를 평가하듯 보았다. "그리고 무슈, 당신이라면 영구적인 손상에 대해 좀 아시겠군요."

"위." 그가 말했다. "주아이유 노엘."

아르망 가마슈가 스리 파인스에 다다랐을 즈음에는 어두컴컴해져 있었다. 그는 비앤비에서 멀지 않은 곳에 차를 세웠고, 차 문을 채 열기도 전에 올리비에와 가브리가 비스트로에서 나왔다. 가마슈가 보기에 그들은 자신의 도착을 지켜보고 있었던 것 같았다.

"길은 어땠어요?" 가브리가 물었다.

"나쁘지 않았습니다." 가마슈가 배낭과 무거운 종이 상자를 들어 올리며 말했다. "물론 샹플랭교를 빼고요."

"언제나 끔찍하죠." 올리비에가 맞장구쳤다.

"모두 준비됐어요." 가브리가 앞서 계단을 올라 현관문으로 이어지는 베란다를 걸으며 말했다. 그가 문을 열었고, 가마슈 경감은 안으로 들어서는 대신 동행한 두 사람이 먼저 들어가도록 옆으로 비켜섰다.

"환영합니다." 올리비에가 말했다.

테레즈와 제롬 브루넬이 에밀리 롱프레의 집으로 들어섰다. 앙리가 자신들을 위해 찾아낸 집으로.

13

올리비에와 가브리는 짐을 들여와 그것을 침실에 놓은 다음 떠났다.

"메르시, 파트롱." 가마슈는 추운 베란다로 그들과 함께 나갔다.

"별말씀을." 올리비에가 말했다. "전화로 연기 잘하시던데요. 정말로 화나셨다고 생각할 뻔했어요."

"그리고 당신은 올리비에 상 수상이," 가마슈가 말했다. "거의 확실시 되는군요."

"뭐, 공교롭게도," 가브리가 말했다. "제가 오늘 밤 그에게 보상을 해 줄 계획이었죠."

가마슈는 그들이 비스트로로 건너가는 모습을 지켜본 다음 문을 닫고 집 안을 마주했다. 그리고 미소 지었다.

마침내 긴장을 풀 수 있었다.

테레즈와 제롬은 이제 안전했다.

장 기도 안전했다. 가마슈는 운전하는 내내 경찰 통신을 모니터했고, 구급차 요청은 듣지 못했다. 사실, 그가 엿들은 바에 따르면 그 벙커는 버려졌던 것 같았다. 록머신은 더 이상 그곳에 없었다.

정보원이 거짓말을 했다. 혹은 십중팔구 정보원 자체가 존재하지 않았다.

가마슈는 그 소식을 듣고 안도하는 동시에 마음이 무거웠다.

장 기는 안전했다. 당분간은.

가마슈는 에밀리 롱프레의 집을 둘러보았다.

돌로 된 벽난로 양쪽에 소파 두 개가 마주 보고 놓여 있었다. 소파에는 빛바랜 꽃무늬 천이 씌워져 있었다. 그 사이 공간에 담요가 덮인 소나무 궤짝이 자리했다. 그 위에 크리비지 게임과 카드들이 놓여 있었다.

한구석에 안락의자 한 쌍이 자리했고, 그 사이에는 테이블과 고단한 발을 받쳐 줄 쿠션이 놓여 있었다. 술 달린 차양을 씌운 스탠딩 램프가 안락의자에 부드러운 빛을 드리웠다.

벽은 차분한 연푸른색으로 칠해져 있었고, 한쪽 벽은 바닥부터 천장까지 책꽂이였다.

고요하고 차분한 느낌이었다.

올리비에가 아침 내내 현재 에밀리 롱프레의 집을 누가 소유하고 있는지, 집을 빌릴 수 있는지 알아보았다. 리자이나에 사는 먼 조카가 집을 소유하고 있었는데, 아직 그 집을 어떻게 할지 결정을 내리지 못하고 있는 것 같았다. 그녀는 크리스마스 연휴 동안 그 집을 임대하는 데 기꺼이 동의했다.

그런 다음 올리비에는 가마슈에게 전화해서 사전에 약속했던 문장— **가브리가 오늘 밤에도 묵으실지 물어봐 달라더군요**—을 전달하는 것으로 가마슈가 에밀리의 집에 머물 수 있게 되었다고 알렸다.

그 후 올리비에는 마을 사람들을 모아 도움을 구했다. 그 결과가 이것이었다.

가구들은 덮개가 걷혔고, 침대가 준비되었고, 깨끗한 수건이 걸렸고, 집은 청소기가 돌려졌고, 먼지가 떨렸고, 윤이 나도록 닦였다. 난로 안에는 장작이 있었고, 냄새로 판단하건대 저녁 식사가 오븐에서 데워지는 중이었다.

자신과 브루넬 부부가 몇 시간 밖에 나갔다가 집에 돌아온 듯한 분위기였다.

갓 구운 사라네 바게트 두 개가 부엌의 대리석 카운터 위 바구니에 들어 있었고, 무슈 벨리보가 우유와 치즈와 버터를 찬장과 냉장고에 채워 놓았다. 수제 잼들과 함께. 식탁 위 나무 그릇에는 과일이 담겨 있었다.

장식이 달리고 불이 켜진 크리스마스트리도 있었다.

가마슈는 타이를 느슨하게 풀고는 무릎을 꿇고 성냥개비를 그어 난로 안 장작과 종이에 불을 붙인 다음 불이 타오르는 모습을 넋을 잃고 바라보았다.

그는 숨을 내쉬었다. 가구 위의 유령 같았던 시트처럼 어떤 후드가 자신에게서 벗겨진 느낌이었다.

"테레즈." 그가 불렀다. "제롬."

"위Oui 네?" 멀리서 대답이 들려왔다.

"나갔다 오겠습니다."

그는 부츠와 코트를 챙기고 청명한 저녁으로, 여닫이문이 달리고 마당에 구불구불 길이 나 있는 작은 집으로 서둘러 걸어갔다.

"아르망." 클라라가 그의 노크 소리에 문을 열며 말했다. 앙리는 너무 흥분한 나머지 뛰어오를지 가마슈의 발에 공처럼 몸을 말지 몰랐다. 대신 셰퍼드는 신이 나서 짖어 대며 가마슈의 다리 주위를 이리저리 뛰어다녔다.

"당연히 이 녀석을 두들겨 줬죠." 클라라가 넌더리가 난다는 척 앙리를 보며 말했다.

가마슈는 무릎을 꿇고 앉아 앙리와 한동안 놀아 주었다.

"스카치 한 잔이 필요해 보여요." 클라라가 말했다.

"제가 루스처럼 보인다는 말은 아니겠죠." 가마슈가 그렇게 말하자 클라라가 웃음을 터트렸다.

"아슬아슬해요."

"정말 아무것도 필요 없습니다, 메르시." 그는 코트와 부츠를 벗고 벽난로에 불이 붙은 거실로 그녀를 따랐다.

"앙리를 돌봐 주셔서 고맙습니다. 에밀리 집 단장을 도와주신 것도 고맙고요."

종착지에 다다른 지친 여행자들에게 그 집이 어떻게 느껴졌는지 설명할 방법이 없었다.

그는 퍼뜩 이 작은 마을이 바로 그런 것이 아닐지 궁금했다. 종착지일까? 그리고 대개의 끝처럼 전혀 끝이 아닌.

"천만에요." 클라라가 말했다. "가브리가 그 일에 크리스마스 콘서트 리허설을 끌어들여서 우리한테 〈휴런 캐럴〉을 반복해서 부르게 했지 뭐예요. 경감님이 베개 중 하나를 치면 그 노래가 흘러나올지도 몰라요."

가마슈는 미소 지었다. 음악이 가득 찬 집이라니 솔깃했다.

"에밀리의 집에 다시 불이 들어온 걸 보니 좋네요." 클라라가 말했다.

앙리가 소파 위로 기어올랐다. 천천히. 천천히. 딴 데를 보고 살금살금 기어오르면 아무도 안 볼 거라는 듯이. 앙리는 몸을 쭉 펴고 엎드려 소파의 3분의 2를 차지한 다음 천천히 가마슈의 무릎에 머리를 올렸다. 가마슈는 미안한 표정으로 클라라를 보았다.

"괜찮아요. 피터는 개들이 가구에 오르는 걸 아주 싫어했지만 저는 좋아해요."

그 말이 가마슈가 바랐던 말문을 열게 해 주었다.

"피터 없이 지내니 어떠십니까?"

"아주 이상한 느낌이에요." 그녀는 잠깐 반추하더니 말했다. "그건 우리 관계가 죽지 않은 것 같지만 살아 있는 것도 아니죠."

"좀비군요." 가마슈가 말했다.

"결혼계의 뱀파이어죠." 클라라가 웃었다. "가장 재미있는, 피를 빠는 부분이 없는."

"그가 그립습니까?"

"피터가 떠나던 날, 그가 모는 차가 스리 파인스 밖을 벗어나는 모습을 지켜본 다음 여기로 돌아와 문에 기대섰죠. 사실 전 그가 돌아올 경우를 대비해, 돌아오길 바라는 마음에 제가 그 문을 밀고 있었다는 걸 깨달았어요. 문제는 제가 피터를 사랑한다는 거예요. 전 결혼 생활이 끝났고, 제 삶을 살아야 할지 알고 싶었을 뿐이에요." 클라라가 말했다. "아니면 우리가 다시 시작할 수 있는지요."

가마슈는 한참 동안 그녀를 보았다. 회색빛이 늘어 가는 그녀의 머리카락, 편안하게 대충 걸쳐 입은 옷. 그녀의 혼란.

"작은 제안을 해도 될까요?" 그가 조용히 물었다.

그녀가 끄덕였다.

"제 생각에 당신은 혼자인 것처럼 삶을 살아 봐야 할 것 같습니다. 그가 돌아와 그와 함께하는 삶이 더 좋다는 걸 알게 된다면 그것도 멋지겠죠. 하지만 혼자서도 충분하다는 걸 알게도 될 겁니다."

클라라가 미소 지었다. "머나도 그렇게 말했어요. 아시겠지만 두 사람은 닮았어요."

"종종 덩치 큰 흑인 여성으로 오해받곤 하지요." 가마슈가 동의했다. "그게 제 가장 좋은 모습이라고들 하더군요."

"전 한 번도 그렇게 보인 적이 없어요. 제 가장 큰 실패죠." 클라라가 말했다.

그때 그녀는 그의 사려 깊은 갈색 눈을 알아차렸다. 그의 고요를. 그리고 아주 살짝 떨리는 손을. 하지만 충분했다.

"괜찮아요?" 그녀가 물었다.

그는 미소를 짓고 끄덕이고는 일어섰다. "괜찮습니다."

그는 앙리에게 목줄을 채우고 앙리의 가방을 어깨에 걸쳤다.

남자와 개는 거대한 크리스마스 소나무의 빨간색과 녹색과 금색 빛 속 스테인드글라스 같은 눈 위에 발자국을 찍으며 마을을 다시 가로질렀다. 가마슈는 자신이 앙리에게 했던 말과 똑같은 말을 클라라에게 했다는 것을 깨달았다.

모든 것이 실패했을 때—상담, 중재, 다시 치료를 받으라는 간청— 아니는 장 기에게 집에서 나가 달라고 했다.

아르망은 그 축축한 가을 저녁, 그들의 아파트 길 건너편에 세운 차에 앉아 있었다. 나무에서 떨어진 젖은 나뭇잎들이 거센 바람에 휘말렸다. 그것들은 앞 유리를 때리고 길을 질주했다. 그는 기다렸다. 지켜보았다. 딸에게 아빠가 필요할 경우를 대비해.

장 기는 강제로 끌어낼 필요 없이 떠났지만, 그는 나가는 길에 딱히 몸을 숨기지 않은 가마슈를 보았다. 보부아르는 낙엽이 그 주위를 소용돌이치는 가운데 번들거리는 길 한복판에 멈춰 서서 살인 수사과 경감 조차 충격을 받을 만큼 매우 끔찍한 표정으로 그의 모든 양심을 쏟아 냈다. 하지만 그것은 가마슈를 안심하게도 했다. 가마슈는 장 기가 가마슈 집안의 누군가를 해칠 작정이라면 그 누군가가 아니는 아니리라는 것을 그 순간 알았다.

그날 밤 집으로 돌아오는 길에 그는 그것이 위안이 되었다.

그 일이 몇 달 전이었고, 그가 아는 한 아니는 장 기와 더 이상 연락하지 않았다. 하지만 그것이 아니가 그를 그리워하지 않는다는 뜻은 아니었다. 예전의, 그리고 다시 예전으로 돌아갈지 모를 보부아르를. 기회가 주어진다면.

가마슈가 에밀리의 집에 들어서자 테레즈가 벽난롯가의 의자에서 힘겹게 몸을 일으켰다.

"누군가 당신을 잘 아는군요." 그녀가 아르망에게 컷글라스무늬를 새긴 유리잔를 내밀며 말했다. "그 사람들이 찬장에 좋은 스카치 한 병이랑 와인 몇 병을 두고 갔어요. 냉장고에는 맥주가 있고요."

"그리고 오븐에는 코코뱅coq au vin 레드 와인에 삶은 닭 요리이 있지." 제롬이 레드 와인 잔을 들고 부엌에서 나오며 말했다. "막 데우고 있는 참이네."

그가 잔을 들었다. "아 보트르 상테À votre santé 건배."

"두 분의 건강을 위하여." 가마슈가 그 말을 따라 하며 브루넬 부부에게 잔을 들어 올렸다.

이내 다시 자리에 앉은 테레즈와 제롬을 따라 가마슈는 스카치를 쏟지 않도록 조심하면서 끙 소리를 내며 앉았다. 그 옆 소파 위에 부드러운 베개가 있었고, 그는 충동적으로 그것을 쳤다.

소리가 나지 않았지만 그는 〈휴런 캐럴〉의 첫 소절을 나지막이 흥얼거렸다.

"아르망." 테레즈가 말했다. "이 집은 어떻게 찾았어요?"

"앙리가 찾았습니다." 가마슈가 말했다.

"개가?" 제롬이 물었다.

앙리는 자기 이름이 들리자 고개를 번쩍 들었다가 다시 내렸다.

브루넬 부부는 시선을 교환했다. 앙리는 잘생긴 개지만 하버드에 갈 개는 결코 아니었다.

"여긴 녀석의 집이었습니다." 가마슈가 말했다. "앙리는 새끼 때 보호소에서 마담 롱프레에게 입양됐죠. 그래서 녀석은 이 집을 알았습니다. 마담 롱프레는 저와 만난 지 얼마 되지 않아 죽었습니다. 그래서 렌 마리와 제가 앙리를 들이게 됐죠."

"지금은 누가 이 집을 소유하고 있죠?" 테레즈가 물었다.

가마슈는 올리비에와의 오늘 아침 일련의 일들을 설명했다.

"음흉하군요, 아르망." 그녀가 의자에 몸을 묻었다.

"경정님 사무실에서의 그 작은 연극만큼은 아니죠."

"위." 그녀가 인정했다. "그건 미안해요."

"당신이 뭘 했는데?" 제롬이 아내에게 물었다.

"경정님이 사무실로 불러서 저를 질책했죠." 가마슈가 말했다. "제가 망상에 빠져 있고, 더는 끌려가지 않겠다고 하셨죠. 심지어 프랑쾨르에게 가서 다 말하겠다고 협박하셨죠."

"테레즈," 제롬이 감탄한 듯 말했다. "당신이 이 불쌍하고 힘없는 남자를 괴롭히고 속였다고?"

"그래야 했어. 혹시 누가 듣고 있을지 모르니까."

"뭐, 완전히 속았습니다." 가마슈가 말했다.

"정말요?" 그녀는 즐거워 보였다. "좋았어."

"쉽게 속았군." 제롬이 말했다. "난 저 친구가 잘 믿기로 유명하다고 들었지."

"대부분의 살인 수사과 형사들이 그렇죠." 가마슈가 동의했다.

"결국 어떻게 알았나?" 제롬이 물었다.

"수년간의 훈련. 인간 본성에 대한 예리한 지식." 가마슈가 말했다. "게다가 테레즈가 이걸 제게 줘서요."

그는 주머니에서 꺼낸 깔끔하게 접힌 쪽지 한 장을 건넸다.

만약 제롬이 정말로 뭔가를 발견했다면 우리 집과 사무실이 도청된다고 봐야 해요. 제롬에게 밴쿠버에 갈 짐을 꾸리라고 했어요. 하지만 우리 딸은 끌어들이고 싶지 않군요. 의견 있어요?

"올리비에게 전화를 받고 이 집이 이용 가능하다는 말을 듣고는 테레즈가 제게 준 쪽지에 메모했습니다." 가마슈가 말했다. "그리고 라코스트 경위에게 쪽지를 테레즈에게 보여 드리라고 했죠."

제롬은 쪽지를 뒤집었다. 거기에 가마슈의 손 글씨로 이렇게 적혀 있었다. 비행기를 타러 공항으로 가되 타지는 마십시오. 브로사르에 있는 디스트랑트 몰로 택시를 타고 가세요. 거기서 만나죠. 안전한 장소를 압니다.

브루넬 박사는 가마슈에게 쪽지를 돌려주었다. 그는 아내가 쓴 메시지의 첫 줄에 주목했다. 만약 제롬이 정말로 무언가를 발견했다면…….

두 사람이 대화를 나눌 동안 그는 와인을 홀짝이며 벽난로를 들여다보았다. 더 이상 만약의 문제가 아니었다.

그는 테레즈에게 말하지 않았지만 그녀가 마침내 잠이 든 후 어리석은 짓을 했었다. 컴퓨터로 가서 다시 시도했다. 그는 시스템으로 깊이, 더 깊이 파고들었다. 무얼 찾을 수 있을지 보기 위해서이기도 했지만 와처를 끌어낼 수 있을지 보기 위해서이기도 했다. 거기에 있다면. 그는 그를 트인 곳으로 유도하고 싶었다.

그리고 그는 그랬다. 와처는 모습을 드러냈지만 제롬 브루넬이 예상한 곳은 아니었다. 자신의 뒤를 따르는 게 아닌, 자신의 앞에 있었다. 제롬을 유혹해 안으로 끌어들이고 있었다.

덫을 놓고 있었다.

제롬 브루넬은 자신의 전자 발자국을 지우고, 지우고, 지우고 달아났다. 하지만 여전히 와처는 따라왔다. 확실하게, 빠르게, 거침없이. 놈은 제롬 브루넬을 그들의 집까지 쫓아왔다.

그에 대해 **만약**은 없었다. 그는 무언가를 찾아냈다. 그리고 그 역시 발각되었다.

"안전한 장소라." 테레즈가 말했다. "그런 곳이 존재할 거라고는 생각하지 못했어요."

"지금은요?" 아르망이 물었다.

그녀는 주위를 둘러보고 미소를 지었다.

하지만 제롬 브루넬은 미소 짓지 않았다.

브리핑이 끝나고 경찰청 팀들은 집으로 향했다.

보부아르는 고개를 늘어뜨리고 책상에 앉아 있었다. 벌린 입에서 내뱉는 얕은 숨은 부자연스러울 만큼 소리가 컸다. 눈을 반쯤 뜬 그는 자신이 앞으로 미끄러지는 것을 느꼈다.

작전은 끝났다. 폭주족들은 거기 없었다. 그는 안도감에 울 뻔했고, 아무도 보고 있지 않았다면 그 거지 같은 벙커에서 울었으리라.

끝났다. 그리고 그는 이제 안전한 자신의 사무실에 돌아와 있었다.

테시에가 지나치는가 싶더니 발걸음을 돌려 사무실을 들여다보았다.

"자넬 찾고 있었어, 보부아르. 정보원이 개판을 쳤지만 우리가 어쩌겠어? 보스가 이번 일로 기분이 나빠서 다음 작전에 자네를 투입했네.”

보부아르는 간신히 초점을 맞춰 그를 응시했다. “뭐라고요?”

“국경으로 가는 마약 운송 건이야. 캐나다 세관이나 RCMP Royal Canadian Mounted Police 범죄, 테러, 마약 범죄 등 강력 범죄를 다루는 캐나다 연방 경찰에 넘길 수도 있지만 프랑쾨르는 오늘 일을 보상받길 원해. 푹 쉬어. 큰 건 같으니까.”

보부아르는 복도를 걷는 발소리가 더 이상 들리지 않을 때까지 기다렸다. 그리고 침묵만이 남았을 때 그는 양손에 머리를 파묻었다.

그리고 울었다.

14

코코뱅, 그린 샐러드, 과일과 머랭으로 저녁 식사를 마친 뒤 세 사람은 설거지를 했다. 가마슈 경감은 깊은 법랑 싱크대의 거품에 팔꿈치까지 담갔고, 브루넬 부부는 그릇을 훔쳤다.

구식 부엌이었다. 식기세척기도 없었고, 온수와 냉수가 한 수도꼭지에서 나오지도 않았다. 머리 위 찬장도 없었다. 대리석 카운터 위 어두운 색 나무로 된 접시 수납장뿐. 그리고 아래에 어두운 색 나무 수납장.

그들이 식사한 식탁은 부엌에 있는 아일랜드의 두 배였다. 뒷마당을 향해 창문들이 나 있었지만 밖이 어두워 보이는 거라곤 창문에 비친 자신들의 모습뿐이었다.

이곳은 옛날 그대로의 느낌이었다. 아주 오래된 마을의 오래된 집의 오래된 부엌. 부엌에선 베이컨과 빵 굽는 냄새가 났다. 로즈메리와 타임과 귤 냄새가 났다. 그리고 코코뱅 냄새가.

설거지를 끝내고 가마슈는 개수대 위에 있는 베이클라이트過去 전기용품 등에 쓰인 플라스틱의 일종 시계를 보았다. 거의 9시.

테레즈는 제롬과 거실로 돌아갔다. 제롬이 잉걸불을 쑤시는 동안 그녀는 레코드플레이어를 찾아내 그것을 틀었다. 친숙한 바이올린 협주곡이 부드럽게 연주되기 시작했다.

가마슈는 코트를 입고 앙리를 향해 휘파람을 불었다.

"저녁 산책?" 책꽂이를 훑어보고 있던 제롬이 물었다.

"가시겠습니까?" 가마슈는 앙리에게 목줄을 채웠다.

"나는 안 가요, 메르시." 테레즈가 말했다. 불가에 앉아 긴장을 푼 그녀는 피곤해 보였다. "이따 목욕을 하고 잘 생각이에요."

"같이 가지, 아르망." 제롬은 그렇게 말하고 경감의 얼굴에 떠오른 놀란 표정을 보고는 웃음을 터뜨렸다.

"저 사람, 너무 오래 세워 두지 마요." 테레즈가 그들 뒤에서 외쳤다. "머리 없는 눈사람처럼 보이니까요. 애들이 계속 저 사람 위에다 커다란 눈 뭉치를 올리려고 하거든요."

"사실이 아니야." 제롬이 코트를 입으며 말했다. "한 번 그런 적이 있었지." 그는 문을 닫았다. "가세. 자네가 그렇게 좋다는 이 작은 마을이 어떤지 보고 싶네."

"오래 걸리지 않을 겁니다."

추위가 즉시 그들을 때렸지만 놀랍거나 불편한 대신 기분 좋게 느껴졌다. 상쾌하게. 그들은 추위에 잘 무장되어 있었다. 키가 큰 남자와 키가 작고 둥그스름한 남자. 그들은 부러진 느낌표처럼 보였다.

널따란 베란다 계단을 내려간 그들은 왼쪽으로 돌아 눈이 치워진 길을 따라 산책을 나섰다. 경감은 앙리를 풀어 주고 테니스공을 던진 다음 셰퍼드가 눈 더미로 뛰어들어 소중한 공을 되찾기 위해 미친 듯이 눈을 파는 모습을 지켜보았다.

가마슈는 이 마을에 대한 동행의 반응이 궁금했다. 가마슈가 일찍이 진가를 알아본 제롬 브루넬은 쉽게 읽어 낼 수 없는 사람이었다. 그는 도시에서 나고 자란 도시 사람이었다. 몬트리올 대학에서 의학을 공부하기 전 파리의 소르본 대학에 다니다가 테레즈를 만났다. 그녀는 미술사 석사 학위를 따는 데 매진하고 있었다.

가마슈는 시골 생활과 제롬 브루넬은 근본적으로 어울리지 않는다고 생각했다.

말없이 한 바퀴를 돈 제롬은 멈춰 서서, 환하게 빛나며 하늘을 찌르고 있는 거대한 소나무 세 그루를 응시했다. 그런 다음 가마슈가 앙리에게 공을 던지는 동안 마을 광장을 둘러싼 집들을 둘러보았다. 어떤 집은 붉은 벽돌집이었고, 어떤 집은 물막이 판을 댄 집이었으며, 어떤 집은 자연석들로 지어져 땅에서 불거진 것처럼 보였다. 자연현상처럼. 하지만 마을에 대해 언급하는 대신 제롬의 시선은 거대한 세 그루 소나무로 돌아왔다. 그는 고개를 젖혀 그 끝을 따라갔다. 위로, 위로. 별들로.

"자네도 알겠지, 아르망." 그는 여전히 얼굴을 하늘을 향해 쳐든 채 말했다. "저것 중 몇몇은 별이 아니네. 통신용 위성들이지."

그의 고개와 시선이 땅으로 떨어졌다. 그는 가마슈와 눈을 맞추었다. 그들 사이로 더운 숨결이 얼어붙을 것 같은 공기 중에 안개처럼 피어올랐다.

"위." 가마슈가 말했다. 앙리는 가마슈의 발치에 앉아 그의 장갑 낀 손에 들린 얼어붙은 침 범벅의 테니스공을 뚫어져라 보고 있었다.

"그것들은 궤도를 돌지." 제롬이 계속했다. "신호를 받고 신호를 보내면서. 전 지구가 그 신호들로 덮여 있지."

"거의 전 지구죠." 가마슈가 말했다.

나무에 달린 불빛으로 경감은 제롬의 둥근 얼굴에 떠오른 미소를 보았다.

"거의." 제롬이 끄덕였다. "자네가 우릴 여기로 데려온 이유가 그것 아닌가? 아무도 우릴 여기서 찾으리라 생각하지 않을 뿐 아니라 이 마을이 보이지 않기 때문에. 그들은 우릴 볼 수 없겠지?" 그는 밤하늘을 향해 손짓을 했다.

"언덕에 오자마자," 가마슈가 물었다. "우리 휴대전화가 먹통이 된 걸 눈치채셨습니까?"

"눈치챘네. 전화기만이 아니겠지?"

"전부요. 노트북, 스마트폰, 태블릿. 여기선 작동되는 게 없습니다. 전화와 전기가 있지만," 가마슈가 말했다. "다 유선이죠."

"인터넷이 안 된다고?"

"모뎀 방식으로요. 케이블조차 없습니다. 회사 입장에선 저걸 뚫을 가치가 없겠지요."

가마슈가 가리켰고, 제롬은 동그란 작은 불빛인 스리 파인스 너머를 보았다. 어둠 속을.

산들. 산림. 들어갈 수 없는 숲.

그것이 이곳의 장관이라는 것을 제롬은 깨달았다. 통신망의 관점에서, 위성의 관점에서 이곳은 완전한 어둠일 터였다.

"데드 존dead zone 휴대전화가 터지지 않는 지역이군." 제롬이 가마슈에게 눈을 돌리며 말했다.

경감은 눈 더미를 뛰어다니는 앙리에게 다시, 그리고 다시 공을 던졌고, 그의 눈에 보이는 것은 맹렬히 흔드는 녀석의 꼬리뿐이었다.

"엑스트라오르디네르Extraordinaire 탁월해." 제롬이 말했다. 그는 다시 걷기 시작했지만 지금은 아래, 자신의 발만을 보았다. 걷고 생각하면서.

마침내 그가 멈췄다.

"그들은 우릴 추적할 수 없군. 우릴 찾을 수 없어. 우릴 볼 수도 엿들을 수도 없고."

'그들'이 누구인지 제롬이 설명할 필요는 없었다.

가마슈는 비스트로를 향해 끄덕였다. "자기 전에 가볍게 한잔하시겠습니까?"

"농담이겠지. 한 잔으론 턱도 없네." 제롬은 스리 파인스가 갑자기 기우뚱하기라도 한 양 빠르게 비스트로를 향해 굴러갔다. 가마슈는 앙리가 아직도 눈 더미에 머리를 처박고 있는 모습을 보고 잠시 지체했다.

"진짜 그럴 거냐." 앙리가 눈 쌓인 머리를 쏙 내밀자 아르망이 말했다. 하지만 공 없이. 가마슈는 손으로 눈을 파내 결국 공을 찾아냈다. 그러고는 눈을 뭉쳐 공중에 던진 그는, 뛰어올라 앞발로 그것을 움켜쥔 다음 반복해서 그 눈덩이를 깨문 앙리가 입 안에서 그것이 사라지자 놀란 모습을 지켜보았다.

학습 효과가 전혀 없군. 가마슈는 경탄했다. 하지만 그는 앙리가 자기에게 필요한 전부를 이미 깨쳤다는 것을 깨달았다. 앙리는 자기가 사랑받는다는 것을 알았다. 그리고 사랑하는 법을 알았다.

"이리 오렴." 가마슈가 앙리에게 테니스공을 건네고 다시 목줄을 채우며 말했다.

제롬은 다른 손님들에게서 멀리 떨어진 구석 자리를 확보해 놓고 있었다. 가마슈는 자신들을 위해 에밀리의 집을 꾸며 준 몇몇 마을 사람에게 인사를 하고 감사를 표한 다음 제롬 옆 안락의자에 앉았다.

올리비에가 거의 즉시 나타나 테이블을 닦고 주문을 받았다.

"다 괜찮나요?"

"완벽합니다. 고마워요."

"아내와 나는 당신에게 깊은 감사를 표하고 싶소, 무슈." 제롬이 진지하게 말했다. "당신이 우리가 여기 머물게끔 준비해 줬다더군요."

"모두 같이 도왔죠." 올리비에가 말했다. 하지만 그는 기뻐 보였다.

"머나를 만나고 싶었는데요." 가마슈가 주위를 둘러보았다.

"방금 놓치셨네요. 도미니크와 저녁을 먹었지만 몇 분 전에 나갔어요. 전화해 드릴까요?"

"농, 메르시Non, merci 고맙지만 괜찮습니다." 경감이 말했다. "스 네 파 네세세르Ce n'est pas nécessaire 그럴 필요 없습니다."

가마슈와 제롬은 주문을 했고, 경감은 잠시 자리를 떠났다가 몇 분 뒤 돌아와서 자신들의 테이블에 놓여 있는 코냑을 발견했다.

제롬은 만족스러워 보였지만 생각에 잠긴 듯했다.

"무슨 고민이라도 있으십니까?" 경감이 양손의 온기로 잔을 데우면서 말했다.

연상인 남자는 심호흡을 하고 눈을 감았다. "아르망, 내가 마지막으로 안전하다고 느꼈던 때가 언제인지 모르겠네."

"무슨 뜻인지 압니다." 가마슈가 말했다. "이 상태가 영원히 지속되어 온 것처럼 느껴지죠."

"아니, 이번 난장판만 말하는 게 아닐세. 내 평생을 말한 걸세." 제롬은 눈을 떴지만 동행을 보고 있지 않았다. 대신 그는 단순한 크리스마스 장식용 소나무 가지를 매단 들보를 보았다. 그는 깊디깊은 숨을 들이쉬고 잠깐 머금었다가 내뱉었다. "내 삶의 대부분을 두려워해 왔던 것 같아. 학교 운동장을, 시험을, 데이트를. 의대를. 앰뷸런스가 내가 맡은 응급실로 굴러들 때마다 내가 수술을 망쳐 누군가 죽게 될까 봐 두려웠네. 내 아이들 때문에, 아내 때문에 두려웠지. 그들에게 무슨 일이 생길까 봐."

이제 그는 가마슈에게 시선을 던졌다.

"그래요." 가마슈가 말했다. "저도 압니다."

"그런가?"

두 남자는 서로의 시선을 붙들었고, 제롬은 경감이 두려움에 대해 안다는 것을 깨달았다. 공포가 아니라. 공황이 아니라. 두렵다는 게 무엇인지 그는 알았다.

"지금은 어떠십니까, 제롬? 안전하게 느껴지십니까?"

제롬은 눈을 감고 안락의자에 기댔다. 한참 동안 말이 없어서 가마슈는 그가 깜박 잠들었다고 생각했다.

경감은 코냑을 홀짝거렸고, 그 역시 의자에 기대앉아 마음이 떠돌게 두었다.

"문제가 있네, 아르망." 몇 분 뒤 여전히 눈을 감은 채 제롬이 말했다.

"그게 뭐죠?"

"그들이 들어올 수 없다면 우린 나갈 수 없네."

제롬은 눈을 뜨고 몸을 앞으로 숙였다.

"이곳은 아름다운 마을이지만 좀 비미제1차 세계대전 때 전투가 벌어졌던 프랑스 북부 마을의 여우 굴 같지 않나? 우린 안전할진 몰라도 갇혔네. 그리고 여기서 영원히 머물 순 없지."

가마슈가 끄덕였다. 시간을 벌기는 했지만 영원히는 아니었다.

"이 순간을 망치고 싶지는 않지만, 아르망, 프랑쾨르와 그 뒤에 있는 자는 결국 우릴 발견할 걸세. 그다음엔 어쩌지?"

어찌할까? 그것이 좋은 질문이라는 것을 가마슈는 알았다. 그리고 그는 그 답이 마음에 들지 않았다. 그는 두려움에 익숙했던 사람으로, 두려움에 좌우될 때의 큰 위험을 알았다. 그것은 현실을 왜곡했다. 현실을 잡아먹었다. 두려움은 현실 그 자체를 창조했다.

그는 제롬에게 몸을 숙이며 목소리를 낮추었다.

"그렇다면 우리가 먼저 그들을 찾아야죠."

제롬은 그의 눈을 피하지 않고 마주 보았다. "어떻게 그러자는 겐가? 텔레파시로? 우린 지금 여기서 괜찮네. 내일도. 어쩌면 몇 주 동안은. 하지만 우리가 도착하자마자 시계는 째깍거리기 시작했네. 그리고 누구도, 자네도, 나도, 테레즈도, 심지어 프랑쾨르도 그들이 우리를 찾기까지 우리에게 시간이 얼마나 있는지 모르네."

브루넬 박사는 비스트로를, 마실 것을 앞에 두고 빈둥거리는 마을 사람들을 둘러보았다. 누구는 수다를. 누구는 체스 혹은 체커를. 누구는 그저 조용히 앉아 있었다.

"그리고 이제 우리는 그들을 이리로 끌고 왔지." 그가 부드럽게 말했다. "프랑쾨르가 우리를 발견하면 우리의 평화와 고요는 끝날 걸세. 그리고 저들의 평화도."

가마슈는 제롬이 과장하고 있지 않다는 것을 알았다. 프랑쾨르는 자신의 목적을 이루기 위해서라면 무슨 짓이든 기꺼이 하리라는 것을 증명했었다. 경감을 사로잡은 것, 그를 갉아먹는 것은 그가 아직 그 목적이 무엇인지 이해하지 못했다는 것이었다.

그는 자신의 두려움을 만≉에 붙들어 매야 했다. 약간의 두려움은 괜찮았다. 그것이 그를 예리한 상태로 두었다. 하지만 억제되지 않은 두려움은 공포가 되고, 공포는 공황에 이르며, 공황은 혼란을 낳았다. 그렇게 되면 지옥 같은 일이 벌어진다.

자신에게 필요한 것, 자신들 모두에게 필요한 것, 그리고 자신들이 이곳 스리 파인스에서만 찾을 수 있는 것은 평화와 마음의 평화와 그로 인해 가능한 명료함이었다.

스리 파인스는 자신들에게 시간을 주었다. 하루. 이틀. 일주일. 영원히 지속되지 않으리라는 제롬의 말이 옳았다. 하지만 신이시여, 충분한 시간을 주소서. 가마슈는 기도했다.

"문제는, 아르망." 제롬이 말을 이었다. "우릴 안전하게 지켜 주는 바로 그게 결국엔 실패의 원인이 되리라는 걸세. 통신수단이 없는 것. 그

것 없이 난 진행할 수 없네. 난 근접하고 있었네. 그것만큼은 분명해."

그는 눈을 낮추고 둥글납작한 잔에 든 코냑을 돌렸다. 지금이야말로 아르망에게 자신이 한 일을 털어놓을 때였다. 자신이 찾아낸 것을. 누가 자신을 찾아냈다는 것을.

그는 가마슈의 사려 깊은 눈을 올려다보았다. 그의 동행 너머로 브루넬 박사는 기운을 북돋는 벽난로 불빛, 서리가 낀 격자창들, 밑에 선물이 놓인 크리스마스트리를 보았다.

브루넬 박사는 자신에게 이 쾌적한 여우 굴 밖으로 고개를 내밀고 싶은 마음이 없다는 것을 깨달았다. 오늘 하룻밤만큼은 평화롭고 싶었다. 가상의 평화라고 해도. 환영이더라도. 그는 신경 쓰지 않았다. 이 고요한 하룻밤만큼은 두려움을 느끼고 싶지 않았다. 내일 진실을 마주하고 자신이 찾아낸 것을 두 사람에게 털어놓으리라.

"조사를 계속하려면 뭐가 필요합니까?" 가마슈가 물었다.

"뭔지 알잖나. 고속 위성통신망이지."

"제가 구해 드릴 수 있다면요?"

브루넬 박사는 동행의 얼굴을 살폈다. 가마슈는 느긋해 보였다. 앙리는 의자 옆 그의 발치에 엎드려 있었고, 아르망의 손이 그 개를 쓰다듬고 있었다.

"무슨 생각인가?" 제롬이 물었다.

"계획이 있습니다." 가마슈가 말했다.

브루넬 박사가 자상하게 끄덕였다. "그 계획에 우주선도 포함되나?"

"다른 계획이 있습니다." 가마슈가 그렇게 말했고, 제롬은 웃음을 터트렸다.

"우리가 머물 수도 떠날 수도 없다고 하셨죠." 경감은 그렇게 말했고, 제롬은 고개를 끄덕였다. "하지만 다른 옵션이 있습니다."

"그게 뭐지?"

"우리만의 탑을 세우는 겁니다."

"미쳤나?" 제롬이 슬쩍 주변을 둘러보고 목소리를 낮추었다. "그런 탑들은 수백 미터 높일세. 공학 기술의 기적이지. 스리 파인스의 초등학생들한테 막대 사탕과 파이프 청소 도구들로 하나 만들어 달라고 할 수도 없잖나."

"아마 막대 사탕은 아니겠죠." 가마슈가 미소를 띠며 말했다. "하지만 비슷합니다."

제롬은 남은 코냑을 내려놓고 가마슈를 살폈다. "무슨 생각을 하는 건가?"

"내일 얘기해도 되겠습니까? 테레즈와 같이 얘기하고 싶군요. 게다가 이미 늦었고 저는 머나 랜더스와 아직 얘기가 남았습니다."

"누구?"

"서점 주인이요." 가마슈는 비스트로와 서점을 연결하는 문을 향해 고갯짓을 했다. "올리비에가 우리가 마실 걸 준비하는 동안 잠깐 들렀었습니다. 기다리고 있을 겁니다."

"그 여자가 자네한테 탑을 세우는 책을 주는 건가?" 제롬이 파카를 집어 들며 말했다.

"그녀는 어제 죽은 여자의 친구입니다."

"오, 위, 자네가 여기에 진짜 볼일이 있다는 걸 깜빡했군. 미안하네."

"전혀요. 슬픈 사실은, 덕분에 완벽하게 위장이 됐다는 겁니다. 누가 물으면 제가 왜 스리 파인스에 있는지 설명할 수 있죠."

그들은 잘 자라는 인사를 나누었고, 제롬이 에밀리 롱프레의 집과 따뜻한 침대 속 테레즈의 옆자리로 돌아가는 사이 아르망과 앙리는 서점으로 들어섰다.

"머나?" 그는 불렀고, 자신이 전날 밤과 거의 같은 시간에 정확히 같은 행동을 했다는 것을 깨달았다. 하지만 이번에는 콩스탕스 우엘레트가 살해됐다는 소식을 가져온 것이 아니었다. 이번에는 질문을 가져왔다. 아주 많은 질문을.

15

머나는 계단 꼭대기에서 그를 맞았다.

"어서 오세요." 그녀가 말했다.

머나는 거대한 플란넬 잠옷을 입고 있었다. 잠옷에는 스키를 타는 사람과 설피를 신은 사람 들이 머나산을 뒤덮고 신나게 뛰놀고 있었다. 잠옷은 정강이까지 내려왔고, 거기서 두꺼운 니트 슬리퍼와 조우했다. 어깨에는 허드슨 베이 담요_{줄무늬가 진 두꺼운 양털 담요}가 걸쳐져 있었다.

"커피 드실래요? 브라우니?"

"농, 메르시Non, merci 고맙지만 괜찮습니다." 가마슈가 그렇게 말하고 머나가 가리킨 난롯가 옆 편안한 안락의자에 자리를 잡는 동안 머나는 자신의 컵에 커피를 따르고, 그의 마음이 바뀔 경우를 대비해 퍼지 브라우니 한 접시를 들고 왔다.

머나의 집은 초콜릿과 커피 그리고 머스크 향과 다채롭고 친숙한 냄새가 났다.

"당신이 코코뱅을 만들었습니까?" 가마슈가 물었다. 그는 그 코코뱅이 올리비에나 가브리 작품일 거라 생각했었다.

머나가 끄덕였다. "루스가 도왔어요. 하지만 로사는 전혀 도움이 안 됐죠. 카나르뒤뱅canard au vin 코코뱅을 빗댄 농담으로 canard는 오리라는 뜻이 될 뻔했다니까요."

가마슈가 웃음을 터트렸다. "맛있었습니다."

"뭔가 위로가 되는 게 필요하실 거라 생각했죠." 그녀가 자신의 손님을 바라보며 말했다.

그는 머나와 눈을 맞추었다. 피할 수 없는 질문들을 기다리면서. 왜 여기 있나요? 그 노부부는 왜 데려왔나요? 그들은 왜, 누구로부터 숨어 있나요?

스리 파인스는 그들을 받아 주었다. 스리 파인스는 이 질문들에 대한 대답을 들을 이유가 충분했다. 하지만 머나는 브라우니를 집어 들고 한 입 먹을 뿐이었다. 그리고 그는 그때 자신이 캐묻는 눈들과 떠보는 질문들에서 안전하다는 것을 알았다.

그가 알기로 스리 파인스는 끔찍한 상실에 대한 면역이 없었다. 슬픔과 고통에 대한. 스리 파인스가 보유한 것은 면역이 아니라 치유하는 드문 능력이었다. 그리고 그들이 자신과 브루넬 부부에게 제공한 것이 그 것이었다. 치유할 시간과 공간.

그리고 위로.

하지만 평화처럼 위로는 숨거나 달아난다고 해서 얻어지지 않았다. 위로는 먼저 용기를 요했다. 그는 브라우니 하나를 집어 들어 한 입 베 어 물었다. 그리고는 주머니에서 수첩을 꺼냈다.

"지금까지 콩스탕스에 대해 알아낸 것을 듣고 싶으실 거라 생각했습 니다."

"누가 그녀를 죽였는지는 빼고 말이죠." 머나가 말했다.

"불행히도 그렇습니다." 그가 독서용 안경을 쓰고 수첩을 힐끗 보며 말했다. "오늘 하루는 대부분 다섯쌍둥이에 대해 조사하며 보냈……,"

"그럼 그게 그녀의 죽음과 관계가 있다고 생각하시는 건가요? 그녀가 우엘레트 다섯쌍둥이였다는 사실과?"

"정말 모르겠지만 그건 특이점이고, 누군가가 살해되면 우린 특이점 을 찾지만 솔직히 우린 종종 지극히 평범한 사람들 사이에 숨어 있는 살 인자를 찾아냅니다."

머나가 웃었다. "심리 치료사가 하는 일이랑 비슷하네요. 사람들은 보통 무슨 일이 생겼기 때문에 제 사무실을 찾아왔죠. 누가 죽었다거나 자기를 배신했다거나. 그들은 사랑에 보답을 받지 못했죠. 직장을 잃었 죠. 이혼을 당했고요. 뭔가 큰일이요. 하지만 사실 그 일이 촉매가 됐을 지는 몰라도 문제는 거의 항상 사소한 것이고 오래된 것이고 숨어 있는 것이었어요."

가마슈는 놀라서 눈썹을 치켜세웠다. 그것은 정확히 자신의 일처럼 들렸다. 살인이 촉매가 되긴 했지만 문제는 거의 언제나 아주 사소한 무엇, 육안으로는 보이지 않는 무엇에서 시작되었다. 종종 수년, 수십 년 묵은 것이었다. 마음을 괴롭히는 사소한 것이 자라 그 숙주를 감염했다. 인간이었던 무엇이 걸어 다니는 분노의 화신이 될 때까지. 인피를 쓴. 인간인 척. 행복한 척.

무언가가 일어날 때까지.

콩스탕스의 삶에서 무언가가 일어났다. 아니면 그녀를 죽인 자의 삶에서. 살인을 유발하는 무언가가. 크고 명확하게 보이는 것일지도 몰랐다. 하지만 대개는 아주 작은 것이었다. 쉽게 묵살되는.

그 때문에 가마슈는 자신이 면밀히, 주의 깊게 봐야 한다는 것을 알았다. 다른 수사관들이 연극처럼 땅을 조사하다 앞으로 뛰쳐나갈 때, 아르망 가마슈는 시간을 들었다. 사실, 누군가에게는 그런 모습이 무기력하게 보이기까지 한다는 것을 그는 알았다. 뒷짐을 지고 천천히 걷기. 허공을 응시하며 공원 벤치에 앉아 있기. 비스트로나 식당에서 커피를 홀짝이며 듣기.

생각하기.

그리고 다른 이들이 성취감에 젖어 야단법석을 떨며 살인자 바로 옆을 스쳐 지날 때 가마슈 경감은 서서히 범인에게 다가섰다. 빤히 보이는 곳에 숨어 있는 그를 찾아냈다. 평범한 사람처럼 위장한 그를.

"제가 알아낸 걸 말씀드릴까요?" 그가 말했다.

커다란 안락의자에 기댄 머나가 몸에 두른 허드슨 베이 담요를 여미고 고개를 끄덕였다.

"이건 온갖 자료, 그중 일부는 공개된 자료지만 대부분은 사적인 메모와 일기에서 수집한 겁니다."

"계속하세요." 머나가 말했다.

"그녀의 부모님은 이지도르 우엘레트와 마리해리엣 피노였습니다. 1928년에 파리의 생앙투안쉬르리슐리외 교회에서 결혼했죠. 그는 농부였습니다. 결혼했을 때 스물이었고, 마리해리엣은 열일곱이었습니다."

그는 고개를 들어 머나를 보았다. 이것이 그녀에게 새로운 소식인지 아닌지 그는 알 수 없었다. 그것이 헤드라인을 거머쥘 정도는 아니라는 것을 그는 인정해야 했다. 헤드라인은 뒤에 있었다.

"아이들은 1937년에 태어났습니다." 그는 안경을 벗고 말을 마친 것처럼 의자에 기댔다. 하지만 둘 다 가마슈를 알았고, 그 이야기가 끝나려면 멀었다는 것을 알았다. "자, 그 공백은 왜일까요? 결혼과 첫아이 사이에 거의 십 년의 공백이 있었습니다. 아이들이요. 그들이 아이를 가지려고 노력하지 않았다는 건, 소위 상상도 할 수 없습니다. 이때는 교회와 교구 신부가 사람들의 삶에 가장 큰 영향을 미치던 때였습니다. 아이를 낳는 건 모든 부부의 의무로 생각됐죠. 사실, 결혼을 하고 섹스를 하는 목적이 바로 아이를 낳는 것이었습니다. 그러니 이지도르와 그의 어린 부인은 왜 아니었겠습니까?"

머나는 커피가 든 머그잔을 들고 귀를 기울였다. 그녀는 그가 자신에게 어떤 것도 묻고 있는 게 아니라는 것을 알았다. 아직은 아니었다.

"그 당시 가족은 아이들이 보통 열, 열둘 심지어 스무 명이었습니다. 내 아내도 아이가 열두 명인 가족 출신이고, 그런 세대였죠. 1920년대에 시골 작은 마을이라면? 아이를 낳는 게 신성한 의무였을 겁니다. 그리고 아이를 낳지 못하는 부부는 배척당했을 테죠. 축복받지 못했다고 생각됐겠죠. 어쩌면 악마가 들렸다고도요."

머나는 고개를 끄덕였다. 더 이상은 퀘벡에 이런 문화가 존재하지 않았지만 꽤 최근까지도 그랬다. 생생히 기억되는. 조용한 혁명The Quiet Revolution 1960년 르 사주가 이끄는 자유당이 승리한 후 퀘벡 사회에 혁신적인 변화의 바람이 불었고, 이 것을 조용한 혁명이라 한다이 여성들에게 그들의 몸을 돌려주고 퀘벡 시민들에 게 그들의 삶을 돌려줬을 때까지. 혁명은 교회가 자궁을 떠나 제단을 지킬 것을 권했다. 그리고 이는 거의 효과가 있었다.

하지만 1920년대와 1930년대에 농업 공동체에서는? 가마슈가 옳았다. 아이 없이 흘러간 매년, 우엘레트 부부는 점점 더 배척당했다. 연민 아니면 의심의 시선이 쏟아졌다. 소외당했다. 마치 그들의 아이 없는 상태가 전염되고 자신들 모두가 저주받을 것이라는 듯. 사람들이, 동물들이, 땅이. 그 모든 것이 불모가 되고 척박해질 터였다. 이 젊은 부부 때문에.

"그들은 절박했습니다." 가마슈가 말했다. "마리해리엣은 하루의 대부분을 마을 교회에서 기도하며 보냈다더군요. 고해성사를 하고. 속죄를 하고. 그러다 마침내 팔 년이 흘러 그녀는 몬트리올을 향해 긴 여정에 올랐습니다. 몽테레지 지역에서 몬트리올로 여자 혼자의 여정은 끔찍했을 겁니다. 그런 다음 마을 밖으로는 한 걸음도 나간 적 없는 이 농부의 아내는 기차역에서 성요셉 성당1904년 성당을 세운 앙드레 수도사가 불치병을 고친 기적으로 유명하다까지 걸어갔죠. 그것만으로도 하루가 꼬박 걸렸을 겁니다."

그는 말하면서 머나를 지켜보았다. 그녀는 커피를 홀짝이기를 멈췄다. 반쯤 먹은 브라우니가 그녀의 접시에 놓여 있었다. 그녀는 완전히, 그리고 완벽하게 빠져들어 있었다. 가마슈의 발치에 누운 앙리조차 귀를 기울이는 듯 보였다. 녀석의 위성 같은 귀가 주인의 목소리를 향해 있었다.

"1936년 오월이었습니다." 그가 말했다. "그녀가 왜 성요셉 성당에 갔는지 아십니까?"

"브라더Brother 수도사라는 뜻이 있다 앙드레요?" 머나가 물었다. "그가 그때까지 살아 있었나요?"

"간신히요. 아흔이었고, 병환이 깊었죠. 하지만 그는 여전히 사람들을 만났습니다. 그때까지도 전 세계에서 사람들이 몰려들었죠." 가마슈가 말했다. "그 성당에 가 보신 적 있습니까?"

"네." 머나가 말했다.

몬트리올 전역에서 보이는, 조명이 켜진 밤의 거대한 돔은 장관이었다. 건축가들은 거리에서 곧장 정문으로 이어지는 길고 넓은 보행로를 창조했다. 예외적으로 그 교회는 산 옆에 지어졌다. 그리고 교회로 가는 유일한 길은 오르는 것뿐이었다. 수많은 돌계단을 오르고 올라. 아흔아홉 계단을.

그리고 안에 들어서면? 벽에는 바닥부터 천장까지 목발과 지팡이가 늘어서 있었다. 더 이상은 필요가 없어진 탓에 남겨진 것들이.

병약하고 불구인 수천 명의 순례자가 몸을 이끌고 그 돌계단을 올라 왜소한 늙은 남자의 앞으로 나아갔다. 그리고 앙드레 수사는 그들을 치유해 주었다.

마리해리엇 우엘레트가 참배하러 갔을 때 그는 아흔이었고, 생의 마지막에 이르러 있었다. 그가 남은 힘을 아꼈다 해도 이해했으리라. 하지만 간소한 검은색 로브를 입은 작고 주름이 쪼글쪼글한 남자는 점점 약해져 가면서도 계속 사람들을 치유했다.

마리해리엣 우엘레트는 이 성자에게 기적을 구걸하기 위해 자신의 작은 농장에서 홀로 떠나왔다.

가마슈는 수첩의 도움을 빌리지 않고 말했다. 이다음 일어난 일은 쉽사리 잊히지 않았다.

"성요셉 성당은 오늘날과 달랐습니다. 성당도 있었고 긴 산책로와 계단도 있었지만 지붕은 완성되지 않았었죠. 지금은 관광객들로 붐비지만 그 당시엔 성당을 찾은 거의 모든 이들이 순례자였습니다. 아프고, 죽어가고, 불구가 되어 절실히 도움을 구하는 이들. 마리해리엣은 그들과 합류했습니다."

그는 말을 끊고 심호흡을 했다. 꺼져 가는 불을 보고 있던 머나가 그와 눈을 맞추었다. 그녀는 어떤 일이 일어날지 거의 정확히 알았다.

"그 입구에서, 그 긴 보행로의 첫걸음에서 그녀는 무릎을 꿇고 첫 번째 성모송을 올렸습니다." 가마슈가 말했다.

그의 목소리는 깊고 따뜻했지만 중립적이었다. 자신의 말에 감정을 불어넣을 필요는 없었다.

그가 말할 때 그 이미지가 생생히 살아났다. 그와 머나 모두 그 젊은 여성을 그릴 수 있었다. 자신들의 기준으로는 젊은, 그 당시 기준으로는 나이 든 그녀를.

스물여섯 살의 마리해리엣은 무릎을 꿇었다.

은총이 가득하신 마리아님, 기뻐하소서. 주님께서 함께하시니. 그녀는 기도했다. **여인 중에 복되시며 태중의 아들 예수님 또한 복되시나이다.**

조용한 고미다락 안에 아르망 가마슈가 외는 친숙한 기도문이 울려 퍼졌다.

"밤새 그녀는 그 길을 무릎으로 기면서 한 걸음마다 멈춰 성모송을 읊었습니다." 가마슈가 말했다. "계단에 다다랐을 때, 마리해리엣은 망설이지 않았습니다. 그녀는 그 계단을 올랐습니다. 무릎에서 나는 피로 자신의 가장 좋은 옷을 물들이면서."

머나는 그 모습이 마치 생리하는 듯이 보였을 거라고 생각했다. 여자의 옷을 흠뻑 적시는 피. 그 여자가 아이를 달라고 기도하는 동안.

태중의 아들 예수님 또한 복되시나이다.

그녀는 그 젊은 여자를 상상했다. 지친, 고통스러운, 간절한, 무릎으로 돌계단을 오르는. 기도하면서.

"마침내 해 질 무렵, 마리해리엣은 꼭대기에 다다랐습니다." 가마슈가 말했다. "그녀는 고개를 들었죠. 그리고 교회 문 앞에는 앙드레 수사가 서 있었습니다. 그녀를 기다리고 있었죠. 그는 일어서는 그녀를 부축했고, 그들은 함께 들어가 기도했습니다. 그는 그녀의 호소를 들어주었고, 그녀를 축복했습니다. 그런 다음 그녀는 떠났습니다."

방 안은 침묵에 빠졌고, 머나는 숨을 깊이 들이켰다. 그 긴 여정이 끝났음에 안도하면서. 그녀는 무릎에 찌르는 듯한 아픔을 느꼈다. 자궁마저 아팠다. 그리고 그녀는 순결한 사제와 오래전 돌아가신 동정녀의 도움으로 마침내 아이를 낳을지도 모른다는 마리해리엣의 믿음을 느낄 수 있었다.

"효과가 있었습니다." 가마슈가 말했다. "팔 개월 뒤인 1937년 일월, 앙드레 수사가 죽은 다음 날 마리해리엣 우엘레트는 다섯 명의 건강한 딸들을 낳았습니다."

이야기가 어떻게 끝날지 알았는데도 여전히 머나는 경이로웠다.

그녀는 이것이 어째서 기적으로 여겨지는지 이해할 수 있었다. 신이 존재했고 자애로웠다는 증거. 그리고 관대하다는. 거의 착오라고 머나는 생각했다.

16

"물론, 그건," 가마슈가 머나의 생각을 소리 내어 말했다. "기적으로 여겨졌습니다. 분만 과정에서 살아남은 유일한, 최초의 다섯쌍둥이였죠. 그들은 돌풍을 일으켰습니다."

경감은 몸을 숙여 커피 테이블 위에 사진을 한 장 올려놓았다.

그들의 아버지 이지도르 우엘레트가 아기들 뒤에 서 있는 사진이었다. 그는 면도를 하지 않았고 햇볕에 그은 농부의 얼굴에, 검은 머리카락은 헝클어진 채였다. 밤새도록 커다란 손으로 머리를 쓸어 올린 것처럼 보였다. 흐릿한 사진에서조차 눈 밑의 다크서클이 보였다. 그는 사진 찍기 임박해 나들이옷을 입은 것처럼, 깃이 있는 밝은색 셔츠에 나달나달 해진 정장 재킷을 입고 있었다.

딸들은 그 앞의 거친 주방 테이블 위에 누워 있었다. 갓 태어나 아주 작은 아기들은 급히 가져온 시트와 행주와 넝마에 싸여 있었다. 그는 경이감에 찬 눈을 휘둥그레 뜨고 자신의 아이들을 보고 있었다.

햇볕에 그은 얼굴에 그토록 공포가 가득하지 않았다면 사진은 우스꽝스럽게 보였을 터였다. 이지도르 우엘레트는 신이 저녁을 먹으러 왔다가 그 집을 홀랑 태우기라도 했다는 것처럼 보였다.

머나는 사진을 집어 들고 자세히 들여다보았다. 본 적이 없는 사진이었다.

"이걸 그녀의 집에서 찾으셨나 보군요." 그녀가 여전히 이지도르의 눈에 드러난 표정에 빠져 말했다.

가마슈는 또 다른 사진을 테이블에 올려놓았다.

그녀는 그 사진을 집어 들었다. 초점이 약간 흐릿했지만 아버지가 사라졌고, 이제 아기들 뒤에 서 있는 사람은 보다 나이 든 여자였다.

"산파인가요?" 머나가 말했고, 가마슈는 고개를 끄덕였다.

여자는 건장했고, 야무져 보였고, 엉덩이에 손을 얹었고, 거대한 가슴을 얼룩진 앞치마가 덮고 있었다. 그녀는 웃고 있었다. 피곤하지만 행복해 보였다. 그리고 이지도르처럼 경이로워하는 것처럼 보였지만 그의 공포는 보이지 않았다. 그녀의 책임은 마침내 끝이 났다.

이제 가마슈는 세 번째 흑백사진을 내려놓았다. 나이 든 여인은 사라졌다. 걸레 뭉치들이며 나무 테이블도 사라졌다. 이제 신생아들은 각자 저마다의 따뜻하고 깨끗한 플란넬 포대기에 싸여 살균한 테이블 위에 놓여 있었다. 머리부터 발끝까지 하얀색으로 빼입은 중년의 남자가 그들 뒤에 자랑스럽게 서 있었다. 이게 그 유명한 사진이었다. 전 세계에 우엘레트 다섯쌍둥이를 소개하는 사진.

"이 의사," 머나가 말했다. "이 남자 이름이 뭐였죠? 베르나르. 맞아 요. 닥터 베르나르."

거의 80년 전 일인데도 머나가 그들을 받은 의사의 이름을 안다는 것 은 이 다섯쌍둥이의 명성을 증명하는 것이었다. 어쩌면 받지 않았는지 몰라도.

"그러니까," 그녀가 이전 사진들을 다시 보며 말했다. "닥터 베르나르 는 결국 이 쌍둥이들을 받지 않은 거군요?"

"그는 그 자리에 있지도 않았습니다." 가마슈가 말했다. "생각해 보면 그가 왜 그랬겠습니까? 1937년에 농가의 아내들은 아이를 낳을 때 의사 가 아닌 산파를 불렀습니다. 그리고 그들은 마리해리엇이 한 아이 이상 을 낳으리라고 여겼을지는 몰라도 다섯을 낳으리라고는 예상하지 못했 을 겁니다. 대공황 때였고, 우엘레트 부부는 찢어지게 가난했기에, 의사 가 필요하다는 걸 알았다 해도 부를 형편이 안 됐을 겁니다."

그들은 그 상징적인 사진을 내려다보았다. 미소 짓고 있는 닥터 베르 나르. 자신감에 찬, 든든한, 아버지 같은. 죽을 때까지 자신의 맡은 역 할에 완벽했던 배역.

기적을 불러온 위대한 남자. 그의 기량으로 어떤 의사도 해내지 못한 일을 해낸. 그는 다섯 아기를 산 채로 세상에 내놓았다. 그리고 그들을 모두 살게 했다. 심지어 엄마까지 구했다.

닥터 베르나르는 모든 여성이 바라는 의사가 되었다. 능숙함의 상징. 그러한 역량과 열정의 의사를 낳고 기른 퀘벡의 자랑.

가마슈는 돋보기를 쓰고 사진을 뚫어지게 보며 그것이 거짓이었다는 게 부끄럽다고 생각했다.

그는 그 사진을 밀어 두고 다섯쌍둥이와 겁먹은 아버지를 담은 진짜 사진으로 돌아갔다. 이것이 그 소녀들이 평생 찍힐 수천 장의 사진 중 첫 사진이었다. 아기들은 엄마의 피와 배설물과 점액과 세포막 등으로 더러워진 천으로 대충 말려 있었다. 기적이었지만 동시에 난장판이기도 했다.

이것은 첫 사진이었지만 진짜 소녀들이 찍힌 마지막 사진이기도 했다. 다섯쌍둥이가 태어나고 수 시간 안에 그들은 창작되었다. 거짓말들이, 역할극이, 사기극이 시작되었다.

그는 진짜 사진을 뒤집었다. 거기에 단정하고 둥근, 학생 같은 글씨체로 아이들 이름이 적혀 있었다.

마리비르지니, 마리엘렌, 마리조세핀, 마리마르그리트, 마리콩스탕스.

그들은 산파와 무슈 우엘레트가 닥치는 대로 찾아낸 것으로 둘둘 말려, 태어난 순서대로 주방 테이블에 놓였을 터였다.

이내 그는 불과 몇 시간 뒤에 찍힌, 베르나르가 있는 사진을 집어 들었다. 뒤에 누군가가 M-M, M-J, M-V, M-C, M-H라고 적어 놓았다.

더 이상 그들의 전체 이름이 아닌, 이제 그 이름들은 머리글자일 뿐이었다. 오늘날이라면 바코드일 거라고 경감은 생각했다. 그는 자신이 보고 있는 글씨가 누구 글씨인지 짐작할 수 있었고, 그는 그날 밤 역시 인생이 바뀐 친절한 시골 의사를 다시 보았다. 완전히 새로운 닥터 베르나르가 태어났다.

가마슈는 가슴에 달린 주머니에서 사진 한 장을 더 꺼내 커피 테이블에 올려놓았다. 머나가 사진을 집어 들었다. 그녀는 서로 팔을 두르고 카메라를 향해 미소 짓고 있는, 30대로 보이는 네 여자를 보았다.

머나는 사진을 뒤집었지만 뒤에는 아무것도 쓰여 있지 않았다.

"자매들인가요?" 그녀가 물었고, 가마슈는 고개를 끄덕였다.

"모두 아주 달라 보여요." 그녀는 경탄했다. "머리 스타일, 옷 취향, 심지어 체형도 다 달라요." 그녀는 사진 너머로 자신을 지켜보는 가마슈를 보았다. "이들이 자매일 거라는 말도 못 하겠어요. 의도했을까요?"

"당신 생각은 어떻습니까?" 그가 말했다.

머나는 사진을 다시 봤지만 그 대답을 알고 있었다. 그녀는 고개를 끄덕였다.

"저도 그렇게 생각합니다." 경감이 돋보기를 벗고 안락의자에 기대앉으며 말했다. "자매들은 분명 아주 가까웠던 것 같습니다. 그들은 서로에게 거리를 두지 않았지만 대중에는 거리를 뒀습니다."

"그들은 가장을 했어요." 그녀가 사진을 내리며 말했다. "자신들의 몸을 코스튬 삼았기 때문에 아무도 그들이 누군지 몰랐을 거예요. 코스튬이라기보단 사실 갑옷에 가깝죠." 그녀는 사진을 톡톡 쳤다. "네 명만 있네요. 한 명은 어디 있죠?"

"죽었습니다."

머나가 경감에게 머리를 기울였다. "파르동?"

"비르지니." 가마슈가 말했다. "그녀는 이십 대 초반에 죽었습니다."

"그렇군요. 잊어버렸네요." 그녀는 기억을 더듬었다. "사고 아니었나요? 교통사고? 익사? 잘 기억나지 않아요. 비극적이었던 것 같은데."

"그녀는 그들이 함께 살았던 집 계단에서 떨어졌습니다."

머나는 잠시 침묵했다가 입을 열었다. "그 이상의 것이 있겠죠? 제 말은, 스무 살짜리들은 대개 계단에서 그냥 떨어지고 그러지 않아요."

"의심이 많군요, 마담 랜더스." 가마슈가 말했다. "콩스탕스와 엘렌이 일어난 일을 봤습니다. 그들은 그녀가 발을 헛디뎠다고 했습니다. 부검은 없었습니다. 신문에 부고도 나지 않았죠. 비르지니 우엘레트는 생앙투안쉬르리슐리외에 있는 가족 묘지에 조용히 묻혔습니다. 영안실에 있던 누군가가 몇 주 뒤 소식을 흘렸고요. 대중의 애도가 상당히 쏟아졌습니다."

"왜 그녀의 죽음을 쉬쉬했을까요?" 머나가 물었다.

"제가 알아낸 바로, 남은 자매들은 사적으로 애도하길 원했습니다."

"네, 그럴 거예요." 머나가 말했다. "경감님은 '그들은 그녀가 발을 헛디뎠다고 했습니다.'라고 하셨죠. 거기에 약간의 단서가 있어 보여요. 그들은 그렇게 말했지만, 사실인가요?"

가마슈가 엷은 미소를 띠었다.

"훌륭한 청자군요." 그는 커피 테이블 너머 반은 어둡고 반은 난롯불에 비친 자신들의 얼굴이 마주 보이도록 몸을 숙였다. "당신이 경찰 보고서와 사망진단서를 읽을 줄 안다면 거기엔 말해지지 않은 것이 아주 많습니다."

"경찰은 그녀가 떠밀렸을 수도 있다고 생각했나요?"

"아니요. 다만 그녀의 죽음이 사고지만 온전히 놀랍지만은 않다는 암시가 있습니다."

"그게 무슨 뜻이죠?" 머나가 물었다.

"콩스탕스가 자매들에 대해 어떤 말도 하지 않던가요?"

"그냥 일반적인 것들만요. 저는 콩스탕스의 자매들이 아닌 그녀의 삶에 대해 듣고 싶었어요."

"그녀가 안도했겠군요." 가마슈가 말했다.

"그런 것 같아요. 안도이자 놀라움이었겠죠." 머나가 말했다. "사람들은 대부분 개인이 아닌 다섯쌍둥이에게만 관심이 있었으니까요. 하지만 솔직히 말해서 저는 치료를 시작하고 일 년이 지날 때까지 그녀가 다섯쌍둥이 중 하나라는 사실을 알지 못했어요."

가마슈는 그녀를 응시하면서 웃음을 참으려고 애썼다.

"웃긴 게 아니에요." 머나는 그렇게 말했지만 그녀 역시 웃고 있었다.

"맞습니다." 경감이 얼굴에서 웃음을 지우며 동의했다. "전혀요. 그녀가 나라에서 가장 유명한 사람 중 하나라는 사실을 정말 몰랐습니까?"

"좋아요, 이 점은 짚어 둘게요." 머나가 말했다. "그녀는 자신을 콩스탕스 피노라고 소개했고, 제가 질문했을 때만 가족에 대해 언급했어요. 그녀가 다섯쌍둥이인가 하는 질문은 떠올리지 못했죠. 저는 제 환자들에게 거의 전혀 그런 질문을 하지 않아요. 하지만 경감님은 제 질문에 대답하지 않았어요. 경감님이 말한 다섯쌍둥이 중 막내의 죽음이 사고였지만 놀랍지 않다는 게 무슨 뜻이죠?"

"막내요?" 가마슈가 물었다.

"음, 네……." 머나가 말을 멈추고 고개를 저었다. "그게 이상하죠. 저는 가장 먼저 죽은 사람이……,"

"비르지니요."

"……막내로, 콩스탕스가 맏이라는 생각이 들어요."

"자연스러운 것 같군요. 저도 그렇습니다."

"그래서, 경감님, 비르지니의 죽음이 왜 놀랍지 않았죠?"

"진단을 받거나 치료를 받지는 않았지만 비르지니가 우울증에 시달렸다는 건 거의 확실해 보입니다."

머나는 천천히, 깊이 숨을 들이쉰 다음 천천히, 깊이 숨을 내뱉었다.
"경찰은 그녀가 자살했다고 봤나요?"

"분명 명확하게 쓰이진 않았지만 제가 받은 인상은 경찰이 그렇게 의심한 것 같습니다."

"불쌍한 사람." 머나가 말했다.

불쌍한 사람. 가마슈는 생각했다. 그 말은 샹플랭교 위의 경찰차들과 전날 아침 죽음을 향해 뛰어든 여자를 떠오르게 했다. 세인트로렌스강의 살짝 언 물을 향해 뛰어든. 문제가 얼마나 끔찍하면 얼어 가는 강이나 층계참 아래로 몸을 던져 해결했을까?

누가 네게 상처를 입혔지. 그는 긴 테이블 위 자매들 옆에서 울고 있는 갓 태어난 비르지니의 사진을 보며 생각했다. **회복할 수 없을 만큼 깊이?**

"콩스탕스가 자신의 양육 환경에 대해 뭐든 얘기하지 않았습니까?"

"거의 아무것도요. 자신이 누구인지 인정하면서 큰 걸음을 떼긴 했지만 세세한 얘기를 할 준비는 안 돼 있었어요."

"그녀가 우엘레트 다섯쌍둥이 중 하나라는 건 어떻게 아셨습니까?"

"저의 뛰어난 통찰력 때문이라고 말할 수 있으면 좋겠지만 그 배는 이미 떠난 것 같네요."

"그리고 가라앉았죠, 아쉽게도." 가마슈가 말했다.

머나가 웃음을 터뜨렸다. "너무 정곡을 찌르시는데요. 돌이켜 보면 콩스탕스는 암시를 남기는 데 뛰어났던 것 같아요. 일 년 동안 도처에 그 암시를 남겼죠. 자매가 넷이라고도 했어요. 하지만 전부 같은 나이라고는 상상도 못 했어요. 자기 부모님이 브라더 앙드레에게 맹목적이었지만, 그녀와 자매들은 그에 대해 얘기하지 못하게 했다고도 했죠. 그러면 문제가 생길 거라면서. 그녀는 사람들이 항상 자기들의 삶을 궁금해한다고도 했어요. 하지만 전 그녀에게 오지랖 넓은 이웃이 있을 뿐이거나 그녀가 피해망상이라고 생각했어요. 그녀가 뉴스영화를 포함해 북아메리카 전역을 뜻한 거라곤 상상도 못 했는데, 그건 사실이었어요. 그녀는 제게 꽤 화가 났을 거예요. 결국 그녀가 말해 주지 않았다면 절대 못 알아챘을 거라고 인정하려니 민망하네요."

"제가 그 대화 자리에 있었더라면 좋았겠군요."

"그걸 절대 못 잊을 거라는 건 확실해요. 전 우리가 다시 친밀함에 대해 얘기할 줄 알았어요. 전 무릎에 수첩을 놓고 펜을 쥐고 앉아 있었죠." 머나가 그에게 그 시늉을 해 보였다. "그때 그녀가 말했어요. '엄마 이름은 피노였어요. 아버지 이름은 우엘레트였죠. 이지도르 우엘레트.' 그녀는 그 말에 어떤 의미가 있다는 듯이 저를 보고 있었어요. 그리고 웃기는 건, 정말 그랬죠. 모호한 약간의 동요가 있었죠. 제가 대답을 하지 않자 그녀가 말했어요. '나는 콩스탕스 피노라는 이름으로 살아요. 사실 난 이제 나 자신을 그렇게 생각하지만 사람들은 대부분 나를 콩스탕스 우엘레트로 알죠. 난 네 자매와 생일이 같아요.' 부끄럽게도 전 그때까지도 이해하는 데 시간이 좀 걸렸어요."

"저도 그 말을 믿었을지 잘 모르겠군요." 가마슈가 말했다.

머나는 아직도 좀 믿지 못하겠다는 듯 고개를 저었다. "우엘레트 다섯쌍둥이는 거의 소설 같았어요. 분명히 신화적이죠. 마치 제가 콩스탕스 피노로 알고 지냈던 여성이 자신이 그리스 여신 헤라의 현신이라고 하는 것 같았어요. 아니면 유니콘이나."

"비현실적으로 보였나요?"

"불가능해 보였어요. 심지어 망상인 것 같았죠. 하지만 콩스탕스는 너무나 차분했어요. 아주 느긋했죠. 거의 안도한 것 같았어요. 그보다 더 제정신인 사람은 찾아볼 수 없을 만큼요. 그녀도 제가 믿으려고 얼마나 애를 쓰고 있었는지 알아본 것 같아요. 그리고 그 점을 재미있어한 것 같고요."

"그녀도 우울증을 겪고 있었나요? 그래서 당신을 찾아온 겁니까?"

머나는 고개를 저었다. "아뇨. 잠깐 우울한 시기가 있긴 했지만, 그야 모두가 그렇잖아요."

"그럼 당신을 왜 찾아온 겁니까?"

"그걸 알아내는 데 우린 오래 걸렸어요." 머나는 시인했다.

"마치 콩스탕스 본인도 몰랐다는 것처럼 들리는군요."

"몰랐어요. 그녀가 온 건 행복하지 않았기 때문이에요. 콩스탕스는 무엇이 잘못됐는지 찾는 데 제가 도와주길 바랐어요. 자신이 갑자기 색맹인 걸 깨달은 사람처럼 느껴진다고 했어요. 그리고 다른 사람들은 모두 좀 더 선명한 세상에서 살고요."

"색맹은 치료할 수 없죠. 콩스탕스는 가능했나요?"

"음, 먼저 우리는 문제에 도달해야 했어요. 표면에서 울려 대는 브라 스밴드가 아니라 그 아래 상처가 되는 말에서요."

"그래서 그 말을 찾았습니까?"

"그런 것 같아요. 간단했다고 생각해요. 대부분의 문제가 그렇죠. 콩스탕스는 외로웠어요."

가마슈 경감은 그에 대해 생각했다. 한 번도 혼자인 적 없었던 여자.

자궁을 공유하고 집을 공유한. 부모를 공유하고, 식탁을 공유하고, 옷을 공유하고, 모든 것을 공유한. 끊임없이 무리 안에 산. 집 안팎에서 늘 사람에 둘러싸여. 얼이 빠져.

"그녀가 갈망한 건 프라이버시라고 생각했는데요."가마슈가 말했다.

"오, 그래요, 자매들 모두 그걸 갈망했어요. 묘하게도 전 그게 콩스탕스를 그토록 외롭게 한 것 같아요. 자매들의 갈망이 이루어지자마자 그들은 관심에서 멀어졌지만 너무 멀어졌죠. 지나치게 개인적이 되었죠. 너무 고립됐어요. 생존 메커니즘으로 시작된 게 그들에게 등을 돌렸어요. 그들은 자기들의 작은 집에서, 그들만의 개인적인 세계에서 안전했지만 자기들뿐이었어요. 외로운 아이들이었고, 외로운 성인으로 자라났죠. 하지만 그들은 다른 삶을 알지 못했어요."

"색맹이군요." 가마슈가 말했다.

"하지만 콩스탕스는 저 밖에 다른 무언가가 있다는 걸 볼 수 있었어요. 그녀는 안전했지만 행복하지 않았죠. 그리고 그녀는 행복해지고 싶었어요." 머나가 고개를 저었다. "저는 아무리 미운 사람이라도 유명세를 치르길 바라지 않을 거예요. 그리고 자기 아이들에게 그런 짓을 하는 부모는 목을 매달아야 해요."

"다섯쌍둥이의 부모가 비난받아야 한다고 생각합니까?"

머나는 생각했다. "콩스탕스는 그렇게 생각했던 것 같아요."

가마슈는 자신들 사이의 커피 테이블 위에 놓인 사진들을 향해 머리를 끄덕였다. "당신은 콩스탕스의 집에서 저 사진들을 찾았는지 물으셨죠. 아닙니다. 거기에는 사적인 사진이 전혀 없었습니다. 액자도 앨범도 없었죠. 저는 이것들을 국립도서관에서 찾았습니다. 이걸," 그는 어린 네 여자의 사진 중 하나를 집어 들었다. "빼고요. 콩스탕스는 가지고 오려고 이걸 챙겼습니다."

머나는 그의 손에 들린 작은 사진을 응시했다. "왜인지 궁금하네요."

제롬 브루넬은 책을 덮었다.

커튼이 드리워져 있었고, 큰 침대의 그들 위에는 오리털 이불이 덮여 있었다. 테레즈는 책을 읽다가 잠이 들었다. 그는 깊고 고르게 숨을 쉬는 그녀를 잠시 지켜보았다. 그녀의 턱은 가슴에 닿아 있었고, 그녀의 활동적인 머리는 휴식에 들었다. 평화롭게. 마침내.

그는 침대 옆 탁자에 책을 놓고 손을 뻗어 그녀의 안경을 벗긴 다음 손에서 책을 치웠다. 그리고 테레즈의 이마에 키스하며 그녀의 영양 크림 냄새를 맡았다. 부드럽고 섬세한. 테레즈가 출장을 떠나면 그는 그녀의 영양 크림을 손에 조금 바르고 그 손을 얼굴에 대고 잤다.

"제롬?" 테레즈가 깼다. "괜찮아?"

"완벽해." 그가 속삭였다. "막 불을 끄려는 참이야."

"아르망은 왔어?"

"아직. 하지만 포치 등과 거실 램프를 몇 개 켜 놨어."

그녀는 그에게 키스하고 몸을 돌렸다.

제롬은 탁자 위 램프를 끄고 이불을 끌어 올렸다. 열린 창문으로 차갑고 신선한 공기가 들어와 따뜻한 이불 속이 한층 기꺼웠다.

"걱정 마." 그가 아내의 귀에 속삭였다. "아르망에게 계획이 있어."

"우주선이나 시간 여행이 아니길 바라." 그녀는 중얼거리고 다시 반쯤 잠에 빠졌다.

"다른 계획이야." 제롬은 그렇게 말했고, 그녀의 웃음소리가 들린 뒤 집이 내는 삐걱거리는 소리와 신음을 빼면 방은 다시 고요해졌다.

아르망 가마슈는 머나의 서점 창문가에 서서 에밀리의 집 위층 침실의 불이 꺼지는 것을 보았다.

그는 머나를 따라 아래층 그녀의 가게로 내려왔고, 이제 머나는 자신의 서가 통로 한가운데에서 당황한 채 서 있었다.

"분명히 여기 있었는데."

"뭐가 말입니까?" 그는 돌아섰지만 머나는 줄지은 책꽂이 사이로 사라졌다.

"닥터 베르나르가 쓴 책이요. 그 다섯쌍둥이에 대한. 여기 있었는데 찾을 수가 없네요."

"그 사람이 책을 쓴 줄은 몰랐는데요." 가마슈가 그렇게 말하며 다른 통로로 걸어가 선반을 훑어보았다. "읽을 만한가요?"

"읽어 보지 않았어요." 그녀는 책등을 훑느라 정신이 팔린 채 중얼거렸다. "하지만 이제 아는 게 있어서 그럴 것 같지 않네요."

"뭐, 우린 그가 그들을 받지 않았다는 걸 알죠." 가마슈가 말했다. "하지만 그는 여전히 자기 삶의 대부분을 그들에게 헌신했습니다. 아마 다른 누구보다 그들을 잘 알았을 겁니다."

"의심스러운데요."

"왜 그러시죠?"

"그들은 자신들을 거의 몰랐던 것 같으니까요. 기껏해야 그 책은 그 소녀들 자체가 아닌, 그들의 일상을 이해하게 해 주는 정도일 거예요."

"그럼 그 책을 왜 찾고 있습니까?"

"그런 거라도 도움이 될지 모르니까요."

"그럴 수도 있죠." 그는 동의했다. "왜 읽지 않았습니까?"

"닥터 베르나르는 사적이었어야 하는 것을 공적으로 만들었어요. 그는 매 순간 그들의 부모가 그랬던 것처럼 그들을 배신했죠. 거기 한몫 끼고 싶지 않았어요."

그녀는 당혹스러워하며 선반에 커다란 손을 올렸다.

"누가 가져갔을까요?" 가마슈가 옆 통로에서 물었다.

"여기는 대여점이 아니에요. 책을 사야 한다고요." 머나는 침묵했다가 말을 이었다. "염병할 루스."

어쩌면 그게 루스의 진짜 이름일지도 모른다는 생각이 가마슈의 뇌리를 스쳤다. 그거야말로 루스가 태어났을 때 받은 이름이 틀림없었다. 그는 그 이름의 세례식을 상상했다.

"이 아이를 뭐라고 부르시겠습니까?" 성직자가 물었다.

"염병할 루스." 그녀의 대부모가 대답했다. 그것이 선견지명이 있는 선택이었을 터였다.

머나가 그의 몽상을 방해했다. "루스는 여기가 도서관인 양 구는 유일한 사람이에요. 책을 가져갔다 돌려놓고는 다른 책들을 가져가죠."

"적어도 돌려는 놓는군요." 가마슈는 그렇게 말했고, 머나에게 무례한 시선을 받았다. "루스가 다섯쌍둥이에 대한 베르나르의 책을 가져갔을까요?"

"아니면 누구겠어요?"

좋은 질문이었다.

"제가 내일 루스에게 물어보겠습니다." 그가 코트를 입으면서 말했다. "당신이 인용한 루스의 시를 아십니까?"

"〈누가 네게 상처를 입혔지?〉. 그거 말이에요?" 머나가 말했다.

"그 책 있습니까?"

머나는 얇은 책을 찾았고, 가마슈는 값을 치렀다.

"콩스탕스는 환자로서 왜 당신을 찾아오길 그만뒀습니까?"

"우리는 교착상태에 다다랐어요."

"어떻게요?"

"콩스탕스가 정말 가까운 친구들을 사귀고 싶다면 자신의 방어벽을 허물고 누군가를 들여야 한다는 게 명확해졌죠. 우리 삶은 집 같아요. 어떤 이는 마당이 허용되고, 어떤 이는 포치, 어떤 이는 거실이나 부엌까지 허용돼요. 더 좋은 친구는 우리의 집 더 깊이 거실로 초대되죠."

"그리고 어떤 이는 침실로 들이고요." 가마슈가 말했다.

"정말로 친밀한 관계에서는요, 그럼요." 머나가 말했다.

"그런데 콩스탕스는요?"

"그녀의 집은 보기에 아름다웠어요. 사랑스럽고 완벽했어요. 하지만 잠겨 있었어요. 누구도 안에 들어갈 수 없었죠." 머나가 말했다.

그는 귀를 기울였지만 그녀에게 그 집에 대한 비유가 완벽하다는 말은 하지 않았다. 콩스탕스는 감정적으로 자신 주변에 담을 쌓았고, 누구도 그녀의 벽돌과 회반죽으로 지은 집 문간조차 넘지 못했다.

"콩스탕스에게 이런 얘기를 했습니까?" 그가 묻자 머나가 끄덕였다.

"그녀는 이해했고, 그러려고 애썼지만 담장은 너무 높고 두껍기만 했어요. 그래서 상담을 마쳐야 했어요. 더 이상 제가 그녀를 위해 해 줄 수

있는 게 없었어요. 하지만 우리는 연락을 계속했어요. 지인으로요." 머
나는 미소를 지었다. "이번 방문 때도 저는 그녀가 드디어 마음을 열지
모르겠다고 생각했어요. 이제 그녀의 마지막 남은 자매도 죽었으니 그
녀가 가족의 비밀을 누설하고 있다고 느끼지 않길 바랐죠."

"하지만 아무 말도 하지 않았고요?"

"그래요."

"제 생각을 듣고 싶습니까?" 그가 물었다.

머나가 끄덕였다.

"처음엔 즐거운 방문이었던 것 같습니다. 다시 오기로 마음먹었을 땐
다른 이유도 있었죠."

머나가 그의 시선을 붙들었다. "어떤 이유요?"

그는 주머니에서 사진들을 꺼내 그중에서 네 여성을 찍은 사진을 골
랐다.

"저는 그녀가 이걸 당신에게 가져오려 했다고 생각합니다. 자신의 가
장 소중하고 가장 사적인 소유물이요. 자신의 집 문들과 창문들을 열고
당신을 들이려고 했던 것 같습니다."

머나는 긴 숨을 내쉬더니 그에게서 사진을 가져갔다.

"그것에 감사해요." 그녀는 조용히 그렇게 말하고 사진을 보았다. "비
르지니, 엘렌, 조세핀, 마르그리트 그리고 이제 콩스탕스까지. 모두 갔
네요. 전설 속으로 사라졌어요. 대체 무슨 일이죠?"

가마슈는 갓 태어나 식탁 위에 빵 덩어리처럼 줄지어 놓은 우엘레트
다섯쌍둥이의 생애 처음 찍은 사진을 집어 들었다. 얼이 빠진 그들의 아
버지가 뒤에 서 있는 그 사진을.

가마슈는 사진을 뒤집어 그들의 엄마 혹은 아빠가 쓴 것이 틀림없는 글씨를 보았다. 깔끔한, 주의 깊은. 뭐든 적는 데 익숙지 않은 손으로. 기록할 만한 게 별로 없는 삶 속에서 이것은 그만한 가치가 있었다. 그들은 자신들의 딸들의 이름을 테이블에 놓인 순서대로 적었다.

마리비르지니.

마리엘렌.

마리조세핀.

마리마르그리트.

마리콩스탕스.

그들이 태어난 순서인 게 거의 확실했지만, 또한 그들이 죽은 순서이기도 하다는 것을 가마슈는 깨달았다.

17

아르망 가마슈는 비명과 외침과 짧고 날카로운 폭발음에 깨어났다.

침대에서 벌떡 일어나 앉은 동시에 그는 깊은 잠에서 완전히 깨어났다. 그의 손이 튀어나가 총을 넣어 둔 탁자 서랍을 더듬었다.

눈은 날카로웠고 초점은 완벽했다. 그는 긴장한 채 움직이지 않았다.

커튼 틈으로 햇빛을 볼 수 있었다. 그때 다시 그 소리가 들렸다. 다급한 비명 소리. 도움을 요청하는 외침. 누군가 지시하는 소리. 또 다른 폭발음.

그 소리에는 착각의 여지가 없었다.

그는 가운을 입고 슬리퍼를 신은 다음 커튼을 젖히고 마을 광장 한가운데 얼어붙은 연못에서 하키 게임이 벌어지고 있는 것을 보았다.

마찬가지로 경계하는 앙리가 그 옆에서 코로 창문을 찌르고 있었다. 킁킁거리면서.

"여기 있다간 제명에 못 살겠구나." 경감이 앙리에게 말했다. 하지만 그는 퍽을 쫓아 미친 듯이 스케이트를 지치는 아이들을 보면서 싱긋 웃었다. 아이들은 서로에게 지시를 외치고 있었다. 승리감에 차 고함을 치고, 슬랩숏스틱을 조금 흔들어 퍽을 강하게 치는 것이 네트에 꽂힐 때면 고통에 찬 비명을 지르며.

그는 잠시 넋을 잃고 서리가 낀 창밖을 내다보며 서 있었다.

화창한 날이었다. 그는 토요일이라는 것을 깨달았다. 해는 이제 막 떴지만 아이들은 벌써 몇 시간 동안 게임을 한 것처럼 보였고, 핫초콜릿을 마시며 잠깐씩 쉬는 것만으로 온종일 게임을 할 수 있을 것 같았다.

그는 창문을 내리고 커튼을 활짝 젖힌 다음 몸을 돌렸다. 집 안은 조용했다. 자신이 가브리의 비앤비가 아니라 에밀리 롱프레의 집에 있다는 사실을 상기하는 데 잠깐 시간이 걸렸다.

이 방은 그가 비앤비에서 묵었던 방보다 컸다. 한쪽 벽에는 벽난로가 있었고, 바닥에는 폭이 넓은 소나무 마루가 깔려 있었으며, 벽에는 결코 세련됐다고 할 수 없는 꽃무늬 벽지가 발려 있었다. 두 벽면의 창이 방을 밝고 쾌적하게 했다.

그는 침대 옆 시계를 보고 거의 8시라는 데 충격을 받았다. 늦잠을 잤다. 굳이 알람을 맞추지 않았던 것은 자신이 늘 그렇듯 아침 6시에 스스로 일어날 수 있으리라 확신했기 때문이었다. 앙리가 보채서 깨거나.

하지만 둘 다 깊은 잠에 빠졌고, 저 아래서 벌어지는 경기에서 갑작스러운 골이 터지지 않았다면 아직도 잠자리에 있었을 터였다.

간단히 샤워를 마친 후 가마슈는 앙리를 아래층으로 데려가 먹이를 챙겨 주고 커피를 올린 다음 마을 광장 주변을 산책하기 위해 앙리에게 목줄을 채웠다. 둘은 산책을 하며 하키 게임을 구경했고, 앙리는 아이들 틈에 끼고 싶어 안달을 부리며 목줄을 잡아당겼다.

"그 멍청한 짐승한테 목줄을 채운 걸 보니 마음이 놓이는구먼. 위험한 녀석이야."

가마슈는 몸을 돌려 얼어붙은 길을 따라 자신과 앙리에게 다가오는 루스와 로사를 마주했다. 로사는 작은 뜨개 부츠를 신고 있었고, 살짝 절면서 걷는 듯이 보였다. 루스처럼. 그리고 루스는 뒤뚱거리는 듯이 보였다. 로사처럼.

가마슈는 사람이 정말 자신의 반려동물처럼 변한다면 이제 곧 자신에게 커다란 귀가 자라나고, 장난기가 많아지고, 살짝 멍한 표정이 나타나겠다고 생각했다.

하지만 로사는 루스에게 반려동물 이상이었고, 루스는 오리에게 여느 사람 이상이었다.

"앙리는 멍청한 짐승이 아닙니다, 마담." 가마슈가 말했다.

"알아." 시인이 받아쳤다. "앙리한테 한 말이었어."

셰퍼드와 오리는 눈을 맞추었다. 가마슈는 예방 차원에서 목줄을 쥔 손에 힘을 주었지만 걱정할 필요 없었다. 로사가 부리를 휘두르자 앙리는 뒤로 펄쩍 뛰어 가마슈의 다리 뒤로 숨고는 그를 올려다보았다.

가마슈와 앙리는 서로에게 눈썹을 치켜세웠다.

"패스해." 루스가 하키 선수들에게 외쳤다. "퍽을 독차지하지 말고."

누가 듣든 그 말 끝에 붙은 '머저리'의 암시를 들었을 터였다.

한 소년이 퍽을 패스했지만 너무 늦었다. 퍽은 눈 더미 속으로 사라졌다. 소년은 루스를 건너다보고 어깨를 으쓱했다.

"괜찮아, 에티엔." 루스가 말했다. "다음번엔 고개를 숙이지 마."

"위, 코치."

"빌어먹을 애놈들은 말을 들어 먹질 않아." 루스는 그렇게 말하고 아이들에게서 등을 돌렸지만 그전에 몇몇이 그녀와 로사를 보고 멈춰 서서 손을 흔들었다.

"코치요?" 가마슈가 그녀 옆에서 걸으며 물었다.

"똥 같은 프랑스어지. 코치."

가마슈가 그 말에 웃음을 터뜨렸다. "그렇다면 당신이 아이들에게 가르친 건 딴 거겠군요."

루스의 입에서 작은 입김이 뿜어졌고, 가마슈는 그것이 웃음이라고 추측했다. 유황이거나.

"어젯밤 코코뱅을 만들어 주셔서 감사합니다." 경감이 말했다. "맛있었습니다."

"그게 당신 거였다고? 젠장, 난 그 사서 여자가 에밀리 집 사람들을 위한 거라고 말한 줄 알았는데."

"잘 아시는 것처럼 그게 저와 제 친구들입니다."

루스가 로사를 안아 들고 침묵 속에 몇 걸음 걸었다.

"누가 콩스탕스를 죽였는지 조금이라도 알아냈나?" 그녀가 물었다.

"조금요."

그들 옆에서 하키 게임이 계속되었다. 남자아이들과 여자아이들이 퍽을 쫓아 달렸다. 누구는 앞으로 지치고 누구는 뒤쪽으로 지그재그를 그리면서. 그 얼어붙은 고무 조각에 벌어지는 일에 목숨이 달려 있기라도 한 듯이.

사소해 보일지라도 가마슈는 이곳에서 많은 것을 배웠다는 것을 알았다. 신뢰와 팀워크. 언제 패스해야 하는지, 언제 나서야 하는지, 언제 물러서야 하는지. 그리고 주변의 혼란과 방해물에 상관없이 시야에서 절대 목표를 놓치지 않기.

"왜 닥터 베르나르가 쓴 책을 가져가셨습니까?"

"어떤 책?"

"닥터 베르나르가 쓴 책을 얼마나 많이 갖고 계신 겁니까? 우엘레트 쌍둥이에 대한 책 말입니다. 머나의 서점에서 가져가셨죠."

"거기가 서점이었나?" 루스가 물으며 그 가게를 흘끗 보았다. "하지만 '라이브러리library'라고 되어 있는데."

"리브레리librairie 프랑스어로 서점죠." 경감이 말했다. "프랑스어로 '당신은 거짓말쟁이'라는 뜻이죠."

루스가 코웃음을 쳤다.

"리브레리가 프랑스어로 서점이라는 걸 아주 잘 아실 텐데요." 그가 말했다.

"염병하게 헷갈리는 말이야. 왜 그렇게 명확하질 못해?"

가마슈가 놀라 그녀를 보았다. "아주 좋은 질문입니다, 마담."

그는 과장 없이 말했다. 그는 루스에게 많은 것을 빚졌는데, 그중 적지 않은 것이 참을성이었다.

"그래, 내가 그 책을 가져왔어. 전에도 말했듯이, 콩스탕스가 나한테 자기가 누군지 얘기하기에 그녀에 대해 읽고 싶어졌지. 병적인 호기심이야."

가마슈는 루스 자도가 병적일지는 몰라도 호기심은 아니라는 것을 알았다. 호기심은 다른 사람에게도 해당되어야 하는 것이었다.

"그래서 닥터 베르나르의 이야기에서 뭔가를 건지신 것 같습니까?"

"뭐, 내가 그 여자에게서 그걸 직접 알았을 것 같나? 그게 내 최선이었지. 지루한 책이었어. 대부분 자기 얘기였고. 나는 자기중심적인 사람을 싫어해."

그는 마지막 말을 넘겼다.

"다만, 그 부모에 대해 얘기하기 무례한 게 좀 있더군." 그녀는 말을 이었다. "물론 그 사람들이 읽을 경우를 대비해 전부 정중한 말로 포장돼 있긴 했지. 그 사람들이 과연 읽었을까 싶지만. 아니면 읽어 달라고 했으려나."

"왜 그렇게 말씀하시죠?" 가마슈가 물었다.

"베르나르에 따르면 그들 부부는 가난하고 무지하고 퍽처럼 멍청했다니까. 그리고 탐욕스럽고."

"어째서요?"

"그 부부는 무엇보다 자기네 애들을 정부에 팔아넘겼어. 그러다 돈이 떨어지자 발끈했다더군. 그들은 더 받아야 된다고 생각했어."

가마슈 경감은 그 내용의 세세한 사실들을 찾아봤었다. 이지도르 우엘레트는 자신의 농장이 몰수된 것으로 가장하고 실제 가치의 1백 배에 해당하는 큰돈, 적어도 당시로서는 분명히 큰돈을 받았다.

찢어지게 가난한 농부는 다섯 명의 환상적인 딸들이라는 형태로 복권을 탔다. 그가 한 일은 그 딸들을 정부에 판 것뿐이었다.

가마슈는 편지들도 찾아냈다. 아주 많은 편지를. 수년에 걸쳐 힘들여 손으로 쓴 그 편지들은 자신의 딸들을 돌려 달라고, 자신들이 속았다고 말하고 있었다. 대중에게 알리겠다고 협박하고 있었다. 우엘레트 부부는 정부가 어떻게 자신들의 아이들을 빼앗아 갔는지 모두에게 말할 것이었다. 이지도르는 그때는 죽고 없었지만 점점 강력해지는 퀘벡의 상징인 프뢰르 앙드레를 들먹이기까지 했다.

가마슈는 그 편지들을 읽으면서 이지도르 우엘레트가 정말 원한 것이 딸들이 아니라 더 많은 돈이라는 데 충격을 받았다.

그리고 거기에는 세르비스 드 프로텍시옹 드 랑팡스Service de protection de l'enfance 아동복지국라고 불린 정부의 새로 조성된 부처에서 보낸 답장들도 있었다. 편지들은 우엘레트 부부에게 보내진 것으로, 지극히 정중한 말이었지만 가마슈는 맞대응이라는 것을 알 수 있었다.

우엘레트 부부가 입을 연다면 정부도 그러겠다는.

그리고 그들은 할 말이 많았다. 그들 역시 앙드레 수사를 들먹였다. 그 성자가 양다리를 걸친 것처럼 보였다. 그들이 그러길 바랐거나.

점차 우엘레트 부부의 편지는 잦아들었지만, 그 전에 그 어조는 더 애처롭고 한심해졌다. 애걸. 자신들에겐 권리와 필요가 있다고 설명하며.

그러다 마침내 편지가 멈췄다.

"콩스탕스가 자신의 부모님에 대해 말한 적이 있습니까?" 가마슈가 물었다. 그들은 마을 광장을 두 바퀴째 돌고 있었다. 그는 자신의 다리에 바짝 붙어 로사에게 눈을 고정한 앙리를 내려다보았다. 멍청한 표정이 가관이었다.

그럴 수 있을까? 가마슈는 궁금했다. **아니. 설마.**

그는 로사를 쳐다보며 거의 침을 흘리고 있는 앙리를 다시 한번 훔쳐보았다. 분간하기는 어려웠지만 이 셰퍼드는 오리를 먹고 싶거나 오리와 사랑에 빠져 있었다.

가마슈는 어느 쪽이건 더 깊이 생각하지 않기로 마음먹었다. 어쨌거나 그것은 지나치게 불운했다.

"참 나, 그렇게 멍청할 순 없을 텐데." 루스가 말했다. "난 어제 콩스탕스가 누군지는 알았지만 우린 그 얘기는 안 했다고 말했어. 제대로 안 듣고 있었구먼, 응?"

"당신의 재기 넘치는 대화를요? 누가 그러겠습니까? 아니요, 전 귀기울이고 있었고, 콩스탕스가 당신에게 무슨 말을 했는지 궁금했을 뿐이지만 아아, 그녀는 그러지 않았도다."

루스가 흐리지만 날카로운 푸른 눈으로 그를 쏘아보았다. 차갑고 얕은 개울에 담긴 칼 같은 눈으로.

그들은 에밀리 롱프레의 집 앞에서 멈춰 섰다.

"이 집으로 마담 롱프레를 방문했던 일이 기억납니다." 가마슈가 말했다. "훌륭한 여성이었죠."

"그래." 루스는 그렇게 말했고, 그는 험담 섞인 수식어들을 기다렸지만 아무 말도 뒤를 잇지 않았다.

"다시 불이 켜지고 굴뚝에서 연기가 나는 걸 보니 좋군. 너무 오래 비어 있었어. 집에는 사람이 있어야 하는데." 그녀가 그에게 몸을 돌렸다. "집은 사람을 원해. 당신네처럼 따분한 인간들이라도."

"메르시." 경감이 살짝 고개를 숙이며 말했다. "제가 나중에 책을 가지러 들러도 되겠습니까?"

"무슨 책?"

가마슈가 할 수 있는 것은 눈을 굴리지 않는 것뿐이었다. "닥터 베르나르가 우엘레트 다섯쌍둥이에 대해 쓴 책 말입니다."

"아직도 그걸 원하나? 그렇담 그 도서관 여자한테 책값을 치르는 게 좋겠군. 이제 도서관에서 서점으로 바꿨다고 하니까. 그게 합법이지?"

"아 비엥토À bientôt 또 뵙겠습니다, 코치." 가마슈는 그렇게 말하고 루스와 로사가 절룩거리고 뒤뚱거리며 옆집으로 가는 모습을 지켜보았다.

앙리가 살짝 울며 당황해했다.

가마슈가 목줄을 당기자 셰퍼드가 마지못해서 따라왔다.

"난 네가 우리 집 소파 팔걸이와 사랑에 빠진 줄 알았는데." 경감이 따뜻한 집으로 들어서며 말했다. "변덕스러운 녀석."

테레즈가 거실 벽난로 앞에서 오래된 신문을 읽고 있었다.

"오 년 전 신문이에요." 그녀가 말하며 신문을 옆에 내려놓았다. "하지만 맹세컨대 날짜를 보지 않았으면 오늘 신문인 줄 알았을 거예요."

"플뤼 사 샹주Plus ça change 변해 봤자……." 가마슈가 그녀에게 다가가며 그렇게 말했다.

"변해 봤자 별다르지 않다프랑스 저널리스트 장바티스트 알퐁스 카르가 한 말." 테레즈는 인용을 마치고 그에 대해 생각했다. "그걸 믿어요?"

"아니요." 그가 말했다.

"낙천주의자군요, 무슈." 그녀는 그를 향해 몸을 숙이며 목소리를 낮췄다. "나도 안 믿어요."

"커피?" 그는 그렇게 묻고 부엌으로 가 커피 두 잔을 따랐다. 테레즈는 그를 따라와 대리석 카운터에 기댔다.

"휴대전화와 이메일과 노트북이 없으니까 어디가 고장 난 것처럼 느껴져요." 그녀가 약을 끊은 중독자처럼 양팔로 몸을 감싸며 인정했다.

"저도 그렇습니다." 그가 그녀에게 커피가 담긴 머그잔을 건네며 말했다.

"살인 수사차 여기 왔을 때는 어떻게 연락했죠?"

"전화선을 따서 연결하는 것 외엔 별도리가 없었죠."

"하지만 그것도 모뎀을 연결하는 방식이잖아요." 테레즈가 말했다.

"아무것도 없는 것보다야 낫지만요. 난 당신이 외딴 곳에 있을 때 허브와 위성통신을 이용한 걸 알아요. 여기서도 통하나요?"

가마슈는 고개를 저었다. "전혀 안정적이지 않습니다. 계곡이 너무 깊죠."

"산이 너무 높든가요." 테레즈가 웃으며 말했다. "관점 차이죠."

가마슈는 냉장고를 열었고, 계란과 베이컨을 발견했다. 테레즈가 브레드 박스에서 빵 한 덩이를 꺼내 썰기 시작했고, 경감은 무쇠 팬에 베이컨을 올렸다.

베이컨이 지글거리며 튀어 오르자 가마슈는 베이컨을 집어 굴렸다.

"좋은 아침." 제롬이 부엌으로 들어왔다. "베이컨 냄새가 나더군."

"거의 다 됐습니다." 가마슈가 스토브 앞에서 말했다. 그는 제롬이 식탁에 잼들을 꺼내 놓는 동안 프라이팬에 계란을 깨트렸다.

몇 분 뒤 그들 모두 베이컨과 반숙 계란, 토스트를 담은 접시 앞에 앉아 있었다.

개수대 뒤 창문으로 가마슈는 에밀리의 정원과, 너무 밝아서 하얗다기보다 파란색과 분홍색에 가깝게 보이는, 저 너머 눈으로 뒤덮인 숲을 보았다. 숨기에 이보다 더 완벽한 장소를 찾기란 불가능할 터였다. 더 안전한 안가는 존재하지 않았다.

경감은 자신들이 안전하다는 것을 알았지만 갇혔다는 것도 알았다.

그는 진하고 뜨거운 커피를 한 모금 마시면서 다섯쌍둥이 같다고 생각했다. 세상이 대공황에 빠져 있는 동안 그들은 들리고 옮겨져 안전한 곳에 있었다. 그들에게는 원하는 모든 것이 주어졌다. 자유만 빼고.

가마슈는 베이컨과 달걀을 먹고, 수제 빵에 수제 잼을 바르고 있는 동료들을 보았다.

자신들 역시 자신들이 원한 모든 것을 가졌다. 자유만 빼고.

"제롬?" 그가 확신 없는 목소리로 입을 열었다.

"위, 몽 아미."

"의학적 질문이 있습니다." 다섯쌍둥이에 대해 생각하다 보니 지난밤 머나와 나눈 대화가 떠올랐다.

제롬이 포크를 내리고 가마슈에게 집중했다.

"말하게."

"쌍둥이요." 가마슈가 말했다. "그들은 보통 같은 양막낭태아를 둘러싼 주머니처럼 생긴 막을 공유합니까?"

"자궁에서? 일란성 쌍둥이는 그렇지. 이란성 쌍둥이는 아니고. 이란성은 각자의 난소와 낭에 있네."

그는 분명 호기심을 보였지만 이유를 묻지 않았다.

"왜요?" 하지만 테레즈는 물었다. "당신과 렌 마리에게 좋은 소식이라도 있나요?"

가마슈가 웃음을 터뜨렸다. "삶의 이 단계에 쌍둥이가 생기는 것만큼 멋진 일은 없겠지만 아닙니다. 사실 다태아 출생에 관심이 있습니다."

"얼마나 많이?" 제롬이 물었다.

"다섯이요."

"다섯? 체외수정이겠군." 그가 말했다. "임신 촉진제. 그래서 다태아의 난자들은 거의 분명 일치하지 않지."

"아니, 아닙니다. 이 경우엔 일치합니다. 혹은 일치했죠. 그리고 그당시에는 임신 촉진제가 없었습니다."

테레즈가 그를 응시했다. "우엘레트 다섯쌍둥이 말인가요?"

가마슈가 끄덕였다. "그들은 물론 다섯이었죠. 난자 한 개였고요. 그들은 자궁에서 둘씩 나뉘어 양막낭을 공유했습니다. 한 명만 빼고요."

"자넨 정말 철저한 수사관이군, 아르망." 제롬이 말했다. "자궁까지 짚어 갔다니."

"뭐, 아무도 태아를 의심하진 않죠." 가마슈가 말했다. "그게 그들의 큰 장점이고요."

"그럼에도 몇몇 불리한 점이 있지." 제롬은 잠시 말을 멈추고 생각을 모았다. "우엘레트 다섯쌍둥이. 우린 의대에서 그들에 대해 공부했네. 그건 기적이었지. 다자 출산에 일란성일뿐 아니라 그들 다섯 명 모두 살아남았다는 사실이. 닥터 베르나르는 대단한 사람일세. 그가 아주 늙었을 때 그의 강의를 한 번 들은 적 있네. 여전히 예리하고, 여전히 그 소녀들에 대한 자부심으로 가득했지."

가마슈는 자신이 무언가 말을 해야 할지 고민했지만 하지 않기로 했다. 그 우상을 더럽힐 필요는 없었다. 아직은.

"질문이 뭐였지, 아르망?"

"자궁 속에서 혼자 있었던 다섯쌍둥이 중 한 명 말입니다. 그들이 태어났을 때 뭔가 다른 점이 있었을까요?"

"어떤 종류의 다른 점 말인가?"

가마슈는 그에 대해 생각했다. 내가 말하려던 게 뭐지?

"음, 외모는 자매들과 같았겠지만 다른 면에서 차이가 있었을까요?"

"그건 내 전문이 아닐세." 제롬은 말을 아꼈지만 어쨌든 대답했다. "하지만 그 아이에게 영향을 줄 수밖에 없었겠지. 꼭 나쁜 식으로는 아니고. 그 아이를 더 회복력이 있고 자립성 있게 했을 테지. 다른 아이들은 양막을 공유한 자매에게 본능적으로 친밀감을 느꼈겠지. 팔 개월 동안 물리적으로나 생리적으로나 그렇게 가깝게 붙어 있으면 자아를 뛰어넘어 다방면에서 유대를 쌓을 수밖에 없지. 하지만 혼자서 성장한 아이는? 다른 아이들보다 덜 의존적일지 모르네. 더 독립적이고."

그는 다시 토스트에 잼을 바르기 시작했다.

"그렇지 않거나요." 가마슈는 그렇게 말하며 밀접한 공동체 내에서 영구히 아웃사이더 같았을 삶이 어땠을지 궁금했다. 그녀는 그런 유대를 갈구했을까? 그들의 친밀함을 보며 소외감을 느꼈을까?

머나는 콩스탕스가 외로웠다고 설명했다. 그래서일까? 그녀는 평생,

심지어 태어나기 전부터 혼자이고 외로웠을까?

부모에게 팔리고 자매들에게는 배제된. 그런 것이 인간에게 어떤 영향을 미칠까? 그것이 그녀를 그로테스크한 무언가로 왜곡했을까? 겉으로는 다른 이들처럼 상냥하게 미소 짓지만 내면은 비었을까?

가마슈는 콩스탕스가 용의자가 아니라 피해자라는 사실을 되새겨야 했다. 하지만 그는 또한 맏이의 죽음에 대한 경찰 보고서를 기억하고 있었다. 비르지니는 계단에서 떨어졌다. 혹은 떠밀렸을 수도 있다고 그는 생각했다.

자매들은 침묵의 모의에 가담했다. 머나는 그것이 그들이 아이들 때부터 겪었던 지나친 대중의 시선에 대한 반응이라고 추측했지만 이제 가마슈 경감은 그들의 침묵에 다른 이유가 있었는지 궁금했다. 밖이 아니라 그들 내부에서 기인한 무언가 때문에.

하지만 여전히 그는 일흔일곱 살의 콩스탕스가 스리 파인스에, 머나에게 돌아올 때 단순히 다 큰 여인들이 찍힌 사진 한 장이 아니라 그 집에서 실제로 어떤 일이 벌어졌는지에 대한 이야기를 가져오려 했다는 인상을 받았다.

하지만 콩스탕스는 무언가를 말하기 전에 죽임을 당했다.

"물론 그녀가 자초한 걸세." 제롬이 말했다.

"그게 무슨 뜻입니까?"

"음, 그녀가 자기 자매를 죽였네."

가마슈는 얼빠진 듯 바라보았다. 제롬이 그것이나 자신의 의심을 어떻게 알 수가 있지?

"그녀가 양막에 혼자 있었던 이유. 양막 하나에 둘씩 처음엔 분명 여섯이었겠지만 그 단일아는 자기 쌍둥이를 죽이고 흡수했겠지." 제롬은 설명했다. "자주 있는 일일세."

"왜 이걸 다 알려고 하는 거예요, 아르망?" 테레즈가 물었다.

"공식적인 발표는 없었지만 다섯쌍둥이 중 마지막으로 남았던 콩스탕스 우엘레트가 이틀 전에 살해당했습니다. 그녀는 여기 스리 파인스로 오려고 채비하는 중이었죠."

"여기?" 제롬은 물었다. "왜?"

가마슈는 그들에게 말했다. 말하면서 그는 이 사건이 그들에게 또 다른 죽음 이상, 심지어 또 다른 살인 이상이라는 것을 알 수 있었다. 이 비극에는 테레즈와 제롬이 알았고 아꼈던 누군가를 잃은 것 같은 무게가 더해졌다.

"그들이 모두 죽었다니 믿기 힘드네요." 테레즈는 그렇게 말하고 생각에 잠겼다. "하지만 그들은 한 번도 완전히 진짜 같지 않았어요. 그들은 조각상 같았어요. 인간처럼 보였지만 인간이 아니었죠."

"머나 랜더스는 그게 자기 친구가 유니콘이었거나 그리스 여신이었다는 걸 안 것 같았다고 했죠. 지상에 내려온 헤라 말입니다."

"흥미로운 말이군요." 테레즈가 말했다. "하지만 이 사건이 어떻게 당신 손에 들어왔죠, 아르망? 콩스탕스 우엘레트는 몬트리올에서 발견됐잖아요. 몬트리올 경찰 관할일 텐데요."

"사실이지만 마르크 브로가 제가 관계가 있다는 걸 알자 제게 넘겼습니다."

"운이 좋군." 제롬이 말했다.

"우리 모두에게 운이 좋았죠." 가마슈가 말했다. "그 사건이 아니었다면 우리가 이 집에 있지 못했을 겁니다."

"덕분에 다른 문제가 생겼지." 제롬이 말했다. "이제 우리는 여기 있지만 어떻게 나갈 생각이지?"

"계획이요?" 가마슈가 물었다.

두 사람이 끄덕였다.

경감은 생각을 모으기 위해 잠시 말을 멈추었다.

제롬은 지금이 자신이 찾아낸 것을 두 사람에게 말할 때라는 것을 알았다. 그 이름. 자신이 꼬리가 잡혔다는 걸 깨닫기 전 한순간에 흘끗 봤을 뿐이었다. 그는 즉시 달아났다. 내달렸다. 가상의 복도를 되돌아왔다. 문을 쾅쾅 닫으면서, 흔적을 지우면서. 도망치고, 도망쳤다.

그는 그것을 흘끗 보았을 뿐이었다. 그리고 잘못 봤을지도 모른다고 생각했다. 당황해서 착각했다고.

"우리의 유일한 희망은 프랑쾨르가 하고 있는 것을 찾아내서 중단시키는 겁니다. 그러기 위해서 당신을 인터넷과 다시 연결해야 하고요." 가마슈가 말했다. "그리고 모뎀 연결 방식이 아니어야죠. 초고속망이 필요합니다."

"그래요." 테레즈가 짜증을 내며 말했다. "우리도 알아요. 하지만 어떻게요? 여기는 초고속망이 없잖아요."

"우리만의 송전탑을 만들죠."

테레즈 브루넬이 몸을 기대며 응시했다. "머리라도 부딪혔어요, 아르망? 우린 그럴 수 없어요."

"왜 안 되죠?" 그가 물었다.

"음, 수개월이 걸리고 온갖 전문가들이 필요하다는 사실 말고도, 우리가 탑을 짓는 걸 누군가 눈치챌 거라고 생각 안 해요?"

"아하, 그들이 알아차리겠지만 저는 '짓는다'고 하지 않고 '만든다'고 했죠." 가마슈는 일어나 부엌 창문으로 걸어갔다. 그는 가리켰다. 마을 광장을 지나, 거대한 소나무 세 그루를 지나, 눈 덮인 집들을 지나. 저 위 언덕을.

"우리가 보고 있는 게 뭐지?" 제롬이 물었다. "마을 너머 언덕? 거기에 탑을 세울 수 있겠지만, 거듭 말해 전문 지식을 요하는 걸세."

"그리고 시간도요." 테레즈가 말했다.

"하지만 탑은 이미 저기 있습니다." 가마슈는 그렇게 말했고, 그들은 다시 보았다. 마침내 테레즈가 놀라 그에게 몸을 돌렸다.

"나무들 말이군요." 그녀가 말했다.

"세 사C'est ça 맞습니다." 가마슈가 말했다. "천연적인 타워죠. 제롬?"

가마슈는 안락의자와 창문 사이에 끼어 있는 펑퍼짐한 남자에게 몸을 돌렸다. 그는 그들에게 등을 돌린 채였다. 마을 밖 저 위쪽을 응시하며.

"가능할지도 모르겠군." 그가 미심쩍어하며 말했다. "하지만 나무 위에 위성안테나를 매달 사람이 필요한데."

그들은 식탁으로 돌아갔다.

"이 주변에 나무 일을 하는 사람들이 있을 거예요. 그들을 뭐라고 부르더라?" 테레즈의 도시적인 사고가 멈칫거렸다. "벌목꾼이나 뭐 그런 거? 그런 사람 중 한 명에게 안테나를 가지고 올라가 달라고 할 수 있을 거예요. 그리고 그 높이면 교신 가능한 송신탑을 찾을 수 있을 거예요. 그리고 그 송신탑을 이용해서 위성에 접속할 수 있어요."

"하지만 위성안테나를 어디서 구하지?" 제롬이 물었다. "일반적인 것이어선 안 될 텐데. 추적이 불가능한 종류의 안테나가 필요해."

"일단 온라인 접속이 가능하다 치죠." 테레즈의 생각이 앞서갔다. "문제가 또 있어요. 프랑쾨르가 눈에 불을 켜고 있을 테니까 경찰청 시스템에 로그인할 수가 없어요. 그렇다면 어떻게 들어가죠?"

가마슈가 나무 식탁에 쪽지 한 장을 내려놓았다.

"그게 뭐죠?" 테레즈가 물었다.

하지만 제롬은 알았다. "접속 코드군. 하지만 어떤 네트워크를 이용하는 거지?"

가마슈는 종이를 뒤집었다.

"라 비블리오테크 나시오날La bibliothèque nationale 국립도서관이군요." 테레즈가 로고를 알아보고 말했다. "퀘벡 국립 문서 보관소. 렌 마리가 거기서 일하지 않아요?"

"위. 어제 국립도서관에서 우엘레트 다섯쌍둥이에 대해 조사했고, 렌 마리가 해당 기록 보관소 네트워크가 주州 전역, 가장 작은 도서관과 대학의 거대 기록 보관소와 이어져 있다고 한 게 기억났습니다. 공적으로 설립된 모든 도서관과 연결되어 있죠."

"그리고 경찰청 기록 보관소와도 연결되고요." 테레즈가 말했다. "오래된 사건 파일이 모두 있는."

"그게 들어갈 방법이군." 제롬이 말했다. 그의 눈이 쪽지와 로고에 달라붙어 있었다. "이건 렌 마리 건가? 렌 마리 가마슈의 코드라면 경보가 울릴 텐데."

그는 자신이 이 일이 풀리지 않을 이유를 찾고 있다는 것을 알았다. 그 전자 문의 반대편에서 무엇이 기다리고 있는지 알기 때문에. 돌아다니며. 서성이며. 자신을 찾으며. 자신이 무언가 어리석은 짓을 하길 기다리며. 이를테면 돌아오길.

"그 생각을 했습니다." 가마슈가 안심시키는 목소리로 말했다. "그 코드는 다른 사람 겁니다. 관리자 중 한 명이요. 그러니 그 코드로 들어가도 아무도 의심하지 않을 겁니다."

"될 것 같아요." 테레즈의 목소리는 운명의 유혹이 두려운 듯 낮았다.

가마슈가 의자에서 몸을 일으켰다. "저는 루스 자도를 만난 다음 몬트리올로 가야 합니다. 두 분은 클라라 모로에게 얘기해서 위성안테나를 달 만한 사람을 아는지 알아봐 주시겠습니까?"

"아르망." 가마슈가 차 키와 코트, 장갑을 챙기는 사이 테레즈가 문가에서 말했다. "당신이 문제의 양 끝은 해결했는지 몰라요. 위성 연결과 접속 코드는요. 하지만 끝에서 끝까지 어떻게 가죠? 중간 부분 전체가 빠져 있어요. 우리는 케이블선과 컴퓨터와 그 모든 걸 연결할 사람이 필요해요."

"네, 그게 문제죠. 하지만 그에 대한 생각이 떠오를지 모릅니다."

브루넬 경정은 가마슈가 문제보다 해결책이 더 마음에 들지 않는 것처럼 보인다고 생각했다.

경감이 떠난 뒤, 테레즈 브루넬은 부엌으로 돌아가 이제 차갑게 식어버린 아침 식사를 응시하며 앉아 있는 남편을 발견했다.

"벌레가 몸을 뒤집었어the worm has turned 상황이 역전된 것을 뜻하는 말." 테레즈가 그 옆에 앉으며 말했다.

"그래." 제롬은 그렇게 말하며 그것이 자신들에 대한 완벽한 설명이라고 생각했다.

18

"저한테 거짓말을 하셨더군요."

"여학생처럼 말하는구먼." 루스 자도가 말했다. "마음이 온통 무너졌나? 내가 도움이 되는 걸 알지. 스카치?"

"오전 열 시입니다."

"주겠다는 게 아니라 달라는 거야. 스카치 가져왔나?"

"당연히 안 가져왔습니다."

"흠, 그럼 여긴 왜 왔지?"

아르망 가마슈 자신도 그것을 기억해 내려고 애쓰고 있었다. 루스 자도에게는 가장 명확한 목적조차 뒤죽박죽으로 만들어 버리는 신묘한 능력이 있었다.

그들은 그녀의 부엌에서 하얀 플라스틱 테이블을 두고 하얀 플라스틱 의자에 앉아 있었다. 전부 덤프스터가구 등 대형 물건을 버리는 쓰레기통에서 건진 것들이었다. 그는 전에 여기에 왔던 적이 있었고, 그중에는 그가 참석했던 가장 기이한 저녁 파티도 포함되어 있었다. 참석한 사람 모두가 살아남을 수 있을지 전혀 확신할 수 없었던 자리였다.

하지만 정신이 없는 와중에도 오늘 아침은 최소한 예상 가능했다.

루스의 영향권에 있는 사람, 특히 그녀의 집에 있는 사람, 치매에 준비가 되어 있지 않은 사람은 누구든 자신을 탓할 따름이었다. 사람들이 종종 놀라는 것은 그 치매가 루스가 아닌 자신들의 것이라는 점이었다.

그녀는 명료하진 않더라도 여전히 예리했다.

로사는 루스와 따뜻한 오븐 사이 바닥 위 낡은 담요로 만든 둥지에 잠들어 있었다. 부리는 날개 속에 있었다.

"다섯쌍둥이에 대한 베르나르의 책 때문에 왔습니다." 그가 말했다. "그리고 콩스탕스 우엘레트에 대한 진실 때문에요."

루스의 얇은 입술이 키스와 저주 사이에 갇힌 듯 오므라졌다.

"오래전에 죽어 다른 도시에 묻혔건만." 가마슈가 말을 건네듯 읊었다. "내 어머니는 아직 나를 포기하지 못했다네."

입술이 펴졌다. 일자로. 그녀의 얼굴 전체가 처졌고, 한순간 가마슈는 그녀가 뇌졸중을 일으키고 있다는 생각에 두려웠다. 하지만 루스의 눈은 여전히 날카로웠다.

"왜 그런 말을 하지?" 그녀가 물었다.

"왜 그런 시를 쓰셨습니까?" 그는 가방에서 얇은 책을 한 권 꺼내 플라스틱 테이블 위에 올려놓았다. 루스의 시선이 그 위에 머물렀다.

책 표지는 색이 바랬고 찢겨 있었다. 파란색이었다. 디자인도 패턴도 없는 그저 파란색. 그리고 그 위에 '새로운 캐나다 시 모음집'이라고 쓰여 있었다.

"지난밤 머나의 책방에서 이걸 찾았습니다."

루스의 시선이 책에서 남자에게로 옮아갔다. "아는 걸 말해 봐."

그는 책을 펼쳐 자신이 찾던 구절을 발견했다. "누가 네게 상처를 입혔지 / 회복할 수 없을 만큼 깊이 / 그래서 다가오는 모든 것들을 그렇게 대하는 거니 / 삐죽한 입을 하고서? 당신이 이 시를 썼죠."

"그래, 그래서? 나는 시를 아주 많이 썼어."

"이 시는 당신 시 중에서 처음으로 출간된 시입니다. 그리고 가장 유명한 시 중 하나죠."

"더 좋은 것들도 썼지."

"아마도요. 하지만 이보다 진심 어린 시는 드물죠. 어제 콩스탕스의 방문에 대해 얘기할 때 당신은 그녀가 당신에게 자신이 누구인지 말해 줬다고 했습니다. 당신은 그녀에게 더 이상은 묻지 않았다고도 하셨죠. 아아."

그녀는 그와 시선을 맞추더니 얼굴에 엷은 미소를 떠올렸다. "눈치챘나 보군."

"이 시에는 '아아'라는 제목이 붙어 있죠." 그는 책을 덮고 시를 암송했다. "용서받은 자와 용서하는 자는 다시 만나리니 / 아니면 언제나 그렇듯 / 너무 늦었을까?"

루스는 공격을 마주하듯 듯 고개를 꼿꼿이 쳐들었다. "그 시를 아나?"

"압니다. 그리고 콩스탕스도 알았다고 생각합니다. 제가 그 시를 아는 건 그 시를 좋아하기 때문이죠. 콩스탕스가 그 시를 아는 건 그 시에 영감을 준 사람을 사랑했기 때문이고요."

그는 다시 책을 펼쳐 헌정사를 읽었다. "V에게."

그는 조심스럽게 책을 자신들 사이 테이블에 올려놓았다.

"당신은 비르지니 우엘레트를 위해 '아아'를 썼습니다. 이 시는 그녀가 죽은 다음 해인 1959년에 출간되었죠. 왜 이런 시를 쓰셨습니까?"

루스는 조용했다. 그녀는 고개를 숙여 로사를 보고는 푸른 정맥이 비치는 여윈 손을 떨구어 로사의 등을 쓰다듬었다.

"당신도 알다시피 그들은 내 또래였어. 거의 같은 나이. 그들처럼 나도 대공황 시기에 자랐고, 그 뒤엔 전쟁을 겪었지. 우린 가난했고, 부모님들은 고생하셨어. 그들의 머리엔 곤란하고 불행한 딸 말고도 생각할 거리가 많았어. 그래서 나는 안으로 파고들었지. 상상으로 가득 찬 삶을 만들었어. 그 안에서 나는 다섯쌍둥이 중 하나였어. 여섯째 쌍둥이였지." 그녀는 가마슈를 보고 미소를 지었고, 뺨이 살짝 붉어졌다. "나도 알아. 다섯쌍둥이 중 여섯째. 말이 안 되지."

가마슈는 그게 논리의 비약뿐이 아니라는 것을 굳이 지적하지 않기로 했다.

"그들은 늘 너무 행복하고 너무 걱정 없어 보였어." 루스는 계속했다.

그녀의 목소리가 멀어졌고, 얼굴에는 가마슈가 이전에 본 적 없는 표정이 떠올랐다. 꿈꾸는 듯한 표정이.

테레즈 브루넬은 환한 부엌에서 스튜디오로 클라라를 따라갔다.

그들은 이젤 위 유령 같은 초상화를 지나쳤다. 작업 중인 작품을. 테레즈는 그것이 남자의 얼굴인 듯하다고 생각했지만 확실치는 않았다.

클라라는 또 다른 캔버스 앞에서 멈췄다.

"이제 막 이 그림을 시작했어요." 그녀가 말했다.

테레즈는 그 그림을 보길 열망했다. 그녀는 클라라 그림의 팬이었다.

두 여자는 나란히 섰다. 한 명은 플란넬 바지에 스웨트 셔츠 차림을 한 부스스한 모습이었고, 다른 한 명은 정장 바지에 실크 블라우스, 샤넬 스웨터에 가느다란 가죽 벨트 차림의 아름다운 모습이었다. 둘 다 김이 피어오르는 찻잔을 들고 캔버스를 응시했다.

"이게 뭐죠?" 테레즈가 좌우로 머리를 기울이다가 마침내 물었다.

클라라가 코를 쿵쿵거렸다. "누구냐는 말이죠? 기억을 살려서 초상화를 그린 건 처음이에요."

테레즈는 클라라의 기억력이 얼마나 좋을지 궁금했다.

"이건 콩스탕스 우엘레트예요." 클라라가 말했다.

"아, 위?" 테레즈는 다시 머리를 기울였지만 아무리 고개를 꼬아도 이 그림은 저 유명한 다섯쌍둥이 중 하나처럼 보이지 않았다. 혹은 다른 어떤 인간처럼도. "그녀는 결국 당신을 위해 끝까지 앉아 있어 주지 못했군요."

"시작도 못 했거나요. 콩스탕스는 거절했어요." 클라라가 말했다.

"정말요? 왜죠?"

"말은 안 했지만 저한테 너무 많이 보이고 싶지 않았던 것 같아요. 너무 많이 드러내거나."

"왜 그녀를 그리고 싶었죠? 그녀가 다섯쌍둥이 중 한 명이라서?"

"아뇨, 그때는 그 사실을 몰랐어요. 그녀의 얼굴이 흥미롭다고 생각했을 뿐이에요."

"어떤 점이 흥미로웠죠? 거기서 뭘 봤죠?"

"아무것도요."

이제 경정은 캔버스를 살피던 눈길을 옆 사람에게로 옮겼다.

"파르동Pardon 뭐라고요?"

"오, 콩스탕스는 멋졌어요. 재미있고 다정했고 친절했죠. 아주 근사한 저녁 식사 손님이었어요. 여기에 몇 번 왔었죠."

"하지만?" 테레즈가 유도했다.

"하지만 그녀를 더 잘 알게 됐다는 느낌을 결코 받지 못했어요. 그녀에겐 일종의 래커 같은 치장이 있었어요. 이미 완성된 초상화처럼요. 진짜가 아니라 만들어진 무엇 같았죠."

그들은 한동안 캔버스 위의 페인트 얼룩을 응시했다.

"당신이 위성안테나를 달아 줄 사람을 추천해 줄 수 있을까 하는데요." 테레즈는 자신의 임무를 떠올리며 물었다.

"할 수 있지만 도움이 안 될 거예요."

"무슨 말이죠?"

"위성 수신안테나는 여기서 작동하지 않아요. 레빗 이어스_{실내용 V 자 소형 안테나}를 시도할 순 있지만 TV 신호는 여전히 아주 흐릿해요. 우리 대부분은 라디오로 뉴스를 들어요. 큰 사건이 있으면 인 앤드 스파 리조트로 올라가서 그쪽 TV를 보죠. 그래도 좋은 책은 빌려 드릴 수 있어요."

"메르시." 테레즈가 미소를 지으며 말했다. "하지만 어쨌든 위성 수신안테나를 달 수 있는 사람을 찾아 준다면 좋을 것 같은데요."

"전화 좀 해 볼게요." 클라라가 나가자 테레즈는 스튜디오에 홀로 남아 캔버스를, 그리고 결코 실재한 적이 없고 지금은 죽은 그 여성을 곰곰이 들여다보았다.

루스는 깡마른 손에 들린 시집을 덮었다.

"콩스탕스는 여기 온 첫날 오후 나를 찾아왔어. 내 시를 좋아한다고 말했지."

가마슈는 얼굴을 찌푸렸다. 루스 자도에게 결코, 절대로 말해서는 안 되는 것이 두 가지 있었다. **술 끊었어요.** 그리고 **당신 시를 좋아해요.**

"그래서 뭐라고 하셨습니까?" 그는 묻기가 거의 두려울 지경이었다.

"내가 뭐라고 했을 것 같아?"

"분명 우아하게 그녀를 안으로 초대하셨겠죠."

"흠, 뭔가를 권하려고 하긴 했지."

"그래서 그녀가 받아들였습니까?"

"아니." 루스가 놀라우리만치 침착하게 말했다. "내 집 현관에 서서 그저 '고마워요'라고 하더군."

"그래서 어떻게 하셨습니까?"

"뭐, 그러는데 내가 어쩌겠어? 그 여자 면전에다 문을 쾅 닫았지. 매를 벌었다고 할 수밖에."

"도리에 어긋난 짜증을 내셨군요." 그가 그렇게 말하자 그녀가 날카롭게 재는 듯한 시선을 던졌다. "그녀가 누군지 아셨습니까?"

"그 여자가 '안녕하세요, 저는 다섯쌍둥이 중 하나예요. 들어가도 되나요?'라고 했겠어? 당연히 누군지 몰랐지. 그냥 나한테서 뭔가 얻으려는 웬 머저리인 줄 알았어. 그래서 쫓아 버렸어."

"그녀는 어떻게 했나요?"

"다시 왔더군. 글렌리벳 한 병을 들고. 분명 게이네 집에서 가브리와 얘길 나눴겠지. 그가 우리 집으로 가는 유일한 길은 스카치 한 병을 통해서라고 한 거야."

"당신 보안 시스템의 구멍이죠." 가마슈가 말했다.

"그녀는 거기 앉았어." 루스가 그가 앉은 플라스틱 의자를 가리켰다. "그리고 나는 여기 앉았지. 그리고 우리는 마셨어."

"그녀가 어떤 단계에서 자신이 누구인지 말했습니까?"

"사실은 말하지 않았어. 그녀는 내게 그 시가 옳았다고 했어. 내가 어

떤 시인지 묻자 그녀가 그걸 암송하더군. 당신이 한 것처럼. 그러고는
비르지니가 정확히 그렇게 느꼈다고 말했지. 어느 비르지니를 말하느냐
고 물었더니 자기 자매라더군. 비르지니 우엘레트."

"그래서 그때 아셨습니까?" 가마슈가 물었다.

"맙소사, 이 인간아, 염병할 오리라도 그쯤이면 알겠다."

루스는 일어나 다섯쌍둥이에 대한 베르나르의 책을 가지고 돌아왔다.
그녀는 테이블에 책을 던지고는 도로 앉았다.

"불쾌한 책이야." 그녀가 말했다.

가마슈는 표지를 보았다. 숭배하듯 바라보는 여덟 살쯤 된 우엘레트
다섯쌍둥이에 둘러싸여 의자에 앉아 있는 닥터 베르나르의 흑백사진.

루스 역시 표지를 보고 있었다. 다섯 소녀를.

"나는 내가 입양됐고, 언젠가 그들이 와서 나를 찾아낼 거라고 상상
했어."

"그리고 어느 날," 가마슈가 조용히 말했다. "콩스탕스가 왔군요."

콩스탕스 우엘레트는 삶의 끝자락, 여정의 끝자락에서 이 무너져 가
는 낡은 집을, 이 무너져 가는 늙은 시인을 찾아왔다. 그리고 여기서 마
침내 그녀는 자신의 동반자를 찾았다.

그리고 루스는 자신의 자매를 찾았다. 마침내.

루스가 그와 눈을 맞추고 웃음을 지었다. **"아니면 언제나 그렇듯 / 너무 늦
었을까?"**

아아.

19

가마슈 경감은 몬트리올로 차를 몰았고, 이제 컴퓨터 앞에 앉아 라코스트 경위, 자신의 살인 수사과 수사관들, 지역 파견대의 주간 보고를 읽고 있었다.

토요일 아침이었고, 그는 사무실에 혼자였다. 그는 이메일에 답신을 보내고 노트를 하고 수사 중인 살인 사건들에 대한 의견과 제안 사항 들을 전송했다. 외지에서 진행 중인 사건들을 수사하는 몇몇 수사관들에게 전화를 걸어 진행 상황을 물었다.

그 모든 일이 끝난 뒤, 그는 마지막으로 일일 보고서를 보았다. 프랑쾨르 총경의 사무실에서 보낸 활동과 사건 들의 개요였다. 가마슈는 자신이 그것을 읽을 필요가 없다는 것을 알았고, 자신이 그것을 열면 정확히 실뱅 프랑쾨르가 원하는 대로 행동하게 된다는 것을 알았다. 그 보고서는 정보 제공으로서 가마슈에게 보내진 것이 아니었고, 분명 예의상이 아닌 모욕을 주려고 보내진 것이었다.

가마슈의 손가락이 메시지를 여는 명령 버튼 위에 머물렀다.

자신이 버튼을 누르면 열어 본 것으로 표시될 터였다. 자신의 책상에서 자신의 컴퓨터로. 자신의 보안 코드를 이용해서.

프랑쾨르는 자신이 가마슈를 또다시 앞질렀다고 알리라.

가마슈는 어쨌든 열기를 눌렀고, 말들이 페이지에서 튀어나왔다.

그는 프랑쾨르가 자신에게 보여 주고자 하는 바를 읽었다. 그리고 그는 정확히 프랑쾨르가 자신에게 느끼게 하려는 바 그대로 느꼈다.

무기력. 분노.

프랑쾨르는 장 기 보부아르를 또 다른 작전에 투입했다. 이번엔 그냥 RCMP와 국경 수비대에 맡겨도 될 법한 마약 검거였다. 가마슈는 그 보고서를 응시하면서 길고 느리게 깊은숨을 들이마셨다. 한동안 숨을 멈추었다. 그런 다음 내뱉었다. 천천히. 그는 억지로 그 보고서를 되읽었다. 완전히 이해하기 위해서.

이내 그는 메시지 창을 닫고 저장했다.

그는 의자에 앉아 자신의 집무실과 저 너머 트인 사무실을 가르는 유리창 너머를 보았다. 텅 빈 사무실을. 크리스마스 전구가 후줄근하게 걸린. 선물 없는 성의 없는 트리를. 가짜 선물조차 없는.

그는 그 모든 것을 등지고 자신이 사랑한 도시를 바라보기 위해 의자를 돌리고 싶었다. 하지만 대신 자신이 본 것과 자신이 읽은 것을 곰곰이 생각했다. 그리고 자신이 느낀 것을. 이내 그는 전화를 한 통 걸고 자리에서 일어나 사무실을 나섰다.

아마 차를 몰고 왔어야 했겠지만 경감은 신선한 공기를 원했다. 몬트리올 거리는 질척거렸고, 평화와 행복 따위는 바라지 않고 어깨를 부딪치는 연말 쇼핑객으로 북적이고 있었다.

구세군이 길모퉁이에서 캐럴을 부르고 있었다. 그가 지나갈 때 한 소년이 소프라노로 노래하고 있었다. "옛적 임금 다윗 성에."

하지만 가마슈 경감은 아무것도 들리지 않았다.

그는 누구와도 눈을 마주치지 않고 쇼핑하러 나온 사람들 사이를 뚫고 나갔다. 깊이 생각에 잠겨서. 마침내 경감은 한 사무용 건물에 닿았고, 초인종을 눌렀고, 안으로 들어갔다. 엘리베이터가 그를 꼭대기 층으로 데려갔다. 가마슈는 아무도 없는 복도를 걸어 익숙한 대기실의 문을 열었다.

그 광경, 그 냄새에 속이 뒤집혔고, 그는 자신을 때리는 기억의 힘과 강한 욕지기에 살짝 놀랐다.

"경감님."

"닥터 플뢰리."

그들은 악수를 나누었다.

"만나 주셔서 감사합니다." 가마슈가 말했다. "특히나 토요일에요. 메르시."

"주말에는 보통 일을 안 합니다. 휴가를 떠나기 전에 사무실을 좀 정리하고 있었지요."

"죄송합니다." 경감은 말했다. "제가 방해가 됐군요."

닥터 플뢰리는 자신 앞에 선 남자를 바라보고 미소를 지었다. "제가 당신을 만나겠다고 했죠, 아르망. 전혀 방해되지 않습니다."

그는 큰 창문들과 책상, 마주 보고 놓인 의자가 있는 안락하고 밝은 자신의 사무실로 경감을 안내했다. 플뢰리는 의자를 가리켰지만 굳이 그럴 필요가 없었다. 아르망 가마슈는 이곳을 잘 알았다. 이곳에서 많은 시간을 보냈다.

닥터 플뢰리는 그의 심리 치료사였다. 사실 그는 퀘벡 경찰청 전담 심리 치료사였다. 하지만 그의 사무실은 본부 안에 있지 않았다. 중립적인 장소가 더 낫다고 결정되었다.

게다가 상담받으러 오는 경찰들만 진료한다면 닥터 플뢰리는 굶어 죽을 터였다. 경찰들은 도움이 필요하다고 인정하지 않는다고 알려져 있었다. 그리고 분명 도움을 구하는 것으로는 유명하지 않았다.

하지만 공장 급습 사건 이후 가마슈 경감은 관련된 모든 수사관이 물리적으로 상해를 입었건 아니건 상담을 받을 것을 복귀 조건으로 내걸었다.

자신을 포함해서.

"저를 신뢰하시지 않는 줄 알았는데요." 닥터 플뢰리가 말했다.

경감이 미소 지었다. "신뢰합니다. 제가 그리 확신하지 못하는 건 다른 쪽이죠. 제 사생활과 관계에 대한 정보 유출이 있었지만 대개는 저의 팀의 상담 정보가 유출됐습니다. 당신에게만 털어놓은 아주 사적인 정보가 그들에게 불리하게 이용되었습니다."

가마슈의 시선이 닥터 플뢰리에게 고정되었다. 목소리는 담담했지만 시선은 딱딱했다.

"당신 사무실이 그 정보들이 샜을 유일한 곳이었습니다." 그는 계속했다. "하지만 저는 결코 개인적으로 당신을 비난하지 않았습니다. 그 점을 알아주시면 좋겠군요."

"압니다. 하지만 당신은 제 파일들이 해킹당했었다고 믿으셨습니다."

가마슈가 끄덕였다.

"아직도 그렇습니까?"

경감은 심리 치료사의 눈을 들여다보았다. 그들은 아마도 플뢰리가 한두 살 적은, 거의 비슷한 나이였다. 경험 많은 남자들. 한 사람은 너무 많이 보았고, 다른 사람은 너무 많이 들었다.

"철저하게 조사하신 걸 압니다." 경감이 말했다. "그리고 당신의 환자 관련 파일들에 누군가 손을 댔다는 증거는 없었죠."

"하지만 그걸 믿으십니까?"

가마슈가 미소를 지었다. "아니면 제가 피해망상일까요?"

"그랬으면 좋겠군요." 플뢰리가 그렇게 말하며 다리를 꼬고 무릎에 펼친 노트북을 놓았다. "저는 로렌시앙의 한 시골집을 보고 있던 중이었습니다."

가마슈는 웃었지만 시큼하게 고인 물 같은 욕지기가 위에 자리 잡았다. 그는 망설였다.

"아직도 확신이 들지 않습니까, 아르망?"

가마슈는 플뢰리의 얼굴에서 거의 분명 진짜 같은 걱정을 볼 수 있었고, 그것을 그의 목소리에서 들을 수 있었다.

"최근 누군가가 저더러 피해망상이라고 하더군요." 경감이 인정했다.

"그게 누구였습니까?"

"테레즈 브루넬. 브루넬 경정이요."

"상관이요?" 플뢰리가 물었다.

가마슈가 끄덕였다. "하지만 친구이기도 하죠. 그녀는 제가 너무 멀리 갔다고 생각하더군요. 사방에서 음모를 발견한다고요. 그녀는 아……." 그는 잠깐 무릎에 놓인 자신의 손을 본 다음 고개를 들어 닥터 플뢰리의 얼굴을 보았다. 가마슈는 살짝 부끄러워하며 미소를 지었다. "그녀는 제 조사를 도와주길 거부하고 밴쿠버로 휴가를 떠났습니다."

"그녀의 휴가 일정이 당신과 관계있다고 생각하십니까?"

"이제 저를 나르시시스트라고 생각하십니까?"

"제 미래에 새 선외 모터가 보이는군요." 플뢰리는 인정했다. "계속하세요, 경감님."

하지만 가마슈는 이번엔 미소 짓지 않았다. 대신 앞으로 몸을 숙였다.

"무언가 벌어지고 있습니다. 저는 압니다. 증명할 수 없을 뿐입니다. 아직은. 경찰청 내부에 부패가 있지만, 그건 그 이상입니다. 저는 그 배후에 고위 간부가 있다고 생각합니다."

닥터 플뢰리는 움직이지 않았다. 동요하지 않았다.

"계속 '생각한다'고 말씀하시는데," 치료사가 말했다. "경감님 우려가 정말 이성적인 건가요?"

"우려가 아닙니다." 가마슈가 말했다.

"하지만 사실이 아닙니다."

가마슈는 분명 이 남자를 설득할 말을 고르려고 애쓰며 침묵했다.

"이건 다시 그 유출된 동영상에 관한 겁니까? 경감님은 공식적인 수사가 있었다는 걸 아십니다." 닥터 플뢰리가 말했다. "수사 결과를 받아들이고 잊을 필요가 있습니다."

"넘어가라고요?" 가마슈는 자신의 목소리에서 약간의 징징거림과 비통의 기미를 들었다.

"당신이 통제할 수 없는 것들입니다, 아르망." 심리 치료사가 참을성 있게 상기시켰다.

"그건 통제에 대한 게 아닌, 책임에 대한 겁니다. 입장 정하기."

"백의의 기사 말입니까? 요지는 당신이 적합한 타깃을 향하고 있는지 풍차를 향하고 있는지 아는 겁니다."

가마슈 경감은 플뢰리를 딱딱한 눈길로 응시했다가 갑자기 통증이 몰려든 것처럼 날카로운 숨을 내뱉었다. 그는 양손에 머리를 묻고 얼굴을 감쌌다. 이마를 문지르며. 울퉁불퉁한 흉터를 느끼며.

마침내 가마슈는 고개를 들어 참을성 있고 다정한 눈을 마주했다.

맙소사. 가마슈는 생각했다. **저 사람은 나를 안타까워하고 있군.**

"지어내는 게 아닙니다." 그가 고집스럽게 말했다. "무언가가 진행되고 있습니다."

"뭐가요?"

"모릅니다." 가마슈는 인정했고, 그 말이 얼마나 한심하게 들리는지 깨달았다. "하지만 그건 높은 데 닿아 있습니다. 꼭대기까지요."

"그들이 내 파일을 해킹해서 경감님의 치료 기록을 훔쳤다는 사람들과 같은 이들입니까?"

가마슈는 살짝 깔보는 듯한 어조를 들을 수 있었다.

"내 것만이 아닙니다." 가마슈가 말했다. "그들은 급습 사건에 관련됐던 모든 이의 파일을 빼냈습니다. 당신한테 도움을 구하러 왔던 이들이요. 당신한테 모든 걸 털어놨던 이들. 그들의 모든 두려움과 연약함을. 그들이 삶에서 원한 것을. 그들에게 중요한 것을. 그들 머리로 들어가는 지도를요."

가마슈의 목소리가 점점 커지고 점점 강렬해졌다. 그의 오른손이 떨리기 시작했고, 그는 왼손으로 오른손을 감쌌다. 움켜쥐었다.

"장 기 보부아르가 당신에게 왔었죠. 바로 여기 앉아서 당신에게 마음을 열었습니다. 그는 원치 않았지만 내가 지시했습니다. 강권했죠. 그리고 이제 저들은 그에 대한 모든 걸 알고 있습니다. 그의 머릿속과 피부 밑을 들어가는 방법을 압니다. 저들이 그를 내게서 등지게 했죠."

가마슈의 어조가 음울한 어조에서 간청으로 바뀌었다. 자신을 믿어 달라고 이 심리 치료사에게 애걸하며. 자신을 믿어 줄 오직 한 사람에게 애걸하며.

"그러니까 경감님은 여전히 내 기록이 해킹당했다고 생각하신다고 요?" 플뢰리의 보통은 차분한 목소리가 비난조를 띠었다. "정말 그걸 믿으신다면 지금 왜 여기 있는 겁니까, 아르망?"

그 말이 경감을 멈추게 했다. 그들은 서로의 시선을 붙들었다.

"달리 말할 사람이 없기 때문에요." 가마슈가 마침내 거의 속삭이는 목소리로 말했다. "아내와 동료에게는 말할 수 없습니다. 친구들한테 말할 수 없죠. 그들을 끌어들이고 싶지 않습니다. 라코스트한테는 말할 수 있겠죠. 끌렸습니다. 하지만 그녀에겐 어린 자식들이 있고……."

그의 목소리가 점점 작아졌다.

"과거에 상황이 안 좋아졌을 때는 누구에게 말했습니까?"

"장 기." 그 말은 거의 들리지 않을 정도였다.

"이제 당신은 혼자군요."

가마슈가 끄덕였다. "그건 상관없습니다. 그편이 더 낫습니다." 그는 이제 물러섰다.

"아르망, 내 파일이 도난당하지 않았다는 내 말을 믿어야 합니다. 그 것들은 안전합니다. 우리가 얘기한 내용은 나밖에 모릅니다. 당신은 여기서 안전합니다. 당신이 지금 한 말은 여기서 더 이상 나가지 않을 겁니다. 약속하죠."

플뢰리는 앞에 있는 남자를 계속 주시했다. 무너져 내려 슬퍼하는 남자를. 떨고 있는 남자를. 그것이 그 외관 아래 있는 것이었다.

"당신은 도움이 필요해요, 아르망."

"도움이 필요하지만 당신이 생각하는 종류는 아닙니다." 가마슈가 원기를 되찾으며 말했다.

"위협은 없어요." 플뢰리가 설득하는 목소리로 말했다. "당신이 마음속에서 창조해 낸 겁니다. 보고 싶지 않고 인정하고 싶지 않은 것들을 설명하기 위해서요."

"내 부서는 파괴됐습니다." 다시 분노가 치민 가마슈가 말했다. "그게 내 상상인가 보군요. 방치된 수사관들을 모아 그들을 이 나라 최고의 살인 수사과 형사들로 키우고, 그 부서를 키우는 데 수년이 걸렸습니다. 그리고 이제 그들은 떠났죠. 그게 내 상상인가 봅니다."

"어쩌면 그들이 떠난 이유가 당신인지 모르죠." 플뢰리가 조용히 시사했다.

가마슈는 그를 멍하니 바라보았다. "그자가 원하는 게 그겁니다. 모든 사람이 그렇게 믿는 거요."

"누가요?"

"실⋯⋯." 하지만 가마슈는 말을 멈추고 창밖을 응시했다. 자신을 통제하려고 애쓰면서.

"왜 여기 온 겁니까, 아르망? 원하는 게 뭡니까?"

"내 일로 온 게 아닙니다."

닥터 플뢰리가 끄덕였다. "그건 분명해 보이는군요."

"장 기 보부아르가 여전히 당신을 만나고 있는지 알아야겠습니다."

"그건 말씀드릴 수 없습니다."

"이건 정중한 부탁이 아닙니다."

"그날 그 공장에서……," 닥터 플뢰리가 말을 꺼냈지만 가마슈가 그 말을 잘랐다.

"이건 그 일과 관계없습니다."

"당연히 있습니다." 닥터 플뢰리가 말했다. 짜증이 마침내 그를 이겼다. "당신은 통제를 잃었다고 느꼈고, 당신 수사관들은 살해됐습니다."

"난 무슨 일이 있었는지 알고, 내게 상기시킬 필요 없습니다."

"당신이 상기할 필요가 있는 건," 플뢰리가 잘라 말했다. "그건 당신 잘못이 아니라는 겁니다. 하지만 당신은 그걸 보길 거부하죠. 그건 아집이고 오만이고 당신은 일어난 일을 받아들일 필요가 있습니다. 보부아르 경위에겐 자기 삶이 있어요."

"그는 조종당하고 있습니다." 가마슈가 말했다.

"역시 그 고위 간부에게요?"

"날 가르치려 들지 마십시오. 나 역시 수십 년의 수사 경력이 있는 고위 간부입니다. 웬 망상에 빠진 미치광이가 아닙니다. 장 기 보부아르가 여전히 당신과 만나고 있는지 알아야겠고, 그의 파일을 봐야겠습니다. 당신이 그에게 뭐라고 했는지 알아야겠습니다."

"잘 들으십시오." 닥터 플뢰리의 목소리가 팽팽해졌다가 다시 차분해지려고, 이성을 찾으려고 애쓰고 있었다. 하지만 그는 그게 어렵다는 것을 깨닫고 있었다. "당신은 장 기가 자기 삶을 살게 돼야 합니다. 당신은 그를 보호해 줄 수 없습니다. 그에겐 자기 길이 있고 당신에겐 당신 길이 있습니다."

가마슈는 머리를 흔들고 무릎에 놓인 자신의 손을 보았다. 한 손은 미동도 없었고, 한 손은 여전히 떨리고 있었다. 그는 눈을 들어 플뢰리와 눈을 맞추었다.

"평범한 상황이라면 이해하겠지만 장 기는 제정신이 아닙니다. 휘둘리고 조종되고 있습니다. 그리고 다시 중독됐습니다."

"진통제에 말입니까?"

가마슈가 끄덕였다. "총······."

그는 말을 멈추었다. 그 앞의 닥터 플뢰리가 살짝 몸을 기울이고 있었다. 그것이 가마슈가 이른바 자신의 맞수를 명명한 것에 가장 근접한 것이었다.

"그 고위 간부가," 가마슈가 말했다. "그가 장 기에게 옥시콘틴을 강요했습니다. 나는 압니다. 그리고 이제 보부아르는 그와 일하고 있죠. 그가 장 기를 극한으로 몰려고 하는 것 같습니다."

"왜죠?"

"나를 잡으려고요."

닥터 플뢰리는 그 말이 거기에 머물게 두었다. 말들이 스스로 말하도록. 이 남자의 편집증과 오만함에 대해. 그의 망상들을.

"당신이 걱정됩니다, 아르망. 당신은 보부아르 경위가 극한으로 몰리고 있다고 하지만 당신도 마찬가집니다. 그리고 당신은 스스로를 그렇게 하고 있습니다. 조심하지 않으면 나로서는 당신에게 은퇴를 권유할 수밖에 없습니다."

그는 가마슈의 벨트에 걸린 권총을 보았다.

"언제부터 그걸 가지고 다니셨습니까?"

"규정입니다."

"그건 내 질문이 아닙니다. 처음 왔을 때 당신은 무기에 대해 어떻게 느끼는지 명확히 했죠. 당신은 필요하다고 생각되는 경우가 아니면 절대 무기를 소지하지 않는다고 했습니다. 지금은 왜 총을 지니고 있는 겁니까?"

가마슈의 눈이 가늘어졌고, 그는 자리에서 일어섰다.

"여기 온 게 실수였던 것 같군요. 난 보부아르 경위에 대해 알고 싶었습니다."

가마슈는 문으로 걸어갔다.

"자신이나 걱정해요." 닥터 플뢰르가 그 뒤에 대고 외쳤다. "보부아르가 아니라요."

아르망 가마슈는 진료실을 떠나 성큼성큼 복도를 걸어 아래층으로 가는 버튼을 눌렀다. 그는 도착한 엘리베이터에 올랐다. 깊은숨을 쉬며 그는 엘리베이터 벽에 기대 눈을 감았다.

밖으로 나선 그는 뺨을 스치는 상쾌한 공기를 느꼈고, 환한 햇빛에 눈을 가늘게 떴다.

"노엘, 노엘," 길모퉁이에서 작은 합창대가 노래하고 있었다. "노오에엘, 노오에엘."

경감은 천천히 본부로 돌아갔다. 장갑 낀 손을 뒷짐 지고. 그의 귓가에 크리스마스캐럴이 울려 퍼졌다.

그리고 그는 걸으면서 흥얼거렸다. 그는 거기에 가서 하려고 했던 것을 끝냈다.

경찰청 본부로 돌아온 가마슈 경감은 위로 가는 버튼을 눌렀지만 엘리베이터가 왔을 때 타지 않았다. 엘리베이터 문이 닫힐 때 가마슈는 비상계단에 있었다. 지하로 내려가며.

엘리베이터를 탈 수도 있었지만 그렇게 깊이 내려가는 모습을 들키는 위험을 감수할 수 없었다.

지하 1층을 지나, 지하 2층을 지나, 깜박이는 형광빛 구역인 주차장을 지나. 콘크리트 벽과 철제문들이 있는. 그리고 전등, 보일러, 히터, 에어컨디셔너 들이 끊임없이 고동치는. 유압식 기계들이 소리를 내는.

이곳은 기계실이었다. 기계들과 시설 유지 인력들이 있는 곳.

그리고 한 명의 수사관이.

몬트리올로 오는 내내 가마슈는 다음 행보를 생각했다. 그는 닥터 플뢰리를 방문하는 것과 이 수사관을 방문하는 것의 결과를 따졌다. 그들을 방문했을 때 어떤 일이 일어날지 생각했다. 그러지 않았을 때 일어날 일도.

기대할 수 있는 최선이 무엇일까?

최악이 무엇일까?

그리고 최종적으로, 그 대안이 무엇일까? 선택의 여지가 있을까?

그리고 그 질문들에 대답하고 마음을 정했을 때 가마슈 경감은 주저하지 않았다. 그는 날카롭게 문을 두드린 다음 문을 열었다.

주변 모니터의 둑에서 나온 빛에 얼굴을 연녹색으로 물들인 젊은 수사관이 몸을 돌렸다. 가마슈는 그녀의 놀라움을 알 수 있었다.

누구도 그녀를 보러 여기까지 내려오지 않았다. 그게 아르망 가마슈가 여기 온 이유였다.

"자네 도움이 필요하네." 그가 말했다.

20

가마슈가 에밀리의 집으로 돌아왔을 때, 부엌 식탁에 놓인 쪽지가 그를 맞았다.

비스트로에 한잔하러 감. 그리 와요.

앙리마저 가고 없었다. 토요일 밤. 데이트의 밤이었다.

가마슈는 샤워를 하고 코듀로이 바지에 터틀넥 스웨터로 갈아입은 다음 그들과 함께하러 갔다. 그가 들어서자 테레즈가 일어나 그에게 손짓했다.

그녀는 제롬, 머나, 클라라, 가브리와 앉아 있었다. 앙리가 난롯가에서 졸고 있다가 일어나 꼬리를 흔들었다. 올리비에가 감초 파이프를 가져왔다.

"경감님처럼 생긴 남자라면 멋진 파이프가 필요하죠." 올리비에가 말했다.

"메르시, 파트롱." 가마슈가 꿍 소리를 내며 소파에 앉아, 함께 앉은 사람들에게 캔디를 들어 올렸다. "아 보트르 상테À votre santé 건배."

"긴 하루를 보내신 것 같네요." 클라라가 말했다.

"제 생각엔 좋은 날이었습니다." 경감이 말했다. 그런 다음 그는 제롬에게 몸을 돌렸다.

"박사님은요?"

브루넬 박사가 끄덕였다. "여긴 편안하네."

하지만 그는 그리 편해 보이지 않았다.

"스카치?" 올리비에가 권했지만 가마슈는 어떤 게 끌리는지 확신이 들지 않아 고개를 흔들었다. 그러다 그는 핫초콜릿 잔을 든 소년과 소녀를 보았다.

"저도 저걸 마시면 좋겠군요, 파트롱." 경감이 말하자 올리비에가 미소를 짓고 떠났다.

"시내에서 무슨 소식이 있나요?" 머나가 물었다. "콩스탕스 살해에 진전이라도?"

"약간요." 가마슈가 말했다. "대부분의 수사 진행이 꼭 순차적이진 않다는 걸 말해 둬야겠군요."

"사실이에요." 브루넬 경정이 말했다. 그리고 그녀가 미술품 절도와 위조, 신원 오류 등에 대해 흥미로운 이야기들을 하는 동안 가마슈는 의자에 등을 기대고 건성으로 들었다. 경정이 끼어들어 화제를 전환한 것에 감사하면서. 덕분에 그는 자신이 다른 일로 하루의 대부분을 보냈다고 인정할 필요가 없었다.

그의 핫초콜릿이 도착했고, 그는 거기에 입을 대다가 머나가 자신을 지켜보고 있다는 것을 알아차렸다. 관찰이 아닌 단지 흥미를 가지고.

그녀는 믹스너트를 한 줌 쥐어 들었다.

"아, 질이 오네요." 클라라가 그렇게 말하며 자리에서 일어나 불긋한 수염을 기른 커다란 남자에게 손짓을 했다. 그는 40대 후반이었고, 편안한 차림새였다. "제가 질과 오딜을 저녁 식사에 초대했어요." 그녀가 경감에게 말했다. "세 분도 오세요."

"메르시." 그가 새로 온 사람을 맞으려 소파 한편으로 비키며 말했다.

"오랜만이오." 질이 그렇게 말하고 가마슈와 악수를 나눈 뒤 자리에 앉았다. "다섯쌍둥이에 대해 들었는데 안됐소."

가마슈는 우엘레트 다섯쌍둥이라고 특정할 필요조차 없다는 것을 알아차렸다. 다섯 소녀는 자신들의 사생활, 부모 그리고 이름을 잃었다. 그들은 그저 다섯쌍둥이였다.

"우린 당분간 그걸 비밀로 하려고 합니다." 경감이 말했다.

"음, 오딜이 그들에 대한 시를 쓰고 있소." 질이 털어놨다. "그게 「양돈 협회지」에 실리길 바라면서 말이오."

"괜찮을 것 같군요." 가마슈는 그렇게 말하며 그 협회가 그녀의 이전 출판업자들보다 먹이사슬 상위에 있는지 궁금했다. 그가 알기로, 그녀의 시가 실린 시선집은 거의 편집도 거치지 않고 「퀘벡 뿌리채소 조합지」에서 출간됐었다.

"그녀는 그 시의 제목을 '금박 꼬투리 안의 다섯 콩'이라고 붙였더군요." 질이 말했다.

가마슈는 루스가 이 자리에 없다는 데 감사했다. "본인의 시장을 잘 아는군요. 그나저나 오딜은 어디 있습니까?"

"가게에. 이따 오겠다고 했는데 모르겠소."

질은 쓰러진 나무들로 매우 아름다운 가구를 만들었고, 오딜은 두 사람의 가게 앞에서 그것을 팔았다. 그리고 그녀가 쓴 시는 뿌리채소 조합의 의견에도 불구하고 인간이 소비하기에는 거의 맞지 않는다는 것을 가마슈는 인정해야 했다.

"그건 그렇고," 질이 가마슈의 무릎을 세게 쳤다. "제가 위성안테나를 설치해 줬으면 하신다고요? 여기선 그 안테나들이 소용없는 거 아실 텐데, 맞소?"

경감은 그를 응시하다가 역시 살짝 당황한 브루넬 부부에게로 시선을 옮겼다.

"이 지역에서 위성안테나를 달아 줄 사람을 불러 달라고 하셨잖아요." 클라라가 말했다. "그게 질이에요."

"언제부터죠?" 가마슈가 물었다.

"불경기부터요." 크고 건장한 남자가 말했다. "수제 가구 시장은 폭삭 망했지만 오백 개 채널의 텔레비전 시장은 치솟고 있지. 그래서 난 접시들을 달면서 가욋돈을 벌고 있소. 높은 데를 잘 올라가는 재능이 도움이 되지."

"쉽게 말해," 가마슈가 말했다. 그는 테레즈와 제롬에게 몸을 돌렸다. "질은 벌목꾼이었습니다."

"오래전이오." 질은 자신의 잔을 들여다보며 말했다.

"캐서롤을 오븐에 넣어야겠어요." 클라라가 일어섰다.

가마슈가 자리에서 일어났고, 그들 모두가 따랐다.

"이 얘기는 클라라 집에서 마저 하는 게 좋겠군요." 경감이 말했고, 질은 소파에서 몸을 일으켰다. "좀 더 사적인 곳에서요."

"그런데," 그들이 눈을 뽀드득 밟으며 클라라의 집으로 짧은 거리를 걸을 때 질이 말했다. "경감님의 꼬마 친구는 어디 있소?"

얼어붙은 연못 위에 몇몇 아이가 스케이트를 타고 있었다. 가브리가 눈을 떠 공으로 만들어 앙리에게 던져 주자 녀석이 공을 쫓아 눈 더미 너머로 달렸다.

"길리건1960년대 미국 시트콤 <Gilligan's Island>에 등장하는 인물로, 선장 그럼비의 실수투성이 일등항해사이요?" 가마슈가 밝은 목소리를 유지하며 물었다. 어둠 속에서 질이 껄껄거리는 소리가 들렸다.

"맞소, 선장."

"그는 다른 사건을 맡았습니다."

"그럼 결국 섬을 떠났군시리즈 첫 회에서 선장과 길리건은 승객들과 바다에서 폭풍우를 만나 섬에 갇힌다." 질은 그렇게 말했고, 가마슈는 그의 굵은 목소리에 담긴 미소를 느낄 수 있었다. 하지만 그 말은 살짝 충격으로 다가왔다.

자신이 무심코 경찰청의 저 유명한 살인 수사과를 섬으로 만들었을까? 전도유망한 수사관들의 경력을 구원하기는커녕, 사실은 그들을 묶어 두고 동기들이 있는 본토에서 그들을 떨어뜨려 놨을까?

연못에서 놀던 아이들이 가브리의 눈 뭉치를 보고는 놀이를 멈추고 자신들의 눈을 뭉치더니 가브리에게 던졌고, 그는 몸을 움츠렸지만 이미 늦었다. 눈 뭉치가 비처럼 쏟아지자 앙리는 거의 미치도록 흥분했다.

"이 망할 녀석들." 가브리가 말했다. "빌어먹을." 그가 짐짓 화가 난 척 주먹을 흔들어 대자 아이들이 거의 오줌을 지리게 웃었다.

장 기 보부아르는 샤워하는 게 귀찮았다. 그는 샤워를 원했지만 너무 힘들었다. 빨래도 마찬가지였다. 그는 자신에게서 지독한 악취가 난다는 것을 알았지만 신경 쓰지 않았다.

그는 사무실에 출근했지만 아무 일도 하지 않았다. 음울하고 좁은 자신의 아파트에서 벗어나고 싶을 뿐이었다. 더러운 빨래 더미에서, 냉장고에서 썩어 가는 음식에서, 너저분한 침대와 음식이 들러붙은 그릇들에서.

그리고 자신이 소유했던 집의 기억에서. 그리고 잃은.

아니, 잃은 게 아니었다. 빼앗겼다. 도둑맞았다. 가마슈한테. 자신이 신뢰한 유일한 남자가 자신에게서 모든 것을 앗아 갔다. 모든 이를.

보부아르는 자리에서 일어나 엘리베이터로 뻣뻣하게 걸어가 차에 올라탔다.

몸이 아팠고, 배가 고팠다가 욕지기가 났다. 하지만 그는 지나는 길에 있는 카페나 패스트푸드점에서 뭐든 집어 드는 게 귀찮았다.

그는 주차장에 차를 세우고 시동을 끈 다음 응시했다.

이제 배가 고팠다. 굶주려 있었다. 그리고 악취를 풍겼다. 차에서 온통 지독한 악취가 풍겼다. 축축한 속옷이 몸에 들러붙는 게 느껴졌다. 제2의 살갗처럼 거기에 자리 잡았다.

그는 춥고 캄캄한 차에 앉아 불 켜진 한 창문을 응시했다. 아니를 힐끗이라도 보길 바라며. 그림자만이라도.

이때가 그녀의 향기를 떠올릴 수 있는 시간이었다. 따뜻한 여름날의 레몬 과수원 냄새. 상쾌한 시트론 향. 하지만 지금 그가 맡은 것은 자신의 두려움뿐이었다.

아니 가마슈는 창밖을 응시하며 어둠 속에 앉아 있었다. 그녀는 이러는 것이 비정상이라는 것을 알았다. 친구들에게 선뜻 털어놓을 행동이 아니었다. 친구들은 질겁하며 자신을 한심하다는 듯 쳐다볼 터였다. 어쩌면 자신은 그런지도 몰랐다.

그녀는 장 기가 재활 시설로 돌아가기를 거부했을 때 그를 집에서 내쫓았다. 그들은 더 이상 남은 말이 없을 때까지 싸우고 또 싸웠다. 그러고도 좀 더 싸웠다. 장 기는 잘못된 게 아무것도 없다고 우겼다. 자신이 프랑쾨르 총경에게 붙은 보복으로 그녀의 아빠가 약물 이야기를 지어냈다며.

마침내 그는 떠났다. 하지만 진짜 떠난 것은 아니었다. 그는 여전히 그녀 안에 있었고, 그녀는 그를 내몰 수 없었다. 그래서 그녀는 자신의 차에 앉아 그의 조그만 아파트의 컴컴한 창문을 응시했다. 빛을 볼 수 있기를 바라면서.

눈을 감으면 자신을 감싼 그의 팔을, 그의 냄새를 느낄 수 있었다. 그를 쫓아냈을 때 그녀는 그가 쓰는 오드콜로뉴 한 병을 사서 자기 옆 베개에 한 방울 떨구었다.

그녀는 눈을 감고 피부 깊숙이 그를 느꼈다. 그 안에서 그는 용감했고 똑똑했고 무례했고 사랑스러웠다. 그녀는 그의 미소를 보았고, 그의 웃음소리를 들었다. 그의 손을 느꼈다. 그의 몸을.

이제 그는 가 버렸다. 하지만 그는 떠나지 않았다. 그녀는 이따금 자신의 가슴 속에서 고동치고 있는 것이 그가 아닐까 생각했다. 그리고 그가 멈춘다면 어떻게 될지 궁금했다.

매일 밤 그녀는 여기로 왔다. 주차를 했다. 그리고 창문을 응시했다. 삶의 어떤 징후를 보길 바라며.

"얼굴에 공ball '고환'이라는 뜻이 있다 맞은 게 처음도 아니잖아." 루스가 가브리에게 말했다. "그만 좀 투덜거려."

그들이 도착했을 때, 루스는 클라라의 거실에 있었다. 딱히 그들을 기다린 것은 아니었다. 사실 그녀는 모두가 들어서자 화난 것처럼 보였다.

"조용한 밤을 기대하고 있었구면." 그녀가 중얼대며 잔에 든 얼음을 세차게 돌리는 바람에 얼음들이 스카치 토네이도를 일으켰다. 가마슈는 이 늙은 시인이 언젠가는 그 안에 곧장 빨려 들지 않을지 궁금했다. 이내 그는 그녀가 이미 그렇다는 것을 깨달았다.

앙리가 루스 옆 발 받침대에 자리 잡은 로사에게 달려들었다. 가마슈는 앙리가 뛰어오를 때 녀석의 목덜미를 잡아챘지만 사실 걱정할 필요는 없었다. 로사는 셰퍼드에게 하악거리고 녀석을 외면했다. 로사가 앙리에게 자신의 깃털 하나를 세울 수 있다면 로사는 그랬을 터였다.

"오리가 하악질을 하는지 몰랐는데." 머나가 말했다.

"저게 오리인 게 확실해?" 가브리가 속삭였다.

테레즈와 제롬이 매료된 듯이 다가왔다.

"이 녀석이 루스 자도요?" 제롬이 물었다.

"그녀의 잔재죠." 가브리가 말했다. "그녀는 수년 전에 미쳐서 인정머리가 없답니다. 그녀의 담즙 통로가 그녀를 살려 두고 있죠. 이건," 가브리가 가리키며 말했다. "로사예요."

"앙리가 왜 마음을 빼앗겼는지 알겠네요." 테레즈가 홀딱 반해 있는 셰퍼드를 보며 말했다. "멋진 오리를 누가 싫어하겠어요?"

이 우아한 노부인의 말은 침묵에 부딪혔다. 그녀는 미소를 짓고 눈썹을 살짝 치켜세웠고, 클라라가 웃음을 터뜨렸다.

오븐에는 캐서롤이 들어 있었고, 로즈메리를 곁들인 치킨 냄새가 났다. 그들은 각자 음료를 챙겨서 삼삼오오 흩어졌다.

테레즈, 제롬, 가마슈가 질을 한쪽으로 데려갔다.

"제가 제대로 이해했나요? 벌목꾼이셨다고요?" 테레즈가 물었다.

질은 방어적이 되었다. "이제 아닙니다."

"왜요?"

"제 마음이죠." 덩치 큰 남자가 말했다. "개인적인 이윱니다."

테레즈는 단단한 경찰들에게서 불편한 진실을 끌어냈던 눈길로 그를 계속 응시했다. 하지만 질은 확고했다.

그녀는 입을 다물고 있는 가마슈에게로 몸을 돌렸다. 가마슈는 이유를 알았지만 질의 자존감을 꺾을 수는 없었다. 건장한 두 남자는 잠시 눈을 맞췄고, 질이 감사의 표시로 고개를 살짝 끄덕였다.

"그럼 이걸 물을게요." 브루넬 경정이 방향을 바꾸어 말했다. "저 위에서 가장 높은 나무가 어떤 거죠?"

"저 위 어디요?"

"마을 위쪽 언덕 말이오." 제롬이 말했다.

질은 그 질문에 대해 생각했다. "아마 스트로부스소나무겠죠. 이십칠 미터는 족히 크니까요. 거의 팔 층 높이죠."

"그 나무들에 오를 수도 있나요?" 테레즈가 물었다.

질은 그녀가 혐오스러운 것이라도 제안한 양 그녀를 응시했다. "왜 그런 걸 묻습니까?"

"그냥 궁금해서요."

"저를 바보 취급하지 마시죠, 마담. 궁금한 것 이상이잖습니까." 그는 브루넬 부부에게서 가마슈에게로 시선을 돌렸다.

"우리는 결코 나무를 베거나 다치게 하길 요구하는 게 아닙니다." 경감이 말했다. "우린 거기에 있는 가장 큰 나무들을 오를 수 있는지 알고 싶을 뿐입니다."

"내가 아니면 못 할 거요." 질이 잘라 말했다.

테레즈와 제롬은 질의 반응에 당황해 이 전직 벌목꾼에게서 시선을 돌려 가마슈를 보았다. 경감이 질의 팔을 잡고 그를 한쪽으로 끌었다.

"미안하군요. 이에 관해 당신과 따로 얘기해야 했습니다. 우린 스리 파인스로 위성 신호를 끌어올 필요가 있고……,"

그는 다시 손을 들어 질의 항의를 물리쳤다. 말을 맺어야 했다.

"……우린 그 안테나를 키 큰 나무 중 하나에 달 수 있고, 마을까지 케이블을 끌고 올 수 있을지 알고 싶습니다."

질은 다시금 항변하고자 입을 열었다가 다물었다. 그의 표정이 호전적인 표정에서 생각하는 표정으로 바뀌었다.

"누군가가 이십칠 미터짜리 얼어붙은 소나무 위로 위성안테나를 들고 올라간 다음, 그냥 거기에 그걸 다는 게 아니라 신호를 잡게 고정할 수 있는지 궁금하단 말이오? 텔레비전을 사랑하시나 보군요, 무슈."

가마슈가 웃음을 터트렸다. "텔레비전 때문이 아닙니다." 그는 목소리를 낮췄다. "인터넷 때문이죠. 우린 인터넷에 접속해야 하고, 가능한 한 그 일을…… 음…… 조용히 해야 합니다."

"신호를 훔치는 거요?" 질이 물었다. "솔직히, 그걸 시도한 사람이 경감님이 처음이 아니오."

"그럼 가능합니까?"

질은 한숨을 쉬고 손가락 관절을 물어뜯으며 깊은 생각에 잠겼다. "이십칠 미터 높이의 나무를 송신탑으로 바꾸고 신호를 찾은 다음 케이블을 깐다는 말이군."

"어렵게 들리는군요." 경감이 미소를 지으며 말했다.

하지만 질은 미소 짓고 있지 않았다. "미안합니다, 파트롱. 경감님을 돕는 일이라면 뭐든 하겠지만, 경감님이 하는 말은 가능할 것 같지 않소. 내가 나무 꼭대기까지 안테나를 들고 올라가서 나무에 달 수 있다고 쳐도, 바람이 너무 심하오. 안테나가 흔들릴 거요."

그는 가마슈를 보고 그 사실이 전달됐는지 지켜보았다. 그리고 그것은 사실이었다. 달리 방법이 없었다.

"신호는 절대 잡히지 않을 거요." 질이 말했다. "그래서 송신탑들을 강철로 만드는 거요, 견고하게. 그게 절대적인 열쇠요. 그건 이론적으론 좋은 아이디어지만 되지 않을 거요."

가마슈 경감은 눈을 떨구고 한동안 바닥을 내려다보며 충격을 가라앉혔다. 그것은 그냥 계획이 아니라 유일한 계획이었다. 대안은 없었다.

"고속 인터넷에 접속할 다른 방법이 없겠습니까?" 그가 물었고, 질은 고개를 저었다.

"왜 그냥 코완스빌이나 생레미에 가지 않소? 거기 가면 고속 인터넷이 되는데."

"우린 여기 있어야 합니다. 추적당하지 않는 곳에요."

질이 끄덕이며 생각에 잠겼다. 가마슈는 답이 나오길 기대하며 그를 지켜보았다. 끝내 질은 고개를 저었다. "수년간 그걸 시도해 왔소. 합법적으로든 불법적으로든. 도저히 안 되더군. 데졸레Désolé 안타깝군요."

질에게 고맙다고 말하며 돌아서는 가마슈 역시 그런 기분이었다.

안타깝고 침통했다.

"어때요?" 테레즈가 물었다.

"안 된다는군요."

"그냥 그러고 싶지 않은 거예요." 브루넬 경정이 말했다. "다른 사람을 찾을 수 있을 거예요."

가마슈는 바람에 대해 설명했고, 그녀가 천천히 진실을 받아들이는 모습을 지켜봤다. 질은 괴팍하게 구는 것이 아니라 현실을 직시하는 것이었다. 하지만 가마슈는 다른 무언가를 알아차렸다. 테레즈 브루넬은 실망스러워 보이는 반면, 그녀의 남편은 그렇지 않았다.

가마슈는 클라라와 가브리가 저녁을 준비 중인 부엌으로 갔다.

"냄새가 좋군요." 그가 말했다.

"시장하세요?" 가브리가 그렇게 묻고 파테 드 캉파뉴고기. 생선, 야채 등을 다져 양념한 것와 크래커가 담긴 접시를 그에게 건넸다.

"사실 그렇습니다." 경감이 크래커에 파테를 바르며 말했다. 그는 굽고 있는 빵에서 나는 이스트 향을 맡았다. 그 냄새가 로즈메리 치킨 냄새와 섞였고, 그는 자신이 아침 식사 이후 아무것도 먹지 못했음을 깨달았다. "부탁이 하나 있습니다. 옛 방송 몇 편을 디스크에 담아 왔는데 에밀리의 집에는 DVD 플레이어가 없더군요."

"제 거 쓰실래요?"

가마슈가 고개를 끄덕이자 클라라가 포크를 지팡이처럼 거실을 향해 흔들었다. "거실 끝 방에 있어요."

"제가 그냥 써도 됩니까?"

"그럼요." 그녀가 말했다. "제가 켜 드릴게요. 저녁 식사 하려면 적어도 삼십 분은 더 걸릴 거예요."

가마슈는 그녀를 따라 소파와 안락의자가 놓인 작은 방으로 갔다. 구식 텔레비전이 테이블 위에 놓여 있었고, 그 옆에 DVD 플레이어가 놓여 있었다. 그가 지켜보는 사이 클라라가 버튼 몇 개를 눌렀다.

"DVD에 뭐가 있는데요?" 가브리가 물었다. 그는 크래커와 파테 접시를 들고 문가에 서 있었다. "제가 맞혀 볼게요. 경감님의 〈캐나다 갓 탤런트일반인 참가자들이 재능을 겨루는 TV 프로그램〉 오디션 영상이죠?"

"그렇다면 아주 짧겠군요." 가마슈가 말했다.

"무슨 일이야?" 한 팔에 로사를 안고, 한 손에는 스카치 병을 든 루스가 딱딱거리며 비집고 들어왔다.

"경감님이 〈캐나디언 아이돌〉의 오디션을 본대요." 가브리가 설명했다. "이게 경감님 오디션 테이프래요."

"음, 아니……." 가마슈는 입을 열었다가 포기했다. 뭐하러?

"경감님이 〈유 캔 댄스미국 각지의 댄서들을 발굴하는 오디션 프로그램〉 오디션을 본다고요?" 머나가 물으며 작은 소파에 앉은 경감과 루스 사이로 끼어들었다.

가마슈는 하소연하듯 클라라를 올려다보았다. 올리비에가 와 그의 파트너 옆에 서 있었다. 경감은 한숨을 쉬고 재생 버튼을 눌렀다.

친숙한 흑백 그래픽이 작은 화면에서 그들을 향해 소용돌이쳤고, 음악과 권위 있는 목소리가 이어졌다.

"캐나다 작은 마을에 조그만 기적이 일어났습니다." 근엄한 뉴스 아나운서가 말했다. 첫 번째 흐릿한 영상이 나타나자 클라라의 좁은 텔레비전 방에 있는 모두가 몸을 앞으로 기울였다.

21

"다섯 기적이," 마치 아마겟돈을 알리는 듯한 극적인 내레이션이 계속됐다. "어느 추운 겨울밤 이 남자, 닥터 조제프 베르나르에 의해 일어났습니다." 화면에는 완벽한 수술 복장을 갖추고 마스크로 코와 입을 가린 닥터 베르나르가 서 있었다. 그는 약간 광적으로 손을 흔들었지만 가마슈는 그것이 구식 흑백 뉴스영화(1910-1960년대 성행한 일종의 다큐멘터리 영화)의 효과라는 것을 알고 있었다. 흑백 뉴스영화에서는 사람들이 휘청거렸고 움직임이 너무 뻣뻣하거나 너무 광적이었다.

의사 앞에 다섯 명의 아기가 돌돌 말린 채 누워 있었다.

"다섯 명의 여자아이들이 이지도르와 마리해리엇 우엘레트 부부에게서 태어났습니다."

듣기 좋은 목소리가 퀘벡식 이름을 힘겹게 발음했다. 그 이름들은 이 뉴스영화에서 처음으로 발음되었지만 이내 모든 사람들의 입에 오르내릴 터였다. 세계에 소개된 이 뉴스로…….

"다섯 명의 작은 공주님들. 세계 최초로 살아남은 다섯쌍둥이입니다. 비르지니, 엘렌, 조세핀, 마르그리트 그리고 콩스탕스."

그리고 콩스탕스. 가마슈는 흥미롭게 주목했다. 그녀는 사는 내내 이런 문구의 마지막에 매달릴 터였다. **그리고 콩스탕스.** 열외자.

목소리가 갑자기 흥분했다. "여기 그들의 아버지가 있습니다."

검소한 농가의 거실, 장작 난로 앞에 서 있는 닥터 베르나르로 화면이 바뀌었다. 그는 건장한 남자에게 남자의 딸 중 한 명을 안기고 있었다. 특별한 호의를 베풀 듯. 하지만 선물이 아니었다. 대여.

카메라 때문에 깨끗이 단장한 이지도르는 잇새가 벌어진 이를 드러내고 웃으며 아이를 어색하게 팔에 안았다. 유아들에게 익숙하지 않았지만 가마슈는 그가 자연스럽다는 것을 알 수 있었다.

테레즈는 팔꿈치를 잡는 익숙한 손길을 느끼고 마지못해 텔레비전에서 떨어져 끌려갔다.

제롬이 그녀를 클라라의 거실 한구석으로 사람들에게서 가능한 한 멀리 데려갔지만 여전히 뒤에서 저 운명의 목소리가 들려왔다. 이제 그 목소리는 시골 사람들에 대해 얘기하고 있었고, 그 소녀들이 농가에서 태어났다고 암시하고 있었다.

테레즈는 살피듯 남편을 쳐다보았다.

제롬은 문가에 몰려들어 텔레비전을 보고 서 있는 손님들을 지켜볼 수 있도록 자리를 잡았다. 그는 시선을 아내에게 돌렸다.

"아르노에 대해 얘기해 줘."

"아르노?"

"피에르 아르노. 그를 알잖아." 그의 목소리는 낮았다. 다급했다. 그의 눈이 손님들과 아내 사이에서 깜빡였다.

테레즈는 남편이 갑자기 옷을 홀딱 벗었다 해도 이보다 더 놀라지 않을 터였다. 그녀는 이해가 가지 않는 눈으로 남편을 응시했다.

"아르노 사건? 하지만 그건 수년 전 일이었어."

"그 사건뿐이 아니고. 난 아르노 그 사람에 대해 알고 싶어. 당신이 내게 말할 수 있는 모든 걸."

테레즈는 말을 잊은 채 응시했다. "하지만 황당한데. 도대체 왜 갑자기 그 남자에 대해 알고 싶은 거야?"

제롬의 눈이 안전하게 등을 돌리고 있는 손님들을 쏘아보았다가 아내에게로 돌아왔다. 그는 목소리를 한층 더 낮추었다.

"모르겠어?"

그녀는 심장이 내려앉는 것을 느꼈다. **아르노. 설마 아니겠지.**

뒤에서 음산한 목소리가 신의 손이 이 탄생을 도왔다고 시사했다. 하지만 신의 손은 벽난로에서 기분 좋게 불이 타오르고 갓 구운 빵 냄새가 풍기는 이 작은 방에서 아주 멀리 있는 것처럼 느껴졌다. 그리고 부패한 이름이 풍기는 악취가 공기 중에 떠돌았다.

빌어먹을 피에르 아르노.

"닥터 베르나르는 자신이 이룬 성취에 대해 늘 겸손했습니다." 뉴스 영화 아나운서가 말했다.

화면 속에서 닥터 베르나르는 이제 의사 복장을 벗고 정장에 좁은 검은색 타이를 매고 있었다. 회색 머리를 잘 빗어 넘긴 그는 깔끔하게 면도를 했고, 두꺼운 검은 테 안경을 쓰고 있었다.

그는 우엘레트가家 거실에서 혼자 담배를 들고 서 있었다.

"물론 그 과정의 대부분은 엄마가 했죠." 그는 부드러운 퀘벡식 억양이 섞인 영어로 말했다. 그의 목소리는 놀라울 정도로 높아서 동굴처럼 울리는 내레이터 목소리와 특히 대비가 되었다. 그는 카메라를 보고 자신이 던진 작은 농담에 웃음을 지었다. 시청자들은 한 가지만 믿게 되어 있었다. 닥터 베르나르가 그 순간의 영웅이라는 사실. 뛰어난 솜씨에 필적할 만한 겸손함을 갖춘 남자라는 사실. 그리고 가마슈는 자못 경탄하며 이 남자가 그 역할에 완벽하게 어울리는 출연자라고 생각했다. 매력적인 데다 기발하기까지 했다. 자애롭고 자신감이 넘쳤다.

"저는 폭풍 한가운데에서 호출을 받았습니다. 아기들이 폭풍 속에서 태어나길 선호한 것 같군요." 그는 카메라를 보고 미소를 지으며 자신의 자신감 안으로 시청자들을 끌어들이고 있었다. "이건 큰일이었습니다. 다섯 명의 아기들이 휘몰아쳤죠."

가마슈는 주위를 힐끗 보고 질과 가브리, 심지어 머나까지 그 미소를 돌려주는 모습을 보았다. 본의 아니게도 이 남자를 좋아하지 않기는 거의 불가능했다.

하지만 소파 끄트머리에 앉은 루스는 미소 짓고 있지 않았다. 그렇대도 그게 무슨 의미인지는 알 수 없었다.

"거의 자정이었을 겁니다." 닥터 베르나르가 말을 이었다. "그 가족을 만난 적은 없었지만 위급한 상황이었죠. 그래서 진료 가방을 챙겨서 가능한 한 빨리 도착했습니다."

우엘레트 농장을 한 번도 가 본 적이 없는 이 남자가 한밤중에, 눈보라가 치는 가운데, 외딴 곳 한가운데 있는 집을 어떻게 찾았는지는 모호하게 남았다. 하지만 아마도 그 역시 기적의 일부인 듯했다.

"아무도 아기가 다섯이었다고 말해 주지 않았습니다." 그는 시제를 정정했다. "다섯 명의 아기일 거라고요. 하지만 저는 아이 아빠한테 물을 끓여서 도구들을 소독하고 깨끗한 천을 찾으라고 시켰습니다. 운 좋게도 무슈 우엘레트는 농장 동물들이 새끼를 낳고 망아지를 낳는 걸 돕는 데 익숙했죠. 그는 놀라울 만큼 도움이 됐습니다."

이 위대한 남자는 마담 우엘레트가 그들의 암퇘지보다 나을 게 없다고 암시하고 있을망정 공을 나누고 있었다. 가마슈는 그에 대한 존경심이 커지지는 않았더라도 그에 대한 감탄을 느꼈다. 이 뒤에 누가 있든 영리했다. 하지만 물론, 닥터 베르나르는 아기들과 정직하고 어리벙벙한 이지도르 우엘레트처럼 졸에 지나지 않았다.

닥터 베르나르가 뉴스영화 카메라를 똑바로 보고 미소를 지었다.

"아르노 사건은 모든 신문에 나왔어." 테레즈가 목소리를 낮추며 말했다. "난리였지. 당신도 아는 사건이야. 모두가 알아."

사실이었다. 피에르 아르노는 우엘레트 다섯쌍둥이가 유명한 만큼이나 악명이 높았다. 그는 다섯쌍둥이의 반대였다. 다섯 소녀가 기쁨을 가져왔다면, 피에르 아르노는 수치를 가져왔다.

다섯쌍둥이가 신의 섭리였다면, 피에르 아르노는 아침의 아들이사야서 14장 12절의 구절 '아침의 아들 루시퍼야, 어찌하여 하늘에서 떨어졌느냐.'의 인용구이었다. 타락한 천사.

그리고 여전히 그는 자신들을 괴롭혔다. 그리고 이제 그가 돌아왔다. 그리고 테레즈 브루넬은 그 이름, 그 사건, 그 시간을 부활시키지 않기 위해서라면 거의 무엇이든 할 터였다.

"위, 위." 제롬이 말했다. 그는 좀처럼 조급함을 드러내지 않았고, 아내를 상대로는 거의 그런 적이 없었다. 하지만 지금은 그랬다. "전부 십년도 더 전에 일어난 일이지. 난 그걸 다시 듣고 싶고, 이번엔 신문에 실리지 않은 것도 듣고 싶어. 당신들이 대중에 공개하지 않은 것들을."

"난 대중에 아무것도 감추지 않았어, 제롬." 이제는 테레즈가 참을성을 잃었다. 그녀의 목소리가 딱딱하고 차가워졌다. "난 당시에 신입 경찰이었어. 아르망에게 묻는 게 낫지 않겠어? 그는 그자를 잘 알았어."

두 사람 모두 본능적으로 텔레비전이 있는 방 문간에 모여 있는 사람들을 돌아보았다.

"정말 그게 현명하다고 생각해?" 제롬이 물었다.

테레즈가 남편에게로 고개를 돌렸다. "아마 아니겠지." 그녀는 그의 눈을 살피며 한동안 그를 응시했다. "나한테 말해, 제롬. 왜 피에르 아르노한테 관심을 갖는 거야?"

제롬의 호흡이 너무 무거운 짐을 들고 너무 먼 길을 나선 것처럼 힘겨워졌다. 마침내 그가 입을 열었다.

"추적하는 중에 그 이름이 튀어나왔어."

테레즈 브루넬은 갑자기 머리가 텅 비는 것을 느꼈다. 빌어먹을 피에르 아르노.

"농담해?" 하지만 그녀는 그가 농담한 게 아니라는 것을 알 수 있었다. "그게 경보를 울리게 한 이름이었어? 그랬다면 우리한테 말해야지."

"내가 필요한 건, 테레즈, 아르노에 대해 더 많이 아는 거요. 그자의 배후를. 제발. 당신은 그때 신입이었는지 몰라도 지금은 경정이야. 나는 당신이 안다는 걸 알아."

그녀가 그에게 가늠하는 딱딱한 시선을 던졌다.

"피에르 아르노는 경찰청 총경이었어." 그녀는 자신이 그러리라는 것을 알았던 대로 항복하고 입을 열었다. "실뱅 프랑쾨르가 지금 있는 맨 윗자리. 내가 갓 경찰청에 들어갔을 때 그 모든 일이 밝혀졌어. 나는 그를 딱 한 번 봤을 뿐이야."

제롬 브루넬은 몬트리올 뮈제 데 보자르Musée des Beaux-Arts 미술관의 수석 큐레이터였던 아내가 퇴근하고 와 경찰이 되고 싶다고 선언했던 날을 아주 선명하게 기억했다. 그녀는 50대 중반이었고, 시르크 뒤 솔레이으 Cirque du Soleil 태양의 서커스와 계약했다는 말을 듣는 게 나을 것 같았다. 하지만 그는 농담이 아니라는 것을 알 수 있었고, 공정하게 말하자면 완벽한 청천벽력은 아니었다. 테레즈는 미술품 절도 사건 상당수에 경찰의 자문 역할을 해 왔고, 범죄 해결에 소질이 있다는 것을 알게 됐었다.

"당신 말대로 그건 모두 십 년도 더 전에 일어났어." 테레즈가 말했다. "아르노는 그때 수년째 맨 윗자리를 유지했었지. 그는 인망이 두터웠어. 존경받았어. 신뢰받았고."

"그를 한 번 봤다고 했잖아." 제롬이 말했다. "그때가 언제였어?"

남편의 눈은 예리했다. 분석적. 그녀는 이것이 특별히 위급한 케이스가 닥쳤을 때 그가 병원에서 보였을 바로 그 모습이라는 것을 알았다.

정보를 모으고 흡수하고 분석하는. 그는 재빨리 문제를 찾아내 위급 상황을 어떻게 다뤄야 할지 알았다. 공기 중에 갓 구운 빵 냄새와 로즈메리 치킨 냄새가 풍기는 이곳 클라라의 거실에서 긴급 상황이 닥쳤다. 그리고 진흙투성이의, 유혈이 낭자한 피에르 아르노라는 이름이 소환되었다.

"경찰학교에서 강의를 들을 때였어." 그녀는 떠올렸다. "가마슈 경감이 가르친 과목."

"아르노가 그의 게스트였어?" 제롬이 놀라서 물었다.

테레즈가 끄덕였다. 당시에도 두 남자는 이미 유명했다. 아르노는 존경받는 경찰의 존경받는 수장으로, 가마슈는 나라에서 가장 성공적인 살인 수사과를 조직하고 이끄는 것으로.

그녀는 잿빛 머리를 빼면 아직은 나머지 학생들과 전혀 다를 게 없는 수백 명의 학생 중 한 명으로 빽빽한 강당에 있었다.

테레즈가 그에 대해 생각할 때, 거실이 사라지고 계단식 강당이 되었다. 그녀는 저 아래 두 남자를 선명하게 그릴 수 있었다. 아르노가 연단에 서 있었다. 둘 중 연상인, 자신감에 찬, 위엄 있는. 작고 마른. 다부진. 잘 정돈된 회색 머리에 안경을 쓴. 그는 전혀 힘이 있어 보이지 않았다. 하지만 그 겸손함 속에 강력한 영향력을 풍겼다. 그의 힘은 너무도 위력적이라 그것을 과시할 필요가 없었다.

그리고 아르망 가마슈 경감이 한옆에 비켜서서 지켜보고 있었다.

키가 크고 탄탄한. 조용하고 침착한. 교수로서 그는 어리석은 질문과 공격적인 반항에 끝없이 인내하는 것처럼 보였다. 권위가 아니라 모범을 통해 이끌었다. 브루넬 수사관은 이 사람이 타고난 리더라는 것을 알았다. 누구든 따르고자 선택할 사람이라는 것을.

아르노가 혼자 학생들 앞에 섰다면 그녀는 깊이 감명받았을 터였다. 하지만 수업이 계속되면서 그녀의 시선은 점점 더 한옆으로 비켜선 조용한 남자에게 끌렸다. 그토록 집중해서 듣고 있는. 그토록 편안한.

그리고 서서히 진정한 권위가 어디에 있는지 브루넬 수사관에게 분명해졌다.

아르노 총경이 권력을 쥐고 있는지 몰라도 아르망 가마슈가 더 힘 있는 남자였다.

그녀는 제롬에게 그 이야기를 했다. 그는 한동안 생각에 잠겼다가 말을 꺼냈다.

"아르노가 아르망을 죽이려고 했어?" 그가 물었다. "아니면 그 반대였어?"

무비톤영상에 사운드를 입힌 최초 기술 뉴스영화는 상냥한 닥터 베르나르가 갓 태어난 다섯쌍둥이 중 한 명을 안아 올려 카메라를 향해 아이의 팔을 흔들어 보이는 것으로 끝났다.

"바이 바이." 아나운서는 마치 대공황을 알리는 것처럼 말했다. "우린 너랑 네 자매를 더 자주 보게 될 거란다."

가마슈는 곁눈질로 루스가 정맥이 드러난 한쪽 손을 들어 올리는 것을 눈치챘다.

바이 바이.

화면은 꺼졌지만 다른 영상이 나타나기 전 아주 잠깐 캐나다인에게는 친숙한 한 이미지가 나타났다. 흑백으로 양식화된 눈 하나와, 창의성이나 미적인 시도가 없는 스텐실로 찍은 글자.

오로지 사실만을 다루는.

캐나다 국립 영화 제작소National Film Board of Canada, NFB.

이번엔 엄숙한 목소리가 덧씌워져 있지 않았다. 밝은 음악도 없었다. NFB 카메라맨이 찍은 원본 영상일 뿐이었다.

여름날의 매력적인 농가의 외관이 보였다. 동화 속의 시골집 같았다. 물고기 비늘 같은 지붕널과 번지르르한 목재로 된 동화 속 시골집. 창문마다 화분이 놓여 있었고, 싱싱한 해바라기와 접시꽃이 햇빛 가득한 집에 늘어져 있었다.

작은 정원에는 하얀 울타리가 둘러쳐져 있었다.

인형의 집 같았다.

화면이 확대되면서 닫혀 있는 현관문에 초점이 맞춰지더니 문이 살짝 열리고 한 여성이 고개를 내밀어 카메라를 보고 입 모양으로 말했다.

"멩트낭Maintenant 지금요?"

그녀가 들어가고 문이 닫혔다. 잠시 뒤 문이 다시 열리더니 검은 머리에 리본을 달고 프릴 장식이 달린 짧은 드레스를 입은 여자아이가 나타났다. 아이는 발목 양말에 로퍼를 신고 있었다. 가마슈는 아이가 대여섯 살일 것이라 추측했다. 그는 재빨리 셈해 보았다. 1940년대 초이리라. 전쟁 시기.

손이 하나 나타나 아이를 햇빛 속으로 더 떠밀었다. 밀치는 정도까지는 아니었지만 아이가 살짝 비틀거릴 만큼 강한 힘으로.

이내 똑같이 생긴 아이 하나가 또 집에서 추방되었다.

그리고 하나 더.

그리고 하나 더.

그리고 하나 더.

아이들은 한 덩어리로 태어난 양 서로를 꼭 붙잡고 함께 섰다. 그리고 표정도 똑같았다.

두려움. 혼란. 그들의 아버지가 처음 그들을 내려다봤을 때 지었던 것과 거의 정확히 같은 표정이었다.

아이들은 문을 향하더니 문으로 돌아가 그 앞에 옹기종기 모였다. 안으로 들어가려 하며. 하지만 문은 그들에게 열리지 않을 터였다.

첫 번째로 나왔던 아이가 카메라를 쳐다보았다. 간청하면서. 울면서.

이미지가 흔들리더니 사라졌다. 그러더니 예쁜 집이 다시 나타났다. 아이들은 사라졌고, 문은 닫혀 있었다.

다시 문이 열리더니 이번에는 여자아이 혼자 걸어 나왔다. 이내 자매가 나타나 아이의 손을 잡았다. 그리고 그렇게 계속. 마지막 아이가 나오고 그들 뒤로 문이 닫힐 때까지.

하나가 되어 아이들은 문을 돌아보았다. 손 하나가 문 사이로 슬며시 나오더니 아이들에게 어서 가라는 듯 손짓을 하고는 사라졌다.

아이들은 그 자리에 가만히 서 있었다. 얼어붙은 채로.

카메라가 살짝 흔들리고 아이들은 한 덩이가 되어 렌즈를 돌아보았다. 가마슈는 카메라맨이 아이들을 부른 것이라 생각했다. 곰 인형이나 사탕을 들고 있었으리라. 무언가 아이들의 시선을 끌 만한 것을.

한 아이가 울기 시작하자 다른 아이들도 무너졌고, 영상이 깜박이더니 사라졌다.

클라라의 뒷방에서 그들은 파테와 음료를 잊고 반복해서 보았다.

아이들은 반복해서 예쁜 작은 집에서 나왔고, 다시 그 행위를 시도하기 위해 억지로 집 안으로 들어갔다. 마침내 첫 번째 아이가 얼굴 가득 미소를 띠며 나온 뒤 아이의 자매가 나와 행복하게 아이의 손을 잡았을 때까지.

그리고 다음 아이와 다음 아이.

그리고 다음 아이.

그들은 집을 떠나 하얀 말뚝 울타리를 따라 정원을 돌면서 웃고 손을 흔들었다.

다섯 명의 행복한 어린 소녀들.

가마슈는 머나, 올리비에, 클라라, 질, 가브리를 둘러보았다. 루스를 보았다. 눈물이 그녀 얼굴의 주름을 따라, 슬픔의 대협곡을 따라 흘러내리고 있었다.

텔레비전에서는 우엘레트 다섯쌍둥이가 화면이 꺼질 때까지 똑같이 미소를 짓고, 똑같이 손을 흔들고 있었다. 가마슈는 이것이 그 다섯쌍둥이를 동화 같은 삶을 사는 완벽한 다섯 소녀로 정의하게 된 장면이라는 것을 알았다. 어떤 갈등도 없이 가난에서 벗어난 삶을. 이 짧은 영상은 전 세계 에이전시들에 팔려 나갔고, 오늘날까지도 그들의 삶을 회고하는 용도로 사용되었다.

우엘레트 다섯쌍둥이가 얼마나 운이 좋았는지를 말하는 증거로.

가마슈와 그 자리의 다른 이들은 그들이 방금 무엇을 목격했는지 알았다. 신화의 탄생. 그리고 그들은 무언가가 무너지는 장면을 목격했다. 와해된. 회복할 수 없을 만큼.

"그걸 당신이 어떻게 알았어?" 테레즈가 물었다. "그 얘기는 재판에 나오지 않았는데."

"그 두 남자 사이에 일어난 일을 언급하는 내용들을 찾았지. 거의 치명적인 것들을."

"정말로 알고 싶어?" 그녀가 그를 살피며 물었다.

"알 필요가 있어." 그가 대답했다.

"이 얘기는 알려지면 안 돼." 그녀는 즐거움과 짜증이 섞인 시선을 받았다.

"내 블로그에 올리지 않는다고 약속하리다."

테레즈는 웃지 않았다. 미소조차 짓지 않았다. 그리고 제롬 브루넬은, 처음도 아니지만, 자신이 정말로 듣고 싶은지 궁금했다.

"앉아." 그녀가 말했고, 그는 편안한 소파로 그녀를 따랐다. 그들은 손님들의 등을 지켜보면서 문을 마주했다.

"피에르 아르노는 퀘벡 북쪽 경찰청 분서에서 명성을 쌓았어." 그녀는 털어놓았다. "제임스만에 위치한 크리족 보호구역에서. 많은 술이 있는. 마약하며. 공공 임대주택들은 형편없었지. 하수와 상수가 한데 섞였고. 끔찍한 질병이며 폭력이 만연했어. 시궁창이었어."

"천국 한가운데에." 제롬이 말했다.

테레즈가 끄덕였다. 물론 그 때문에 비극이 더 강조됐다.

제임스만 지역은 지극히 아름답고 훼손되지 않은 곳이었다. 그 당시에는. 1만6천 제곱킬로미터에 달하는 야생동물이 사는 지역, 청정한 호수들과 물고기와 사냥감과 오랜 숲들. 그곳은 크리족이 살았던 곳이었다. 그들의 신들이 살았던 곳이었다.

하지만 1백 년 전에 그들은 악마를 만났고, 거래를 했다.

그들이 항상 필요로 했던 모든 것들―음식, 의료 지원, 집, 교육, 현대 문명의 경이들―에 대한 대가로 그들이 해야 했던 일은 조상에게 물려받은 땅에 대한 권리를 넘긴다고 서명하는 것뿐이었다.

하지만 그 땅 전부는 아니었다. 그들에게는 사냥을 하고 낚시를 할 근사한 구역이 남겨질 터였다.

서명하지 않는다면?

정부는 어쨌거나 그 땅을 앗아 갈 것이었다.

피에르 아르노 형사가 수상비행기에서 보호구역에 발을 내리기 1백

년 전, 위대한 추장과 캐나다 인디언 부서의 수장이 만났다.

증서에 서명이 되었다.

거래가 이루어졌다.

크리족은 그들이 원할 수 있는 모든 것을 얻었다. 자유만 빼고.

그들은 번창하지 못했다.

"아르노가 도착했을 무렵 보호구역은 개방 하수덮개 없이 노출된 형태로 흐르
는 하수. 비위생적이고 악취를 유발한다에다 질병, 중독, 절망이 넘치는 빈민굴이었
어." 테레즈가 말했다. "그리고 삶이 너무 허한 나머지 그들은 오락 삼
아 강간하고 서로에게 폭력을 휘둘렀어. 그래도 크리족은 사람들의 예
상보다 오래 위엄을 지켰지. 더 이상 명예도, 자존감도, 희망도 남지 않
게 될 때까지 몇 세대를 버텼으니까. 크리족은 자신들의 삶이 더 이상
나빠질 수 없으리라 생각했어. 하지만 그럴 참이었지."

"무슨 일이 일어났지?" 제롬이 물었다.

"피에르 아르노가 왔어."

"여기, 소녀들이 아버지에게 축복을 구하고 있습니다." 무비톤 뉴스
영화 내레이터가 런던 폭격을 알리듯 말했다. "순종적인 아이들처럼.
이것은 퀘벡의 내륙 지방에서 여전히 행해지는 의례입니다."

그는 퀴이벡이라고 발음했고, 숨죽인 목소리를 냈다. 마치 자연 서식
지에서 발견된 희귀종을 보도하는 듯이.

가마슈는 몸을 숙였다. 아이들은 이제 여덟 살 혹은 아홉 살 정도로
보였다. 그들은 이제 동화 같은 시골집에 있지 않았다. 가족의 농가로
돌아와 있었다. 창문을 통해 겨울이라는 것을 알 수 있었다.

그들의 코트와 모자와 스케이트가 문 옆에 고정된 고리에 나란히 걸려 있었다. 한구석에는 하키 스틱들이 원뿔형 천막을 이루었다. 가마슈는 아이들이 태어났을 때를 찍은 첫 번째 영화에서 보았던 장작 난로와 술 달린 낡은 깔개와 가구들을 알아차렸다. 거의 아무것도 변하지 않았다. 박물관처럼.

아이들은 무릎을 꿇고 있었다. 손을 앞으로 모았고, 머리를 숙였고, 똑같은 드레스를 입고 같은 구두를 신고 같은 리본을 매고 있었다. 그는 어떻게 그들을 구분할 수 있었는지, 그리고 그들이 신경이나 썼는지 궁금했다. 그들 다섯이 있는 한 세부 사항들은 중요치 않아 보였다.

마리해리엣은 딸들 뒤에 무릎을 꿇고 있었다.

다섯쌍둥이의 엄마가 화면에 잡힌 것은 처음이었다. 가마슈는 팔꿈치를 무릎에 얹으며 이 대단한 어머니를 더 잘 보려고 몸을 더 숙였다.

놀랍게도 가마슈는 그녀를 본 것이 사실 처음이 아니었다는 것을 깨달았다. 문밖으로 딸들을 밀어낸 사람이 마리해리엣이었다. 그리고 그들에게 문을 닫아 건 사람.

반복해서. 그들이 제대로 해낼 때까지.

가마슈는 그 사람이 NFB 프로듀서 아니면 간호사나 선생님일 거라 짐작했었다. 하지만 그 사람은 그들의 엄마였다.

이지도르 우엘레트는 양팔을 앞으로 펼친 채 가족을 마주하고 문 앞에 서 있었다. 눈은 감겨 있었다. 얼굴은 깨침을 구하는 좀비처럼 평온했다.

가마슈는 그 의식이 무엇인지 알아차렸다. 새해 첫날 아버지가 아이들을 축복하는 의식이었다. 엄숙하고 의미 있는 기도였지만 더 이상 퀘벡에서는 거의 행해지지 않았다. 그는 그 의식을 한다는 생각조차 해 본 적 없었고, 만일 자신이 시도했다면 렌 마리, 아니, 다니엘은 배꼽이 빠져라 웃었을 것이었다. 순간 새해가 다가오고 있고, 파리에서 가족이 함께하리라는 생각이 스쳤다. 어쩌면 새해 첫날, 아이들과 손녀들에게 말해 볼 수 있으리라. 그저 그 얼굴들에 떠오르는 표정을 보기 위해서. 그만한 가치가 있을 것이었다. 렌 마리의 어머니는 아이였을 때 형제자매들과 함께 축복을 구하려 무릎을 꿇던 일을 기억했었다.

그리고 여기에서 1940년대 중반 전 세계의 어두운 극장에 앉은, 만족하지 못한 뉴스영화 관중을 위한 극이 끝나 가고 있었다. 다섯쌍둥이의 삶은 클라크 게이블이나 캐서린 헵번의 최신 영화의 서곡이었다.

그들이 보고 있는 이 거친 흑백영화에는 분명 가스라이팅의 기미가 있었다. 효과를 노린 각색된 연출. 돈을 내는 여행객들을 위해 북을 치고 춤을 추는 원주민의 공연처럼.

물론 진짜였다. 하지만 이것은 종교적이라기보다 상업적이었다.

아이들은 부모의 축복을 바라며 기도 중일 것이었다. 가마슈는 그들의 아빠가 무엇을 기도하고 있는지 궁금했다.

"매혹적인 작은 의식이 끝나고 소녀들은 나가서 놀 준비를 합니다."

비극적인 디에프프랑스 북부의 항구 도시. 제2차 세계대전 중 독일군에게 점령되었다가 연합군의 공격으로 탈환 기습을 보도하는 듯한 목소리가 겹쳤다.

뒤이은 장면은 다섯쌍둥이가 각자 방한복을 입고 기분 좋게 서로 장난을 치면서 카메라를 보고 웃는 모습이었다. 아버지가 스케이트 끈을 묶어 주고 그들에게 하키 스틱을 건넸다.

마리해리엣이 나타나 그들의 머리에 뜨개질로 뜬 털모자를 씌워 주었다. 모자마다 무늬가 다르다는 것을 가마슈는 알아차렸다. 눈송이며 나무며. 그녀는 모자가 하나 남자 카메라 밖으로 남은 것을 던졌다. 가벼운 던지기가 아니었다. 그녀는 모자가 자신을 물어뜯기라도 한 듯 그것을 패대기쳤다.

그 제스처는 드러내고 있었다. 그것은 너무 많은 모자 같은 사소한 이유에도 분노가 이는 속박의 끝에 다다른 여자를 보여 주었다. 그녀는 화가 나 있고 지쳐 있었다. 완전히 소진된 상태였다.

그녀는 카메라를 향해 돌아섰고, 경감을 오싹하게 한 표정으로 미소를 지었다.

그것은 살인 사건 수사관이 찾는 순간 중 하나였다. 아주 작은 모순. 말과 행동 사이에. 어조와 말 사이에.

마리해리엣의 표정과 그녀의 행동 사이. 미소 그리고 던져진 모자.

여기에 분열된, 어쩌면 결단이 난 여자가 있었다. 수사관은 그런 틈을 파고들어 문제의 핵심에 도달했다.

가마슈는 화면을 보면서 아이를 달라고 기도하며 무릎걸음으로 성요셉 성당 계단을 기어올랐던 여성이 어쩌다 이렇게 되었는지 궁금했다.

경감은 그녀의 분노가 저 전능하신 닥터 베르나르를 향해 있었고, 그녀가 그를 떼어 놓으려고 애썼으리라 생각했다. 단 한 번이라도 아이들과 따로 시간을 보낼 수 있도록.

효과가 있었다. 그녀가 누구에게 손짓을 했건 그 누군가가 물러섰다.

하지만 가마슈는 그것이 방어적인 몸짓이라는 것을 알 수 있었다. 애를 쓴다 해도 누구도 오래 버티지 못할 터였다.

오래전에 죽어 다른 도시에 묻혔건만. 가마슈는 루스의 중요한 시를 떠올렸다. 내 어머니는 아직 나를 포기하지 못했다네.

5년 후면 마리해리엣은 죽을 터였다. 그리고 15년 후면 비르지니는 아마도 스스로 목숨을 저버릴 터였다. 그리고 머나가 뭐라고 했지? 그들은 더 이상 다섯쌍둥이가 아닐 터였다. 그들은 네쌍둥이가 되고, 그다음엔 세쌍둥이, 쌍둥이가 되리라. 그러고는 한 명만. 유일한 아이.

그리고 **콩스탕스**는 그냥 콩스탕스가 될 것이었다. 그리고 이제는 그녀마저 가고 없었다.

그는 방한복을 입고 함께 웃고 있는 아이들을 보고, 이제 몬트리올 영안실에 누워 있는 그 작은 소녀를 집어내려고 애썼다. 하지만 찾을 수 없었다.

그들은 모두 똑같아 보였다.

"그렇습니다, 이 다부진 캐나다인들은 긴 겨울날을 얼음낚시, 스키, 하키를 하며 보냅니다." 침울한 나레이터가 말했다. "이 소녀들도요."

다섯쌍둥이는 카메라에 손을 흔들고 스케이트를 신은 발로 뒤뚱거리며 문을 나섰다.

영화는 이지도르가 아이들에게 즐거이 손을 흔들고 집으로 돌아서는 모습으로 끝났다. 그는 문을 닫고 카메라를 보았지만 가마슈는 그의 눈이 실은 카메라를 비껴갔다는 것을 깨달았다. 렌즈를 보는 것이 아니라 화면 밖에 있는 누군가와 눈을 맞추고 있었다.

아내를 보고 있었을까? 닥터 베르나르를? 혹은 전혀 다른 누군가를?

그 눈은 애원의 눈길, 허락을 구하는 눈길이었다. 그리고 다시 한번 가마슈는 이지도르 우엘레트가 무엇을 기도했는지, 그의 기도가 답을 얻었는지 궁금했다.

하지만 무언가가 어긋났다. 이 영화의 무언가가 경감이 안 것과 맞지 않았다.

그는 손으로 입을 가리고 검은 화면을 응시했다.

"이걸 물을게." 테레즈 브루넬이 말했다. "누군가를 망치는 가장 확실한 방법이 뭐지?"

제롬은 고개를 저었다.

"먼저 그들의 신뢰를 얻기." 그녀가 그의 시선을 붙들고 말했다. "그런 다음 그걸 저버리는 거야."

"크리족이 피에르 아르노를 신뢰했어?" 제롬이 물었다.

"그는 질서를 회복하게 도왔어. 그들을 존중해 줬지."

"그리고 그다음엔?"

"그리고 그다음엔, 새 수력발전용 댐에 대한 계획이 베일을 벗었을 때, 그리고 그 댐이 남은 크리족 영역을 파괴할 거라는 사실이 명백해졌을 때 그는 그 계획을 수용하라고 그들을 설득했어."

"그가 어떻게 했지?" 제롬이 물었다. 퀘베쿠아로서 그는 늘 그 거대한 댐을 자부심을 품고 보았다. 그랬다. 그는 북쪽의 피해를 인식하고 있었지만, 그것은 작은 희생으로 보였다. 자신이 실제로 치르지 않은 대가.

"그들은 그를 신뢰했어. 그는 수년을 들여 자신이 친구이며 동맹이라고 그들을 설득했어. 이후 그에게 의심을 품었던 이들, 그의 동기에 의문을 표했던 이들은 사라졌지."

제롬의 속이 뒤틀렸다. "그가 한 짓이야?"

테레즈가 끄덕였다. "그가 처음부터 그렇게 부패했는지, 아니면 타락했는지는 모르겠지만 그가 한 짓이야."

제롬은 눈을 내리고 자신이 찾은 이름을 생각했다. 아르노 아래 묻혀 있던 이름. 아르노가 타락했다면 그자는 더 깊이 추락했다. 그리고 수년 뒤, 제롬 브루넬에게 발견되었다.

"아르망이 언제 관계했지?" 제롬이 물었다.

"크리족에서 선발된 나이 든 여인이 도움을 구하러 퀘벡시에 왔어. 그녀는 권위 있는 누군가에게 젊은 남자와 여자 들이 사라진다고 말하려고 했지. 죽어 간다고. 그들은 목이 매달리고 총에 맞고 물에 빠진 채 발견됐어. 지역 경찰은 그 죽음들을 사고나 자살로 치부했어. 젊은 크리족 몇은 완전히 실종됐어. 경찰은 그들이 도망쳤다고 결론지었지. 아마 남쪽으로 갔을 거라고. 트루아리비에르나 몬트리올의 아편굴이나 주정뱅이 유치장에서 발견될 거라며."

"그 여자가 그들을 찾게 도와 달라고 부탁하러 퀘벡시에 왔다고?" 제롬이 물었다.

"아니, 그녀는 권위 있는 누군가에게 그게 거짓이었다고 말하고 싶었어. 그녀의 아들은 사라진 사람 중 하나였어. 그녀는 그들이 도망치지 않았고, 그 죽음들이 사고나 자살이 아니라는 걸 알았어."

제롬은 그 기억들을 들먹이는 것이 테레즈에게 어떤 영향을 미치는지 알 수 있었다. 경찰청 고위 간부로서. 한 여자로서. 한 엄마로서의 그녀에게. 그리고 그 역시 메스꺼웠지만 자신들은 이미 멀리 온 상태였다. 진창 한가운데서 멈출 수는 없었다. 계속 가야 했다.

"아무도 그녀를 믿지 않았어." 테레즈가 말했다. "그녀는 미친 여자로 치부됐지. 또 한 명의 주정뱅이 원주민이라고. 그녀가 국회가 어딘지 몰라서 샤토 프롱트나를 드나드는 사람들을 멈춰 세운 것도 도움이 되지 않았어."

"호텔?" 제롬이 물었다.

테레즈가 끄덕였다. "워낙 웅장한 건물이라 그녀는 그 호텔이 지도자들이 있는 곳이라 생각했지."

"하지만 아르망이 어떻게 끼어들었지?"

"그는 그 호텔에서 열리는 콘퍼런스에 참석차 퀘벡시에 와 있었고, 정신이 나간 채로 벤치에 앉아 있는 그녀를 봤어. 그가 그녀에게 무슨 문제가 있는지 물었지."

"그녀가 아르망에게 말했어?" 제롬이 물었다.

"모든 걸. 아르망은 왜 그 정보를 갖고 경찰에 가지 않았는지 물었어." 테레즈는 매니큐어를 칠한 손으로 눈길을 떨구었다.

제롬은 곁눈질로 TV가 있는 방의 모임이 흩어지고 있는 것을 알아차렸지만 아내를 재촉하지 않았다. 그들은 마침내 진흙탕 바닥에 이르렀고, 마지막 말들을 끌어 올려야 했다. 그녀는 분명 형언하기 어려운 것들을 말하기 위해 몸부림치고 있었다.

"그 크리족 노인은 자신이 경찰에 그걸 신고할 수 없는 이유가 경찰이 그 일을 저지르고 있기 때문이라고 했어. 그들이 크리족 젊은이들을 죽이고 있다고. 아마도 자기 아들도 포함해서."

제롬은 아내를 응시했다. 그 친숙한 눈을 붙들며. 그런 일이 가능한 세계로 미끄러져 들어가게 하고 싶지 않았다. 그는 테레즈가 거의 안도했다는 것을 알 수 있었다. 그녀는 이제 거의 끝에 다다랐다고 믿고 있었다. 최악은 지나갔다고.

하지만 제롬은 최악이 아직 한참 멀었다는 것을 알았다. 그리고 전혀 끝에 다다르지 않았다는 것도.

"아르망은 어떻게 했지?"

그는 클라라가 부엌으로 향하고 올리비에가 자신들에게 다가오고 있는 것을 보았다. 하지만 여전히 그는 아내의 눈을 붙들고 있었다.

그녀는 그에게 몸을 숙이고 올리비에가 다가서기 직전에 속삭였다.

"그는 그녀를 믿었어."

22

"저녁 식사 하세요!" 클라라가 외쳤다.

그들은 DVD를 끝까지 시청했다. NFB 화면과 뉴스영화 뒤에 다섯쌍둥이에 대한 영상이 더 있었다. 첫영성체, 어린 여왕을 알현하는 장면, 총리에게 무릎을 구부려 절하는 장면.

물론 한결같은 동작으로. 그리고 그 위대한 남자는 즐겁게 웃음을 터뜨렸다.

클라라는 오븐에서 캐서롤을 꺼내며 자신이 노부인으로만 알았던 사람의 어린 시절을 보는 것이 이상하다고 생각했다. 그녀가 자라는 모습을 보는 것은 더 이상했다. 그녀를 그토록 많이 보고 그토록 많은 수의 그녀를 보는 것은.

그 영상들을 보는 것은 매력적에서 불안으로 충격으로 바뀌었다. 누가 콩스탕스였는지 알아볼 수 없어서 더 이상했다. 그들은 모두 그녀였다. 그리고 누구도 그녀가 아니었다.

영상들은 소녀들이 10대 후반에 접어들자 갑자기 끝났다.

"도와줘?" 머나가 클라라의 손에서 따뜻한 빵을 받아 들면서 말했다.

"그 영상 어떻게 생각해?" 클라라가 머나가 자른 바게트를 바구니에 담으면서 물었다. 올리비에가 긴 소나무 테이블에 접시를 놓고 있었고, 가브리는 샐러드를 뒤적이고 있었다.

루스는 촛불을 켜려고 애쓰는 중이거나 집에 불을 내는 중이었다. 아르망은 어디론가 사라져 보이지 않았고, 테레즈와 그녀의 남편 제롬도 마찬가지였다.

"나는 첫째, 아마 비르지니겠지, 그 애가 카메라를 보는 모습을 계속 봤어." 머나는 빵을 썰다가 멈추고 정면을 응시했다.

"애들 엄마가 아이들을 집에 들어오지 못하게 했을 때?" 클라라가 물었다.

머나는 끄덕였고, 가마슈와 이야기를 나누었을 때 자신이 콩스탕스가 자신의 감정적인 집에서 문을 잠그고 벽을 쳤다고 말하며 집 비유를 든 것이 얼마나 이상했는지 생각했다.

머나는 뭐가 더 나쁠지 궁금했다. 안에 갇힌 것, 아니면 안에 들어가지 못하는 것?

"그 아이들은 너무 어렸어." 클라라가 머나의 멈춰 있는 손에서 칼을 가져가며 말했다. "콩스탕스도 아마 기억 못 했을 거야."

"오, 그녀는 기억했을 거야." 머나가 말했다. "그들 모두 그랬을걸. 그 특정 사건은 아니더라도 그게 어떤 느낌인지 기억했을 거야."

"그리고 누구에게도 말할 수 없었겠지." 클라라가 말했다. "부모한테 도. 특히 부모한테는. 그게 사람한테 어떤 영향을 미치는지 궁금해."

"난 어떤 영향을 미치는지 알아."

돌아선 그들은 또 다른 성냥을 켠 루스를 마주했다. 그녀는 모들뜨기 눈을 하고 타들어 가는 불을 응시했다. 성냥불이 그녀의 노란 손톱을 태 우기 직전에 그녀는 성냥을 불어 껐다.

"어떻게 되는데요?" 클라라가 물었다. 부엌은 조용했고, 모든 눈이 늙은 시인에게 쏠렸다.

"그러면 어린 소녀가 노수부〈노수부(老水夫)의 노래The Rime of the Ancient Mariner〉 새뮤얼 콜리 지의 시. 항해 중에 길조로 여겨지는 앨버트로스를 죽인 노수부가 죽을 고비를 넘기고 살아남아 들려주는 이야기를 담은 시가 되지."

한숨이 쏟아졌다. 그들은 정말 루스가 답을 알지 모른다고 생각했었 다. 주정뱅이 늙은 방화범에게 지혜를 구하는 것보단 현명해야 했는데.

"앨버트로스albatross요?" 가마슈가 물었다.

그는 거실과 부엌 사이 문간 바로 안쪽에 서 있었다. 머나는 그가 얼 마나 오랫동안 듣고 있었는지 궁금했다.

루스는 성냥을 또 한 개비 켜 들었고, 가마슈는 불꽃 안쪽 새까만 핵 을 들여다보는 그녀의 이글거리는 시선을 마주했다.

"그게 무슨 뜻이오?" 질이 침묵을 깼다. "늙은 어부와 참치?"

"그건 다랑어alvacore죠." 올리비에가 말했다.

"오, 맙소사." 루스가 딱딱거리며 손을 휘저어 불을 껐다. "언젠가 내가 죽고 나면 교양 있는 대화는 어떻게들 할 거야, 이 닭대가리들아?"

"투셰Touché 정곡을 찔렀네." 머나가 말했다.

루스가 가마슈에게 마지막으로 강렬한 시선을 던진 다음 나머지 사람들에게 시선을 돌렸다.

"〈노수부의 노래〉?" 그 말이 멍한 시선들을 만났을 때 그녀는 계속했다. "장편 서사시. 콜리지 몰라?"

질이 올리비에에게 몸을 숙이고 속삭였다. "설마 그걸 읊을 작정은 아니겠지? 난 시라면 집에서도 충분히 듣는다고."

"그래." 루스가 말했다. "사람들은 항상 오딜의 시와 콜리지를 헷갈려 하지."

"적어도 오딜의 시는 운율이 있잖아요." 가브리가 말했다.

"항상 그렇진 않아." 질이 고백했다. "최근작에서 오딜은 '순무turnip'의 운을 '외양간cowshed'과 맞췄다니까."

루스가 너무나 장렬한 한숨을 내쉬는 바람에 마지막 성냥이 꺼졌다.

"오케이, 말해 봐요." 올리비에가 말했다. "도대체 이 영상들 어디가 〈노수부의 노래〉를 떠올리게 했는데요?"

루스가 모두를 돌아보았다. "설마 클루소영화 〈핑크 팬더〉 시리즈의 엉성하고 서툰 경감와 나만 고전 교육을 받은 사람이라는 말은 아니겠지?"

"잠깐만." 가브리가 말했다. "이제 기억나요. 그 노수부하고 엘런 디제너러스미국의 코미디언, 영화배우. 애니메이션 〈니모를 찾아서〉에 목소리로 출연했다가 호주에 있는 어항에서 니모를 구하지 않았어요?"

"그건 〈인어 공주〉 같은데." 클라라가 말했다.

"정말?" 가브리가 그녀에게 고개를 돌렸다. "내 기억으로는……,"

"그만." 루스가 조용히 하라고 손짓했다. "노수부는 어깨에 죽은 앨버트로스가 얹힌 것처럼 비밀을 품고 있었어. 그는 그걸 없애는 유일한 방법이 다른 사람들에게 말하는 것이라는 걸 알았지. 털어놓는 거야. 그래서 그는 결혼식 하객인 낯선 이를 멈춰 세우고 그에게 모든 걸 말했어."

"그 비밀이 뭐였습니까?" 질이 물었다.

"그 수부는 바다에서 앨버트로스를 죽였죠." 가마슈가 부엌으로 들어와 빵 바구니를 식탁으로 옮기며 말했다. "그 잔혹한 행위의 결과로 신이 선원들 전원의 목숨을 거둬 갔죠."

"어이쿠." 질이 말했다. "난 사냥을 좋아하진 않지만 좀 과한 것 같지 않소?"

"유일하게 그 수부만 남았죠." 가마슈가 말했다. "간이 오그라들게요. 마침내 구출됐을 때 그는 무슨 일이 있었는지 말해야지만 자유로워질 수 있으리라는 걸 깨닫습니다."

"새가 죽은 걸?" 질이 이해하려고 애쓰면서 물었다.

"죄 없는 생명이 죽임을 당했다는 거요." 가마슈가 말했다. "자신이 그 생명을 죽였다는 걸."

"경감님은 신이 선원 전부를 도살했어야 한 것에 대한 답도 생각해야 할 거요." 질이 제안했다.

"오, 닥쳐." 루스가 쏘아붙였다. "그 노수부가 자신과 선원들에게 저주를 불러왔어. 그건 그의 잘못이었고, 그는 그걸 인정해야 했거나 남은 평생 그걸 짊어져야 했어. 알겠어?"

"여전히 이해가 안 가는데요." 질이 웅얼거렸다.

"그게 어렵다고 생각되면 〈요정의 여왕The Faerie Queen 16세기 르네상스 작가 에드먼드 스펜서의 장편 서사시〉을 읽어 봐요." 머나가 말했다.

"요정fairy '호모'라는 뜻이 있다의 여왕?" 가브리가 희망차게 물었다. "나에겐 잠자리 필독서처럼 들리는데."

그들은 저녁 식사를 위해 앉았고, 사람들은 루스 혹은 오리 옆자리를 피하려고 다투었다.

가마슈가 졌다.

어쩌면 다투지 않았거나.

어쩌면 그가 이겼거나.

"콩스탕스가 어깨에 앨버트로스를 지고 있었다고 생각하십니까?" 그가 루스에게 물으며 닭고기를 떠서 그녀의 접시에 얹었다.

"아이러니하다고 생각하지 않나?" 루스가 고맙다는 인사도 없이 물었다. "닭고기 먹으면서 죄 없는 새를 죽인 얘기를 하는 게?"

가브리와 클라라는 포크를 내려놨다. 나머지는 못 들은 척했다. 어쨌든 그것은 아주 맛있었다.

"그래서 콩스탕스의 앨버트로스는 뭐였는데요?" 올리비에가 물었다.

"왜 나한테 물어, 멍청아? 내가 어떻게 알겠어?"

"하지만 그녀한테 비밀이 있었다고 생각하시잖아요." 머나가 참을성을 발휘했다. "그녀가 죄책감을 느끼고 있는 무언가요."

"이거 봐." 루스가 포크와 나이프를 내려놓고 맞은편에 앉은 머나를 빤히 보았다. "내가 점쟁이였으면 사람들한테 뭐라고 할 것 같아? 눈을 들여다보면서 이렇게 말……." 그녀는 가마슈를 돌아보고 흥미로워하는 그의 얼굴 앞에서 깡마른 손을 앞뒤로 휘저었다. 그녀는 모호한 동유럽

억양을 구사하면서 목소리를 낮췄다. "당신은 무거운 짐을 지고 있군. 비밀을. 살아 있는 영혼에게 말하지 않은 것. 가슴이 무너지겠지만 흘려보내야 해."

루스는 손을 내렸지만 가마슈를 계속 응시했다. 그는 아무 말 하지 않았고 미동도 하지 않았다.

"누군들 비밀 하나 없겠어?" 루스가 경감을 향해 조용히 물었다.

"맞습니다, 당연하죠." 가마슈가 맛있는 캐서롤을 한 입 뜨며 말했다. "우리 모두 비밀을 품고 있죠. 대부분은 무덤까지 가져가고요."

"하지만 어떤 비밀은 다른 것보다 더 무겁지." 늙은 시인이 말했다. "어떤 건 우릴 휘청이게 하고 느리게 해. 그리고 무덤까지 가져가는 대신 무덤이 우리한테 오는 거야."

"콩스탕스에게 일어난 일이 그런 거라고 생각해요?" 머나가 물었다.

루스는 가마슈의 사려 깊은 갈색 눈을 한참 동안 응시하고는 식탁 너머로 시선을 돌렸다.

"자넨 안 그래, 머나?"

그 생각보다 더 무서운 것은 루스가 머나의 실명을 불렀다는 것이었다. 충동적이고 의심 많은 냉철한 시인이 너무 진지한 나머지 머나의 이름을 잊어버리길 잊었다.

"그녀의 비밀이 뭐였다고 생각하시는데요?" 올리비에가 물었다.

"난 그게 그녀가 복장 도착자였다는 거라고 생각해." 루스가 하도 진지하게 말하는 바람에 올리비에의 눈썹이 치켜 올라갔다가 빠르게 내려왔고, 그는 그르렁거렸다. 그의 옆에서 가브리가 웃음을 터트렸다.

"결국 요정의 여왕이네요." 그가 말했다.

"왜 내가 그녀의 비밀이 뭔지 알아야 해?" 루스가 따졌다.

가마슈는 식탁 너머를 보았다. 머나가 결혼식 하객이었다고 그는 생각했다. 콩스탕스 우엘레트가 자신의 짐을 내려놓기로 선택한 사람. 하지만 그녀는 그 기회를 결코 얻지 못했다.

그리고 마지막으로 남은 다섯쌍둥이 우엘레트가 스리 파인스로 돌아올 준비를 하고 있을 때 살해당한 것이 우연이 아니었다는 가마슈의 의심은 점점 깊어졌다.

누군가가 그녀가 여기 오지 못하게 막길 원했다.

누군가가 자신의 짐을 내려놓으려는 그녀를 막길 원했다.

하지만 이내 다른 생각이 가마슈를 사로잡았다. 어쩌면 머나가 유일한 하객이 아닐 수도 있었다. 어쩌면 콩스탕스가 누군가 다른 이에게 고백했는지도 몰랐다.

남은 식사 시간은 크리스마스 계획에 대해, 메뉴에 대해, 다가오는 콘서트에 대해 이야기하며 지나갔다.

루스를 제외한 모두가 식탁을 치우는 사이, 가브리가 레이디핑거손가락 모양으로 생긴 부드러운 쿠키, 커스터드, 생크림, 브랜디가 섞인 잼을 겹겹이 쌓은 올리비에의 트리플을 냉장고에서 꺼냈다.

"감히 입에 담을 수 없는 사랑앨프리드 더글러스 경의 시 <Two Love>에서 나온 표현으로 동성애를 뜻한다." 가브리가 그것을 부드럽게 안으며 속삭였다.

"몇 칼로리일 것 같아?" 클라라가 물었다.

"묻지 마요." 올리비에가 말했다.

"말하지 마." 머나가 말했다.

저녁 식사 후 식탁이 치워지고 설거지가 끝난 뒤, 손님들은 묵직한 코트를 입고 머드룸에 뒤죽박죽 섞여 있는 부츠들을 골라내며 떠날 채비를 했다.

가마슈는 팔꿈치에 누군가의 손길을 느꼈고, 질에 의해 부엌 한구석으로 이끌렸다.

"경감님을 인터넷에 접속시킬 방법을 알 것 같소." 벌목꾼의 눈이 환했다.

"정말입니까?" 가마슈가 거의 믿을 수 없어 하며 물었다. "어떻게?"

"저 위엔 이미 탑이 있소. 경감님도 아시는 거요."

당황한 가마슈가 질을 보았다. "그런 것 같지 않은데요. 우리가 볼 수 있는 거겠죠, 농non 아닌가요?"

"아니오. 그게 그것의 장점이지." 질이 이제 신이 나서 말했다. "사실상 보이지 않소. 사실, 경감님이 그것의 바로 밑에 있다 해도 보인다고 말하긴 힘들 거요."

가마슈는 납득이 되지 않았다. 그는 질만큼 내밀하게 알지는 못했지만 그 숲을 충분히 잘 알았다. 그리고 아무것도 떠오르지 않았다.

"그냥 말해 주십시오." 경감이 말했다. "뭘 말하는 겁니까?"

"루스가 그 새를 죽이는 얘기를 하고 있을 때 사냥에 대해 생각하게 됐소. 그리고 블라인드가 떠올랐소."

경감의 놀란 얼굴이 팽팽해졌다. 메르드Merde 맙소사. 그는 생각했다. 헌팅 블라인드. 그 나무 구조물은 숲속의 어느 나무 위에 솟아 있었다. 그것은 나무판으로 된 것으로, 사냥꾼들이 편히 앉아서 지나가는 사슴을 기다릴 수 있도록 지어졌다. 그리고 그들은 그것들을 죽였다. 현대판 노수부의 망대.

너무 많은 죽음을 목도한 남자에게 그것은 부끄러운 구조물이었다.

하지만 이제 그 구조물이 만회할 기회였다.

"블라인드." 가마슈는 속삭였다. 미스 제인 닐 살해 수사차 처음 스리 파인스에 왔을 때, 그는 실제로 거기에 올라 본 적이 있었지만 수년 동안 그 생각을 하지 않았다. "되겠습니까?"

"그럴 거요. 송전탑만큼 높진 않지만 언덕 꼭대기에 있고 안정적이니까. 거기라면 위성안테나를 확실히 매달 수 있소."

가마슈가 테레즈와 제롬에게 손짓했다.

"질이 저 위에 위성안테나를 달 방법을 알아냈습니다."

"어떻게요?" 브루넬 부부가 동시에 물었고, 경감이 그들에게 말했다.

"그게 될까?" 제롬이 물었다.

"물론 해 보기 전에는 알 수 없지요." 질은 말은 그렇게 했지만 웃고 있었고, 완벽한 자신감까지는 아니더라도 분명 희망에 찬 모습이었다. "언제까지 필요하시오?"

"안테나와 다른 장비들이 오늘 밤 사이 도착할 겁니다." 가마슈가 그렇게 말하자 테레즈와 제롬 둘 다 깜짝 놀라 그를 보았다.

질은 그들과 함께 문으로 걸었다. 다른 이들이 막 떠나고 있었고, 그들 넷은 파카와 부츠, 모자와 장갑을 챙겼다. 그들은 클라라에게 감사를 표한 뒤 집을 나섰다.

질이 자신의 차 앞에 멈춰 섰다. "그럼 내일 아침에 오겠소." 그가 말했다. "아 드망À demain 내일 봅시다."

두 사람은 악수를 나누었고, 질이 차를 몰고 떠난 뒤 가마슈는 브루넬 부부에게 돌아섰다.

"앙리 좀 데리고 가 주시겠습니까? 저는 루스와 얘기를 나누고 싶습니다."

테레즈가 목줄을 잡았다. "무슨 말인지 묻지 않을게요."

"좋아."

실뱅 프랑쾨르는 자신의 부관이 다운로드한 서류를 흘끔 보고는 컴퓨터로 시선을 돌렸다. 그들은 총경의 집 서재에 있었다.

자신의 보스가 보고서를 읽는 동안 테시에는 보스를 읽어 보려 했다. 하지만 총경 밑에서 일했던 그 모든 세월에도, 그는 한 번도 총경을 읽어 내지 못했다.

고전적으로 잘생긴 60대 초반의 총경은 웃으면서 상대방 모가지를 칠 수 있는 사람이었다. 그는 초서와 땡땡'땡땡의 모험 시리즈'로 잘 알려진 만화 캐릭터을 인용할 수 있었고, 교양 있는 프랑스어나 저속한 방언을 구사할 수 있었다. 점심 식사로 푸틴치즈와 소스 등을 끼얹은 감자튀김을, 저녁 식사로는 푸아그라를 주문하는 사람이었다. 그는 그 모든 것들이었다. 모든 이에게. 그는 모든 것이자 아무것도 아니었다.

하지만 프랑쾨르에게도 보스가 있었다. 그가 보고해야 하는 사람이. 테시에는 총경이 그와 있는 모습을 딱 한 번 보았다. 물론 그 남자는 프랑쾨르의 보스로 소개되지 않았지만 프랑쾨르의 행동을 보고 테시에는 알아차릴 수 있었다. '굽신거린다'고 하면 너무 센 표현이겠지만 거기엔 불안감이 있었다. 프랑쾨르는 테시에가 프랑쾨르의 비위를 맞추듯 그 남자의 비위를 맞추길 갈망했다.

처음 그것은 테시에를 즐겁게 했지만 그가 아는 가장 무서운 남자를 겁먹게 하는 누군가가 있다는 사실을 깨닫자 그 미소는 이내 사라졌다.

프랑쾨르가 마침내 기대앉으며 의자에서 몸을 살짝 흔들었다.

"이제 손님들에게 다시 가 봐야겠네. 잘 진행된 것 같군."

"완벽합니다." 테시에는 차분한 얼굴로 중립적인 목소리를 유지했다. 그는 자신의 보스를 반영하는 법을 배웠다. "저희는 장비를 완벽히 갖추고 기습용 밴을 몰고 갔습니다. 도착했을 즈음에 보부아르는 거의 서 있을 수도 없을 지경이었죠. 저는 칭찬을 하면서 결국 그의 주머니에 든 비닐 봉투에 확실한 증거 몇 가지를 넣었습니다."

"자세한 건 알 필요 없네." 프랑쾨르가 말했다.

"죄송합니다, 총경님."

프랑쾨르는 까다로웠기 때문에 그렇지 않다는 것을 테시에는 알았다. 신경 쓰지 않을 뿐이었다. 그는 일이 성공했는지 여부만 신경 썼다. 세세한 부분은 부하들에게 맡겼다.

"그를 다른 기습 작전에 넣게."

"또요?"

"문제 있나, 경위?"

"제 생각에는 시간 낭비입니다, 총경님. 보부아르는 끝났습니다. 그는 이제 절벽을 지나 공중에 매달려 있습니다. 아직 추락하지 않았을 뿐이죠. 하지만 곧 그럴 겁니다. 돌아갈 길도 없고 그에게 돌아올 것도 없습니다. 그는 모든 걸 잃었고, 그도 알고 있죠. 또 다른 작전은 불필요합니다."

"그런가? 자네는 이게 보부아르에 대한 거라고 생각하나?"

그 차분함에 주의했어야 했다. 그 살짝 어린 미소에 분명 주의를 기울였어야 했다. 하지만 테시에 경위는 프랑쾨르의 얼굴에서 눈을 뗐었다.

"이게 가마슈 경감에 대한 거란 걸 알겠습니다."

"그래?"

"하지만 여기서 보신……," 테시에는 몸을 숙여 컴퓨터 화면을 가리켰다. 그는 결코 자신을 떠나지 않는 총경의 눈을 알아차리지 못했다. 결코 흔들리지 않는, 거의 깜박이지도 않는.

"그 정신과 의사 보고서 말입니다, 닥터 플뢰리. 가마슈가 얼마나 동요했던지 오늘 그를 보러 갔습니다. 토요일인데요."

너무 늦게, 그는 눈을 들어 저 빙하 같은 눈을 마주했다. "오늘 오후 늦게 닥터 플뢰리의 컴퓨터에서 이걸 빼냈습니다."

그는 무언가 인정의 징후를 기대했다. 약간의 해빙을. 생명의 징후를. 하지만 그가 마주한 것은 죽은 듯 메마른 시선뿐이었다.

"의사는 가마슈가 통제를 잃고 있다고 합니다. 심지어 망상에 빠졌다고요. 안 보이십니까?" 그리고 그 말을 했을 때 그는 자기 무덤을 팠는지도 몰랐다. 아마도 그랬으리라. 프랑쾨르는 모든 것을 다른 사람보다 열 걸음 앞서 봤다. 그것이 자신들이 성공을 목전에 둔 이유였다.

몇몇 예상치 못한 반격이 있었다. 공장 기습 작전이 그랬다. 댐에 대한 계획이 들통났다. 또 가마슈였다.

하지만 그렇기에 이 보고서가 한층 더 달콤했다. 총경은 기뻐해야 마땅했다. 그런데 그가 왜 이런 표정을 짓고 있는 걸까? 테시에는 자신의 피가 차가워지고 탁해지고 심장이 힘겨워하는 것을 느꼈다.

"가마슈가 언론 공개를 시도한다면 그의 심리 치료사 보고서가 유출될 겁니다. 명성에 금이 가겠죠. 누구도 믿지 않을 겁니다. 이 사람은……," 테시에는 보고서를 훑으며 필사적으로 완벽한 문장을 찾으려 했다. 그는 그것을 찾았고, 읽었다. "피해망상에 시달리고 있음. 음모와 책략을 보고 있음."

테시에는 스크롤을 내리며 빠르게 읽어 갔다. 자신과 프랑쾨르 사이에 안심이 되는 벽을 치려고 노력하면서.

"가마슈 경감은 신경쇠약 정도가 아니라." 그는 읽었다. "완전히 무너졌음. 크리스마스 휴가에서 돌아오는 대로 나는 그의 직위 해제를 권고할 예정임."

테시에는 고개를 들고 다시 냉담한 눈을 마주했다. 아무것도 변하지 않았다. 그 말이 그를 관통했다 해도 그것은 더한 얼음을 발견했을 뿐이었다. 더 차갑고. 더 오래되고. 무한한.

"그는 고립됐습니다." 테시에가 말했다. "그의 원래 부하 중 라코스트 경위가 유일하게 남았습니다. 나머지는 자의나 총경님 지시로 전근 배치됐습니다. 그의 마지막 남은 상급자 지지자인 브루넬 경정조차 그를 포기했죠. 그녀 역시 그가 망상에 빠졌다고 생각합니다. 그녀의 사무실을 도청한 테이프를 갖고 있습니다. 그리고 가마슈가 여기서 그걸 말합니다."

다시 한번 테시에는 심리 치료사의 보고서를 훑었다. "보이십니까? 가마슈는 그들이 밴쿠버로 떠났다고 인정하죠."

"그들은 떠났는지 모르지만 너무 근접했어." 마침내 프랑쾨르가 말했다. "테레즈 브루넬의 남편이 주말 해커 이상인 게 드러났지. 그가 알아낼 뻔했네."

그 목소리는 얼음 같은 표정과 대조되게 일상적이었다.

"하지만 그는 알아내지 못했습니다." 테시에가 자신의 보스를 설득하려고 애쓰며 말했다. "그리고 똥줄이 타게 겁을 먹었죠. 브루넬은 컴퓨터를 껐습니다. 이후로 나타나지 않고 있습니다."

"그자는 너무 많이 봤어."

"그는 자기가 본 게 뭔지 전혀 모릅니다, 총경님. 한데 끼워 맞추지 못할 겁니다."

"하지만 가마슈는 하겠지."

테시에가 미소 지을 차례였다. "하지만 브루넬 박사는 그에게 말하지 않았습니다. 그리고 이제 그와 경정은 되도록 가마슈에게서 멀리 떨어져 밴쿠버에 있죠. 그들은 그를 버렸습니다. 가마슈는 혼잡니다. 자기 치료사에게 그렇다고 인정했습니다."

"그는 어디 있나?"

"다섯쌍둥이 살인을 수사하고 있습니다. 대부분의 시간을 이스턴 타운십스의 어떤 작은 마을에서 보내고 있고, 거기 없을 땐 보부아르에게 정신이 팔려 있죠. 너무 늦었습니다. 그는 이제 막을 수 없습니다. 게다가 그는 무슨 일이 벌어지고 있는지조차 모릅니다."

프랑쾨르 총경은 일어섰다. 천천히. 의도적으로. 그리고 책상을 돌아 걸어왔다. 의자에서 몸을 비틀어 일어난 테시에는 책꽂이에 등이 닿는 것을 느꼈을 때까지 한 걸음씩 한 걸음씩 뒤로 물러났다.

프랑쾨르는 자신의 부관에게서 한 발짝도 떨어지지 않은 자리에 멈춰 섰고, 그의 눈은 테시에를 떠나지 않았다.

"무엇에 성패가 달린 줄 아나?"

젊은 남자가 고개를 끄덕였다.

"우리가 성공하면 어떻게 될지 아나?"

테시에가 다시 끄덕였다.

"그리고 그렇지 못할 경우에 어떻게 될지 아나?"

테시에는 자신들이 실패할 수도 있다고는 한 번도 생각해 보지 않았지만 이제 생각해 보았고, 그게 어떤 의미인지 이해했다.

"제가 가마슈를 처리할까요, 경정님?"

"아직은 아니야. 너무 많은 의문을 불러일으킬 거야. 브루넬 박사와 가마슈가 서로에게 천 킬로미터 이상 접근하지 못하게 하게. 알았나?"

"네, 총경님."

"가마슈가 근접해 오는 것 같으면, 그의 주의를 딴 데로 돌리게. 어렵지 않을 거야."

테시에는 자신의 차로 걸어가면서 프랑쾨르가 옳았다는 것을 알았다. 어렵지 않을 터였다. 살짝 찌르기만 해도 장 기 보부아르는 추락할 테니까. 그리고 가마슈 경감 위에 떨어지리라.

23

제롬과 테레즈는 마을 광장을 돌며 앙리를 산책시켰다. 두 바퀴째. 대화에 빠져. 얼어붙게 추웠지만 그들은 신선한 공기가 필요했다.

"그래서 아르망이 크리족 노인이 한 말을 조사했군." 제롬이 말했다. "그리고 그녀가 진실을 말했다는 걸 알아냈고. 아르망이 어떻게 했소?"

"사건이 빈틈이 없다고 확신한 다음 그 증거를 위원회에 제출했어."

제롬은 그 위원회가 경정들의 협의회라는 것을 알았다. 경찰청의 간부들. 테레즈는 지금 그 자리에 앉아 있지만 당시에 그녀는 하급 수사관, 신입이었다. 경찰이 굳건하다고 느꼈고, 그 모든 것이 뒤흔들릴 참인 지진을 의식하지 못했던.

봉사, 진실, 정의. 경찰의 모토가.

"그는 경정들을 설득하기가 거의 불가능하리라는 걸 알았어. 그리고 설득한다 해도 그들이 아르노와 경찰의 명성을 지키고 싶어 하리라는 것도. 아르망은 동조할 법한 위원회 멤버 두 명에게 접근했어. 한 명은 동조했지만 한 명은 아니었어. 그리고 그는 어쩔 수 없었지. 그는 의회와의 미팅을 요구했어. 그때쯤엔 아르노와 부하들은 어떻게 될지 짐작하고 있었어. 그들은 처음엔 거부했어."

"뭣 때문에 마음을 바꿨지?" 제롬이 물었다.

"아르망이 언론에 공개하겠다고 위협했어."

"농담이겠지."

하지만 그렇게 말하면서도 제롬은 그것이 타당하다는 것을 알았다. 가마슈라면 물론 그렇게 하리라. 가마슈는 너무 끔찍하고 지옥에 떨어질 법한 무언가를 발견했고, 더 이상 경찰 지도부에 충성할 필요가 없다고 느꼈다. 그의 충성심은 퀘벡에 대한 것이었지, 반짝이는 테이블에 둘러앉아 거기에 비친 자신들의 얼굴을 들여다보며 의사 결정을 내리는 노인들에 대한 것이 아니었다.

"그 미팅에서 어떻게 됐지?" 제롬이 물었다.

"아르망이 가진 증거에 가장 불리한 이들인 아르노와 그의 직속 부하들이 사임하는 데 동의했어. 그들이 은퇴하고, 경찰이 크리족 영역을 떠나고, 그리고 모두 자신들의 삶을 사는 거지."

"아르망이 이겼군." 제롬이 말했다.

"아니. 그는 더 많은 걸 요구했어."

그들의 발이 거대한 나무 세 그루가 비추는 조명 속에서 천천히 원을 그리며 눈을 뽀드득 밟았다.

"더?"

"그 정도론 충분하지 않다고 했지. 턱도 없다고. 아르망은 아르노와 부하들을 체포하고 살인죄로 기소하라고 요구했어. 그는 죽은 크리족 젊은이들이 그런 대접을 받아 마땅하다고 주장했지. 그들의 부모와 그들을 사랑한 사람들과 그들 공동체가 해명과 사과를 들을 권리가 있다고. 그리고 다시는 그런 일이 없으리라는 서약도. 위원회는 격렬한 토론 끝에 마지못해 동의했어. 그들에겐 선택의 여지가 없었어. 아르망이 모든 증거를 가지고 있었으니까. 그들은 모든 게 공개되면 경찰은 폐허가 되고 경찰의 수장이 살인죄로 재판에 회부되리라는 걸 알았어."

그것이 아르노 사건이었다.

제롬은 퀘벡의 다른 이들처럼 그 사건을 주시했었다. 그 사건은 여러 면에서 그가 가마슈를 알게 된 계기가 되었다. 법원으로 매일 혼자 걸어가는 뉴스 속의 그를 보며. 벌 떼처럼 달려든 미디어에 둘러싸인. 무례한 질문들에 정중하게 대답하는.

자신의 전우들을 상대로 불리한 증언을 하는. 명확하게. 철저하게.

설득력 있고 사려 깊은 목소리로, 사실들로 자신의 집에 망치질하는.

"하지만 더 있어." 테레즈가 조용히 말했다. "신문에 나지 않은 게."

"더?"

"차 한 잔 끓여 드릴까요, 마담?" 가마슈가 루스에게 물었다.

다시 한번 그들은 그녀의 작은 부엌에 있었다. 루스는 로사를 잠자리에 내려놓고 코트를 벗었지만 가마슈에게 파카를 받아 주겠다고는 하지 않았다.

그는 개봉된 랩생 수충연기 향이 나는 고급 홍차 봉투를 발견하고 그것을 들어 보였다. 루스가 그것을 곁눈질했다.

"그게 차였나? 그럼 좀…… 설명이 되겠군."

가마슈는 주전자를 올렸다. "포트pot 물을 끓이는 냄비, 주전자라는 뜻 외에 대마초를 뜻하기도 한다가 있습니까?"

"음, 난 그게……." 루스가 봉투를 향해 고개를 까딱거렸다.

가마슈는 잠시 그녀를 응시하더니 그 뜻을 이해했다.

"'포트' 말입니다." 그가 말했다. "'포트' 말고요."

"오, 그거라면 있지. 저쪽에."

가마슈는 포트에 뜨거운 물을 붓고 흔든 다음 그 물을 쏟았다. 루스는 의자에 널브러져, 그가 이 빠지고 얼룩진 포트에 스푼으로 홍차를 넣는 모습을 지켜보았다.

"그래, 당신의 앨버트로스를 내려놓을 때야." 루스가 말했다.

"완곡한 표현입니까?" 가마슈는 그렇게 물었고, 루스가 코웃음 치는 소리를 들었다.

그는 막 끓은 물을 차에 붓고 주전자 뚜껑을 덮었다. 그런 다음 루스와 함께 테이블에 앉았다.

"보부아르는 어디 있지?" 루스가 물었다. "다른 임무니 하는 헛소리는 지껄일 생각 마시지. 무슨 일이 있었던 거야?"

"자세한 건 말씀드릴 수 없습니다." 가마슈가 말했다. "제가 말할 내용이 아닙니다."

"그럼 오늘 밤엔 왜 왔어?"

"걱정하시는 걸 아니까요. 그리고 당신이 보부아르를 아끼신다는 것도요."

"그는 괜찮나?"

가마슈는 고개를 저었다.

"내가 엄마 노릇 좀 해 줘Shall I be mother 영국에서 차를 따라 줄지 묻는 말. 여기서는 유머가 담긴 중의적 의미?" 루스가 물었고, 가마슈가 웃는 사이 그녀는 차를 따랐다. 이윽고 그는 장 기에 대해 그가 말할 수 있는 만큼 루스에게 털어놓았다. 그리고 그는 짐이 가벼워진 것을 느꼈다.

브루넬 부부는 자신들의 부츠가 눈을 밟는 리드미컬한 소리를 빼면 침묵 속에 걸었다. 정적을 깨는 소음 같았던 거슬리는 소리가 이제 안심시키는, 심지어 위안을 주는 것 같았다. 비인간적인 이 이야기에 인간의 존재를 알리는 것처럼.

"경찰 위원회는 피에르 아르노와 동조자들을 바로 체포하지 않기로 의결했어. 사건을 뒤처리할 시간을 며칠 주기로 했지."

제롬은 잠시 그에 대해 생각했다. 그 특정한 말들의 쓰임을.

"당신 말은……?"

테레즈는 그가 그 말을 하도록 아무 말도 하지 않았다.

"……자살?"

"아르망은 격렬하게 반대했지만 위원회는 결정을 내렸고, 아르노조차 그게 유일한 탈출구라는 걸 알았지. 뇌에 깔끔하게 한 방. 그 남자들은 외진 사냥 캠프에 갈 작정이었어. 그들의 시체와 자백은 나중에 발견될 터였지."

"하지만……." 제롬은 또다시 말을 잃고 질주하는 생각들을 정리하려고 애썼다. "하지만 재판이 있었잖아. 난 그걸 봤어. 그건 아르노가 아니었나?"

"맞아."

"그럼 어떻게 된 거야?"

"아르망이 명령에 불복했어. 사냥 캠프로 가서 그들을 체포했지. 수갑을 채워서 몬트리올로 데려왔고, 직접 조서를 썼어. 일급 살인에 대한 여러 혐의로."

테레즈와 제롬은 멈췄다. 위로하듯 뽀드득거리던 소리가 멈췄다.

"맙소사." 그가 속삭였다. "고위층이 그를 싫어하는 게 놀랍지 않군."

"하지만 경찰들은 그를 흠모했어." 테레즈가 말했다. "경찰에 수치를 가져오는 대신 그 재판은 부패가 존재하는 반면 정의도 존재한다는 걸 증명했어. 경찰청 내 부패는 대중에 충격을 주었지. 적어도 그 부패한 정도만큼은. 하지만 대중을 놀라게 한 것 또한 그 도덕성의 정도였어. 지도부가 아르노를 중심으로 은밀하게 뭉친 반면, 경찰 조직은 경감 편에 섰지. 대중은 물론이었고."

"봉사, 진실, 정의." 제롬은 집의 테레즈의 책상에 있는 그 모토를 인용했다. 그녀 역시 그 말을 믿었다.

"위Oui 그래. 그 모토는 새삼 경찰들에게 그 이상의 것이 되었어. 풀리지 않은 유일한 의문은 어째서 아르노 총경이 그런 짓을 했는가였지." 테레즈가 말했다.

"아르노가 아무 말도 안 했다고?" 제롬이 발을 내려다보며 말했다. 도저히 아내를 볼 수가 없어서.

"증언하기를 거부했어. 재판 내내 자신의 결백을 주장했지. 그건 권력에 굶주리고 타락한 경감이 일으킨 반란이라고 했어."

"그는 해명하지 않았고?"

"해명할 게 없다고 했지."

"아르노는 지금 어디 있지?"

"신발shoe에."

"파르동Pardon 뭐라고?"

"신발. 최악의 범죄자들을 가두는 곳." 테레즈가 말했다.

"그런 자들을 신발에 가둔다고? 그게 정말 현명할까?"

테레즈는 남편을 응시하다 이 대화를 시작한 후 처음으로 웃음을 터트렸다.

"내 말은, 최고 보안 교도소의 특별 관리 동Special Handling Unit이라고. SHU."

"이해가 되는군." 제롬은 동의했다. "그리고 프랑쾨르는?"

"그는……."

테레즈 브루넬은 입을 열었다가 멈췄다. 다른 소리가 들렸다. 어둠 속에서 자신들에게 다가오는.

뽀득. 뽀득. 뽀득.

빠르지도 않고 느리지도 않은. 서두르지 않지만 한가롭지도 않은.

나이 든 두 사람은 그 자리에 멈춰 서서 얼어붙었다. 제롬은 가슴을 펴고 똑바로 섰다. 그는 어둠 속을 응시하면서 지금 입 밖에 낸 이름이 바로 그 남자를 불러낸 것이 아니라고 생각하려 애썼다.

그리고 여전히 발걸음은 다가왔다. 신중하게. 확실하게.

"그게 제가 실수한 부분이었죠."

어둠 속에서 목소리가 들려왔다.

"아르망." 테레즈가 신경질적인 웃음을 터트리며 말했다.

"맙소사." 제롬이 말했다. "개똥 치우는 삽이라도 필요할 뻔했네."

"미안합니다." 경감이 말했다.

"마담 자도와는 어땠나?" 제롬이 물었다.

"얘기를 좀 나눴습니다."

"뭐에 대해서요?" 테레즈가 물었다. "우엘레트 사건?"

"아니요." 그들 셋 그리고 앙리는 에밀리 롱프레의 집을 향해 걸었다. "장 기에 대해서요. 그녀가 무슨 일이 있었는지 알고 싶어 해서요."

테레즈는 침묵했다. 그녀는 아르망이 그 젊은이를 거의 항상 생각하고 있으리라 의심했지만 그가 그의 이름을 언급한 것은 처음이었다.

"많은 걸 말할 순 없었지만 그녀에게 뭔가 빚을 졌다고 느꼈죠."

"왜요?"

"음, 그녀와 장 기는 서로에 대한 특별한 혐오를 키워 왔죠."

테레즈가 미소를 지었다. "안 봐도 알겠네요."

가마슈는 멈춰 서서 브루넬 부부를 보았다. "아르노 사건을 얘기 중이시더군요. 왜죠?"

테레즈와 제롬이 시선을 교환했다. 마침내 제롬이 대답했다.

"미안하네, 자네에게 바로 얘기했어야 했지만 난 너무······."

두려웠지. 인정해. 두려웠다고.

"······두려웠네." 그가 말했다. "마지막 추적에서 그 이름과 마주쳤네. 깊숙이 숨겨진 파일에 있었지."

"크리족 영역에서의 살인에 대한?" 가마슈가 물었다.

"아니. 보다 최근 파일."

"그런데 아무 말씀도 안 하셨고요?" 아르망의 목소리는 맑았고 차분했고 밤처럼 어두웠다.

"여기 오기 직전에 그 이름을 발견했네. 끝났다고 생각했지. 우리가 여기에서 한동안 납작 엎드려 있으면 프랑쾨르와 그 패거리들이 우리가 위협이 되지 않는다고 생각할 줄 알았네."

"그런 다음에는요?" 가마슈는 물었다. 그는 화나지 않았다. 궁금할 뿐. 심지어 공감까지. 그는 얼마나 자주 같은 것을 바랐던가? 사직서를 제출하고 떠나길. 자신과 렌 마리는 프랑스의 생폴 드 방스에 작은 집을 구하리라. 퀘벡에서 아주 멀리 떨어진. 프랑쾨르에게서.

분명 자신은 할 만큼 했다. 분명 렌 마리도 할 만큼 했다.

분명 이제는 누군가 다른 이가 나설 차례였다.

하지만 그렇지 않았다. 그것은 여전히 자신의 차례였다.

그리고 자신은 브루넬 부부를 끌어들였다. 그리고 그들도 자신도 이 짐을 아직 내려놓을 수 없었다.

"어리석은 꿈이었지." 제롬이 지친 듯 시인했다. "희망 사항."

"그 파일에 피에르 아르노가 뭐라고 언급됐습니까?"

"읽을 기회가 없었네."

어둠 속에서조차 제롬은 가마슈가 자신을 면밀히 살피고 있다는 것을 느낄 수 있었다.

"그리고 프랑쾨르는요?" 경감이 물었다. "그가 언급되었습니까?"

"암시만." 제롬이 말했다. "온라인이 연결되면 더 파 볼 수 있네."

가마슈가 길을 향해 끄덕였다. 차 한 대가 천천히 마을 광장을 돌더니 그들 바로 앞에서 멈췄다. 스노타이어를 장착한 녹슬고 낡은 구식 셰비 트럭이었다. 문이 비명을 내지르며 열리더니 운전자가 내려섰다. 남자인지 여자인지 분간하기 어려웠다.

거의 소리를 내지 않던 앙리가 낮게 으르렁 소리를 내뱉었다.

"이럴 가치가 있으면 좋겠네요." 목소리가 들렸다. 여자. 부루퉁한. 젊은.

테레즈 브루넬이 가마슈를 돌아보았다.

"설마 아니겠죠." 그녀가 속삭였다.

"그래야 했습니다, 테레즈."

"차라리 우리 입에 총을 밀어 넣지 그랬어요." 그녀가 말했다. "그편이 덜 고통스러웠을 텐데."

그녀가 경감의 팔을 잡고 그를 트럭에서 몇 발짝 끌어내더니 얼굴에 대고 다급히 속삭였다. "그녀가 프랑쾨르와 일하며 급습 영상을 유출했다고 의심되는 사람 중 하나라는 걸 알잖아요? 저 여자는 그러기에 완벽한 위치에 있어요. 그녀는 접근성, 능력 그리고 그럴 만한 인성을 갖쳤죠." 테레즈는 발랄한 크리스마스 전구 때문에 생긴 어둠 속의 그 형체를 힐끗 보았다. "프랑쾨르와 함께 일하는 게 거의 확실해요. 무슨 짓을 저지른 거예요, 아르망?"

"위험을 감수해야 했습니다." 그가 주장했다. "그녀가 프랑쾨르와 일하고 있다면 우린 망한 거겠지만 어쨌거나 우린 그럴 겁니다. 그녀는 그 영상을 유출할 수 있는 몇 안 되는 사람 중 한 명이기도 하지만 우리를 온라인으로 데려갈 수 있는 몇 안 되는 사람 중 한 명이기도 하죠."

두 경찰 간부는 서로를 노려보았다.

"당신도 알잖습니까, 테레즈." 가마슈가 다급히 말했다. "선택의 여지가 없었습니다."

"선택할 수 있었어요, 아르망." 테레즈가 쉿소리를 냈다. "적어도 나하고 의논할 수 있었죠. 우리하고."

"당신은 그녀와 일한 적이 없습니다. 저는 있고요." 가마슈가 말했다.

"그래서 당신이 사람 보는 눈이 있다는 말인가요? 그래요, 아르망? 그게 장 기가 거기 있는 이윤가요? 그게 당신의 부서가 당신을 저버린 이윤가요? 그게 우리가 여기에 숨어 있고, 우리의 유일한 희망이 당신의 옛 부하 중 하나인 데다, 당신은 그녀가 아군인지 아닌지조차 모르는 이윤가요?"

침묵이 따랐다. 침묵과 김처럼 보이는 듯한 길고 긴 한숨.

"실례하겠습니다." 그가 마침내 그렇게 말하고 테레즈 브루넬을 지나쳐 길로 향했다.

"도울 일이라도?" 제롬이 약간 어색하게 물었다. 그는 테레즈가 한 말을 들었다. 그 역시 이 어린 여자가 의심스러웠다.

"들어가세요, 제롬." 가마슈가 말했다. "제가 알아서 하겠습니다."

"자네도 알겠지만 그녀는 그런 뜻이 아니었어."

"그런 뜻이었습니다." 가마슈가 말했다. "그리고 경정님이 옳습니다."

브루넬 부부가 안으로 들어가자 그는 새로운 손님을 향해 돌아섰다.

"들었나?"

"들었어요. 빌어먹을 편집증 환자네."

"내 앞에서 그런 말 쓰지 말게, 니콜 수사관. 나한테 존중심을 보여야 할 걸세. 그리고 브루넬 부부한테도."

"그러니까 바로 저분이군요." 그녀가 그렇게 말하며 밤을 주시했다. "브루넬 경정님요. 몰라봤습니다. 자극이 되는 동료네요. 절 안 좋아하시고요."

"자네를 신뢰하지 않지."

"경감님은요?"

"내가 자넬 여기로 부른 것 아니었나?"

"네, 하지만 달리 선택의 여지가 없으셨죠."

너무 어두워서 그녀의 얼굴이 보이지 않았지만, 가마슈는 거기에 비웃음이 서렸다고 확신했다. 그리고 그는 자신이 얼마나 큰 실수를 저질렀을지 궁금했다.

24

다음 날 아침 그들 넷 모두 이베트 니콜 수사관이 몬트리올에서 가져온 장비들을 설치했다. 그들은 장비를 에밀리의 집에서 옛 학교가 있는 언덕으로 옮겼다.

올리비에가 가마슈에게 열쇠를 주었지만 아무 질문도 하지 않았다. 그리고 가마슈는 어떤 설명도 하지 않았다. 그가 문을 열자 원룸형 학교 건물이 수년간 숨을 참기라도 한 듯 퀴퀴한 공기가 훅 끼쳤다. 먼지가 가득했고, 아직도 분필과 교과서 냄새가 났다. 안은 혹독하리만치 추웠다. 배가 불뚝한 검은 장작 난로가 마루 중앙에 놓여 있었고, 벽에는 지도와 차트가 가득했다. 수학, 과학, 맞춤법. 교탁 위 칠판이 교실 중앙을 점령했다.

학생들 책상은 대부분 없어졌지만 탁자 두 개가 벽가에 있었다.

가마슈는 탁자들을 살펴보고 고개를 끄덕였다. 그거면 될 것 같았다.

질이 나타나서 그들을 도와 케이블과 단말기와 모니터와 키보드 들을 옮겼다.

"꽤 구식이군." 질이 지적했다. "여전히 작동하는 게 틀림없소?"

"작동해요." 니콜이 쏘아붙였고, 보챈 남자를 관찰했다. "당신 알아요. 지난번에 여기 왔을 때 우린 만난 적 있죠. 나무에게 말하는 분요."

"나무에게 말한다고?" 테레즈가 부품 상자를 들고 가마슈 곁을 지나치며 중얼거렸다. "투아웃이네요, 경감. 다음은 누구죠? 한니발 렉터?"

한 시간 내에 모든 장비가 에밀리의 집에서 옛날 학교로 옮겨졌다. 니콜 수사관은 모두가, 특히 가마슈가 기대한 것 이상으로 도움이 되었다는 것을 증명했다. 그것은 가마슈의 불안을 가중시켰을 뿐이었다. 그녀는 그의 지시를 딱 한 번 되물었다.

"정말요?" 그녀는 경감이 자신들에게 무엇이 필요한지 말했을 때 그를 홱 돌아보았다. "그게 경감님 계획이라고요?"

"더 나은 계획이 있나, 니콜 수사관?"

"에밀리 롱프레의 거실에 설치하는 겁니다. 그러면 편하죠."

"자네한텐, 그렇겠지만," 가마슈는 설명했다. "케이블 거리가 짧을수록 좋네. 자네도 알 텐데."

그녀는 그의 말이 일리가 있다는 것을 마지못해 인정했다.

그는 그녀에게 다른 이유를 말하지 않았다. 만일 자신들이 발견된다면, 자신들의 신호가 추적된다면, 프랑쾨르와 테시에와 부하들이 언덕 꼭대기에 나타난다면, 그는 그 타깃이 버려진 학교이기를 바랐다. 스리파인스 한가운데에 있는 어느 집이 아니라. 학교는 멀리 떨어져 있지 않았지만 그 정도면 아마 충분할 것이었다.

만일 그들이 성공한다면 그는 그것이 몇 분, 몇 밀리미터의 차이로 결정되리라고 생각했다.

"아시겠지만 작동이 안 될지도 몰라요." 니콜이 낡은 교탁 밑으로 기어들어 가며 말했다.

학교는 수년 전에 폐교되었다. 더 이상 스리 파인스의 아이들은 학교에 걸어갔다가 점심을 먹으러 집에 올 수 없었다. 이제 아이들은 매일 생레미까지 버스를 타고 다녔다. 이런 것이 진보였다.

장비가 자리를 잡자 질이 떠났다. 더러운 학교 창문 너머로 가마슈는 붉은 수염을 기른 벌목꾼이 헌팅 블라인드를 찾아 설피를 신고 마을 밖 언덕으로 가는 모습을 지켜보았다. 질이나 가마슈는 그것을 본 지 오래였고, 가마슈는 아직도 그게 그 자리에 있기를 기도했다.

금속과 금속이 맞닿는 철컹 소리가 그의 관심을 끌었고, 그는 몸을 돌려 교실 안을 마주했다. 브루넬 경정이 오래된 신문지들이며 불쏘시개를 장작 난로에 쑤셔 넣고 불을 붙이려고 애를 쓰고 있었다. 지금 학교는 냉장고처럼 느껴졌다.

니콜 수사관과 제롬 브루넬이 장비를 연결하는 동안 가마슈 경감은 벽에 걸린 오래된 퀘벡 지도 중 하나에 다가갔다. 그는 미소를 지었다. 누군가가 몬트리올의 남쪽에 작은 점을 찍어 놓았다. 버몬트 바로 북쪽에. 구불구불한 벨라벨라강 옆에. 점 위에 작고 완벽한 글씨로 두 단어가 적혀 있었다. **우리 집.**

스리 파인스 마을을 나타내는, 현존하는 유일한 지도였다.

브루넬 경정은 이제 넷으로 쪼갠 장작을 장작 난로에 집어넣고 있었다. 가마슈는 오래 말린 장작이 타닥거리며 튀는 소리를 들었고, 살짝 달콤한 연기 냄새를 맡았다. 테레즈 브루넬이 불을 살린다면 난로는 열기를 뿜을 터였고, 그들은 코트와 모자와 장갑을 벗을 수 있을 터였다. 하지만 아직은 아니었다. 겨울은 오래된 건물을 완전히 손아귀에 쥐었고, 쉽사리 물러나지 않았다.

가마슈가 테레즈에게 다가갔다.

"도와드릴까요?"

그녀는 장작 하나를 더 쑤셔 넣고 잉걸불이 옮겨붙도록 쑤셔 댔다.

"괜찮으세요?" 가마슈가 물었다.

그녀는 난로에서 눈을 떼어 교실 안을 둘러보았다. 제롬은 책상에 앉아서 모니터들과 키보드들과 얇은 금속 상자들을 정리하고 있었다. 책상 아래 선을 연결하는 니콜의 엉덩이가 보였다.

그녀의 눈이 가마슈를 휙 돌아보았다.

"아뇨, 괜찮지 않아요. 이건 미친 짓이에요, 아르망." 테레즈가 속삭였다. "저 여자가 프랑쾨르 밑에서 일하지 않는다 해도 그녀는 불안정해요. 당신도 알잖아요. 그녀는 거짓말하고 속임수를 쓰죠. 그녀는 당신 밑에서 일했고, 당신이 정리했죠."

"지하실로 보냈죠."

"잘랐어야 했어요."

"어떤 이유로요? 오만하고 무례하다고요? 그게 해고 사유라면 지금 경찰에 남아 있는 형사들은 거의 없을 겁니다. 그래요, 그녀는 골칫거리지만 보십시오."

두 사람 모두 보았다. 그들이 본 것은 뼈다귀를 파묻는 테리어처럼 공중에 들린 그녀의 엉덩이뿐이었다.

"음, 평가를 내릴 최상의 순간은 아닐지도 모르겠군요." 가마슈가 미소를 지으며 말했지만 테레즈는 전혀 즐거워하지 않았다. "저는 그녀가 듣는 법을 배우길 바랐기 때문에 그녀를 지하실에 두고 통신을 모니터링하게 했습니다."

"그래서 효과가 있었나요?"

"완벽하진 않았죠." 그는 인정했다. "하지만 다른 무언가가 있었습니다." 그는 니콜 수사관을 다시 보았다. 이제 그녀는 책상 밑에 양반다리를 하고 앉아서 조심스럽게 뒤엉킨 케이블을 풀고 있었다. 부스스하고 단정치 못하고 몸에 잘 맞지 않는 옷을 입고. 스웨터는 보풀이 일고 너무 꽉 끼었으며, 청바지는 체형에 맞지 않았고, 머리는 살짝 기름져 보였다. 하지만 그녀는 열중하고 있었다.

"거기서 통신을 들으면서 몇 시간이고 앉아 있는 동안 니콜 수사관은 소통하는 재주를 익혔습니다." 가마슈는 계속했다. "말이 아니라 기계를 통해서요. 그녀는 정보를 수집하는 기술을 정제하며 많은 시간을 보냈죠."

"염탐." 테레즈가 그가 의미한 바를 정제했다. "해킹이요. 당신은 그녀가 프랑쾨르에게 협력한다고 주장했잖아요."

"위." 그가 말했다. "두고 보죠. 아시다시피 사이버 범죄 수사과에서는 그녀를 못 미더워했습니다."

"어떻게 됐죠?"

"불안정하다고 거부했습니다. 프랑쾨르가 통제할 수 없는 사람과 일할 거라고는 생각지 않습니다."

"그런데 당신은 그녀를 여기로 데려왔고요?"

"재기 넘치는 동료로서가 아니라 저것 때문이죠."

그는 장작을 니콜 쪽으로 기울였고, 브루넬 경정은 그 방향을 따랐다. 그리고 다시 책상 아래 앉아 있는 어색한 젊은 형사를 보았다. 말없이 집중하며 뒤엉킨 와이어와 케이블과 상자 들을 정연하게 배열하고 있는 모습을.

테레즈의 고집 센 눈이 가마슈를 향했다. "이베트 니콜 형사가 자신의 일은 잘할지 모르지만 내가 품은 의문과 당신이 대답에 실패한 것 같은 의문은 그녀의 일이 뭐냐는 거예요. 진짜 일이."

가마슈 경감에게는 그에 대한 답이 없었다.

"우리 둘 다 그녀가 어쩌면 프랑쾨르와 일하고 있을지 모른다는 걸 알아요. 그가 지시를 내렸고, 그녀는 그걸 따랐죠. 그 영상을 찾아냈고, 편집했고, 유출했어요. 당신을 괴롭히기 위해서. 당신이 누구에게나 사랑받는 건 아니에요."

가마슈가 끄덕였다. "저도 그런 인상을 받았습니다."

다시 테레즈는 미소 짓는 데 실패했다. "당신이 그녀에게서 보는 바로 그 자질을 프랑쾨르 역시 보겠죠. 한 가지를 빼고요." 브루넬 경정은 경감에게 더 가까이 몸을 숙이고 목소리를 낮췄다. 가마슈는 그녀의 세련된 오드투알레트 냄새를 맡을 수 있었고, 그녀의 숨결에서는 희미한 민트 향이 났다. "그는 그녀가 반사회적 인격 장애자란 걸 알아요. 양심이 없는. 그녀는 재미가 있다면 뭐든 할 거예요. 누군가를 다치게 하거나. 특히 당신을요. 실뱅 프랑쾨르는 그걸 봐요. 그 마음을 키우고. 그 마음을 이용해요. 그런데 당신은 뭘 보죠?"

그들 둘은 전날 밤 불꽃을 바라보던 루스가 지은 것 같은 표정으로 케이블을 감고 있는 창백한 젊은 여자를 바라보았다.

"당신은 또 하나의 구제해야 할 길 잃은 영혼을 보죠. 당신은 결정을 내렸고, 우리와 상의 없이 그녀를 이곳에 데려왔어요. 일방적으로. 당신의 자만심이 우리에게 큰 대가를……."

테레즈 브루넬은 문장을 끝맺지 않았다. 그럴 필요가 없었다. 둘 다그 대가가 무엇일지 알았다.

그녀가 장작 난로의 뚜껑을 쾅 닫는 소리에 이베트 니콜이 펄쩍 뛰어

교탁에 머리를 찧었다.

이 작은 학교가 전에는 결코 들은 적 없었을 지저분한 말들이 교탁 아래에서 연이어 터져 나왔다.

하지만 테레즈는 그것을 듣지 못했다. 가마슈도 그랬다. 경정은 작은 건물을 떠나며 자신을 따라오는 가마슈의 면전에 문을 쾅 닫았다.

"테레즈." 그는 그렇게 외치며 눈이 치워진 오솔길을 반쯤 따라잡았다. "기다려요."

그녀는 멈췄지만 등을 돌린 채였다. 그의 얼굴을 볼 수 없게.

"그러니까 날 도와줘요, 아르망. 당신을 자를 수 있다면 난 그럴 거예요." 돌아선 그녀의 얼굴은 그가 전에 본 적 없는 화난 상태였다. "당신은 오만하고 이기적이에요. 당신은 스스로 인간에 대해 특별한 통찰력이 있다고 생각하겠지만 당신은 우리처럼 결함이 있다고요. 그리고 이제 당신이 무슨 짓을 했는지 봐요."

"미안합니다, 테레즈. 당신과 제롬에게 상의했어야 했습니다."

"그런데 왜 안 했죠?"

그는 잠깐 생각했다. "당신이 반대할까 봐 걱정됐습니다."

그녀는 여전히 화가 난 상태로 그를 응시했지만 그의 솔직함에 의표를 찔렸다.

"저도 니콜 형사의 불안정한 상태를 압니다." 그는 계속했다. "저도 그녀가 프랑쾨르와 일할지도 모른다는 것과 그 영상을 유출했을지도 모른다는 걸 압니다."

"세상에, 아르망, 당신이 스스로에게 귀를 기울여 본 적 있다고요?" 그녀가 따졌다. "저도 압니다, 저도 압니다, 저도 압니다."

"제가 하려는 말은 선택의 여지가 없다는 겁니다. 그녀는 프랑쾨르와 일할 수도 있지만, 아니라면 우리의 유일한 희망입니다. 누구도 그녀를 찾지 않을 겁니다. 누구도 그 지하로 들어가지 않죠. 맞습니다, 그녀는 정서적으로 성숙하지 않고, 무례하고 순종적이지 않지만 그녀는 자기가 하는 일에 뛰어납니다. 정보를 찾아내는 거요. 그녀와 제롬이라면 가공할 팀이 될 겁니다."

"그녀가 우리를 죽이지 않는다면요."

"위."

"그리고 당신은 제롬과 내가 당신의 생각과 같은 결론에 이르기엔 너무 멍청하다고 생각했나요?"

그는 그녀를 응시했다. "죄송합니다. 미리 말했어야 했습니다."

그의 날카로운 눈이 주변을 살피더니 마을 밖으로 이어진 길 위를 향했다. 테레즈가 그의 시선을 좇았다.

"그녀가 프랑쾨르와 일하고 있다면," 그녀가 말했다. "그가 오고 있겠죠. 그녀는 그에게 우리가 함께 있다고 말했을 테고, 우리가 뭘 하는지 보고했겠죠. 우리를 어디서 찾을지도요. 아직이라면 곧 그럴 거예요."

가마슈는 끄덕였고, 흰 눈 위에 똥처럼 언덕 꼭대기에 멈춰 설 검은색 차량 한 무리를 반쯤 기대하며 그곳을 계속 응시했다.

하지만 아무 일도 일어나지 않았다. 어쨌든 아직은 아니었다.

"최악을 가정해야 해요. 그가 이제 제롬과 내가 밴쿠버에 있지 않다는 걸 안다는 걸요." 테레즈가 말했다. "우리가 당신에게 등을 돌리지 않았다는 걸요." 그녀는 이제 차라리 그랬으면 좋았겠다고 생각하는 듯이 보였다. "우리가 모두 스리 파인스에 있고, 여전히 그에 대한 정보를 모으려고 시도 중이라는 걸요."

그녀는 가마슈에게 돌아서서 그를 관찰했다.

"우리가 당신을 어떻게 믿죠, 아르망? 우리한테 상의 없이 무슨 짓을 할지 어떻게 알죠?"

"그리고 정보를 숨기는 사람이 저뿐이란 말입니까?" 그가 자신조차 놀랄 정도로 분노하며 따졌다. "피에르 아르노."

그는 그녀에게 그 이름을 뱉었다.

"어느 쪽이 더 끔찍합니까? 더 위험합니까?" 그가 물었다. "프랑쾨르와 같이 일할 수도, 일하지 않을 수도 있는 수사관과 학살범과요? 경찰이 일하는 방식을 누구보다 더 잘 아는 사이코패스 살인자하고요? 아르노가 이 모든 것과 어떤 식으로든 관계가 있습니까?"

그가 그녀를 노려보았고, 그녀의 뺨이 붉어졌다. 그녀가 퉁명스럽게 고개를 끄덕였다.

"제롬은 그렇게 생각해요. 어떤 식으로 관계가 있는지는 모르지만 컴퓨터가 작동되면 그가 알아낼 거예요."

"그는 당신한테 얼마나 오래 그 이름을 숨긴 겁니까? 저한테는요? 알면 도움이 될 거라고 당신은 생각 못 하셨습니까?"

그의 목소리가 커지고 있었고, 그는 목소리를 낮추려고, 자신을 통제하려고 애썼다.

"위." 테레즈가 말했다. "도움이 됐겠죠."

가마슈가 퉁명스럽게 고개를 끄덕였다. "이제 지난 일입니다. 그의 잘못이 제 잘못의 변명은 아니죠. 앞으로는 당신과 제롬에게 상의하겠다고 약속하죠." 그는 그녀에게 장갑 낀 손을 내밀었다. "우린 서로 싸우면 안 됩니다."

그녀는 그 손을 빤히 보았다. 그런 다음 잡았다. 하지만 그녀는 그의 옅은 미소에는 응하지 않았다.

"아르노와 그 패거리와 함께 왜 프랑쾨르를 체포하지 않았죠?" 그녀가 그의 손을 놓으며 물었다.

"증거가 충분하지 않았습니다. 노력은 했지만 정황증거뿐이었죠. 그는 아르노의 부관이었습니다. 프랑쾨르가 크리족 살인에 연루되지 않았다는 건 상상도 할 수 없습니다. 최소한 모를 수는 없었습니다. 하지만 직접적인 연관성을 찾지 못했죠."

"하지만 아르노 총경으로 이어지는 연결 고리를 찾았잖아요?" 테레즈가 물었다.

그녀는 경감을 오랫동안 괴롭혀 온 무언가를 건드렸다. 총경에 대한 꼼짝달싹할 수 없는 직접적인 증거를 찾았지만 어째서 그의 부관에 대한 증거는 찾을 수 없었는지.

그것이 그때 그를 괴롭혔다. 지금도 그를 괴롭혔다. 그때보다 더.

그것은 그가 부패를 뿌리 뽑지 못했다는 것뿐 아니라 그 근원을 놓쳤다는 것을 시사했다.

그것은 누군가가 실뱅 프랑쾨르를 보호했다는 것을 시사했다. 그를 덮어 주었다는 것을. 아르노는 덮지 못했다. 누군가가 아르노를 늑대들에게 던졌다.

그게 가능했을까?

"위." 그가 말했다. "그건 찾기 어려웠지만 살인과 아르노를 연결하는 증거가 거기에 있었습니다."

"그는 항상 자신의 결백을 주장했어요, 아르망. 당신 생각엔……,"

"그가 정말 결백하냐고요?" 가마슈는 그렇게 묻고 고개를 저었다.

"아닙니다. 전혀요."

하지만 그는 어쩌면 피에르 아르노가 자신의 생각만큼 확실한 유죄가 아닐지도 모른다고 생각했다. 아니라면, 어쩌면 더 큰 죄를 지은 누군가가 있었다. 여전히 자유로운 누군가가.

"아르노 총경이 왜 그랬을까요?" 테레즈가 물었다. "그건 법정이나 보안 문서 어디에도 전혀 언급되지 않았어요. 경력 초반에 그는 크리족을 존중하는 것처럼, 심지어 존경하는 것처럼 보였죠. 그리고 삼십 년 뒤에는 그들의 살해에 관여하고 있었고요. 듣자 하니 아무 이유 없이."

"뭐, 아시다시피 그는 실제로 살인을 저지르지는 않았습니다." 가마슈가 말했다. "그는 상상력을 사용하도록 장려하는 환경을 조성했습니다. 심지어 그것이 보상받는 환경을요."

"당신의 수사로 증명됐듯 그는 그 이상의 짓을 저질렀어요." 테레즈가 말했다. "그가 살인을 부추기고 지시까지 한 것을 보여 주는 문서들이 있었어요. 그건 반박할 수 없죠. 분명치 못했던 건 고위직이자 능력이 뛰어나 보였던 경찰이 왜 그런 짓을 했는가였어요."

"맞습니다." 가마슈가 동의했다. "증거로 보아 살해당한 젊은이들은 범죄자도 아니었습니다. 정확히 그 반대였죠. 대부분은 전과가 전혀 없었습니다."

그토록 범죄가 만연했던 곳에서 어째서 나쁜 짓이라고는 전혀 저지르지 않은 이들을 죽일까?

"아르노를 만나 봐야겠습니다." 그가 말했다.

"슈에서요? 그럴 순 없어요. 우리가 조사 중에 그의 이름을 발견했다는 걸 그들이 알게 될 거예요." 그녀가 그를 뜯어보았다. "이건 명령이에요, 경감. 가지 마세요. 알겠어요?"

"알겠습니다. 가지 않겠습니다."

여전히 그녀는 그의 친숙한 얼굴을 읽어 보려 애썼다. 소진한 얼굴을. 그의 눈 너머로 그녀는 활동을 감지할 수 있었다. 남편과 저 걱정스러운 젊은 수사관이 선을 연결하느라 바쁜 것처럼 그녀는 그가 같은 활동을 하고 있는 것이 보였다. 마음속으로. 오래된 파일들, 이름들, 사건들을 뒤지면서. 자신이 놓친 어떤 연결 점을 찾으려고 애쓰면서.

한 남자가 언덕 꼭대기에서 나타나 손을 흔들었다.

질이었고, 그는 기쁜 듯이 보였다.

"숙녀분을 소개합니다."

질이 거친 나무껍질에 한 손을 얹었다. 그들은 마을 위 숲속에 있었다. 질이 모두를 위해 설피를 가져왔고, 이제 테레즈, 제롬, 니콜 그리고 가마슈는 높이 쌓인 눈에 몇 센티미터만 묻힌 채 그 옆에 서 있었다.

"참 근사한 여자 아니오?"

그들은 고개를 젖혔고, 그 바람에 제롬의 털모자가 떨어졌다.

"여자요?" 니콜이 물었다.

질은 그녀의 목소리에 깃든 냉소를 무시하는 편을 선택했다. "여자요." 그가 확실히 말했다.

"어떻게 그런 결론을 내렸는지 생각하기도 싫네." 니콜이 딱히 목소리를 죽이지도 않고 말했다. 가마슈는 그녀에게 엄격한 시선을 보냈다.

"그녀는 최소한 삼십 미터 높이요. 스트로부스소나무. 오래된 나무지." 질은 계속했다. "수백 살 된. 뉴욕주에는 거의 오백 살 먹었다고 추정되는 나무가 있소. 마을에 있는 스트로부스소나무 세 그루는 아마 미국독립혁명 시기에 넘어온 첫 왕정주의자들을 봤을 거요. 그리고 이 나무는," 그는 코가 얼룩덜룩한 나무껍질에 닿도록 몸을 돌렸고, 나무를 향한 그의 말은 부드럽고 따뜻했다. "첫 유럽인들이 도착했을 땐 묘목이었을 거요."

코 끝과 수염에 나무껍질이 붙은 벌목꾼이 그들을 보았다. "원주민들이 스트로부스소나무를 뭐라고 불렀는지 아시오?"

"에설Ethel 옛 영어로 '상류층'을 뜻하며 현재에는 여자의 이름으로 쓰인다?" 니콜이 물었다.

"평화의 나무."

"그래서 우리가 여기서 뭐 하고 있는 거죠?" 니콜이 물었다.

질은 손짓을 했고, 그들은 다시 고개를 쳐들었다. 이번에는 가마슈의 모자가 떨어졌다. 그는 모자를 집어 들고 다리에 툭툭 쳐서 부드러운 눈을 떨었다.

거기, 평화의 나무 6미터 높이쯤에 헌팅 블라인드가 있었다. 폭력을 위해 지어진 것이. 나무가 벌을 주고 있는 듯 그것은 곧 무너질 듯했고 썩어 있었다.

하지만 거기 있었다.

"뭘 도울까요?" 가마슈가 물었다.

"저 위까지 위성안테나를 끌고 올라가도록 날 도와주시오." 질이 말했다.

가마슈는 핼쑥해졌다.

"그 부탁에 대한 답을 들은 것 같구먼." 제롬이 말했다. "그리고 자넨 선을 연결하지도 못할 테지."

가마슈가 끄덕였다.

"그렇다면 자네와 테레즈는 비켜 주시게."

"비스트로로 사라지죠." 가마슈가 그렇게 말하자 이제 테레즈 브루넬이 미소를 지었다.

25

테레즈 브루넬과 경감 앞에 김이 나는 사과주 잔이 놓였다.

난롯가에 앉은 클라라와 친구가 그들에게 손짓했지만 두 경찰은 전날 저녁 식사에 대해 클라라에게 감사 인사를 한 후 퇴창 앞에 있는 비교적 조용한 안락의자로 갔다.

격자창에는 살짝 서리가 껴 있었지만 마을이 잘 내다보였고, 두 사람은 잠시 어색한 침묵 속에 창밖을 응시했다. 테레즈가 시나몬 스틱으로 휘저은 사과주를 한 모금 마셨다.

크리스마스와 스케이트 그리고 시골의 긴 겨울 오후의 맛이 났다. 그녀와 제롬은 몬트리올에서 한 번도 사과주를 마신 적이 없었고, 그녀는 왜 그랬는지 의아했다.

"괜찮을까요, 아르망?" 마침내 그녀가 물었다. 목소리에는 조급함도, 두려움도 없었다. 강하고 선명했다. 그리고 호기심에 차 있었다.

그 역시 사과주를 저었다. 고개를 들어 그는 그녀와 시선을 맞추었고, 그녀는 새삼 그 차분한 눈에 경이감을 느꼈다. 그리고 무언가 다른 것도. 수년 전 사람들로 꽉 찬 강의실에서 그녀가 처음 알아차렸던 것.

중간쯤에 앉았는데도 그녀는 그의 눈에서 친절을 알아볼 수 있었다. 유감스럽게도 누군가는 나약함으로 착각할 자질.

하지만 그 눈에는 친절뿐이 아니었다. 아르망 가마슈에게는 저격수의 기질이 있었다. 그는 지켜봤고 기다렸고 신중하게 조준했다. 그는 비유적으로나 직접적으로나 거의 전혀 총을 쏘지 않았지만 한번 겨누면 결코 목표를 놓치지 않았다.

하지만 10년 전 그는 놓쳤었다. 그는 아르노를 맞혔다. 하지만 프랑쾨르는 그러지 못했다.

그리고 이제 프랑쾨르가 군대를 모아 무언가 끔찍한 짓을 계획하고 있었다. 문제는 가마슈에게 또 다른 총알이 남아 있는가 하는 것이었다. 그리고 이번에는 목표를 맞힐까?

"위, 테레즈." 그는 이제 말했고, 미소를 짓자 그의 눈가에 깊은 주름이 졌다. "다 잘될 겁니다14세기 노리치의 줄리언 교회에서 은거한 여성 은수자가 남긴 말."

"노리치의 줄리언이군요." 그녀가 그 문구를 알아듣고 말했다. 다 잘되리라.

서리 낀 창문 너머로 그녀는 질과 니콜이 언덕 위 숲속으로 장비를 나르는 모습을 볼 수 있었다. 브루넬 경정은 동료에게 시선을 돌리다 그의 허리춤에 있는, 총이 든 총집을 눈치챘다. 아르망 가마슈는 필요한 일을 할 터였다. 하지만 그럴 필요가 있기 전에는 아니었다.

"다 잘될 거예요." 그녀는 그렇게 말하고 읽던 것으로 돌아갔다.

가마슈는 조사 중 국립도서관에서 찾은 다섯쌍둥이에 대한 자료를 그녀에게 주었었고, 전날 밤 뉴스영화를 본 후 그 자료에 언급된 무언가 때문에 신경이 쓰이는 중이었다.

"한 가지가요?" 테레즈가 그렇게 물었다. 그녀는 니콜이 가져온 구식 노트북으로 오늘 아침 그 DVD를 보았다. "가엾은 아이들. 난 한때 그 애들을 부러워했어요. 모든 여자애는 다섯쌍둥이 중 하나가 되거나 어린 엘리자베스 공주가 되고 싶어 했죠."

그렇게 브루넬 총경은 다섯쌍둥이에 대한 파일을 들고, 가마슈 경감은 닥터 베르나르가 쓴 책을 들고 자리를 잡았다. 한 시간 뒤 테레즈는 문서를 내려놓았다.

"어떻습니까?" 가마슈가 독서용 안경을 벗으며 물었다.

"그 부모를 저주할 만한 요소들이 많네요." 그녀가 말했다.

"여기에도 많습니다." 가마슈가 그렇게 말하며 커다란 손을 책 위에 올려놓았다. "특별히 거슬리는 점이 있습니까?"

"사실 있어요. 그 집이요."

"계속하세요."

그녀는 그 역시 그것을 신경 썼다는 것을 그의 얼굴로 알 수 있었다.

"이 문서를 보면 이지도르 우엘레트는 다섯쌍둥이가 태어나고 바로 정부에 가족 농장을 팔았어요. 막대한 대가를 받고요. 농장 가치를 훌쩍 넘긴."

"사실상 그 소녀들에 대한 대가였습니다." 경감이 말했다.

"퀘벡 정부는 다섯쌍둥이를 정부의 피보호자로 만들려고 했고, 우엘레트 부부는 그들을 먹여 살릴 짐을 덜고 즐겁게 갈 길을 가면 됐죠." 테레즈가 불쾌해하며 마닐라 폴더를 테이블에 놓았다. "그들은 우엘레트 부부가 너무 가난하고 무지해서 다섯쌍둥이를 보살필 수 없다고 시사했고, 어쨌거나 결국 소녀들을 아동복지국을 통해 빼앗을 거였어요."

가마슈가 끄덕였다. 문서는 모든 가정이 고군분투하던 대공황의 한창 때라는 것도 언급하지 않았다. 우엘레트 부부가 자초한 경제 위기가 아니었다. 그럼에도 다시 거기에는 이상하게도 그들의 곤경이 그들 탓이라는 암시가 있었다. 그리고 자애로운 정부가 그들과 그들의 딸들을 구제했다는 암시가.

"그들은 우엘레트 부부에게 호의를 베풀고 있었습니다." 가마슈가 말했다. "그들의 짐을 사들이면서요. 마담 우엘레트는 대공황에서 빠져나올 티켓을 출산한 거였죠. 닥터 베르나르의 책에도 거의 같은 말이 있습니다. 그 표현은 물론 코치를 받은 겁니다. 누구도 그 부모를 비판하는 것처럼 보이길 원하지 않았지만, 당시 무지한 퀘벡 농부의 이미지는 보편적이었습니다."

"그들이 전혀 돈을 벌지 않았다는 걸 빼면요." 테레즈가 말했다. "그 영화에 따르면요. 그 베네딕시옹 파테르넬bénédiction paternelle 아버지의 축복은 소녀들이 거의 열 살 때였고, 우엘레트 부부는 여전히 그들의 낡은 집에서 살았어요. 팔지 않았죠."

가마슈는 안경으로 종이 폴더를 톡톡 쳤다. "이건 거짓말입니다. 공식 문서가 날조됐습니다."

"왜죠?"

"우엘레트 부부가 공개할 경우를 대비해 그들을 나쁘게 보이게 하려고요."

갑자기 이지도르 우엘레트가 쓴 편지들이 다른 의미로 다가왔다. 구슬리고 따지고 우는소리를 한 것 같은 편지는 사실, 그저 사실을 말하고 있던 것이었다.

정부는 그들의 아이들을 강탈했다. 그리고 우엘레트 부부는 아이들을 돌려받기를 원했다. 그랬다. 우엘레트 부부가 주장한 대로 그들은 가난했지만 소녀들이 원한 것을 줄 수 있었다.

가마슈는 그 낡은 농가를 떠올렸고, 이지도르가 딸들의 스케이트 끈을 묶고 초췌한 마리해리엇이 아이들에게 모자를 씌워 주던 모습을 떠올렸다.

하지만 여느 모자가 아닌. 그녀는 아이들에게 각자의 모자를 씌워 주었다. 각기 다른 모자를.

그리고 그때, 짜증을 내며 그녀는 하나를 화면 밖으로 던졌다.

가마슈의 관심은 그 행동에 쏠렸다. 그 성난 행동은 앞선 순간 그녀가 아이들을 개개인으로 대했던 때의 온화함에 그림자를 드리웠다. 아이들 자신만의 털모자를 떠 주었던 때에. 그들을 거친 세상에서 보호하려고.

"실례해도 될까요?"

가마슈가 자리에서 일어나 살짝 고개를 숙이고는 코트를 입고 겨울날로 향했다.

테레즈 브루넬은 안락의자에 앉아 그가 마을 광장으로 이어진 길을 따라 가브리의 비앤비로 성큼성큼 걸어가는 모습을 지켜보았다. 그는 비앤비 안으로 사라졌다.

"네, 경감님." 라코스트 경위가 말했다. "여기 있습니다."

가마슈는 그녀 컴퓨터의 클릭 소리를 들을 수 있었다. 그는 라코스트의 휴대전화로 전화를 걸어 일요일 오후, 집에 있는 그녀를 붙들었다.

"시간이 좀 걸릴 거예요." 그녀의 목소리는 어딘가 막힌 듯이 들렸고, 그는 그녀가 전화기를 어깨와 귀 사이에 끼고 자신의 노트북을 두드리는 모습을 상상할 수 있었다. 그 애매한 사항을 찾기 위해서.

"급할 거 없네." 그는 그렇게 말하고 침대 한편에 앉았다. 그가 비앤비에서 '자신의' 방이라고 여기는 곳의. 그리고 여전히 그 방은 그의 것이었다. 그는 방값을 지불하고 방을 비워 두었고, 자신의 몇몇 소지품까지 두었다.

누군가가 찾아올 경우를 대비해서.

그리고 몬트리올이나 파리에 전화해야 할 때에는 여기로 왔다. 그가 옳다면 그들은 추적될 터였다. 그는 롱프레의 집으로 이끄는 흔적은 무엇도 남기고 싶지 않았다.

"찾았습니다." 라코스트가 말했다. 자료를 읽는 목소리가 다시 선명해졌다. "마르그리트의 방에서는…… 보자…… 장갑이 두 쌍. 두꺼운 벙어리장갑들요. 겨울 스카프가 네 개. 그리고 네, 여기 있네요. 모자 두 개. 하나는 따뜻해 보이는 기성품이고 하나는 손뜨개 같아요."

가마슈는 몸을 일으켰다. "손뜨개질한 걸 묘사해 줄 수 있나?"

그는 숨을 참았다. 라코스트는 실제 물건을 보고 있지 않았고, 그것은 아직 그 작은 집에 있었다. 그녀는 자신이 받은 서류를 읽고 있었다.

"빨간색." 그녀는 읽었다. "둘레에 소나무가 있고요. MM이라고 수놓은 꼬리표가 안에 꿰매져 있답니다."

"마리마르그리트. 다른 건?"

"털모자에 대해서요? 안됐지만, 경감님, 그게 답니다."

"그리고 다른 침실들은? 콩스탕스와 조세핀도 그런 손뜨개 모자를 가지고 있었나?"

잠깐 멈추고 다시 클릭.

"네. 조세핀 것은 눈송이를 수놓은 초록색이었습니다. 안쪽 꼬리표에는 MJ라고 되어 있고요. 콩스탕스의 방에서 발견된 것은 사슴······,"

"그리고 MC라는 꼬리표."

"어떻게 아셨어요?"

가마슈는 짧게 웃었다. 라코스트는 계속해서 현관 신발장 뒤쪽에서 발견된 다른 두 모자를 설명했다. MV와 MH라고 수놓은.

모두 납득이 가는 물건들이었다.

"이게 왜 중요하죠, 경감님?"

"아닐지도 모르지만 그들의 어머니가 그 모자들을 떴지. 그들이 어린 시절 물건 중에서 간직한 유일한 것들이야. 유일한 기념품이지."

그들의 어머니에 대한 추억거리. 보살핌을 받았다는. 그리고 개개인으로 대해졌다는.

"다른 것도 있습니다, 파트롱."

"뭔가?"

그는 그 발견에 지나치게 몰두한 나머지 한순간 그녀의 어두운 톤을 놓쳤다. 충격 이전의 경고성 진동을. 그는 일어서서 맞서려고 했다. 방어 막을 올리려고 했다.

하지만 너무 늦었다.

"보부아르 경위가 다른 기습 작전에 차출됐습니다. 마침 제가 그걸 모니터링하던 중에 연락을 주셨어요. 이번 건은 좋지 않습니다."

가마슈 경감은 뺨이 붉어짐과 동시에 핏기가 가시는 것을 느꼈다. 갑자기 감각 상실 탱크에 있는 것처럼 자신을 둘러싼 공기가 사라지는 것 같았다. 그의 모든 감각이 동시에 빠져나갔고, 그는 자신이 중지된 것처럼 느껴졌다. 그런 다음 추락하는 것처럼.

잠깐 사이 그는 다시 숨을 쉬기 시작했고, 이내 감각이 물밀듯 돌아왔다. 예리하게. 모든 것이 갑작스럽게 극명하고 시끄럽고 밝아졌다.

"말하게." 그가 말했다.

그는 마음을 다잡고 자신을 진정시켰다. 오른손만 빼고. 그는 오른손을 단단히 말고 주먹을 꽉 쥐었다.

"막판입니다. 마르탱 테시에가 직접 지휘하고 있습니다. 제가 알아낸 바로는 경찰 네 명뿐입니다."

"타깃이 뭔가?" 그의 목소리는 단호했고 위엄이 있었다. 상황을 판단하며.

"남쪽 해안가에 있는 대마초 공장입니다. 그들이 택한 길로 봤을 때 부셰빌인 것 같습니다." 말이 멈췄다.

"경위?" 가마슈가 불렀다.

"죄송합니다, 경감님. 브로사르 같습니다. 하지만 그들은 자크 카르티에교를 탔습니다."

"다리는 중요하지 않네." 그가 초조하게 말했다. "작전이 시작됐나?"

"방금요. 교전 중입니다. 사격이 있고요."

그렇게 하면 가까이 갈 수 있다는 듯이 가마슈는 전화기를 귀에 바짝 붙였다.

"앰뷸런스 요청. 구급대원 출동. 경찰 총격."

보고에 익숙한 라코스트는 이것을 단순히 사실로 언급하려고 애썼다. 그리고 거의 성공했다.

"경찰이 쓰러졌다." 그녀는 그 문구를 되풀이했다. 보부아르와 경감 둘 다 총을 맞고 쓰러지는 모습을 목격하면서 그녀 자신이 반복해서 외쳤던 그 말을. 그날 그 공장에서.

경찰이 쓰러졌다.

"하느님 맙소사." 그녀는 전화선을 통해 그 소리를 들었다. 그것은 신성모독이라기보다 애원처럼 들렸다.

가마슈는 눈가의 움직임을 감지하고 몸을 휙 돌렸다. 니콜 수사관이 열려 있는 그의 방문 문지방에 서 있었다. 늘 짓고 있는 그 냉소가 그의 얼굴을 보자 얼어붙었다.

경감은 잠시 그녀를 쳐다보고는 다가가 문을 쾅 닫았고, 그 기세에 벽에 걸린 그림들이 흔들렸다.

"경감님?" 라코스트가 전화선 너머에서 외쳤다. "괜찮으세요? 그 소린 뭐였죠?"

그것은 총소리처럼 들렸다.

"문이네." 그는 그렇게 말하고 문을 등졌다. 창문의 얇은 커튼 틈으로 넓게 퍼지는 빛이 보였고, 하키 스틱이 퍽을 치는 소리와 웃음소리가 들렸다. 그는 그것을 등졌다. 그리고 벽을 응시했다. "어떻게 되고 있나?"

"상당히 혼란스러워 보입니다." 그녀가 보고했다. "통신을 분석해 보려고 애쓰고 있습니다."

가마슈는 입을 다물고 기다렸다. 분노가 솟구치는 것을 느끼며. 이미 쥐어져 쓰이길 기다리는 주먹으로 벽을 후려치고 싶은 참을 수 없는 욕구를 느끼며. 벽이 피를 흘릴 때까지 반복해서 그것을 후려칠.

대신에 그는 자신을 진정시켰다.

바보들. 준비도 없이 작전을 감행하다니.

경감은 그 목적이 무엇인지, 의도가 무엇인지 알았다. 그것은 단순했고 가학적이었다. 보부아르를 정신이상으로 몰고 경감을 흔들려는 것이었다. 두 사람을 미치게 하기 위해. 그리고 가능하면 더 나쁘게.

경찰이 쓰러졌다.

그는 장 기를 안았을 때 그 말을 외쳤었다. 보부아르의 복부를 틀어막으며. 출혈을 막으면서. 그 젊은이의 눈에 서린 고통과 공포를 마주하면서. 보부아르의 셔츠를 흠뻑 적신 피를 보면서. 그리고 자신의 손을 칠갑한 피를 보면서.

그리고 이제 가마슈는 이 평화롭고 쾌적한 방에서 그 느낌을 거의 다시 느낄 수 있었다. 자신의 손에 묻은 그 뜨뜻하고 끈적거리는 피를.

"죄송합니다, 경감님, 모든 통신이 두절됐습니다."

가마슈는 한동안 벽을 응시했다. 모든 통신이 두절되었다. 그게 어떤 의미일까?

그는 가능한 한 최악의 결론에 이르지 않으려고 애썼다. 통신이 두절됐다는 것은 통신이 가능한 모든 이가 쓰러졌다는 뜻이었다.

아니야. 그는 그 생각을 지우려고 애썼다. 단순한 사실만 생각하자.

그는 두려움에 쫓긴 걷잡을 수 없는 상상이 어떤 어떤 재앙이 되는지 알았다.

그는 한발 물러섰다. 사실을 확인할 시간은 충분했다. 그리고 일어난 일은 이제 일어난 일이었다.

끝난 일. 그리고 자신이 할 수 있는 것은 아무것도 없었다.

그는 눈을 감고 장 기를 보지 않으려고 애썼다. 자신의 팔에 안긴 겁먹고 부상당한 남자를 보지 않으려고. 최근 몇 달간 진이 빠진 남자를 보지 않으려고. 그리고 자신의 거실에 앉은 장 기 보부아르는 특히. 맥주를 마시며 웃고 있는.

그 얼굴이 가마슈가 지우려고 가장 애쓰는 얼굴이었다.

그는 눈을 떴다.

"계속 모니터링하게." 그가 말했다. "난 비스트로나 서점에 있겠네."

"경감님?" 라코스트가 불안정한 목소리로 물었다.

"별일 없을 걸세." 그의 목소리는 침착하고 차분했다.

"위." 그녀의 목소리는 완전히 확신하진 못했지만 덜 동요하는 듯이 들렸다.

다 잘될 거야. 그는 마을 광장을 결연히 가로지르며 되뇌었다.

하지만 그는 자신이 그것을 믿는지 확신하지 못했다.

머나 랜더스는 자신의 고미다락 소파에 앉아 TV 화면을 응시했다.

화면에는 웃고 있는 어린 소녀가 멈춰 있었다. 아버지가 소녀의 스케이트 끈을 묶어 주고 있었고, 이미 스케이트를 신은 다른 자매들은 기다리고 있었다.

그녀는 머리에 사슴을 수놓은 모자를 쓰고 있었다.

머나는 눈물과 웃음 사이에 멈춰 있었다.

그녀가 미소를 지었다. "그녀가 빛나 보이지 않아요?"

가마슈와 테레즈 브루넬은 고개를 끄덕였다. 그래 보였다.

이제 누가 누군지 알아냈기에 가마슈는 이 영화를 다시 보고 싶었다.

어린 콩스탕스 뒤로 자매인 마르그리트와 조세핀이 밖에 나가고 싶어 조바심을 치고 있었다. 이제 모자 덕에 소녀들을 각각 알아볼 수 있었다. 소나무는 마르그리트였고, 눈송이는 조세핀이었다. 마리콩스탕스는 아버지에게 돌봄을 받으며 종일이라도 그 자리에 앉아 있을 것처럼 보였다. 그녀의 머리를 둘러싸고 사슴이 뛰어다녔다.

비르지니와 엘렌은 문가에 서 있었다. 그들 역시 손뜨개질한 모자를 쓰고 있었고, 살짝 노려보고 있었다.

가마슈의 부탁으로 머나가 영상을 되감았고, 그들은 처음으로 돌아갔다. 이지도르가 팔을 뻗고 베네딕시옹 파테르넬을 행하는 모습으로.

하지만 이번에 그들은 이 어린 참회자 중에 누가 콩스탕스인지 알고 있었고, 그녀를 쫓아 다시, 다시, 다시 처음으로 돌아갔다. 그녀는 줄 맨 끝에 무릎을 꿇고 있었다.

그리고 콩스탕스. 가마슈는 생각했다.

"이게 누가 콩스탕스를 죽였는지 찾아내는 데 도움이 되요?" 머나가 물었다.

"잘 모르겠습니다." 경감은 인정했다. "하지만 적어도 이제 우리는 누가 누구인지 알죠."

"머나." 테레즈가 입을 열었다. "아르망이 그러는데, 당신이 처음 콩스탕스가 누구인지 알게 됐을 때 헤라를 내담자로 둔 것 같다고 생각하셨다면서요."

머나가 테레즈를 흘긋 보고 다시 화면으로 시선을 돌렸다. "네."

"헤라." 테레즈는 반복했다. "그리스 여신 중 한 명이요."

머나가 미소를 지었다. "그래요."

"왜죠?"

머나는 영상을 멈추고 자신의 손님에게 몸을 돌렸다. "왜냐고요?" 그녀는 그에 관해 생각했다. "콩스탕스가 저한테 자기가 우엘레트 다섯쌍둥이 중 한 명이라고 말했을 때, 차라리 그리스 여신이라고 말하는 편이 나을 것 같았어요. 신화요. 농담이었어요. 그게 다예요."

"나도 알아요." 테레즈가 말했다. "하지만 왜 헤라죠?"

"왜 안 되죠?" 머나는 분명히 혼란스러워했다. "뭘 물으시는지 모르겠어요."

"별거 아니에요."

"무슨 생각이십니까?" 가마슈가 물었다.

"아마 터무니없는 얘기일 거예요." 테레즈가 말했다. "뮈제 데 보자르에서 수석 큐레이터로 일했을 때 고전 작품을 많이 봤어요. 대부분은 신화를 바탕으로 했죠. 빅토리아 시대 예술가들이 특히 그리스 여신을 그리길 좋아했어요. 난 종종 뱀과 싸우는 벌거벗은 여자들을 그릴 구실이라고 늘 의심했죠. 용인된 포르노의 형태요."

"논지에서 벗어나는데요." 가마슈가 넌지시 말했고, 테레즈는 미소를 지었다.

"난 다양한 신들과 여신들을 알게 됐어요. 하지만 유독 두 여신이 그 시기 예술가들을 사로잡은 것 같았죠."

"제가 맞혀 보죠." 머나가 말했다. "아프로디테요?"

브루넬 경정이 끄덕였다. "사랑 그리고 매춘의 여신. 모를 수 없죠. 마침맞게 그녀는 옷을 많이 가진 것 같지 않았고요."

"그리고 다른 한 명은요?" 머나가 물었지만 그들 모두 답을 알았다.

"헤라요."

"역시 벌거벗었었고요?" 머나가 물었다.

"아뇨, 빅토리아 시대 예술가들은 그녀의 극적인 잠재력 때문에 그녀를 좋아했고, 그녀는 강한 여성들에 대한 그들의 경고성 시선에 부합했어요. 그녀는 악의적이고 질투심이 강했죠."

그들은 화면으로 고개를 돌렸다. 영상은 어린 콩스탕스의 기도하는 얼굴에 멈춰 있었다.

머나가 테레즈를 보았다. "그녀가 악의적이고 질투심이 강했던 것 같나요?"

"그녀를 헤라라고 부른 사람은 내가 아니에요."

"생각난 유일한 여신의 이름일 뿐이에요. 그냥 아프로디테나 아테나라고 할 수도 있었어요." 머나의 말은 퉁명스럽고 방어적으로 들렸다.

"하지만 당신은 그러지 않았죠."

브루넬 경정은 물러서지 않았다. 두 여자는 눈을 맞췄다.

"저는 콩스탕스를 알았어요." 머나가 말했다. "처음엔 환자로, 그다음엔 친구로. 그녀는 결코 그런 인상을 주지 않았어요."

"하지만 그녀가 폐쇄적이었다고 하셨죠." 가마슈가 말했다. "그녀가 지키고 감춘 게 뭔지 정말 아십니까?"

"피해자를 법정에 세우시는 건가요?" 머나가 물었다.

"아니요." 가마슈가 말했다. "이건 심판이 아닙니다. 하지만 우리가 콩스탕스를 잘 알수록 누가 그녀의 죽음을 원했는지 알아내기 쉽습니다. 그리고 동기도요."

머나는 그에 관해 생각했다. "죄송해요. 콩스탕스는 아주 개인적이었고, 저는 그녀를 보호할 필요성을 느껴요."

머나는 플레이 버튼을 눌렀고, 그들은 어린 콩스탕스가 기도한 다음 몸을 일으켜 아버지가 스케이트를 신기는 줄에 서서 장난스럽게 자매들을 밀치는 모습을 지켜보았다.

하지만 이제 그들은 저마다 그 모습이 정말 장난이었는지 궁금했다.

그들은 아버지가 콩스탕스의 발치에 무릎을 꿇고 있는 동안 그녀의 얼굴에 떠오른 기쁜 표정과, 짝을 지어 뒤에 서서 지켜보고 있는 자매들을 보았다.

머나의 전화기가 울렸고, 너무나 눈에 띄게 긴장한 가마슈의 모습을 두 여자는 보았다.

머나가 전화를 받더니 그에게 수화기를 넘겼다.

"이자벨 라코스트 경위예요."

"메르시." 그는 방을 가로질러 전화기를 받으며 그렇게 말했다. 손에 닿는 전화기가 따뜻하게 느껴졌다.

그는 브루넬 경정과 머나에게서 몸을 돌리고 수화기에 말했다.

"봉주르Bonjour 여보세요." 그의 목소리는 차분했고, 등은 꼿꼿했다. 고개를 들고.

뒤에서 두 여자는 그가 듣는 모습을 지켜보았다. 그리고 그들은 고개는 들었을지언정 넓은 어깨가 약간 처지는 모습을 보았다.

"메르시." 그는 그렇게 말하고 천천히 수화기를 내려놓았다. 이내 가마슈는 몸을 돌렸다.

그리고 안도의 미소를 지었다.

"좋은 소식입니다." 그가 말했다. "이 사건과는 전혀 관계없지만요."

그는 두 사람에게 돌아갔다. 두 여자는 고개를 돌렸고, 그의 눈에 어린 물기에 관해서는 아무 말도 하지 않았다.

26

"가야 합니다."

가마슈가 갑자기 자리에서 일어섰고, 머나와 테레즈 둘 다 그를 보았다. 조금 전 그는 거의 열광적일 만큼 안도하더니 무언가가 변했고, 그의 기쁨은 분노로 바뀌었다.

머나는 영상을 멈췄다. 다섯 명의 행복한 소녀가 머나의 고미다락에서 일어나고 있는 일에 마음을 뺏긴 것처럼 그들을 응시했다.

"무슨 일이에요?" 코트를 걸치고 서점으로 내려오며 테레즈가 물었다. "누구에 대한 전화였어요?"

"메르시, 머나." 가마슈가 문가에 멈춰 서서 미소를 지으려고 안간힘을 썼다.

머나가 그를 찬찬히 뜯어보았다. "무슨 일이죠?"

가마슈가 고개를 살짝 저었다. "죄송합니다. 언젠가 말씀드리죠."

"오늘은 안 되고요?"

"안 될 것 같습니다."

그들 뒤로 문이 닫혔고, 추위가 그들을 에워쌌다. 아직 해가 떠 있었지만 그들은 낮이 가장 짧은 날의 끝자락에 있었고, 남은 빛은 많지 않았다.

"나에겐 말하겠죠." 마을 광장을 향해 급히 걸으면서 테레즈가 말했다. 벤치에 앉은 루스를 지나치며. 얼어붙은 연못에서 스케이트를 지치고 있는 가족들을 지나치며. 나이 많은 스트로부스소나무 세 그루를 지나치며.

테레즈 브루넬은 질문이 아닌 명령을 하고 있었다.

"보부아르가 오늘 또 다른 기습 작전에 투입됐습니다."

테레즈 브루넬은 그 소식을 소화했다. 가마슈의 옆얼굴은 엄숙했다.

"이건 멈춰야 합니다." 가마슈가 말했다.

그들은 언덕 위로 성큼성큼 걸었고, 테레즈는 보조를 맞추느라 서두르는 중이었다. 숲 가장자리에서 그들은 자신들이 두고 온, 눈 더미에 파묻힌 설피를 발견했다. 설피의 끈을 묶고 그들은 자신들이 남긴 흔적을 되짚어 갔지만 사실 설피는 더 이상 필요치 않았다. 그 길은 단단하게 굳어 있었고, 찾기 쉬웠다.

너무 쉬운가? 테레즈는 궁금했다. 하지만 이제 어쩔 수 없었다.

그들이 다가갔을 때 땅에서 6미터 위, 나무줄기에서 1.5미터쯤 떨어진 허공에서 서성이는 질이 보였다. 숲은 어둑해지고 있었지만 두 고위 경찰이 가까이 다가갔을 때 테레즈는 평화의 나무에 못 박힌 그 블라인드를 볼 수 있었다.

제롬이 그 스트로부스소나무의 밑동께 서서 위를 쳐다보고 있었다. 그들이 다가가자 그는 그들을 흘끗 쳐다보고는 머리 위 가지들로 다시 시선을 옮겼다. 그제야 브루넬 경정은 질이 저 위에 혼자 오르지 않았다는 것을 알아차렸다. 니콜이 나무 난간에 위성안테나 위치를 잡고 있는 질의 몇 발짝 뒤에 서 있었다.

"뭐든 잡히오?" 질이 얼어붙은 입 때문에 나지막하게 들리는 목소리로 물었다. 붉은 수염은 그의 말들이 얼어붙어 얼굴에 붙은 것처럼 하얗고 딱딱해져 있었다.

"근접해요." 니콜은 장갑 낀 손에 든 무언가를 들여다보고 있었다.

질이 안테나를 살짝 조정했다.

"거기요. 멈춰요." 니콜이 말했다.

테레즈와 아르망을 포함한 모든 이가 멈췄다. 그리고 기다렸다. 그리고 기다렸다. 질이 천천히, 천천히 안테나를 놓았다.

"똑같소?" 그가 물었다.

그리고 기다렸다. 기다렸다.

"네." 그녀가 말했다.

"봅시다." 그가 장갑 낀 손을 내밀었다.

"위성에 연결됐어요. 괜찮다고요."

"이리 내요. 직접 보고 싶소." 벌목꾼이 딱딱거렸다. 지독한 추위가 그의 참을성을 갉아먹고 있었다.

니콜은 들고 있던 무언가를 건넸고, 그는 그것을 관찰했다.

"좋소." 그가 마침내 말했고, 그들 아래 보이지 않는 곳에서 세 줄기 입김이 피어올랐다.

단단한 땅으로 돌아오자 질은 미소를 지었다. 크리스털 같은 수염 때문에 그는 산타클로스처럼 보였고, 그가 활짝 웃자 수염이 갈라졌다.

"잘했소." 제롬이 말했다. 그는 발을 구르고 있었고, 추위로 온통 파랬다.

이베트 니콜은 길고 검은 탯줄처럼 보이는 것에 의해 팀의 중심에서 몇 발짝 떨어진 곳에 서 있었다. 그것은 전송 케이블이었다.

테레즈, 제롬, 질이 침울한 젊은 형사를 보고 있군. 가마슈는 생각했다. 그리고 니콜. 가느다란 끈으로 연결된 자신들 다섯쌍둥이.

그리고 니콜. 그녀를 잘라 내기란 얼마나 쉬운가.

"연결됐습니까?" 가마슈가 질에게 묻자 그가 끄덕였다.

"위성을 하나 찾았소." 그가 추위로 경직된 입술과 뺨으로 대답했다.

"나머지는요?"

그가 으쓱했다.

"그게 무슨 뜻이죠?" 테레즈가 따지고 들었다. "일이 되겠어요, 안 되겠어요?"

질이 그녀에게 몸을 돌렸다. "그래서 그 일이 뭡니까, 마담? 난 이게 아마 〈서바이버〉의 마지막 에피소드 시청과는 아무 상관 없으리라는 것 외엔 우리가 왜 여기 있는지도 여전히 모르겠소."

팽팽한 침묵이 따랐다.

"학교로 돌아가면 당신이 질에게 그걸 설명해 주실 수 있을 테죠." 가마슈가 말했다. 그는 오후의 터보건 썰매 타기 후 핫초콜릿이라도 권하는 것처럼 담담하게 말했다. "다들 돌아갈 준비가 되셨겠죠."

경감은 몇 발짝 떨어져 서 있는 니콜에게 몸을 돌렸다. "자네와 내가 일을 마치도록 하지."

분명하고 차디찬 빙판 같은 말이었다.

둘만 남겨 주길 바라는 거야. 테레즈는 생각했다. **무리에서 그녀를 떼어 놓고 있어.**

아르망의 얼굴에 서린 희미한 미소를 보자, 그의 딱딱한 목소리를 듣자 그녀 안에 어떤 경고가 울렸다. 아르망 가마슈가 했던 말과 그가 뜻했던 것 사이에 나타난 깊고 어두운 틈. 그리고 테레즈 브루넬은 이 젊은 형사가 부럽지 않았다. 경감은 그녀가 깊숙이 숨겨 두고 잠가 둔 것을 알아낼 참이었다.

"나도 있을래요." 테레즈가 말했다. "아직 춥지 않아요."

"아닙니다." 가마슈가 말했다. "가시는 게 좋을 것 같습니다."

테레즈는 자신의 동료에게서 냉기를 느꼈다.

"하실 일이 있지 않습니까." 그가 조용히 말했다. "저도 그렇습니다."

"그래서 그 일이 뭐죠, 아르망? 질처럼 나도 궁금하군요."

"중대한 연결을 하는 데 제 작은 역할을 하는 것뿐입니다."

그것이었다.

테레즈 브루넬은 가마슈를 응시한 다음 무심한 듯 얼어붙은 통신 케이블에서 꼬인 것을 푸는 듯한 니콜 형사를 건너다보았다. 그래 보이는. 테레즈는 뚱하고 심술궂지만 영리한 젊은 여성을 보았다. 아르망은 그녀를 경찰청 지하로 보내 듣는 법을 배우게 했다.

어쩌면 그것은 자신들이 알아챈 것보다 더 효과가 있었는지 몰랐다.

브루넬 경정은 결정을 내렸다. 그녀는 아르망과 젊은 형사에게 등을 돌리고 남편과 벌목꾼을 재촉해 자리를 떴다.

가마슈는 설피가 내는 뽀드득, 뽀드득, 뽀드득 소리가 더 이상 들리지 않을 때까지, 겨울 숲에 침묵이 내려앉을 때까지 기다렸다. 그런 다음 그는 이베트 니콜에게 돌아섰다.

"비앤비에서 뭘 하고 있었나?"

"자네도 잘 있었나." 그녀가 쳐다보지도 않고 말했다. "잘했네, 니콜. 수고했네, 니콜. 엉덩이가 얼어붙는 이 거지 같은 곳에 우리를 도와주러 와서 고맙네, 니콜."

"비앤비에서 뭘 하고 있었나?"

그녀는 고개를 들었고, 자신에게 아직 남아 있던 희미한 온기조차 사라지는 것을 느꼈다.

"경감님은 거기서 뭘 하고 계셨는데요?" 그녀가 따지고 들었다.

가마슈는 고개를 살짝 기울이고 눈을 가늘게 떴다. "절 의심하시는 건가요?" 니콜의 눈이 커졌고, 케이블이 그녀의 손에서 미끄러졌다.

"프랑쾨르 밑에서 일하나?" 그 말이 고드름처럼 가마슈의 입에서 떨어졌다.

니콜은 말은 하지 않았지만 그럭저럭 고개를 저었다.

가마슈는 파카의 지퍼를 내리고 옷자락을 엉덩이 뒤로 젖혔다. 셔츠가 드러났다. 그리고 총도 드러났다.

그녀가 지켜보는 동안 그는 두툼한 장갑을 벗고 오른손을 허리춤에 늘어뜨렸다.

"프랑쾨르 밑에서 일하나?" 되묻는 그의 목소리는 한층 더 고요했다.

그녀가 격렬하게 고개를 흔들며 입 모양으로 말했다. "아니요."

"비앤비에서 뭘 하고 있었나?"

"경감님을 찾고 있었습니다." 그녀가 간신히 말했다.

"왜지?"

"학교에서 이곳으로 가져올 케이블을 준비하다가 경감님이 비앤비로 가시는 모습을 보고 따라갔어요."

"왜?"

가마슈는 집중하는 데 시간이 걸렸다. 처음에 그는 면전에서 문을 쾅 닫은 것에 대해 니콜에게 사과할 생각이었다. 하지만 이내 그녀가 비앤비에서 뭘 하고 있었는지 궁금해지기 시작했다.

자신이 조용히 전화를 걸기 위해 갔던 것과 같은 이유로 거기에 있었던 걸까? 그렇다면 누구에게 전화를 하고 있었을까? 가마슈는 짐작할 수 있었다.

"왜 비앤비에 있었나, 이베트?"

"경감님께 드릴 말씀이 있어서요."

"에밀리의 집에서 말할 수도 있었네. 학교에서 말할 수도 있었고. 왜 비앤비에 있었나, 이베트?

"경감님과 얘기하려고 했습니다." 간신히 끽끽거리는 목소리로 그녀가 반복했다. "조용히요."

"뭐에 대해서?"

그녀는 망설였다. "이래 봤자 소용없다는 말씀을 드리려고요." 그녀는 저 위 헌팅 블라인드와 위성안테나를 향해 손짓했다. "온라인에 접속한다 해도 경찰청 시스템에 들어갈 수 없습니다."

"그게 우리 목표라고 누가 그러지?"

"저는 바보가 아닙니다, 경감님. 저에게 추적 불가한 위성 장비를 요구하셨죠. 로봇 군대를 조직하실 것도 아니고요. 정문으로 들어가실 생각이었다면 집이나 사무실에서 그렇게 하셨겠죠. 이건 다른 뭔가입니다. 경감님은 침입을 도와 달라고 저를 여기로 부르신 겁니다. 하지만 소용없을 겁니다."

"왜지?" 자신도 모르게 그는 호기심이 일었다.

"왜냐하면 이 허접쓰레기가 경감님을 연결해 줄지는 몰라도, 심지어 한동안 경감님이 어디 있는지 숨겨 줄지 몰라도 내부 파일에 들어가려면 암호가 필요합니다. 경감님의 보안 코드를 넣으면 들키겠죠. 브루넬 경정님 것도 마찬가지고요. 경감님도 아실 텐데요."

"우리가 무슨 일을 하는지 얼마나 알고 있나?"

"그다지요. 제게 도와 달라고 하신 어제까지 아무것도 몰랐습니다."

그들은 서로 응시했다.

"경감님이 저를 여기로 부르신 겁니다. 제가 부탁한 게 아니었습니다. 하지만 경감님이 도와 달라고 하셨을 때 저는 응했습니다. 그리고 이제 저를 적처럼 대하시는 건가요?"

가마슈는 그녀의 심리 게임에 전혀 휘둘리지 않았다. 그는 그녀가 오는 데 동의한 훨씬 그럴듯한 이유가 있다는 것을 알았다. 자신에게 충성해서가 아니라 다른 누군가에게 충성해서. 그녀는 프랑쾨르에게 보고하려고 비앤비에 있었고, 자신이 장 기에게 정신이 팔려 있지 않았더라면 거기서 그녀를 잡았을 터였다.

"난 다른 선택지가 없어서 자넬 부른 걸세. 하지만 그게 자네를 믿는
다는 뜻은 아니야, 니콜 수사관."

"경감님 신뢰를 얻으려면 어떻게 해야 하죠?"

"왜 비앤비에 있었는지 말하게."

"보안 코드 없이 이건 다 소용없다고 경고해 드리고 싶었습니다."

"거짓말이야."

"아닙니다."

가마슈는 그녀가 거짓말하고 있다는 것을 알았다. 보안 코드에 대해
서라면 사적으로 얘기할 필요가 없었다.

"프랑쾨르에게 무슨 말을 했나?"

"아무것도요." 그녀는 간청했다. "그런 짓은 절대 하지 않습니다."

가마슈는 그녀를 노려보았다. 컴퓨터가 켜지면. 위성과 접속되면. 제
롬이 문을 열고 안으로 들어서면 자신들이 발각되는 것은 시간문제였
다. 자신들의 유일한 희망은 자신의 앞에서 진짜든 연기든 추위와 공포
와 분노에 떨고 있는 이 적의 어린 젊은 형사에게 달려 있었다.

보부아르를 구할 시간과 프랑쾨르의 목적이 무엇인지 알아낼 시간이
사라져 가고 있었다. 가마슈와 보부아르를 상처 입히는 것 이상의 목적
이 여기에 있었다.

수년 전에 준비된 훨씬 더 큰 무언가가 이제 무르익고 있었다. 오늘.
내일. 곧. 그리고 가마슈는 그것이 무엇인지 여전히 알지 못했다.

그는 자신이 더디고 어리석게 느껴졌다. 모든 단서와 진실이 눈앞에
떠다니고 있는 것 같았지만 한 조각이 빠져 있었다. 그 전부를 엮을 무

엇이. 자신이 놓쳤거나 아직 발견하지 못한 무엇이.

그는 이제 그것에 피에르 아르노가 엮여 있다는 것을 알았다. 하지만 목적이 뭘까?

가마슈는 좌절감에 비명이라도 내지르고 싶었다.

이 한심한 젊은이가 이 모든 일에서 맡은 역할이 뭘까? 그녀는 그들의 파멸적 존재일까, 구원일까? 그리고 그 둘은 왜 그리 같아 보일까?

가마슈는 파카를 여미고 너무 차가워서 지퍼를 쥐고 있다고 말할 수도 없는 손으로 지퍼를 올렸다. 장갑을 다시 끼고 그는 니콜의 발치에 떨어진 묵직한 케이블을 집어 들었다.

니콜이 지켜보는 동안 가마슈 경감은 몸을 숙여 두꺼운 검은 케이블을 어깨에 걸치고 학교로 난 길을 향해 그것을 숲으로 끌고 갔다.

몇 발짝 걸은 그는 어깨가 가벼워진 것을 느꼈다. 이베트 니콜 형사의 설피가 그가 남긴 발자국을 따라 터벅터벅 걸었고, 그녀가 뒤에 처진 케이블을 집어 들고 있었다.

그녀는 그의 뒤에서 수고와 안도의 한숨을 내쉬고 있었다.

그는 그녀를 잡았었다. 의심하기까지 했다. 하지만 그녀에게서 진실을 끌어내지 못했다.

테레즈 브루넬은 제롬과 질을 학교 장작 난로 앞에 앉혔다. 난로에서 뿜어져 나오는 열기에 남자들은 두꺼운 파카, 모자, 장갑, 부츠를 벗고 불꽃이 튀지 않는 범위에서 난로를 향해 발을 뻗었다.

교실 안에서는 젖은 양모와 장작 타는 냄새가 났다. 이제 따듯해졌지만 질과 제롬은 아니었다.

난로에 장작을 좀 더 쑤셔 넣은 뒤 테레즈는 앙리를 데리러 에밀리의 집에 갔다가 잡화점에 들러 우유, 코코아, 마시멜로를 샀다. 이제 난로 위 주전자에서 핫초콜릿이 끓어올랐고, 그 냄새가 젖은 양모와 장작 때는 냄새에 섞여 들었다. 그녀는 머그잔에 핫초콜릿을 붓고, 그 위에 커다랗고 말랑말랑한 마시멜로를 두 개씩 얹었다.

하지만 질의 손에서 핫초콜릿이 너무 심하게 흔들려서 테레즈는 그에게서 컵을 뺏어야 했다.

"이게 다 뭔지 물으셨죠." 그녀가 말했다.

질이 끄덕였다. 그는 귀를 기울이며 격렬하게 이를 맞부딪쳤고, 그녀가 말하는 동안 그는 자기 몸을 껴안았다가 난로에 손 뻗기를 반복했다. 수염이 녹으면서 그의 스웨터에 얼룩을 남겼다.

말을 마친 뒤 테레즈는 마시멜로가 녹아 하얀 거품으로 변한 핫초콜릿 잔을 그에게 돌려주었다. 그는 무서운 얘기를 듣고 용기를 내려 애쓰는 어린 소년처럼 따뜻한 컵을 가슴에 안았다.

그의 옆에서 제롬은 아내가 자신들이 무엇을 왜 찾고 있는지 설명하는 동안 말없이 앉아 있었다. 브루넬 박사는 발을 주물러 피가 다시 돌게 하려고 애쓰는 중이었다. 혈액순환이 되자 핀과 바늘 들이 발을 찔러댔다.

어둑한 숲 너머 해는 이제 거의 보이지 않았고, 그 숲에는 아직 아르망 가마슈와 니콜 수사관이 남아 있었다. 테레즈는 불을 켜고 남편이 그날 아침 배치한 텅 빈 모니터들을 보았다.

이게 안 되면 어쩌지?

이것들이 아주 빈약한 스카우트 부대를 이뤘다고 그녀는 생각했다.

자신들은 이것이 실패할 경우의 대비가 안 되어 있을뿐더러 경찰 파일을 해킹하기 위해 훔친 장비를 사용하고 있었다. 사기를 위한 경찰 배지가 있다면 자신들은 그 배지들로 도배를 하고 있을 터였다.

나무를 깐 포치에 묵직한 발소리가 들렸고, 테레즈가 문을 열자 아르망이 힘겹게 숨을 내쉬며 서 있었다.

"괜찮아요?" 그녀가 그렇게 물었지만 둘 다 그녀가 정말로 묻는 게 "혼자예요?"라는 것을 알았다.

"더할 나위 없죠." 그가 헐떡거렸다. 그의 얼굴은 힘든 노동과 혹독한 추위로 붉어져 있었다. 몸을 굽혀 케이블을 내린 그는 학교 안으로 들어섰고, 잠시 뒤 니콜 형사가 따랐다. 그녀의 얼굴은 더 이상 창백하지 않았다. 이제 그 얼굴은 흰색과 빨간색으로 얼룩덜룩했다. 그녀는 캐나다 국기처럼 보였다.

이 순간까지 자신이 얼마나 걱정하고 있었는지 인식하지 못한 테레즈가 숨을 내쉬었다.

"초콜릿 냄새가 맞습니까?" 가마슈가 얼어붙은 입으로 물었다. 앙리가 뛰어나와 그를 맞았고, 경감은 한 무릎을 꿇고 앉아 셰퍼드를 껴안았다. 애정만큼이나 온기를 원하는 것이라고 테레즈는 생각했다. 그리고 앙리는 그에게 둘 다 줄 수 있어 행복해 보였다.

새로 온 이들을 위해 난로 옆에 자리가 만들어졌다.

테레즈는 그들에게 핫초콜릿을 따라 주었고, 가마슈와 니콜이 겉옷을 벗은 뒤 그들 다섯은 난롯가에 조용히 둘러앉았다. 처음 몇 분간 가마슈와 니콜은 추위로 몸서리를 쳤다. 두 사람의 손이 떨렸고, 이따금 그들은 혹독한 추위가 그들의 몸에 유령을 남긴 것처럼 경련했다.

이내 작은 학교는 마룻바닥에서 의자 다리가 내는 기괴한 끼익 소리, 불꽃이 튀는 소리, 그리고 가마슈의 발치에서 몸을 뻗으며 내는 앙리의 끙 소리를 빼면 조용해졌다.

아르망 가마슈는 자신이 깜빡 졸지도 모른다고 느꼈다. 양말은 이제 말라 살짝 빳빳했고, 손에 든 핫초콜릿 잔은 따뜻했고, 난로에서 뿜어져 나오는 열기는 그를 감쌌다. 긴급한 상황임에도 그는 눈꺼풀이 묵직해지는 것을 느꼈다.

오, 그냥 몇 분만, 잠시만 쉴 수 있다면.

하지만 해야 할 일이 있었다.

그는 머그잔을 내려놓고 몸을 숙여 깍지를 꼈다. 그는 조그만 원룸형 학교 안 난롯가에 옹기종기 둘러앉은 원을 보았다. 다섯 명. 다섯쌍둥이. 테레즈, 제롬, 질, 아르망 그리고 니콜.

그리고 니콜. 그는 다시 그렇게 생각했다. 끝에 걸친. 외부인.

"다음은 뭡니까?" 그가 물었다.

27

"다음 말인가?" 제롬이 물었다.

그는 이렇게 멀리까지 오리라고는 전혀 예상치 못했다. 교실 저편 텅 빈 모니터들의 장벽을 보면서 그는 어떤 일이 일어났는지 알았다.

두터운 스웨터 아래로 그는 자신의 둥그런 몸이 울기라도 하듯 땀이 흐르는 것을 느꼈다. 스리 파인스가 자신들의 여우 굴이라면 그는 고개를 쳐들 참이었다. 아르망이 자신들에게 무기를 쥐여 주었지만 그것은 기관총 앞의 뾰족한 막대기였다.

그는 난로의 온기에서 멀어져 교실 저 끝으로 다가가며 다시 냉기를 느꼈다. 두 대의 오래되고 낡은 컴퓨터가 하나는 교탁 위에, 다른 하나는 그들이 끌어다 놓은 책상 위에 나란히 놓여 있었다. 그것들 위에는 호박벌과 나비와 오리와 장미가 그려진 발랄한 알파벳이 벽에 붙어 있었다. 그리고 그 아래에는 음표들이 있었다.

그는 천천히 그 음표들을 따라가며 흥얼거렸다.

"왜 그 노래를 부르고 계십니까?" 가마슈가 물었다.

제롬은 살짝 흠칫했다. 그는 아르망이 곁에 있다는 것도, 자신이 흥얼 대고 있다는 것도 알아차리지 못했다.

"이거 말일세." 제롬이 음표들을 가리켰다. "도레미가 오선에 있고, 이 노래가 그 밑에 있네."

그가 조금 더 흥얼거리자 놀랍게도 아르망이 천천히, 나직하게 노래하기 시작했다.

"술 취한 선원을 어떻게 하지……."

제롬은 자신의 친구를 뜯어보았다. 가마슈는 악보를 응시하며 미소 짓고 있었다. 이내 그는 제롬에게 몸을 돌렸다.

"……이른 아치이이…… 임에."

제롬은 진짜 즐거움에 미소를 지었고, 자신의 두려움의 일부가 이 음표들과 자신의 진지한 친구가 뱉는 실없는 가사들의 뒤로 사라지는 것을 느꼈다.

"오래된 뱃노래죠." 가마슈는 설명하고 벽에 붙은 악보들로 몸을 돌렸다. "학교가 문을 닫고 미스 제인 닐이 은퇴하기 전, 그녀가 이곳 교사였다는 사실을 깜박했습니다."

"그 여자를 알았나?"

가마슈는 선명한 가을 낙엽들 위에 무릎을 꿇고 파란 눈을 감겼던 일을 떠올렸다. 이제 몇 년이 흘렀다. 평생처럼 느껴졌다.

"제가 그분의 살인자를 잡았죠."

가마슈는 알파벳과 악보가 붙은 벽을 다시 바라보았다.

"멀리, 어이, 그녀는 위로 올라……." 그는 속삭였다. 미스 제인 닐이 자신이 아낀 아이들을 위해 자신이 사랑한 일을 했던 이 교실에 있다는 것이 왠지 위안이 되었다.

"케이블을 여기로 가져와야 해." 제롬이 그렇게 말했고, 질이 드릴로 케이블을 통과시킬 구멍을 벽에 뚫는 다음 몇 분간 제롬과 니콜은 책상 밑으로 기어들어 와이어와 박스 들을 배열했다.

가마슈는 어느 통신위성에서든 3만5천 킬로미터 떨어진 날 시작한 자신들이 이제 그 연결에서 단지 몇 센티미터 떨어져 있다는 사실에 경이감을 느끼며 이 모든 것을 지켜보았다.

"당신의 연결은 성공했나요?" 테레즈 브루넬이 그에게 다가와 물었다. 그녀가 젊은 형사를 향해 고갯짓을 했다.

책상 밑에 욱여넣어진 그녀의 남편과 니콜은 서로 찌르지 않으려고 최선을 다하고 있었다. 니콜 형사는 기회가 될 때마다 앙상한 팔꿈치로 최선을 다해 브루넬 박사를 밀치고 있는 것처럼 보였지만, 적어도 그는 그러지 않으려고 애쓰고 있었다.

"아닌 것 같습니다." 가마슈가 속삭였다.

"하지만 둘 다 돌아왔잖아요, 경감. 그건 대단하죠."

가마슈는 재미없었지만 씩 웃었다. "약간의 승리죠. 내 부하 중 하나를 냉정하게 쏴서 쓰러뜨리지는 않았으니까요."

"뭐, 우린 우리가 승리를 쟁취할 수 있는 곳에선 승리해야 하죠." 그녀가 미소를 지었다. "제롬이 그 기회를 흘려보낼진 모르겠네요."

이제 책상 밑의 둘은 대놓고 서로에게 팔꿈치를 찔러 대고 있었다.

학교 벽의 구멍이 완성됐고, 질이 그 구멍에 케이블을 밀어 넣었다. 제롬이 그것을 쥐고 당겼다.

"제가 할게요."

제롬이 알아차리기도 전에 니콜이 그에게서 케이블을 채 가 첫 번째 금속 상자에 그것을 연결하려고 했다.

"잠깐." 그가 케이블을 홱 잡아당겼다. "그걸 연결할 수 없소." 그는 양손으로 케이블을 부여잡고 갑작스러운 공포를 진정시키려 애썼다.

"당연히 할 수 있어요." 그녀는 브루넬 경정이 끼어들지 않았다면 거의 그에게서 케이블을 빼앗았을지도 몰랐다.

"니콜 수사관." 그녀가 명령했다. "거기서 나오게."

"하지만……,"

"말 들어." 그녀가 고집 센 아이에게 말하듯 말했다.

제롬과 니콜 둘 다 책상 밑에서 기어 나왔다. 제롬은 여전히 검은 케이블을 꽉 쥐고 있었다. 그들 뒤로 여전히 밖에 있는 질이 발포 단열재로 구멍을 메우는 쉭쉭 소리가 들렸다.

"무슨 일입니까?" 가마슈가 물었다.

"우린 그걸 연결할 수 없네." 제롬이 말했다.

"당연히 우린 할 수……,"

하지만 경감이 손을 들어 니콜의 말을 잘랐다.

"왜 안 됩니까?" 그가 제롬에게 물었다. 그들은 너무 멀리 온 상태였다. 왜 몇 발짝 더 가면 안 되는 걸까?

"일단 연결하면 무슨 일이 벌어질지 모르니까."

"하지만……,"

하지만 다시 니콜은 잘렸다. 그녀는 입을 다물었지만 씩씩거렸다.

"왜 안 됩니까?" 가마슈가 상황을 가늠하는 중립적인 목소리로 다시 물었다.

"지나치게 조심스럽게 들릴 거라는 건 알지만 일단 이게 연결되면 우리는 세상과 연결할 수 있는 능력을 갖게 될 걸세. 하지만 그 말은 세상도 우리와 연결된다는 뜻이지. 이건," 그는 케이블을 쳐들었다. "양방향으로 통하는 고속도로야."

니콜 수사관은 바지를 적실 참인 것처럼 보였다.

가마슈 경감이 그녀에게 몸을 돌리고 고개를 끄덕였다.

"하지만 전원이 켜져 있지 않아요." 댐이 무너졌고, 그 말이 그녀에게서 쇄도해 나왔다. "그럴 거면 모든 연결을 묶는 게 나을지도 몰라요. 그걸 컴퓨터에 연결하고 전원을 켜야 해요. 작동이 되는지 확인해야죠. 왜 기다려요?"

가마슈는 목덜미에 냉기를 느꼈고, 긴장된 분위기 속으로 걸어오는 질을 돌아보았다. 그는 문을 닫고 모자와 장갑과 코트를 벗은 다음 문을 지키기라도 하듯 문가에 앉았다.

가마슈가 테레즈에게 몸을 돌렸다.

"어떻게 생각하십니까?"

"기다려야 해요." 테레즈는 니콜이 다시 입을 열려는 모습을 보고 그녀의 어떤 말도 차단했다. 그녀가 젊은 형사를 똑바로 보며 말했다. "자네는 막 도착했지만 우리는 이 일에 몇 주를, 몇 달을 매달려 왔어. 우린 우리의 경력, 우리의 우정, 우리의 가정, 어쩌면 그보다 더한 것을 감수했네. 내 남편이 멈춰야 한다고 하면, 그때는 멈춰야 해. 알겠나?"

니콜은 마지못해 항복했다.

모두가 학교를 나설 때, 가마슈는 예일 자물쇠를 잠그고 열쇠를 가슴 주머니에 넣었다. 질이 에밀리의 집으로 가는 어둡고 짧은 길을 그와 함께했다.

"저 젊은 여자 말이 옳다는 걸 아시오?" 질의 목소리는 낮았고, 그의 시선은 눈길을 향했다.

"테스트가 필요하다고요?" 가마슈 역시 속삭였다. "위Oui 네, 압니다."

그는 제롬과 테레즈의 앞에서 걷고 있는 니콜을 지켜보았다.

그리고 그는 제롬이 정말로 두려워하는 것이 무엇인지 궁금했다.

비프스튜로 저녁 식사를 한 후, 그들은 커피를 들고 벽난로 불을 지필 준비가 된 거실로 나갔다.

테레즈는 신문에 성냥불을 붙였고, 밝게 타오르는 불꽃을 지켜보았다. 그런 다음 그녀는 거실을 향해 몸을 돌렸다. 가마슈와 질은 한 소파에 앉아 있었고, 제롬은 그들 맞은편에 앉아 있었다. 니콜은 구석에서 지그소 퍼즐을 맞추고 있었다.

크리스마스트리 전구에 불을 켠 후 테레즈는 남편에게 다가갔다.

"선물을 가져올 생각을 했으면 좋았을 텐데." 그녀가 크리스마스트리를 응시하며 말했다. "아르망, 수심에 잠긴 것 같군요."

가마슈는 그녀의 시선을 따라 크리스마스트리 밑을 보는 중이었다. 문득 무언가가 떠올랐다. 무언가 나무 혹은 크리스마스 혹은 선물과 관계된 작은 생각이. 테레즈가 방금 한 말에 무언가가 연상됐지만 직접적인 의문이 그 생각을 쫓아 버렸다. 그는 눈썹을 찌푸리고 거실 한구석에 놓인 생기 넘치는 크리스마스트리를 계속 바라보았다. 밑에 아무것도 없는. 선물이 없는.

"아르망?"

그는 고개를 흔들고 그녀와 눈을 맞추었다. "미안합니다. 그냥 생각 중이었습니다."

제롬이 질을 향했다. "피곤하겠구려."

제롬 자신도 지쳐 보였다.

질이 끄덕였다. "나무에 오른 지 오래됐죠."

"정말로 나무들이 하는 말이 들리오?" 제롬이 물었다.

벌목꾼은 맞은편에 앉은 통통한 남자를 관찰했다. 갈 수도 있었는데 지독한 추위 속에서 스트로부스소나무 밑동께 남아 격려의 말을 외쳤던 남자. 그는 고개를 끄덕였다.

"뭐라고 합디까?" 제롬이 물었다.

"나무들이 뭐라고 하는지 알고 싶지 않으실걸요." 질이 미소를 지으며 말했다. "게다가 대개 저는 소리를 들을 뿐입니다. 속삭임들. 다른 것들."

브루넬 부부가 그를 보며 다음 말을 기다렸다. 가마슈는 커피를 들고 귀를 기울였다. 그는 그 이야기를 알고 있었다.

"원래 그것들을 들을 수 있었나요?" 마침내 테레즈가 물었다.

구석에서 니콜 수사관이 퍼즐을 맞추다 고개를 들었다.

질이 고개를 저었다. "저는 벌목꾼이었습니다. 사슬톱으로 수백 그루의 나무를 벴죠. 어느 날 오래된 떡갈나무를 베는데 나무가 우는 소리가 들렸습니다."

침묵이 따랐다. 질은 벽난로와 타오르는 장작을 응시했다.

"처음에는 그 소리를 무시했습니다. 환청이 들린다고 생각했죠. 이내 그게 퍼졌고, 베고 있던 나무뿐 아니라 모든 나무가 우는 소리가 들렸습니다."

그는 한동안 침묵했다.

"끔찍했지요." 그는 속삭였다.

"어떻게 했소?" 제롬이 물었다.

"어쩌겠습니까? 나무 베는 일을 멈추고 내 팀에게 멈추라고 했죠." 그는 자신의 못 박인 거대한 손을 보았다. "동료들은 당연히 제가 미쳤다고 생각했습니다. 직접 듣지 않았다면 저도 같은 생각을 했겠죠."

질이 제롬을 똑바로 보면서 말했다.

"한동안은 부정하면서 살 수 있었지만, 알게 된 이상 모른다고 할 수는 없었습니다. 아시겠습니까?"

제롬이 끄덕였다. 그는 알았다.

"질은 이제 죽은 나무로 아주 근사한 가구를 만듭니다." 가마슈가 말했다. "렌 마리와 저도 두엇 소장하고 있죠."

질이 미소를 지었다. "돈이 되진 않지만 말이오."

"돈 얘기가 나와서 말인데……," 가마슈가 입을 열었다.

질이 경감을 보았다. "더 이상 말씀 마시구려."

"데졸레Désolé 미안합니다." 가마슈가 말했다. "제가 말실수를 했군요."

"도움이 돼서 기뻤소. 원하시면 남아 있을 수 있소. 내가 여기 있는 게 도움이 된다면."

"고맙습니다." 가마슈가 그렇게 말하며 일어섰다. "당신이 필요하면 연락하죠."

"그럼 난 내일 아침에 오겠소. 내가 필요하면 날 비스트로에서 찾을 수 있을 거요."

코트를 입고 커다란 손을 문손잡이에 얹은 질이 그들 넷을 보았다.

"알겠지만 도둑이 밤에 훔치는 이유가 있소."

"우릴 도둑이라고 부른 거예요?" 테레즈가 살짝 즐거워하며 말했다.

"아닙니까?"

아르망은 문을 닫고 동료들을 보았다.

"결정해야 할 게 있습니다, 메 자미mes amis 여러분."

제롬 브루넬은 커튼을 치고 난롯가 자신의 자리로 돌아갔다.

자정에 가까워졌고, 뼛속까지 피곤했지만 그들은 원기를 회복했다. 더 많은 커피가 끓여졌고, 또 다른 단풍나무 장작이 불 속에 던져졌으며, 산책을 다녀온 앙리는 이제 난롯가에 몸을 말고 잠들어 있었다.

"봉Bon 좋습니다." 가마슈가 그렇게 말하며 몸을 숙여 그들의 얼굴을 살폈다. "이제 뭘 할까요?"

"우린 접속할 준비가 안 됐네." 제롬이 말했다.

"박사님이 준비가 안 됐다는 뜻이겠죠." 니콜이 말했다. "뭘 기다리시는 거예요?"

"두 번째 기회는 없을 거요." 제롬이 잘라 말했다. "환자를 수술할 때 난 '좋아, 이번에 망치면 언제든 다시 할 수 있지'라고 생각하지 않았소. 천만에. 한 번뿐이오. 우리가 준비가 됐는지 확실히 해야 하오."

"우린 준비됐어요." 니콜이 고집했다. "더 일어날 일은 없어요. 더 나타날 장비도 없고요. 더 이상의 도움은 없어요. 박사님은 가질 걸 다 가졌다고요. 이게 다예요."

"왜 그렇게 조바심을 치는 거요?" 제롬이 따졌다.

"박사님은 왜 조바심을 치지 않죠?" 니콜이 되물었다.

"그만." 가마슈가 말했다. "우리가 어쩌면 도움이 되겠습니까, 제롬? 뭐가 필요하십니까?"

"그녀가 가져온 장비를 전부 알아야겠네." 그가 팔짱을 끼고 앉아 있는 니콜을 흘끗 보았다. "왜 우리가 두 대의 컴퓨터가 필요하지?"

"하나는 제 거예요." 니콜이 말했다. 그녀는 그들에게 앙리에게 말하 듯 말하기로 결심했다. "전 경찰청 네트워크를 접속하는 데 쓰는 채널을 암호화할 거예요. 누가 박사님 시그널을 잡아내더라도 그 암호를 깨야 할 거예요. 시간을 벌어 주죠."

그들이 이해한 마지막 말은 앙리조차 이해할 수 있었지만 암호화 부분에 대해서는 생각이 필요했다.

"자네 말은," 테레즈가 기술적인 대화에 서서히 적응하며 말했다. "제롬이 키보드로 무언가를 치면 그게 암호화된다는 말인가? 그리고 그 암호가 변환되고?"

"정확해요." 니콜이 말했다. "그 방을 나가기 전 모든 게요." 그녀는 말을 멈추었고, 팔짱 낀 팔은 강철 끈처럼 그녀의 몸을 한층 꽉 조였다.

"왜 그러나?" 가마슈가 물었다.

"그래도 그들은 경감님을 발견할 거예요." 그녀의 목소리는 부드러웠다. 승리감은 담겨 있지 않았다. "제 프로그램은 그들이 세 분을 발견하기 어렵게 만들긴 하겠지만 불가능하게 하진 못해요. 그들은 자기들이 하는 일을 잘 알죠. 우리를 찾아낼 거예요."

경감은 잠깐 사이 '세 분'이 '우리'가 됐다는 것을 놓치지 않았다. 적잖이 의미심장한 잠깐이었다.

"우리가 누군지 그들이 알까?" 그가 물었다.

가마슈는 젊은 수사관의 흥부를 둘러싼 단단한 조임이 느슨해지는 것을 보았다. 그녀는 살짝 몸을 숙였다.

"이제 흥미로운 질문이네요. 저는 의도적으로 투박하고 조잡해 보이는 암호를 만들어 왔어요."

"의도적으로?" 그것이 의도된 것이었다고 전혀 확신하지 못한 제롬이 물었다. "누가 왜 그런 짓을 하지? 맙소사, 우린 '투박한' 게 필요하지 않소. 우린 거기서 최선이 필요하지."

그가 가마슈를 보았고, 경감은 언뜻 비치는 공포의 기미를 보았다.

마침내 침묵의 엄청난 힘을 이해했기 때문인지, 발끈했기 때문인지 니콜은 침묵을 지켰다. 가마슈는 후자를 의심했지만 그 침묵 덕분에 제롬의 적확한 질문을 생각할 시간이 주어졌다.

어째서 조잡해 보이려고 하지?

"그들을 떨치기 위해." 그가 마침내 심통 난 작은 얼굴을 향하며 말했다. "그들이 우리를 발견하더라도 심각하게 생각하지 않을 테지."

"세 사C'est ça 맞습니다." 니콜이 살짝 긴장을 풀며 말했다. "정확해요. 그들은 정교한 공격을 기대할 거예요."

"핵전쟁에 돌을 들고 가는 꼴이겠군." 가마슈가 말했다.

"맞아요." 니콜이 말했다. "발각되더라도 우리를 심각하게 받아들이지 않을 거예요."

"그렇듯해." 테레즈는 말했다. "돌 하나가 피해를 얼마나 주겠어?"

다윗과 골리앗의 비유는 제쳐 두고, 현실에서 돌 하나는 그리 대단한 무기가 아니었다. 그녀는 무시하는 얼굴을 기대하며 제롬을 향했지만 놀랍게도 경탄의 얼굴이었다.

"피해를 줄 필요는 없지." 그가 말했다. "보초를 슬쩍 지나치기만 하면 되니까."

"그게 희망이죠." 니콜은 그렇게 말하고 한숨을 내쉬었다. "될 것 같진 않지만 시도할 가치는 있어요."

"맙소사." 테레즈는 말했다. "그리스 코러스Greek chorus 그리스 연극에서 노래로 코멘트하는 배우들랑 사는 것 같네."

"제 프로그램은 그들이 우리를 찾기 어렵게 하겠지만 접속하는 데도 보안 코드가 필요하고, 그들은 두 분이 두 분의 코드로 로그인하자마자 알아챌 거예요."

"그들이 우리를 찾는 걸 어떻게 막지?" 가마슈가 물었다.

"말씀드렸잖아요. 다른 보안 코드요. 관심을 전혀 끌지 않을 만한 걸로요. 하지만 그렇다 해도 그들을 오래 막지는 못할 거예요. 그들은 자기들이 보호하는 파일에 우리가 침투하자마자 그 사실을 알 거예요. 우리를 쫓아오고 찾아내겠죠."

"그러는 데 얼마나 걸릴 것 같나, 자네 생각엔?"

니콜은 생각하면서 얇은 입술을 뾰로통하게 내밀었다. "그 단계에서 기교는 문제가 아닐 거예요. 중요한 건 오로지 스피드죠. 들어가서 원하는 걸 얻고 빠져나온다. 반나절 이상은 확보할 수 없어요. 아마 그만큼도 안 될 거예요."

"첫 번째 보안 파일에 침투한 시간부터 반나절?" 가마슈가 물었다.

"아니." 제롬이 말했다. 그는 가마슈에게 말했지만 니콜을 보고 있었다. "그녀가 뜻한 건 우리의 첫 활동부터 열두 시간일세."

"아마 그보다 덜할 거예요." 니콜이 말했다.

"열두 시간이면 충분하지 않아?" 테레즈가 말했다.

"우리가 들여 왔던," 제롬이 말했다. "몇 달 전에도 충분하지 않았고, 여전히 우리가 필요한 걸 발견하지 못했어."

"그땐 제가 없었죠." 니콜이 말했다.

그들은 젊음의 불멸성과 망상에 경탄하며 그녀를 보았다.

"그래서 언제 시작하죠?" 니콜은 물었다.

"오늘 밤."

"하지만 아르망……," 테레즈가 입을 열었다. 제롬의 손이 그녀의 손을 아플 정도로 꽉 쥐었다.

"질이 옳습니다." 경감이 말했다. 그의 목소리는 단호했다. "도둑이 밤에 일하는 이유가 있습니다. 목격자가 적죠. 다른 이들이 모두 잠들어 있을 때 들어갔다 나와야 합니다."

"이제야." 니콜이 그렇게 말하며 일어섰다.

"우리는 시간이 더 필요해요." 테레즈가 말했다.

"더 이상 시간이 없습니다." 가마슈가 손목시계를 보며 말했다. 거의 새벽 1시였다.

"제롬, 한 시간 동안 당신 노트를 정리하십시오. 마지막으로 알람이 울렸던 지점을 아실 겁니다. 거기에 신속하게 접근할 수 있다면, 우린 아침 식사 시간에 맞춰 정보를 들고 나올 수 있을 겁니다."

"맞아." 제롬이 말했다. 그는 아내의 손을 놓았다.

"자네는 좀 자게." 가마슈가 니콜에게 말했다. "한 시간 뒤에 깨울 테니까."

그는 부엌으로 향했고, 등 뒤로 문이 닫히는 소리를 들었다.

"지금 뭐 하는 거예요, 아르망?" 테레즈가 물었다.

"커피를 새로 끓이려고요." 그는 그녀에게 등을 돌리고 커피를 한 스푼씩 세며 커피머신에 넣었다.

"날 봐요." 그녀가 다그쳤다. 가마슈의 손이 멈췄고, 커피가 수북이 쌓인 스푼이 허공에 걸리면서 커피 몇 톨이 카운터에 떨어졌다.

그는 스푼을 커피 통 옆에 내려놓고 돌아섰다.

테레즈 브루넬의 눈은 흔들림이 없었다. "제롬은 지쳤어요. 그는 하루 종일 나가 있었어요."

"우리 모두 그랬습니다." 가마슈가 말했다. "이 일이 쉽다고 말하는 게 아닙······."

"제롬하고 내가 '쉬운' 일을 바라는 것 같아요?"

"그럼 뭘 바라십니까? 모두 잠자리에 든 다음, 벌어지는 일을 잊자고 말하길 바라시는 겁니까? 마침내 기회를 잡을 만큼 근접했습니다. 이제 끝내는 겁니다."

"세상에." 테레즈가 그를 면밀히 살피며 말했다. "우리 때문이 아니군요. 이건 장 기 보부아르 때문이에요. 그가 다른 작전에서 살아남을 수 없다고 생각하는 거예요. 그게 우리를, 제롬을 밀어붙이는 이유고요."

"보부아르 때문이 아닙니다." 가마슈는 뒤로 손을 뻗어 대리석 카운터를 움켜잡았다.

"당연히 그 때문이에요. 그를 구하려고 우리를 전부 희생시키려는 거예요."

"절대 아닙니다." 가마슈가 목소리를 높였다.

"당신이 지금 하는 게 그거라고요."

"저는 오랫동안 이 일을 해 왔습니다." 가마슈가 그녀에게 다가가며 말했다. "공장 습격이 있기 한참 전부터. 장 기가 고통받기 훨씬 전부터. 이걸 해내기 위해서 모든 걸 포기했습니다. 오늘 밤이면 끝납니다. 제롬이 조금만 더 깊이 들어가면요. 우리 모두가요."

"당신은 지금 이성적이지 못해요."

"아니, 당신이 그렇습니다." 그는 분노로 끓어올랐다. "제롬이 두려워하는 게 보이지 않습니까? 겁에 질린 게요? 그게 그의 에너지를 소진하고 있습니다. 우리가 오래 지체할수록 더 안 좋아질 겁니다."

"제롬을 배려하느라 이런다는 말인가요?" 테레즈가 믿지 못하겠다는 듯 따졌다.

"하루가 더 지나면 그는 무너질 테니까 이러는 겁니다." 가마슈가 말했다. "그런 다음 그를 포함한 우리 모두가 지겠죠. 당신에겐 그게 보이지 않을지 모르지만 저는 보입니다."

"무너지고 있는 사람은 그가 아니에요." 그녀가 말했다. "오늘 눈물을 보인 사람은 그가 아니라고요."

가마슈는 그녀가 차로 치기라도 한 듯이 보였다.

"제롬은 할 수 있고, 오늘 밤 그걸 할 겁니다. 그는 프랑쾨르를 검거하고 그의 계획이 뭐든, 막는 데 필요한 정보를 갖고 돌아올 겁니다." 가마슈의 목소리는 낮았고, 눈은 이글거렸다. "제롬은 동의했습니다. 적어도 그는 기개가 있죠."

문을 열고 나간 가마슈는 방으로 올라가 벽을 응시하며 손의 떨림이 멎기를 기다렸다.

새벽 2시에 제롬은 자리에서 일어났다.

아르망은 니콜을 깨웠고, 아래층으로 내려왔다. 그는 테레즈를 보지 않았고, 테레즈는 그를 보지 않았다.

니콜은 부스스한 차림새로 내려와 코트를 걸쳤다.

"준비됐습니까?" 가마슈가 제롬에게 물었다.

"준비됐네."

가마슈가 앙리에게 신호했고, 둘은 조용히 집을 나섰다. 밤의 도둑들
처럼.

28

학교에 가려고 안달이 난 유일한 사람인 니콜이 앞장서서 걸었다. 하
지만 가마슈는 자신에게 열쇠가 있기 때문에 그녀의 안달이 소용이 없
다는 것을 알았다.

제롬은 테레즈의 손을 잡았다. 둘 다 두둑한 검은 코트를 입고 폭신한
하얀 장갑을 끼고 있었다. 그들은 산책을 나선 미키와 미니 마우스처럼
보였다.

가마슈 경감은 브루넬 경정을 스쳐 지나 학교 문을 열었다. 그는 그들
을 위해 문을 잡아 주었지만 자신은 들어가는 대신 문이 닫히게 두었다.

그는 서리 낀 창문을 통해 불이 켜지는 것을 보았고, 난로 뚜껑이 들
리는 금속성의 철컹거리는 소리와 꺼져 가는 잉걸불에 장작이 던져지는
소리를 들었다.

하지만 밖은 고요할 뿐이었다.

그는 고개를 젖히고 밤하늘을 살폈다. 저 밝은 점 중 하나가 별이 아닌, 곧 자신들을 이 마을 밖으로 이동시켜 줄 위성일까?

그는 땅으로 눈을 돌렸다. 시골집들로. 비앤비, 빵집으로. 무슈 벨리보의 잡화점. 머나의 서점. 비스트로. 수없이 많은 훌륭한 식사들과 대화의 장면. 자신과 장 기. 라코스트. 심지어 니콜.

수년을 거슬러.

그는 마지막 접속을 지시할 참이었고, 그러면 되돌릴 수 없을 터였다. 니콜이 너무나 분명히 지적했듯이 자신들은 결국 발견될 것이었다. 그리고 이곳을 추적당하리라.

그리고 아무리 많은 벌목꾼, 사냥꾼, 마을 사람, 비탄에 잠긴 시인, 훌륭한 화가, 여관 주인이 있다 해도 일어날 일을 막을 수 없으리라. 스리 파인스를 위해. 그 안에 사는 모든 이를 위해.

아르망 가마슈는 잠들어 있는 마을에 등을 돌리고 안으로 들어갔다.

제롬 브루넬이 모니터 중 하나에 자리를 잡고 있었고, 테레즈가 그 뒤에 서 있었다. 이베트 니콜은 자신의 키보드와 모니터를 앞에 두고 브루넬 박사 옆에 앉아 있었다. 그녀의 등은 이미 곱사등처럼 굽어 있었다.

그들 모두 그를 돌아보았다.

가마슈는 망설이지 않았다. 그가 고개를 끄덕이자 이베트 니콜이 책상 밑으로 들어갔다.

"할까요?" 그녀가 물었다.

"위." 결심이 선 목소리로 단호하게 그가 말했다.

침묵이 뒤따랐고, 이내 그들은 딸칵 소리를 들었다.

"됐습니다." 니콜이 기어 나오며 외쳤다.

가마슈가 제롬과 눈을 마주치고 고개를 끄덕였다.

제롬은 자신의 손가락이 떨리지 않는 것에 놀라며 손을 뻗어 전원 버튼을 눌렀다. 불빛이 깜박였다. 탁탁거리는 소리가 들리더니 스크린들이 살아났다.

가마슈는 주머니에 손을 넣어 깔끔하게 접힌 종이 한 장을 꺼냈다. 그는 그것을 펴서 제롬 앞에 놓았다.

니콜 형사가 그것을 보았다. 그 표시를. 그리고 문구와 숫자들을. 이내 그녀가 경감을 올려다보았다.

"국립도서관." 그녀가 속삭였다. "세상에, 될지도 모르겠어요."

"오케이, 다 살아났고 접속됐네." 제롬이 보고했다. "암호화 프로그램과 보조 프로그램 들 모두가 가동 중일세. 내가 로그인하면 시계가 작동할 거야."

브루넬 박사가 천천히, 신중하게 긴 보안 코드를 쳐 넣는 동안 가마슈는 벽을 향해 몸을 돌려 실측도를 보았다. 아주 세세한. 그럼에도 수년 전 어떤 아이가 지도 위에 점을 찍고 또박또박한 글씨로 조심스럽게 우리 집이라고 쓰지 않았다면 지금 자신들이 서 있는 곳은 드러나지 않았을 터였다.

가마슈는 그 점을 응시했다. 그리고 그는 길 건너 세인트토머스 교회를 떠올렸다. 세계대전 이후 만들어진 스테인드글라스에는 아주 젊은 군인들이 앞으로 나아가고 있었다. 용감한 얼굴들이 아니었다. 그들은 공포로 가득 차 있었다. 하지만 그래도 전진했다.

그 아래 결코 집에 돌아오지 못한 젊은이들의 이름이 새겨져 있었다.

그리고 그 이름들 아래에 **그들은 우리의 자식들이었다**라는 글귀가 있었다.

가마슈는 제롬이 일련의 숫자와 문자를 쳐 넣는 소리를 들었다. 그런 다음에는 아무 소리도 나지 않았다. 정적뿐.

코드가 입력되었다. 남은 일은 한 가지뿐이었다.

제롬 브루넬의 손가락이 엔터 키 위에서 맴돌았다.

이내 그는 손가락을 떨어뜨렸다.

"농Non 안 됩니다." 아르망이 말했다. 그는 손가락이 키 위의 몇 밀리미터에서 멈추도록 제롬의 손목을 움켜쥐었다. 그들은 가마슈가 제롬을 멈추기 전에 그가 실제로 엔터 키를 쳤는지 미심쩍어하며 숨도 쉬지 못한 채 그 모습을 응시했다.

"뭐 하는 건가?" 제롬이 따졌다.

"제가 실수했습니다." 가마슈가 말했다. "당신은 지쳤습니다. 우리 모두가요. 이걸 시작하려면 우린 예리해야 합니다. 원기를 회복해야 합니다. 거기에 너무 많은 게 달려 있습니다."

그는 벽의 지도를 다시 흘끔 보았다. 그리고 그 위에 있는 거의 눈에 띄지 않는 표시를.

"내일 밤 다시 와서 새롭게 시작하죠." 가마슈가 말했다.

제롬 브루넬은 사형 집행이 연기된 사람처럼 보였다. 이것이 배려인지 확신하지 못한 채, 장난인지 확신하지 못한 채. 잠시 뒤 그의 어깨가 앞으로 말렸고, 그는 한숨을 쉬었다.

마지막 힘을 쥐어짠 것처럼 브루넬 박사는 코드를 지우고 가마슈에게 그 종이를 건넸다.

가마슈는 그것을 주머니에 넣으며 테레즈의 시선을 붙들었다. 그리고 고개를 끄덕였다.

"플러그를 뽑아 주겠소?" 제롬이 니콜에게 부탁했다.

그녀는 항의할 참이었지만 맞서기엔 너무 지쳐 그러지 않기로 마음먹었다. 다시 한번 그녀는 의자를 밀어내고 책상 밑으로 기어들었다.

케이블을 뽑자 그들은 불을 껐고, 가마슈는 문을 다시 잠갔다. 자신이 실수를 저지르는 것이 아니길 바라면서. 프랑쾨르에게 자신의 계획을 완성할 결정적인 24시간을 제공하는 것이 아니기를 바라면서.

에밀리 롱프레의 집으로 터벅터벅 돌아가면서 가마슈는 테레즈를 따라잡았다.

"당신이 옳았습니다. 저는……,"

테레즈는 자신의 미니 마우스 손을 올렸고, 가마슈는 입을 닫았다.

"둘 다 틀렸어요. 당신은 멈추기 두려웠고, 난 계속하기 두려웠죠."

"내일은 우리가 덜 두려울까요?" 그가 물었다.

"덜 두렵진 않겠지만," 그녀가 말했다. "더 용기가 생길지 모르죠."

따뜻한 집에 들어선 그들은 침대에 올라 베개에 머리를 대자마자 잠이 들었다. 잠들기 직전 가마슈는 앙리가 만족스럽게 그르렁거리는 소리와 집이 집답게 느껴지는 방식으로 삐걱대는 소리를 들었다.

눈을 뜬 가마슈는 자신이 앙리의 얼굴을 빤히 응시하고 있다는 것을 깨달았다. 개가 얼마나 오래 거기 앉아 있었는지, 얼마나 오래 침대에 턱을 올리고 자신의 얼굴에 젖은 코를 들이대고 있었는지 알 수 없었다.

하지만 아르망의 눈이 깜박이다 뜨이자마자 앙리의 온몸이 흔들리기 시작했다.

하루가 이미 시작됐었다. 그는 옆에 있는 시계를 보았다.

거의 9시. 그는 여섯 시간 동안 잠을 잤고, 그 두 배는 잔 것처럼 느껴졌다. 휴식을 취하고 충전이 되자 그는 이제 자신이 어젯밤 끔찍한 결정에 근접했었다는 것을 확신했다. 오늘 하루 쉬면 더 이상 피로와 혼란과 서로와 싸우지 않고 밤을 맞을 것이었다.

옷을 입으면서 가마슈는 삽이 내는 소리를 들었다. 그는 커튼을 젖히고 하얀 눈에 뒤덮인 마을과 하얀 눈으로 가득한 대기를 보았다. 눈송이들이 떨어져 거대한 소나무 세 그루 위에, 숲에, 집들 위에 쌓였다.

바람이 전혀 없어서 눈은 곧장 떨어졌다. 부드럽게 끊임없이.

그는 자신들의 진입로를 쓸고 있는 가브리와 클라라를 볼 수 있었다. 처음에는 소리만 들리더니 이내 언덕 아래 마을로 내려오는 빌리 윌리엄스의 제설차가 보였다. 작은 교회를 지나, 학교를 지나는. 그리고 마을 광장을 도는.

스케이트를 신고 삽을 든 부모들은 얼어붙은 연못의 눈을 치우고 있었고, 아이들은 하키 스틱을 들고 안달하며 벤치에서 기다리고 있었다.

가마슈는 계단을 내려갔고, 자신이 가장 먼저 일어났다는 것을 알아차렸다.

앙리가 아침을 먹는 동안 가마슈는 커피 주전자를 올리고 거실 벽난로에 불을 지폈다. 그런 다음 둘은 산책을 나섰다.

"아침 드시러 비스트로로 오세요." 가브리가 소리쳤다. 그는 거대한 방울이 달린 털모자를 쓰고 눈삽에 기대 서 있었다. "올리비에가 무슈 파제의 메이플 시럽을 곁들여서 블루베리 크레페를 만들어 드린대요."

"베이컨도요?" 가마슈는 자신이 이미 졌다는 것을 알면서 물었다.

"비엥 쉬르Bien sûr 당연하죠." 가브리가 말했다. "크레페를 다르게 먹을 수도 있나요?"

"바로 가겠습니다."

가마슈는 서둘러 집으로 돌아가 사람들에게 쪽지를 남기고는 앙리와 비스트로로 갔다. 경감은 난롯가에 자리를 잡았고, 머나가 합석했을 때 카페오레를 한 모금 마신 참이었다.

"같이 앉아도 될까요?" 그녀가 물었다. 하지만 그녀는 이미 가마슈의 반대편 안락의자에 앉아 자신의 커피를 달라고 손짓한 다음이었다.

"아침 식사 후에 서점에 들르려던 참이었습니다." 경감이 설명했다. "선물을 찾고 있거든요."

"렌 마리를 위한?"

"아니요. 여기 모두를 위한. 당신에게 감사하다는 말도 할 겸요."

"그러실 필요 없어요. 아시잖아요." 머나가 말했다.

가브리가 그녀의 커피를 가져오더니 의자를 하나 당겨 그들 옆에 앉았다.

"무슨 얘기 하고 있어요?" 그가 물었다.

"선물." 머나가 말했다.

"내 거?" 그가 물었다.

"누가 또 있어?" 머나가 물었다. "우리가 항상 생각하는 사람은 자기뿐인걸."

"그게 우리의 공통점이죠, 마 셰르ma chère 내 친구." 가브리가 말했다.

"무슨 얘기 하고 있어요?" 올리비에가 물으며 블루베리 크레페와 메이플 훈제 베이컨을 머나와 가마슈 앞에 내려놓았다.

"내 얘기." 가브리가 말했다. "나, 나, 나."

"오, 세상에." 올리비에가 의자를 가져오며 말했다. "우리가 그 얘기한 지 삼십 초밖에 안 됐어. 많은 얘기가 있었던 게 분명해."

"실은 두 분께 묻고 싶은 게 있습니다." 가마슈가 말했다. 머나가 그에게 메이플 시럽 병을 건넸다.

"위?" 올리비에가 물었다.

"콩스탕스의 선물을 뜯어 봤습니까?" 경감이 물었다.

"아니요. 트리 밑에 놨어요. 뜯어 볼까요?"

"아닙니다. 두 분께 뭘 드렸는지 압니다."

"뭔데요?" 가브리가 물었다. "차요? 조랑말?"

"말할 순 없지만 두 분이 사용할 수 있는 뭔가인 것 같다고 해 두죠."

"재갈?" 올리비에가 물었다.

"무슨 얘기 하는 거야?" 클라라가 물으며 의자를 끌고 왔다. 그녀의 뺨은 발그레했고 콧물이 흐르고 있어서 가마슈, 가브리, 머나, 올리비에 모두 동시에 그녀에게 냅킨을 건넸다.

"선물이요." 올리비에가 말했다. "콩스탕스가 준."

"자기 얘기 하는 거 아니었어?" 클라라가 가브리에게 물었다.

"그러게. 자연스러운 혐오랄까. 하지만 공정히 말하자면 우린 콩스탕스가 나한테 준 선물에 대해 얘기하는 중이었어요."

"우리한테지." 올리비에가 말했다.

"그래, 그녀는 나한테도 하나 줬어." 클라라가 말하며 가마슈에게 몸을 돌렸다. "경감님이 요전 날 전해 주셨죠."

"뜯어 보셨습니까?"

"어쩔 수 없었어요." 클라라가 인정하며 머나의 베이컨 한 점을 가져갔다.

"그래서 내가 자기 선물을 크리스마스 아침까지 내 트리 밑에 두는 거야." 머나가 접시를 옮기며 말했다.

"콩스탕스가 뭘 줬어요?" 가브리가 물었다.

"이거."

클라라가 목에서 목도리를 풀어 머나에게 건넸고, 그것을 받은 머나가 밝고 생기 있는 라임빛 녹색에 감탄했다.

"이게 뭐지? 하키 스틱들인가?" 머나가 목도리 양 끝의 무늬를 가리켰다.

"붓이야." 클라라가 말했다. "알아보는 데 시간이 좀 걸렸어."

머나는 클라라에게 목도리를 돌려주었다.

"오, 우리 것도 갖고 오자." 가브리가 말했다. 그는 뛰쳐나갔다가 머나와 가마슈가 식사를 마치고 두 잔째 카페오레를 마실 즈음 돌아왔다. 가브리는 올리비에에게 꾸러미 하나를 건넸고, 하나는 자신이 가졌다. 두 꾸러미는 똑같이 온통 지팡이 모양 사탕 무늬로 뒤덮인 밝은 빨간색 포장지로 싸여 있었다.

가브리가 자신의 선물 포장을 벗겼다. "벙어리장갑이다." 그가 조랑말과 차를 합친 근사한 선물이라도 받은 양 소리쳤다.

그는 장갑을 껴 보았다. "심지어 잘 맞아요. 이렇게 큰 손에 맞는 장갑은 찾기 어려운데. 다들 큰 손에 대해 하는 말을 아실……."

아무도 그의 말을 더 듣지 않았다.

올리비에도 자신의 장갑을 껴 보았다. 그것도 잘 맞았다.

장갑에는 연노랑 초승달 무늬가 있었다.

"그 무늬가 무슨 뜻 같아?" 클라라가 물었다.

그들은 모두 생각했다.

"그녀가 자기의 엉덩이 보이기mooning 엉덩이를 노출하는 장난 버릇을 알았을까?" 머나가 가브리를 향했다.

"모르는 사람도 있어요?" 가브리가 말했다. "하지만 반달인데?"

"반달도 아니야." 클라라가 말했다. "초승달crescent moon이야."

가브리가 웃었다. "크루아상 달croissant moon? 내가 제일 좋아하는 두 가지네. 크루아상하고 엉덩이 보이기."

"슬프게도, 사실이야." 올리비에가 확인해 주었다. "게다가 가브리 엉덩이는 아주 꽉 찬 보름달이죠."

"클라라에게는 붓, 이 친구들에겐 크루아상이라." 머나가 말했다. "완벽하네."

가마슈는 선물에 감탄하는 그들을 지켜보았다. 그리고 어젯밤 자신을 피해 눈송이처럼 자신의 의식 속을 떠돌다 내려앉은 생각.

그는 머나를 향했다. "콩스탕스가 당신에겐 선물을 주지 않았군요."

"음, 와 준 것만으로도 충분했어요." 머나가 말했다.

가마슈가 고개를 저었다. "우리는 그녀의 가방 속에서 이 선물들을 발견했지만 당신 건 없었습니다. 왜 없을까요? 콩스탕스가 모든 이에게 선물을 주면서 당신 건 아무것도 가져오지 않았다는 게 이해가 되지 않습니다."

"선물을 기대하진 않았어요."

"그렇다 하더라도," 가마슈가 말했다. "그녀가 다른 사람들의 선물을 가져왔다면 당신 것도 가져왔을 텐데요. 아닌가요?"

머나는 그의 논리를 이해했다. 그녀는 고개를 끄덕였다.

"어쩌면 그녀가 가방에 쌌던 그 사진이 머나 것이었는지도 모르죠." 클라라가 제안했다. "네 자매와 찍은 사진이요."

"그럴지도 모르지만 왜 당신들 선물처럼 포장하지 않았을까요? 크리스마스 때 오는 건 원래 계획이 아니지 않았습니까?" 그가 그렇게 묻자 머나가 고개를 저었다. "그녀는 처음에 며칠간 머무르러 왔던 거죠?"

머나가 끄덕였다.

"그렇다면 그녀는 처음 여기 왔을 땐 다시 올 생각이 아니었군요." 가마슈가 그렇게 말하자 그들은 이상한 눈으로 그를 보았다. 논점은 이미 제시되었는데, 왜 자꾸 그걸 되풀이하는 걸까?

"맞아요." 머나가 말했다.

가마슈가 자리에서 일어났다. "저와 가시겠습니까?"

그는 머나에게 한 말이었지만 그들 모두 그를 따라 비스트로에서 서점으로 이어지는 문을 통과했다. 루스가 이미 거기서 오래전에 바닥이 스카치병 모양으로 변형된 자신의 커다란 가방에 책들을 쑤셔 넣고 있었다. 로사가 루스 옆에 서 있었고, 그들이 들어서자 그들을 보았다.

앙리가 완전히 멈춰 서더니 바닥에 납작 엎드렸다. 그러더니 몸을 벌렁 뒤집었다.

"이 가엾은 녀석, 일어나렴." 가마슈가 그렇게 말했지만 앙리는 그를 위아래로 쳐다보며 꼬리를 흔들 뿐이었다.

"맙소사." 가브리가 다 들리게 속삭였다. "애들의 아이들을 상상해봐. 커다란 귀에 큰 발에."

"원하는 게 뭐야?" 루스가 딱딱거렸다.

"여긴 내 가게예요." 머나가 말했다.

"가게가 아니라 도서관이야." 루스가 가방을 탁 닫았다.

"멍청이." 둘 다 중얼거렸다.

가마슈가 커다란 크리스마스트리로 걸어갔다.

"이것들을 봐 주시겠습니까?" 그가 크리스마스트리 밑에 놓인 선물들을 가리켰다.

"하지만 거기 뭐가 있는지 전 알아요. 제가 그것들을 직접 포장했죠. 그것들은 여기 있는 모두, 그리고 콩스탕스에게 줄 거예요."

그리고 콩스탕스. 가마슈는 생각했다. 여전히 그랬다. 죽은 뒤에조차.

"어쨌든 봐 주십시오."

머나가 무릎을 꿇고 포장된 선물들을 헤집었다.

"이제야 보름달이 떴네." 가브리가 감탄하며 말했다.

머나가 책상다리를 하고 앉았다. 그녀의 손에는 지팡이 모양 사탕들로 뒤덮인 연붉은색 포장지로 포장된 선물이 들려 있었다.

"카드를 읽어 주시겠습니까?" 가마슈가 부탁했다.

머나가 용을 쓰며 일어서서 작은 카드를 펼쳤다. "머나에게." 그녀는 읽었다. "내 집으로 들어오는 열쇠야. 사랑해, 콩스탕스."

"그게 무슨 뜻이에요?" 가브리가 얼굴에서 얼굴들을 보다가 가마슈의 얼굴에 안착하며 물었다.

하지만 경감의 시선은 포장된 꾸러미에 꽂혀 있었다.

"풀어 봐 주십시오." 그가 말했다.

29

머나는 그 크리스마스 선물을 서점 창가 자리로 가져갔다.

그녀가 테이프를 뜯는 동안 자리에 남아 창밖으로 끝없이 내리는 눈을 내다보는 루스만 빼고 모두가 몸을 숙였다.

"그녀가 뭘 줬어요?" 올리비에가 목을 죽 늘였다. "어디 봐요."

"또 장갑이네." 클라라가 말했다.

"아니, 모자 같은데." 가브리가 말했다. "털모자요."

머나가 그것을 들어 올렸다. 옅은 파란색이었고, 정말로 털모자였다. 그리고 무늬가 있었다.

"무슨 무늬야?" 클라라가 물었다. 그녀에게는 박쥐처럼 보였지만, 말이 안 될 것 같았다.

"천사예요." 올리비에가 말했다.

그들은 더 가까이 몸을 숙였다.

"아름답지 않아?" 가브리가 물러서며 말했다. "당신이 그녀의 수호천사였군요."

"근사하네." 머나는 모자를 들고 감탄하며 자신의 실망을 애써 감추려 했다. 머나는 그 선물이 마법처럼 콩스탕스를 드러내 주리라 믿었다. 그녀의 가장 사적인 삶. 그 선물이 마침내 자신을 콩스탕스의 집에 들어가게 해 주리라고.

그것은 다정한 제스처였지만 어디로 통하는 열쇠는 전혀 아니었다.

"여기 선물이 있는 줄은 어떻게 아셨어요?" 클라라가 가마슈에게 물었다.

"몰랐습니다." 그는 인정했다. "하지만 당신들에게는 선물을 주면서 머나에게만 선물이 없는 게 이상하다고 생각했죠. 그러다 그녀가 머나에게 선물을 가져왔다면, 그녀가 다시 오리라 생각하지 않았던 첫 방문 때였으리라는 생각이 들었습니다."

"음, 수수께끼가 풀렸네요." 가브리가 말했다. "저는 비스트로로 돌아가야겠어요. 자기도 오나, 매그레?"

"바로 따라가죠, 미스 마플." 올리비에가 말했다.

루스가 투덜대며 일어섰다. 그녀는 꾸러미를 응시하더니 가마슈를 응시했다. 그가 그녀에게 고개를 끄덕이자 그녀가 그에게 끄덕였다. 그러고는 그녀와 로사는 떠났다.

"당신들 둘은 텔레파시를 개발한 것 같네요." 클라라가 늙은 시인이 오리를 팔에 끼고 조심스럽게 눈 쌓인 길을 걸어가는 모습을 지켜보았다. "저는 제 머릿속의 그녀를 원하는지 확실치 않지만요."

"그녀가 제 머릿속에 있진 않습니다." 그가 클라라에게 장담했다. "하지만 종종 제 마음에 있죠. 그녀의 시 〈아아〉가 죽은 비르지니 우엘레트를 위해 쓰였다는 걸 아셨습니까?"

"아뇨." 머나가 털모자에 손을 올리고 가던 길에 멈춰 서서 하키 선수들에게 지시 혹은 욕을 하는 루스를 바라보며 대답했다. "그 시로 루스가 유명해지지 않았나요?"

가마슈가 끄덕였다. "루스가 그것에서 회복됐는지는 모르겠군요."

"명성에서요?" 클라라가 물었다.

"죄책감에서요. 누군가의 슬픔에서 이득을 봤다는."

"누가 네게 상처를 입혔지 / 회복할 수 없을 만큼 깊이 / 그래서 다가오는 모든 것들을 그렇게 대하는 거니 / 삐죽한 입을 하고서?"

머나가 눈 쌓인 땅을 향해 머리를 숙이고 가는 루스와 로사를 보며 그 시를 속삭였다. 집으로 향하는 둘을 보며.

"우리 모두에겐 저마다의 앨버트로스가 있죠." 그녀가 말했다.

"혹은 오리나." 클라라가 친구의 의자 옆에 무릎을 꿇고 말했다. "괜찮아?"

머나가 끄덕였다.

"혼자 있고 싶어?"

"잠깐만."

클라라가 일어서서 머나의 머리 위에 키스하고 자리를 떴다.

하지만 아르망 가마슈는 자리를 뜨지 않았다. 대신 그는 비스트로와 연결된 문이 닫히길 기다렸다가 루스가 비운 의자에 앉아 머나를 응시했다.

"뭐가 잘못됐습니까?" 그가 물었다.

머나가 털모자를 들어 머리에 썼다. 털실로 짠 모자가 머나의 머리에 연파랑 전구처럼 얹혔다. 이내 그녀는 그것을 그에게 건넸다. 그것을 살펴본 뒤 가마슈는 무릎에 모자를 내려놓았다.

"당신을 위해 뜬 게 아니군요, 그렇죠?"

"아니에요. 그리고 새것도 아니고." 머나가 말했다.

가마슈는 털실이 닳아 살짝 보풀이 일어 있는 것을 보았다. 그리고 그는 다른 것도 알아차렸다. 작은 꼬리표가 털모자 안에 꿰매져 있었다.

독서용 안경을 쓰고 그는 까슬한 털실이 코에 닿을 만큼 얼굴에 모자를 가져다 댔다.

꼬리표가 너무 작고 얼룩이 져 있어서 읽기 어려웠다.

그는 독서용 안경을 벗고 털모자를 머나에게 돌려주었다. "뭐라고 쓰인 것 같습니까?"

그녀는 눈을 가늘게 뜨고 살펴보았다. "MA." 마침내 그녀가 말했다.

경감은 무의식적으로 안경을 만지작거리며 고개를 끄덕였다.

"MA." 그가 되뇌며 창밖을 내다보았다. 그의 시선은 초점이 없었다. 거기에 있지 않은 것을 보려고 애쓰며.

어떤 아이디어, 생각. 의도.

누군가가 왜 털모자에 MA를 꿰맸을까?

그것은 자신들이 콩스탕스 집 안의 다른 털모자들에서 발견한 것과 같은 꼬리표였다. 콩스탕스의 것에는 사슴 무늬와 MC라는 꼬리표가 있었다. 마리콩스탕스.

마르그리트의 것에는 MM이. 마리마르그리트.

조세핀의 털모자에는 MJ.

그는 자신의 손에 들린 털모자를 내려다보았다. MA.

"엄마 것일지도 몰라요." 머나가 말했다. "그럴 거예요. 아이들 걸 만들고 자기 것도 만든 거죠."

"하지만 너무 작습니다." 경감이 말했다.

"그때는 사람들이 지금보다 작았으니까요." 머나가 그렇게 말했고, 경감은 고개를 끄덕였다.

사실이었다. 특히 여자들은. 퀘베쿠아는 지금도 자그마한 편이었다.

그는 다시 모자를 보았다. 성인 여자에게 맞을까?

아마도.

그리고 어머니를 기억할 유일한 기념품으로 콩스탕스가 이것을 간직했다는 것은 말이 되었다. 다섯쌍둥이의 집에는 부모의 사진이 한 장도 없었다. 하지만 그들은 훨씬 더 소중한 무언가를 갖고 있었다. 어머니가 뜬 모자들.

각자 하나씩 그리고 그녀 자신을 위한 모자.

그렇다면 그녀는 안에 뭐라고 새겼을까? 자신의 머리글자는 아니다. 당연히 아니다. 그녀는 아이들이 태어났을 때 마리해리엣이기를 멈췄고 엄마Mama가 되었다. **Ma.**

어쩌면 이것이 결국 콩스탕스를 이해하는 열쇠였다. 그리고 어쩌면 이것을 머나에게 주면서 콩스탕스는 마침내 기꺼이 놓아주겠다는 신호를 그녀에게 보냈는지도 몰랐다. 과거를. 분노를.

가마슈는 콩스탕스와 그녀의 자매들이 부모가 자신들을 정부에 판 게 아니라 사실상 자신들이 정부에 수용됐었다는 것을 알았는지 궁금했다.

콩스탕스는 마침내 어머니가 자신을 사랑했다는 것을 깨달았을까? 그것이 그녀가 평생 짊어졌던 앨버트로스였을까? 어떤 끔찍한 잘못이 아니라 자신이 착각하지 않았다는, 너무 늦은 깨달음에서 온 공포? 자신이 내내 사랑받았었다는?

누가 네게 상처를 입혔지 / 회복할 수 없을 만큼 깊이?

어쩌면 다섯쌍둥이에게, 그리고 루스에게 그 답은 단순했다.

그들은 스스로에게 상처를 입혔다.

루스는 그 시를 써서 죄책감이라는 불필요한 짐을 걸머짊으로써, 그리고 다섯쌍둥이는 거짓말을 믿고 부모님의 사랑을 알아차리지 못함으로써.

그는 털모자를 돌려 가며 무늬를 관찰하면서 다시 보았다. 그런 다음 그것을 내려놓았다.

"이게 어떻게 그녀의 집으로 들어가는 열쇠가 될까요?" 그가 물었다. "천사 무늬가 당신에게 어떤 의미라도 있습니까?"

머나는 창문 밖으로 마을 광장과 스케이트를 타는 사람들을 내다보고 고개를 저었다.

"어쩌면 아무 의미 없을지 모르죠." 경감이 말했다. "왜 사슴 혹은 소나무 혹은 눈송이일까요? 마담 우엘레트가 다른 모자들에 뜬 무늬들은 겨울과 크리스마스의 즐거운 상징일 뿐입니다."

머나는 고개를 끄덕이고 모자를 주무르면서 얼어붙은 연못 위 행복한 아이들을 바라보고 있었다. "콩스탕스가 자신과 자매들은 하키를 좋아한다고 했어요. 그들은 팀을 꾸려 다른 마을 아이들과 시합을 했죠. 브라더 앙드레가 가장 좋아한 스포츠였다더군요."

"그건 몰랐군요." 가마슈가 말했다.

"그들 모두 프뢰르 앙드레가 자기들의 수호천사라고 믿었던 것 같아요. 그래서," 그녀가 털모자를 들어 올렸다. "이 모자죠."

가마슈가 끄덕였다. 수집된 문서들에도 브라더 앙드레에 대한 언급이 많았다. 양쪽 모두 그 성인에 대한 강렬한 기억을 일깨웠다.

"하지만 그녀는 왜 저한테 이 모자를 주려고 했을까요?" 머나가 물었다. "그걸로 저한테 브라더 앙드레에 대해 말하려고요? 그가 그들의 집으로 들어가는 열쇠였을까요? 이해가 안 되네요."

"어쩌면 그녀는 자신의 집에서 그걸 빼내고 싶었는지도 모릅니다."
가마슈가 그렇게 말하며 자리에서 일어났다. "어쩌면 그게 열쇠였는지
도 모르죠. 그 전설에서 벗어나는."

어쩌면, 어쩌면, 어쩌면. 조사할 방법이 없었다. 그리고 시간이 없었
다. 이 범죄가 자신과 브루넬 부부와 니콜이 학교로 돌아갈 때까지 해결
되지 않는다면, 그것은 해결되지 않을 터였다.

어쨌든 자신의 손으로는.

"영화를 다시 봐야겠습니다." 가마슈는 그렇게 말하고 머나의 고미다
락으로 오르는 계단을 향했다.

"저기요." 가마슈가 화면을 가리켰다. "보이십니까?"

하지만 이번에도 그는 한발 늦게 중지 버튼을 눌렀다.

그는 영상을 되감아 다시 시도했다. 그리고 다시. 머나는 그의 옆 소
파에 앉아 있었다. 그는 반복해서 녹화 테이프의 20초 분량을 돌렸다.

서로 웃고 장난치는 소녀들. 콩스탕스는 투박한 의자에 앉아 있고, 그
녀의 아버지가 그녀의 발치에 앉아 스케이트 끈을 묶고 있다. 다른 소녀
들은 문가에서 스케이트 날로 불안정하게 서서 벌써 하키 스틱을 들고
있다.

이내 그들의 엄마가 화면 안으로 들어와 모자들을 내민다. 하지만 남
는 모자가 하나 있고, 그녀는 그것을 화면 밖으로 던진다.

반복해서 경감은 그 장면을 돌렸다. 여분의 모자는 화면 밖으로 빙글
빙글 돌며 날아가는 순간에만 보였다. 마침내 그는 그것이 마리해리엇
의 손을 떠났을 때와 화면을 벗어나기 전 사이의 순간을 포착했다.

그들은 가까이 들여다보았다.

그들은 털모자가 밝은색이라는 정도만 볼 수 있었다. 하지만 흑백 화면에서 그 색이 무엇인지 정확히 말하긴 어려웠다. 하지만 이제 그들은 무늬를 알아볼 수 있었다. 어렴풋하고 흐릿했지만 그 정도면 충분했다.

"천사." 머나가 말했다. "저게 이거네요." 그녀는 손에 든 모자를 내려다보았다. "엄마 거예요."

하지만 가마슈는 더 이상 그 정지된 모자를 보고 있지 않았다. 그는 마리해리엇의 얼굴을 보고 있었다. 그녀는 왜 그토록 당황했을까?

"전화 좀 써도 되겠습니까?"

머나가 전화기를 가져왔고, 그는 전화를 걸었다.

"사망 확인서를 확인했습니다, 경감님." 라코스트 경위가 그의 질문에 대한 대답을 보고했다. "그들은 분명 모두 죽었습니다. 비르지니, 엘렌, 조세핀, 마르그리트 그리고 이제 콩스탕스. 우엘레트 다섯쌍둥이 전부 죽었습니다."

"확실한가?"

경감이 그녀의 조사에 의문을 품는 경우는 드물었고, 그것이 그녀에게 자문하게 했다.

"경감님과 제가 어쩌면 한 명이 아직 살아 있을지도 모른다고 생각했던 건 알지만," 라코스트가 말했다. "사망 확인서와 그들 모두를 매장한 기록을 찾았습니다. 모두 그들의 집 가까이에 있는 같은 묘지에 묻혔습니다. 증거가 있어요."

"닥터 베르나르가 아기들을 받았다는 증거도 있었지." 가마슈가 상기시켰다. "이지도르와 마리해리엇이 아이들을 퀘벡에 팔았다는 증거도 있네. 우리가 이제 거의 그럴 리 없다고 의심하는 비르지니의 추락 사고사 증거도 있네."

라코스트 경위는 그가 하고자 하는 말을 이해했다.

"그들은 지극히 사적이었어요." 그녀는 그가 한 말을 곱씹으며 천천히 말했다. "가능한 것 같네요."

"그들은 단순히 사적인 게 아니라 비밀스러웠네. 무언가를 숨기고 있었어." 경감은 잠시 생각했다. "그들이 모두 죽었다면, 그들의 죽음에 우리가 아는 것 이상의 것이 있지 않을까?"

"비르지니의 죽음 같은 것 말씀이신가요?" 라코스트가 그를 따라잡으려고 머리를 빠르게 굴리며 말했다.

"그들이 한 죽음에 대해 거짓말을 했다면 그들 모두에 대해 거짓말을 했을 수도 있지."

"하지만 왜요?"

"왜 사람들이 우리에게 거짓말을 하나?" 그가 물었다.

"범죄를 덮으려고요." 그녀가 말했다.

"살인을 덮으려고."

"그들이 살해됐다고 생각하세요?" 그녀가 목소리에서 놀라움을 감추는 데 실패하며 물었다. "그들 모두요?"

"우린 콩스탕스가 그랬다는 걸 아네. 그리고 비르지니가 변사했다는 걸 알지. 그에 관해 우리가 정말 아는 게 뭐지?" 경감이 물었다. "공식 기록은 그녀가 계단에서 떨어져 죽었다고 되어 있지. 엘렌과 콩스탕스의 진술에 따라. 하지만 의사의 기록과 경찰의 초동수사 보고서는 다른 시각을 보였네."

"위. 자살이요."

"하지만 그것조차 틀렸는지 모르네."

"엘렌과 콩스탕스가 그녀를 죽였다고 생각하세요?"

"나는 우리가 진실에 근접하고 있는 것 같네."

그것으로 가마슈는 자신들이 마침내 우엘레트의 집 안에 들어선 것 같다고 느꼈다. 자신과 라코스트는 어둠 속에서 더듬거리고 있었지만 곧 상처 입은 가족이 숨긴 게 무엇이든 밝혀질 터였다.

"저는 제 메모를 되짚어 보겠습니다." 라코스트가 말했다. "그리고 옛 파일들을 더 파고들어서 그 죽음들이 자연사가 결코 아니었다는 암시라도 있는지 살펴보겠습니다."

"좋아. 그리고 나는 교구 기록을 확인해 보지."

그것은 사제가 탄생과 죽음의 기록들을 보관한 곳이었다. 경감은 자신이 수기로 쓰인 다섯 출생의 기록을 발견하리라는 것을 알았다. 그는 자신이 얼마나 많은 죽음을 발견할지 궁금했다.

가마슈 경감은 곧장 경찰청 법의학 연구소로 차를 몰고 가, 오늘 내로 완벽한 보고서를 달라는 말과 함께 털모자를 주었다.

"오늘이요?" 감식반원이 그렇게 물었지만 그는 경감의 등에 대고 말하고 있었다.

가마슈는 사무실로 올라갔고, 브리핑 시간에 맞춰 도착했다. 라코스트 경위가 브리핑을 주도하고 있었지만 몇몇 형사만이 자리해 있었다. 경감이 들어가자 그녀가 자리에서 일어섰다. 다른 이들은 처음엔 일어서지 않았다. 하지만 그의 근엄한 얼굴을 보고 그들은 일어섰다.

"나머지는 어디 있나?" 가마슈가 무뚝뚝하게 물었다.

"업무 중입니다," 수사관 중 하나가 대답했다. "경감님."

"라코스트 경위에게 물었네." 그가 그녀를 향했다.

"미팅이 있다고 전달했지만 참석하지 않았습니다."

"그들의 명단을 주게." 가마슈가 그렇게 말하고 자리를 뜨려다 멈춰서서 여전히 서 있는 수사관들을 보았다. 그는 한동안 그들을 바라보다가 기운이 빠진 듯 보였다.

"집에 가게." 그가 마침내 말했다.

그 말을 예상하지 못한 그들은 놀라서 확신 없이 서 있었다. 라코스트역시 마찬가지였지만 그것을 드러내지 않으려 애썼다.

"집이요?" 그들 중 하나가 물었다.

"나가게." 경감이 말했다. "어디든 좋을 대로 해. 어쨌든 가게."

수사관들은 서로 쳐다보며 씩 웃었다.

가마슈는 그들에게 등을 돌리고 문을 향했다.

"사건들은요?"

가마슈는 멈춰 서서 몸을 돌리고 며칠 전 도우려 했던 젊은 수사관을 보았다.

"자네들이 남는다고 자네들 사건에 정말 진전이 있겠나?"

수사적 질문이었다.

그는 너무나 의기양양하게 자신을 보고 있는 이 형사들이 가마슈 경감이 끝났다는 말을 경찰청 전체에 퍼뜨리고 있다는 것을 알았다. 자신이 포기했다는 말을.

그리고 이제 그는 그들에게 그 사실을 확정 짓는 아주 큰 호의를 베풀었다. 사실상 자신의 부서를 해산함으로써.

"크리스마스 선물로 생각하게."

그들은 더 이상 자기들의 만족감을 숨기려 하지 않았다. 쿠데타가 성공했다. 그들이 위대한 가마슈 경감의 무릎을 꿇렸다.

"집에 가게." 그가 지친 목소리로 말했다. "나도 곧 갈 테니까."

그는 등을 곧게 펴고 고개를 치켜들고 회의실을 나섰다. 하지만 그는 천천히 걸었다. 하루를 버티려고 애쓸 뿐인 상처 입은 사자.

"경감님?" 라코스트 경위가 따라오며 말했다.

"내 사무실로 가지."

그들은 안으로 들어갔고, 경감은 문을 닫은 다음 그녀에게 앉으라고 손짓했다.

"우엘레트 사건에 뭐가 더 있나?" 그가 물었다.

"자매들에게 방문자가 있었는지 알아보려고 이웃과 다시 얘기했습니다. 그녀는 수사관들에게 처음 얘기한 대로 말했습니다. 아무도 그 집에 오지 않았다고요."

"자신을 빼고. 내 기억으로는."

"레모네이드를 마시러," 라코스트가 말했다. "한 번이요."

"집 안으로 초대된 적이 없는 걸 이상하게 생각하던가?"

"아뇨. 그녀가 말하길 몇 년 지나면 각양각색의 별난 구석에 익숙해진답니다. 어떤 이웃은 참견을 좋아하고, 어떤 이웃은 파티를 즐기고, 어떤 이웃은 아주 조용하고요. 그곳은 평판이 좋은 오래된 동네고, 그 자매들은 그곳에 수년간 살았습니다. 아무도 이상하게 생각하지 않았던 것 같습니다."

가마슈는 고개를 끄덕였고, 책상 위의 펜을 만지작거리며 한동안 조용히 앉아 있었다.

"내가 은퇴하기로 결심했다는 걸 알아 두게."

"은퇴요? 정말요?"

그녀는 그의 표정을 읽어 보려 했다. 그의 어조를. 제대로 들은 걸까?

"사표를 써서 오늘 밤이나 내일 제출할 걸세. 즉시 효력이 있겠지."

그는 책상 가까이 앉아 떨림이 사라진 것을 주목하며 한동안 손을 바라보았다. "자네는 나와 오랜 세월을 함께했네, 경위."

"네, 경감님. 제 기억으론, 저를 쓰레기 더미에서 발견하셨죠."

"쓰레기통을 뒤지다가." 그가 미소를 지었다.

전적으로 틀린 말은 아니었다. 가마슈 경감은 그녀가 강력반을 그만둔 날 그녀를 뽑았다. 그녀가 그 일을 못 해서가 아니었다. 잘못을 저질러서가 아니었다. 달랐기 때문이었다. 아동을 대상으로 한 특별히 잔인했던 범죄 현장에서 눈을 감고 고개를 숙이고 있는 그녀의 모습을 동료들이 봤기 때문이었다.

이자벨 라코스트의 실수는 무엇을 하고 있었느냐는 질문을 받았을 때 사실대로 말한 것이었다.

그녀는 잊히지 않을 거라고 피해자를 안심시키며 그녀에게 생각을 보내는 묵상을 하고 있었다. 그때부터 형사들은 이자벨 라코스트가 더 이상 감당할 수 없을 때까지 그녀의 삶을 생지옥으로 만들었다. 그녀는 떠날 때라는 것을 알았다.

그리고 그녀가 옳았다. 그녀는 단지 가야 할 데를 깨닫지 못했을 뿐이었다.

가마슈 경감은 그 묵상에 대해 들었고, 경찰청의 웃음거리로 전락한 그 젊은 수사관을 만나고자 했다. 마침내 사직서를 들고 상관의 사무실로 불려 갔을 때 그녀는 상관과 둘만 있으리라 예상했다. 대신, 큰 의자에서 또 다른 남자가 일어섰다. 그녀는 그를 즉시 알아보았다. 가마슈 경감을 경찰학교에서 본 적 있었다. 텔레비전에서 봤고, 신문에서 그에 대해 읽었었다. 한번은 엘리베이터에 같이 탄 적이 있었고, 너무 가까이에 있어서 그의 오드콜로뉴 향을 맡을 수 있었다. 그 향에 너무 끌려서, 그의 매력이 너무 강력해서 그녀는 엘리베이터에서 그를 따라 내릴 뻔했다.

가마슈 경감은 그녀가 사무실에 들어서자 자리에서 일어나 살짝 고개를 숙였다. 그녀에게. 그에게는 좀 예스러운 구석이 있었다. 색다른 무언가가.

그가 손을 내밀었다. "아르망 가마슈네." 그가 말했다.

그녀는 그 손을 잡으며 약간 어지러움을 느꼈다. 무슨 일이 벌어지고 있는지 전혀 알 수 없었다.

그녀는 그 이후로 그의 곁을 떠나지 않았다.

물론 문자 그대로는 아니었다. 하지만 직업적으로, 감정적으로. 그녀는 그가 가는 곳이라면 어디든 따라갈 터였다.

그리고 이제 그는 그녀에게 은퇴한다고 말하고 있었다.

그녀는 그것이 아주 놀라웠다고는 말할 수 없었다. 사실 얼마 전부터 예상하고 있었다. 부서가 해체되기 시작하고 수사관들이 다른 부서로 흩어지면서부터. 경찰청 본부의 공기가 부패의 냄새로 눅눅하고 시큼해지면서부터.

"나를 위해 해 준 모든 걸 고맙게 생각하네." 그가 말했다. 그가 일어서며 미소를 지었다. "자네에게 내 사직서 사본을 이메일로 보내겠네. 자네가 회람해 주게."

"네, 경감님."

"받자마자 바로 부탁하네."

"그러겠습니다."

그녀는 사무실 문으로 그와 함께 걸었다. 그는 그녀에게 손을 내밀었다. 처음 만났을 때 그랬듯.

"자네가 자랑스럽지 않은 날이 하루도 없었네, 라코스트 경위."

그녀는 그의 손을 느꼈다. 강한 손을. 다른 수사관들에게 보였던 위약함이 전혀 없는. 패배나 체념이 없는. 그는 확고했다. 그는 그녀의 손을 잡고 완전히 집중해 그녀를 보았다.

"자네의 직감을 믿게. 알겠나?"

그녀가 끄덕였다.

그는 문을 열고 뒤도 돌아보지 않고 떠났다. 자신이 창조해 오늘 파괴한 부서에서 느리지만 머뭇거림 없이 걸어서.

30

"이걸 보셔야겠습니다, 총경님."

프랑쾨르 총경을 쫓아온 테시에가 모두에게 엘리베이터에서 나가라고 명령했다. 문이 닫히자 테시에는 경정에게 종이 한 장을 건넸다.

프랑쾨르는 재빨리 훑어보았다.

"언제 녹음됐나?"

"한 시간 전입니다."

"전부 집으로 돌려보냈다고?" 프랑쾨르는 테시에에게 종이를 건네다 마음을 바꿨다. 대신 그는 종이를 접어 주머니에 넣었다.

"라코스트 경위는 아직 남아 있습니다. 그들은 우엘레트 사건에 집중한 듯 보이지만 모두가 떠났습니다."

프랑쾨르는 앞을 똑바로 응시했고, 엘리베이터의 곰보 자국이 난 금속 문에 비친 자신의 불완전한 반영을 보았다.

"가마슈는 끝났습니다." 테시에가 말했다.

"속지 말게." 프랑쾨르가 딱딱거렸다. "자네가 심리 치료사 컴퓨터를 해킹한 바에 따르면, 가마슈는 아직도 우리가 자길 감시한다고 믿네."

"하지만 아무도 그를 믿지 않습니다."

"그는 그걸 믿고 그가 옳지. 이게 우리 좋으라고 한 짓일지도 모른다는 생각이 안 드나?" 프랑쾨르는 녹취록이 든 가슴 주머니를 두드렸다. "자기가 사임하는 걸 우리가 알았으면 하는 거야."

테시에는 그에 관해 생각했다. "왜죠?"

프랑쾨르는 정면을 응시했다. 문을. 그는 그 문이 새것이었던 때를 기억했다. 스테인리스스틸이 빛나고 반영이 완벽했던 때를. 그는 숨을 깊이 들이쉬고 고개를 젖히며 눈을 감았다.

가마슈는 무슨 속셈일까? 무슨 짓을 하려는 걸까?

프랑쾨르로서는 기뻐야 마땅했지만 경고음이 울리고 있었다. 그들이 너무 가까이 와 있었다. 그리고 이제 이것.

무슨 짓을 할 참이지, 아르망?

교구 사제는 돌로 지은 오래된 교회로 들어가는 열쇠를 가지고 가마슈와 만났다.

교회들이 열려 있던 시대는 사라진 지 오래였다. 그 시대는 성배와 십자가, 그리고 도난당하거나 훼손될 여지가 있는 것들과 함께 사라졌다. 이제 교회들은 춥고 텅 비어 있었다. 모든 게 약탈자의 발 아래 놓인 게 아니더라도.

가마슈는 코트에서 눈을 떨고 모자를 벗은 다음 사제를 따랐다. 앙투안 신부의 로만 칼라가톨릭 사제가 입는 검은 상의의 흰 깃는 낡은 목도리와 묵직한 코트 아래 감춰져 있었다. 신부는 이렇게 눈이 오는 날 난롯가의 점심 식사를 방해받는 것이 달갑지 않아 서둘렀다.

그는 나이가 많았고 구부정했다. 거의 팔순이 다 되었으리라고 가마슈는 짐작했다. 사제의 얼굴은 유순했고, 코와 뺨의 보라색 정맥이 도드라져 있었다. 눈에는 피곤이 깃들어 있었다. 이 궁핍한 땅에서 기적을 찾는 데 지친 얼굴이었다. 그럼에도 이곳은 생생한 기억 속에 하나의 기적을 낳았다. 우엘레트 다섯쌍둥이. 하지만 어쩌면 하나는 없느니만 못했다고 가마슈는 생각했다. 신은 한 번 방문했었다. 그리고 돌아오지 않았다.

앙투안 신부는 무엇이 가능했고 무엇이 자신을 스쳐 갔는지 알았다.

"원하는 게 어느 해요?" 앙투안 신부가 교회 뒤 자신의 사무실에서 물었다.

"1930년대 초입니다." 경감이 말했다. 그는 앞서 앙투안 신부에게 전화도 했고 얘기도 했지만 여전히 사제는 화가 난 듯이 보였다.

그는 방을 둘러봤고, 가마슈도 그랬다. 사방에 책과 문서 들이 있었다. 가마슈는 이곳이 한때 쾌적했고, 유혹적이기까지 한 방이었으리라는 것을 알았다. 사무실에는 안락의자 두 개, 벽난로, 책장들이 있었다. 하지만 이제 그것들은 방치된 것처럼 느껴졌다. 가득 차 있지만 텅 빈.

"저기 있을 거요." 사제는 창가의 책장을 가리키고 열쇠를 책상에 놓고 떠났다.

"메르시, 몽 페르Merci, Mon père 감사합니다. 신부님." 경감은 그의 뒤에 대고 외친 다음 문을 닫고, 책상 램프를 켜고, 코트를 벗고 작업에 착수했다.

프랑쾨르 총경은 점심 식사 파트너에게 그 종이를 건넸고, 그가 그것을 읽고 접은 다음 따끈한 통밀 빵이 담긴 본차이나 접시 옆에 놓는 모습을 지켜보았다. 동그랗게 말린 버터 조각이 반짝이는 은빛 나이프 옆에 놓여 있었다.

"이게 무슨 뜻인 것 같나?" 프랑쾨르의 동행이 물었다. 언제나처럼 따뜻하고 친근하고 차분한 목소리. 결코 당황하는 법 없고 좀처럼 화내는 일 없는.

프랑쾨르는 미소 짓지 않았지만 그런 것처럼 느껴졌다. 테시에와 달리 이 남자는 자신들을 따돌리려는 가마슈의 지지부진한 시도에 속지 않았다.

"그는 우리가 자기 사무실을 도청하고 있다고 의심하고 있습니다." 프랑쾨르가 말했다. 그는 배가 고팠지만 감히 이 남자 앞에서 산만함을 드러내지 않았다. "저건," 그가 리넨 테이블보 위에 놓인 종이쪽을 향해 끄덕였다. "우리에게 보이기 위한 거죠."

"동의하네. 하지만 그게 무슨 뜻이지? 그가 은퇴를 하는 건가 아닌가? 그가 우리에게 보내는 메시지가 뭐지? 이게," 그가 종이를 톡톡 쳤다. "항복인가 속임수인가?"

"솔직히, 그게 문제 될 것 같진 않습니다."

이제 프랑쾨르의 동행은 흥미를 보였다. 호기심.

"계속하게."

"우리는 거의 다 왔습니다. 그 여자를 처리한 방식이 처음에는 문제가 된 듯 보였지만……,"

"'처리'라는 건 오드레 빌뇌브를 샹플랭교 아래로 던진 걸 말하는 거겠지." 남자가 말했다. "자네와 테시에가 만든 문제 말일세."

프랑쾨르는 그에게 엷은 미소를 짓고 마음을 다잡았다. "아닙니다. 그 여자가 자기 권한을 넘어서는 바람에 문제를 자초한 거죠."

그는 그녀가 그 정보를 절대 찾을 수 없었어야 했다고는 말하지 않았다. 하지만 그녀는 찾아냈다. 정보는 힘이 될 수 있지만 폭발할 수도 있었다.

"우리가 문제를 방지했습니다." 프랑쾨르가 말했다. "여자가 무슨 말을 하기 전에요."

"하지만 그녀는 뭔가 말했지." 그의 동행이 지적했다. "여자가 자기 상관에게 갔고, 그래서 그가 우리에게 온 건 순전히 행운이었어. 대참사에 이를 뻔했네."

그 단어의 사용은 이제 일어날 참인 것을 생각하면 프랑쾨르에게 흥미롭고 아니러니하게 와닿았다.

"여자가 아무한테도 말하지 않은 게 확실한가?"

"그랬다면 지금쯤 드러났을 겁니다." 프랑쾨르가 말했다.

"그다지 안심이 되지 않는군."

"그 여자는 자기가 찾은 게 뭔지 정말 몰랐습니다."

"아니, 실뱅. 그녀는 알았지만 그걸 정말 믿을 수 없었을 뿐이야."

프랑쾨르는 동행의 얼굴에서 분노가 아닌 만족을 보았다. 그리고 스스로도 전율을 느꼈다.

그들은 두 가지를 확신했다. 일어날 일을 숨길 자신들의 능력과, 만약 발각된다 해도 있을 수 없는 일로서 일축되리라는 것. 믿을 수 없는 것으로.

"오드레 빌뇌브의 파일은 즉시 덮어쓰기했고, 차는 청소를 마쳤고, 집은 수색했습니다." 프랑쾨르가 말했다. "조금이라도 유죄가 입증될 것들은 제거했습니다."

"그녀를 빼고. 그녀가 발견됐지. 테시에와 그의 부하들은 그 여자를 강에 빠뜨리지 못했네. 그게 그렇게 큰 목표 대상이라고 하긴 어렵지 않나? 그들의 조준이 얼마나 정확할지 궁금하군."

프랑쾨르는 주변을 둘러보았다. 문가에 무리 지어 있는 보디가드를 빼면 식당에는 그들 둘뿐이었다. 누구도 그들을 볼 수 없었다. 누구도 그들을 도청할 수 없었다. 누구도 그들을 엿들을 수 없었다. 그럼에도 프랑쾨르는 목소리를 낮추었다. 속삭이지는 않았다. 그것은 너무 모의를 꾸미는 것처럼 느껴졌다. 하지만 그는 목소리를 신중한 수준으로 낮추었다.

"그게 최상의 결과를 낳았죠." 프랑쾨르가 말했다. "그건 계속 자살로 여겨졌지만 여자의 시체가 다리 아래에서 발견된 덕분에 테시에와 그의 부하들도 아래로 내려갈 수 있었습니다. 아무 질문 없이요. 그건 뜻밖의 행운이었습니다."

프랑쾨르의 동행이 눈썹을 치켜올리며 미소를 지었다.

매력적인, 거의 소년 같은 표정이었다. 그의 얼굴에는 진실해 보일 만큼의 충분한 특징, 충분한 결점이 담겨 있었다. 그의 목소리에서는 거친 기미가 느껴져서 구변이 좋은 것 같은 인상을 주지 않았다. 맞춤 양복이지만 살짝 맞지 않는 그의 양복은 그를 고위 간부인 동시에 보통 사람처럼 보이게 했다.

모두에게 평범한 사람으로.

실뱅 프랑쾨르가 존경한 사람은 드물었다. 만나자마자 경멸하게 되지 않는 소수의 사람. 하지만 이 남자는 그런 인물이었다. 30년 넘게 그들은 서로 알아 왔다. 젊은 시절에 만나 각자 존경받는 위치로 성장했다.

프랑쾨르의 점심 식사 동반자는 따뜻한 빵을 반으로 갈라 버터를 발랐다.

그가 힘든 길을 걸어왔다는 것을 프랑쾨르는 알았다. 하지만 그는 걸어왔다. 제임스만 수력발전소의 노동자에서 퀘벡에서 가장 힘 있는 사람 중 한 명으로.

그것은 전적으로 힘에 대한 것이었다. 힘을 창조하는. 힘을 사용하는. 다른 이들에게서 힘을 빼앗는.

"신이 우리 편이라고 말하는 건가?" 프랑쾨르의 동행이 눈에 띄게 즐거워하며 물었다.

"그리고 운도요." 프랑쾨르가 말했다. "성실, 인내, 계획. 그리고 운."

"가마슈에게 우리가 하고 있는 걸 예상하게 한 게 운이었나? 그가 작년에 댐 붕괴를 막은 게 운이었나?"

대화가 전환되었다. 더없이 따뜻했던 목소리가 단호해졌다.

"우리가 수년 동안 공들인 일일세, 실뱅. 수십 년이지. 그걸 자네가 엉망진창으로 만들었네."

프랑쾨르는 다음 몇 분간이 중요하다는 것을 알았다. 나약해 보일 수는 없지만 맞설 수도 없었다. 그래서 그는 웃으며 빵을 집어 들어 반으로 찢었다.

"물론 맞는 말씀입니다. 하지만 그 역시 뜻밖의 행운으로 증명될 것 같군요. 그 댐은 원래 문제가 많았죠. 실제로 무너질지 확신할 수 없었고요. 게다가 전력망에 손상이 너무 커져서 회복하려면 몇 년이 걸렸을 겁니다. 이편이 훨씬 낫습니다."

그는 바닥에서 천장까지 이어진 창 밖의 흩날리는 눈을 내다보았다.

"심지어 이편이 원래 계획보다 훨씬 낫다고 확신합니다. 눈에 띈다는 아주 큰 장점이 있죠. 인적이 없는 곳이 아니라 바로 여기, 북아메리카에서 가장 큰 도시 중 한 곳의 한가운데서 벌어지는 거죠. 그 시각적인 효과를 생각해 보십시오."

두 남자는 말을 멈추었다. 그것을 상상하면서.

그들이 생각하는 것은 파괴 행위가 아닌 창조였다. 그들은 분노를, 너무나 대단해서 도가니가 될 격분을 야기할 터였다. 가마솥을. 그리고 그것은 행동을 촉구하는 외침이 될 터였다. 그리고 리더가 필요해지리라.

"가마슈는?"

"그는 더 이상 고려 사항이 아닙니다." 프랑쾨르가 말했다.

"내게 거짓말하지 말게, 실뱅."

"그는 고립됐습니다. 그의 부서는 와해됐고요. 오늘, 다름 아닌 그 스스로 파괴했죠. 그에겐 더 이상 동맹이 없고, 그의 친구들은 등을 돌렸습니다."

"가마슈는 살아 있네." 프랑쾨르의 동행이 몸을 숙이며 목소리를 낮추었다. 자신이 하는 말을 숨기기 위해서가 아니라. 요지를 분명히 하기 위해서. "많이 죽여 봤지 않나, 실뱅. 왜 가마슈는 주저하지?"

"주저하는 게 아닙니다. 제가 그를 없애는 것보다 좋은 게 없다는 걸 믿어 주십시오. 하지만 더 이상 그에게 충성하지 않는 사람들조차 그가 갑자기 세인트로렌스강에서 나타나거나 뺑소니 사고를 당하면 질문을 던질 겁니다. 이제 와서 그럴 필요가 없죠. 우리는 그의 경력을, 그의 부서를 끝장냈습니다. 그의 명성을 망쳤고, 영혼을 파괴했습니다. 아직 그자를 죽일 필욘 없습니다. 더 접근하지 않는 한은요. 하지만 못 할 겁니다. 정신을 딴 데 돌려놨으니까요."

"어떻게?"

"그가 신경 쓰는 사람을 절벽에 매달았습니다. 가마슈는 이자를 구하려고 안달이……,"

"장 기 보부아르 말인가?"

프랑쾨르는 동행이 그것을 아는 데 놀라서 순간 말을 멈추었다. 하지만 이내 다른 생각이 떠올랐다. 자신이 가마슈를 감시하고 있는 동안 이 남자는 자신을 감시하고 있었을까?

상관없어. 프랑쾨르는 생각했다. 나는 감출 게 없으니까.

하지만 여전히 그는 자신 안에서 솟구치는 경계심을 느꼈다. 가드가 올라갔다. 그는 자신이 뭘 할 수 있는지 알았다. 그는 그것에 자부심마저 있었다. 자신이 어려운 결정에 흔들림 없는 전시 지휘자라는 생각. 사람들을 사지로 보내는 결정. 혹은 사람들의 죽음을 명령하는. 그것은 달갑지 않지만 필요했다. 코벤트리 폭격을 감수한 처칠처럼처칠은 1940년 독일이 영국의 코벤트리시에 대규모 폭격을 감행한다는 암호를 해독했음에도 암호해독 능력이 있다는 사실을 감추기 위해 폭격을 저지하지 않았다. 대를 위해 소를 희생하라. 프랑쾨르는 자신이 이 길을 걸은 첫 지휘자가 절대 아니라는 사실을 떠올리며 잠자리에 들곤 했다. 다수의 이익을 위해서.

테이블 맞은편의 남자는 레드 와인을 한 모금 마시고 잔 너머로 자신을 지켜보았다. 프랑쾨르는 자신이 할 수 있는 것을 알았다. 그리고 자신의 동행이 무엇을 할 수 있고, 이미 그것을 했다는 것을 알았다.

실뱅 프랑쾨르는 자신의 보초를 두 배로 늘렸다.

아르망 가마슈는 사제가 거기에 있을 거라고 생각한 바로 그곳에서 두꺼운 가죽 정장의 교구 기록을 발견했다. 그는 먼지 무더기에서 두 권을 빼 1930년대 기록을 담은 한 권을 책상으로 가져갔다.

그는 다시 코트를 걸쳤다. 사무실 안은 춥고 눅눅했다. 그리고 그는 배가 고팠다. 배에서 나는 꼬르륵 소리를 무시하면서 독서용 안경을 쓰고 출생과 사망을 기록한 낡은 책 위로 몸을 숙였다.

프랑쾨르는 살몽 앙 크루트_{안에 연어를 넣어 구운 파이}의 부풀어 오른 패스트리를 자르고, 미나리를 얹은, 얇게 벗겨지는 분홍빛 살을 보았다. 레몬과 타라곤 향 버터가 패스트리에서 흘러내렸다.

그는 동행이 마늘과 로즈메리를 넣고 푹 삶은 양 다리를 먹는 동안 자신의 음식을 포크 가득 떠먹었다. 베이비 그린 빈과 시금치를 담은 은쟁반이 테이블 가운데에 놓여 있었다.

"내 질문에 답하지 않았네, 실뱅."

"어떤 질문 말씀이십니까?"

"경감이 정말로 사임하는 건가? 그는 항복의 신호를 보내는 건가, 우리를 유인하려는 건가?"

프랑쾨르의 눈이 다시 테이블 위에 깔끔하게 접혀 있는 그 종이에 닿았다. 그날 일찍 가마슈의 사무실에서 오간 대화 기록에.

"제 생각엔 문제 될 게 없다고 말씀드리며 얘기를 시작했습니다만."

그의 동행은 포크를 내려놓고 리넨 냅킨으로 입가를 두드렸다. 그는 여성스러운 버릇을 어떻게든 남자다워 보이게 했다.

"하지만 그게 무슨 뜻인지 설명하지 않았네."

"그가 너무 늦었다는 뜻입니다. 우리 목적을 이룰 준비는 모두 끝났습니다. 우리가 필요한 건 당신이 지시를 내리는 것뿐이죠."

프랑쾨르가 테이블 맞은편을 볼 때, 그의 포크가 접시 위를 맴돌았다.

지금 그 지시가 주어지면 그들은 수십 년 전에 시작된 것을 순식간에 마칠 것이었다. 이상에 젖은 두 젊은이가 숨죽인 대화로 시작한 것이 여기서 끝을 볼 것이었다. 30년이 지나서. 머리가 잿빛이 되고 손등에 검버섯이 피고 얼굴에 주름이 져서. 빳빳한 리넨과 반짝이는 은식기, 레드와인과 근사한 음식 앞에서. 속삼임이 아니라 쾅 소리를 내면서.

"곧이네, 실뱅. 몇 시간, 어쩌면 하루 안에. 우린 그 계획을 밀어붙일 걸세."

동행처럼 프랑쾨르 총경은 인내가 힘이라는 것을 알았다. 힘을 쟁취하기 위해서는 인내심이 아주 조금 더 필요했다.

그들은 모두 거기 있었다.

마리비르지니.

마리엘렌.

마리조세핀.

마리마르그리트.

그리고 마리콩스탕스.

그는 그들의 출생 기록을 발견했다. 우엘레트 아래 길게 이어진 이름들을. 그리고 그는 그들의 사망 기록을 찾았다. 이지도르, 마리해리엇 그리고 그들의 아이들. 콩스탕스의 이름은 물론 아직 기록되지 않았지만 곧 기록될 것이었다. 그러면 기록은 완전해지리라. 출생 그리고 사망. 그리고 그 책은 덮일 것이었다.

가마슈는 의자에 기대앉았다. 어수선한데도 사무실은 고요했다. 그는 그것이 거의 분명 오래된 책들의 정적과 냄새라는 것을 알았다.

그는 두껍고 무거운 책들을 돌려놓고 교회를 떠났다. 묘지를 지나쳐 사제관을 향해 걸었다. 오래된 잿빛 돌들의 들판 일부가 눈 아래 묻혀 있었고, 그것이 고요한 분위기를 풍겼다. 하루 종일 더 많은 눈이 내리고 있었다. 엄청나게는 아니었지만 꾸준하게. 크고 폭신한 눈송이들이 수직으로.

"오, 아무렴 어떤가." 그는 혼잣말을 내뱉고 길에서 벗어났다. 그는 즉시 정강이까지 빠졌고, 부츠 속으로 들어오는 눈을 느꼈다. 그는 때때로 무릎까지 빠져 가며 비석에서 비석으로 느릿느릿 나아갔다. 그들을 찾을 때까지.

이지도르와 마리해리엣. 영원토록 나란히 비석에 새겨진 그들의 이름을. 마리해리엣은 아주 젊은 나이에 죽었다. 적어도 지금 기준으로는. 마흔도 못 되어서. 이지도르는 아주 나이 들어 죽었다. 아흔이 다 되어서. 15년 전에.

경감은 묘비 앞에 쌓인 눈을 치우고 이름과 날짜 들을 읽어 보려 했지만 눈이 너무 많았다. 그는 주위를 둘러보고 자신이 남긴 발자국을 좇아 되돌아갔다.

그는 다가오는 사제를 보고 인사했다.

"찾던 걸 찾았소?" 앙투안 신부가 물었다.

이제 더 친근하게 들렸다. 어쩌면 그는 신이 자신을 여기다 떨궈 놓고 잊어버린 것에 대한 분노나 만성적인 실망보다 저혈당증으로 더 고통받는 사람일지 모른다고 가마슈는 생각했다.

"어느 정도는요." 가마슈가 말했다. "무덤을 찾아보려 했지만 눈이 너무 많군요."

"삽을 가져오리다."

앙투안 신부는 몇 분 뒤에 돌아왔고, 가마슈는 비석으로 이르는 길을 치우고 비석을 파냈다.

마리비르지니.

마리엘렌.

마리조세핀.

마리마르그리트.

그리고 마리콩스탕스. 그녀의 출생은 거기 있었지만 죽음은 아직 기록되어 있지 않았다. 그녀는 자매들과 같이 묻히리라고 추정되었다. 삶에서와 같이 죽음에서도.

"여쭐 게 있습니다, 몽 페르." 가마슈가 말했다.

"위?"

"장례식을 위장하는 게 가능할까요? 그리고 기록을 조작하는 건요?"

앙투안 신부는 그 질문에 어리둥절해했다. "위장한다고? 왜 말이오?"

"이유는 확실치 않지만 가능합니까?"

사제는 그에 대해 생각했다. "우리는 사망 확인서를 보지 않고 죽음을 기록하지 않소. 사망 확인서가 정확하지 않다면, 그래요, 기록이 잘못될 수도 있겠지. 하지만 장례식은? 그게 더 어렵지 않겠소, 농? 내 말은, 누군가를 묻어야 하잖소."

"빈 관일 가능성은요?"

"흠, 그럴 일은 없소. 장의사는 매장을 위해 빈 관을 나르지 않소."

가마슈가 미소를 지었다. "그렇겠지요. 하지만 그들이 그 안에 누가 들었는지 알 필요는 없을 테죠. 그리고 신부님이 그 교구 주민을 몰랐다면 신부님도 속으실 테고요."

"지금 당신은 관에 누군가 있었지만 다른 사람이었다고 하는 거요?"

앙투안 신부는 회의적으로 보였다. 그리고 그럴 만하다고 가마슈는 생각했다.

여전히 우엘레트 다섯쌍둥이의 삶이 상당 부분 거짓이었다면, 그들의 죽음은 왜 아니겠는가? 하지만 어떤 목적으로? 그리고 그들 중 누가 아직 살아 있을 수 있을까?

그는 고개를 저었다. 이제껏 가장 합리적인 답이 가장 단순한 것이었다. 그들은 모두 죽었다. 그리고 그가 자문해야 할 것은 그들이 죽었는가가 아니라 그들이 살해되었는가였다.

그는 이웃한 묘석들을 보았다. 왼쪽으로 더 많은 우엘레트들. 이지도르의 가족들. 오른쪽으로는 피노들. 마리해리엣의 가족. 피노 집안 아들들의 이름은 모두 마르크로 시작했다. 가마슈는 좀 더 가까이 몸을 숙였고, 모든 딸들의 이름이 마리로 시작하는 것을 보고 놀라지 않았다.

그의 시선이 다시 마리해리엣으로 향했다.

오래전에 죽어 다른 도시에 묻혔건만 / 내 어머니는 아직 나를 포기하지 못했다네.

가마슈는 어머니와 딸 사이의 끝맺지 못한 일이 무엇인지 궁금했다.

엄마|Mama, Ma.

"최근에 다섯쌍둥이에 대해 물은 사람이 있었습니까?" 가마슈는 자신이 치운 좁은 길을 따라 사제와 한 줄로 걸으며 물었다.

"없었소. 대부분의 사람이 그들을 잊은 지 오래지."

"여기서 사제 생활을 오래 하셨습니까?"

"이십 년쯤 됐소. 다섯쌍둥이가 떠나고 난 뒤 오래."

그럼 이 지친 사제는 기적이라는 혜택을 누린 적조차 없었다. 그저 그 시신들만.

"그 소녀들이 다녀간 적 있습니까?"

"없소."

"그런데도 여기 묻혔군요."

"그럼 그들이 어디에 묻히겠소? 결국 대부분의 사람은 집으로 오게 마련이오."

가마슈는 그것이 사실이리라 생각했다.

"그 부모는요? 그분들을 아셨습니까?"

"이지도르는 알았지. 오래 살았으니까. 결코 재혼하지 않았소. 항상 딸들이 돌아와 나이 든 자기를 돌봐 주길 바랐지."

"하지만 그러지 않았군요."

"장례식에만. 그런 다음 자신들이 묻힐 때."

가마슈는 사제에게 오래된 열쇠를 돌려주고 그와 헤어졌다. 하지만 몬트리올로 돌아가기 전에 들러야 할 곳이 한 군데 더 있었다.

몇 분 뒤 가마슈 경감은 주차장에 차를 세우고 시동을 껐다. 그는 위에 못과 가시 철망이 있는 높은 담장을 보았다. 감시탑의 보초들이 가슴 앞에 총을 들고 그를 지켜보았다.

그들은 걱정할 필요 없었다. 경감은 그러고 싶었지만 차에서 나갈 의사가 없었다.

교회에서 고작 몇 킬로미터 떨어진 곳에 피에르 아르노가 현재 살고 있는 교도소 SHU가 있었다. 가마슈가 그를 집어넣은 곳.

그의 계획은 사제와 이야기를 나누고 기록을 찾아본 뒤 곧장 몬트리올로 돌아가는 것이었다. 대신 그는 자신도 모르게 이곳으로 이끌렸다. 이곳으로 끌려왔다. 피에르 아르노에게.

그들은 고작 몇백 미터 떨어져 있었고, 아르노가 모든 답이었다.

가마슈는 무르익고 있는 것이 무엇이건 아르노가 그것을 시작했다는 확신이 점점 강해졌다. 하지만 가마슈는 아르노가 그것을 멈추지 않으리라는 것 또한 알았다. 그것은 가마슈와 다른 이들에게 달린 일이었다.

아르노와의 대면이 끌렸지만 테레즈와의 약속을 저버릴 수 없었다. 그는 시동을 걸고 기어를 넣고 떠났다. 하지만 몬트리올로 돌아가는 대신 다른 방향으로 돌아 교회로 돌아갔다. 거기에서 그는 사제관 앞에 주차하고 문을 두드렸다.

"또 당신이군." 사제는 그렇게 말했지만 불쾌해 보이지 않았다.

"데졸레, 몽 페르Désolé, mon père 죄송합니다. 신부님." 가마슈가 말했다. "이지도르는 죽을 때까지 자기 집에서 살았습니까?"

"그랬소."

"그는 혼자 요리하고 청소하고 장작을 팼습니까?"

"옛날 사람이잖소." 사제가 미소를 지었다. "자급자족. 거기에 자부심을 품었소. 결코 도움을 청하지 않았지."

"하지만 더 윗대는 종종 도움을 구했습니다." 가마슈가 말했다. "적어도 지난 수년간은요. 가족이 부모와 조부모를 모셨죠."

"사실이오."

"그럼 자식들이 아니라면 누가 이지도르를 돌봤습니까?"

"처남 중 한 명에게 도움을 받았소."

"그가 아직 여기 있습니까? 그와 이야기를 나눌 수 있을까요?"

"없소. 이지도르가 죽은 뒤 떠났소. 늙은 무슈 우엘레트가 그에게 농장을 남겼소. 고마움의 표시겠지. 그가 아니면 그걸 누구한테 주겠소?"

"하지만 그가 지금 그 농장에 살진 않고요?"

"그렇소. 피노는 농장을 팔고 몬트리올로 이사 간 걸로 알고 있소."

"주소를 가지고 계십니까? 이지도르와 마리해리엣과 그 딸들에 관해 그와 얘기를 나누고 싶습니다. 그는 그들 모두를 알았겠죠? 그들의 어머니만이라도요."

가마슈는 숨을 참았다.

"오, 그렇소. 그녀는 그의 누나였소. 그가 그 애들 삼촌이었지. 주소를 갖고 있진 않지만," 앙투안 신부가 말했다. "이름이 앙드레요. 앙드레 피노. 그도 이제 늙은이지."

"몇 살쯤 됐을까요?"

앙투안 신부는 생각했다. "잘 모르겠소. 원한다면 교구 기록을 확인할 수 있겠지만, 족히 칠십은 됐을 거요. 그 대의 막내였으니 누나보다 몇 살 어렸겠지. 피노는 대가족이었다오. 훌륭한 가톨릭 집안이었지."

"살아 있는 건 확실합니까?"

"모르겠지만 그는 저기에 없소." 사제는 가마슈 너머 묘지 쪽을 보았다. "그가 달리 갈 데가 어디겠소?"

집. 더 이상 농장이 아닌 그 무덤.

31

감식반원이 가마슈에게 보고서와 털모자를 건넸다. "끝났습니다."

"뭐가 있나?"

"음, 이 모자에 의미 있는 접촉자가 세 명 있습니다. 물론 경감님 DNA는 빼고요." 그가 증거물을 오염시킨 것에 대해 못마땅한 시선으로 가마슈를 보았다.

"다른 사람들은 누구지?"

"음, 일단 세 명 이상의 사람이 그걸 만졌다고 말씀드리죠. 한 무리의 사람과 최소 한 마리 동물의 DNA 흔적을 발견했습니다. 아마 수년 전에 우연히 접촉했을 겁니다. 그걸 집었고 쓰기도 했겠지만 오래는 아닙니다. 오래 쓴 사람은 다른 누군가고요."

"누구지?"

"지금 얘기하려는 참입니다."

감식반원이 가마슈에게 짜증 섞인 시선을 던졌다. 경감이 손을 내밀어 계속하라고 다독였다.

"음, 말씀드렸다시피 주요 접촉자는 세 사람입니다. 한 사람은 방외인이지만 다른 둘은 관계가 있습니다."

가마슈는 방외인이 모자를 집고 써 보기까지 한 머나일 것이라고 짐작했다.

"일치하는 것 중 하나는 피해자에게서 나왔습니다."

"콩스탕스 우엘레트." 가마슈가 말했다. 놀랍지는 않았지만 확인이 최선이었다. "그리고 다른 하나는?"

"음, 그게 흥미롭고 까다로운 점이죠."

"자넨 둘이 관계가 있다고 했네." 가마슈가 길고, 의심할 바 없이 매혹적인 강의가 끝나기를 바라며 말했다.

"그 둘은 그렇지만 다른 DNA는 오래됐습니다."

"얼마나?"

"아마 수십 년이요. 정확한 판독은 어려웠지만 둘은 분명히 관계가 있습니다. 아마 남매 관계요."

가마슈는 천사들을 응시했다. "남매? 부모와 자식이 아니고?"

감식반원은 생각하더니 끄덕였다. "가능합니다."

"엄마와 딸." 가마슈가 거의 혼잣말하듯 말했다. 따라서 자신들이 옳았다. MA는 엄마였다. 마리해리엇은 여섯 개의 모자를 떴다. 딸들과 자신의 것 하나씩.

"아뇨." 감식반원이 말했다. "엄마와 딸은 아닙니다. 아빠와 딸이죠. 오래된 DNA는 남성이 거의 확실합니다."

"파르동 Pardon 뭐라고?"

"물론 백 퍼센트 확신할 순 없습니다." 감식반원이 말했다. "보고서에 있습니다. DNA는 머리카락에서 나왔습니다. 저는 그 모자가 수년 전 어떤 남자의 것이었다고 말씀드리겠습니다."

가마슈는 사무실로 돌아왔다.

부서는 텅 비어 있었다. 라코스트마저 가고 없었다. 그는 사제관 밖에 주차한 차에서 그녀에게 전화 걸어 앙드레 피노를 찾으라고 했었다. 가마슈는 그 어느 때보다 지금 마리해리엣을 알았던 사람과 대화를 나누고 싶었다. 하지만 그보다도, 피노는 이지도르와 그 딸들을 알았다.

아빠와 딸. 감식반원은 그렇게 말했다.

가마슈는 양팔을 뻗어 자신의 아이들을 축복하는 이지도르를 볼 수 있었다. 그 얼굴에 떠오른 체념의 표정. 그가 아이들에게 축복을 내리고 있던 것이 아니라 용서를 구하고 있었을 가능성이 있을까?

용서받은 자와 용서하는 자는 다시 만나리니.

그것이 아무도 결혼하지 않은 이유일까? 그것이 그가 정말 죽었다는 것을 확인했을 때를 빼면 아무도 돌아오지 않은 이유일까?

그것이 비르지니가 자살한 이유일까?

그것이 그들이 어머니를 증오한 이유일까? 그녀가 한 것 때문이 아니라 하지 못한 것 때문에? 그리고 그토록 오만하고 고압적이었던 정부가 그 암울한 농가에서 소녀들을 데려감으로써 그들을 구했다는 것이 사실일 가능성이 있을까?

가마슈는 아버지가 자신의 스케이트 끈을 묶을 때 콩스탕스의 얼굴에 가득했던 기쁨을 떠올렸다. 가마슈는 그 기쁨을 보이는 그대로 받아들였지만 이제는 의심스러웠다. 그는 부모와 한 방에 있을 때 학대받은 아이가 거의 항상 학대자에게 매달린다는 것을 알 만큼 충분히 아동 학대 사건들을 다뤘었다.

비위를 맞추려는 아이의 노력. 어린 콩스탕스의 얼굴에 떠올랐던 것이 그것이었을까? 진정한 기쁨이 아니라 절망과 연습으로 얼굴에 새겨진 것일까?

그는 모자를 내려다보았다. 그들의 집으로 들어가는 열쇠. 그것이 콩스탕스가 감춘 비밀이었는지 궁금할지라도 진실과 거리가 멀지도 모를 결론으로 뛰어들지 않는 것이 최선이라고 가마슈는 스스로 경계했다. 그녀가 마침내 빛 속으로 끌어내려 했던 비밀.

하지만 그것은 그녀의 살해를 설명하지 않았다. 어쩌면 설명이 되거나. 중요한 무언가나 결정적인 연관 관계를 보는 데 실패했을까?

점점 더 그는 그들의 삼촌과의 대화가 필수적이라고 느껴졌다.

라코스트가 그를 찾은 것 같다고 알리는 이메일을 보내왔다. 흔한 이름이기에 그 피노가 아닐 수도 있지만 나이가 들어맞고 14년 전에 작은 아파트로 이사했다고 했다. 이지도르의 사망과 농장의 매매 시기가 부합했다. 그녀는 자신이 피노를 인터뷰할지 물었지만 가마슈는 이제 퇴근하라고 말했다. 휴식을 취하라고. 자신도 그럴 거라고. 스리 파인스로 돌아가는 길이라고.

책상에서 그는 몬트리올 동쪽 끝인 무슈 피노의 주소가 포함된, 라코스트가 남긴 서류를 발견했다.

가마슈는 어둡고 텅 빈 사무실을 등지도록 천천히 의자를 돌리고 창밖을 내다보았다. 해가 지고 있었다. 그는 시계를 보았다. 4:17. 해가 질 시간이었다. 여전히 그것은 늘 너무 이르게 느껴졌다.

그는 몬트리올을 응시하며 의자에 몸을 묻었다. 더없이 혼란한 도시. 늘 그랬다. 하지만 생기가 넘치는 도시이기도 했다. 생생하고 혼잡한.

몬트리올을 보고 있으면 기분이 좋았다.

그는 어처구니없는 바보짓으로 드러날지 모를 어떤 일을 할지 고민 중이었다. 분명 이성적이진 않지만 그 생각은 머리에서 나온 것이 아니었다.

경감은 서류를 모아 뒤돌아보지 않고 떠났다. 그는 사무실 문을 잠글 생각도, 심지어 닫을 생각도 하지 않았다. 그럴 필요가 없었다. 다시 오게 될지도 의문이었다.

엘리베이터에서 그는 아래가 아니라 위로 가는 버튼을 눌렀다. 위에 닿자 그는 엘리베이터를 나서서 결연하게 복도를 걸었다. 살인 수사과 사무실과 달리 이 사무실은 비어 있지 않았다. 그리고 그가 지나칠 때 형사들이 책상에서 고개를 들었다. 몇몇은 전화기에 손을 뻗었다.

하지만 경감은 개의치 않았다. 그는 곧장 자신의 목적을 향해 걸었다. 목적에 이르러 그는 노크 없이 문을 연 다음 등 뒤로 그 문을 단단히 닫았다.

"장 기."

보부아르가 책상에서 고개를 들었고, 가마슈는 심장이 조이는 것을 느꼈다. 장 기는 무너지고 있었다. 지고 있었다.

"나와 가세." 가마슈가 말했다. 그는 자신의 목소리가 일상적이리라 예상했지만 그 말이 간신히 들릴 정도의 속삭임으로 들려 놀랐다.

"나가십시오." 보부아르의 목소리 역시 낮았다. 그는 경감에게 등을 돌렸다.

"나와 가세." 그가 반복했다. "부탁이네, 장 기. 그렇게 늦지 않았네."

"뭣 때문에요? 그래서 저를 좀 더 엿 먹이실 수 있게요?" 보부아르가 몸을 돌려 가마슈를 노려보았다. "저를 더 모욕하시려고요? 꺼지세요."

"그들이 심리 치료사의 기록을 가로챘네." 가마슈가 이제 훨씬 더 늙어 보이는 젊은이에게 다가가며 말했다. "그들은 우리의 머릿속에 들어오는 법을 알지. 자네의, 나의. 라코스트의. 모두의."

"그들? '그들'이 누굽니까? 잠깐, 말하지 마세요. '그들'은 '경감님'이 아닙니다. 중요한 건 그게 다가 아닙니까? 위대하신 아르망 가마슈는 흠이 없어라. 그건 '그들'의 잘못이니까요. 항상 그렇죠. 당신의 그 염병할 완벽한 삶, 완벽한 경력이나 챙겨서 꺼져 버려요. 난 그냥 당신 신발에 들러붙은 똥 덩어리일 뿐이니까. 당신 부서에도 걸맞지 않고 당신 딸한테도 걸맞지 않죠. 구할 가치가 없죠."

마지막 말이 보부아르의 입에서 간신히 나왔다. 그의 목은 바짝 조였고, 말들은 간신히 나왔다. 보부아르가 여윈 몸을 떨며 몸을 일으켰다.

"나는 노력……," 가마슈가 입을 열었다.

"경감님은 저를 버렸습니다. 당신이 날 그 공장에서 죽게 내버려 뒀다고요."

가마슈는 입을 열었다. 하지만 무슨 말을 할 수 있을까? 자신이 보부아르를 구했다고? 그를 안전한 곳으로 끌고 갔다고. 그의 상처를 압박했다고. 도움을 요청했다고.

그것은 자신의 잘못이 아니었다고?

아르망 가마슈는 살아 있는 한 장 기의 상처가 아닌 그의 얼굴을 볼 것이었다. 두 눈의 그 공포. 죽어 가는 것이 너무 두려운. 너무 갑작스러운. 너무 뜻밖인. 적어도 혼자 죽지 않게 해 달라고 가마슈에게 간청하는. 옆에 있어 달라고 비는.

그는 가마슈의 손에 매달렸고, 가마슈는 오늘도 끈적거리고 따뜻한 손을 느낄 수 있었다. 장 기는 아무 말도 하지 않았지만 그의 눈은 비명을 질렀었다.

아르망은 장 기의 이마에 키스하고 그의 젖은 머리카락을 쓰다듬었다. 그리고 그의 귀에 속삭였다. 그리고 떠났다. 다른 이들을 도우러. 그는 그들의 리더였다. 그들을 이끌었던 그 작전은 매복이었던 것으로 드러났다. 쓰러진 수사관 한 명 옆에 머물 수는 없었다, 아무리 사랑하는 이라고 해도.

그 자신도 총에 맞았다. 거의 죽었다. 눈을 들자 이자벨 라코스트가 보였다. 그녀는 자신과 눈을 맞추었고, 자신의 손을 잡았고, 자신의 속삭임을 들었다. 렌 마리.

그녀는 자신을 떠나지 않았다. 자신은 마지막 순간에 혼자가 아니라는, 말할 수 없는 위안을 알았다. 그리고 그때 보부아르가 느꼈을 말할 수 없는 외로움을 알았다.

아르망 가마슈는 자신이 바뀌었다는 것을 알았다. 쓰러졌던 콘크리트 바닥에서 다른 남자가 일으켜졌다. 하지만 그는 장 기 보부아르가 실제로는 전혀 일어서지 못했다는 것 또한 알았다. 그는 그 피투성이 공장 바닥에 고통과 진통제로, 중독과 학대와 절망이라는 구속으로 묶여 있었다.

가마슈는 그 두 눈을 다시 들여다보았다.

두 눈은 이제 텅 비어 있었다. 분노조차 그저 연습이고 반향처럼 보였다. 더 이상 정말 아무것도 느끼지 못하는, 몽롱한 눈.

"지금 나와 가세." 가마슈가 말했다. "내가 자넬 돕게 해 주게. 그렇게 늦지 않았네. 제발."

"당신이 시켜서 아니가 날 찾습니다."

"자넨 그 애를 아네, 장 기. 나보다 더 잘 알지. 자넨 그 애에게 어떤 것도 억지로 시킬 수 없다는 걸 알아. 그게 그 애를 거의 죽였지만 그 애가 한 건 사랑의 행동이었네. 그 애가 자네를 내보낸 건 자네가 중독에 대해 도움을 받길 바랐기 때문이야."

"그게 진통젭니다." 보부아르가 잘라 말했다. 이 역시 오래된 논쟁이었다. 두 남자 사이의 음울한 춤. "처방받은."

"그럼 이건?" 가마슈가 몸을 숙여 보부아르의 책상에서 항불안제를 가져갔다.

"내 겁니다." 보부아르가 가마슈의 손에서 병을 낚아챘고, 알약이 책상에 떨어져 흩어졌다. "당신이 나한테서 모든 걸 뺏고 이걸 남겼죠." 장 기가 유연한 동작으로 약병을 집어 경감에게 던졌다. "이겁니다. 이게 나에게 남은 전붑니다. 그리고 이제 당신은 이것마저 가져가려고 하는군요."

보부아르는 기운이 빠지며 몸을 떨었다. 하지만 그는 건장한 남자를 마주했다.

"내가 당신을 졸졸 쫓아다닌다고 형사들이 날 당신의 암캐라고 부른다는 걸 압니까?"

"그들은 자넬 그렇게 부른 적 없네. 자넬 완벽하게 존중했어."

"했어. 했어. 하지만 더는 아니고요?" 보부아르가 따졌다. "난 당신 개였습니다. 당신 비위를 맞추고 당신에게 충성했죠. 난 조롱거리였습니다. 그리고 그 기습 후 당신은 모두에게 내가 겁쟁이였다고 말했고……"

"천만에!"

"……내가 망가졌다고 했죠. 쓸모없고……"

"천만에!"

"내가 빌어먹을 약골인 양 날 정신과 의사에게 보낸 다음 재활원으로 보냈죠. 당신은 나한테 굴욕을 줬어."

그는 그렇게 말하며 가마슈를 밀쳤다. 한 마디에 한 번씩. 그런 다음 다시 밀쳤다. 경감의 등이 보부아르 사무실의 얇은 벽에 닿을 때까지.

그리고 앞으로도 뒤로도 갈 데가 없어졌을 때, 장 기 보부아르는 경감의 재킷에 손을 넣어 그의 총을 꺼냈다.

그리고 경감은 그를 저지할 수 있었지만 아무 행동도 하지 않았다.

"당신은 나를 죽게 버려둔 다음 날 조롱거리로 만들었어."

가마슈는 복부에 와 닿는 글록의 총구를 느꼈고, 그것이 더 깊이 압박하자 날카로운 숨을 내쉬었다.

"난 자넬 정직시켰네." 그의 목소리가 조여들었다. "난 자넬 도우려고 재활원으로 가라고 명령했지."

"아니가 날 떠났어." 보부아르가 말했다. 이제 그의 눈에는 눈물이 고였다.

"그 앤 자넬 사랑하네. 하지만 중독자와는 살 수 없었어. 자넨 중독자야, 장 기."

경감이 말하는 동안 장 기는 몸을 더 숙이며 가마슈의 복부에 총을 더 깊이 쑤셔 넣었고, 경감은 거의 숨을 쉴 수 없었다. 하지만 여전히 그는 맞서지 않았다.

"그 앤 자네를 사랑하네." 그가 거친 목소리로 반복했다. "자넨 도움을 받아야 해."

"당신은 나를 죽게 내버려 뒀어." 보부아르가 헐떡이며 그렇게 말했다. "바닥에. 빌어먹게 더러운 바닥에."

그는 이제 가마슈에게 기대 울고 있었고, 그들의 몸이 포개졌다. 보부아르는 면도를 하지 않은 자신의 얼굴에 와 닿는 가마슈의 재킷을 느꼈고, 백단향 냄새를 맡았다. 그리고 살짝 섞인 장미 향을.

"이제 내가 왔네, 장 기." 가마슈의 입이 보부아르의 귀에 닿아 있었고, 그의 말은 간신히 들렸다. "나와 가세."

그는 보부아르의 손의 움직임과 방아쇠에 걸린 손가락의 긴장을 느꼈다. 하지만 여전히 그는 맞서지 않았다. 움직이지 않았다.

용서받은 자와 용서하는 자는 다시 만나리니.

"미안하네." 가마슈가 말했다. "자넬 구하기 위해서라면 내 목숨을 걸 걸세."

아니면 언제나 그렇듯 / 너무 늦었을까?

"너무 늦었어요." 가마슈의 어깨에 대고 한 보부아르의 말은 소리가 죽었다.

"사랑하네." 아르망이 속삭였다.

장 기 보부아르가 훌쩍 물러나며 휘두른 총이 가마슈의 옆얼굴을 강타했다. 그는 캐비닛 옆으로 비틀거리며 쓰러지기 전, 벽에 손을 짚었다. 가마슈가 몸을 돌리자 미친 듯이 떨리는 손으로 자신을 겨누고 있는 보부아르가 보였다.

가마슈는 문 저편의 형사들이 들어올 수도 있다는 것을 알았다. 이 상황을 막을 수도 있는 자들. 여전히 이 상황을 막을 수도 있는. 하지만 그들은 그러지 않았다.

그는 몸을 펴고 피 칠갑이 된 손을 뻗었다.

"당신을 죽일 수도 있습니다." 보부아르가 말했다.

"위. 그리고 아마 그럴 만한지도 모르지."

"아무도 날 탓하지 않을 겁니다. 누구도 날 체포하지 않을 거라고요."

그리고 가마슈는 그것이 사실이라는 것을 알았다. 그는 자신이 총을 맞는다면 경찰청 본부에서나 장 기 보부아르의 손에 의해서는 아닐 거라고 생각했었다.

"아네." 경감이 낮고 부드러운 목소리로 말했다. 그는 보부아르에게 한 발 다가섰고, 보부아르는 물러서지 않았다. "얼마나 외로웠나."

그는 장 기의 눈을 들여다보았고, 자신이 뒤에 남기고 떠났던 이 젊은이 때문에 가슴이 무너졌다.

"당신을 죽일 수도 있습니다." 더 약해진 목소리로 보부아르가 반복했다.

"그래."

아르망 가마슈는 장 기와 얼굴을 맞댔다. 이제 피로 얼룩진 총이 그의 흰 셔츠에 거의 닿아 있었다.

그는 더 이상 떨리지 않는 오른손을 뻗었고, 그 금속을 느꼈다.

가마슈는 장 기의 손을 감쌌다. 손은 차가웠다. 총처럼. 두 남자는 한동안 서로를 응시했고, 장 기는 총을 내렸다.

"날 내버려 두십시오." 모든 투지와 생기의 대부분이 사라진 보부아르가 말했다.

"나와 가세."

"꺼져요."

가마슈는 총을 총집에 넣고 문으로 걸었다. 문가에서 그는 주저했다.

"유감이네."

돌아서기에도 너무 지친 보부아르는 사무실 한가운데에 서 있었다.

가마슈 경감은 경찰학교에서 자신이 가르쳤던 형사들 일부가 포함된 경찰 무리로 걸어가 그곳을 떠났다.

아르망 가마슈는 늘 예스러운 믿음을 간직하고 있었다. 그는 빛이 그림자를 지우리라 믿었다. 친절함이 잔인함보다 더 강하다고, 가장 절망적인 곳에조차 선의가 존재한다고 믿었다. 그는 악에는 한계가 있다고 믿었다. 하지만 지금 자신을 보고 있는, 일어날 끔찍한 상황을 보고 아무 행동도 하지 않는 젊은 남녀를 마주하자, 가마슈 경감은 자신이 내내 잘못 알아 왔던 것이 아닌지 의심스러웠다.

어쩌면 때로는 어둠이 이기는지도 몰랐다. 어쩌면 악에는 한계가 없는지도 몰랐다.

그는 복도를 되짚어 홀로 걸어 아래층으로 가는 버튼을 눌렀고, 엘리베이터 안에 혼자 남자 두 손으로 얼굴을 감쌌다.

"의사가 필요 없는 게 확실하오?"

앙드레 피노가 화장실 문간에 서서 넓은 가슴팍에 팔짱을 끼고 서 있었다.

"네, 괜찮을 겁니다." 가마슈는 얼굴에 물을 좀 더 끼얹었다. 상처에 물이 닿자 통증이 느껴졌다. 분홍빛 액체가 배수구 주위에서 소용돌이치더니 사라졌다. 그는 머리를 들고 너덜너덜하게 찢긴 뺨과 멍이 보이기 시작한, 거울에 비친 얼굴을 보았다.

"얼음판에 미끄러졌다고 했소?" 무슈 피노가 가마슈에게 깨끗한 수건을 건넸고, 경감은 수건으로 뺨을 눌렀다. "나도 그렇게 넘어진 적이 있지. 대개는 바에서 몇 잔 걸친 다음에. 다른 치들도 그렇게 미끄러집디다. 온 사방에서. 가끔은 넘어졌다고 체포된 적도 있다오."

가마슈는 미소를 짓다가 움찔했다. 그런 다음 다시 미소를 지었다.

"얼음이란 게 참 위험하죠." 경감이 동의했다.

"모디 타바르낙Maudit tabarnac 빌어먹게 끔찍하지. 맞는 말이오." 피노는 그렇게 말하고 앞장서서 거실을 지나 부엌으로 갔다. "맥주?"

"농, 메르시Non, merci 괜찮습니다."

"커피?" 그다지 열의 없는 권유였다.

"물이면 됩니다."

가마슈가 오줌을 달라고 했어도 피노는 열광했을 터였다. 그는 물 한 잔을 따르고 얼음 몇 조각을 꺼냈다. 그는 한 조각은 컵에 넣고 나머지는 행주에 쌌다. 그리고 둘 다 경감에게 내밀었다.

가마슈는 행주의 얼음을 손수건에 넣고 그것을 얼굴에 댔다. 대자마자 한결 나아진 느낌이었다. 분명 앙드레 피노는 전에 이렇게 했으리라.

연상의 남자는 맥주병을 따고 의자를 끌어와 라미네이트 테이블의 가마슈와 합석했다.

"그래, 파트롱." 그가 말했다. "이지도르와 마리해리엇에 대해 얘기하고 싶다는 거요? 아니면 아이들?"

가마슈는 초인종을 누르고 자신을 소개하며 무슈와 마담 우엘레트에 대해 몇 가지 질문을 하고 싶다고 설명했었다. 하지만 그의 권위는 딱 술집 싸움에서 진 사람처럼 보인다는 사실에 실추되었다.

그러나 앙드레 피노는 그 모든 걸 전혀 이상하게 여기는 것 같지 않았다. 가마슈는 차 안에서 닦아 보려고 했지만 좋은 성과를 얻지 못했다. 평소라면 옷을 갈아입으러 집으로 갔겠지만 시간이 부족했다.

그는 한쪽 얼굴에 감각이 없는 채 이제 부엌에 앉아 시원한 물을 마시며 다시 인간처럼 만족을 느끼는 중이었다.

무슈 피노는 가슴과 배를 내밀고 의자에 기대앉아 있었다. 강하고 활기차고 풍화된. 그는 나이로 따지자면 일흔이 넘었겠지만 거의 불멸처럼 나이를 먹지 않는 듯 보였다. 가마슈는 누구든 무엇이든 이 남자를 쓰러뜨리는 것을 상상할 수 없었다.

가마슈는 이 같은 퀘베쿠아를 많이 만났었다. 농장과 숲과 동물들 그리고 스스로를 돌보도록 키워진 튼튼한 남자들과 여자들. 원기 왕성하고 강인하고 자급자족적인. 지금은 보다 세련된 도시형 사람들에게 무시당하는 유형.

다행히도 앙드레 피노 같은 남자들은 그리 신경 쓰지 않았다. 혹은 그랬다 한들, 그들은 그저 얼음판에 미끄러지며 도시 사람들을 자신들 위치로 끌어내렸다.

"다섯쌍둥이를 기억하십니까?" 가마슈가 그렇게 물으며 부엌 테이블에 얼음 팩을 내려놓았다.

"잊기 힘들지만 그 아이들을 자주 보진 못했소. 그들은 정부가 몬트리올에 지어 준 그 놀이공원 같은 집에서 살았지만 크리스마스에는 왔고, 여름에도 돌아와 한두 주 정도 있었소."

"마을에 유명인이 있다는 건 흥분되는 일이었겠군요."

"그럴 거요. 아무도 그들을 정말 마을 사람으로 여기진 않았지만. 마을은 다섯쌍둥이들 기념품을 팔았고, 카페와 모텔에 다섯쌍둥이들 이름을 붙였소. '다섯쌍둥이 식당' 같은. 하지만 그들은 마을 주민은 아니었소. 정확히는."

"그들에게 가까운 친구가 있었습니까? 어울린 마을 아이들이?"

"어울린?" 피노가 코웃음 치며 물었다. "그 여자애들은 '어울리지' 않았소. 그 애들이 하는 건 전부 계획되어 있었지. 당신이 봤으면 그 애들을 영국 여왕들로 생각했을 거요."

"그럼 친구가 없었습니까?"

"그 영화 만드는 사람들이 같이 놀라고 돈을 쥐여 준 애들뿐이었지."

"소녀들도 그걸 알았나요?"

"그 애들이 돈을 받았다는 거? 아마도."

가마슈는 머나가 콩스탕스에 대해 했던 말을 떠올렸다. 그녀가 얼마나 동료를 갈구했는지. 늘 같이 있는 자매들이 아닌, 돈을 줄 필요가 없는 단 한 명의 친구를. 머나조차 돈을 받고 이야기를 들었다. 하지만 이내 콩스탕스는 머나에게 돈을 지불하길 그만두었다. 그리고 머나는 그녀를 떠나지 않았다.

"그들은 어땠습니까?"

"괜찮았던 것 같소. 자기들끼리 뭉쳐 있었지."

"거만했습니까?"

피노가 의자에서 몸을 움직였다. "모르겠소."

"그들을 좋아하셨습니까?"

피노는 그 질문에 당황한 듯이 보였다.

"나이가 엇비슷하실 것 같은데……." 가마슈는 다시 시도했다.

"내가 좀 더 어리다오." 그가 씩 웃었다. "그래 보일지 몰라도 난 그리

늙지 않았소."

"그들과 같이 어울리셨습니까?"

"가끔 하키를 했지. 그 애들이 크리스마스를 맞아 집에 올 때면 이지도르가 팀을 꾸리곤 했소. 모두가 로켓 리처드Maurice Richard 몬트리올 캐나디앙 하키 팀 선수가 되고 싶어 했지." 피노가 말했다. "그 여자애들도."

가마슈는 남자에게서 미묘한 변화를 느꼈다.

"이지도르를 좋아하셨군요. 아닙니까?"

앙드레가 끙 소리를 냈다. "그는 야수였소. 당신은 그가 땅에서 뽑은 크고 더러운 고목 그루터기 같다고 생각했을 거요. 손이 큼지막했지."

피노는 테이블 위에 펼친 자신의 상당한 손을 내려다보며 미소를 지었다. 이지도르처럼 앙드레의 미소에는 이가 몇 개 빠져 있었지만 진솔함은 빠지지 않았다.

그가 고개를 저었다. "말이 많은 사람은 아니었지. 그가 죽기 전 십 년간 내가 그에게서 다섯 마디를 끌어냈다면 난 놀랐을 거요."

"그와 함께 사신 걸로 압니다."

"누가 알려 줬소?"

"교구 신부님이요."

"앙투안? 딱 꼬마였을 때처럼 늘 남 얘기를 하고 다니는 염병할 늙은이. 골리하키의 골키퍼였소. 움직이기엔 너무 게을렀지. 거미줄에 들어앉은 거미처럼 그저 가만히 앉아만 있었다오. 오싹했소. 그리고 이제 교회에 군림하면서 관광객들에게 다섯쌍둥이가 세례 받은 곳을 보여 주고 실제로 돈을 받는다오. 우엘레트 집안의 무덤까지 보여 주지. 물론 더 이상 아무도 신경 안 쓰지만."

"그들이 자란 후에 아버지를 보러 온 적이 없었습니까?"

"앙투안이 그 말도 합디까?"

가마슈가 끄덕였다.

"뭐, 그가 맞소. 하지만 괜찮았소. 이지도르와 나는 그런대로 괜찮았지. 그는 죽은 날 소젖을 짰소. 거의 아흔이었고, 사실상 우유 통에 빠져 죽었지." 그는 자신이 한 말에 새삼 웃음을 터트렸다. "그 통을 찼다오 kick the bucket '죽다'라는 뜻을 이용한 말장난."

피노가 맥주를 벌컥벌컥 들이켜며 미소를 지었다. "그게 집안 내력이면 좋겠소. 나도 그렇게 죽고 싶소." 그는 작고 깔끔한 부엌을 둘러보며 자신이 있는 곳을 새삼 떠올렸다. 그리고 어떻게 죽고 싶은지. 그럼에도 가마슈는 우유 짜는 통에 얼굴을 처박는 것이 들리는 것만큼 재미있지는 않을 거라고 생각했다.

"선생님은 농장 일을 도우셨습니까?" 가마슈가 물었다.

피노가 끄덕였다. "세탁과 요리도 했지. 이지도르는 바깥일은 잘했지만 집안일은 싫어했소. 하지만 잘 정돈된 집을 좋아했지."

가마슈는 굳이 둘러보지 않아도 앙드레 피노 역시 그렇다는 것을 알았다. 가마슈는 이 남자가 꼼꼼한 이지도르와 함께한 세월 덕에 감화되었는지, 원래 그런지 궁금했다.

"다행스럽게도 그가 가장 좋아한 식사는 깡통에 든 스파게티였소. 알파벳이 든 거 말이오 하인즈 알파게티. 캔으로 판매되며 토마토소스에 알파벳 모양 파스타가 들어 있다. 그리고 핫도그. 밤이면 우리는 크리비지를 하거나 포치에 앉아 있곤 했지."

"하지만 대화 없이요?"

"한마디도. 그는 들판을 쳐다봤고 나도 그랬소. 가끔 난 시내에 갔는데, 술집 말이오, 돌아오면 그는 여전히 그 자리에 있었지."

"이지도르는 무슨 생각을 했을까요?"

피노는 입을 다물고 창밖을 내다보았다. 볼 건 아무것도 없었다. 이웃한 건물의 벽돌 벽뿐.

"아이들을 생각했소." 앙드레는 다시 가마슈에게 시선을 돌렸다. "그의 생에 가장 행복했던 순간은 그 애들이 태어났을 때지만 그는 그 충격을 정말 회복한 것 같지 않소."

가마슈는 젊은 이지도르 우엘레트의 사진을 떠올렸다. 휘둥그레 뜬 눈으로 천이며 더러운 수건이며 행주에 둘둘 말린 다섯 딸을 쳐다보는 사진을.

그렇다, 그것은 상당한 충격이었으리라.

하지만 며칠 뒤 거기에 자신의 딸들처럼 깨끗하게 차려입은 이지도르가 있었다. 뉴스영화를 위해 박박 문질러 씻은. 그는 조금 어색하고 조금은 자신 없지만 너무나 다정하게 딸 하나를 안고 있었다. 너무나 소중하게. 그 곁에 그을린 건장한 팔 안 깊숙이. 거기엔 교육을 받진 못했지만 그런 척하는 거친 농부가 있었다.

이지도르 우엘레트는 자신의 딸들을 사랑했다.

"소녀들이 자란 뒤에 그를 찾지 않은 이유가 뭡니까?"

"난들 알겠소? 그 애들한테 물어야 할 거요."

그 애들? 가마슈는 생각했다.

"그럴 수 없습니다."

"뭐, 당신이 그 애들 주소를 알고자 나를 찾아왔다면, 나한테는 주소가 없소. 몇 년 동안 보지도 소식을 듣지도 못했소."

그때 앙드레 피노는 알아차린 것 같았다. 그가 테이블에서 의자를 물리자 의자가 길고 느리게 리놀륨 바닥을 긁는 소리를 냈다. 경감에게서 떨어지면서.

"여기 왜 온 거요?"

"콩스탕스가 며칠 전에 죽었습니다." 그는 말하면서 피노를 지켜보았다. 아무 반응이 없었다. 덩치 큰 남자는 그것을 단지 받아들이는 중이었다.

"그런 말을 듣다니 유감이군."

하지만 가마슈는 미심쩍었다. 그는 그 소식이 기쁘지 않을지 몰라도 슬퍼하지도 않았다. 경감이 보는 한 앙드레 피노는 어느 쪽에도 관심이 없었다.

"그래서 몇이나 남았소?" 피노가 물었다.

"아무도요."

"아무도?" 이번에는 놀란 것 같았다. 그는 뒤로 기대앉아 맥주를 움켜쥐었다. "음, 그럼 그걸로 끝이군."

"그거요?"

"마지막 쌍둥이 말이오. 더 이상 다섯쌍둥이는 없는 거군."

"슬퍼 보이지 않는군요."

"이봐요, 그 애들은 분명 아주 착한 애들이었지만 내가 보는 한, 그 애들이 태어난 순간 이지도르와 마리해리엣에겐 똥 무더기가 떨어진 거였소."

"쌍둥이는 그들의 엄마가 간절히 기도했던 바였습니다." 가마슈가 상기시켰다. "그 브라더 앙드레와 관련된 이야기요."

"당신이 뭘 안다는 거지?" 피노가 따졌다.

"뭐, 그건 비밀은 아니지 않습니까?" 가마슈가 물었다. "당신의 누님이 그 성당으로 앙드레 수사를 방문했습니다. 아이를 달라고 기도하며 무릎걸음으로 계단을 올라 그의 기도를 청했죠. 그 소녀들은 프뢰르 앙드레가 죽은 다음 날 태어났습니다. 그게 그들 이야기의 큰 줄기였죠."

"오, 나도 아오." 피노가 말했다. "기적의 아기들. 당신들은 예수 그리스도가 몸소 그 아이들을 데려왔다고 생각했지. 마리해리엣은 가족을 원했던 가난한 농부의 아내였을 뿐이오. 하지만 내 당신에게 다른 얘기를 해 드리리다." 피노는 두꺼운 몸통을 가마슈에게 가까이 숙였다. "신이 그 일을 했다면 신은 그녀를 증오했던 게 틀림없소."

"닥터 베르나르가 쓴 책을 읽으셨습니까?" 가마슈가 물었다.

그는 피노가 화를 내리라고 예상했지만, 대신 그는 조용해지더니 고개를 저었다.

"얘기는 들었소. 모두가 그랬지. 그 책은 거짓말투성이였소. 이지도르와 마리해리엣을 너무 어리석어서 자기 자식도 못 키우는 멍청한 농부로 만들었지. 베르나르는 앙드레 수사를 찾아간 얘기를 듣고 그걸 무슨 할리우드 쓰레기로 바꾸었소. 뉴스영화사에, 기자들에게 떠들었지. 자기 책에 그에 관해 썼고. 마리해리엣이 앙드레 수사의 축복을 바라고 그 예배당에 간 유일한 사람은 아니었소. 사람들은 아직도 가지. 하지만 아무도 빌어먹을 무릎으로 그 계단을 오르는 다른 사람들 얘기는 하지 않소."

"다른 이들은 다섯쌍둥이를 낳지 않았으니까요."

"운 좋은 사람들이지."

"그 소녀들을 좋아하지 않으셨습니까?"

"난 그 애들을 몰랐소. 그 애들이 집에 올 때마다 카메라들과 보모들과 그 의사와 온갖 사람이 왔소. 처음엔 재밌었지만 나중에는……," 그는 말을 찾았다. "개판이 됐지. 그리고 그게 모든 사람의 삶을 개판으로 바꾸었소."

"마리해리엣과 이지도르가 그걸 그런 식으로 생각했습니까?"

"난들 아오? 난 아이였소. 내가 아는 건 이지도르와 마리해리엣이 어떻게든 살아가고자 하는 착하고 괜찮은 사람들이었다는 거요. 마리해리엣은 무엇보다 엄마가 되길 바랐고, 그들은 그렇게 두질 않았지. 그들이 누나에게서, 이지도르에게서 그 기회를 빼앗 갔소. 그 베르나르 책은 두 사람이 그 애들을 정부에 팔았다고 했소. 그건 개소리였지만 사람들은 그걸 믿었소. 아시다시피 그녀를 죽였지. 내 누나를. 수치심 때문에 죽었소."

"이지도르는요?"

"더 말이 없어졌지. 더 이상 웃지도 않았소. 모두가 그의 뒤에서 수군거렸소. 손가락질을 하고. 그 이후로 그는 거의 집에만 있었소."

"소녀들이 자란 뒤에 왜 집에 오지 않았을까요?" 가마슈가 물었다. 아까도 물었고 퇴짜를 맞았지만, 다시 시도할 가치가 있었다.

"그들은 환영받지 못했고 그들도 그걸 알았소."

"하지만 이지도르는 그들이 와서 자기를 돌봐 주기를 원했죠." 가마슈가 말했다.

피노가 코웃음을 쳤다. "누가 그럽디까?"

"그 사제, 앙투안 신부님이요."

"그자가 뭘 알아? 이지도르는 그들과 전혀 엮이고 싶어 하지 않았소. 마리해리엣이 죽은 뒤로는. 그는 그들을 탓했지."

"선생님은 조카들과 연락을 유지하지 않으셨습니까?"

"아버지가 돌아가셨다고 편지를 썼소. 장례식에 나타났더군. 그게 십오 년 전이오. 그 뒤로 보지 못했소."

"이지도르는 선생님께 농장을 남겼더군요." 가마슈가 말했다. "그 소녀들이 아니라요."

"맞소. 그는 그들과 인연을 끊었소."

가마슈는 주머니에서 꺼낸 털모자를 테이블에 올려놓았다. 몇 분 만에 처음으로 그는 앙드레의 얼굴에서 진짜 미소를 보았다.

"알아보시는군요."

그가 그것을 집어 들었다. "어디서 찾았소?"

"콩스탕스가 크리스마스 선물로 친구에게 주었습니다."

"웃기는 선물이군. 남이 쓰던 털모자를."

"그녀는 그걸 자신의 집으로 들어가는 열쇠로 묘사했습니다. 그 말이 무슨 뜻인지 아시겠습니까?"

피노는 모자를 살펴보고는 테이블에 돌려놓았다. "내 누이가 아이들을 위해 뜬 털모자요. 누구 건지는 모르겠군. 콩스탕스가 그걸 줬다면 아마 그녀 것이지 않겠소?"

"그리고 그녀는 그걸 왜 자신의 집으로 드는 열쇠라고 했을까요?"

"칼리스câlice 젠장, 모르오."

"이 털모자는 콩스탕스 것이 아닙니다." 가마슈가 그것을 톡톡 쳤다.

"그럼 다른 자매 것이겠지."

"이지도르가 이걸 쓴 걸 보신 적이 있습니까?"

"당신, 생각보다 얼음판에 더 세게 넘어진 것 같구려." 그가 코웃음을 치며 말했다. "육십 년 전이오. 난 그가 여름이고 겨울이고 격자무늬 셔츠를 입던 거랑 그 셔츠의 냄새가 코를 찔렀던 걸 빼면, 그는 둘째 치고 내가 입은 것도 기억이 나지 않소. 다른 질문 있소?"

"그 소녀들이 어머니를 뭐라고 불렀습니까?" 가마슈가 그렇게 물으며 일어섰다.

"타바르낙Tabarnac 빌어먹을." 피노가 욕설을 지껄였다. "당신, 괜찮은 거 맞소?"

"왜 물으시죠?"

"바보 같은 질문들을 하기 시작했으니까. 그 애들이 자기 어머니를 뭐라고 불렀느냐니?"

"그래서요?"

"대체 내가 어찌 알겠소? 사람들이 자기 어머니를 뭐라고 부르오?"

가마슈는 답을 기다렸다.

"엄마Mama지, 당연히." 앙드레가 말했다.

그들이 두 걸음도 가기 전에 피노가 멈춰 섰다.

"잠깐만. 당신은 콩스탕스가 죽었다고 했지만 왜 그런 질문을 하는지 말하지 않았소. 이런 건 왜 다 묻는 거요?"

가마슈는 피노가 언제 그 질문을 할지 궁금하던 참이었다. 시간이 꽤 걸렸지만 노인은 바보 같은 질문들에 정신을 빼앗겼으리라.

"콩스탕스는 자연사하지 않았습니다."

"어떻게 죽었소?" 그는 가마슈를 날카로운 눈으로 지켜보고 있었다.

"살해됐습니다. 저는 살인 수사과에서 왔습니다."

"모디 타바르낙." 피노가 중얼거렸다.

"그녀를 죽일 만한 사람이 생각나십니까?" 가마슈가 물었다.

앙드레 피노는 그에 관해 생각했고, 천천히 고개를 저었다.

부엌을 나서기 전에 가마슈는 카운터 위에 놓여 있는 피노의 저녁 식사를 눈치챘다.

알파게티 캔과 핫도그.

32

가마슈가 몬트리올 섬 밖으로 샹플랭교를 건널 때 제설차들이 불빛을 번쩍이며 나와 있었다.

혼잡한 시간대라 차들은 얼어붙은 엉덩이들을 맞대고 있었고, 가마슈는 백미러로 육중한 제설차 또한 교통 혼잡에 묶여 있는 것을 볼 수 있었다.

흐름을 따라 기어갈 수밖에 별도리가 없었다. 얼굴이 욱신거리기 시작했지만 가마슈는 무시하려 애썼다. 무시하기 더 어려운 것은 어쩌다 그렇게 됐는지였다. 하지만 그는 힘겹게 다섯쌍둥이와 그들의 부모를 아는 유일한 생존자인 앙드레 피노와의 면담으로 생각을 옮겼다. 그는 가마슈의 머릿속에서 경제적 상황을 넘어선 빈곤, 상실, 비통의 이미지를 창조했다.

우엘레트의 집은 소리를 질러 대는 아이들로 가득했어야 했다. 대신 거기엔 마리해리엣과 이지도르뿐이었다. 그리고 빈정거림과 전설로 채워진 집. 기적이 허락된. 그리고 기적을 내다 판. 끝없는 가난과 탐욕스러운 부모에게서 구출된 소녀들의 집.

신화가 창조되었다. 티켓과 영화와 '다섯쌍둥이 식당'의 음식을 팔기 위해. 책과 엽서를 팔기 위해. 계몽적이고 혁신적이고 신을 두려워하고 신을 기쁘게 하는 퀘벡의 이미지를 팔기 위해.

신이 피맺힌 무릎을 꿇은 이들의 소원을 들어주며 그들 사이를 거니는 곳.

그 생각이 가마슈의 머릿속에서 무언가를 휘저을 때, 그는 꼬리를 문 차들에서 빨리 벗어나겠다는 생각으로 차선을 끼어들려고 애쓰는 참을성 없는 운전자들을 지켜보았다. 다른 차선에 예약된 기적이 갑자기 일어나 앞선 모든 차가 사라질 터였다.

가마슈는 도로를 지켜보며 기적과 신화를 생각했다. 그리고 콩스탕스가 처음으로 자신이 피노가 아니라 우엘레트 다섯쌍둥이 중 한 명이라고 고백한 순간을 머나가 어떻게 묘사했는지를.

머나는 그것이 그리스 신이 현현한 것 같았다고 했다. 헤라가. 그리고 후에 테레즈 브루넬은 헤라가 그냥 여느 신이 아닌, 우두머리 여성이었다고 지적했다. 강력하고 질투심 많은.

머나는 그저 별 뜻 없이 생각난 이름일 뿐이라고 항의했다. 그녀는 아테나나 아프로디테라고 말했을 수도 있었다. 그녀가 그러지 않았다는 것을 빼면. 머나는 엄숙하고 복수심 가득한 헤라라고 불렀다.

가마슈의 머릿속에서 계속 떠오르는 질문은 콩스탕스가 자신에게 일어난 무언가에 대해 머나에게 말하고 싶었는가였다. 어쩌면 아버지에 의해 일어난. 혹은 자신이나 자매들 모두가 누군가에게 한 무언가.

콩스탕스에게는 비밀이 있었다. 그것만큼은 분명했다. 그리고 가마슈는 그녀가 마침내 그것을 말할 준비가 되어 있었다고, 머나의 발치에 앨버트로스를 떨굴 참이었다고 확신했다.

콩스탕스 우엘레트가 다른 누군가를 먼저 찾아갔다면? 자신이 믿을 수 있다고 알았던 사람. 그게 누굴까? 머나 외에 콩스탕스가 친구라고 생각했을지 모를 누군가가 있었을까?

진실은 사실 아무도 없었다는 것이었다. 앙드레 삼촌은 그들을 수년간 본 적이 없었고, 팬으로 보이지도 않았다. 이웃들도 있었지만 모두 예의 바르게 거리감을 유지했다. 사제인 페르Pére 신부 앙투안은 콩스탕스가 고해할 생각이 있었거나 자신의 영혼을 구제할 친밀한 대화를 나누고자 했다 한들, 다섯쌍둥이를 상품 이상으로 보지 않는 듯했다. 인간으로도, 신성하게도.

가마슈는 사건을 되짚었다. 거듭해서. 그리고 계속 떠오르는 질문은 마리콩스탕스 우엘레트가 정말로 가족 중 마지막이었을까 하는 것이었다. 아니면 그들 중 하나가 도망쳤는지. 자신의 죽음을 조작하고 이름을 바꾸었는지. 자신의 삶을 개척했는지.

1950년대와 1960년대에는 훨씬 수월했을 터였다. 1970년대까지도. 컴퓨터가 등장하기 전이라면, 그렇게 많은 서류가 필요해지기 전이라면.

그리고 만일 다섯쌍둥이 중 한 명이 살아 있다면 침묵을 지키기 위해 자신의 자매들을 죽였을까? 자신의 비밀을 지키려고?

하지만 그 비밀은 무엇이었을까? 자매 중 한 명이 살아 있다는 것? 자신의 죽음을 조작했다는 것?

가마슈는 자신의 얼굴을 붉게 물들이는 앞차의 브레이크 등을 응시했고, 앙투안 신부가 했던 말을 떠올렸다. 그들은 누군가를 묻어야 했다.

그게 비밀이었을까? 자매 중 한 명이 아니라 누군가가 죽어야 했고, 묻혔다.

그는 자신이 불과 몇 미터 밖이면 살얼음이 언 강물로 한참 떨어질 다리 위에 있다는 것을 까맣게 잊고 있었다. 그의 머릿속은 이제 이 퍼즐에 사로잡혀 있었다. 그는 사건을 되짚으며 나이 든 여성을 찾아보았다. 거의 팔순에 이른. 나이 든 남성이라면 몇 있었다. 사제인 앙투안 신부. 삼촌인 앙드레 피노. 하지만 루스를 빼면 여자들은 없었다.

가마슈는 루스가 정말로 사라진 다섯쌍둥이 중 한 명이 아닐까 생각해 보았다. 루스가 주장한 것처럼 상상 속 자매가 아닌 진짜 자매. 그리고 어쩌면 콩스탕스가 루스를 방문한 이유와 적의 가득한 노시인과 유대를 형성한 것이 설명이 될까? 누구의 죽음에 관한 중요한 시를 쓴? 비르지니 우엘레트.

가능할까? 루스 자도가 비르지니일 수 있을까? 누군가가 자신의 몸을 계단 아래가 아닌 토끼 굴로 던졌고, 스리 파인스로 튀어나왔을까?

가마슈는 그 생각이 마음에 드는 만큼 그것을 강제로 떨쳤다. 으르렁대며 사생활 보호를 외치는 루스 자도는 사실 꽤 투명한 삶을 살았다.

그녀의 가족은 루스가 어릴 때 스리 파인스로 이주했다. 살인죄로 루스를 체포하는 게 재미있는 만큼 그는 마지못해 그 생각을 포기해야 했다.

하지만 이내 다른 생각이 움텄다. 사건 주변부에 또 한 명의 노부인이 있었다. 다섯쌍둥이의 이웃. 옆집에서 남편과 살며 포치로 초대되어 레모네이드를 마신 부인. 극히 사적인 자매들에게 가능한 한 최대한의 친구가 되어 준 사람.

그녀가 비르지니일 수도 있을까? 혹은 엘렌이라도? 다섯쌍둥이의 생활에서 탈출했을까? 무덤을 뚫고 나왔을까?

그리고 그는 집 안 깊숙이 초대된 적이 없다는 것은 이웃인 그녀의 말뿐이었다는 것을 깨달았다. 어쩌면 그녀는 이웃 이상인지도 몰랐다. 그 자매가 그 집으로 이사한 것은 우연이 아닐 수도 있었다.

가마슈는 마침내 다리를 벗어났다. 그는 첫 번째 출구로 빠져 길에 차를 세우고 라코스트에게 전화를 걸었다.

"진료 기록을 확인했습니다, 경감님." 그녀가 집에서 말했다. "위조됐을 가능성은 있지만 그게 보기보다 어렵다는 건 경감님도 저도 알죠."

"닥터 베르나르가 손을 썼을 수도 있지." 가마슈가 말했다. "그리고 우리는 우엘레트 다섯쌍둥이 뒤에 정부가 버티고 있다는 걸 아네. 그리고 그걸로 사망 확인서가 왜 그렇게 모호했는지, 사고라고 하면서 자살 가능성을 암시하는지도 설명이 될지 모르네."

"하지만 그 자매들이 왜 그런 짓에 동의하겠어요?"

가마슈는 그것이 좋은 질문이라는 것을 알았다. 그는 옆자리에 놓인 말라붙은 치즈 샌드위치를 보았다. 셀로판 포장지 위로 하얀 빵이 살짝 말려 있었다. 눈이 앞 유리창에 쌓이고 있었고, 가마슈는 와이퍼가 눈을 밀어내는 것을 지켜보았다.

비르지니는 왜 자신의 죽음을 조작하기를 원했고, 왜 베르나르와 정부가 도왔을까?

"비르지니가 왜 그러길 바랐는지 우린 알 것 같은데." 가마슈가 말했다. "그녀가 공적인 삶으로 가장 많은 상처를 받은 것 같네."

라코스트는 조용히 생각 중이었다. "그리고 그 이웃은, 그녀가 정말로 비르지니라면, 결혼을 했죠. 아마 비르지니는 정상적인 삶을 살 유일한 희망은 다시 새롭게 시작하는 거라는 걸 알았을 거예요. 누군가 다른 사람으로요."

"그 이웃의 이름이 뭐지?"

그는 라코스트가 파일을 불러오려 클릭하는 소리를 들었다. "아네트 미쇼요."

"그녀가 비르지니라면 베르나르와 정부가 그녀를 도왔을 거야." 가마슈가 생각하고 있던 것을 소리 내어 말했다. "왜일까? 기꺼이 그러진 않았을 거야. 비르지니가 무언가를 쥐고 있었던 게 틀림없네. 공개하겠다고 협박할 만한 무언가를."

그는 집 밖으로 내몰렸던 그 어린 소녀를 다시 떠올렸다. 불쌍한 얼굴로 뉴스영화 카메라를 돌아보며 도움을 청하던.

자신이 옳다면 기적 중 하나인 비르지니 우엘레트는 살인자라는 뜻이기도 했다. 어쩌면 두 건의 살인자. 한 번은 수년 전 자신의 탈출을 위해서. 그리고 한 번은 며칠 전 자신의 비밀을 지키기 위해서.

"제가 오늘 밤 이웃을 다시 인터뷰하겠습니다, 파트롱." 라코스트가 말했다.

전화기 너머로 라코스트의 어린 자식들이 터트리는 웃음소리가 들렸고, 가마슈는 계기판의 시계를 보았다. 6시 30분. 크리스마스 일주일 전. 앞 유리창의 반달 모양으로 눈이 치워진 부분 너머 가마슈는 휴게소 앞 조명이 켜진 플라스틱 눈사람과 고드름 전등을 보았다.

"내가 가지." 그가 말했다. "게다가 내가 더 가까이 있네. 바로 다리 건너니까."

"이미 긴 밤을 보내고 계실 텐데요, 경감님." 라코스트가 말했다. "제가 갈게요."

"우리 둘 다에게 긴 밤이 되겠지." 가마슈가 말했다. "내가 알아낸 걸 알려 주겠네. 그동안 마담 미쇼와 그녀의 남편에 대해 자네가 할 수 있는 만큼 알아보게."

그는 전화를 끊고 차를 돌려 다시 몬트리올로 향했다. 혼잡한 다리를 향해서. 서서히 도시로 다시 진입하면서 그는 비르지니를 생각했다. 탈출했을지 몰라도 고작 옆집에 사는 사람.

가마슈는 다리에서 빠져나와 좁은 시골길을 지나 우엘레트의 집에 도착했다. 불이 꺼진. 한껏 크리스마스 기분을 낸 이웃 사이의 구멍.

그는 차를 대고 미쇼의 집을 보았다. 진입로가 치워져 있었고, 앞마당 나무 중 하나에 밝은 크리스마스 전구들이 장식되어 있었다. 불이 켜져 있었지만 커튼이 드리워져 있었다. 집은 따뜻하고 쾌적해 보였다.

거리의 여느 집처럼. 비슷비슷한 집들 중 하나.

저것이 그 유명한 다섯쌍둥이가 갈구했던 것일까? 유명 인사가 아닌, 일원이 되길? 평범해지길? 그렇다면, 그리고 이 여자가 오래전 사라진 다섯쌍둥이 중 하나라면, 그녀는 자신의 소원을 이루었다. 그러고자 살인을 저지르지 않았다면.

가마슈는 초인종을 눌렀고, 가마슈가 보기에 80대 초반인 남자가 나왔다. 남자는 망설임 없이, 문밖에 선 이가 자신에게 해를 가할지 모른다는 걱정 없이 문을 열었다.

"위Oui 네?"

무슈 미쇼는 카디건과 회색 플란넬 셔츠를 입고 있었다. 깔끔하고 편안해 보였다. 흰 콧수염이 손질되어 있었고, 눈은 의혹을 담고 있지 않았다. 사실 그는 최악이 아닌 최선을 기대하듯 가마슈를 보았다.

"무슈 미쇼?"

"위?"

"저는 옆집 사건을 조사 중인 경찰입니다." 가마슈가 경찰 신분증을 꺼내며 말했다. "들어가도 되겠습니까?"

"그런데 다치셨군요."

목소리가 미쇼 뒤에서 들렸고, 이제 노인이 물러서고 아내가 앞으로 나왔다.

"들어와요." 아네트 미쇼가 가마슈에게 손을 내밀며 말했다.

경감은 자신의 얼굴과 피 묻은 셔츠를 잊고 있었고, 이제 불편함을 느꼈다. 두 노인이 걱정스럽게 그를 보고 있었다. 자신들이 아닌 그를 걱정하며.

"뭘 도와드릴까요?" 무슈 미쇼가 물었고, 그의 아내가 거실로 안내했다. 전구를 켠 크리스마스트리가 장식되어 있었다. 그 밑에는 선물들이 포장되어 있었고, 벽난로 선반에는 양말이 두 개 매달려 있었다. "반창고를 드릴까요?"

"아뇨, 아닙니다. 괜찮습니다. 메르시." 가마슈는 그들을 안심시켰다. 마담 미쇼의 재촉에 그는 자신의 묵직한 코트를 그녀에게 건넸다.

그녀는 작고 통통했고, 실내복 차림에 두꺼운 스타킹과 슬리퍼를 신고 있었다.

집에서는 저녁 식사 냄새가 났고, 가마슈는 차가운 차 안의 아직 먹지 못한 말라비틀어진 치즈 샌드위치 생각이 났다.

미쇼 부부는 소파에 나란히 앉아 그를 보았다. 기다리면서.

이보다 더 살인자 같지 않은 이들을 찾긴 어려울 터였다. 하지만 오랜 경력상 가마슈는 빤한 자들보다 그럴 법하지 않은 살인자들을 더 많이 체포했었다. 그리고 그는 마지막 일격으로 몰고 가는 강력하고 끔찍한 감정들은 어디에서든 산다는 것을 알았다. 이 착한 사람들에게서조차. 고기 찜 냄새가 감도는 이 조용한 집에서조차.

"이 동네에 얼마나 사셨습니까?" 그가 물었다.

"오, 오십 년이라오." 무슈 미쇼가 말했다. "1958년에 우리가 결혼했을 때 이 집을 샀지."

"1959년, 알베르." 마담이 말했다.

비르지니 우엘레트는 1958년 7월 25일에 죽었다. 그리고 아네트 미쇼는 1959년에 이곳에 정착했다.

"아이는 없으십니까?"

"없소." 무슈가 말했다.

그가 끄덕였다. "그리고 이웃인 피노 자매가 언제 이사 왔습니까?"

"이십삼 년 전일 거요." 무슈 미쇼가 말했다.

"아주 정확하시군요." 가마슈가 미소를 지으며 말했다.

"우린 당연히 그들을 생각한답니다." 마담이 말했다. "기억하고."

"그리고 그들을 어떻게 기억하십니까?"

"아주 완벽한 이웃이었어요." 그녀가 말했다. "조용하고. 개인적이고. 우리처럼요."

우리처럼. 가마슈가 그녀를 지켜보며 생각했다. 그녀는 실로 적당한 나이에 적당한 체형이었다. 그는 그녀가 살인에 적당한 기질인지는 자문하지 않았다. 그것은 문제가 아니었다. 대부분의 살인자들은 자신이 저지른 범죄에 자신도 놀랐다. 그 갑작스러운 열정, 갑작스러운 일격에 놀랐다. 자신들을 착하고 친절한 사람에서 살인자로 이끈 갑작스러운 전환에.

그녀가 그것을 계획했을까, 아니면 그것이 그녀와 콩스탕스를 놀라게 했을까? 그녀가 단지 그 마을로 다시 돌아가 머나에게 모든 것을 털어놓으려는 콩스탕스의 의도를 알기 위해 콩스탕스의 집으로 갔다면. 악의에서가 아니라 자매를 해하기 위해서가 아니라, 마침내 자유로워지기 위한 콩스탕스의 의도를.

비르지니는 범죄를 통해 자유로워졌고, 콩스탕스는 그 진실에 의해 자유로워질 참이었다.

"두 분께선 친구셨습니까?" 가마슈가 물었다.

"뭐, 친근했죠. 다정한cordial '과일 주스'라는 뜻이 있어. 과일 주스를 함께 마셨다는 중의적 의미." 마담 미쇼가 말했다.

"그분들이 같이 음료를 마시자고 초대한 걸로 압니다."

"레모네이드요. 한 번. 그게 우정으로 이어지진 않는다오." 그녀의 눈은 여전히 따뜻했지만 날카롭기도 했다. 그녀의 두뇌처럼.

가마슈는 몸을 숙이고 마담 미쇼에게 온전히 집중했다.

"그들이 우엘레트 다섯쌍둥이라는 사실을 아셨습니까?"

미쇼 부부는 기대앉았다. 무슈 미쇼의 눈썹이 놀라움으로 치솟았다. 하지만 마담 미쇼의 눈썹은 내려앉았다. 그는 느끼는 중이었고, 그녀는 생각 중이었다.

"우엘레트 다섯쌍둥이라고요?" 그녀가 되물었다. "그 우엘레트 다섯 쌍둥이?" 이번엔 '그'에 방점이 찍혔다.

가마슈가 끄덕였다.

"하지만 그건 불가능하오." 알베르가 말했다.

"왜죠?" 가마슈가 물었다.

미쇼가 횡설수설했다. 그는 아내를 향했다. "당신은 알았소?"

"당연히 몰랐지. 알았으면 당신한테 얘기했겠지."

가마슈는 기대앉아 이 정보를 받아들이려 애쓰는 그들을 지켜보았다. 그들은 정말로 충격받은 듯이 보였지만 그들이 받은 충격은 그 소식 때문일까, 자신이 그것을 알아서일까?

"의심하지 않으셨습니까?" 그가 물었다.

아직 입을 열 수 없어 보이는 그들이 고개를 저었다. 이 세대에 그것은 이웃이 화성인이었다고 듣는 것이나 마찬가지일 터였다. 친숙하고 이질적인 alien '외계인'이라는 뜻이 있다 무엇이었다고.

"난 전에 그들을 봤소." 무슈 미쇼가 말했다. "어머니가 우리를 그들 집에 데리고 갔지. 그들은 매 시간 밖에 나와 울타리를 따라 걸으면서 군중에게 손을 흔들었소. 황홀했지. 당신이 가진 걸 보여 드리구려, 아 네트."

마담 미쇼가 자리에서 일어섰고, 두 남자도 일어섰다. 그녀는 잠시 뒤 돌아왔다.

"자요. 우리 부모님이 기념품 가게에서 이걸 사 주셨다오."

그녀는 예쁜 작은 집과 그 앞에 선 다섯 자매의 사진이 박힌 문진을 건넸다.

"우리 부모님도 전쟁 직후에 그들을 보여 주려 날 데려가셨지요. 아버지는 끔찍한 것들을 목격하셨고, 희망적인 뭔가를 보고 싶으셨던 것 같아요."

가마슈는 문진을 보고 나서 그것을 건넸다.

"그들이 정말 우리 옆집에 살았단 말이오?" 가마슈가 한 말을 마침내 이해하며 무슈 미쇼가 물었다. "우리가 그 다섯쌍둥이를 알았다고?"

그는 아내를 돌아보았다. 그녀는 기뻐 보이지 않았다. 남편과 달리 그녀는 가마슈가 왜 여기에 있는지 떠올린 듯했다.

"그녀의 죽음이 다섯쌍둥이였기 때문은 아니겠지요?" 그녀가 물었다.

"우리도 모릅니다."

"하지만 그건 아주 오래전이잖아요." 그녀가 그의 시선을 붙들며 말했다.

"뭐가 말입니까?" 가마슈가 물었다. "그들은 성인이 됐을 테고 이름을 바꿨을지도 모르지만 늘 다섯쌍둥이였을 겁니다. 무엇도 그걸 바꿀 순 없죠."

그들이 서로 응시하는 동안 무슈 미쇼가 중얼거렸다. "믿을 수가 없구먼. 다섯쌍둥이라니."

아르망 가마슈는 따뜻한 그들의 집을 나섰다. 코트에 밴 고기 찜 냄새가 문밖을 나와 차로 따라왔다.

그는 이제 최악의 러시아워가 끝나 차가 뜸해진 샹플랭교를 되건넜다. 그는 자신이 조금이라도 답에 근접했는지 확신할 수 없었다. 나는 나만의 신화를 창조 중일까? 사라진 다섯쌍둥이라는? 죽음에서 일어선 사람이라는? 또 다른 기적.

"그는 지금 어디 있나?" 프랑쾨르가 물었다.

"샹플랭교 위에 있고," 테시에가 말했다. "남쪽으로 향하는 중입니다. 그 마을로 돌아가는 것 같습니다."

프랑쾨르는 의자에 기대앉으며 테시에를 주시했지만 경위는 그 표정을 알았다. 프랑쾨르는 그를 보고 있지 않았다. 총경은 무언가를 곱씹고 있었다.

"어째서 가마슈가 그 마을로 자꾸 돌아가지? 거기 뭐가 있나?"

"그의 사건 파일에 따르면 살해된 다섯쌍둥이 중 하나의 친구들이 거기 있습니다."

프랑쾨르는 고개를 끄덕였지만 무의식적인 행위였다. 생각 중인.

"그게 가마슈인 건 확실한가?" 프랑쾨르가 물었다.

"맞습니다. 우리는 그의 휴대전화와 차를 추적하고 있습니다. 여길 나서서는 웬 남자를 만나러 갔습니다. 이름이……," 테시에는 수첩을 찾았다. "앙드레 피노요. 그런 다음 이자벨 라코스트에게 전화를 걸었습니다. 여기 통화 내용이 있습니다. 그런 다음 그는 사건이 발생한 집으로 가 이웃과 이야기를 나누었습니다. 방금 떠났고요. 그 사건에 집중하는 것 같습니다."

프랑쾨르는 입을 다물고 끄덕였다. 그들은 문이 닫힌 그의 사무실에 있었다. 거의 저녁 8시였지만 프랑쾨르는 집에 갈 준비를 하지 않았다. 그는 모든 것이 준비됐는지 확인해야 했다. 모든 세부 사항들을 주의 깊게. 모든 만일의 사태를 생각하며. 별일 없는 잔잔한 수면 위의 유일한 변수는 아르망 가마슈였다. 하지만 지금 테시에는 그 변수가 그 마을로, 그 공동空洞으로 사라졌다고 말하고 있었다.

프랑쾨르는 자신이 안도해야 한다는 것을 알았지만 메스꺼운 느낌이 위장에 자리했다. 어쩌면 그는 가마슈와 한데 엮이는 게 너무도 익숙해서, 그 싸움에 너무 익숙해서 싸움이 끝났다는 사실을 보지 못하는지도 몰랐다.

프랑쾨르는 그렇다고 믿고 싶었다. 하지만 실뱅 프랑쾨르는 신중한 남자였고, 증거가 말하는 바와 달리 그의 본능이 자신에게 다른 무언가를 말하고 있었다.

아르망 가마슈가 미쳤다면 기꺼이는 아닐 터였다. 도처에 발톱 자국이 있을 터였다. 어떤 식으로든 이것은 속임수였다. 어떤 식인지 알지 못할 뿐.

너무 늦었어. 그는 자신을 환기했다. 하지만 불안은 사라지지 않았다.

"그는 여기 경찰청 본부에 있을 때 장 기 보부아르를 보러 갔습니다." 테시에가 말했다.

프랑쾨르가 몸을 앞으로 기울였다. "그래서?"

테시에가 무슨 일이 있었는지 설명하자 프랑쾨르는 긴장이 풀리는 것을 느꼈다.

발톱 자국이 있었다. 이 얼마나 완벽한가. 가마슈는 보부아르를 밀어붙였고, 보부아르는 가마슈를 밀어붙였다.

그리고 두 남자는 마침내 무너졌다.

"보부아르는 전혀 문제 되지 않을 겁니다." 테시에가 말했다. "그는 이제 우리가 시키는 건 뭐든 할 겁니다."

"좋아."

프랑쾨르가 보부아르에게 원하는 일이 한 가지 더 있었다.

"그리고 한 가지 더 있습니다, 총경님."

"뭔가?"

"가마슈가 SHU에 갔습니다." 테시에가 말했다.

프랑쾨르의 얼굴이 잿빛이 되었다. "대체 왜 그걸 먼저 얘기하지 않았지?"

"아무 일도 없었습니다." 테시에가 다급히 그를 안심시켰다. "그는 차에 머물렀습니다."

"확실한가?" 프랑쾨르의 시선이 테시에를 파고들었다.

"전적으로 확신합니다. 보안 테이프를 확보했습니다. 그는 차에 앉아 응시했을 뿐입니다. 우엘레트 집안 묘지가 그 근처에 있습니다." 테시에가 설명했다. "그는 그 지역에 있었습니다. 그래서 간 겁니다."

"그는 알기 때문에 SHU에 간 걸세." 프랑쾨르가 말했다. 그의 눈은 더 이상 테시에에게 머물지 않고 생각의 꼬리를 물듯 사방으로 움직였다. 빠르게 움직이는 적을 쫓는 것처럼.

"메르드Merde 젠장." 그는 속삭이더니 다시 테시에에게 시선을 맞추었다. "이걸 누가 또 알지?"

"아무도 모릅니다."

"사실대로 말하게, 테시에. 허튼소리 말고. 또 누구한테 말했나?"

"아무한테도요. 저, 그건 문제 될 게 없습니다. 가마슈는 차에서 나오지도 않았습니다. 교도소장을 부르지도 않았고요. 전화도 걸지 않았습니다. 거기 앉아 있었을 뿐입니다. 그가 뭘 알 수 있겠습니까?"

"그는 아르노가 관련됐다는 걸 알아." 프랑쾨르는 고함을 치더니 심호흡을 하고 자신을 통제했다. "그는 그 연결을 지었어. 어떻게 알아냈는지는 몰라도 그가 알아냈네."

"추측했을지 모르지만," 테시에가 말했다. "그가 아르노에 대해 안다 해도 전부를 알 순 없습니다."

프랑쾨르는 다시금 눈을 테시에에게서 떼어 허공을 보았다. 생각을 훑으면서.

어디 있지, 아르망? 조금도 포기하지 않았겠지? 자네의 그 머릿속에선 무슨 일이 벌어지고 있는 건가?

하지만 이내 프랑쾨르에게 다른 생각이 떠올랐다. 어쩌면 댐 계획의 실패처럼, 오드레 빌뇌브의 죽음처럼, 심지어 테시에의 부하들이 그녀의 시체를 강에 빠뜨리지 못한 것처럼 이 역시 뜻밖의 선물일지 몰랐다.

그것은 가마슈가 아르노와의 연관성을 알아낸 반면, 그 정도가 그가 알아낸 전부라는 것을 의미했다. 테시에가 옳았다. 아르노만으로는 부족했다. 가마슈는 아르노가 연관됐다고 의심했을지 몰라도 큰 그림은 알지 못했다.

가마슈는 맞는 문 앞에 서 있었지만 아직 그 열쇠를 찾지 못했다. 시간은 이제 자신들 편이었다. 시간에 쫓기는 건 가마슈였다.

"그를 찾게." 프랑쾨르가 말했다.

테시에가 대답을 하지 않아 프랑쾨르는 그를 보았다. 테시에가 자신의 블랙베리에서 시선을 들었다.

"찾을 수 없습니다."

"그게 무슨 뜻인가?" 프랑쾨르의 목소리는 이제 완벽한 통제 상태로 낮아져 있었다. 패닉은 사라졌다.

"저흰 그를 미행했습니다." 테시에가 상관에게 장담했다. "하지만 이내 신호가 사라졌습니다. 그건 잘된 것 같습니다." 그가 다급히 말했다.

"가마슈가 아르노와 계획을 확실히 연관 지었고 시간이 얼마 없는 상황에 그를 놓쳤다는 게 잘된 일이라고?"

"신호가 죽지 않고 그냥 사라졌다는 건 그가 위성 신호가 닿지 않는 지역에 들어섰다는 뜻입니다. 그 마을이요."

그렇다면 그는 되돌아가지 않았다.

"그 마을이 뭐라고 불린다고?" 그가 물었다.

"스리 파인스요."

"가마슈가 거기 있다고 확신하나?"

테시에가 끄덕였다.

"좋아. 계속 감시하게."

그가 거기 있다면 그는 죽은 것이나 다름없다고 프랑쾨르는 생각했다. 등록조차 되지 않은 마을에 죽어 묻혔다. 가마슈는 거기서 자신들에게 위협이 되지 않았다.

"그가 떠나면 즉시 내게 알리게."

"네, 총경님."

"그리고 SHU에 대해 아무에게도 말하지 말게."

"네, 총경님."

프랑쾨르는 방을 나서는 테시에를 지켜보았다. 가마슈가 근접했었다. 지나치게 가까이. 진실을 찾아낼 코앞까지. 하지만 뚝 멈춰 섰다. 그리고 이제 자신들은 가마슈를 어느 잊힌 작은 마을로 몰아넣었다.

"쓰리겠군." 제롬 브루넬이 가마슈의 얼굴과 눈을 살펴보고 물러서며 말했다. "뇌진탕은 없네."

"딱하기도 하지." 테레즈가 부엌 테이블에 앉아 지켜보며 말했다. "정신 좀 차리게 해 줘야겠네. 도대체 보부아르 경위는 왜 찾아가요? 하필 지금?"

"설명하기 힘듭니다."

"해 봐요."

"솔직히 테레즈, 지금 이 시점에 그게 중요합니까?"

"보부아르 경위가 당신이 뭘 하는지 알아요? 우리가 뭘 하는지?"

"그는 지금 자기가 뭘 하는지도 모릅니다." 가마슈가 말했다. "전혀 위협이 되지 않습니다."

테레즈 브루넬은 무언가 말할 참이었지만 그의 얼굴, 멍, 표정을 보고는 그만두기로 했다.

니콜은 위층에서 자고 있었다. 그들은 이미 저녁을 먹었지만 가마슈를 위해 조금 남겨 두었다. 그는 수프와 신선한 바게트, 파테와 치즈가 담긴 쟁반을 거실로 들고 와 벽난로 앞에 앉았다. 제롬과 테레즈가 그 자리에 합류했다.

"니콜을 깨워야 합니까?" 가마슈가 물었다.

"니콜 수사관을?" 제롬이 약간 불안해하며 물었다. "우린 이제 막 벗어난 참일세. 평화를 즐기자고."

가마슈는 콩 수프를 먹으며 아무도 니콜을 이름으로 부르지 않는 게 이상하다고 생각했다. 이베트. 그녀는 니콜이거나 니콜 수사관이었다. 사람이 아니고, 분명 여자도 아닌. 수사관이고, 그게 다였다.

저녁 식사와 설거지를 마치고 그들은 차를 들고 거실로 돌아왔다. 그들은 보통 저녁 식사에 곁들여 와인 한 잔이나 식사 후에 코냑을 마셨지만 아무도 그 생각을 하지 않았다.

오늘 밤은.

제롬은 시계를 보았다. "아홉 시가 다 됐군. 잠을 좀 자야 할 것 같은데. 테레즈?"

"이따 갈게."

그들은 계단을 오르는 제롬을 지켜보았고, 이내 테레즈가 아르망을 향했다.

"보부아르한테 왜 갔어요?"

가마슈는 한숨을 쉬었다. "한 번 더 시도해야 했습니다."

그녀는 한참 동안 그를 보았다. "마지막 한 번이란 뜻이네요. 다시는 기회가 없을 거라고 생각하는군요."

그들은 한동안 조용히 앉아 있었다. 테레즈가 앙리의 귀를 주무르자 셰퍼드가 신음 소리를 내며 입을 헤벌쭉 벌렸다.

"잘했어요." 그녀가 말했다. "후회가 없어야죠."

"경정님은요? 무슨 후회라도?"

"제롬을 이 일에 끌어들인 게 후회돼요."

"제가 끌어들였죠." 가마슈가 말했다. "경정님이 아니라."

"하지만 내가 안 된다고 할 수도 있었어요."

"일이 이렇게 되리라고는 우리 중 누구도 몰랐던 것 같습니다."

브루넬 경정은 빛바랜 커버와 편안한 안락의자와 소파 들이 놓인 거실을 둘러보았다. 책과 레코드판과 오래된 잡지 들. 벽난로와, 한쪽으로는 어두운 뒷마당과 다른 쪽으로는 마을 광장이 내다보이는 창문들.

그녀는 크리스마스 전구들이 미풍에 까닥거리는 거대한 소나무 세 그루를 볼 수 있었다.

"이렇게 돼야 했다면 여기는 그걸 기다리기에 꽤 좋은 곳이에요."

가마슈가 미소를 지었다. "맞습니다. 하지만 물론 우린 기다리는 게 아닙니다. 그들과 맞서 싸우는 중이죠. 혹은 제롬이요. 저는 몸이나 쓸 뿐이죠."

"당신은 그렇고말고요, 몽 보mon beau 내 친구." 낼 수 있는 가장 권위 있는 톤으로 그녀가 말했다.

가마슈는 한동안 그녀를 지켜보았다.

"제롬은 괜찮습니까?"

"그가 준비됐냐는 뜻인가요?" 테레즈가 물었다.

"위."

"우리를 실망시키지 않을 거예요. 전부 자신에게 달려 있다는 걸 아니까요."

"그리고 니콜 형사에게요." 가마슈가 지적했다.

"위." 하지만 그 말은 그다지 확신 없이 들렸다.

물에 빠진 사람들조차 니콜이 구명구를 던지면 망설인다는 사실을 가마슈는 깨달았다. 그들을 비난할 수는 없었다. 자신 역시 그랬으니까.

그는 일 없이 비앤비에 있던 니콜을 본 것을 잊지 않았다. 일이 없다는 것은, 자신들이 그렇다는 뜻이었다. 하지만 거기에는 분명 그녀가 따르는 또 다른 의도가 있었다.

그랬다. 아르망 가마슈는 그것을 잊지 않았다.

테레즈 브루넬이 위층으로 올라간 뒤, 가마슈는 벽난로에 장작을 하나 더 집어넣고 커피를 한 주전자 새로 끓인 뒤 앙리를 데리고 산책을 나섰다.

앙리는 깡충깡충 뛰며 가마슈가 던져 주는 눈 뭉치를 물려고 애썼다. 완벽한 겨울밤이었다. 아주 춥지도 않고. 바람도 없는. 눈은 여전히 내리고 있었지만 이제 조금 약해져 있었다. 자정이 되기 전에 그치겠다고 가마슈는 생각했다.

그는 고개를 젖히고 입을 벌려 커다란 눈송이가 혀에 와 닿는 감각을 느꼈다. 너무 단단하지 않은. 너무 부드럽지 않은.

딱 적당한.

그는 눈을 감고 코에, 눈꺼풀에, 상처 입은 뺨에 닿는 눈을 느꼈다. 작은 입맞춤 같은. 아니와 다니엘이 아기였을 때 그 아이들이 자신에게 하곤 했던 것 같은. 그리고 자신이 그들에게 해 주었던 그 입맞춤.

그는 눈을 뜨고 작고 예쁜 마을 주변을 천천히 걷고 또 걸었다. 집들을 지나치며 그는 날리는 눈에 꿀빛을 던지는 창문들을 보았다. 하얀 플라스틱 테이블 위에 웅크린 루스가 보였다. 글을 쓰고 있었다. 로사가 테이블 위에서 지켜보며 앉아 있었다. 어쩌면 심지어 구술하면서.

그는 광장의 굽이를 따라 걸으며 벽난롯가에서 책을 읽고 있는 클라라를 보았다. 소파 한 귀퉁이에서 다리에 담요를 덮고 몸을 웅크린 채.

그는 고미다락 창문 앞에서 분주히 움직이며 차를 따르는 머나를 보았다.

비스트로에서 웃음소리가 새어 나왔고, 구석에서 생기 있는 빛을 내는 크리스마스트리와 늦은 저녁 식사를 마치며 음료를 즐기고 있는 손님들이 보였다. 자신들이 보낸 하루에 대한 이야기를 나누는.

그는 비앤비에서 크리스마스 선물을 포장하고 있는 가브리를 보았다. 창문이 살짝 열려 있는 듯 가브리가 청명한 테너로 〈휴런 캐럴〉을 부르는 소리가 들렸다. 작은 성당의 크리스마스이브 미사를 위한 연습으로.

가마슈는 그 캐럴을 흥얼거리며 걸었다.

때로 우엘레트 살해에 대한 생각이 머리에 떠올랐다. 하지만 그는 그 생각을 몰아냈다. 아르노에 대한, 프랑쾨르에 대한 생각들이 떠올랐다. 하지만 그는 그 생각도 밀어냈다.

대신에 그는 렌 마리를 생각했다. 그리고 아니를. 그리고 다니엘을. 그리고 손녀들을. 자신이 얼마나 운이 좋은 남자인지를.

그리고 그와 앙리는 에밀리의 집으로 돌아왔다.

모두 자는 동안 아르망은 벽난로를 바라보며 생각에 잠겼다. 머릿속으로 우엘레트 사건을 곱씹으며.

이윽고 11시 직전 그는 편지를 쓰기 시작했다. 페이지를 넘겨 가며.

벽난로 불이 꺼졌지만 그는 알아차리지 못했다.

마침내 그는 자신이 적은 것을 봉투들에 넣은 다음 코트를 입고 부츠를 신고 모자를 쓰고 장갑을 꼈다. 그는 앙리를 깨우려 했지만 셰퍼드는 코를 골고 중얼거리며 꿈속에서 눈 뭉치를 잡고 있었다.

그래서 가마슈는 혼자 나섰다. 스리 파인스의 집들은 이제 불이 꺼져 있었다. 모두가 잠이 든 것 같았다. 거대한 나무들의 전구들이 꺼졌고, 눈이 그쳤다. 하늘에는 다시 별이 가득했다. 그는 봉투 두 개를 우편물 투입구에 넣은 다음 한 가지 아쉬움을 안고 에밀리의 집으로 돌아왔다. 마을 사람들에게 크리스마스 선물을 준비할 기회가 없었다는 것. 하지만 그는 그들이 이해하리라 생각했다.

한 시간 뒤 제롬과 테레즈는 계단을 내려와 안락의자에 잠들어 있는 가마슈를 발견했다. 앙리가 그의 발치에서 코를 골고 있었다. 손에는 펜이 들려 있었고, 렌 마리 앞으로 된 봉투가 의자 팔걸이에서 떨어진 듯 바닥에 놓여 있었다.

"아르망?" 테레즈가 그의 팔을 건드렸다. "일어나요."

퍼뜩 잠에서 깬 가마슈는 일어나 앉다가 테레즈를 머리로 받을 뻔했다. 정신을 차리는 데 시간이 좀 걸렸다.

좀처럼 '부스스'하지 않은 적이 없었기 때문에 그다지 부스스한지 모르겠는 니콜이 쿵쾅거리며 계단을 내려왔다.

"때가 됐어요." 테레즈가 말했다. 그녀는 거의 의기양양해 보였다. 분명 안도한 듯이.

기다림은 끝났다.

33

니콜 수사관이 더러운 바닥에 손과 무릎을 대고 책상 아래로 기어들어 갔다. 그녀는 케이블을 집어 그것을 금속 상자로 가져갔다.

"준비됐어요?"

저 위에서 테레즈 브루넬이 아르망 가마슈를 보았다. 아르망 가마슈는 제롬 브루넬을 보았다. 그리고 브루넬 박사는 망설이지 않았다.

"준비됐소." 그가 말했다.

"이번엔 확실해요?" 아래쪽에서 심통 맞은 목소리가 들려왔다. "맛있는 핫초콜릿 한잔하시면서 생각해 보시는 게 좋을지 몰라요."

"젠장, 그냥 하시게." 제롬이 잘라 말했다.

그리고 니콜은 연결했다. 딸칵 소리가 들리더니 니콜의 머리가 책상 아래서 나타났다. "됐어요."

기어 나온 그녀는 브루넬 박사 옆 자기 자리에 앉았다. 그들 앞에는 그 책상에 앉은 마지막 교사인 제인 닐로서는 상상도 못 했을 장비가 놓여 있었다. 모니터들, 단말기들, 키보드들.

다시 한번 가마슈는 제롬에게 보안 코드를 주었고, 그는 코드를 쳐 넣었다. 마지막 한 키를 남기고.

"이걸 친 뒤엔 돌아갈 수 없네, 아르망."

"압니다. 하십시오."

그리고 제롬 브루넬은 했다. 그는 엔터 키를 눌렀다.

그리고…… 아무 일도 일어나지 않았다.

"이건 오래된 장비예요." 니콜이 약간 초조하게 말했다. "시간이 좀 걸릴 거예요."

"이게 초고속이라고 한 줄 알았는데." 제롬의 말 끝에 공포의 기미가 느껴졌다. "빨라야 해."

"그럴 거예요." 니콜이 미친 듯이 키보드를 두드리며 말했다. 마치 나막신을 신고 컴퓨터 위에서 춤추는 것처럼.

"소용없군." 제롬이 말했다.

"염병." 니콜이 책상을 밀치며 말했다. "쓰레기 같으니."

"당신이 가져온 거지." 제롬이 말했다.

"네네, 그리고 박사님이 어젯밤에 테스트하기를 거부하셨죠."

"그만." 가마슈가 손을 들며 말했다. "생각해 봅시다. 왜 작동을 안 할까요?"

책상 아래에 다시 머리를 처박고 니콜은 위성통신 케이블을 뺐다가 다시 꼈다.

"돼요?" 그녀가 소리쳤다.

"전혀." 제롬이 대답했고, 니콜은 의자로 돌아왔다. 두 사람 모두 각자의 스크린을 응시했다.

"문제가 뭘까요?" 가마슈가 되물었다.

"타바르낙Tabarnac 젠장." 니콜이 말했다. "뭐든 될 수 있어요. 아시다시피 이건 감자 껍질 벗기는 도구가 아니라고요."

"진정하고 설명해 보게."

"좋아요." 그녀는 책상에 펜을 던졌다. "연결 상태가 나쁠 수도 있어요. 케이블에 무슨 문제가 있는 거죠. 다람쥐가 선을 갉아 먹었거나……."

"그럴 법한 이유를 대게." 가마슈가 말했다. 그는 제롬을 향했다. "어떻게 생각하십니까?"

"아마 위성 접시 같네. 다른 건 다 잘 작동돼. 프리셀이 하고 싶으면 실컷 하게. 문제는 우리가 연결을 시도할 때만 일어나네."

가마슈가 끄덕였다. "새 접시가 필요할까요?"

그는 바라고 기도했다. 그 대답이…….

"아니, 그런 것 같진 않네. 거기에 눈이 쌓인 것 같아."

"농담이지?" 테레즈가 말했다.

"박사님 말이 맞을 수도 있어요." 니콜이 수긍했다. "눈보라 때문에 접시에 눈이 쌓여서 송신을 방해할 수도 있어요."

"하지만 어제 내린 눈은 눈보라가 아니었네." 경감이 말했다.

"사실이야." 제롬이 말했다. "하지만 많이 내렸고, 질이 접시를 거의 수평이 되게 달았다면 떨어지는 걸 받을 완벽한 그릇이 되지."

가마슈는 고개를 저었다. 심각한 상황만 아니라면 최첨단 기술이 눈송이에 마비되다니 시적일 법도 했다.

"질에게 전화하십시오." 그가 테레즈에게 말했다. "접시 있는 데서 절만나라고요."

그는 외출 장비를 갖추고 손전등을 움켜쥔 다음 어둠 속으로 향했다.

숲속에서 길을 찾기는 예상보다 더 어려웠다. 숲은 어둡고 길은 거의 눈에 묻혀 있었다. 그는 자신이 옳은 곳을 찾길 바라며 손전등으로 여기저기를 비추었다. 결국 그는 평평한 눈 이불에서 이제 푹신한 윤곽만 남은 것을 찾아냈다. 길이기를. 그는 바랐다. 그는 뛰어들었다.

하지만 다시 부츠 속으로 들어오는 눈을 느꼈고, 양말이 젖기 시작했다. 그는 눈을 헤치며 다리를 앞으로 냈고, 손전등 불빛이 봄이면 무성해질 나뭇가지들과 나무들에서 춤을 췄다.

그는 마침내 몸통에 나무 가로대가 못 박혀 있는, 단단하고 오래된 스트로부스소나무에 도착했다. 그는 숨을 골랐지만 잠깐뿐이었다. 이제 일분일초가 중요했다.

밤의 도둑질은 밤에 달려 있었다. 그리고 그 밤이 지나가고 있었다. 고작 몇 시간 뒤면 사람들이 깨어날 터였다. 일을 하러. 컴퓨터 앞에 앉으러. 컴퓨터를 켜고. 자신들이 무엇을 하는지 보는 눈이 많아지리라.

경감은 올려다보았다. 블라인드 나무 바닥이 점점 높이 빙글빙글 올라가며 자신에게서 멀어지는 것 같았다. 그는 눈을 내려다보고 울퉁불퉁한 나무껍질에 몸을 바짝 붙였다.

손전등을 끈 그는 그것을 주머니에 넣고, 마지막으로 심호흡을 한 다음 첫 번째 가로대를 그러잡았다. 위로, 위로 올랐다. 빠르게. 생각의 속도보다 더 빠르게 오르려 노력하면서. 겁을 먹고 내뱉은 공포가 춥고 어두운 밤에 또다시 자신을 찾아내기 전에 빠르게, 더 빠르게.

그는 몇 년 전에 한 번 이 나무를 오른 적이 있었다. 그때에도 끔찍했는데, 그때는 화창한 가을날이었다. 얼음과 눈으로 덮인, 금방이라도 무너질 듯한 가로대를 다시 올라야 한다고는 꿈에도 생각지 못했다. 밤에.

잡고, 끌어 올리고, 나아가고. 다음 가로대를 움켜쥐고. 몸을 끌어 올리고.

하지만 공포가 자신을 찾아냈고, 등을 할퀴고 있었다. 머리를.

숨을 쉬어, 숨을 쉬어. 그는 자신에게 명령했다. 그리고 그는 숨을 깊이 내쉬었다.

그는 감히 멈추지 못했다. 감히 올려다보지 못했다. 하지만 마침내 그래야 했다는 것을 알았다. 분명 거의 도착했을 터였다. 그는 잠시 멈추고 고개를 젖혔다.

블라인드 바닥은 아직도 가로대 여섯 개 정도 위에 있었다. 그는 거의 흐느꼈다. 머리가 텅 비고 손과 발에서 피가 빠져나가는 것이 느껴졌다.

"계속 가, 계속." 그는 울퉁불퉁한 껍질에 대고 속삭였다.

자신이 내는 목소리가 자신을 안심시켰고, 그는 자신이 하고 있는 짓을 거의 믿지 못하며 다음 나무 널을 향해 손을 뻗었다. 그는 자신이 들었던 마지막 노래를 흥얼거리기 시작했다. 〈휴런 캐럴〉.

그는 나지막이 노래하기 시작했다.

"한겨울 달빛 아래서," 그는 오르는 나무에 숨을 내뿜었다. "새들도 모두 날아갔을 때."

그 캐럴은 노래라기보다 말에 가까웠지만 정신 나간 자신을 차분하게 하기에 충분했다.

"전능하신 기치 마니토우Gitchi Manitou 캐나다 동부에 거주하는 알곤킨족의 언어로 '위대한 영혼'을 뜻하며 신으로 해석된다가 대신 천사들의 합창단을 보내셨네."

그의 손이 오래된 나무 바닥에 쾅 부딪혔고, 그는 눈투성이 뺨에 오른팔에는 나뭇가지가 걸린 채로 머뭇거리지 않고 재빨리 바닥의 구멍을 통해 기어올라 바닥에 엎드렸다. 그가 뱉는 거친 숨이 눈송이들을 날려 작은 눈보라를 만들어 냈다. 그는 호흡이 가빠질까 두려워 천천히 숨을 고르고는 무릎으로 기었고, 바닥 가장자리에서 무언가가 다가와 자신을 잡아채기라도 할 것이라는 듯 몸을 웅크렸다.

하지만 가마슈는 적이 바닥 가장자리에 있지 않다는 것을 알았다. 그것은 자신과 함께 블라인드에 있었다.

그는 주머니에서 꺼낸 손전등을 켰다. 접시는 작은 삼각대에 고정되어 있었고, 질은 삼각대를 블라인드의 난간에 나사로 박아 놓았다.

그것은 위를 향해 있었다.

"오, 하느님." 가마슈는 그렇게 말하고 프랑쾨르의 계획이 실제로 얼마나 나쁠지 잠시 생각했다. 자신들이 그것을 꼭 막지 않아도 될지 몰랐다. 자신들은 침대로 돌아가 이불을 끌어당길 수도 있었다.

"한겨울 달빛 아래서," 그는 무릎걸음으로 나아가며 중얼거렸다. 블라인드가 기우는 것처럼 느껴졌고, 가마슈는 자신이 내동댕이쳐지는 것처럼 느꼈지만 그는 눈을 감고 자신을 진정시켰다.

"한겨울 달빛 아래서," 그는 되뇌었다. 접시에서 눈을 떼고 내려가자.

"아르망."

테레즈가 나무 밑동 근처에 서 있었다.

"위." 그가 외치며 목소리 쪽을 향해 손전등을 돌렸다.

"괜찮아요?"

"괜찮습니다." 그는 그렇게 말하고 가능한 한 바닥 끝에서 멀어지도록 눈을 부츠로 긁으며 기었다. 그의 등이 나무 기둥에 쿵 부딪혔고 그는 그것을 그러안았다. 떨어질지도 모를 공포가 아닌 블라인드에 오를 때 자신을 할퀴었던 공포가 마침내 그를 둘러쌌다. 그리고 자신을 바닥 끝으로 끌어당기고 있었다.

가마슈는 자신이 자신을 던질까 봐 두려웠다.

그는 나무 기둥에 등을 더 힘껏 기대었다.

"질한테 전화했는데, 한 시간 반 안에는 올 수 없대요." 어둠 속에서 그녀의 목소리가 울렸다.

경감은 자신을 저주했다. 바로 이런 일에 대비해 질에게 자신들과 함께 있어 달라고 부탁했어야 했다. 질은 어젯밤 그 제안을 했고, 자신은 그에게 집에 가라고 했다. 그리고 매 순간이 중요한 이때 이제 그 남자는 한 시간 반 떨어져 있었다.

매 순간이 중요한.

그 말이 머릿속에서 울리는 비명을 뚫고 길을 냈다. 공포를 뚫고, 위안을 주는 캐럴을 뚫고.

매 순간이 중요하다.

나무에서 떨어진 그는 불빛이 위성 접시를 향하도록 손전등을 눈에 고정하고, 최대한 빨리 엉금엉금 기어 앞으로 나아갔다.

나무 난간에 닿자 그는 일어나 위성 접시를 들여다보았다. 눈이 쌓여 있었다. 그는 바닥에 장갑을 떨구고 빠르고 신중하게 눈을 퍼냈다. 기둥을 건드리지 않으려고 애쓰며. 접시 한가운데에 있는 수신기를 움직이지 않도록 애쓰며.

마침내 일을 마친 그는 바닥 끝에서 후다닥 물러났고, 나무로 돌아와 그것을 끌어안으며 이런 꼴을 하고 있는 자신을 볼 사람이 없다는 데 감사했다. 하지만 솔직히 이 상황에서 가마슈 경감은 그 모습이 구설에 오를지 어떨지 신경 쓰지 않았다. 그는 나무를 놓지 않을 작정이었다.

"테레즈." 그는 소리치면서 자기 목소리에 깃든 공포를 느꼈다.

"여기 있어요. 정말 괜찮아요?"

"접시에서 눈을 떨어냈습니다."

"니콜 수사관이 길에 나와 있어요." 테레즈가 말했다. "제롬이 접속하면 그녀가 손전등을 켰다 껐다 할 거예요."

가마슈는 나무를 꼭 끌어안은 채로 고개를 돌려 우듬지 너머 길 쪽을 응시했다. 보이는 거라곤 어둠뿐이었다.

"한겨울 달빛 아래서," 그는 자신에게 속삭였다. "새들도 모두 날아갔을 때."

제발, 신이여, 제발.

"한겨울 달빛 아래서……."

그때 그는 보았다.

한 줄기 불빛. 그리고 어둠. 그리고 불빛.

연결이 되었다. 일이 시작됐다.

"작동돼요?" 테레즈가 옛 학교의 문을 열자마자 물었다.

"완벽하게." 제롬이 거의 들뜬 목소리로 말했다. 그가 몇몇 명령을 입력하자 이미지들이 뜨더니 사라지고 새로운 이미지들이 나타났다. "기대 이상이야."

가마슈는 손목시계를 보았다. 1시 20분.

카운트다운이 시작됐다.

"대박." 커진 눈을 번뜩이며 니콜이 말했다. "이게 되다니."

가마슈 경감은 애써 그녀 목소리에 깃든 놀라움을 무시했다.

"이제 뭐야?" 테레즈가 물었다.

"우리는 국립 기록 보관소에 있어." 제롬이 보고했다. "니콜 수사관과 얘기해서 찢어지기로 했지. 뭔가 찾을 가능성을 두 배로 높이는 거지."

"저는 베데샬뢰르Baie-des-Chaleurs 샬뢰르만(灣)에 있는 학교 도서관 단말기를 통해 들어갈 거예요." 그들의 놀란 얼굴을 보고 그녀가 눈을 깔고 우물거렸다. "전에 해 봤어요. 몰래 들어가기엔 제일 좋은 방법이죠."

제롬과 테레즈가 놀라 보인 반면 가마슈는 그렇지 않았다. 니콜 수사관은 어둠 속에서 태어났다. 비주류가 되기 위해. 그녀는 타고난 염탐꾼이었다.

"그리고 나는 셰퍼빌 서(署)의 증거물 보관실을 통해 들어갈 거야." 제롬이 말했다.

"경찰서?" 테레즈가 그의 어깨 너머를 보며 물었다. "정말?"

"아니." 그가 인정했다. "하지만 우리의 유일한 이점은 대담해지는 거지. 그들이 우리를 웬 지방 경찰서로 추적한다면, 우리가 사라질 시간을 벌어 줄 정도의 혼란을 줄 수 있겠지."

"그럴까요?" 가마슈가 물었다.

"자네도 혼란스러워했잖나."

가마슈가 미소를 지었다. "그렇군요."

테레즈도 미소 지었다. "그럼 다들 해 봐. 더티 플레이를 잊지 말고."

테레즈와 가마슈는 에밀리의 집에서 허드슨 베이 담요를 가져와 창문을 가리는 데 유용하게 사용했다. 여전히 학교 안에 누군가가 있다는 것은 명백하겠지만 자신들이 뭘 하는지는 명백하지 않을 터였다.

질이 도착했고, 장작을 더 가져왔다. 그가 난로에 장작을 넣자 후끈한 열기가 퍼지기 시작했다.

이어진 두 시간 동안 제롬과 니콜은 거의 침묵 속에서 일했다. 때로 그들은 418s 같은 말들을 주고받았다. 방화벽. 시메트릭 키.

하지만 대개 그들은 조용히 일했고, 학교 안에 울리는 소리는 익숙한 키보드 두드리는 소리와 장작 난로의 웅웅거림뿐이었다.

가마슈, 질 그리고 앙리는 에밀리의 집으로 돌아가 베이컨과 계란, 빵, 커피를 가지고 돌아왔다. 그들은 난로에서 요리를 했고, 방 안은 베이컨 냄새와 장작 타는 냄새 그리고 커피 향으로 가득 찼다.

하지만 제롬은 집중한 나머지 알아차리지 못한 것 같았다. 그와 니콜은 패킷과 암호화에 대해 대화를 주고받았다. 포트와 레이어에 대해.

아침 식사가 옆에 놓였을 때도 둘은 쳐다보지 않았다. 둘 다 NIPS네트워크 기반 침입 방지 시스템와 대책들로 가득한 자신들의 세계에 몰두해 있었다.

가마슈는 자신을 위해 커피를 한 잔 따르고, 창문 옆 오래된 지도에 기대어 지켜보고 있었다. 서성이고 싶은 유혹을 거부하면서.

이 공간은 케임브리지에 있는 자신의 스승들의 방을 살짝 연상케 했다. 높이 쌓여 있는 종이들. 아이디어를 휘갈긴 공책들. 차가워진 차가 담긴 머그잔들과 반쯤 먹은 크럼피트버터로 굽는 케이크의 일종들. 열기를 위한 난로와 말라 가는 모직 냄새.

질은 그들이 학교 문간의 그의 의자라고 부르기 시작한 의자에 앉아 있었다. 그는 아침을 먹고 나서 커피 한 잔을 더 따른 다음 의자를 문에 기대 놓았다. 그는 그들의 데드볼트스프링 작용 없이 열쇠로 조작해야 하는 문였다.

가마슈는 손목시계를 보았다. 4시 25분이었다. 그는 서성이고 싶었지만 그것이 방해가 될 것임을 알았다. 어떻게 돼 가는지 묻고 싶어서 죽을 지경이었지만 그것이 집중력을 깨뜨릴 뿐이라는 것을 알았다. 대신 그는 앙리를 불렀고, 코트를 입고 주머니에 손을 깊이 찔러 넣었다. 공황 상태에서 그는 위성 접시가 있는 블라인드에 장갑을 두고 왔지만 그것을 가지러 돌아가는 일은 절대 없을 터였다.

테레즈와 질이 합류했고, 그들은 산책을 나섰다.

"잘되고 있어요." 테레즈가 말했다.

"네." 가마슈가 말했다. 밖은 춥고 맑고 청명하고 깜깜했다. 그리고 고요했다.

"밤의 도둑들 같군요, 응?" 그가 질에게 말했다.

벌목꾼이 웃음을 터트렸다. "그 말로 당신들을 모욕한 게 아니길 바라겠소."

"그 반대예요." 테레즈가 말했다. "그건 자연스러운 경력의 진행이죠. 소르본, 뮈제 데 보자르의 수석 큐레이터, 경찰청 경정, 그리고 마침내 정점. 밤의 도둑." 그녀가 가마슈에게 몸을 돌렸다. "그리고 모두 당신 덕분이죠."

"별말씀을, 마담." 가마슈가 엄숙하게 절했다.

그들은 벤치에 앉아 담요에 불빛이 가려진 맞은편의 학교를 보았다. 경감은 옆에 있는 조용한 벌목꾼이 자신들이 실패하면 어떤 일이 일어날지 아는지 궁금했다. 그리고 자신들이 성공하면 어떤 일이 일어날지.

어느 쪽이든 지옥문이 열릴 참이었다. 그리고 지옥이 이곳에 펼쳐지리라.

하지만 지금 이 순간은 평화롭고 고요했다.

그들은 학교로 돌아갔다. 앙리가 껑충거리며 눈 뭉치를 물었지만 그것은 입 안에서 스르르 사라질 뿐이었다. 하지만 녀석은 멈출 생각도 포기할 생각도 없었다.

한 시간 뒤 제롬과 니콜이 첫 번째 경보를 올렸다.

34

전화가 실뱅 프랑쾨르를 깨웠고, 그는 두 번째 벨이 울리기 전에 수화기를 잡아챘다.

"뭔가?" 그가 즉시 정신을 차리며 물었다.

"총경님, 샤르팡티에입니다. 침입이 있었습니다."

프랑쾨르는 한쪽 팔꿈치로 몸을 일으키며 아내에게 다시 자라고 손짓했다.

"그게 무슨 뜻인가?"

"네트워크 활동을 감시 중인데, 누군가 보안 파일 중 하나에 접근했습니다."

프랑쾨르는 등을 켜고 안경을 쓴 다음 침대 옆 테이블 위의 시계를 보았다. 연빨강 숫자가 5:43 A.M.을 나타냈다. 그는 일어나 앉았다.

"얼마나 심각하지?"

"모르겠습니다. 별거 아닐지도 모릅니다. 지시대로 테시에 경위에게 전화했고, 그가 총경님께 전화드리라고 했습니다."

"잘했네. 이제 뭘 봤는지 설명하게."

"음, 그게 좀 복잡합니다."

"해 보게."

샤르팡티에는 그렇게 사소한 한마디에 그토록 많은 위협이 담길 수 있다는 데 놀랐다. 그는 설명했다. 최선을 다해. "음, 방화벽상에 승인

되지 않은 연결이 됐다는 건 보이지 않습니다. 하지만……,"

"하지만 뭔가?"

"누군가 파일을 열었는데 누구인지가 확실치 않습니다. 네트워크 내에서 일어났으므로 보안 코드를 가진 사람입니다. 부서 내 누군가일 수도 있지만 확실하지는 않습니다."

"나한테 구멍이 생겼는지 모른다고 말하고 있는 건가?"

"구멍은 생겼는데, 외부 침입자인지 우리 측 사람인지 모르겠다고 말씀드리는 겁니다. 가택 경보처럼요. 처음엔 그게 침입자인지 너구리인지 말하기 어렵죠."

"너구리? 자네 지금 경찰청의 수백만 달러짜리 최첨단 보안 시스템과 가택 경보 시스템을 진지하게 비교하는 건 아니겠지?"

"죄송합니다, 총경님. 하지만 최첨단이기 때문에 적어도 그걸 발견한 겁니다. 일반적인 시스템과 프로그램이라면 놓쳤을 겁니다. 하지만 그게 워낙 민감해서 가끔은 발견할 필요 없는 것들을 발견합니다. 위협이 아닌 것들을요."

"너구리 같은?"

"바로 그렇습니다." 형사가 그 비유를 명백히 후회하며 말했다. 테시에게는 먹혔다. 하지만 프랑쾨르 총경은 완전히 다른 야수였다. "그리고 침입자가 있다 해도 그게 의도적인지, 단지 어떤 해커가 문제를 일으키는 건지, 누군가가 실수로 헤매는지 아직 말씀드릴 수 없습니다. 지금 알아내는 중입니다."

"실수로?" 그들은 작년에 이 시스템을 도입했다. 최고의 소프트웨어 디자이너들과 인터넷 설계자를 고용해 침입이 불가한 시스템을 만들었다. 그런데 지금 이 수사관은 웬 멍청이가 실수로 헤매는지도 모른다고 하는 건가?

"보기보다 종종 일어나는 일입니다." 샤르팡티에가 침울하게 말했다. "심각한 것 같진 않지만, 만약을 대비해 저흰 그런 것처럼 다루고 있습니다. 그리고 그들이 접근한 파일은 그다지 중요해 보이지 않습니다."

"무슨 파일이지?" 프랑쾨르가 물었다.

"이십 번 고속도로 건설 스케줄과 관련된 파일입니다."

프랑쾨르는 침실 창문에 드리워진 커튼을 응시했다. 차가운 공기가 집으로 들면서 커튼이 살짝 일렁거렸다.

그 파일은 자신들의 계획을 위협할 어떤 것과도 거리가 멀 만큼 아주 하찮아 보였지만 프랑쾨르는 그것이 어떤 파일인지 알았다. 무슨 내용을 담고 있는지. 그리고 이제 누군가 냄새를 맡고 있다.

"확인해 보게." 그가 말했다. "그리고 다시 전화하게."

"네, 총경님."

"무슨 일이에요?" 마담 프랑쾨르가 욕실로 향하는 남편을 주시하며 물었다.

"아무것도 아냐. 일에 문제가 좀 생겼어. 다시 자."

"당신은 일어나려고요?"

"그러는 게 낫겠어." 그가 말했다. "이제 잠도 깼고, 어쨌든 좀 있으면 알람도 울릴 테니까."

하지만 프랑쾨르 총경에게는 이미 알람이 울리고 있었다.

"그들이 우릴 봤어." 제롬이 말했다. "내가 여기서 경보를 건드렸네."

"어딥니까?" 가마슈가 의자를 당기며 물었다.

제롬이 그에게 보여 주었다.

"건설 파일이요?" 가마슈가 그렇게 물으며 테레즈에게 몸을 돌렸다. "보안인 것은 둘째 치고 왜 경찰청이 도로 건설 파일을 갖고 있을까요?"

"그럴 이유가 없어요. 그건 우리 관할이 아니에요. 도로 쪽은 맞지만 보수는 아니에요. 그리고 분명 기밀일 리 없어요."

"그들이 우리를 찾고 있을 거예요." 니콜이 말했다. 그녀의 목소리는 차분했다. 그저 사실을 보고하고 있었다.

"예상대로지." 제롬이 말했다. 그의 목소리 역시 차분했다.

그의 모니터에서 그들은 파일들이 열렸다 닫히는 것을 보았다. 나타났다가 사라지는.

"손 떼세요." 니콜이 말했다.

제롬이 키보드에서 손을 뗐고, 손은 허공에 걸렸다.

가마슈는 모니터를 응시했다. 줄줄이 나타나 길어지다가 줄어드는 코드들이 보였다.

"저들이 당신을 찾아냈소?" 제롬이 니콜에게 물었다.

"아니요. 저는 다른 파일을 보고 있어요. 역시 건설 관련이지만 이쪽은 오래됐어요. 중요할 리 없어요."

"잠깐." 가마슈가 그녀의 모니터로 의자를 끌고 가며 말했다. "보여 주게."

"총경님, 또 샤르팡티에입니다."

"위." 프랑쾨르가 말했다. 그는 샤워를 마쳤고, 옷을 입었고, 출발할 참이었다. 이제 막 6시가 지나 있었다.

"아무것도 아니었습니다."

"확실한가?"

"확실합니다. 꼼꼼히 둘러봤습니다. 온갖 스캔을 했고, 우리 네트워크에 비인가된 접근을 찾을 수 없었습니다. 말씀드렸듯이 꽤 자주 일어나는 일입니다. 기계 속 유령이죠. 이걸로 귀찮게 해 드려 죄송합니다."

"제대로 일을 한 걸세." 프랑쾨르는 안도했지만 여전히 마음이 놓이지 않았다. "모니터에 수사관을 더 붙이게."

"다음 교대는 여덟 시……,"

"당장." 그 목소리는 날카로웠고, 샤르팡티에는 즉시 대답했다.

"네, 총경님."

프랑쾨르는 전화를 끊은 다음 테시에의 전화번호를 두드렸다.

"이것들은 애쿼덕트라는 회사의," 가마슈가 말했다. "교대 보고서일세. 삼십 년 된 회사지. 왜 이걸 보고 있나?"

"흔적을 쫓고 있었어요. 다른 파일에서 튀어나온 이름을 쫓았고, 여기로 왔습니다."

"어떤 이름이지?" 가마슈가 물었다.

"피에르 아르노요."

"보여 주게." 가마슈는 몸을 숙였고, 니콜은 스크롤을 내렸다. 가마슈는 독서용 안경을 쓰고 해당 페이지를 훑어보았다. 이름이 많았다. 근무 스케줄과 토질 보고서 그리고 화물이라 불리는 것들. "안 보이는데."

"저도 안 보여요." 니콜이 시인했다. "하지만 이 파일과 관련 있어요."

"다른 피에르 아르노일 수도 있지." 제롬이 자기 책상에서 말했다. "드문 이름도 아니니까."

가마슈는 그 말을 들었다는 뜻으로 음 소리를 냈지만 그의 관심은 그 파일에 쏠려 있었다. 거기엔 어떤 아르노고 간에 언급된 게 없었다.

"그의 이름이 이 파일에 첨부됐는데 어떻게 거기서 안 나타날 수 있지?" 가마슈가 물었다.

"숨겨져 있거나." 니콜이 말했다. "외부 참조일 수도 있죠. 탈모나 감초 파이프에 관한 파일에 경감님 이름이 첨부될 수도 있는 것처럼요."

가마슈는 코웃음 소리를 낸 제롬을 흘끗 보았다.

어쨌든 그는 이해했다. 아르노의 이름이 이 파일에 드러나지 않아도 어떤 식으로든 연관될 수 있었다. 라인 아래 어딘가에 연결되어 있었다.

"계속하게." 경감은 그렇게 말하고 일어섰다.

"샤르팡티에는 자기 일에 아주 뛰어납니다." 테시에는 전화기 너머로 프랑쾨르를 안심시켰다. 그 역시 옷을 입었고, 출근할 준비를 했다. 양말을 신으면서 그는 오늘 밤 이 양말을 벗을 때면 모든 것이 달라지리라는 것을 깨달았다. 자신의 세상이. 세계가. 퀘벡은 확실히. "그가 아무것도 아니라고 하면 아무것도 아닙니다."

"아니야." 총경은 확신과 안도를 원했다. 하지만 그렇지 못했다. "뭔가 잘못됐네. 랑베르에게 전화해. 그녀를 불러."

"네, 총경님." 테시에는 전화를 끊고 사이버 범죄 수사과장 랑베르에게 전화를 걸었다.

가마슈는 새 장작으로 잉걸불을 뒤적여 공간을 만든 다음 장작을 집어넣고 주철 뚜껑을 덮었다.

"니콜 형사." 그가 잠시 뒤 말했다. "그 회사를 조사해 볼 수 있겠나?"

"어떤 회사요?"

"애퀴덕트." 그는 그녀에게 다가갔다. "자네가 피에르 아르노를 추적한 지점에서."

"하지만 그 이름은 결국 나타나지 않았는데요. 다른 아르노거나 우연한 접촉이었을 거예요. 별로 중요하지 않은 거요."

"그럴 수도 있겠지만 애퀴덕트에 대해 자네가 찾을 수 있는 걸 찾아내 주게." 그는 그녀에게 몸을 숙이며 한 손을 책상에, 다른 손을 그녀의 의자 등받이에 올렸다.

니콜이 씩씩거렸고, 그녀가 보고 있던 화면이 사라졌다. 몇 번의 클릭 후 오래된 로마의 다리와 상수도 이미지들이 모니터에 나타났다. 송수로_aqueduct_들이.

"만족하세요?" 그녀가 딱딱거렸다.

"아래로 내려 보게." 그는 그렇게 말하고 '애퀴덕트'에 관한 참고 리스트를 살폈다. 지속 가능성을 연구하는 회사가 있었다. 그 이름을 딴 밴드가 있었다.

그들은 몇몇 페이지를 살폈지만 정보는 점점 더 의미가 없어졌다.

"이제 돌아가도 돼요?" 아마추어들에게 지친 니콜이 물었다.

가마슈는 여전히 불안을 느끼며 화면을 응시했다. 하지만 그는 고개를 끄덕였다.

교대조 전부가 소환되었고, 사이버 범죄 부서의 모든 책상과 모니터마다 수사관이 하나씩 달라붙었다.

"하지만 경감님." 샤르팡티에는 자기 상관에게 호소 중이었다. "그건 유령이었습니다. 그런 건 수천 개도 더 봤습니다. 경감님도 보셨듯이요. 혹시나 해서 철저하게 들여다봤습니다. 보안 스캔을 전부 돌렸고요. 아무것도 아닙니다."

랑베르는 자신의 교대조장에게서 몸을 돌려 총경을 향했다.

샤르팡티에와 달리 랑베르 경감은 다음 몇 시간이 얼마나 위태로울지 알았다. 자신이 직접 뚫리지 않도록 디자인을 도운 방화벽, 보안 장비, 소프트웨어 프로그램. 그리고 그것들은 그랬다.

하지만 프랑쾨르의 우려가 그녀에게 전염되었다. 그리고 이제 그녀는 의심스러웠다.

"제가 직접 확인하겠습니다, 총경님." 그녀가 프랑쾨르에게 말했다. 그가 그녀의 눈을 너무 오래, 너무 강렬히 응시해서 테시에와 샤르팡티에는 시선을 교환했다.

마침내 프랑쾨르가 끄덕였다.

"나는 자네 부하들이 그냥 지키고만 있지 않길 바라네, 알겠나? 가서 찾길 바라네."

"뭘 말입니까?" 부아가 난 샤르팡티에가 말했다.

"침입자를." 프랑쾨르가 잘라 말했다. "난 자네가 거기에 있는 게 누구든 끝까지 찾아내길 바라네. 누가 들어오려고 한다면 그게 너구리든 유령이든 좀비 부대든 자네가 그들을 찾길 바라네. 알았나?"

"알겠습니다, 총경님." 샤르팡티에가 말했다.

가마슈가 니콜의 팔꿈치께 다시 나타났다.

"내가 실수했네." 그가 그녀의 귀에 대고 말했다.

"뭘요?" 그녀는 그를 쳐다보지도 않고 자신이 하던 일에 집중했다.

"자넨 그 파일이 오래됐다고 했지. 그렇다는 건 애퀴덕트가 오래된 회사란 얘기지. 더 이상 존재하지 않는지 몰라. 그걸 기록 보관소에서 찾을 수 있겠나?"

"하지만 더 이상 존재하지 않는다면 어째서 문제가 되죠?" 니콜이 물었다. "오래전 파일, 오래전 회사, 오래전 뉴스."

"오래 묵은 죄가 그림자가 긴 법이네." 가마슈가 말했다. "그리고 이건 오래 묵은 죄고."

"빌어먹을 인용들." 니콜이 작은 소리로 중얼댔다. "무슨 뜻이 있긴 해요?"

"그건 삼십 년 전에 작게 시작한 게 자랐을지도 모른다는 뜻이지." 경감이 니콜 형사를 보지 않고 그녀의 화면을 읽으며 말했다. "무언가……"

그는 너무 생기 없고, 너무 억눌린 니콜의 얼굴을 보았다.

"……큰 것으로." 그가 마침내 말했다. 하지만 사실 마음속에 떠올랐던 말은 '괴물 같은'이었다.

"우린 그림자를 찾아냈네." 가마슈는 화면을 향했다. "이제는 죄를 찾을 차례야."

"여전히 이해가 안 가는데요." 그녀가 중얼거렸지만 가마슈는 그게 진실이 아니리라 생각했다. 이베트 니콜 수사관은 오래된 죄에 대해 아주 잘 알았다. 그리고 긴 그림자도.

"몇 분 걸릴 거예요." 그녀가 말했다.

가마슈는 분명 남편의 어깨 너머를 보길 갈망하며 창가에 서서 그를 보고 있는 브루넬 경정에게 다가갔다.

"제롬은 어떻습니까?"

"괜찮은 것 같아요." 그녀가 말했다. "그 경보를 건드려서 흔들린 것 같아요. 그게 그의 예상보다 일찍 온 거죠. 하지만 극복했어요."

가마슈는 책상에 앉은 두 사람을 보았다. 거의 아침 7시 반이었다. 일을 시작한 지 여섯 시간이 흘렀다.

그는 제롬에게 다가갔다. "다리 좀 펴시겠습니까?"

브루넬 박사는 즉시 대답하지 않았다. 그는 화면을 보고 있었고, 그의 눈은 줄지은 코드를 좇고 있었다.

"메르시, 아르망. 몇 분만." 멀리 떨어져 있고, 산만해진 목소리로 제롬이 말했다.

"찾았어요." 니콜이 말했다. "레 세르비스 애쿼덕트." 그녀가 읽었고, 가마슈와 테레즈는 그녀의 어깨 너머로 몸을 숙여 보았다. "경감님이 맞았어요. 오래된 회사예요. 파산한 것 같아요."

"무슨 일을 했지?"

"주로 엔지니어링 같은데요." 그녀가 말했다.

"도로?" 테레즈가 제롬이 건드렸던 경보를 떠올리며 물었다. 도로 공사 스케줄.

니콜이 자료를 더 검색하는 동안 침묵이 따랐다. "아뇨. 대개 외딴 지역의 하수 시스템 같아요. 이건 정부가 돈을 들여 강에 던져진 쓰레기들을 치우던 때였어요."

"처리장들." 가마슈가 말했다.

"그런 것들이요." 니콜이 화면에 집중하며 말했다. "하지만 여기 보세요." 그녀가 한 보고서를 가리켰다. "정권이 바뀌죠. 계약이 줄었고 회사는 도산했어요. 끝."

"잠깐." 제롬이 옆 책상에서 날카롭게 말했다. "당신이 하는 걸 멈추시오."

가마슈와 테레즈는 자신들의 움직임이 왠지 자신들을 배반하리라는 듯 얼어붙었다. 이내 가마슈는 제롬에게 발을 옮겼다.

"뭡니까?"

"그들이 보고 있네." 그는 말했다. "그냥 파일을 지키고 있는 게 아니라 이제 우릴 보고 있어."

"우리가 다른 경보를 울렸어?" 테레즈가 물었다.

"내가 알기론 아니야." 제롬은 그렇게 말했고, 자신의 장비를 체크하고 고개를 젓는 니콜을 힐끗 보았다.

브루넬 박사는 고개를 돌리고 자신의 모니터를 응시했다. 그의 통통한 손이 필요하다면 행동에 나설 준비를 하며 키보드 위에 들려 있었다. "저들이 전에 보지 못한 새 프로그램을 쓰고 있네."

아무도 움직이지 않았다.

가마슈는 화면을 응시했고, 모니터 구석에서 기어 나올 유령을 보길 반쯤 기대했다. 텍스트, 파일들, 서류들을 집어 들고 밑을 보며. 자신들을 찾는.

그는 감히 움직이지도 못하고 숨을 멈추었다. 만약을 대비해서. 그것이 비이성적이라는 것을 알았지만 위험을 감수하고 싶지 않았다.

"그들은 우릴 못 찾을 거예요." 니콜이 말했고, 가마슈는 그녀의 허세에 감탄했다. 니콜은 속삭였었고, 가마슈는 그것이 기뻤다. 허세는 별개로 치고, 침묵과 정적은 은신의 첫 번째 규칙이었다. 그리고 그는 착각하고 있지 않았다. 자신들이 지금 하고 있는 것이 그것이었다.

질 역시 그렇게 느끼는 것 같았다. 그는 조용히 의자를 내리고 바닥에 발을 디뎠지만 그 자리에 머물며, 자신들의 추적자가 그곳으로 들어올 것이라는 듯이 문을 지키고 있었다.

"저들이 우리가 해킹했다는 걸 알까?" 테레즈가 물었다.

제롬은 대답하지 않았다.

"제롬." 테레즈가 반복했다. 그녀 역시 낮은 목소리로 다급한 쉿소리를 냈다. "대답해."

"우리 서명을 본 게 확실해."

"그게 무슨 뜻입니까?" 가마슈가 물었다.

"저들이 뭔가 일어났다는 걸 알았을 거라는 뜻이에요." 니콜이 말했다. "암호화가 버티겠죠." 하지만 처음으로 그녀는 자신에게 말하는 것처럼 자신 없어 보였다. 자신을 확신시키며.

그리고 이제 가마슈는 이해했다. 사냥꾼과 그의 개들이 사방을 킁킁거리고 있었다. 그들은 어떤 냄새를 맡았고, 이제 자신들이 발견한 것을 판단하려 하고 있었다. 어느 편인지.

"저쪽에 누가 있든 보통 해커는 아닐세." 제롬이 말했다. "이건 그냥 안달하는 애가 아니라 숙련된 수사관이야."

"이제 어쩌지?" 테레즈 브루넬이 물었다.

"뭐, 그냥 여기 앉아 있을 순 없지." 제롬이 말했다. 그는 니콜에게 고개를 돌렸다. "당신의 암호화가 정말 우릴 감추고 있다고 생각하시오?"

그녀가 입을 열었지만 그가 그녀의 말을 잘랐다. 그는 입에 쓴 진실보다 달콤한 거짓말을 주워 담는 사람을 몰라 보기에는 병례 검토회에서 오만한 레지던트들을 숱하게 경험했었다.

"진짜로." 그는 경고했고, 그녀의 생기 없는 시선을 붙들었다.

"모르겠지만," 그녀가 인정했다. "그렇게 믿는 편이 낫잖아요."

제롬이 웃음을 터트리고 자리에서 일어섰다. 그는 아내를 향했다. "그럼 당신 질문에 대한 답은 암호화는 버렸고, 우린 괜찮다는 거야."

"그녀는 그렇게 말하지 않았어." 테레즈가 장작 난로 위의 커피포트가 있는 데로 그를 따르며 말했다.

"그랬지." 그는 인정하며 커피를 따랐다. "하지만 그녀가 옳아. 그렇게 믿는 편이 낫지. 어차피 달라질 게 없으니까. 내 생각이지만, 저들이 설사 우리가 여기 있는 걸 안다 해도 우리에 대한 단서는 없는 것 같아. 우린 안전해."

가마슈는 니콜의 의자 뒤에 서 있었다. "피곤하겠군. 좀 쉬지그러나? 얼굴에 물을 좀 끼얹게."

그녀가 대답하지 않자 그는 그녀를 자세히 살폈다.

그녀의 눈이 커져 있었다.

"뭔가?" 그가 물었다.

"오, 메르드merde 빌어먹을." 그녀가 작은 소리로 말했다. "오, 메르드."

"왜?" 가마슈는 모니터를 보았다. **접근 권한 없음**이 화면을 메웠다.

"저들이 우릴 찾았어요."

35

"뭔가 찾았습니다." 랑베르 경감이 전화기에 대고 말했다. "내려오시는 게 좋겠습니다."

프랑쾨르 총경과 테시에 경위가 몇 분 만에 도착했다. 형사들이 랑베르의 모니터에 모여서 지켜보고 있다가 들어온 사람을 보고 흩어졌다.

"나가." 테시에가 그렇게 말했고, 그들은 그랬다. 그는 문을 닫고 그 앞에 섰다.

샤르팡티에가 사무실의 다른 단말기 앞에 자신의 상관을 등지고 앉아 빛의 속도로 키보드를 두드리고 있었다.

프랑쾨르가 랑베르 경감 위로 몸을 숙였다.

"보여 주게."

"제롬!" 브루넬이 소리쳤고, 가마슈 경감과 니콜에게 다가갔다.

"보여 주게." 가마슈가 말했다.

"오래된 애쿼덕트 파일을 불러왔을 때 경보를 울린 것 같아요." 얼굴이 하얗게 질린 니콜이 말했다.

제롬이 다가와 모니터를 훑더니 그녀 옆에 섰다.

"서두르시오." 그가 빠르게 몇 가지 짧은 명령어를 치며 말했다. "그 파일에서 나와요." 에러 메시지가 사라졌다.

"그냥 경보를 울린 게 아니라 지뢰를 밟았구먼. 맙소사."

"아마 그들은 그 메시지를 못 봤을 거예요." 니콜이 화면을 지켜보며 천천히 말했다.

그들은 정지된 화면을 응시하며 기다리고 기다렸다. 가마슈는 자기도 모르게 자신이 실제로 나타날 무언가를 기대하고 있었다는 것을 깨달았다. 어떤 그림자, 어떤 형태를.

"그 애퀴덕트 파일로 돌아가야 합니다." 그가 말했다.

"정신 나갔군." 제롬이 말했다. "거기가 경보가 설치된 곳일세. 우리가 피해야 할 곳이지."

가마슈는 의자를 끌어당겨 나이 든 의사 옆에 바짝 앉았다. 그는 제롬의 눈을 보았다.

"압니다. 그게 우리가 돌아가야 하는 이유고요. 저들이 숨기려는 게 뭐든 그 파일에 있습니다."

제롬은 입을 열었다가 다물었다. 상상할 수 없는 것에 대한 이성적인 논쟁을 통제하려고 애쓰며. 다 알고도 덫으로 들어가다니.

"미안합니다, 제롬. 하지만 우리가 찾던 게 바로 그겁니다. 그들의 취약성이요. 그리고 애퀴덕트에서 그걸 찾았습니다. 거기 어딘가에 있습니다."

"하지만 삼십 년 된 문서예요." 테레즈가 말했다. "심지어 더 이상은 존재하지도 않는 회사고요. 거기에 뭐가 있을 수 있겠어요?"

그들 넷 모두 그 화면을 응시했다. 커서가 심장박동처럼 고동쳤다. 살아 있는 무언가처럼. 기다리며.

그리고 제롬 브루넬은 몸을 숙여 키보드를 두드리기 시작했다.

"애퀴덕트?" 프랑쾨르가 한 대 맞은 듯이 물러서며 말했다. "그 파일들을 지워."

랑베르 경감은 총경을 봤지만 그의 얼굴을 흘끗 본 것으로 족했다. 그녀는 파일을 삭제하기 시작했다.

"누군가?" 프랑쾨르가 물었다. "누군지 아나?"

"총경님, 저는 파일을 지울 수도 있고 침입자를 쫓을 수도 있지만 둘을 동시에 할 수는 없습니다." 랑베르가 말했다. 그녀의 손가락이 키보드 위를 날아다녔다.

"제가 침입자를 잡겠습니다." 샤르팡티에가 사무실 저쪽에서 말했다.

"잡게." 프랑쾨르가 말했다. "누군지 알아야 해."

"가마슈입니다." 테시에가 말했다. "틀림없습니다."

"가마슈 경감은 이걸 할 수 없어요." 랑베르가 키보드를 치며 말했다. "여느 간부처럼 그는 컴퓨터를 알지만 전문가는 아니죠. 이자는 그가 아닙니다."

"게다가," 테시에가 움직임을 지켜보며 말했다. "그는 타운십스의 어떤 마을에 있죠. 인터넷이 안 되는."

"이게 누구건 초고속에다 대역폭도 막강해요."

"맙소사." 프랑쾨르가 테시에에게 몸을 돌렸다. "가마슈는 미끼였어."

"그럼 누굽니까?" 테시에가 물었다.

"젠장." 니콜이 말했다. "파일들이 지워지고 있어요."

그녀는 가마슈를 보는 테레즈를 보는 제롬을 보았다.

"저 파일들이 필요하네." 가마슈가 말했다. "파일을 가져오게."

"그가 우릴 발견할 거야." 제롬이 말했다.

"그는 이미 발견했습니다." 가마슈가 말했다. "파일을 가져오게."

"그녀예요." 니콜도 빠르게 반응하며 말했다. "누군지 알아요. 랑베르 경감이에요. 틀림없어요."

"왜 그런 말을 하지?" 테레즈가 물었다.

"그녀가 최고니까요. 저를 훈련시켰죠."

"입구 자체가 사라지고 있네, 아르망." 제롬이 말했다. "당신이 유인 해 보시오."

"좋아요." 니콜이 말했다. "암호는 버티고 있어요. 랑베르가 갈팡질팡 하네요. 아니, 잠깐만. 뭔가 바뀌었어요. 이제 랑베르가 아니에요. 누군 가 다른 사람이에요. 둘이 갈라섰어요."

가마슈가 제롬에게 다가갔다.

"파일들을 일부라도 구할 수 있겠습니까?"

"아마도. 하지만 어떤 파일이 중요한지 모르겠네."

가마슈는 제롬의 나무 의자 등받이를 움켜쥐며 잠시 생각했다.

"파일은 잊어버리죠. 이 모든 건 삼십 년 전 이상 애퀴덕트와 함께 시 작됐습니다. 어떻게든 아르노가 관련됐고요. 회사는 도산했지만 사라지 지 않았는지 모릅니다. 이름만 바꿨는지도요."

제롬이 그를 올려다보았다. "내가 나가면 애퀴덕트를 구할 수 없네. 저들은 흔적이 안 남을 때까지 모든 걸 해체할 걸세."

"나가요. 나가세요. 애퀴덕트가 뭐가 됐는지 찾아보세요."

"저들이 파일을 구하려고 시도하고 있습니다." 랑베르가 말했다. "우리가 뭘 하는지 알아요."

"그냥 외부 해커가 아니야." 프랑쾨르가 말했다.

"저는 누군지 모르겠어요." 랑베르가 말했다. "샤르팡티에?"

샤르팡티에가 말하기 전 침묵이 있었다. "모르겠습니다. 제대로 레지스터링하고 있지 않습니다. 유령 같습니다."

"그 말 좀 그만해." 프랑쾨르가 말했다. "이건 유령이 아니야. 어딘가에서 어느 단말기 앞에 앉아 있는 인간이네."

총경이 테시에를 한쪽으로 데려갔다.

"누가 이걸 하고 있는지 알아내게." 그는 목소리를 낮추었지만 그 말과 흉포함은 분명했다. "그들이 어디 있는지 알아내. 가마슈가 아니라면 누구인지. 찾고, 막고, 증거를 지워."

테시에는 프랑쾨르가 자신에게 명령한 것이 무엇인지 확실히 알고 자리를 떴다.

"자네 괜찮나?" 가마슈가 니콜에게 물었다.

그녀는 긴장된 얼굴이었지만 통명스럽게 고개를 까닥였다. 20분 동안 그녀는 가짜 흔적을 하나씩 흘리며 사냥꾼을 헤매게 하고 있었다.

가마슈는 한동안 그녀를 지켜보다가 다른 책상으로 향했다.

애퀴덕트는 파산했지만 종종 그런 일이 있듯 다른 이름으로 재탄생했다. 한 회사에서 다른 회사로의 변신. 수도관과 수로에서 도로로, 건설자재로.

경감은 의자에 앉아 화면을 계속 읽으면서 어째서 경찰 총경이 이 파일들을 기밀로 하려고 안달이었는지 알아내려고 애썼다. 지금까지는 그것들이 무해할 뿐 아니라 지루해 보였다. 전부 건설 자재니 토양 샘플이니 콘크리트 보강용 강철봉이니 부하 테스트 등에 관한 것들뿐이었다.

이내 그에게 어떤 생각이 떠올랐다. 어떤 의혹.

"우리가 처음 경보를 울렸던 지점으로 돌아갈 수 있습니까?"

"하지만 그건 이 회사와 아무 관련이 없네." 제롬이 설명했다. "그건 이십 번 고속도로의 보수 공사 스케줄이었어."

하지만 가마슈는 화면을 응시하며 브루넬 박사가 자신의 말을 따르기를 기다리고 있었다. 그리고 그는 그랬다. 혹은 그러려고 애썼다.

"사라졌네, 아르망. 더 이상 거기 없어."

"나가야겠어요, 경감님." 니콜이 다급하게 말했다. "너무 오래 머물렀어요. 곧 발각될 거예요."

"거의 다 왔습니다." 샤르팡티에가 보고했다. "몇 초만요. 가자, 가자." 그의 손가락이 키보드 위를 날뛰었다. "잡았다, 이 새끼."

"파일은 구십 퍼센트 파괴됐습니다." 랑베르가 사무실 저쪽에서 말했다. "놈은 갈 곳이 많지 않을 거야. 잡았나?"

빠르게 달각거리는 키보드 소리 외에는 침묵뿐이었다.

"그를 잡았나, 샤르팡티에?"

"망할."

딸깍거리는 소리가 멈췄다. 랑베르는 답을 얻었다.

"나왔어요." 니콜이 그렇게 말하며 몇 시간 만에 처음으로 의자에 기대앉았다. "너무 근접했어요. 잡힐 뻔했어요."

"잡히지 않은 게 확실하오?" 제롬이 물었다.

니콜이 몸을 일으켜 키를 몇 개 쳐보고는 깊은숨을 내쉬었다. "네. 간발의 차였어요. 맙소사."

브루넬 박사가 아내에게서 가마슈에게로, 니콜에게로 시선을 돌렸다. 이내 테레즈에게로 돌아갔다.

"이제 어쩌지?"

"이제 어쩌죠?" 샤르팡티에가 물었다. 그는 화가 나 있었다. 그는 지는 걸 싫어했는데 저쪽 편의 누군가가 그렇게 했다.

근접했었다. 너무도 근접해서 한순간 샤르팡티에는 자신이 그를 잡았다고 생각했다. 하지만 마지막 순간 훅. 사라져 버렸다.

"이제 다른 이들을 불러서 다시 찾아보지." 랑베르 경감이 말했다.

"그가 아직 시스템 내에 있을까요?"

"놈은 찾는 걸 얻지 못했어." 그녀는 자신의 모니터를 향했다. "그러니까 맞아. 거기 있을 거야."

샤르팡티에는 일어서서 내실로 향했다. 사이버 수색의 전문가인 형사들을 데려오기 위해. 자신들의 시스템을 해킹한 사람을 찾아내기 위해. 자신들의 집을 훼손한 자를.

문을 닫으면서 그는 랑베르 경감이 침입자가 무엇을 찾는지 어떻게 알았는지 궁금했다. 그리고 뭐가 그렇게 중요하기에 침입자가 그것을 찾으려고 모든 위험을 감수하는지도.

"이제 좀 쉽시다." 가마슈가 자리에서 일어서며 말했다. 근육이 욱신거렸고, 그는 자신이 몇 시간 동안 근육을 긴장시키고 있었다는 것을 깨달았다.

"하지만 이제 더 열심히 우릴 찾을 텐데요." 니콜이 말했다.

"그러라고 하지. 두 분은 휴식이 필요합니다. 나가서 걸으며 머리를 식히십시오."

니콜과 제롬 모두 이해하지 못한 듯했다. 가마슈는 질을 힐끗 보더니 다시 그들을 향했다.

"하고 싶지 않은 걸 하게 하는군. 여기 질은 비는 시간에 요가를 가르칩니다. 삼십 초 안에 일어나서 문을 향하지 않으면, 질에게 수업을 받게 하겠습니다. 그의 다운워드 도그가 장관이라더군요."

질이 일어서서 기지개를 펴더니 걸어 나왔다.

"차크라가 좀 통하게 해 드릴 수 있소." 그가 인정했다.

제롬과 니콜은 자리에서 일어나 파카를 입고 문으로 향했다. 질은 난롯가에 있는 가마슈에게 다가갔다.

"장단을 맞춰 줘서 고맙군요." 경감이 말했다.

"장단을 맞추다니? 난 정말 요가를 가르치오. 보시겠소?"

질은 한 발로 서서 천천히 다른 다리를 돌리며 팔을 위로 뻗었다.

가마슈는 눈썹을 치켜올리고 역시 질을 지켜보고 있는 테레즈에게 다가갔다.

"다운워드 도그가 기대되네요." 그녀가 털어놓으며 코트를 입었다. "같이 갈래요?"

"아뇨. 저는 좀 더 읽어 보고 싶습니다."

브루넬 경정은 단말기로 향하는 그의 시선을 따랐다.

"조심해요, 아르망."

그가 미소 지었다. "걱정 마세요. 거기다 커피를 쏟지 않도록 노력해 보죠. 제롬이 찾아낸 걸 좀 더 들여다보고 싶을 뿐입니다."

그녀는 앙리를 데리고 나갔고, 가마슈는 의자를 컴퓨터 앞으로 바짝 당겨 앉아 화면을 읽기 시작했다. 10분 뒤에 가마슈는 어깨에 손을 느꼈다. 제롬이었다.

"내가 껴도 되겠나?"

"돌아오셨군요."

"온 지 몇 분 됐지만 방해하고 싶지 않았네. 뭐 좀 찾았나?"

"저들이 왜 그 파일을 지웠을까요, 제롬? 애퀴덕트가 아니라요. 그 역시 흥미로운 의문이긴 하지만요. 그거 말고 당신이 처음 발견한 파일 말입니다. 고속도로 공사 스케줄. 이해가 안 됩니다."

"우리가 본 건 전부 지우고 있는지도 모르죠." 니콜이 제안했다.

"왜 그런 데 시간을 들이지?" 테레즈가 물었다.

니콜이 어깨를 으쓱했다. "모르죠."

"당신이 다시 들어가야겠소." 제롬이 니콜에게 말했다. "그들이 당신에게 얼마나 근접했지? 그들이 당신 주소를 알아냈소?"

"샬뢰르만에 있는 학교요?" 니콜이 물었다. "그럴 것 같진 않지만 어쨌거나 바꿔야 해요. 그랜비에 큰 기록 보관소가 있는 동물원이 있어요. 그걸 이용할게요."

"봉Bon 좋아." 경감이 말했다. "준비됐습니까?"

"준비됐네." 제롬이 말했다.

니콜은 자신의 컴퓨터에 관심을 돌렸고, 가마슈는 브루넬 경정을 향했다.

"첫 번째 파일이 중요했던 것 같습니다." 그가 말했다. "어쩌면 핵심일지도 모르고, 제롬이 그걸 찾았을 때 그들은 공황에 빠졌습니다."

"하지만 말이 안 돼요." 브루넬 경정이 말했다. "난 경찰의 권한을 알아요. 당신도 그렇죠. 우리는 도로와 다리를 순찰해요. 연방 관할까지요. 하지만 보수는 하지 않아요. 보수 관련 문서가 경찰청 파일에 있을 이유가 없고, 분명 숨길 이유가 없어요."

"따라서 그 파일은 공식적으로 허가된 경찰 업무와 아무 상관 없을 가능성이 높습니다." 가마슈는 이제 그녀의 관심을 끌었다. "고속도로에 보수가 필요할 때는 어떻게 하죠?"

"제안을 하겠죠." 테레즈가 말했다.

"그런 다음에는요?"

"입찰이요." 테레즈가 말했다. "무슨 말을 하려는 거예요, 아르망?"

"경정님 말이 맞습니다." 가마슈가 말했다. "경찰청은 도로를 보수하지 않지만, 무엇보다 담합 입찰을 조사하죠."

두 경찰청 간부는 마주 보았다.

퀘벡 경찰청은 부패를 조사했다. 그리고 건설업계보다 더 큰 타깃은 없었다.

경찰청의 거의 전 부서가 한두 번 퀘벡 건설업계의 수사에 관여한 적이 있었다. 리베이트 혐의에서 조직범죄가 수반된 담합 입찰까지, 협박에서 살인까지. 가마슈 자신도 조합 임원과 건설 간부의 실종과 살인 추정 사건의 수사를 맡은 적이 있었다.

"이게 그것에 관한 걸까요?" 테레즈가 여전히 가마슈의 시선을 붙들며 말했다. "프랑쾨르가 그 쓰레기하고 엮였을까요?"

"그뿐 아니라," 가마슈가 말했다. "경찰청도요."

그 업계는 거대했고 강력했고 부패해 있었다. 그리고 이제 경찰청의 공모로 경찰은 무력화되었다. 막을 길이 없게.

수십억 가치가 있는 계약들이 달려 있었다. 그들은 계약을 따고 유지하고 자신들에게 도전하는 이라면 누구든 위협하기 위해 어떤 일도 서슴지 않았다.

퀘벡에 오래 묵은 죄와 길고 어두운 그림자가 있다면 그것은 건설업계였다.

"메르드Merde 똥 같군." 브루넬 경정이 속삭였다. 그녀는 자신들이 그저 똥을 밟은 것이 아니라 똥의 제국을 밟았다는 것을 깨달았다.

"다시 들어가 주십시오, 제롬." 가마슈가 차분하게 말했다. 그는 무릎에 팔꿈치를 괴고 몸을 숙이고 앉았다. 마침내 자신들이 무엇을 찾고 있는지에 대한 아이디어를 얻었다.

"어디로?"

"건설 계약이요. 최근에 성사된 큰 건들이요."

"알았네." 브루넬 박사는 의자를 돌려 키보드를 치기 시작했다. 그 옆 다른 컴퓨터에서 니콜 역시 키보드를 두드리고 있었다.

"아니, 잠깐." 가마슈가 제롬의 팔에 손을 올리며 말했다. "새 공사 말고요." 그는 잠시 생각한 후 말했다. "보수 공사를 찾아보세요."

"다코르D'accord 알았네." 제롬은 그렇게 말했고, 검색을 시작했다.

"여보세요, 방해해서 죄송합니다. 저 때문에 깨셨습니까?"

"누구시죠?" 전화기 너머에서 잠이 덜 깬 목소리가 물었다.

"퀘벡 경찰청의 마르탱 테시에라고 합니다."

"엄마에 대한 건가요?" 여자의 목소리가 퍼뜩 깨어났다. "여긴 새벽 다섯 시예요. 무슨 일이죠?"

"어머님 때문에 전화했다고 생각하십니까?" 테시에가 친근하고 조리 있는 목소리로 물었다.

"아, 엄마가 경찰청에서 일하시니까요." 여자는 이제 완전히 정신을 차린 목소리로 말했다. "도착하셨을 때 누가 전화할지도 모른다고 하셨 고요."

"그럼 브루넬 경정님은 당신과 거기 밴쿠버에 계십니까?" 테시에가 물었다.

"그래서 전화하시지 않았나요? 당신은 가마슈 경감님과 일하나요?"

테시에는 어떻게 대답해야 할지 몰랐다. 브루넬 경정이 딸에게 뭐라 고 했을지 알 수 없었다.

"네. 그가 저에게 전화하라고 했습니다. 경정님과 통화할 수 있겠습 니까?"

"가마슈 경감님과 얘기하고 싶지 않다고 하셨어요. 우릴 내버려 둬 요. 부모님은 도착했을 때 지쳐 계셨어요. 당신 보스한테 우리 좀 그만 괴롭히라고 하세요."

모니크 브루넬은 전화를 끊었지만 수화기를 계속 붙들고 있었다.

마르탱 테시에는 손에 들린 수화기를 보았다.

어떻게 생각해야 할까? 그는 브루넬 부부가 실제로 밴쿠버로 여행을 떠났는지 알아야 했다. 그들의 전화기는 그랬다.

그는 그들의 전화기를 추적했다. 그들은 밴쿠버로 날아가 딸의 집으로 갔다. 지난 이틀간 그들은 차를 몰고 밴쿠버의 가게와 레스토랑 들을 다녔다. 연주회를.

하지만 그게 사람일까, 아니면 그저 전화기들일까?

테시에는 그들이 밴쿠버에 있다고 확신했었다. 하지만 지금은 그다지 확신이 가지 않았다.

브루넬 부부는 가마슈가 망상에 빠졌다고 하며 자신들의 친구이자 동료와 갈라섰다. 하지만 제롬 브루넬이 중단했던 그 지점에서 누군가가 사이버 수색에 걸려들었다. 아니면 그가 중단한 것이 아니었는지도 몰랐다.

브루넬의 딸이 처음 전화를 받았을 때 그는 그녀의 목소리에서 걱정을 들을 수 있었다.

"엄마에 대한 건가요?" 그녀는 물었다.

"무슨 일이죠?"가 아니라. "엄마를 바꿔 드릴까요?"가 아니라.

아니다. 그것은 엄마에게 무슨 일이 생겼는지를 걱정하는 누군가의 말이었다. 그리고 부모가 몇 발짝 떨어진 곳에서 자고 있을 때 그렇게 묻지는 않는다.

테시에는 밴쿠버에 있는 동료에게 전화했다.

"잠깐." 가마슈가 말했다. 그는 독서용 안경을 쓰고 몸을 숙여 화면을 보고 있었다. "뒤로 돌아가 주십시오."

제롬은 그렇게 했다.

"뭐예요, 아르망?" 테레즈 브루넬이 물었다.

그는 하얗게 질려 보였다. 그녀는 가마슈의 그런 모습을 본 적이 없었다. 가마슈가 화가 나고 상처 입고 놀라워하는 모습은 본 적 있었다. 하지만 함께 일한 수년 동안 그가 이렇게까지 충격받은 모습은 본 적이 없었다.

"맙소사." 가마슈가 속삭였다. "이건 불가능해."

그는 제롬에게 관련 없어 보이는 다른 파일들을 불러오게 했다. 어떤 것은 아주 오래됐고, 어떤 것은 최근 것이었다. 어떤 것은 먼 북쪽과 관련된 것이었고, 어떤 것은 몬트리올 시내와 관련되어 있었다.

하지만 모두 건설 관계 파일이었다. 보수 공사. 도로와 다리와 터널과 관련된.

마침내 경감은 물러나 앉아 앞을 응시했다. 화면에는 최근 보수 공사 계약서가 떠 있었지만, 그는 그 말들 너머를 응시하고 있는 듯이 보였다. 그 이면의 의미를 이해하려 애쓰면서.

"한 여자가 있었습니다." 그가 마침내 말했다. "며칠 전에 자살했죠. 샹플랭교에서 뛰어내렸습니다. 그 여자를 찾을 수 있겠습니까? 몬트리올 경찰서의 마르크 브로가 수사 중이었습니다."

제롬은 가마슈가 왜 알고자 하는지 묻지 않았다. 그는 바로 작업을 시작해서 몬트리올 경찰 파일 중에서 빠르게 해당 파일을 찾아냈다.

"이름은 오드레 빌뇌브. 나이 삼십팔 세. 다리 아래서 시체로 발견. 서류 작업은 이틀 전에 끝났네. 자살."

"개인 정보는요?" 가마슈가 화면을 살펴보며 물었다.

"남편은 교사. 딸이 둘. 몬트리올 동쪽 끝의 파피노에 사네."

"그리고 그녀는 어디서 일했죠?"

제롬이 스크롤을 내리더니 다시 올렸다. "그런 말은 없군."

"있을 겁니다." 가마슈가 제롬을 밀치고 컴퓨터 앞에 섰다. 그는 스크롤을 오르내렸다. 경찰 보고서를 훑으면서.

"일을 하지 않았을지도 모르지." 제롬이 말했다.

"그러면 그렇다는 말이 있을 거야." 테레즈가 몸을 숙이고 보고서를 살피며 말했다.

"그녀는 국토교통부에서 일했습니다." 가마슈가 말했다. "마르크 브로가 제게 그렇게 말했죠. 보고서에 있었는데 이제 사라졌군요. 누군가가 지운 겁니다."

"다리에서 뛰어내렸다고요?" 테레즈가 물었다.

"오드레 빌뇌브가 뛰어내리지 않았다고 가정해 보죠." 가마슈는 화면에서 몸을 돌려 그들을 향했다. "누군가 밀었다고 생각해 보죠."

"왜요?"

"어째서 그녀의 직업이 파일에서 삭제됐을까요?" 그가 물었다. "그녀가 무언가를 찾아낸 겁니다."

"무엇을?" 제롬이 물었다. "그건 좀 비약 같지 않나? 실의에 찬 여자에서 살인이라고?"

"다시 돌아가 주시겠습니까?" 가마슈는 제롬의 말을 무시했다. "아까 보고 있던 파일로?"

건설 계약 관련 파일이 떴다. 그해에만 보수 공사에 수억 달러가 책정되어 있었다.

"이게 다 거짓이라면요?" 가마슈가 물었다. "우리가 보고 있는 것들이 한 번도 이행되지 않았다면요?"

"당신 말은 그 회사들이 돈을 받았지만 보수를 한 적이 없다고요?" 테레즈가 물었다. "오드레 빌뇌브가 이 회사 중 하나에서 일했고, 어떤 일이 벌어지고 있는지 알아차렸다고 생각해요? 어쩌면 그녀는 그들을 협박하고 있었는지 몰라요."

"그보다 더 심각합니다." 가마슈가 말했다. 그의 얼굴은 잿빛으로 변해 있었다. "보수 공사는 이행된 적이 없습니다." 그는 그 말이 이해되도록 말을 멈추었다. 옛 학교 건물의 허공에 이미지들이 구체화되었다. 도시 위를 가로지르는 고가도로들, 도시 아래를 관통하는 터널들. 다리들. 매일 수천수만 대의 차들을 나르는 거대한 거리들.

그중 무엇도 어쩌면 수십 년간 보수되지 않았다. 대신 그 돈은 건설사 소유주들의, 조합의, 범죄 조직의 주머니로 흘러들었다. 그리고 그것을 막으라고 맡긴 자들에게. 경찰청. 수십억 달러. 붕괴될 참인 도로와 터널과 다리 들을 내버려 둔.

"그들을 찾았습니다." 랑베르가 말했다.

"누군가?" 프랑쾨르가 재촉했다. 그는 자신의 사무실로 돌아왔고, 자신의 컴퓨터에 수색 상황을 연결해 놓았다.

"아직 모릅니다만, 셰퍼빌에 있는 경찰서를 통해 들어왔습니다."

"그들이 셰퍼빌에 있나?"

"아뇨. 타바르낙Tabarnac 젠장. 기록 보관소를 이용하고 있습니다. 도서관 망이요."

"그 뜻은?"

"어디에든 있을 수 있습니다. 하지만 이제 그들을 잡았습니다. 시간 문제일 뿐입니다."

"이제 시간이 없네." 프랑쾨르가 말했다.

"음, 자넨 그걸 찾아내야 할 거야."

"저들을 따돌릴 수 있을까?" 테레즈가 물었고, 그녀의 남편은 고개를 저었다.

"그럼 그들을 무시하십시오." 가마슈가 말했다. "계속 가야 합니다. 건설 파일들을 찾으세요. 할 수 있는 한 깊이 파십시오. 계획된 뭔가가 있습니다. 진행 중인 부패뿐 아니라 특정한 일이요."

제롬은 조심성을 내던지고 파일들로 뛰어들었다.

"놈을 막아." 프랑쾨르가 전화기에 대고 소리쳤다.

그의 컴퓨터에 한 이름이 나타났다가 순식간에 사라졌다. 하지만 그는 그것을 보았다. 그리고 저들도 그랬다.

오드레 빌뇌브.

그는 화면 가득 이어지는 파일들을 지켜보며 경악했다. 건설 관련. 보수 공사 계약 관련.

"놈을 막을 수 없습니다." 랑베르가 말했다. "놈이 어디 있는지, 어디서 들어오는지 찾아내기 전까지는 불가능합니다."

프랑쾨르는 차례차례 열렸다가 옆으로 치워지는 파일들을 무력하게 지켜보았고, 침입자는 움직였다. 뒤진 다음 앞서 달리며.

그는 시계를 보았다. 아침 10시가 되어 가고 있었다. 거의 다 왔다.

하지만 침입자 역시 그랬다.

그리고 그때 갑자기 광적인 온라인 검색이 멈추었다. 커서가 얼어붙은 듯 화면 위에서 깜박거렸다.

"맙소사." 커진 눈으로 프랑쾨르가 말했다.

가마슈와 테레즈는 화면을 응시했다. 수면에 떠오른 그 이름. 가장 깊은 곳에 묻혀 있던. 합법적인 서류들 아래. 조작된 서류들 아래. 날조되고 위조된 것들 아래. 겹겹이 쌓인 똥 아래. 거기에 이름이 있었다.

가마슈 경감은 역시 화면을 응시하고 있는 제롬 브루넬에게 몸을 돌렸다. 그의 아내와 그의 친구가 느낀 경악의 느낌 없이. 또 다른 압도적인 감정으로.

죄책감.

"당신은 알았군요." 가마슈는 제대로 말이 나오지 않아 속삭였다.

제롬의 얼굴에서 핏기가 가셨고, 그의 숨은 얕아졌다. 입술이 거의 하얬다.

그는 알았다. 며칠 동안 알고 있었다. 자신들을 숨게 한 그 경보에 걸린 이래. 그는 스리 파인스로 이 비밀을 가지고 왔다. 학교에서 비스트로로, 잠자리로 그 이름을 날랐다.

"알았네." 그 말은 거의 들리지 않았지만 교실을 채웠다.

"제롬?" 무엇이 더 큰 충격인지 확신하지 못하며 테레즈가 물었다. 자신들이 발견한 것인지, 자신들이 자신의 남편에 대해 알게 된 것인지.

"미안해." 그가 말했다. 그는 힘겹게 의자를 뒤로 밀었고, 그것이 칠판을 긁는 분필처럼 나무 바닥에 끼익 소리를 냈다. "당신한테 말했어야 했어."

그는 그들의 얼굴을 살폈고, 그 말이 자신이 했어야 한 것을 설명하는 데 근처도 못 갔다는 것을 알았다. 그리고 하지 말았어야 한 것을. 그들의 시선이 그에게서 단말기로 돌아갔고, 커서가 그 이름 앞에서 깜박이고 있었다.

조르주 르나르. 퀘벡 주지사.

"그들이 압니다." 프랑쾨르가 말했다. 그는 자신의 보스에게 전화를 걸어 모든 것을 말했다. "계획대로 시행해야 합니다. 당장."

조르주 르나르는 말하기 전 잠시 침묵했다.

"시행할 수 없네." 그가 마침내 말했다. 그의 목소리는 차분했다. "알겠지만 자네 파트가 유일한 요소는 아닐세. 가마슈가 그렇게 근접해 왔다면 그를 막게."

"침입자가 누군지 아직 알아내는 중입니다." 프랑쾨르는 자신의 목소리와 호흡을 통제하려 애쓰며 말했다. 설득력 있고 분별 있게 들리도록.

"침입자는 더 이상 중요하지 않네, 실뱅. 분명 가마슈와 함께 일하고 있을 거야. 가마슈에게 그 정보를 넘기겠지. 경감이 그 모든 걸 조합할 유일한 사람이라면, 침입자를 무시하고 그를 쫓게. 나머지 사람은 나중에 충분히 다룰 시간이 있으니까. 자넨 그가 이스턴 타운십스의 어느 마을에 있다고 하지 않았나?"

"스리 파인스요, 네."

"그를 잡게."

"저들이 우리를 찾기까지 얼마나 걸리겠습니까?" 가마슈가 문으로 걸어가며 물었다. 경감이 다가서자 질이 의자를 내려, 의자의 앞다리가 바닥을 쿵 찧었다. 그는 일어서서 의자를 한쪽으로 치웠다.

"한 시간, 어쩌면 두 시간." 제롬이 말했다. "아르망……."

"압니다, 제롬." 가마슈는 문 옆 못에서 코트를 벗었다. "우리 중 누구도 여기에 떳떳하지 못합니다. 그게 문제였을 것 같지 않습니다. 이 순간에 집중하고 앞으로 나아가야 합니다."

"떠나야 할까요?" 테레즈가 코트를 입는 가마슈를 지켜보며 물었다.

"갈 곳이 없습니다."

그는 그들이 헛된 희망을 품지 않도록 부드럽지만 단호하게 말했다. 방벽을 세워야 한다면 여기여야 할 터였다.

"우리는 이제 누가 관련됐는지 알지만," 경감이 말했다. "그들의 계획이 뭔지 아직 모릅니다."

"수백만 달러의 부정 이득을 덮은 것 이상이라고 생각해요?" 테레즈가 물었다.

"네." 가마슈는 말했다. "그건 기꺼운 부산물입니다. 그들의 파트너들의 입을 다물게 할 무언가죠. 하지만 진짜 목적은 다른 겁니다. 수년간 작업해 온 무언가요. 그건 피에르 아르노에게서 시작했고, 주지사로 끝납니다."

"르나르에게서 뭐가 나오는지 보자고." 제롬이 말했다.

"아니요. 르나르는 젖혀 두십시오." 가마슈가 말했다. "이제 핵심은 오드레 빌뇌브입니다. 그녀는 무언가를 발견했고, 살해됐습니다. 그녀에 대해 찾을 수 있는 건 전부 찾아내십시오. 어디서 일했는지, 어떤 일을 하고 있었는지. 어떤 걸 찾았을지."

"그냥 마르크 브로에게 전화할 순 없나?" 제롬이 물었다. "그는 그녀의 죽음을 조사했네. 그의 메모에 그게 있을 걸세."

"그리고 누군가가 그의 보고서를 조작했지." 테레즈가 고개를 저으며 말했다. "누구를 믿을지 알 수 없어."

가마슈가 코트 주머니에서 차 키를 꺼냈다.

"어디 가요?" 테레즈가 물었다. "우리를 두고 가는 건 아니죠?"

가마슈는 그녀의 눈에 떠오른 표정을 보았다. 자신이 그날 그 공장 보부아르의 눈에서 본 것과 똑같은 표정. 자신이 그를 떠났을 때.

"갈 필요가 있습니다."

그는 재킷 아래로 손을 뻗어 총을 꺼내 그들에게 건넸다.

테레즈 브루넬이 고개를 저었다. "나도 내 총을 가져왔어요……."

"당신이 그랬다고?" 제롬이 물었다.

"내가 경찰청 카페테리아에서 일했겠어?" 테레즈가 물었다. "한 번도 사용한 적 없고, 그러지 않기를 바라지만 그래야 한다면 쓸 거야."

가마슈는 교실 구석을 보았고, 니콜 형사가 컴퓨터 앞에서 일하고 있었다.

"니콜 수사관, 차까지 나와 걷지."

그녀는 그들에게 등을 돌린 채였다.

"니콜 수사관."

가마슈 경감은 목소리를 높이는 대신 낮추었다. 그 목소리는 교실을 가로질러 그 작은 등에 꽂혔다. 그들은 그녀가 긴장하는 것을 알 수 있었다.

이내 그녀가 자리에서 일어났다.

가마슈는 앙리의 귀를 긁은 다음 문을 열었다.

"잠깐만요, 아르망." 테레즈가 말했다. "어디 가요?"

"SHU예요. 피에르 아르노와 얘기하러요."

테레즈는 반대하려 입을 열었지만, 더 이상 상관없다는 것을 깨달았다. 자신들은 이제 공공연히 드러나 있었다. 중요한 것은 속도였다.

가마슈는 학교 밖 작은 포치에 서서 니콜을 기다렸다.

가브리가 비스트로로 가며 손을 흔들었지만 다가오지는 않았다. 오전 11시경이었고, 태양이 눈 위에서 반짝이고 있었다. 마을이 보석으로 뒤덮인 것처럼 보였다.

"뭔데요?" 마침내 밖으로 나온 니콜이 등 뒤로 문이 닫힐 때 물었다.

그녀는 가마슈에게 자신의 의지에 반해 세상으로 떠밀린 다섯쌍둥이 중 첫째와 다르지 않게 보였다. 그는 계단을 내려가 진입로를 따라 차로 가며 그녀를 쳐다보지 않고 말했다.

"요 전날 비앤비에서 뭘 하고 있었는지 알고 싶네."

"말씀드렸잖아요."

"거짓말을 했지. 시간이 많지 않네." 이제 그는 그녀를 보았다. "자네가 거짓말했다는 걸 알면서도 그날 그 숲에서 난 자넬 믿길 선택했네. 왠지 아나?"

작은 얼굴을 붉히며 그녀는 그를 노려보았다. "달리 선택의 여지가 없으니까요?"

"자네 행동에도 불구하고 자네에게 선한 마음이 있다고 생각하기 때문이네. 머리는 이상하지만," 그는 미소 지었다. "마음은 선하니까. 하지만 이제는 알아야겠네. 왜 비앤비에 있었나?"

그녀는 머리를 숙이고 눈 위의 자신의 부츠를 쳐다보며 그의 옆에서 걸었다.

그들은 그의 차 옆에 멈춰 섰다.

"경감님께 드릴 말씀이 있어서 따라갔습니다. 하지만 그때 경감님이 너무 화를 내셨죠. 제 면전에서 문을 쾅 닫으셨고요. 그래서 말씀드리지 못했어요."

"이제 말하게." 그가 조용한 목소리로 말했다.

"제가 그 동영상을 흘렸습니다."

그녀의 말의 입김은 사라지기 전에도 거의 보이지 않았다.

경감의 눈이 커졌고, 그는 그 사실을 받아들이는 데 시간이 걸렸다.

"왜지?" 마침내 그가 물었다.

눈물이 그녀의 뺨에 따뜻한 길을 냈고, 그녀가 멈추려고 할수록 더 많은 눈물이 흘렀다. "죄송해요. 해코지하려던 게 아니었어요. 너무 속이 상해서……."

그녀는 말을 잇지 못했다. 그 말에 목이 메었다.

"……제 잘못으로……," 그녀는 간신히 말을 이었다. "전 거기에 여섯 명이 있다고 말씀드렸죠. 제가 듣기로는……,"

그리고 이제 그녀는 흐느끼기 시작했다.

아르망 가마슈는 그녀를 감싸 안았다. 그녀는 들썩이고 떨었다. 그리고 흐느꼈다. 그녀는 아무것도 남지 않을 때까지 울고 또 울었다. 소리, 눈물, 말이 남지 않을 때까지. 거의 서 있을 수 없을 때까지. 그리고 내내 가마슈는 그녀를 안고 붙잡아 주었다.

그녀가 떨어졌을 때 그녀의 얼굴에는 줄이 져 있었고, 코에서 걸쭉한 콧물이 나와 있었다. 가마슈는 파카를 열고 그녀에게 손수건을 건네주었다.

"전 그 공장에 무기를 소지한 인원이 여섯 명뿐이라고 말씀드렸죠." 그녀가 마침내 딸꾹질과 흐느낌 속에서 간신히 말을 꺼냈다. "사실은 네 명 소리만 들었지만 좀 더 붙인 거였어요. 만약을 대비해서. 그렇게 하라고 가르치셨잖아요. 신중하라고. 저는 제가 그랬다고 생각했어요. 하지만 거기엔……," 눈물이 다시 시작됐지만 이번엔 그치려는 노력도 없이 거리낌 없이 흘러나왔다. "……더 있었죠."

"그건 자네 잘못이 아니었어, 이베트." 가마슈가 말했다. "그날 일어난 일은 자네 탓이 아니야."

그리고 그는 그것이 사실이라는 것을 알았다. 그는 공장에서의 그 순간을 기억했다. 하지만 어떤 비디오로도 포착할 수 없는 것이 있다. 아르망 가마슈는 그 광경도 소리도 기억하고 있지 않았다. 하지만 어떻게 느꼈는지는 기억했다. 자신의 젊은 수사관들이 총에 맞고 쓰러지는 모습을 보면서.

장 기를 끌어안으면서. 구급 요원을 소리쳐 부르면서. 장 기에게 작별의 키스를 하면서.

사랑하네. 그는 피로 얼룩진 차가운 콘크리트 바닥에 장 기를 남기고 가기 전에 그의 귀에 그렇게 속삭였다.

그 이미지들은 언젠가 바래지겠지만 감정은 영원히 생생할 터였다.

"자네 잘못이 아니었네." 그는 다시 말했다.

"그리고 경감님 잘못도 아니었어요." 그녀가 말했다. "사람들이 그걸

알길 바랐어요. 하지만 저는 멈춰서 생각해 보지 못했어요. ……그 가족
들……. 제가 그러고 싶었던 건……,"

그녀는 그를 보았다. 그 눈이 그에게 이해를 구하고 있었다.

"나를 위해서였나?" 경감이 물었다.

그녀가 끄덕였다. "경감님이 비난받을까 봐 걱정됐어요. 사람들에게
경감님 잘못이 아니라고 알리고 싶었어요. 죄송합니다."

그는 그녀의 끈적한 손을 잡고 눈물과 콧물로 젖고 얼룩진 그녀의 작
은 얼굴을 보았다.

"괜찮네." 그는 속삭였다. "우리 모두 실수를 하지. 그리고 자네 실수
는 결과적으로 전혀 실수가 아니었는지도 모르네."

"무슨 말씀이세요?"

"자네가 그 영상을 유출하지 않았다면 우리는 프랑쾨르 총경이 무슨
짓을 벌이고 있는지 결코 알지 못했을 걸세. 결국은 축복이었지."

"참 지랄 맞은 축복이네요," 그녀가 말했다. "경감님."

"그래." 그는 미소를 짓고 차에 올랐다. "내가 없는 동안 자네가 르나
르 주지사를 조사해 주면 좋겠네. 그의 배경, 그의 경력을. 피에르 아르
노나 프랑쾨르 총경과 어떤 연결 고리가 있다면 뭐든 찾아보게."

"네, 경감님. 저들이 경감님 차와 전화를 추적하리란 건 아시겠죠. 전
화기를 여기 두고 다른 사람 차를 타셔야 하지 않을까요?"

"나는 괜찮을 걸세." 그가 말했다. "뭔가 찾아내면 알려 주게."

"동물원에서 메시지를 받으시면 그게 누군지 아실 겁니다."

경감에게도 적절해 보였다. 그는 자신이 떠나자마자 발견되리라는 것
을 인식하며 차를 몰고 마을에서 벗어났고, 그것을 기대했다.

36

이틀 동안 두 번째로 아르망 가마슈는 교도소 주차장에 차를 세웠지만 이번에는 차 밖으로 나와 차 문을 쾅 닫았다. 그는 자신이 거기 있다는 사실에 의문이 없기를 바랐다. 그는 모습을 드러내고자 했고, 안으로 들어가고자 했다. 정문에서 그는 신분증을 보였다.

"수감자 한 명을 만나야 합니다."

버저가 울렸고, 경감은 입장이 허락되었지만 들어간 곳은 대기실이었다. 근무 중이던 경관이 옆방에서 나타났다.

"경감님? 저는 경비대장 모네트입니다. 오신다는 연락을 받지 못했는데요."

"나도 반 시간 전까진 몰랐습니다." 가마슈는 자신 앞에 선 놀라울 정도로 젊은 남자를 살피며 친근한 목소리로 말했다. 모네트는 아직 서른이 안 됐을 터였고, 체구가 단단했다. 미식축구의 수비수처럼.

"수사 중인 사건에서 뭔가가 나왔습니다. 그래서 여기 수감자 중 한 명을 봐야겠군요. 특별 관리 동에 있는 걸로 압니다."

모네트의 눈썹이 올라갔다. "무기는 여기 두고 가셔야 합니다."

가마슈는 상급자인 자신이 그냥 통과되리라 기대했었다. 보아하니 아니었다. 경감은 자신의 글록을 꺼내며 주위를 둘러보았다. 휑한 대기실의 사방 구석에 설치된 카메라가 그를 따라다녔다.

경보가 이미 울렸을까? 그렇다면 바로 알게 되리라.

가마슈는 총을 카운터에 내려놓았다. 경비가 그것을 기록하고 경감에게 물표를 건넸다.

모네트 경비대장이 복도를 따라 자신을 따라오라는 제스처를 했다.

"어느 수감자를 보고 싶으십니까?"

"피에르 아르노."

경비대장이 멈춰 섰다. "아시는 대로 그는 특별 케이스입니다."

가마슈가 미소 지었다. "네, 압니다. 미안하지만 난 정말 시간이 별로 없습니다."

"교도소장님께 말씀드려야 합니다."

"아니, 안 그래도 됩니다." 가마슈가 말했다. "필요하다고 생각한다면 얼마든지 그래도 되지만 대부분의 경비대장은 인터뷰를 허가할 권한이 있죠. 특히 수사 중인 경관에게는. 아니면," 가마슈는 자신 앞에 선 젊은이를 뜯어보았다. "당신은 그런 권한이 없습니까?"

모네트의 얼굴이 굳어졌다. "제가 그러고 싶으면 그럴 수 있죠."

"그럼 왜 안 그러는 겁니까?" 가마슈가 물었다. 그의 얼굴은 호기심이 차 있었지만 눈빛과 목소리는 날카로웠다. 남자는 이제 불안해 보였다. 두려워하진 않았지만 어떻게 할지 확신이 없었고, 가마슈는 그가 이 일을 오래 하지 않았을지도 모른다는 것을 깨달았다.

"이건 정말 늘 있는 일입니다." 약간 부드러워진 목소리로 경감이 말했다. 그는 가르치는 어조가 아니라 안심시키는 어조이길 바랐다.

어서. 어서. 가마슈는 속으로 시간을 따지며 생각했다. 머지않아 경보가 울릴 터였다.

그는 SHU로 추적되길 바랐지만 거기서 잡히고 싶지는 않았다.

모네트는 그를 관찰하더니 끄덕였다. 그는 한마디 말 없이 몸을 돌려 복도를 내려갔다.

고도 경비 구역으로 더 깊이 이동할 때 문들이 열렸다가 그들 뒤로 철 컹 닫혔다. 그리고 걸으면서 가마슈 경감은 모네트의 전임자에게 무슨 일이 있었고, 어째서 캐나다에서 가장 위험한 일부 범죄자를 감시하는 일이 이토록 젊고 미숙한 이에게 맡겨졌는지 궁금했다.

그들은 마침내 면회실에 들어섰고, 모네트는 가마슈를 홀로 두고 나 갔다.

가마슈는 주변을 둘러보았다. 이번에도 카메라들이 자신을 쫓고 있었 다. 당황스럽기는커녕 자신의 계획은 이 카메라들에 달려 있었다.

그는 문 앞에 자리를 잡고 몇 년 만에 처음으로 피에르 아르노와 마주 할 준비를 했다.

마침내 문이 열렸다. 모네트 경비대장이 먼저 들어왔고, 또 다른 교도 관이 주황색 수인복을 입은 나이 든 남자를 에스코트하며 들어왔다.

가마슈 경감은 그를 보았다. 다음에는 경비대장을.

"이 사람은 누굽니까?"

"피에르 아르노입니다."

"하지만 이 사람은 아르노가 아닙니다." 가마슈는 죄수에게 걸어갔 다. "당신은 누구요?"

"그가 피에르 아르노입니다." 모네트가 단호하게 말했다. "사람들은 교도소에서 변하죠. 그는 십 년 동안 여기 있었습니다. 그입니다."

"정말로," 가마슈는 분노를 자제하려 애썼지만 그다지 성공적이지 못 했다. "이자는 피에르 아르노가 아니오. 나는 그와 수년간 일했소. 내가 그자를 체포했고 법정에 세웠지. 당신은 누구요?"

"피에르 아르노." 죄수가 말했다. 그는 정면을 주시했다. 턱은 잿빛 수염으로 덮여 있었고, 머리털은 헝클어져 있었다. 가마슈가 보기에 그는 일흔다섯쯤 되어 보였다. 같은 나이 대에 심지어 대충 같은 체격.

하지만 같은 사람이 아니었다.

"여기 얼마나 있었소?" 가마슈가 경비대장에게 물었다.

"육 개월이요."

"그리고 당신은?" 가마슈는 다른 교도관에게 몸을 돌렸다. 그는 그 질문에 놀란 듯했다.

"사 개월 됐습니다, 경감님. 저는 경찰학교에서 경감님 수업을 들었지만 퇴학당했죠. 여기서 일을 구했습니다."

"나와." 가마슈가 더 젊은 교관에게 말했다. "나가지."

"나가신다고요?" 경비대장이 물었다.

가마슈가 돌아보았다. "자네 교도소장에게 가 보게. 내가 여기 있었다고 말해. 내가 안다고 말하게."

"뭘 말입니까?"

"그는 알 거야. 그리고 내가 하는 말이 이해가 안 간다면, 자네가 한통속이 아니라면," 가마슈는 경비대장을 뜯어보았다. "그렇다면 내 충고는 교도소장 사무실로 빨리 가서 그를 체포하라는 걸세."

경비대장은 이해되지 않는 얼굴로 가마슈를 응시했다.

"가게." 가마슈는 소리쳤고, 경비대장은 몸을 돌려 떠났다.

"자네는 말고." 가마슈가 더 젊은 교도관의 팔을 잡아챘다. "저자를 여기 가두고," 그는 죄수를 가리켰다. "나와 가세."

젊은 교도관은 시키는 대로 하고 성큼성큼 복도를 되돌아가는 가마슈를 쫓았다.

"무슨 일입니까, 경감님?" 교도관이 경감과 보조를 맞추려 애쓰며 물었다.

"자넨 여기 사 개월, 경비대장은 육 개월 있었네. 다른 교도관들은?"

"저희 대부분이 지난 육 개월 사이에 들어왔습니다."

"그럼 모네트 경비대장은 한통속이 아닐 수도 있겠군." 가마슈가 조용히 말했다. 그는 정문을 향해 빠르게 걸으며 생각에 잠겼다.

마지막 문에서 가마슈는 이제 불안해 보이는 젊은 교도관에게 몸을 돌렸다.

"이상한 일들이 일어날 참이네, 젊은이. 모네트가 한통속이거나 그가 교도소장을 체포하지 못하면, 자넨 옳지 않아 보이거나 옳지 않은 명령을 받게 될 걸세."

"제가 어떻게 해야 합니까?"

"저들이 아르노라고 하는 그 남자를 보호하게. 살려 둬야 하네."

"네, 경감님."

"좋아. 권위 있게 말하고, 자네가 뭘 하는지 아는 것처럼 행동해야 해. 그리고 마음속으로 잘못됐다고 생각되는 건 뭐든 하지 말게."

젊은이는 몸을 곧추세웠다.

"이름이 뭔가?"

"코언입니다, 경감님. 애덤 코언."

"음, 무슈 코언, 오늘은 우리 모두에게 뜻밖의 날이네. 자넨 왜 경찰학교에서 탈락했지? 무슨 일이 있었나?"

"과학 시험을 망쳤습니다." 그는 말을 멈췄다. "두 번이요."

가마슈가 안심시키는 미소를 지었다. "다행히 오늘은 과학이 요구될 일은 없을 걸세. 그저 자네 판단을 따르게. 어떤 지시를 받든 자네가 옳다고 아는 것만 따르게. 알겠나?"

젊은이는 눈을 크게 뜨고 고개를 끄덕였다.

"이 일이 끝나면 자네와 경찰과 학교에 대한 얘기를 하러 오겠네."

"네, 경감님."

"자네는 괜찮을 거야." 가마슈가 말했다.

"네, 경감님."

하지만 둘 다 그 말을 전적으로 믿지는 않았다.

문간에서 가마슈 경감이 물표를 건네고 자신의 총을 기다릴 때 불안한 시간이 흘렀다. 하지만 마침내 글록이 건네졌고, 가마슈는 자신의 차로 총총히 걸었다. 여기서는 더 알아낼 것이 없었다.

피에르 아르노는 죽은 것이 분명했다. 그자가 그를 대체하도록 6개월 전에 살해되었다. 아르노는 죽었기 때문에 말을 할 수 없었다. 그를 대신한 자는 아무것도 몰랐기 때문에 말을 할 수 없었다. 그리고 아르노를 알아볼 교도관은 전출되었다.

아르노의 실종은 경감에게 많은 것을 말했다. 그것은 한때 아르노가 일어나는 일이 무엇이든 그 중심에 있었지만 더 이상은 필요 없어졌다는 것을 말했다.

다른 누군가가 인계했다. 그리고 가마슈는 그게 누구인지 알았다.

그는 차에 올라 이메일을 확인했다. 동물원에서 메시지가 하나 와 있었다.

현現 퀘벡 주지사 조르주 르나르는 1970년대에 에콜 폴리테크니크이공계 학교에서 도시공학을 전공했다. 그의 첫 직장은 퀘벡 북부 끝에 위치한 레 세르비스 애쿼덕트였다.

거기 있었다. 애쿼덕트와 르나르의 연결 고리. 하지만 왜 아르노의 이름이 애쿼덕트와 연결되었을까?

가마슈는 계속 읽었다. 르나르가 처음 맡은 일은 라 그랑드에서 있었던, 당시 세계에서 가장 큰 토목공사 프로젝트였다. 거대한 수력발전소 건설.

그리고 거기 있었다. 피에르 아르노와 조르주 르나르의 연결 고리. 젊은 시절, 그들은 같은 지역에서 일했다. 한 사람은 크리 보호구역의 치안을 담당하면서, 다른 사람은 그 구역을 파괴할 댐을 건설하면서.

거기서 그들이 처음 만났을까? 이 계획이 그때 시작됐을까? 구상에 40년이 걸렸을까? 한 해 전, 그 수력발전 댐을 붕괴시키려는 음모가 거의 성공할 뻔했다. 하지만 가마슈가 그 음모를 막았다. 그것이 그와 보부아르와 너무 많은 이를 그 공장으로 데려갔다.

그리고 이제 그 조각들이 한데 맞춰지기 시작하고 있었다. 폭파범들이 그 거대한 댐을 무너뜨릴 정확한 지점을 어떻게 알았는지. 그 젊은이들이 폭발물을 가득 실은 트럭을 끌고 그토록 먼 거리를 갈 수 있었고, 암석 구조물의 무른 부위를 어떻게 찾아낼 수 있었는지 경감을 늘 괴롭혔다.

이것이 어떻게 그럴 수 있었는지였다.

조르주 르나르. 지금은 퀘벡의 주지사지만 당시에는 젊은 엔지니어였던. 르나르가 댐을 세우는 법을 알았다면, 그는 그것을 파괴할 방법도 알았다.

당시엔 크리 보호구역에서 근무하는 경관이었지만 차근차근 경찰청의 총경이 될 길을 밟고 있던 피에르 아르노는 두 크리족 젊은이가 끔찍한 테러 행위에 이르도록 부추기는 데 필요한 분노와 절망을 야기했다. 그리고 르나르는 그들에게 핵심적인 정보를 주었다.

그들은 거의 성공할 뻔했다.

하지만 어떤 목적으로? 어째서 선출된 지역 리더가 전력을 공급하는 댐을 파괴할 뿐 아니라 그 행위를 통해 수천 명이 죽도록 도시들과 강 아래 마을들을 쓸어 버리는지.

어떤 목적으로?

가마슈는 아르노가 자신에게 말해 주길 바랐다. 하지만 그 이유보다 가마슈는 다음 타깃을 알 필요가 있었다. 그들의 B안은 무엇일까? 가마슈는 두 가지를 알았다. 그것이 머지않았고, 거대하다는 것.

아르망 가마슈는 위장 깊숙한 곳에서 메스꺼움을 느꼈다.

터널들, 다리들, 고가도로들을 보수하는 공사 계약은 이행되지 않았다. 수년 동안. 그 계약상의 수십억 달러가 지급되고 주머니 속으로 사라질 동안 도로 체계는 붕괴 시점까지 악화되었다.

가마슈 경감은 그 계획이 그 붕괴를 앞당기기 위한 것이었다고 거의 확신했다. 터널을 붕괴하기 위한. 다리를. 거대한 교차로를.

하지만 어떤 목적으로?

다시금 가마슈는 현시점에서 그 이유는 타깃보다 덜 중요하다는 것을 자신에게 상기시켜야 했다. 공격이 임박했다는 것을 그는 알았다. 거의 확실히 수 시간 내에. 그는 그 타깃이 몬트리올 내에 있지만 퀘벡시일 수도 있다고 추정했다. 주도州都. 사실상 퀘벡 내 어디든 가능했다.

동물원에서 온 메시지가 하나 더 있었고, 이번엔 제롬 브루넬이 보낸 것이었다.

오드레 빌뇌브는 몬트리올 교통부에서 일했음. 사무직.

그는 잠시 생각한 뒤 답장을 보냈다. 두 단어로. 그는 전송을 누른 뒤 시동을 걸고 교도소를 뒤로했다.

"그랜비 동물원?" 랑베르가 물었다. "놈들이 동물원 기록 보관소를 통해 들어오고 있군. 잡았어."

자신의 사무실에 켜 놓은 스피커폰을 통해 실뱅 프랑쾨르는 랑베르 경감이 키를 두드리는 탁, 탁, 탁 소리를 들을 수 있었다. 침입자를 쫓는 다급한 발걸음 소리.

그는 테시에가 사무실에 들어서자 스피커폰을 껐다.

"그 마을로 향하던 중에 가마슈의 차와 전화기 신호가 잡혔습니다."

"그가 마을을 떠났나?"

테시에가 끄덕였다. "SHU로 갔습니다. 몇 분 전에 저희가 거기에 갔지만 놓쳤습니다."

프랑쾨르가 의자에서 벌떡 일어났다. "그가 안으로 들어갔다고?"

프랑쾨르는 목의 피부가 벗겨지는 게 느껴질 정도로 테시에에게 악을 썼다. 그는 자신의 앞의 이 얼간이에게 온통 그 살점이 뿜어져 나오길 반쯤 기대했다.

"그가 마을을 떠날 거라고는 전혀 예상치 못했습니다." 테시에가 말했다. "저희는 사실 그가 우릴 유인하기 위해 자신의 차와 전화기를 다른 누군가에게 미끼로 줬다고 생각했지만, 이내 그 차가 SHU에 있었다는 걸 깨달았습니다. 보안 카메라로 접근해서 가마슈를 확인했습니다."

"멍청한 놈." 프랑쾨르가 책상 너머로 몸을 숙였다. "그가 아니야?"

프랑쾨르는 그를 노려보고 있었고, 테시에는 심장이 한순간 멈추는 것을 느꼈다.

테시에가 끄덕였다. "SHU에 있는 남자가 아르노가 아니라는 것을 압니다. 하지만 그게 그가 근접했다는 건 아닙니다."

테시에 자신이 수년 전 아르노가 스스로를 처리했어야 했을 방법으로 아르노를 처리했다. 머리에 총알을 박아서.

"가마슈는 지금 어디 있나?" 프랑쾨르는 따져 물었다.

"몬트리올로 가고 있습니다, 총경님. 자크 카르티에교를 향하는 중입니다. 저흰 지금 그에게 붙어 있습니다. 놓치지 않을 겁니다."

"빌어먹을 당연히 그를 놓치지 않겠지." 프랑쾨르가 딱딱거렸다. "그는 사라지길 원치 않아. 그자는 우리가 자신을 쫓길 바라지."

그는 몬트리올 동쪽 끝으로 가려고 자크 카르티에교로 향하는 중이야. 마음이 줄 달음치며 프랑쾨르가 생각했다. 그렇다는 건 여기로 오고 있다는 거겠지. 그 정도로 대담한가, 아르망? 아니면 그렇게 멍청한가?

"또 하나 있습니다, 총경님." 테시에가 감히 심장을 멎게 하는 눈을 보지 못하고 자신의 수첩을 내려다보며 말했다. "브루넬 부부는 밴쿠버에 없습니다."

"당연히 없겠지." 프랑쾨르가 스피커폰을 내려쳐 켰다. "랑베르? 프랑쾨르네. 제롬 브루넬 박사가 우리를 해킹한 자네."

랑베르의 작은 목소리가 스피커폰을 통해 들렸다. "아닙니다, 총경님. 브루넬이 아닙니다. 그는 며칠 전에 경보를 울렸습니다. 아닙니까?"

"맞아." 프랑쾨르가 말했다.

"음, 제가 쫓는 자는 훨씬 더 영리합니다. 브루넬이 해커 중 한 명일지도 모르지만 다른 한 명은 누군지 알 것 같습니다."

"누군가?"

"이베트 니콜 수사관입니다."

"누구?"

"그녀는 한동안 가마슈 밑에서 일했지만 그가 잘랐죠. 지하실로 보냈고요."

"잠깐, 그 여자를 압니다." 테시에가 말했다. "그 모니터실이요. 끔찍한 꼬마 등신이요."

"바로 그녀입니다." 랑베르가 말했다. 말하는 동안에도 그녀의 손가락이 키보드를 두드려 대는 소리가 들렸다. 니콜 수사관을 궁지로 몰면서. "제가 그녀를 사이버 범죄과에 보냈지만 적응하지 못했습니다. 너무 불량했죠. 다시 돌려보냈습니다."

"그 여자라고?" 프랑쾨르가 물었다.

"그런 것 같습니다."

"지하에서 만나지."

"네, 총경님."

"자네는 가마슈가 어디로 가는지 알아내." 그는 테시에에게 말하고 문밖으로 향했다. 가마슈 쪽 사람들이 경찰청 본부 밖에서 작동하고 있었다는 게 가능할까? 그들은 내내 자신들의 바로 코앞에 있었을까? 지하에? 그렇다면 그 초고속이 가능한 이유가 설명됐다.

그리고 그 마을에 숨은 가마슈는 미끼였다.

그래. 프랑쾨르는 지하로 내려가며 그것이 가마슈의 에고를 어필하는 일종의 대담한 행보였다고 생각했다.

프랑쾨르 총경과 덩치 큰 두 형사가 도착했을 때, 랑베르 경감은 이미 지하실의 잠긴 문 밖에 있었다.

프랑쾨르는 랑베르를 통로로 몇 발짝 데리고 가 속삭였다. "그들이 안에 있을까?"

"가능합니다." 랑베르가 말했다.

프랑쾨르는 다른 두 수사관에게 돌아섰다. "문을 부숴."

한 명이 무기를 꺼내는 사이 다른 하나가 발로 찼다. 쾅 소리를 내며 문짝이 활짝 열리고 작은 방이 드러났다. 줄지어 늘어선 모니터들, 키보드들, 단말기들, 사탕 포장지들, 곰팡이가 핀 오렌지 껍질들, 빈 음료수 캔들이 가득한. 하지만 그 외에는 텅 빈.

랑베르는 책상에 앉아 몇몇 키를 두드렸다.

"아무것도 없군요. 여기서 일하고 있는 게 아니었습니다. 하지만 확인할 게 있습니다."

그녀는 복도를 따라 급히 다른 문으로 가 그것을 열고 그들을 불렀다.

"내가 봐야 할 게 뭐지?" 프랑쾨르가 물었다.

"해커들한테서 압수한 옛 장비들이요. 이 방이 꽉 차 있어야 합니다."

그곳은 그렇지 않았다.

"뭐가 없어졌지?"

"위성안테나들, 케이블들, 단말기들, 모니터들이요." 랑베르가 거의 텅 빈 창고를 들여다보며 말했다. "교활한 것."

"그녀가 어디에든 있을 수 있다, 그런 말인가?" 프랑쾨르가 물었다.

"어디든요. 하지만 인터넷에 연결할 위성안테나가 필요한 지역일 겁니다. 그녀가 하나 가져갔습니다." 랑베르가 말했다.

프랑쾨르는 그것이 어디에 있는지 알았다.

브루넬 박사와 니콜 수사관은 파일들을 USB에 복사하고 서류들을 모두 챙겼다.

"빨리 나와, 니콜 수사관." 브루넬 경정이 열린 문간에서 소리쳤다.

"잠깐만요."

"당장." 테레즈 브루넬이 일갈했다.

니콜은 떠날 준비를 하며 의자에 걸터앉아 있었다. 하지만 마지막으로 할 일이 있었다. 그녀는 그들이 와서 자신의 컴퓨터를 뒤지리라는 것을 알았다. 그리고 뒤진 그들은 자신의 작은 선물을 발견할 터였다. 마지막으로 키를 몇 개 두드려서 니콜은 자신의 논리 폭탄컴퓨터 내에 설치되는 일종의 시한폭탄으로, 특정 조건하에서 수행되어 컴퓨터에 치명적 결과를 야기하는 악성 프로그램을 심었다.

"이거나 먹어라, 등신아." 그녀는 그렇게 말하고 로그아웃했다. 사냥개들을 쫓을 수는 없겠지만, 그들이 도착했을 때 불쾌한 충격은 안길 수 있으리라.

"서둘러." 브루넬 경정이 문가에서 외쳤다. 그녀의 목소리는 공포의 흔적을 담고 있지 않았다. 위엄뿐.

브루넬 박사와 질은 이미 가고 없었고, 오래된 교사는 텅 비었다. 니콜만 빼고. 그녀는 컴퓨터들을 끄고 마지막 시선을 던졌다. 그것들은 요

즈음 그녀에게 가족만큼이나 가까웠다. 아버지는 자신을 자랑스러워했지만 이해하지는 못했다. 친척들은 자신을 그저 괴짜, 일종의 골칫거리로 생각했다.

그리고 공정하게 말해서 자신도 그들을 똑같이 생각했다. 모두를.

하지만 그녀는 컴퓨터들을 이해했다. 그리고 그것들은 그녀를 이해했다. 그것들 옆에서 삶은 단순했다. 논란도 없고 반발도 없었다. 컴퓨터는 그녀의 말을 듣고 그녀가 요구하는 대로 따랐다.

그리고 다른 이들에게 버림받고 쓸모없다고 여겨진 이 오래된 것들은 그녀에게 자부심을 느끼게 해 주었다. 하지만 이제 떠날 때였고, 그것들을 뒤로할 때였다. 브루넬 경정이 문을 잡고 있었고, 니콜은 서둘러 빠져나갔다. 니콜 뒤에서 테레즈 브루넬이 문을 잠갔다. 오래된 예일 자물쇠가 그들에게 닥칠 일을 막으리라는 생각은 터무니없었지만 그것은 위안을 주는 장치였다.

그들은 에밀리 롱프레의 집을 향해 언덕을 내려갔다. 그것이 가마슈의 짧은 메시지였다.

에밀리를 만나요. 그리고 그들은 그게 무슨 뜻인지 알았다.

떠나라. 나가라. 안전한 곳은 어디에도 없었지만 앉아서 기다리기 편안한 곳이 있었다.

그들이 오고 있었다. 테레즈 브루넬은 알았다. 그들 모두 알았다.

그들이 여기로 오고 있었다.

알림이 울렸고, 랑베르는 자신의 메시지를 확인했다.

샤르팡티에가 그녀를 놓침.

랑베르는 총경이 폭발하리라 예상했지만 놀랍게도 그는 고개를 끄덕일 뿐이었다.

"상관없네."

프랑쾨르는 엘리베이터를 향해 서둘러 복도를 걸었다.

가마슈는 어디 있나? 그는 테시에게 문자를 보냈다.

자크 카르티에 다리. 계속 감시할까요?

아니. 그게 그가 원하는 바네. 우리를 따돌리려는 거. 그는 미끼야.

그는 테시에게 지시를 내린 뒤 몸을 돌려 다급히 자신의 사무실로 향했다. 가마슈가 경찰청 본부로 향하고 있다면, 그는 그를 기다리고 있는 자신들을 발견하지 못할 것이었다. 가마슈가 원하는 게 거의 분명 그 것이었다. 그는 추적당하고 있다는 것을 알았고, 자신들의 시선이 그를 향하기를 원했다. 남쪽을 향하지 않도록. 꼭꼭 숨겨진 그 작은 마을로.

그리고 이제 발견되었다.

"그러지 않는 편이 좋겠어, 제롬." 남편이 벽난로에 불을 지피려 하자 테레즈가 말했다.

그는 움직임을 멈추고 고개를 끄덕이더니 소파의 그녀 옆에 앉아 함 께 문을 지켜보았다. 앞 커튼은 내려져 있었고, 램프는 켜져 있었다. 안 락의자에 앉은 니콜 역시 문을 지켜보고 있었다.

"거기서 마지막에 뭘 하고 있었지?" 테레즈가 니콜에게 물었다.

"음?"

"내가 자넬 내보내려고 애쓸 때 자네 컴퓨터에서. 뭘 하고 있었지?"

"오, 아무것도요."

이제 제롬이 그 젊은 여자에게 초점을 맞추었다. "컴퓨터에다 뭘 하고 있었다고?"

"폭탄을 심고 있었어요." 그녀가 도전적으로 말했다.

"폭탄?" 테레즈는 따졌다가 미소를 지으며 니콜 형사를 관찰하는 제롬에게 고개를 돌렸다.

"그녀는 논리 폭탄을 뜻한 거야, 그렇지 않소?"

니콜이 끄덕였다.

"일종의 슈퍼 바이러스와 시한폭탄의 결합 같은 거지." 그가 아내에게 설명했다. "뭘 하도록 프로그램했소?" 그가 니콜에게 물었다.

"좋은 건 아니죠." 그녀는 그렇게 말하며 자신을 꾸짖도록 그를 도발했다. 하지만 제롬 브루넬은 미소를 지을 뿐이었고, 고개를 저었다.

"나도 그걸 생각했어야 했는데."

그들 셋이 고개를 돌려 닫힌 커튼과 문을 응시할 때 다시 침묵이 내려앉았다.

질만이 문을 등지고 있었다. 그는 뒤쪽 창문들을 응시했다. 그쪽 커튼들은 젖혀져 있었고, 질은 눈 덮인 마당과 숲을 볼 수 있었다. 그리고 자신에게 속삭이는 키 큰 나무들을. 자신을 위로하는. 자신을 용서한.

그는 첫 번째 발소리가 현관 베란다에서 울릴 때조차 그 숲에서 눈을 떼지 않았다. 단단한 눈 위를 뽀드득 밟는 부츠 소리.

그들은 커튼을 지나치는 그림자를 보았다.

이내 발소리가 문 앞에서 멈췄다.

그리고 노크 소리가 났다.

37

아르망 가마슈는 작은 집 앞 진입로에 차를 세웠다. 크리스마스 전구가 처마에 늘어져 있었고, 현관에는 화환이 걸려 있었다. 모든 크리스마스 시즌 장식들이 준비되어 있었다. 평화와 기쁨을 제외하고. 가마슈는 이 집에 깃든 슬픔이 무엇인지 모르는 이들에게도 그 먹구름이 자명하게 보일지 궁금했다.

그는 초인종을 눌렀다.

그리고 기다렸다.

테레즈 브루넬 경정은 문으로 걸어갔다. 등은 꼿꼿했고 눈은 단호했다. 그녀는 등 뒤로 총을 들고 문을 열었다.

머나 랜더스가 베란다에 서 있었다.

"우리 집으로 가요." 그녀가 빠르게 테레즈에게서 그녀 뒤에 모인 사람들에게 시선을 옮기며 말했다. "서둘러요. 그자들이 언제 올지 모르잖아요."

"누가 말이오?" 제롬이 물었다. 그는 허리를 숙여 앙리의 목덜미를 잡고 있었다.

"누구건 당신들이 피하는 자들이요. 여기는 그자들이 찾아내겠지만 우리 집까지 찾아보진 않을 거예요."

"왜 우리가 숨어 있다고 생각해요?" 니콜이 물었다.

"그게 아니면 왜 여기 있겠어요?" 머나가 점점 안달하며 물었다. "휴가처럼 보이진 않았고, 아웃렛 상점 때문도 아니잖아요. 당신들이 밤새학교에서 일하더니 서류 상자들을 이리로 가져오는 걸 보고 우린 뭔가잘못됐다고 짐작했어요."

그녀는 자신의 앞에 있는 얼굴들을 살폈다. "우리가 맞죠? 그들은 당신들이 어디 있는지 알아냈어요."

"당신이 뭘 제안하는지 알아요?" 테레즈가 물었다.

"안전한 장소요." 머나가 말했다. "살면서 누구나 적어도 한 번은 그게 필요하지 않나요?"

"우리를 찾고 있는 사람들은 그저 수다나 떨자는 게 아니에요." 테레즈가 머나의 눈을 들여다보며 말했다. "그들은 협상을 원하는 게 아니에요. 그들은 우릴 위협하고 싶어 하지조차 않아요. 그들은 우리를 죽이고싶어 해요. 그리고 우리가 당신 집에서 발견되면, 당신도 죽일 거예요. 안타깝지만 안전한 장소란 없어요."

테레즈는 머나가 이해하기를 바랐다. 머나는 분명 겁에 질렸지만 완강하게 그녀 앞에 서 있었다. 테레즈는 〈칼레의 시민〉 중 한 명이나 스테인드글라스 안의 소년 중 한 명 같다고 생각했다.

머나는 단호하게 한 번 고개를 끄덕였다. "우리가 당신들을 보호할거라고 생각하지 않았다면, 아르망이 당신들을 여기 데려오지 않았겠죠. 그는 어디 있어요?" 그녀는 거실 안을 들여다보았다.

"그들을 유인하고 계세요." 니콜이 마침내 경감이 추적될 게 분명한차와 전화기를 가지고 가길 택한 이유를 깨닫고 말했다.

"그게 먹힐까요?" 머나가 물었다.

"아마 한동안은요." 테레즈가 말했다. "하지만 그들은 여전히 우리를 찾으러 올 거예요."

"우리도 그렇게 생각했어요."

"우리요?"

머나가 진입로로 시선을 돌렸고, 테레즈는 그녀의 시선을 좇았다. 눈 덮인 길에 클라라, 가브리, 올리비에 그리고 루스와 로사가 서 있었다. 그 길의 끝에.

"가요." 머나가 말했다.

그리고 그들은 그렇게 했다.

"봉주르. 저는 아르망 가마슈입니다. 퀘벡 경찰청에 있습니다."

그는 나직하게 말했다. 속삭이지는 않았지만 그의 목소리는 복도 저편 그들의 아빠 뒤에서 자신을 응시하는 소녀들에게 들리지 않을 만큼 충분히 낮았다.

가에탕 빌뇌브는 몹시 지쳐 보였다. 아이들 때문에 무너지지 않고 서 있을 뿐이었다. 아이들은 아직 10대도 되지 않은 듯했고, 눈을 동그랗게 뜨고 가마슈를 쳐다보고 있었다. 가마슈는 자신이 그들에게 전할 소식이 도움이 될지 상처가 될지 궁금했다. 혹은 그들의 슬픔의 바다에 잔물결을 일으키긴 할지.

"뭡니까?" 무슈 빌뇌브가 물었다. 반발은 아니었다. 반발할 에너지가 남아 있지 않았다. 하지만 그는 경감을 문 안으로 들이지도 않았다.

가마슈는 빌뇌브에게 살짝 몸을 숙였다. "전 살인 수사과장입니다."

이제 빌뇌브의 지친 눈이 커졌다. 그는 가마슈를 관찰하더니 옆으로 물러섰다.

"이 애들은 우리 딸들, 메건과 크리스티안입니다."

가마슈는 빌뇌브가 아직 단수형을 쓰지 않는 것을 눈치챘다.

"봉주르." 그는 아이들에게 그렇게 말하고 미소를 지었다. 환한 웃음은 아니었지만 따뜻한 미소를 짓고 그는 그들의 아빠에게 돌아섰다. "조용히 얘기 나눌 수 있을까요?"

"나가서 놀려무나, 얘들아." 무슈 빌뇌브가 말했다. 그는 아이들에게 다정하게 부탁했다. 명령이 아닌 요청이었고, 아이들은 따랐다. 그는 문을 닫고 가마슈를 집 뒤쪽에 있는 작지만 쾌적한 부엌으로 안내했다.

모든 접시가 닦여 정돈되어 있었고, 가마슈는 빌뇌브가 아이들을 위해 집 안 정돈을 하느라 그렇게 했는지, 아이들이 비탄에 잠긴 아빠를 위해 집 안 정돈을 하느라 그렇게 했는지 궁금했다.

"커피 드릴까요?" 무슈 빌뇌브가 물었다. 가마슈는 그 제안을 받아들였고, 커피가 준비되는 동안 부엌을 둘러보았다.

오드레 빌뇌브는 사방에 존재했다. 그녀가 구웠을 크리스마스 쿠키들에서 풍기는 시나몬과 육두구 향 속에, 그리고 냉장고에 붙은, 디즈니월드에서 찍은, 생일 파티 때 찍은, 캠핑을 가서 활짝 웃는 가족 사진들 속에.

크레용으로 그린 그림들이 액자에 끼워져 있었다. 부모만이 예술 작품임을 아는 그림들.

이곳은 오드레 빌뇌브가 출근을 했다가 돌아오지 않은 며칠 전까지만 해도 행복한 집이었다.

빌뇌브가 커피를 테이블에 내려놓았고, 두 남자는 앉았다.

"몇 가지 소식과 질문이 있습니다." 가마슈가 말했다.

"오드레는 자살하지 않았습니다."

가마슈가 고개를 끄덕였다. "공식적인 건 아니고 제가 틀렸을지도 모르지만……,"

"하지만 당신은 그렇게 생각하지 않는군요? 오드레가 살해당했다고 생각하는군요. 누가 그녀에게 그런 짓을 했다고. 저도 그렇습니다."

"누군지 짐작이 가십니까?" 가마슈는 생명력과 의지가 이 남자에게 기어드는 것을 보았다. 빌뇌브는 잠시 말을 멈추고 생각에 빠졌다. 그리고 고개를 저었다.

"뭔가 평소와 다른 게 있었습니까? 방문자나 전화 같은?"

다시 빌뇌브는 고개를 저었다. "그런 건 없었습니다. 오드레가 몇 주동안 날카롭기는 했죠. 평소엔 그렇지 않습니다. 무언가가 그녀를 괴롭히고 있었지만 그날 아침에는 나아 보였습니다."

"아내분이 왜 예민했는지 아십니까?" 가마슈가 물었다.

"물어보기 두려웠습니다……." 그는 말을 멈추고 자기 커피를 내려다보았다. "……혹시 저 때문일까 봐요."

"아내분이 집에 서재나 책상을 두셨습니까?"

"저쪽에요." 그는 부엌에 있는 작은 책상으로 고갯짓을 했다. "하지만 경찰들이 그녀의 서류를 전부 가져갔습니다."

"전부요?" 가마슈가 자리에서 일어나 책상으로 다가가며 물었다. "아내분이 감췄을지 모를 무언가를 발견하진 않으셨습니까? 제가 봐도 될까요?"

그가 책상을 가리켰고, 빌뇌브는 고개를 끄덕였다.

"경찰들이 떠난 뒤에 봤습니다. 그들은 집 전체를 수색했죠." 그는 가마슈가 능숙하고 빠르게 책상을 훑고 빈손으로 일어서는 모습을 지켜보았다.

"컴퓨터는요?" 가마슈가 물었다.

"그들이 가져갔습니다. 돌려주겠다고 했지만 그러지 않았습니다. 그건 정상적으로 보이지 않았습니다……," 그는 심호흡을 했다. "자살에 대한 조사로는요."

"정상적이 아닙니다." 가마슈가 부엌 테이블에 앉으러 가며 말했다. "아내분은 국토교통부에서 일하셨습니다, 맞습니까? 무슨 일을 하셨습니까?"

"컴퓨터에 보고서를 입력했습니다. 그건 사실 꽤 재미있다고 했죠. 오드레는 정리하는 걸 좋아했습니다. 체계적이었죠. 여행을 갈 때면 계획을 세우고 예비 계획도 세웠습니다. 우린 그녀를 놀리곤 했습니다."

"어느 부서에 계셨습니까?"

"계약 관련 부서요."

가마슈는 다음 질문을 던지기 전에 조용히 기도를 올렸다. "어떤 계약들입니까?"

"상세 계약들이요. 계약이 체결되면 해당 회사는 진척 사항을 보고해야 합니다. 오드레는 그걸 파일로 입력했습니다."

"아내분이 맡은 지역이 있었습니까?"

그는 고개를 끄덕였다. "아내는 고위직이라 몬트리올에서 보수공사를 감독했습니다. 상당한 범위죠. 그게 전 늘 아이러니하게 와닿았습니다. 전 그녀를 놀려 대곤 했죠."

"뭣에 대해서요?"

"아내는 교통부에서 일했지만 고속도로 타길 싫어했습니다. 특히 그 터널이요."

가마슈는 긴장했다. "어떤 터널 말입니까?"

"빌마리 터널이요. 일하러 가려면 그 터널을 지나야 했거든요."

가마슈는 심장이 질주하기 시작하는 것을 느꼈다. 바로 그것이었다. 오드레 빌뇌브는 그 터널에 보수공사가 시행되지 않았다는 것을 알았기 때문에 두려워했다. 빌마리 터널은 몬트리올의 상당 부분을 관통했다. 그것이 붕괴되면 지하철에, 지하 도시 전체에 연쇄반응을 일으킬 터였다. 그와 함께 시내 중심가에 영향을 미칠 터였다.

그가 자리에서 일어서는데 가에탕이 그의 팔을 잡았다.

"잠시만요. 누가 아내를 죽였습니까?"

"아직은 말씀드릴 수 없습니다."

"적어도 이유를 말씀해 주실 순 있겠죠?"

가마슈는 고개를 저었다. "아마 다른 경찰들이 곧 방문해 제가 여기 있었는지 물을 겁니다."

"여기 오지 않았다고 하겠습니다."

"아뇨, 그러지 마십시오. 그들은 이미 알고 있습니다. 그들이 물으면 전부 말하십시오. 제가 뭐라고 물었는지, 당신이 뭐라고 대답했는지."

"정말입니까?"

"네."

두 남자는 문으로 걸었다.

"제가 말씀드릴 수 있는 건, 아내분이 끔찍한 일을 막으려고 애쓰다

사망하셨다는 겁니다. 당신과 딸들이 그 사실을 아셨으면 합니다." 그는 말을 멈췄다. "오늘은 집에 계십시오. 당신도 아이들도. 몬트리올 시내로 나가지 마십시오."

"왜요? 무슨 일이 벌어지고 있습니까?" 이제 빌뇌브의 얼굴에서 핏기가 가셨다.

"그냥 여기 계십시오." 가마슈가 단호하게 말했다.

빌뇌브는 가마슈의 얼굴을 살폈다. "맙소사, 당신은 자신이 그걸 막을 수 없다고 생각하는군요, 맞습니까?"

"저는 정말 가야 합니다, 무슈 빌뇌브."

가마슈는 코트를 입었지만 빌뇌브가 오드레에 대해 말한 무언가가 생각났다.

"마지막 날 아침에 아내분이 기뻐 보였다고 하셨죠. 왠지 아십니까?"

"사무실 크리스마스 파티에 가기 때문이라고 생각했습니다. 그 파티를 위해서 특별히 새 옷을 지었죠."

"당신도 갈 계획이었나요?"

"아뇨. 우린 합의한 게 있었습니다. 아내는 제 사무실 크리스마스 파티에 오지 않았고, 저는 아내의 사무실 파티에 가지 않았죠. 하지만 그 파티를 고대하는 것 같더군요."

빌뇌브는 불편해 보였다.

"왜 그러시죠?" 가마슈가 물었다.

"아무것도요. 개인적인 거죠. 아내의 죽음과는 관계없습니다."

"말씀하십시오."

빌뇌브는 가마슈를 살폈고, 잃을 게 없다는 것을 깨달은 듯 보였다.

"아내가 바람을 피우는 게 아닌지 궁금했을 뿐입니다. 사실이 아니죠. 아내는 결코 그런 적이 없지만 새 옷이며 모든 게. 아내는 오랫동안 자기 옷을 짓지 않았습니다. 그리고 그녀는 너무 행복해 보였습니다. 그동안 나와 있을 때보다 더 행복해 보였죠."

"파티에 대해 말씀해 주십시오. 사무실 직원들만 참석했습니까?"

"대개는요. 교통부 장관이 항상 나오긴 했지만 오래 머물지는 않았고요. 그리고 올해는 특별 손님이 온다는 소문이 있었습니다."

"누구요?"

"주지사요. 저는 대단해 보이지 않았지만 오드레는 흥분했죠."

"조르주 르나르 말입니까?"

"위Oui 네. 아마 그래서 오드레가 그 옷을 지었을 겁니다. 주지사에게 인상을 남기고 싶어 했죠."

빌뇌브는 작은 앞마당에서 눈사람을 만들고 있는 딸들을 보았다. 아르망은 가에탕 빌뇌브와 악수를 나누고 아이들에게 손을 흔든 뒤 차에 올라탔다.

그는 생각을 모으며 한동안 차에 앉아 있었다. 그는 그 타깃이 빌마리 터널이리라 짐작했다.

오드레 빌뇌브는 보고서들을 입력하다가 무언가가 잘못되었다는 사실을 알아차린 것이 분명했다. 수년간 보수 관련 파일을 다루면서 그녀는 성실 공사와 부실 공사의 차이를 알았다. 혹은 전혀 이행되지 않은.

그녀의 많은 동료처럼 그녀가 눈을 감았을 가능성도 있었다. 결국 더이상 그럴 수 없었을 때까지. 그래서 오드레 빌뇌브는 어떻게 했을까? 그녀는 체계적이었고 훈련받은 사람이었다. 무슨 말이건 꺼내기 전에 증거부터 모았을 터였다.

그리고 그러는 와중에 찾지 말았어야 할 것들을 찾았을 터였다. 고의적인 방치보다, 부패보다, 절실히 필요한 보수가 행해지지 않은 것보다더 나쁜 것들.

그녀는 붕괴를 서두르는 계획의 암시들을 발견했으리라.

그런 다음에는? 가마슈의 머릿속이 생각들을 모으며 질주했다. 중간급 관리자가 거대한 부패와 음모를 발견하면 어떻게 할 것인가? 그녀는상관에게 갔을 터였다. 그리고 그가 믿지 않았을 땐 상관의 상관에게로.

하지만 여전히 누구도 움직이지 않았다.

그렇게 그녀의 스트레스가 설명될 것이었다. 그녀의 조바심이.

그리고 마침내 그녀의 행복?

체계적인 오드레 빌뇌브에게는 B안이 있었다. 그녀는 크리스마스 파티를 위해 나이 많은 정치가가 주목할 만한 새 옷을 지었다. 그녀는 무심하게 그의 주위를 거닐었을 터였다. 어쩌면 살짝 추파를 던지며, 어쩌면 그를 독차지하려 애쓰며.

그런 다음 그녀는 자신이 찾아낸 것을 그에게 말할 터였다.

르나르 주지사는 자신을 믿으리라. 그녀는 그것을 확신했다.

그래. 가마슈는 시동을 걸고 몬트리올 중심가를 향하며 생각했다. 르나르는 그녀가 진실을 말한다는 것을 알았을 터였다.

몇 블록 더 간 뒤 그는 공중전화를 쓰기 위해 멈췄다.

"라코스트네 집입니다." 작은 목소리가 나왔다. "저는 멜라니고요."

"엄마 집에 계시니?"

제발. 가마슈는 애걸했다. **제발.**

"잠깐 실 부 플레s'il vous plaît 기다려 주세요." 그는 외치는 소리를 들었다. "엄마. 엄마. 전화요."

잠시 뒤 그는 라코스트 경위의 목소리를 들었다. "위?"

"이자벨, 길게 말할 수 없네. 목표는 빌마리 터널이네."

"오, 세상에." 숨죽인 대답이 흘러나왔다.

"터널을 봉쇄해야 해, 당장."

"알겠습니다."

"그리고 이자벨. 난 사직서를 제출했네."

"네, 경감님. 다른 사람들에게 알릴게요. 그들은 알고 싶을 거예요."

"행운을 비네." 그가 말했다.

"경감님은요? 어디로 가세요?"

"스리 파인스로 돌아가네. 거기 뭘 두고 왔거든." 그는 말을 멈춘 뒤 입을 열었다. "장 기를 찾아봐 주겠나, 이자벨? 오늘 그가 괜찮을지?"

"일어날 일에서 멀찌감치 떨어지게 해 둘게요."

"메르시."

그는 전화를 끊고 아니에게 시내에서 멀리 떨어져 있으라고 경고한 뒤 다시 차에 올랐다.

실뱅 프랑쾨르는 검은색 SUV 뒷좌석에 앉아 있었다. 테시에가 그 옆에 앉아 있었고, 백미러로 뒤를 따르는 표식 없는 밴이 보였다. 밴에는 두 명의 수사관과 그들이 필요한 장비들이 실려 있었다.

프랑쾨르는 곧 일어날 일을 생각하면 도시에서 벗어나는 것이 기뻤다. 말썽에서 벗어나는 것과 어떠한 비난에서도 벗어나는 것도. 제시간에 그 마을에 닿는 한 어떤 것도 자신에게 들러붙지 않을 것이었다.

최후의 순간이 다가오고 있었다.

"가마슈는 본부로 가지 않았습니다." 테시에가 휴대전화를 확인하고 속삭였다. "그는 몬트리올 동쪽 끝으로 향한 걸로 추적됐습니다. 빌뇌 브의 집이요. 거기서 잡을까요?"

"뭐하러?" 프랑쾨르는 얼굴에 미소를 띠었다. 완벽했다. "그 집은 수 색했네. 가마슈는 아무것도 찾지 못할 거야. 그나마 남은 약간의 시간을 낭비하는 거지. 그는 우리가 자신을 쫓을 거라고 생각해. 그렇게 생각하 게 두게."

테시에는 그 어떤 지도에서도 스리 파인스를 찾을 수 없었지만 상관 없었다. 그들은 가마슈의 신호가 늘 사라지던 곳으로 보아 그곳이 대충 어디인지 알았다. 하지만 '대충'은 주의 깊은 프랑쾨르에게 충분하지 않 았다. 그는 어떤 지연도, 어떤 미지수도 원치 않았다. 그래서 그는 확실 성을 택했다. 그 마을이 어디 있는지 알고 있는 사람을.

프랑쾨르는 운전석에 자리한 초췌한 남자를 살펴보았다.

운전대를 꽉 쥐고 그들을 곧장 스리 파인스로 데려가는 장 기 보부아 르의 얼굴은 텅 비어 있었다.

올리비에는 창문을 내다보았다. 머나의 고미다락에서는 거대한 세 그 루 소나무를 지나 스리 파인스에서 뻗어 나간 주도로까지 마을 전경이 내려다보였다.

"아무것도 없어요." 그는 그렇게 말하고 돌아와 가브리 옆에 앉았고, 가브리가 커다란 손을 올리비에의 호리호리한 무릎에 올렸다.

"합창 연습을 취소했어." 가브리가 말했다. "그러지 말았어야 했나 봐. 모든 걸 평소처럼 유지하는 게 좋은데." 그는 올리비에를 보았다. "내가 망칠지도 몰라I might blown it 'blow'에 구강 섹스의 의미가 있다."

"빨았다고요?" 니콜이 물었다.

놀라움과 부담스러운 침묵 후 가브리가 웃음을 터트렸다.

"잘했어." 루스가 말했다.

그리고 다시 침묵이 내려앉았다. 기다림의 무게.

"이야기 하나 들려줄게요." 머나가 의자를 벽난로 가까이로 끌어당기 며 말했다.

"우린 네 살짜리들이 아니야." 루스는 그렇게 말했지만 로사를 무릎 에 올리고 머나를 향했다.

올리비에와 가브리, 클라라, 질 그리고 니콜 수사관 모두 의자를 끌어 당겨 따뜻한 불 앞에 둥그렇게 모였다. 제롬 브루넬은 서성였지만 테레 즈는 창가에 남아 밖을 내다보고 있었다. 앙리는 루스 옆에 엎드려 로사 를 올려다보았다.

"유령 얘기?" 가브리가 물었다.

"비슷해." 머나가 말했다. 그녀는 커피 테이블에서 두꺼운 봉투를 집 어 들었다. 주의 깊은 글씨로 이렇게 쓰여 있었다. 머나에게.

그리고 동일한 봉투가 테이블 위에 놓여 있었다. 그 봉투에는 이렇게 쓰여 있었다. 이자벨 라코스트 경위에게. 직접 전달 바람.

머나는 오늘 아침 일찍 우편함에 떨어져 있는 그 봉투들을 발견했다. 커피를 마시면서 그녀는 자기 앞으로 되어 있는 편지를 읽었다. 하지만 이자벨 라코스트 앞으로 된 봉투는 거의 같은 내용이 쓰여 있으리라 짐작해 뜯지 않았다.

"옛날 옛적에 가난한 농부와 그의 아내가 아이를 달라고 기도했어요." 머나가 말했다. "그들의 땅에서는 씨가 잘 자라지 않았고, 그 아내 역시 그런 듯했죠. 농부의 아내는 아이가 너무 간절해서 앙드레 수사를 만나러 몬트리올로, 그 성당으로 먼 길을 떠났어요. 그녀는 긴 돌계단을 무릎걸음으로 기어올랐어요. 오르면서 그녀는 성모송을 읊고……,"

"야만적이야." 루스가 중얼거렸다.

머나는 말을 끊고 늙은 시인을 보았다. "자, 집중해요. 이 부분은 나중에 중요해요."

루스인지 로사인지가 중얼거렸다. "픽fuck, 픽, 픽." 하지만 그들은 귀를 기울였다.

"그리고 기적이 일어났어요." 머나가 말을 이었다. "팔 개월 뒤, 앙드레 수사가 사망한 다음 날 퀘벡 한가운데의 작은 농가에서 다섯 명의 아기가 태어났어요. 산파와 농부가 출산을 도왔죠. 처음에는 엄청난 충격이었지만, 이내 농부는 자기 딸들을 안아 들었고, 이전에 한 번도 경험하지 못한 사랑을 발견했어요. 그의 아내가 그런 것처럼. 그날이 그들 생에서 가장 행복한 날이었어요. 그리고 마지막으로 행복한 날이었죠."

"우엘레트 다섯쌍둥이 얘기구나." 클라라가 말했다.

"이제 알았어요?" 가브리가 말했다.

"그들은 의사를 불렀어요." 머나가 말했다. 그녀의 목소리는 음악적이고 차분했다. "하지만 의사는 폭풍 속에서 잘해야 순무 따위나 받게 될 찢어지게 가난한 농가에 가고 싶지 않았어요. 그래서 그는 도로 자러 갔고, 일은 산파의 몫이 되었죠. 하지만 다음 날 아침, 다섯쌍둥이가 태어난 데다 모두 살아 있고 건강하다는 말을 듣자 그는 농가로 달려갔어요. 그와 아이들을 담은 사진이 찍혔지요."

머나는 말을 멈추고 모여 있는 이들을 둘러보며 눈을 맞추었다. 그녀의 목소리는 그들을 모의에 끌어들이는 듯 낮았다.

"다섯쌍둥이보다 더한 것이 그날 태어났어요. 신화 역시 태어났죠. 그리고 그와 함께 다른 무언가가 생명을 얻었어요. 길고 검은 꼬리가 있는 무언가가." 그녀는 속삭였고, 그들은 모두 몸을 기울였다. "살인이 태어났어요."

아르망 가마슈는 빌마리 터널을 지나며 속도를 높였다. 그는 다른 길을 택할까 생각했었다. 터널을 돌아가는 길을. 하지만 샹플랭교에 이르려면, 그리고 몬트리올에서 스리 파인스로 가려면 이 길이 가장 빨랐다.

길고 어두운 터널을 지나면서 그는 금들을 알아차렸다. 떨어져 나간 타일들이며 드러난 철근들을. 이 길을 그렇게 자주 지나쳤으면서도 어떻게 몰랐을까?

가마슈의 발이 액셀러레이터에서 떨어졌고, 다른 운전자들이 그에게 경적을 울려 댈 만큼 차가 느려졌다. 그를 지나치며 그에게 손가락질을 해 댈 만큼. 하지만 가마슈는 거의 알아차리지 못했다. 그는 머릿속으로 무슈 빌뇌브와의 인터뷰를 되짚고 있었다.

그는 다음 출구로 나갔고, 커피숍에서 전화기를 찾았다.

"봉주르." 낮고 지친 목소리가 받았다.

"무슈 빌뇌브, 아르망 가마슈입니다."

수화기 저편이 침묵했다.

"경찰청의. 저는 막 당신 집에서 나왔습니다."

"네, 물론이죠. 당신 이름을 깜박했습니다."

"경찰이 아내분의 차를 돌려 드렸습니까?"

"아니요. 하지만 안에 있던 것은 돌려줬습니다."

"서류가 있었습니까? 서류 가방이나?"

"아내에게 서류 가방이 하나 있었지만, 그건 돌려주지 않았습니다."

가마슈는 얼굴을 문질렀다가 까칠하게 자란 수염에 놀랐다. 빌뇌브가 자신을 안으로 들이기 꺼려 했던 게 놀랍지 않았다. 잿빛 다박나룻에 멍까지, 자신이 부랑자처럼 보였으리라.

가마슈는 생각에 집중했다. 오드레 빌뇌브는 크리스마스 파티에 갈 계획이었다. 흥분해 있었고, 행복했고, 아마도 안도까지 했을 터였다. 마침내 어떤 행동을 취할 수 있는 이에게 자신이 발견한 것을 넘길 수 있었다.

엄청나게 무거운 것을 들어 올린 기분이었을 터였다.

하지만 그녀는 자신이 입은 새 옷이 얼마나 매력적이든 퀘벡 주지사가 그에 관한 자신의 말을 받아들이지 않으리라는 것 역시 깨달았을 것이었다.

그녀는 주지사에게 증거를 제시해야 했을 터였다. 파티에 지니고 가려 했을 증거.

"알로Allô 여보세요?" 빌뇌브가 말했다. "아직 계십니까?"

"잠시만 기다려 주십시오." 가마슈가 말했다. 거의 다다른 참이었다. 그 답에 거의.

오드레는 파티에 서류 가방이나 파일 폴더나 종잇장이 아닌 클러치

백을 지니고 가려 했을 터였다. 그래서 어떻게 그녀는 주지사에게 증거를 건넬 계획이었을까?

오드레 빌뇌브는 자신이 발견한 것 때문에, 그리고 발견하지 못한 것 때문에 죽임을 당했다. 마지막 한 걸음이 그 모든 것의 배후에 있는 남자에게 그녀를 데려갔을 터였다. 그녀가 다가가려 했던 바로 그 남자. 조르주 르나르 주지사.

"제가 다시 가도 되겠습니까?" 가마슈가 물었다. "아내분이 차에 남긴 걸 봐야겠습니다."

"대단한 건 없습니다." 빌뇌브가 말했다.

"어쨌건 봐야겠습니다." 가마슈는 전화를 끊고 차를 돌려 공동묘지를 지나는 아이처럼 숨을 참고 빌마리 터널을 지나 몇 분 뒤 빌뇌브의 집으로 돌아갔다.

제롬 브루넬은 머나의 의자 팔걸이에 걸터앉아 있었다. 모두들 이야기를 들으려고 몸을 숙이고 있었다. 기적과 신화와 살인에 대한.

테레즈 브루넬을 뺀 모두가. 그녀는 이야기를 들으며 창가에 서 있었지만 밖을 내다보고 있었다. 마을로 이르는 길들을 살피면서.

태양은 밝게 빛났고 하늘은 선명했다. 아름다운 겨울날. 그리고 그녀 뒤로는 어두운 이야기가 흘러나오고 있었다.

"그 아이들은 아직 아기였을 때 엄마와 아빠 품에서 떨어졌어요." 머나가 말했다. "정부의 일에 어떤 이유가 필요 없던 때였지만 그들은 어쨌든 실력 있는 의사를 시켜 우엘레트 부부가 사람은 좋지만 약간 더디다는 암시를 하게 함으로써 한 가지 이유를 댔죠. 심지어 선천적으로 그렇다고까지. 소와 돼지 들을 키우는 데는 적합하지만 다섯 아기 천사에게는 아니라고. 그 아이들은 신이 주신 선물이자 프뢰르 앙드레의 현세의 마지막 기적이고, 그런 아이들은 퀘벡 전체에 속하지, 웬 곤궁한 농부에게 속하지 않았죠. 닥터 베르나르는 게다가 우엘레트 부부가 아이들에 대한 보상을 후하게 받았다고 암시했어요. 그리고 사람들은 그걸 믿었죠."

클라라는 루스를 보는 올리비에를 보는 가브리를 보았다. 그들 모두 다섯쌍둥이가 탐욕스러운 부모 손에 팔렸다고 믿었었다. 그것이 이 동화의 핵심적인 부분이었다. 다섯쌍둥이는 태어난 것에 더해 구원을 받았다.

"다섯쌍둥이는 센세이션을 일으켰어요." 머나가 말했다. "대공황으로 움츠리고 있던 전 세계 사람들이 이 기적의 아이들 소식에 아우성쳤죠. 그 아이들은 고난의 시기에 행운의 증거처럼 보였어요."

머나는 아르망 가마슈가 전날 밤 공들여 쓴 편지가 담긴 봉투를 들었다. 두 차례. 한 번은 동료에게. 한 번은 머나에게. 그는 머나가 콩스탕스를 사랑했고, 그녀에게 일어난 일을 알 자격이 있다는 것을 알았다. 그는 그녀를 위한 선물을 준비하지 못했지만 대신 그녀에게 이것을 주었다.

"베르나르와 정부는 그 소녀들로 한 재산을 챙길 수 있다는 게 명백히 보였어요. 영상들로, 기념품들로, 관광으로. 책, 잡지 기사 들로. 그들의 금박을 입힌 삶을 기록하는 모든 걸."

머나는 자신이 아르망이 쓴 내용을 모두에게 이야기하고 있다는 것을 알면 그가 열광하진 않을 거라고 생각했다. 사실 그는 첫 페이지 한가운데에 기밀이라는 스탬프를 찍어 놓았다. 그리고 지금 그녀는 거리낌 없이 그것을 발설하고 있었다. 하지만 머나는 그들의 얼굴에서 불안을 봤을 때, 그들을 짓누르는 상황의 압박을 느꼈을 때 그들의 두려움을 잊게 해 줘야 한다는 것을 알았다.

그리고 비틀린 동시에 실화인, 탐욕과 사랑에 대한 이야기보다 더 좋은 방법이 있을까. 비밀과 분노에 대한, 치유할 수 없는 상처에 대한 이야기보다. 그리고 마침내 살인에 대한. 살인들.

그녀는 경감이 자신을 용서하리라 생각했다. 용서를 구할 기회가 있기를 바랐다. "그리고 그것은 다섯 소녀에게 금박을 입힌 삶이었어요." 그녀는 크게 뜨고 집중하는 눈의 원을 둘러보며 말을 이었다. "정부는 아이들에게 동화에서 튀어나온 듯한 완벽한 작은 집을 지어 주었어요. 마당이 딸리고 하얀 말뚝 울타리가 둘러진. 구경꾼들을 막기 위해. 그리고 소녀들을 안에 가두기 위해. 그들은 예쁜 옷, 가정교사, 음악 교습을 받았어요. 장난감과 크림 케이크도. 아이들은 모든 걸 누렸어요. 사생활과 자유를 빼고. 그리고 그게 금박을 입힌 삶의 문제였어요. 그 안에서 자랄 수 있는 게 아무것도 없었죠. 결국 한때 아름다웠던 것이 썩어 문드러졌어요."

"썩어?" 가브리가 물었다. "그들이 서로에게 등을 돌렸어요?"

머나는 그를 보았다. "한 명이 나머지에게 등을 돌렸지. 그래."

"누가?" 클라라가 가만히 물었다. "무슨 일이 있었는데?"

가마슈는 진입로에 차를 세우고 차 밖으로 나오다가 얼어붙은 보도에서 미끄러질 뻔했다. 그가 초인종을 누르기도 전에 문이 열렸고, 그는 안으로 들어섰다.

"아이들은 옆집에 있습니다." 빌뇌브가 말했다. 그는 이 방문의 중요성을 분명히 깨닫고 있었다. 그는 다시 부엌으로 이끌었고, 식탁 위에는 일상적으로 쓰는 것과 클러치 백인 가방 두 개가 놓여 있었다.

가마슈는 말없이 클러치를 열었다. 비어 있었다. 그는 봉제 선을 따라 더듬은 다음 그것을 불빛을 향해 들었다. 봉제 선은 최근에 다시 꿰맨 흔적이 있었다. 오드레 혹은 가방을 수색했던 경찰이?

"봉제 선을 뜯어도 되겠습니까?" 그가 물었다.

"그러셔야 한다면 뭐든 하세요."

가마슈는 선을 찢고 안을 더듬었지만 비어 있었다. 안에 뭐든 들어 있었다면 이제 사라졌다. 그는 다른 지갑을 향했고, 빠르게 수색했지만 아무것도 발견되지 않았다.

"이게 아내분 차에 있던 전부입니까?"

빌뇌브가 끄덕였다.

"그들이 아내분 옷을 돌려줬습니까?"

"아내가 입고 있던 옷이요? 주겠다고 했지만 버리라고 했습니다. 보고 싶지 않았습니다."

실망했지만 가마슈는 놀라지 않았다. 자신도 같은 식으로 느꼈으리라. 그리고 그는 또한 오드레가 감춘 게 무엇이든 출근복에는 없으리라 생각했다. 혹은 그랬다면 발견됐으리라.

"드레스는요?" 그가 물었다.

"그것도 원치 않았지만 다른 것들과 섞여 왔습니다."

가마슈는 주위를 둘러보았다. "어디 있습니까?"

"쓰레기통에요. 어디 자선 바자회에라도 줘 버려야 할 테지만 그냥 그걸 처분할 수 없었습니다."

"그 쓰레기, 아직 버리지 않으셨습니까?"

빌뇌브는 그를 집 밖의 쓰레기통으로 데려갔고, 가마슈는 쓰레기통을 뒤진 끝에 에메랄드빛 녹색 드레스를 찾아냈다. 샤넬 꼬리표가 붙은.

"이건 아닌 것 같군요." 그는 빌뇌브에게 보여 주었다. "샤넬 꼬리표가 있군요. 오드레가 자신의 드레스를 지었다고 하신 것 같은데요."

빌뇌브가 미소를 지었다.

"아내가 지었습니다. 오드레는 자기 옷이나 아이들 옷을 자신이 짓는다는 걸 누가 알길 원치 않아서 디자이너 라벨들을 박아 넣었죠."

빌뇌브는 그 옷을 받아 들고 라벨을 보며 고개를 젓다가 세게 움켜쥘 때까지 천천히 그것을 쥔 손에 힘을 주었고, 눈물이 그의 얼굴을 타고 흘러내렸다.

잠시 뒤 가마슈는 빌뇌브의 손에 손을 올리고 감아쥔 그의 손을 폈다. 그런 다음 그는 그 드레스를 집 안으로 가져갔다.

그는 밑단을 더듬었다. 아무것도. 소매를 더듬었다. 아무것도. 목둘레선을 더듬었다. 아무것도. 마침내. 마침내 깊게 파인 목둘레선 아래의 짧은 라인에 닿을 때까지. 각진 부분에.

그는 빌뇌브에게서 가위를 받아 조심스럽게 재봉 선을 뜯었다. 이 부분은 옷의 나머지 부분처럼 재봉틀로 박지 않고 세심하게 손바느질되어 있었다.

그는 안감을 뒤집었고 메모리 스틱을 발견했다.

38

장 기 보부아르는 고속도로를 벗어나 국도로 접어들었다. 뒷좌석에서
는 프랑쾨르 총경과 테시에 경위가 상의 중이었다. 보부아르는 자신들
이 왜 스리 파인스로 향하는지, 표식 없는 경찰 밴이 왜 자신들 뒤를 따
르는지 묻지 않았다.

상관없었다.

자신은 운전사일 따름이었다. 지시대로 따를 것이었다. 더 이상의 생
각 없이. 그는 신경을 쓰면 아프다는 것을 알았고, 더 이상 통증을 겪을
수는 없었다. 그 약조차 더 이상 그것을 누그러뜨리지 못했다.

그래서 장 기 보부아르는 남은 유일한 것을 했다. 그는 포기했다.

"하지만 콩스탕스는 다섯쌍둥이 중 마지막이었어." 루스가 말했다.
"그 여자가 어떻게 자기 자매 중 한 명한테 살해당할 수 있어?"

"우리가 그들의 죽음에 대해 정말로 아는 게 뭐죠?" 머나가 루스에게
물었다. "당신도 죽은 첫째가……,"

"비르지니." 루스가 말했다.

"……사고로 계단에서 떨어진 게 아니라고 의심했잖아요. 자살이라고
의심했죠."

"하지만 그건 그냥 어림짐작이었어." 늙은 시인이 말했다. "나는 어렸
고, 절망이 낭만이라고 생각했지." 그녀는 말을 멈추고 로사의 머리를

쓰다듬었다. "비르지니와 나 자신을 헷갈렸는지도 몰라."

"누가 네게 **상처를 입혔는지** / 회복할 수 없을 만큼 깊이." 클라라가 인용했다.

루스가 입을 열었고, 잠시 친구들은 그녀가 실제로 그 질문에 답을 할지도 모른다고 생각했다. 하지만 이내 그녀의 얇은 입술은 꽉 다물렸다.

"비르지니에 대한 당신 생각이 틀렸다고 생각하는 거예요?" 머나가 물었다.

"그게 지금 무슨 상관이야?" 루스가 물었다.

가브리가 껴들었다. "비르지니가 정말 계단에서 떨어지지 않았다면 상관있겠죠. 그게 그들의 비밀이었어요?" 그가 머나에게 물었다. "그녀가 안 죽었어?"

테레즈 브루넬은 다시 창문으로 향했다. 그녀는 옹기종기 모인 이들과 유령 이야기를 향해 방 안을 힐끗 보았었다. 하지만 어떤 소리가 그녀의 눈을 다시 밖으로 잡아끌었다. 차 한 대가 다가오고 있었다.

모두가 그 소리를 들었다. 올리비에가 먼저 움직였고, 마루가 깔린 바닥을 재빨리 가로질러 걸어왔다. 그는 테레즈의 어깨 너머로 창밖을 내다보았다.

"빌리 윌리엄스일 뿐이에요." 그가 말했다. "점심 먹으러 온 거예요."

그들은 안도했지만 완전히는 아니었다. 이야기 때문에 잊고 있던 긴 장감이 돌아왔다.

가브리가 장작 난로 안에 장작 두어 개를 더 던져 넣었다. 방 안이 따뜻한데도 그들 모두 살짝 춥다고 느꼈다.

"콩스탕스는 나한테 무언가를 말하려고 했어요." 머나가 이야기를 다시 시작하며 말했다. "그리고 그랬죠. 우리에게 모든 걸 말했지만 우린 그것들을 한데 모을 줄 몰랐죠."

"그 여자가 우리한테 뭘 얘기했는데?" 루스가 따졌다.

"음, 그녀는 당신과 나한테 자기가 하키 경기를 즐겼다고 했죠." 머나가 말했다. "그게 브라더 앙드레가 가장 좋아하는 스포츠였다고. 팀이 있었고, 동네 아이들과 게임을 하곤 했다고."

"그게 뭐?" 루스가 물었고, 그녀의 팔 안에서 로사가 엄마를 흉내 내듯 조용히 꽥꽥거렸다. "머, 머, 머." 오리가 중얼거렸다.

머나가 올리비에, 가브리 그리고 클라라를 돌아보았다. "그녀는 자기들한테 자기들의 삶의 상징이 든, 직접 짠 장갑이랑 목도리를 줬어. 클라라한테는 붓을……,"

"당신들 상징이 뭔지는 알고 싶지 않네요." 니콜이 가브리와 올리비에에게 말했다.

"그녀는 실제로 단서들을 흘리고 다녔어." 머나가 말했다. "그건 그녀에겐 꽤 답답했을 거야."

"그녀에겐?" 클라라가 말했다. "그건 전혀 명확하지 않았어."

"자기한텐 아니지." 머나가 말했다. "나한테도 아니고. 여기 있는 그 누구한테도 아니지. 하지만 자신과 자신의 삶에 대해 말하는 데 익숙하지 않은 사람에게 그건 자신이 우리한테 자기 비밀을 외치고 있는 것 같았을 거야. 그게 어떤 건지 알잖아. 우리가 뭔가를 아는데, 암시를 주면 그 암시들이 너무 명백해 보이잖아. 그녀는 자기가 말하는 걸 알아내지 못하는 우리를 바보라고 생각했을 거야."

"하지만 그녀가 무슨 말을 하고 있었는데요?" 올리비에가 물었다. "비르지니가 살아 있다고?"

"그녀는 자신이 돌아오지 않을 거라고 생각해 자신의 마지막 단서를 내 크리스마스트리 밑에 남겨 뒀어. 그녀의 카드에는 그게 자기 집으로 들어서는 열쇠라고 적혀 있었어. 모든 비밀을 풀 거라고."

"그녀의 앨버트로스." 루스가 말했다.

"그 여자가 당신한테 앨버트로스를 줬다고요?" 니콜이 물었다. 이 마을이나 이 사람들이 더 이상 자신을 놀라게 할 것은 아무것도 없었다.

머나가 웃음을 터뜨렸다. "어떤 면에서는요. 그녀는 나에게 모자를 줬어요. 우리는 그녀가 그걸 떴으리라 생각했지만 그건 너무 낡았죠. 그리고 그 안에 꼬리표가 박음질되어 있었고요. MA라고."

"Ma." 가브리가 말했다. "그건 그녀의 엄마 거였어요."

"자기는 엄마를 뭐라고 불렀어?"

"엄마." 가브리가 말했다. "마. 엄마Mama."

머나가 고개를 끄덕이는 동안 침묵이 흘렀다. "엄마. 마가 아니라. 그건 다른 모자들처럼 머리글자였어. 마담 우엘레트는 자신을 위해 그 털모자를 뜬 게 아니었어."

"그럼 누구 거였는데?" 루스가 딱딱거렸다.

"콩스탕스를 죽인 자 거였죠."

빌뇌브는 초인종을 눌렀고, 이웃이 나왔다.

"가에탕." 그녀가 말했다. "아이들 데리러 왔어요? 지하실에서 놀고 있어요."

"농, 메르시, 셀레스트. 사실은 당신 컴퓨터를 써도 될까 해서요. 경찰이 제 걸 가져가서요."

셀레스트는 빌뇌브에게서 눈을 돌려 뺨에 멍과 베인 자국이 있는, 면도하지 않은 덩치 큰 남자를 힐끗 보았다. 그녀는 전혀 확신이 들지 않는 듯 보였다.

"부탁합니다." 빌뇌브가 말했다. "중요한 일이에요."

셀레스트는 마지못해 수락했지만 그들이 서둘러 집 안쪽 거실의 작은 책상 위 랩톱컴퓨터 앞에 앉을 때 가마슈를 가까이서 지켜보았다. 가마슈는 시간을 허비하지 않았다. 그는 메모리 스틱을 찔러 넣었다. 파일이 획 열렸다.

그는 첫 번째 파일을 클릭했다. 그리고 그다음. 그는 여러 단어를 메모했다.

침투성. 규격 미달. 붕괴.

하지만 한 단어가 그를 멈추게 했다. 그리고 응시하게.

교각.

그는 재빨리 뒤로 넘어갔다. 그리고 뒤로. 그런 다음 멈추더니 너무 급하게 일어서는 바람에 셀레스트와 가에탕 둘 다 펄쩍 물러섰다.

"전화 좀 써도 되겠습니까?"

대답을 기다리지 않고 그는 수화기를 잡아채 전화를 걸기 시작했다.

"이자벨, 터널이 아니네. 다리야. 샹플랭교. 폭발물을 교각에 부착한 것 같네."

"경감님에게 연락하려고 애쓰던 중이었어요. 그들은 그 터널을 봉쇄하지 않을 거예요. 저를 믿지 않아요. 혹은 경감님을요. 그들이 터널을 봉쇄하지 않는다면 다리를 봉쇄할 리 만무합니다."

"자네한테 그 보고서를 이메일로 보내겠네." 그가 다시 자리에 앉아 키보드를 두드리며 말했다. "그 증거가 될 걸세. 다리를 봉쇄하게, 이자벨. 자네가 차선에 눕는다 해도 상관 않겠네. 그리고 폭발물 처리반을 부르게."

"예, 알겠습니다. 파트롱, 한 가지 더 있습니다."

그녀의 어조로 그는 눈치챘다. "장 기?"

"찾을 수가 없습니다. 사무실에 없고 집에도 없어요. 전화를 걸어 봤습니다. 꺼져 있습니다."

"수고했네." 그가 말했다. "일단 다리를 봉쇄하게."

가마슈는 셀레스트와 가에탕 빌뇌브에게 감사를 표하고 문을 향했다.

"그 다리입니까?" 빌뇌브가 그에게 물었다.

"아내분이 그걸 발견했습니다." 밖으로 나온 가마슈가 서둘러 차로 가며 말했다. "그걸 막으려고 했죠."

"그래서 그들이 아낼 죽였군요." 빌뇌브가 가마슈를 따르며 말했다.

가마슈가 멈춰 서서 그를 마주했다. "위. 그녀는 결정적인 증거를 얻으려고, 직접 보려고 그 다리에 갔습니다. 그 증거를 취할 계획이었고, 이걸," 그는 메모리 스틱을 들어 올렸다. "크리스마스 파티에 가져가 믿을 수 있다고 생각한 누군가에게 건네려고 했습니다."

"그들이 그녀를 죽였어요." 빌뇌브가 그 말 뒤에 숨은 의미를 파악하려고 애쓰며 반복했다.

"아내분은 다리에서 떨어지지 않았습니다." 가마슈가 말했다. "그 교각을 보러 갔을 때, 그 밑에서 살해됐죠." 그는 차에 올랐다. "아이들을 챙기세요. 이웃분의 가족을 데리고 호텔로 가십시오. 신용카드는 안 됩니다. 현금으로 지불하세요. 휴대전화는 집에 두고요. 이게 끝날 때까지 호텔에 머무십시오."

"왜죠?"

"제가 이웃분 집에서 파일을 전송했고, 그 집 전화를 썼으니까요. 제가 안다는 걸 저들이 알게 될 겁니다. 그리고 당신이 안다는 것도 알게 되겠죠. 곧 여기 도착할 겁니다. 가요. 떠나요."

빌뇌브는 얼굴이 핼쑥해지더니 차에서 물러나 아이들 이름을 외치면서 얼음과 눈 위를 비틀비틀 달려갔다.

"총경님." 테시에가 메시지들을 내려다보며 말했다. "이걸 보셔야겠습니다."

그는 프랑쾨르 총경에게 자신의 휴대전화를 건넸다.

가마슈가 빌뇌브 집으로 돌아갔다. 그리고 이웃집 컴퓨터를 통해 무언가를 라코스트 경위에게 전송했다.

그게 무엇인지를 확인하자 프랑쾨르의 얼굴이 굳어졌다.

"빌뇌브와 그 이웃을 잡아 와." 그가 테시에에게 조용히 말했다. "그리고 가마슈와 라코스트를 잡아. 정리해."

"네, 총경님." 테시에는 '정리'가 무슨 뜻인지 알았다. 그는 오드레 빌뇌브를 정리했었다.

테시에가 지시를 내리는 사이, 프랑쾨르는 평평한 농지가 언덕과 숲 그리고 산으로 변해 가는 모습을 지켜보았다.

프랑쾨르는 가마슈가 가까워지고 있다는 것을 알았다. 하지만 자신들 역시 그랬다.

가마슈 경감은 목을 늘여 왜 차가 막히는지 보았다. 차들은 좁다란 거주 지역 도로를 따라 겨우겨우 움직이고 있었다. 그는 중앙 교차로에 있는 경찰과 바리케이드를 보았다. 그는 차를 세웠다.

"가세요." 경찰이 운전자를 쳐다보지도 않고 지시했다.

"뭣 때문에 지연되는 겁니까?" 가마슈가 물었다.

경찰이 얼간이 보듯 가마슈를 보았다.

"몰라요? 산타클로스 퍼레이드잖아요. 계속 가요. 당신 때문에 차가 막혀 있잖아요."

테레즈 브루넬은 한쪽으로 비켜서서 창문을 지키고 있었다. 밖을 응시하면서.

그녀는 이제 머지않았다는 것을 알았다.

하지만 그녀는 여전히 머나의 이야기에 귀를 기울였다. 꼬리가 긴 이야기에. 수십 년을 거슬러 올라간. 거의 흐릿한 기억을.

성자와 기적 그리고 크리스마스 털모자에 대한.

"MA." 머나가 말했다. "그게 열쇠였어요. 그들의 엄마는 모든 모자에 머리글자를 떴어요. 마리콩스탕스에게는 MC 등등."

"그래서 MA가 뭔데?" 클라라가 물었다. 그녀는 소녀들의 이름을 되짚었다. 비르지니, 엘렌, 조세핀, 마르그리트, 콩스탕스. A는 없었다.

그때 클라라의 눈이 휘둥그레지며 빛났다. 그녀는 머나를 보았다.

"왜 다들 다섯뿐이었다고 생각했지?" 그녀가 머나에게 물었다. "당연히 더 있었던 거야."

"뭐가 더?" 가브리가 물었다. 하지만 올리비에는 알아차렸다.

"더 많은 아이." 올리비에가 말했다. "그 여자애들을 뺏기자 우엘레트 부부는 아이를 더 낳은 거야."

머나는 천천히 고개를 끄덕이며 진실이 자리할 때까지 그들을 지켜보았다. 그리고 콩스탕스와 그녀의 암시로 그것은 이제 명확해 보였다. 하지만 아르망의 편지를 읽기 전까지 머나는 그것이 명확하지 않았었다.

마리해리엣과 이지도르가 사랑하는 딸들을 빼앗겼을 때, 더 낳는 것 외에 그들에게 무슨 선택이 있었을까?

편지에서 가마슈 경감은 그 털모자의 DNA를 검사했다고 설명했다. 그들은 그의 DNA를 찾았다. 그들은 머나의 것을 찾았다. 둘 다 최근에 그 모자를 만졌었다. 그들은 콩스탕스의 DNA도 찾았고, 하나 더. 콩스탕스와 가까운 DNA.

가마슈는 자신이 그것을 콩스탕스의 아버지나 어머니의 것이라 추정했다고 인정했지만 사실 감식반원은 형제자매라고 말했었다.

"다른 자매." 클라라가 말했다. "마리A."

"하지만 왜 아무도 이 여동생에 대해 몰랐죠?" 가브리가 물었다.

"맙소사." 루스가 업신여기듯 가브리를 보며 쏘아붙였다. "난 그 자신이 허구에 불과한 사람이 신화에 대해 더 잘 알 거라고 생각했는데."

"뭐, 고르곤_{그리스 신화에 나오는 머리가 뱀으로 된 괴물로 '끔찍한 여자'라는 뜻이 있다}은 보면 알죠." 가브리가 자신을 돌로 바꾸려고 애쓰는 듯 보이는 루스를 째려보았다.

"봐." 루스가 마침내 말했다. "그 다섯쌍둥이는 기적이라고 생각됐어, 그렇지? 불모의 땅에서 거둔 풍성한 수확. 프뢰르 앙드레의 마지막 선물. 그런데, 엄마가 사방에 애들을 쑥쑥 낳기 시작하면 어떻게 보이겠어? 기적이 폄하되겠지."

"닥터 베르나르와 정부는 그녀가 황금 알을 낳았었다고 판단했고, 이제는 멈춰야 했죠." 머나가 말했다.

"내가 그걸 말했다면 그들은 날 거세했을 거야." 가브리가 올리비에에게 웅얼거렸다.

"하지만 사람들이 정말로 신경을 썼을까요?" 올리비에가 물었다. "내 말은, 다섯쌍둥이에게 남동생이나 여동생이 얼마나 생기든 간에 그들은 꽤 놀랍잖아요."

"하지만 자애로운 신의 행위로 보이면 훨씬 더 놀랍지." 머나가 말했다. "그게 정부와 베르나르가 퍼뜨린 거였어. 서커스 공연이 아니라 신의 행위라고. 대공황과 전쟁을 거치면서 사람들은 똑같은 다섯 소녀가 아니라 희망을 보려고 그 아이들에게 몰려들었어. 신이 존재한다는 증거를. 불임 여성에게 이런 선물을 주신 자비롭고 친절한 하느님을. 하지만 마담 우엘레트가 전혀 불임이 아니었다면? 그녀가 또 다른 아이를 갖는다면?"

"예수님이 부활하지 않았다면?" 가브리가 말했다. "물이 와인이 되지 않았다면?"

"마담 우엘레트가 불임이라는 것이 그들 이야기의 핵심이었어. 그게 그 기적을 낳은 거야." 머나가 말했다. "그게 아니면 다섯쌍둥이는 특이한 것 이상일 게 없게 되지."

"기적 없인 돈도 없다." 클라라가 말했다.

"그럼 그 새로 생긴 아기는 그들이 창조한 모든 걸 파괴할 위협이었구먼." 루스가 말했다.

"그리고 그들에게 엄청난 대가가 들었죠." 머나가 말했다. "그 아이는 숨겨져야 했어요. 아르망은 뉴스영화에서 마리해리엇이 딸들에게 문을 닫았을 때 우리가 본 게 그거라고 생각해요."

그들은 마음속에 얼어붙어 있던 그 이미지를 떠올렸다. 어린 비르지니가 울부짖는. 집에 돌아가려고 애쓰면서. 하지만 문은 닫혀 있었다. 아이 엄마가 아이의 얼굴에 대고 문을 닫아 버렸다. 다섯쌍둥이를 못 들어오게 하려는 것이 아니라, 더 어린 아이가 밖에 나가지 못하도록. MA를 뉴스영화에서 떨어뜨려 놓으려고.

"콩스탕스가 우리한테 딱 한 가지 자기 얘기를 한 적이 있어." 가브리가 말했다. "자기와 자매들이 하키를 좋아했다고. 하지만 하키는 다섯이 아닌 여섯이 한 팀이죠."

"정확해." 머나가 말했다. "콩스탕스가 나한테 하키 팀 얘기를 했을 때, 그건 그녀에게 중요해 보였지만 나는 그냥 옛 추억이라고 생각했어요. 그녀가 속내를 드러냄으로써 새로운 자유를 시험하는 거라고, 사소한 것들부터 시작하기로 마음먹었다고요. 그게 그거였다고는 전혀 생각하지 못했어요. 그 열쇠. 다섯이 아닌 여섯 형제."

"나도 알아차리지 못했어." 루스가 말했다. "팀을 코치하는데도."

"팀을 괴롭히죠." 가브리가 말했다. "그건 같은 게 아니라고요."

"하지만 난 수를 셀 수 있어." 루스가 말했다. "여섯 명. 다섯이 아니라." 그녀는 멍하니 로사의 머리와 목을 쓰다듬으며 잠시 생각했다. "그 아이가 됐다고 생각해 봐. 소외되고 감춰진. 어둠 속에 감춰져 있는 동안 스포트라이트를 받는 형제들을 보면서. 굴욕적이게."

그들은 말없이 그게 어떨지 상상해 보려고 애썼다. 편애를 받는 형제가 하나가 아니라 다섯이라는 것을. 그리고 단지 부모의 편애가 아닌 세상의. 예쁜 옷들, 장난감들, 사탕, 동화 같은 집이 주어졌다. 그리고 모든 관심.

반면 MA는 한쪽으로 밀쳐졌다. 안으로 치워졌다. 부인되었다.

"그래서 어떻게 됐지?" 루스가 물었다. "콩스탕스의 자매가 그녀를 죽였다는 건가?"

머나는 가마슈의 주의 깊은 글씨가 쓰인 봉투를 들어 올렸다. "가마슈 경감은 그게 첫 번째 죽음으로 거슬러 올라간다고 믿어요. 비르지니요." 머나가 루스를 향했다. "콩스탕스는 무슨 일이 벌어졌는지 목격했어요. 엘렌도 그랬죠. 그들은 다른 자매들 외엔 누구에게도 말하지 않았어요. 그게 그들을 한데 뭉치게 한 그들의 비밀이었죠."

"그들이 무덤까지 가져간 비밀." 루스가 말했다. "그리고 묻으려고 한. 비르지니는 살해됐군."

"그들 중 한 명이 그랬고." 가브리가 말했다.

"콩스탕스는 그걸 자기한테 말하려고 여기 왔어." 클라라가 말했다.

"마르그리트가 죽은 뒤에 그녀는 마침내 말해도 된다고 느꼈어." 머나가 말했다.

"마태복음 십 장 삼십육 절." 루스의 목소리가 속삭임이 되도록 낮아졌다. "그리고 집안 식구가 바로 원수가 된다."

장 기 보부아르는 익숙한 길로 차를 몰았다. 지금은 눈에 덮여 있었지만 수년 전 처음 봤을 때는 흙먼지가 일었었다. 그리고 머리 위 나무들은 헐벗지 않고, 햇살이 비치는 풍성한 가을빛이었다. 황갈색과 빨간색, 따뜻한 노란색. 스테인드글라스 같은.

그는 이곳의 아름다움에 주목하지 않았었다. 저 아래 펼쳐진 예쁘고 평화로운 마을을 대놓고 감탄하며 바라보기엔 너무 신중했고 냉소적이었다.

하지만 그는 느꼈었다. 그 경이로움을. 그리고 그 평화로움을.

하지만 오늘은 아무것도 느껴지지 않았다.

"이제 얼마나 남았나?" 프랑쾨르가 물었다.

"거의 다 왔습니다." 보부아르가 말했다. "몇 분만 더 가면 됩니다."

"세워." 총경이 말했고, 보부아르는 지시를 따랐다.

"가마슈 경감이 마을에 본부를 세운다면," 프랑쾨르가 물었다. "어디 겠나?"

"가마슈?" 보부아르가 물었다. 그는 이것이 가마슈에 대한 것이라는 걸 알아채지 못했었다. "그가 여기 있습니까?"

"질문에 대답이나 해, 경위." 테시에가 뒷좌석에서 말했다.

두 수사관과 장비를 실은 밴이 그들 뒤로 슬슬 붙었다.

지금이 진실의 순간이라는 것을 프랑쾨르는 알았다. 보부아르가 가마슈와 관련된 정보를 주는 데 주저할까? 지금까지 프랑쾨르는 보부아르에게 이전 보스를 도울 그 무엇도 시키지 않았을 뿐 아니라 적극적으로 그를 배반하라고 요구하지도 않았다.

하지만 이제 그들은 보부아르에게 그 이상이 필요했다.

"옛날 기차역이요." 대답은 반발도 머뭇거림도 없이 나왔다.

"그리로 안내하게." 프랑쾨르가 말했다.

머나는 여전히 아르망 가마슈가 손으로 쓴 편지가 담긴 봉투를 들고 있었다. 그 편지에 그는 콩스탕스 우엘레트의 살해에 대해 자신이 아는 모든 것, 자신이 추측한 모든 것을 상세히 적었다. 그리고 50년도 전 그녀의 자매 비르지니의 살해에 대해.

콩스탕스와 엘렌은 그 일을 목격했다. 비르지니는 발이 걸리지도, 자신의 몸을 계단 밑으로 던지지도 않았다. 그녀는 떠밀렸다. 그리고 그 떠밀림 이면에는 수년간의 고통이 있었다. 무시당한, 숨겨진, 소외된, 부인된. 수년간 모든 관심을 다섯쌍둥이가 독차지한 데서 비롯된. 물론 전 세계의 관심을. 하지만 더 나쁜 것은 엄마와 아빠의.

소녀들이 드물게 집에 올 때면 그들은 공주님들처럼 대접받았다. 그것이 한 아이를 뒤틀리게 했다. 그것이 알아볼 게 아무것도 없을 때까지 한 아이를 갉아먹었다. 그리고 이내 그것이 그들을 비틀었다. 소녀들은 응석받이가 되었을지언정 그들의 어린 동생은 망가졌다.

그 작은 마음이 증오로 가득 찼다. 그리고 생각이 커지면서 증오심도 커졌다.

그리고 비르지니가 긴 나무 계단 꼭대기에서 휘청거렸을 때 그 손이 뻗쳤다. 그 손은 그녀를 구할 수도 있었다. 하지만 그러지 않았다. 계단 끝에서 그녀를 밀었다.

콩스탕스와 엘렌은 무슨 일이 일어났는지 보았고, 입을 다물길 선택했다. 어쩌면 죄책감에서, 어쩌면 사생활과 비밀에 대한 거의 광적인 필요에서. 그들의 삶과 그들의 죽음은 그 누구도 아닌 그들의 일이었다. 심지어 그들의 살인도 사적이었다.

이 모든 것을 가마슈는 편지로 머나에게 설명했고, 이제 머나가 자신의 집에 모인 이들에게 설명하고 있었다. 자신의 집에 숨은 이들에게.

"경감은 자신이 두 가지를 찾고 있다는 걸 알았어요." 머나는 말했다. "머리글자가 MA이고, 이제 칠십 대 중반에 이른 사람."

"거기에 출생 기록이 없었소?" 제롬이 물었다.

"가마슈는," 머나가 말했다. "우엘레트 집안에 관한 공문서 기록이나 교구 기록에서 아무것도 보지 못했어요."

"공권력이 사람을 창조할 수 없을진 몰라도," 제롬이 말했다. "사람을 지울 순 있지."

그는 이야기에 귀를 기울였지만 시선은 아내에게 두고 있었다. 창문을 등진 테레즈가 실루엣으로 나타났다. 기다리는.

"사건을 되새기면서 아르망은 자신이 그 인상에 들어맞는 사람을 네 명 만났다는 사실을 깨달았어요." 머나는 계속했다. "첫 번째는 교구 사제 앙투안이었죠. 그는 그 소녀들이 떠나고 한참 뒤에 사제직을 시작했다고 말했고, 그건 사실이었지만 그는 자신이 사실 그 지역에서 자랐다는 걸 말하지 않았어요. 다섯쌍둥이의 삼촌이 자기가 어릴 때 앙투안과 놀았다고 말했죠. 페르 앙투안은 거짓말은 하지 않지만 모든 사실 역시 말하지 않았죠. 왜?"

"그리고 그 신부님은 기록에 손댈 수 있는 위치에 있었지." 클라라가 말했다.

"가마슈의 생각이 정확히 그랬지만," 머나가 말했다. "거기엔 삼촌 그 사람도 있었어. 앙드레 피노. 소녀들보다 몇 살 더 어린 그는 그들과 하키 경기를 했고, 그들의 아버지와 함께 살러 와 죽을 때까지 이지도르를 돌봤어. 아들이 할 법한 행동이지. 그리고 무슈 우엘레트는 가족 농장을 그에게 물려줬어.”

“하지만 MA는 여자일 텐데.” 클라라가 말했다. “마리 머시기.”

“마리아네트.” 머나가 말했다. “아네트는 콩스탕스 이웃의 이름이야. 그 자매들이 교제한 유일한 사람. 자신들의 포치에 들인 유일한 사람. 우리한텐 사소하게, 거의 우습게까지 들리지만 대중의 관심에 트라우마가 있는 다섯쌍둥이에게 자신들의 집 근처를 누군가에게 허락한다는 건 의미심장하지. 아네트가 비르지니거나 사라진 동생일 수 있을까?”

“하지만 콩스탕스와 엘렌이 비르지니를 죽이는 그녀를 봤다면 그녀와 상종하려고 했을까?” 가브리가 물었다.

“어쩌면 그녀를 용서했을지도 몰라.” 루스가 말했다. “어쩌면 자신들이 손상을 입었으니 동생 역시 그랬다고 이해했을지도 몰라.”

“어쩌면 가까이 두고 싶었는지도 몰라.” 클라라가 말했다. “아는 악마아는 악마가 낫다는 격언.”

머나가 끄덕였다. “아네트와 그녀의 남편 알베르는 자매들이 옆집으로 이사 왔을 때 이미 그 동네에 살고 있었어. 아네트가 그 자매였다면 그 이사는 용서나,” 머나는 루스를 보았다. “그녀를 예의 주시하려는 욕망을 시사하겠지.”

“혹은 그를.”

그들은 테레즈를 보았다. 그녀는 창밖을 내다보고 있었지만 분명 듣고 있었다.

“그요?” 올리비에가 물었다.

“알베르. 그 이웃이요.” 테레즈가 말했다. 그녀의 숨결에 창문이 뿌예졌다. “어쩌면 그녀가 그들의 여동생이 아니라 그가 그들의 남동생일 수도 있죠."

"맞아요." 머나가 가마슈의 편지를 조심스럽게 테이블에 내려놓으며 말했다. "경찰 감식반은 자신이 찾은 세 번째 DNA가 남자라고 확신했어요. 천사들이 수놓인 그 털모자는 마리해리엣이 자기 아들을 위해 뜬 거였어요."

"알베르." 루스가 말했다.

머나가 대답하지 않자 그들은 그녀를 보았다.

"이지도르와 마리해리엣이 아들을 낳았다면," 그녀가 말했다. "그들이 아들에게 어떤 이름을 지어 줬을까요?"

그때 침묵이 내려앉았다. 로사마저 중얼거리기를 멈췄다.

"오래 묵은 죄에는 긴 그림자가 있다." 그들은 니콜 수사관을 보았다. "이 모든 일이 어디서 시작됐죠? 그 기적이 어디서 시작됐죠?"

"프뢰르 앙드레." 클라라가 말했다.

"앙드레." 루스가 조용한 방에다 말했다. "그들은 아들에게 앙드레라는 이름을 지어 줬을 거야."

머나가 끄덕였다. "가마슈도 그렇게 생각해요. 그는 콩스탕스가 그 털모자로 나한테 하려 했던 말이 그거였다고 생각해요. 마리해리엣은 아들을 위해 그걸 떴고, 자신들의 수호천사를 따서 이름 지었어요. DNA 테스트로 확인되겠지만 그는 앙드레 피노가 그들의 남동생일 거라고 생각해요."

"하지만 MA인데." 가브리가 물었다. "M은 뭐를 나타내는 거죠?"

"마르크. 마리해리엣 가계의 모든 딸들은 마리모木木라는 이름이 붙었고, 모든 아들은 마르크모모라고 이름 붙었어요. 가마슈는 공동묘지에서 그걸 발견했죠. 그는 마르크앙드레겠지만 앙드레로 불렸죠."

"브라더 앙드레." 가브리가 말했다. "말 그대로."

"콩스탕스가 우리에게 하려던 말이 그거였어." 머나가 말했다. "우리에게 한 말. 나에게. 그녀는 실제로 하기는 브라더 앙드레가 가장 좋아한 운동이었다고 말했어요. 그 B를 대문자화한 사람은 그녀가 아닌 나였죠. 사제Brother 앙드레가 아닌 남동생brother 앙드레. 여섯 남매. 기적을 낳게 해 준 성자의 이름을 딴."

"자신이 비르지니를 죽였다는 걸 콩스탕스가 머나한테 말하지 못하게 하려고 그가 그녀를 죽였군." 클라라 말했다. "그게 바로 자매들이 오랫동안 지킨 비밀이었고, 대중이 엿보길 멈춘 지 오랜 후에도 그들을 죄수로 살게 한 거였어."

"하지만 콩스탕스가 털어놓으려는 걸 그가 어떻게 알았죠?" 올리비에가 물었다. .

"그는 몰랐어." 머나가 말했다. "하지만 가마슈는 그들이 계속 연락했다고 생각해. 앙드레 피노는 그 소녀들이 어디 사는지 모른다고 주장했지만, 나중에 그들에게 아버지의 죽음을 알리는 편지를 썼다고 했어. 그들의 주소를 알았던 거지. 그건 그들이 연락을 주고받았다는 걸 암시했어. 피노가 그에 관해 거짓말을 했다는 게 이상했지.

가마슈는 콩스탕스가 자신의 크리스마스 계획을 틀림없이 그에게 알렸을 거라고 생각해요. 친구이자 예전 심리 치료사를 방문할 거라고. 그리고 피노는 겁에 질렸죠. 그는 마르그리트의 죽음으로, 콩스탕스가 자신의 때가 오기 전에 누군가에게 진실을 말하고 싶어 할지도 모른다고 생각했을 거예요. 그녀는 비르지니의 죽음에 대한 진실이 알려지기를 원했죠. 그녀는 그의 비밀을 오랜 세월 간직해 왔지만, 이제 그녀 자신과 비르지니를 위해 그것에서 자유로워질 필요가 있었어요."

"그래서 그가 그녀를 죽였군." 루스가 말했다.

제롬은 테레즈의 등이 경직되는 것을 보았고, 이내 어떤 소리를 들었다. 그는 자리에서 일어나 재빨리 창문으로 다가가 그녀 옆에 섰다.

그는 밖을 내다보았다. 커다란 검은색 SUV가 밴을 이끌고 아주 천천히 언덕을 내려오고 있었다.

"그들이 왔어요." 테레즈 브루넬이 말했다.

39

아르망 가마슈는 샹플랭교로 차를 몰았다. 아직 봉쇄의 움직임에 대한 어떤 징후도 없었지만 그는 그 일을 할 수 있는 사람이 있다면 그것은 이자벨 라코스트이리라는 것을 알았다.

교통량이 많았고, 길은 여전히 눈으로 덮여 있었다. 그는 차 한 대를 지나치며 안을 흘끔 들여다보았다. 남자와 여자가 앞에 앉아 있었고, 그들 뒤에 아기가 유아용 보조 의자에 앉혀 있었다. 두 차선 너머에는 혼자 탄 젊은 여자가 운전대를 가볍게 두드리며 음악에 맞춰 고개를 끄덕이고 있었다.

브레이크 등의 빨간빛들이 나타났다. 흐름이 느려지고 있었다. 차들은 이제 기어가고 있었다. 꼬리에 꼬리를 물고.

그리고 전방에 거대한 강철 교각이 떠올랐다.

가마슈는 엔지니어링에 대해 거의 아무것도 몰랐다. 부하 시험이며 콘크리트에 대해. 하지만 그는 매일 16만 대의 차가 이 다리를 지나다닌다는 것을 알았다. 이 다리는 캐나다에서 가장 붐비는 구간이었고, 이제 세인트로렌스강으로 떨어질 참이었다. 웬 격분한 외국인 테러리스트가 아니라, 퀘벡에서 가장 존경받는 인물 중 두 사람에 의해서.

주지사와 경찰청장.

시간이 좀 걸렸지만 가마슈는 마침내 그 이유를 알았다고 생각했다.

이 다리가 다른 다리들, 터널들, 방치된 고가도로들과 다른 점이 뭐였을까? 왜 이 다리를 목표로 삼았을까?

거기엔 이유와 목적이 있어야 했다. 어쩌면 돈. 다리가 무너지면 재건해야 하리라. 그리고 그것으로 퀘벡 전역에서 모인 수억 달러 이상의 돈을 주머니에 넣을 수 있을 터였다. 하지만 가마슈는 돈 이상의 목적이 있다는 것을 알았다. 그는 프랑쾨르와 그 남자를 움직이는 것이 무엇인지 알았다. 그것은 한 가지였다. 늘 한 가지였다.

권력.

어떻게 샹플랭교의 붕괴가 그에게 그가 이미 가진 것 이상을 줄 수 있을까?

차선 너머에서 남자아이가 차창 너머로 경감을 똑바로 쳐다보았다. 그리고 미소 지었다.

가마슈는 그 미소를 돌려주었다. 그의 차는 멈출 만큼 느려져 다리 한가운데에서 오도 가도 못하는 차의 행렬에 합류 중이었다. 가마슈의 오른손이 살짝 떨렸고, 그는 운전대를 더 단단하게 움켜쥐었다.

피에르 아르노가 수십 년 전 외딴 보호구역에서 이 일을 시작했다.

거기 있는 동안 그는 잘나가던 또 다른 젊은 남자를 만났다. 조르주 르나르.

아르노는 경찰 파견대에 있었고, 르나르는 애퀴덕트에서 댐을 설계하는 엔지니어였다.

둘 다 영리하고 정력적이고 야망이 넘쳤고, 그들은 상대방의 무언가를 촉발했다. 그렇게 세월이 흘러 영리함은 교활함이 되었다. 정력은 강박이 되었다. 야망은 무자비함이 되었다.

그 치명적인 만남에서 무언가가 두 남자의 DNA를 변화시킨 것 같았다. 그때까지 두 남자는 의욕이 넘치긴 했어도 근본적으로는 고결했다. 그들은 어디까지 기꺼이 갈 수 있는지에 대한 한계가 있었다. 하지만 아르노가 르나르를 만났을 때, 그리고 르나르가 아르노를 만났을 때 그 한계, 그 선은 사라졌다.

가마슈는 피에르 아르노를 알아 왔고, 그 남자의 어떤 면을 존경하기까지 했었다. 그리고 지금, 다리 구간의 가장 높은 지점을 향해 조금씩 나아가면서 가마슈는 아르노가 르나르를 만나지 않았다면 어떻게 됐을지 생각했다.

그리고 르나르가 아르노를 만나지 않았다면 어떻게 됐을까?

그는 다른 이들에게서 현명하게 동반자를 선택하는 데 실패한 결과를 본 적 있었다. 약간 부도덕한 한 사람이 문제였다. 둘이 모이면 재난

이었다. 필요한 것은 치명적인 만남뿐이었다. 당신의 가장 비열한 욕망, 당신의 가장 천박한 생각을 당신에게 말하는 사람은 나빠 보이지 않았다. 사실, 그는 그 생각들을 공유했다.

이내 그 생각할 수도 없는 것이 생각할 수 있게 되었다. 그리고 계획이 세워졌다. 그리고 실행에 옮겨졌다.

조르주 르나르는 거대한 라 그랑드 수력발전소를 세웠다. 그는 그것을 무너뜨릴 수도 있었다. 피에르 아르노의 도움으로.

아르노의 역할은 단순했고, 고통스러울 정도로 쉬웠다. 테러 조직과 경찰과 군대에서의 인원 모집은 이 단순한 사실에 기초했다. 충분히 젊은 사람들을 구하면 그들을 어떤 일이든 하게끔 할 수 있었다.

그리고 아르노가 한 일이 그것이었다. 그는 수년 전에 크리족 보호구역을 떠났고, 퀘벡 경찰청의 총경 자리에 올랐다. 하지만 여전히 북부 지역에 영향력을 끼쳤다. 그는 존경받았다. 그의 목소리는 여전히 크게 울렸다.

아르노는 보호구역에 핵심 인력들을 배치했다. 그들의 일은 가장 분노에 찬, 가장 박탈감이 심한 원주민 젊은이들을 찾아내는 것이었고, 필요하다면 만들어 내는 것이었다. 그 증오가 자라도록. 그것을 강화하고. 그것을 보상하고.

그 일에 가담하지 않았거나 그들을 폭로하겠다고 협박한 젊은이들은 '사고'를 당했다. '자살'했다. 숲속으로 영원히 사라졌다.

폭력적이고 본드를 흡입하는 젊은이로 양육된 학대받고 자포자기한 두 아이가 선택되었다. 그들이 가장 분노에 차 있었다. 가장 텅 비어 있었다.

그들은 폭발물이 가득 실린 트럭 두 대를 받았고, 댐을 폭파할 지점에 대해 들었다. 그들은 죽을 테지만 영웅으로 죽을 것이라는 말을 들었다. 유명 인사. 노래가 쓰일 터였다. 그들의 용감한 이야기는 구전될 터였다. 그들은 전설이 될 터였다. 신화가.

르나르는 댐의 폭파 지점에 대한 정보를 제공했다. 취약한 지점. 실제로 그 댐을 지은 자만이 알 정보를.

그것이 첫 번째 계획이었지만 가마슈가 그것을 막았었다. 가까스로. 그리고 그 와중에 많은 젊은 경찰을 잃었다. 장 기를 거의 잃을 뻔했다. 가마슈는 어쩌면 자신이 이미 장 기를 잃었는지 모른다고 생각했다.

그들은 이제 거의 다리의 가장 높은 곳에 있었다. 그의 양옆에 거대한 강철 보가 솟아 있었다. 옆 차의 소년은 잠이 들었고, 아이의 금발 머리가 차창에 눌렸다. 머리가 축 늘어져 있었다. 가마슈는 앞좌석에서 운전하는 아빠와 무릎 위에 포장된 큰 선물 꾸러미를 올려놓은 엄마를 볼 수 있었다.

그랬다. 자신은 댐의 붕괴는 막았지만 그 부패에 이르는 데는 실패했다. 그 어두운 핵은 여전히 거기 있었고, 퍼지고 있었다. 그것은 그 차질을 회복하며 점점 더 어두워지고 강해졌다.

아르노는 교도소로 갔고, 그의 부관이 이어받았다. 실뱅 프랑쾨르 속에서 조르주 르나르는 자신의 진실한 뮤즈를 발견했다. 그와 너무 닮은 그들은 한 덩어리가 반반 나뉜 것 같았다. 그리고 합쳐졌을 때 그 결과는 재앙이었다.

타깃은 바뀌었지만 목적은 아니었다.

샹플랭교를 그토록 완벽한 타깃으로 만든 것은 결국 아주 단순했다.

그것은 연방 다리였다.

그리고 그것이 붕괴되면 충격적인 생명의 손실과 함께 캐나다 정부는 운영 미흡, 관리 소홀, 규격 미달 건축 자재 사용, 부패에 대해 오랫동안 비난을 받을 터였다.

지방 교통부에 의해 서류화된 그 모든 것.

오드레 빌뇌브의 부서.

그 끔찍한 사건 장면이 밤낮으로 전 세계의 화면에 오르내리리라. 신문과 잡지에 실린 비명횡사한 부모들, 아이들, 가족들의 사진에 사람들은 충격을 받을 터였다.

가마슈의 눈이 주위에 있는 차들을 훑고 다시 옆 차의 소년에게 머물렀다. 아이는 이제 깨어 있었다. 창밖을 쳐다보고 있었다. 지루함으로 게슴츠레해진 눈. 그때 아이는 차가운 창에 맺힌 자신의 숨결을 알아차렸다. 아이는 손가락을 들어 글씨를 썼다.

니대. 가마슈는 읽었다.

아이 이름은 대니였다.

이 아이는 가마슈 자신의 아들과 이름이 같았다. 다니엘.

죽음이 바로 지금 닥친다면 순식간일까? 대니가 알아차릴까?

그래, 자신들의 사진은 뉴스에서 무한 반복될 터였다. 자신들의 이름이 기념비에 새겨지리라. 사고의 순교자로.

그리고 다리에 대한 책임이 있는 사람들과 캐나다 정부는 악당이, 악마가 되리라.

제 메 수비엥Je me souviens. 가마슈는 살얼음이 낀 앞차의 번호판에서 그것을 읽었다. 퀘벡의 모토. 나는 기억한다. 퀘벡 주민들은 샹플랭교가 무너진 날을 절대, 결코 잊지 않을 터였다.

이것은 결코 돈에 대한 것이 아니었다. 돈이 침묵과 공모를 사기 위한 부패의 수단이라는 것을 빼고.

이것은 권력에 대한 것이었다. 정치적 권력. 조르주 르나르는 주지사 자리에 만족하지 못했다. 그는 새로운 나라의 아버지가 되기를 원했다. 천국에서 봉사하느니 지옥을 통치할 터였다.

그리고 그러기 위해 그는 분노를 조성한 다음 그것이 연방 정부를 향하게 할 필요가 있었다. 다리가 무너진 것은 캐나다가 고의적으로 조악한 자재를 썼기 때문이라고 퀘벡 주민들을 믿게 할 터였다. 연방 정부가 퀘벡 주민을 돌보지 않았다는 것을. 그리고 그의 말은 막중한 무게를 지니게 될 터였다. 그가 퀘벡 분리주의자여서가 아니라, 그렇지 않기 때문에. 조르주 르나르는 평생 연방제 지지자였다. 그는 퀘벡이 캐나다에 남아야 한다는 지지자로서 정치적 이력을 쌓아 왔다. 이 끔찍한 사건이 있기까지 한 번도 분리를 주장하지 않았던 자에게서 분리 주장이 나온다면 얼마나 더 강력하겠는가.

새해 무렵이면 퀘벡은 독립을 선언할 터였다. 샹플랭교가 무너진 날이 그들의 바스티유 데이프랑스혁명 기념일가 될 것이었다. 그리고 그 희생자들은 전설이 되리라.

"저들이 어디로 가는 거지?" 제롬이 속삭였다.

그와 테레즈, 니콜 수사관이 머나네 창문에서 지켜보는 동안, 표식 없는 SUV가 천천히 마을 광장을 돌아 돌다리를 건넜다.

"옛 기차역이요." 니콜이 말했다. "예전에 가마슈 경감님이 수사본부를 설치했던 곳이에요."

"하지만 저들이 그걸 어떻게 알지?" 제롬이 물었다.

"경감님을 잡았을까요?" 니콜이 물었다.

"그는 절대 저들을 여기로 데려오지 않을 거야." 테레즈가 말했다.

"누가 가 봐야 해요." 클라라가 말했다.

그들은 저마다 방 안을 둘러보았다.

"제가 가죠." 니콜이 말했다.

"아뇨, 우리 중 한 명이어야 해요." 클라라가 말했다. "마을 사람. 저 사람들이 옛 기차역에서 아무것도 찾지 못하면 질문을 하러 내려올 거예요. 누군가 답하지 않으면 저 사람들이 마을을 헤집어 놓을 거예요."

"투표를 해야겠는데." 가브리가 말했다.

그들 모두 천천히 몸을 돌려 루스를 보았다.

"오, 안 돼. 투표 따위로 나를 섬에서 내보낼 순 없어무인도에서 펼쳐지는 생존 게임 TV 프로그램 〈서바이벌〉을 빗댄 말." 그녀는 그렇게 쏘아붙이고 로사에게 몸을 돌려 오리의 머리를 쓰다듬었다. "전부 똥 같은 인간들 아니니? 그렇고말고. 암, 그렇고말고."

"난 내 표가 누구에게 갈지 알아." 가브리가 말했다.

"내가 갈게."

올리비에가 그렇게 말했고, 이제 머나의 고미다락에서 아래층으로 내려가는 계단을 향해 단호하게 걸었다.

"잠깐." 가브리가 그 뒤를 쫓았다. "루스더러 가라 그래."

"당신이 가요."

테레즈 브루넬 경정이 말했다. 분명하고 단호하게. 그녀가 지휘를 맡았고, 고미다락에 있던 모든 이가 이제 그녀를 향했다. 그녀가 올리비에에게 말했다.

"비스트로로 가서 저들이 오면, 저들이 누군지 모르는 것처럼 행동해요. 저들은 그냥 여행자인 거예요. 저들이 경찰이라고 신분을 밝히면, 찾는 사람이 경감이냐고······,"

테레즈는 반발에 부딪혔지만 손을 들어 올렸다.

"저들은 이미 우엘레트 사건 때문에 그가 여기 있는 걸 알아요. 부인해 봤자 소용없어요. 사실, 가능한 한 협조적으로 보여야 해요. 스리 파인스는 아무것도 숨길 게 없는 것처럼 보여야 해요. 알겠어요?"

"저도 갈래요." 가브리가 눈을 크게 뜨고 말했다.

"그래, 가브리가 가는 데 한 표." 루스가 손을 들며 말했다.

"자긴 내 가장 좋은 친구야." 올리비에가 자신의 파트너를 보며 말했다. "내 위대한 사랑이지만 목숨을 구하려고 거짓말은 못 할 거야. 다행히 난 할 수 있고, 하지." 그는 친구들을 보았다. "모두 아시죠."

부인하려는 미약한 시도가 있었지만 그것은 사실이었다.

"물론 난 오늘을 위해 연습하고 있었을 뿐이죠." 올리비에가 말했다.

"저 머저리가 지금 거짓말을 하고 있군." 루스가 거의 탐을 내듯 말하며 그에게 걸어가 함께 섰다. "손님이 필요할 거야. 게다가 난 스카치를 마실 수 있겠지."

테레즈 브루넬이 머나를 향하더니 미안하다는 듯 말했다. "당신도 내려가야 해요."

머나가 끄덕였다. "서점을 열게요."

클라라가 그들과 함께 가려 했지만 브루넬 경정이 그녀를 막았다.

"미안하지만 클라라, 난 당신 그림들을 봐 왔어요. 당신 역시 훌륭한 거짓말쟁이는 못 될 거예요. 위험을 무릅쓸 순 없어요."

클라라는 나이 든 여자를 응시하더니 계단 끝에 있는 친구들에게로 걸어갔다.

"머나는 서점에 손님이 필요해요." 클라라가 말했다. "난 갈 거예요."

"도서관이라고 불러, 자기." 루스가 말했다. "아니면 저들이 자기가 연기하고 있다는 걸 알 거야."

루스는 제롬을 보았고, 손가락으로 관자놀이에 원을 그리는 시늉을 한 다음 눈을 굴렸다

"크라켄kraken 전설로 내려오는 바다 괴물을 풀라." 가브리가 떠나는 그들을 지켜보며 말했다.

"미치광이들crackers을 말하는 거겠지." 제롬이 그렇게 말하고 테레즈에게 몸을 돌렸다. "우린 망했군."

"부숴."

프랑쾨르 총경이 옛 역사驛舍의 문을 향해 고갯짓하며 말했다.

보부아르가 느긋하게 걸어와 고리를 돌려 문을 활짝 젖혔다. "이 주변 사람들은 아무도 문을 잠그지 않습니다."

"그들은 뉴스에 좀 더 관심을 가져야겠군." 프랑쾨르가 말했다. 건장한 경찰 두 명이 테시에 뒤를 따라 건물로 들어갔다.

장 기 보부아르는 옆으로 비켜섰다. 무관심했다. 그는 이것이 영화이고, 자신과 아무 상관 없다는 듯이 지켜보았다.

"소방차와 장비가 좀 있을 뿐입니다." 테시에가 일이 분 뒤에 나오며

말했다. "그 외에는 아무것도 없습니다."

프랑쾨르는 보부아르를 뜯어보았다. 그가 자신들을 엿 먹이고 있는 걸까? "이 밖에 그들이 있을 곳은?"

"비스트로겠죠."

그들은 돌다리를 다시 건너 비스트로 밖에 차를 세웠다.

"자넨 이곳 사람들을 알겠지." 프랑쾨르가 보부아르에게 말했다. "같이 가지."

비스트로는 텅 비어 있었다. 빌리 윌리엄스가 창가에 앉아 맥주를 마시며 파이를 먹고 있었다. 루스와 로사가 다른 쪽 구석에서 책을 읽고 있었다.

비스트로 양 끝의 벽난로에는 모두 불이 지펴져 있었고, 단풍나무와 자작나무 장작이 타오르며 타닥거리고 있었다.

장 기 보부아르는 그 친숙한 곳에 발을 들여놓으면서 아무것도 느끼지 못했다.

그는 올리비에와 눈을 마주쳤고, 그 눈이 놀라움으로 휘둥그레지는 것을 보았다.

그리고 올리비에는 정말로 놀랐다. 이런 이들과 함께 이런 상태인 보부아르를 보는 것은 충격이었다. 보부아르는 산들바람이나 험악한 말 한마디에도 쓰러질 듯, 텅 빈 것처럼 보였다.

올리비에는 얼굴에 미소를 떠올렸지만 심장이 격렬하게 방망이질하고 있었다.

"보부아르 경위님." 그가 길고 윤이 나는 바를 돌아 나오며 말했다. "경감님께 당신이 온다는 말은 못 들었는데요."

올리비에는 진심을 담아 말했고, 자제하라고 자신에게 경고했다.

"가마슈 경감?" 더 나이 든 남자가 그렇게 말했고, 올리비에는 자기도 모르게 이 남자의 매력, 자신감과 권위에서 나오는 어마어마한 카리스마를 느꼈다. "그를 봤소?"

명령에 익숙한 남자였다. 잿빛 머리에 운동선수 같은 체격의 60대 초반이었다. 그의 눈이 날카롭게 살피고 있었고, 그의 움직임에는 육식동물 같은 무심한 우아함이 있었다.

이 강렬한 남자 옆에서 보부아르는 한층 더 왜소해 보였다. 그는 썩어가는 고깃덩이가 되어 있었다. 아직 먹히지는 않았지만 곧 그렇게 될 죽은 동물.

"그럼요." 올리비에가 말했다. "경감님은 여기……," 그는 생각했다. "……일주일 가까이 계셨는데요. 머나가 친구인 콩스탕스가 실종됐을 때 경감님을 불렀죠."

올리비에는 목소리를 낮추고 주변을 둘러보며 보부아르에게 몸을 숙였다. "들으셨는지 모르겠지만 콩스탕스가 우엘레트 다섯쌍둥이 중 하나였대요. 마지막 남은. 그녀가 살해됐어요."

올리비에는 그보다 더 그를 더 기쁘게 할 게 없는 것처럼 보였다.

"가마슈가 질문을 해 대고 있었어요. 우리에게 다섯쌍둥이에 대한 옛 뉴스영화를 보여 줬죠. 경위님은……,"

"그는 지금 어딨지?" 다른 남자가 올리비에의 수다를 끊었다.

"경감님요? 저야 모르죠. 경감님 차가 여기 없나요?"

올리비에는 창밖을 내다봤다. "아침 식사 때는 비앤비에 계셨어요. 제 파트너 가브리가 만든……,"

"그는 혼자였나?"

"어, 네." 올리비에는 지금 말한 나이 든 남자에게서 보부아르에게로 눈을 돌렸다. "경감님은 보통 경위님과 함께였는데, 당신은 다른 임무가 있다고 하시더군요."

"아무도 같이 오지 않았다고?" 다시 다른 남자가 말했다.

올리비에는 고개를 저었다. 그는 탁월한 거짓말쟁이였지만 자신이 거짓말에 한층 더 뛰어난 눈을 마주하고 있다는 것을 알았다.

"경감이 수사본부를 차렸나?" 남자가 물었다.

올리비에는 고개를 흔들었고, 감히 입을 열지 못했다.

"어디서 일했지?"

"여기나 비앤비에서요." 올리비에가 말했다.

남자는 오리와 있는 늙은 여인을 지나쳐 빌리 윌리엄스까지 비스트로를 둘러보았다. 그는 빌리를 향해 걸어갔다.

올리비에는 커지는 불안감을 안고 지켜보았다. 빌리 윌리엄스가 그에게 모든 걸 말할 것 같았다.

"봉주르." 프랑쾨르가 말했다.

빌리 윌리엄스가 자신의 맥주잔을 들어 올렸다. 그의 앞에는 거대한 레몬 머랭 파이 조각이 놓여 있었다.

"가마슈 경감을 아시오?"

빌리는 고개를 끄덕이고 포크를 집어 들었다.

"경감이 어디 있는지 아시오?"

"노퍽 앤드 찬스."

"파르동?"

"노퍽 앤드 찬스." 빌리가 분명하게 말했다.

"나는 가마슈 경감을 찾고 있소." 프랑쾨르는 이 촌놈에게 프랑스어에서 영어로 바꿔 아주아주 천천히 말했다. "나는 그의 친구요."

빌리는 말이 없다가 똑같이 천천히 말했다. "고래 기름 고기 고리."

프랑쾨르는 빌리를 뚫어져라 보더니 돌아섰다.

"저자의 말이 프랑스어인가, 영어인가?" 프랑쾨르가 물었다.

올리비에는 빌리가 한입 가득 파이를 무는 모습을 지켜보고 조용히 그를 축복했다. "우리도 잘 모릅니다."

"비앤비를 아나?" 프랑쾨르가 보부아르에게 물었고, 그가 끄덕였다. "안내하게."

"가시기 전에 커피 한 잔 드릴까요? 점심은 드셨어요?"

하지만 올리비에는 그들의 등에 대고 말하고 있었다. 그는 경계를 풀지 않고 바를 돌아 나왔다. 얼마나 떨었는지 드러낼 수도 없이.

올리비에 브륄레는 필요하다면 얼마든지 자신을 죽일 수 있는 자의 눈을 들여다봤다는 것을 알았다. 그리고 어쩌면 필요도 없이. 그냥 여차한 이유로.

"고래 기름 고기 고리." 그는 속삭였다.

다리 진입로에서 발생한 사고 때문에 교통 체증이 더해졌다. 가벼운 사고가 엄청난 교통 체증을 야기했다.

하지만 가마슈는 다리를 통과했고, 대니, 그의 여동생 그리고 그들의 부모가 고속도로를 벗어나 브로사르로 향하는 것을 보았다. 안전하게.

하지만 다른 대니들이 다리로 다가오고 있었다. 다른 부모와 조부모와 행복한 크리스마스의 아이들이. 그는 이자벨 라코스트가 빨리 도착하기를 바랐다.

가마슈 경감은 액셀러레이터를 밟았다. 스리 파인스까지는 눈이 내리지 않아도 한 시간은 가야 했다. 그는 저돌적일 만큼 빠르게 달렸다. 그러고도 좀 더 빠르게.

프랑쾨르와 테시에는 비앤비를 수색했다. 한 명의 손님이 남긴 흔적이 있었고, 그것은 가마슈 경감이었다. 그들은 욕실에서 세면도구를 발견했다. 샤워실 벽과 비누는 아직도 축축했고, 옷들은 옷장에 걸려 있거나 서랍 속에 개켜 있었다. 방에서는 살짝 백단향 향이 풍겼다.

프랑쾨르는 창 너머 마을 광장과 광장 주변을 도는 길을 내다보았다. 차 몇 대가 주차되어 있지만 가마슈 경감의 볼보는 없었다. 하지만 그들은 이미 그것을 알고 있었다. 가마슈는 교도소로, 그다음에는 몬트리올에 있는 빌뇌브의 집으로 추적되었다. 그런 다음 그가 빌뇌브의 옆집에서 대용량 파일을 라코스트 형사에게 전달했다는 보고가 들어왔다.

수사관들이 라코스트의 집으로, 그리고 빌뇌브와 그 옆집으로 향하는 중이었다. 그리고 가마슈를 찾는 수색이 진행 중이었다. 그들은 그의 휴대전화와 차에 달린 추적 장치를 탐색 중이었고, 이제 곧 그를 잡아들일 터였다.

프랑쾨르는 방 한가운데에서 마네킹처럼 서 있는 보부아르를 향했다.

"비스트로 주인이 거짓말을 하고 있나?" 프랑쾨르가 물었다.

그 직접적인 질문이 보부아르를 깨웠다. "그럴 수도 있습니다. 그는 거짓말을 많이 하니까요."

그들은 욕설을 들었고, 몸을 돌려 휴대전화를 두드리고 있는 테시에를 보았다.

"빌어먹을 데드 존입니다." 그가 유선전화를 잡아채며 말했다.

테시에가 경찰청 본부에 전화하는 사이 프랑쾨르가 보부아르에게 돌아섰다.

"가마슈는 여기 있었지만 나머지는 어디 있지?"

보부아르는 멍해 보였다. "무슨 나머지요?"

"우리는 브루넬 경정과 그 남편도 찾고 있네. 비스트로의 그 남자가 거짓말을 한 것 같아." 프랑쾨르의 목소리는 유쾌했고 이성적이었다. "가마슈는 떠났을지 모르지만 그들은 아직 여기 있는 것 같네. 우리에게 진실을 말하도록 그자를 설득해야겠어."

"추적 팀들이 오는 중입니다." 그들이 계단을 내려가 문으로 향할 때 테시에가 프랑쾨르에게 속삭였다. "가마슈의 신호를 잡았습니다. 몇 분 안에 그를 잡을 겁니다."

"그들이 뭘 해야 할지 알겠지?"

테시에가 고개를 끄덕였다.

"가마슈가 마지막으로 보낸 메시지는 그랜비 동물원에 대한 회신이었어." 프랑쾨르가 포치에 서서 물었다. "그게 뭐였다고 했지?"

"에밀리를 만나요."

"그래." 프랑쾨르는 보부아르를 보고, 추궁했다. "에밀리가 누군가?"

"모릅니다."

"그럼 가마슈가 브루넬 부부에게 에밀리를 만나라고 한 건 무슨 뜻이지?" 프랑쾨르가 딱딱거렸다. "이 마을에 에밀리가 있나?"

보부아르의 눈썹이 한데 모였다. "한 명 있었지만 몇 년 전에 죽었습니다."

"어디 살았지?"

보부아르는 오른쪽을 가리켰다. 거기, 올드 스테이지 로드 바로 건너에 널찍한 앞 베란다, 나무 벽, 격자창, 벽돌 굴뚝이 있는 에밀리 롱프레의 집이 있었다.

그리고 앞마당이 쓸린.

지난번 보부아르가 스리 파인스에 있었을 때, 에밀리 롱프레의 집은 비어 있었다. 지금은 아니었다.

"맙소사." 제롬이 머나의 위층 창문 옆에 서서 밖을 훔쳐보며 말했다. "그가 놈들을 에밀리의 집으로 안내하고 있어."

"누가요?" 가브리가 말했다. 브루넬 부부가 창밖을 내다보고 알려 주는 동안 그는 니콜 수사관과 장작 난로 옆에 앉아 있었다.

"보부아르 경위요." 테레즈가 말했다. "그가 프랑쾨르와 있어요."

"그럴 리가요." 가브리가 자리에서 일어나 직접 보러 갔다.

서리 낀 창문 밖을 재빨리 내다보면서 가브리는 건장한 남자들이 에밀리의 집으로 들어가는 모습을 보았다. 장 기 보부아르는 들어가지 않았다. 대신 그는 눈 덮인 계단 위에 서서 마을을 둘러보았다. 가브리는 보부아르의 눈길이 자신에게 닿기 직전에 창문에서 몸을 돌렸다.

"믿을 수 없어요." 그가 속삭였다.

"보부아르 경위는 약물중독이에요." 테레즈가 다른 창문가에서 말했다. "꽤 오래됐죠."

"그 공장 사건 이후로요." 가브리가 조용히 말했다. "저도 알아요. 하지만 제가 생각한 건……,"

"그래요, 우리 모두 생각했죠." 테레즈가 말했다. "바랐고. 중독은 끔찍한 거예요. 건강을 훔쳐 가고, 친구, 가족, 경력을 훔쳐 가요. 판단력을. 영혼을 도둑질하죠. 그리고 아무것도 남지 않게 되면, 목숨을 앗아 가죠."

가브리는 용기를 내 창밖을 흘끗 내다보았다. 보부아르는 여전히 포치 위에 서서 앞을 똑바로 응시하고 있었다. 그에게는 훔칠 게 아무것도 남지 않은 듯이 보였다.

"그가 가마슈를 절대 배신할 리 없어요."

"장 기 보부아르는 그러지 않을 거요. 당신이 맞소." 제롬이 말했다. "하지만 약에는 친구도, 신의도 없지. 약은 무슨 짓이든 한다오."

"보부아르 경위가 저 밖에서 가장 위험한 사람일지도요." 브루넬 경정이 말했다.

"그들은 여기 있었어." 프랑쾨르가 에밀리의 집을 나서며 말했다. "하지만 이제 없군. 비스트로 주인에게서 진실을 끄집어내야겠어."

"어디 있는지 압니다."

보부아르는 에밀리 롱프레의 포치에서 발을 떼며 가리켰다.

40

예일 자물쇠를 따는 데는 1초도 걸리지 않았고, 다음 순간 그들은 학교 안에 있었다.

테시에가 먼저 발을 내디뎠고, 건장한 두 수사관이 그 뒤를 따랐다. 실뱅 프랑쾨르는 마지막으로 느긋하게 들어가 주위를 둘러보았다. 모니터, 케이블, 와이어, 박스 들이 한쪽 벽에 쌓여 있었다. 빈 의자 다섯 개가 아직도 따뜻한 장작 난로 주위에 원을 그리고 있었다.

프랑쾨르는 장갑을 벗고 무쇠 난로 위에 손을 대 보았다.

그래. 그들은 여기 있었고, 떠난 지 오래되지 않았다. 그들은 화급히 빠져나가며 증거가 되는 장비들을 두고 떠났다. 가마슈, 브루넬 부부 그리고 니콜 수사관은 고립되었고, 도주 중이었다. 더 이상의 피해를 입힐 수 없이. 그들이 발견되는 것은 시간문제일 뿐이었다.

"어떻게 알았지?" 프랑쾨르가 보부아르에게 물었다.

"학교는 문을 닫았지만," 보부아르가 설명했다. "학교로 가는 길이 치워졌습니다. 롱프레의 집처럼요."

"가마슈는 있는 곳을 버리고 떠나는 습관이 있지." 총경이 말했다. "그리고 사람을."

그는 보부아르에게 등을 돌리고 컴퓨터 앞의 팀원들에게 다가갔다.

장 기는 한동안 지켜보다 자리를 떴다.

그가 아주아주 의심스러울 만큼 조용한 마을 광장을 가로지를 때 그의 부츠가 눈 위에서 뽀드득 뽀드득 소리를 냈다. 평소라면 아이들이 하키 시합을 하고, 부모들은 아이들을 지켜보거나 크로스컨트리 스키를 타고 있을 것이었다. 가족들이 언덕에서 썰매를 타고 내려올 때 썰매가 솟구치며 썰매의 승객들이 날아오르리라.

하지만 오늘, 화창한 날씨에도 불구하고 스리 파인스는 고요했다. 그는 버려진 게 아니라고 느꼈다. 유령 마을이 아니라고. 스리 파인스는 기다리고 있는 듯이 보였다. 그리고 지켜보는 듯이.

장 기는 벤치로 걸어가 앉았다.

그는 프랑쾨르와 테시에가 무엇을 하려는지 알지 못했다. 그들이 왜 여기 있는지도 알지 못했다. 가마슈가 어떤 식으로 여기 끼어 있는지도 몰랐다. 그리고 그는 묻지 않았다.

그는 주머니에서 약병을 끄집어냈고, 흔들어 두 알을 꺼내 삼켰다. 그는 옥시콘틴병을 쳐다보았다. 아파트에 두 병 더 있었고, 항불안제가 거의 꽉 찬 병이 있었다.

일하기에 충분한.

"안녕하신가, 머저리." 루스가 장 기 옆에 앉으며 말했다. "자네 새 친구들은 누구지?"

루스가 옛 학교를 향해 지팡이를 흔들었다.

보부아르는 프랑쾨르의 부하 한 명이 밴에서 학교로 무언가를 나르는 모습을 지켜보았다.

보부아르는 아무 말도 하지 않았다. 그저 앞만 쳐다보았다.

"저기에 그렇게 흥미로울 게 뭐지?" 루스가 그에게 물었다.

올리비에가 밖으로 나가는 루스를 막으려 했었지만 그녀는 벤치에 홀

로 앉은 보부아르를 보았고, 코트를 입고 오리를 안아 들고 밖으로 나서
며 말했다. "마을이 완전히 텅 빈 것처럼 보이면 이상해하지 않겠어? 그
에게 아무 말 안 할 거야. 내가 뭐라고 생각하는 거야? 미치광이?"

"사실……,"

하지만 너무 늦었다. 늙은 시인은 비스트로를 나선 후였다. 올리비에
는 두려움에 떨며 지켜보았다. 머나와 클라라가 서점 창문으로 지켜보
고 있었다. 고미다락에서는 가브리, 니콜 그리고 브루넬 부부가 길을 가
로질러 차가운 벤치에 앉은 보부아르와 합류하는 루스를 지켜보았다.

"문제가 될까요?" 테레즈가 가브리에게 물었다.

"오, 아뇨. 괜찮을 거예요." 가브리는 얼굴을 찡그리며 말했다.

"제가 명중시킬 수 있어요." 니콜이 희망을 품은 목소리로 말했다.

"니콜하고 저 미친 시인은 아무래도 친척인 것 같구려." 제롬이 테레
즈에게 말했다.

저 아래서 루스, 로사, 장 기는 나란히 앉아 학교에서 벌어지는 일들
을 보고 있었다.

"누가 네게 상처를 입혔지." 루스가 젊은이에게 속삭였다. "회복할 수 없을
만큼 깊이?"

장 기는 이제야 자신이 혼자가 아니었다는 것을 알아차린 듯이 자리
에서 일어났다. 그는 그녀를 보았다.

"제가 그래요, 루스?" 그가 처음으로 그녀의 이름을 부르며 물었다.
"회복할 수 없습니까?"

"자네 생각은 어때?" 루스는 로사를 쓰다듬었지만 그를 보고 있었다.

"그럴 것 같습니다." 그가 나지막이 말했다.

보부아르는 옛 학교를 응시했다. 컴퓨터들을 밖으로 내오는 대신에 밴에서 내린 새로운 장비가 들어가고 있었다. 상자며 와이어며 케이블이며. 그것은 친숙해 보였지만 보부아르는 그 정보를 위해 기억을 뒤적일 여력이 없었다.

루스는 그 옆에 조용히 앉아 있다가 로사가 있던 자리의 따뜻함을 느끼며 무릎에서 오리를 들어 올렸다. 루스는 조심스럽게 장 기의 무릎에 로사를 올려놓았다.

그는 알아차리지 못한 듯 보였지만 잠시 후 손을 올렸고, 로사를 쓰다듬었다. 부드럽게, 부드럽게.

"아시겠지만 목을 비틀 수도 있습니다." 그가 말했다.

"알아." 루스가 말했다. "제발 그러지 마."

그녀는 로사의 까만 눈을 들여다보았다. 그리고 로사의 등 깃털을 어루만졌던 장 기의 손이 긴 목으로 가까이, 가까이 다가갈 때, 로사는 루스를 보았다.

루스는 로사의 눈에서 눈을 떼지 않았다.

마침내 장 기의 손이 멈췄고, 그 자리에 머물렀다.

"로사가 돌아왔군요." 그가 말했다.

루스가 끄덕였다.

"기쁘네요." 보부아르가 말했다.

"집까지 먼 길을 왔지." 루스가 말했다. "어떤 이들은 그래, 알겠나. 그들은 길을 잃은 듯이 보이지. 이따금 그들은 잘못된 길에서 헤매는지도 몰라. 그들이 영원히 가 버렸다며 많은 사람이 포기하지만 난 그걸 믿지 않아. 어떤 이들은 결국 집을 찾는 데 성공해."

장 기는 무릎에서 로사를 들어 올려 루스에게 돌려주려 했다. 하지만 늙은 여자는 손을 들어 올렸다.

"아니. 이제 자네가 로사를 맡아."

장 기는 전혀 이해되지 않는 얼굴로 루스를 응시했다. 그는 다시 로사를 돌려주려 했고, 다시 루스는 부드럽고 단호하게 거절했다.

"로사는 자네에게 좋은 가족이 되어 줄 거야." 그녀는 그렇게 말했고, 이제 로사를 거들떠보고 있지도 않았다.

"하지만 전 오리를 돌볼 줄 모릅니다." 장 기가 말했다. "제가 오리랑 뭘 하겠어요?"

"로사가 자네랑 뭘 할지가 더 문제 아닌가?" 루스가 물었다. 그녀는 일어나 주머니를 뒤적였다. "이건 내 차 열쇠야." 그녀가 보부아르에게 열쇠를 건네며 낡은 시빅을 향해 고갯짓을 했다. "로사가 여기서 떠나는 게 더 나을 것 같지 않겠나?"

보부아르는 손에 들린 열쇠를 응시한 다음 마르고 주름지고 초췌한 늙은 얼굴을 응시했다. 그리고 밝은 햇살 속에서 빛이 새는 듯 보이는 눈곱 낀 눈을.

"여길 떠나." 루스가 말했다. "로사를 데려가. 제발."

그녀는 매 동작이 극도의 고통인 양 천천히 몸을 숙여 로사의 정수리에 키스했다. 그런 다음 로사의 반짝이는 눈을 들여다보며 속삭였다. "사랑한다."

루스 자도는 둘에게 등을 돌리고 절뚝이며 떠났다. 머리를 세우고 천천히 앞으로 걸었다. 비스트로와 다음에 닥칠 일이 뭐든 그것을 향해.

"농담, 맞죠?" 카운터 반대편의 뚱뚱한 경찰이 이자벨 라코스트에게 말했다. "누가 여기를 날려 버린다고요?"

그는 모니터에 대고 손짓을 하며 그녀를 '젊은 아가씨'라고만 불렀다.

라코스트는 예의를 차릴 시간이 없었다. 그녀는 그에게 자신의 경찰청 신분증을 보여 주었고, 어떤 일이 벌어질지 말했다. 놀랄 것도 없이, 그는 다리를 폐쇄하고 싶어 하지 않았다.

이제 그녀는 카운터 뒤로 돌아가 자신의 글록을 그의 턱 아래에 댔다. "농담 아닙니다." 그녀는 말했고, 그의 눈이 공포로 휘둥그레지는 것을 보았다.

"잠깐만요." 그가 애걸했다.

"다리 기둥들에 폭발물이 설치됐고, 이제 언제고 터질 겁니다. 폭발물 처리반이 곧 오겠지만 당신이 당장 다리를 폐쇄해야겠어요. 그러지 않으면 당신도 같이 가라앉을 거예요."

경감이 그녀에게 타깃을 말해 주고 다리를 폐쇄하라고 지시했을 때, 그녀는 한 가지 문제에 직면했었다. 누구를 믿지?

이내 그 생각이 떠올랐다. 다리 순찰대. 그들은 어떤 일이 일어날지 모를 테고, 알았다면 재빨리 빠져나갔을 것이었다. 다리 위에서 아직 일하고 있는 자라면 누구든 믿을 만했다. 이제 문제는, 그들을 설득할 수 있을까?

"돌아오라고 당신들 순찰차에 연락해요."

그녀는 그가 순찰차들에 연락해 돌아오라고 지시하는 동안 여전히 그에게 총을 겨눈 채 기다렸다.

"이걸 다운받아요." 그녀는 경찰에게 USB를 건넸고, 그가 그것을 컴퓨터에 꽂고 파일들을 여는 모습을 지켜보았다.

"이게 다 뭡니까?" 그가 파일을 훑어보며 말했다. 하지만 라코스트는 대답하지 않았고, 천천히, 천천히 그의 얼굴이 굳어졌다.

그녀는 총집에 총을 꽂았다. 그는 더 이상 그 모습이나 그녀를 보고 있지 않았다. 그의 눈과 관심은 완전히 스크린에 꽂혀 있었다. 그의 동료 두 명이 초소에 도착했다. 그들은 라코스트를 본 다음 그를 보았다.

"뭔데?"

하지만 그의 얼굴에 떠오른 표정이 모든 농담을 잘랐다.

"그게 뭐야?" 한 명이 물었다.

"서장에게 연락해서 폭발물 처리반을 부르고 다리를 폐쇄……,"

하지만 라코스트는 더 이상 듣고 있지 않았다. 그녀는 차로 돌아가 다리 너머로 향했다. 저 멀리 강가로. 마을로.

가마슈는 눈 덮인 친숙한 2급 도로를 질주했다. 얼음 조각에 뒷바퀴가 좌우로 미끄러졌고, 그는 액셀러레이터에서 발을 뗐다. 사고를 낼 시간이 없었다. 이제부터 일어날 모든 것에 숙고하고 신중해야 했다.

그는 편의점을 발견하고 차를 세웠다.

"전화 좀 써도 되겠나?" 그는 점원에게 경찰 신분증을 보여 주었다.

"뭔가 사셔야 해요."

"전화기를 주게."

"물건을 사세요."

"좋아." 그는 가장 가까이에서 집히는 걸 집었다. "여기."

"정말요?" 점원은 콘돔 무더기를 보았다.

"전화나 주게, 젊은이." 가마슈는 이 재미있어하는 젊은이의 목을 조르고 싶은 욕구와 싸우며 말했다. 그는 목을 조르는 대신 지갑을 꺼내 20달러를 카운터에 내려놓았다.

"화장실 쓰고 싶으시면 다른 걸 사셔야 해요." 젊은이가 계산을 하고 가마슈에게 전화기를 건네며 말했다.

가마슈는 번호를 눌렀다. 신호가 가고 갔다. 그리고 갔다.

제발, 오 제발.

"프랑쾨르입니다." 긴장한 목소리가 딱딱했다.

"봉주르, 총경님."

침묵이 흘렀다.

"자넨가, 아르망? 자네를 찾고 있었네."

연결이 자꾸 끊겼지만 실뱅 프랑쾨르의 목소리는 친근해지고 기쁨을 띠었다. 음흉한 느낌이 아니라 이 전화에 정말로 기쁜 듯했다. 마치 자신들이 절친한 친구인 것처럼.

가마슈는 그것이 총경의 많은 재능 중 하나인 가짜를 진짜로 보이게 하는 능력이라는 것을 알았다. 사기꾼. 누가 듣든, 그리고 거기에 몇 명이 있든 프랑쾨르의 진심을 의심치 않으리라.

"네, 연락을 못 해서 죄송합니다." 가마슈가 말했다. "일을 마무리하느라요."

"나와 같군그래. 내가 해 줄 일이 있나?"

프랑쾨르는 옛 학교에서 수사관들이 일하는 모습을 지켜보고 있었다. 그는 귀에 전화기를 대고 간신히 신호가 잡히는 창문가에 섰다. "좀 크게 말해야겠네. 난 난청 지역인 마을에 있네."

가마슈는 전해질 축전기라도 삼킨 느낌이었다.

그렇다면 실뱅은 이미 스리 파인스에 있었다. 가마슈는 프랑쾨르가 그곳을 찾는 데 좀 더 시간이 걸리리라고 오판했다. 하지만 그때 또 다른 전해질 축전기가 그의 속을 후볐다. 프랑쾨르는 길을 아는 누군가를 찾아낸 것이 분명했다.

장 기.

가마슈는 심호흡을 하고 목소리를 골랐다. 무심하고 정중하고 약간 지루한 듯이 들리도록 애쓰며.

"그쪽으로 가고 있습니다, 총경님. 만날 수 있을지 모르겠군요."

프랑쾨르는 눈썹을 치켜세웠다. 그는 가마슈를 뒤쫓아야 하리라 생각했었다. 가마슈의 자아가 분별력을 몽땅 잃을 정도로 비대하리라고는 전혀 생각지 못했다.

하지만 보아하니 그랬다.

"나야 좋지." 실뱅 프랑쾨르가 쾌활하게 말했다. "여기서 만날까? 테시에 경위 말이 숲속에 흥미로운 위성안테나가 설치되어 있다고 하더군. 나는 아직 못 봤네만. 경위는 아즈텍 문명이 세웠을지도 모른다던데. 자넨 아나?"

잠시 침묵이 흘렀다.

"압니다."

"잘됐군. 거기서 만나지."

프랑쾨르는 전화를 끊었다. 그는 가마슈가 그 랑데부를 결코 할 수 없으리라는 것을 알았다. 부하들이 좁히고 있었고, 언제든 가마슈를 잡을 터였다.

그는 자신의 부관을 향했다.

"저들이 뭘 해야 하는지 아나?" 그는 두 수사관을 가리켰다. 하나는 책상 아래에, 하나는 학교 정문에서 와이어를 감고 있었다.

테시에가 끄덕였다. 그 부하들은 그가 피에르 아르노와 오드레 빌뇌브 그리고 다른 이들을 처리할 때 자신과 함께했었다. 그들은 하라는 대로 했다.

"따라오게."

문가에서 테시에는 부하들에게 몸을 돌렸다.

"보부아르를 챙겨. 여기선 놈이 필요해."

"네, 경위님."

보부아르는 이제 벤치에 없었지만 테시에는 걱정하지 않았다. SUV 안에서 기절해 있을지도 몰랐다.

"저게 무슨 뜻이겠소?" 그들이 프랑쾨르와 테시에가 마을을 벗어나 언덕을 오르는 것을 지켜보고 있을 때 제롬이 속삭였다. "떠나는 걸까?"

"걸어서요?" 니콜이 물었다.

"아니겠군." 브루넬 박사가 수긍했다. "하지만 적어도 보부아르는 갔구먼."

그들은 머나의 차가 있었던 눈 속의 빈자리를 보았다.

아래층에서 머나가 루스에게 몸을 돌렸다. "보부아르한테 내 차를 줬다고요?"

"음, 내 차를 줄 수야 없잖아. 나는 차가 없으니까."

"차 키는 어디서 났어요?"

"자기가 항상 두던 그 책상 위에 있던데."

머나는 고개를 저었지만 루스에게 화를 낼 수 없었다. 보부아르는 머나의 차를 가져갔는지 몰라도 루스에게서는 훨씬 더 소중한 것을 가져갔다.

그들은 서점 문이 닫히는 소리를 듣고 문을 살폈다가 창밖을 내다보았다. 가브리가 코트도 모자도 부츠도 없이 서둘러 길을 걷고 있었다. 그는 미끄러졌다가 몸을 바로 세웠다.

"젠장." 니콜이 아래층으로 달려 내려가며 말했다. "저 사람, 어디 가는 거예요?"

브루넬 부부가 그녀 뒤를 쫓았고, 그녀가 가브리를 쫓아 밖으로 나가기 전에 테레즈가 그 젊은 수사관을 막았다.

"교회로 가고 있어요." 클라라가 말했다. 그녀가 코트를 걸치고 문가에 거의 다다랐을 때, 니콜이 그녀의 팔을 잡았다.

"오, 안 돼요, 가지 마요." 니콜이 말했다.

클라라가 너무도 갑작스럽고 거칠게 팔을 흔들어 빼는 바람에 니콜은 깜짝 놀랐다. "가브리는 내 친구고, 나는 그를 혼자 두지 않을 거예요."

"그는 달아나는 거예요." 니콜이 말했다. "봐요, 똥줄이 막히게 겁을 먹었잖아요."

"의심스러운데." 루스가 말했다. "가브리가 똥줄이 막힐 리가 없지. 끝도 없이 똥이 나오니까."

"저거 가브리였어요?" 올리비에가 비스트로와 연결된 문으로 다급히 들어왔다.

"교회로 가고 있어." 클라라가 말했다. "그리고 나도 갈 거야."

"나도요." 올리비에가 말했다.

"안 돼요." 테레즈가 말했다. "당신은 비스트로를 지켜야죠."

"당신이 지켜요." 그는 테레즈에게 행주를 던지고 클라라를 따라 문을 나섰다.

언덕을 올라 숲으로 들어서자 프랑쾨르와 테시에의 전화기가 진동하기 시작했다. 마치 그들이 한 세계에서 다른 세계로 가는 막을 넘어선 것처럼.

프랑쾨르는 길 위에 멈춰 서서 메시지들을 확인했다.

그의 명령들이 신속하고 효과적으로 이행되었다. 가마슈가 창조한 난장판이 저지되고 치워지는 중이었다.

"메르드Merde 제기랄." 테시에가 말했다. "가마슈를 잡은 줄 알았는데."

"놓쳤나?"

"휴대전화와 추적 장치를 버렸습니다."

"그리고 자네 부하들은 그걸 아는 데 이렇게 오래 걸렸고?"

"아닙니다. 그들은 삼십 분 전에 알았지만 이 빌어먹을 마을이 메시지들 전송을 막았습니다. 게다가……,"

"위Oui 음?"

"그들은 자신들이 그를 따르는 줄 알았는데, 그가 추적 장치를 크리스마스 퍼레이드 행사 차에 부착했답니다."

"지금 경찰청의 엘리트들이 몬트리올 중심가에서 산타클로스를 따라다녔다는 말인가?"

"산타가 아닙니다. 백설공주였습니다."

"빌어먹을." 프랑쾨르가 씩씩거렸다. "어쨌든 상관없어. 가마슈가 우리한테로 오고 있으니까."

전화기를 주머니에 다시 넣기 전, 프랑쾨르는 30분 전 모든 부서에 가마슈 경감의 사직을 알리는 전송 메시지를 발견했다. 프랑쾨르는 가마슈답다고 생각했다. 전 세계가 신경 쓰리라 생각하기는.

테레즈 브루넬은 옛 학교에서 나오는 경찰 한 명을 보았다. 그녀가 지켜보는 동안 그는 마을을 둘러보고는 에밀리의 집으로 들어갔다가 다시 비앤비로 갔다. 잠시 뒤 그는 거기서 나와 SUV의 조수석 문을 열었다.

브루넬 총경은 차 문이 쾅 닫히는 소리를 들었고, 그 수사관이 불만스럽게 주위를 둘러보는 모습을 보았다.

무언가를 잃어버렸군. 테레즈 브루넬은 생각했다. 무엇인지 짐작이 갔다. 혹은 누구인지. 저들은 보부아르를 찾고 있었다. 그때 그가 그녀 쪽을 보았고, 그녀가 벽으로 휙 물러서기 전에 그의 날카로운 눈이 그녀를 스쳐 지났다.

"무슨 일이야?" 제롬이 물었다.

"저자가 이쪽으로 오고 있어." 테레즈가 그렇게 말하며 총을 꺼내 들었다.

그 경찰은 늘어선 상점으로 향했다. 비스트로와 서점과 빵집. 보부아르가 쉬기 위해 그중 하나로 들어갔을 가능성이 있었다. 혹은 기절하러.

수사관은 이 일이 쉬울 거라는 것을 알았다.

총집에 든 총이 느껴졌지만 그는 가장 효과적인 게 주머니에 들어 있다는 것을 알았다. 테시에가 자신에게 건넨 약 봉투로, 한 알 한 알이 뇌로 꽂히는 작은 총알이었다.

다른 수사관은 학교에서 마지막 정비를 하는 중이었고, 이제 그들 모두 보부아르가 필요했다.

하지만 그 수사관은 망설였다. 몇 분 전 그는 덩치 큰 흑인 여자와 지팡이를 든 늙은 여자가 교회로 향하는 것을 알아차렸다.

보부아르와 벤치에 앉아 이야기하고 있던 그 늙은 여자.

보부아르가 사라진 거라면 그녀가 그의 행방을 알지 몰랐다.

그는 방향을 바꾸어 교회로 향했다.

아르망 가마슈는 숲으로 들어서는 길가에 차를 세웠다. 자신과 질이 며칠 전 다져 놓은 자리에. 그는 새로이 짓밟힌 흔적을 보았다.

그는 그 숲길을 따라 숲속으로 깊이깊이 들어갔다. 블라인드를 향해.

먼저 스트로부스소나무 밑동에 서 있는 실뱅 프랑쾨르가 보였다. 그런 다음 그는 위를 올려다보았다. 낡은 나무 블라인드 위 위성안테나 옆에 마르탱 테시에가 서 있었다. 강력반의 테시에 경위는 아주 강력한 범죄를 저지르려는 참이었다. 그는 가마슈 경감에게 자동 권총을 겨누고 있었다.

가마슈는 길에 멈춰 서서 이것이 사슴의 기분일지 잠깐 생각했다. 그는 테시에를 똑바로 쳐다보았고, 그를 향해 살짝 몸을 돌렸다. 명사수에게 자신의 가슴을 드러내며. 방아쇠를 당기라고 도발하며.

가마슈는 이 저주받을 것이 무너질 때가 있다면 그때가 지금이라고 생각했다.

하지만 블라인드는 건재했고, 테시에는 자신을 시야에 두고 있었다.

가마슈는 프랑쾨르에게 눈을 돌렸고, 양팔을 벌렸다.

총경이 손짓하자 테시에는 재빨리 움직여 금방이라도 무너질 듯한 사다리를 수월하게 내려왔다.

수사관은 교회에 들어가 주위를 둘러보았다. 텅 빈 듯이 보였다. 그때 그의 눈에 여전히 회색 코트와 털모자 차림의 늙은 여자가 들어왔다. 그녀는 뒤쪽 열에 앉아 있었다. 덩치 큰 흑인 여자는 앞 열에 앉아 있었다.

그는 구석구석을 응시했지만 아무도 보이지 않았다.

"저기요." 그가 말했다. "여기 누구 다른 사람 있습니까?"

"루스한테 하시는 말씀이라면 시간 낭비하시는 거예요." 앞 열에 앉은 여자가 말했다. 그녀는 일어나 그에게 미소를 지었다. "프랑스어를 못하거든요."

살짝 억양이 있었지만 그녀는 아주 훌륭한 프랑스어로 말했다.

"뭘 도와드릴까요?"

수사관은 통로를 걸어 내려갔다. "보부아르 경위를 찾고 있습니다. 그를 아십니까?"

"알아요." 그녀가 말했다. "전에 가마슈 경감님과 여기 왔어요."

"지금 어디 있습니까?"

"보부아르 경위요? 당신과 있는 줄 알았는데요." 머나가 말했다.

"내가 왜……."

하지만 그는 말을 맺지 못했다. 글록의 총구가 그의 두개골 밑을 찔렀고, 숙련된 손이 총집에서 그의 총을 꺼내 갔다.

그는 돌아섰다. 코트와 털모자 차림의 나이 든 여자가 그에게 경찰 리볼버를 겨누고 있었다.

그리고 그녀는 전혀 늙지 않았다.

"경찰이다." 니콜 수사관이 말했다. "당신을 체포한다."

장 기 보부아르는 몬트리올로 가는 고속도로에 있었다. 로사는 그의 옆에 앉아 있었고, 아무 소리도 내지 않았다. 오리는 그를 응시하길 멈추지도 않았다.

하지만 보부아르는 앞만 보고 있었다. 마을에서 점점 더 멀리 떨어지며. 그는 프랑쾨르와 테시에와 다른 이들이 뭘 계획하는지 몰랐고, 알고 싶지도 않았다.

그가 스리 파인스에서 벗어났을 때, 그의 전화기가 몇 번 울렸다. 모두 라코스트에게 온 메시지들이었다. 그가 어디 있는지 궁금해하는.

보부아르는 그게 무슨 의미인지 알았다. 그것은 아마 전날 시작한 것을 끝내기 위해 가마슈가 자신을 찾고 있다는 뜻이었다. 하지만 그때 그는 시스템을 통해 보낸 그녀의 마지막 메시지를 읽었다.

가마슈가 사임했다. 그가 경찰을 떠났다.

끝이었다.

그는 오리를 힐끗 보았다. 대체 왜 오리를 받아 들었을까? 하지만 그는 그에 대한 답을 알았다. 오리를 받겠다고 동의한 것이 아니라 자신에게 거부할 에너지나 의지가 남아 있지 않았었다.

어쨌든 보부아르는 루스가 왜 자신에게 로사를 넘겼는지 궁금했다. 그는 그녀가 로사를 얼마나 사랑하고, 로사가 그녀를 얼마나 사랑하는지 알았다.

사랑한다. 루스는 오리에게 속삭였다.

사랑하네. 하지만 이번에 그 목소리는 정신 나간 늙은 시인이 아니라 가마슈의 목소리였다. 그 공장에서. 총알이 콘크리트 바닥에, 벽에 쏟아지던. 탕, 탕, 탕. 앞이 보이지 않고 질식할 것 같은 먼지구름. 귀청이 터질 듯한 소리들. 고함, 총소리, 비명.

그리고 가마슈는 자신을 안전한 곳으로 끌고 가고 있었고, 총상을 지압하고 있었다. 자신들 주위에 총알이 빗발치는데도.

경감은 자신의 눈을 응시하며 몸을 구부려 자신의 이마에 입을 맞추며 속삭였다. "사랑하네."

가마슈가 전날 그랬던 것처럼. 내가 자신을 쏠 참이라고 그가 생각했을 때. 그는 그럴 수 있을 때 힘을 쓰는 대신, 맞서는 대신 말했었다. **사랑하네.**

장 기 보부아르는 그때 자신과 로사가 버림받지 않았다는 것을, 자신과 로사가 구제받았다는 것을 알았다.

41

"이제 어쩌죠?" 가브리가 물었다.

그와 올리비에 그리고 클라라는 숨어서 보고 있던 제단 뒤에서 나왔다. 무장 경찰이 니콜과 머나에게서 도망칠 경우를 대비해 그의 머리통을 부술 준비로 클라라와 올리비에는 단순한 모양의 촛대를 들고 있었고, 가브리는 십자가를 움켜쥐고 있었다.

하지만 그럴 필요가 없었다. 무장 경찰은 지금 재갈이 물린 채로 기다란 나무 좌석에 수갑으로 묶여 있었다.

"한 명 더 있어." 머나가 말했다. "학교 안에."

"그리고 다른 둘은 숲으로 들어갔고." 클라라가 말했다. 그녀는 머나의 손과 니콜의 손에 들린 총을 보았다. 그것들은 끔찍하고 혐오스러웠고, 클라라는 그것을 원했다.

"그럼 이제 어떡하죠?" 가브리가 책임자로도 보이고 통제를 잃은 듯도 보이는 니콜을 향했다.

마르탱 테시에가 가마슈에게서 코트를 벗기고 무기를 가져가 그를 셔츠 바람으로 남겼다.

테시에는 가마슈의 총을 프랑쾨르가 내민 손에 놓았다.

"보부아르는 어디 있지?" 가마슈가 딱딱하게 물었다.

"다른 팀원들과 마을에 있죠." 테시에가 말했다. "일하는 중입니다."

"그를 놔둬." 가마슈가 말했다. "당신들이 원하는 건 나니까."

프랑쾨르가 웃었다. "'당신들이 원하는 건 나니까'. 마치 이게 위대하신 아르망 가마슈에게서 시작되고 끝나는 것 같군. 자네는 정말 무슨 일이 벌어지고 있는지 몰라, 안 그런가? 자넨 그게 중요하기라도 한 것처럼 자신의 사임까지 중계방송했더군. 우리가 신경이라도 쓸 것처럼."

"신경 쓰지 않는다고?" 가마슈가 물었다. "확실한가?"

"아주 확실하죠." 테시에가 가마슈의 가슴에 총을 겨누며 말했다.

가마슈는 그를 무시하고 프랑쾨르를 계속 지켜보았다.

진동이 몇 번 더 울렸고, 프랑쾨르는 문자를 확인했다.

"우린 이자벨 라코스트와 그 가족을 잡았네. 빌뇌브와 그 이웃도. 자네는 전염병 같군, 아르망. 자네와 접촉한 모두가 죽거나 곧 그렇게 되지. 보부아르를 포함해서. 그는 자네가 그 컴퓨터들에 연결한 폭탄을 해체하려고 하다가 학교의 잔해 속에서 발견될 걸세."

가마슈는 프랑쾨르에게서 테시에, 그리고 다시 프랑쾨르를 보았다.

"내 말을 믿을지 말지 결정하느라 애쓰고 있군." 프랑쾨르가 말했다.

"맙소사." 테시에가 말했다. "이 일을 끝내시죠."

프랑쾨르는 자신의 부관을 향했다. "자네가 옳아. 위성안테나를 내리게. 내가 여기를 마무리하지. 이리 오게, 아르망. 한 번쯤은 자네가 나를 앞서게 해 주지."

프랑쾨르는 길 아래쪽을 가리켰고, 가마슈는 눈 위로 조금씩 미끄러지며 걷기 시작했다. 이것은 자신과 니콜이 케이블을 끌며 숲을 지나 스리 파인스로 돌아갈 때 생긴 길이었다. 사실, 옛 학교로 가는 지름길이었다.

"그들이 아직 살아 있나?" 가마슈가 물었다.

"솔직히 모르네." 프랑쾨르가 말했다.

"보부아르는? 그가 아직 살아 있나?"

"음, 아직 폭발음이 들리지 않았으니, 그래. 지금은."

가마슈는 걸음을 옮겼다.

"그리고 다리는? 지금쯤 다리에 대한 걸 들었어야 하지 않나?" 가마슈가 힘겨운 숨을 내쉬고 균형을 잡으려고 가지를 붙들며 물었다. "뭔가 잘못됐군, 실뱅. 그걸 느낄 텐데."

"멈춰." 프랑쾨르가 그렇게 말했고, 가마슈는 따랐다. 그는 몸을 돌려 프랑쾨르가 휴대전화를 꺼내는 모습을 보았다. 그가 손가락으로 그것을 터치하더니 활짝 웃었다.

"됐군."

"뭐가 됐지?"

"다리가 무너졌어."

세인트토머스 교회에서 축하하는 오래가지 못했다.

"봐." 머나가 말했다. 그녀와 클라라는 스테인드글라스 창으로 엿보고 있었다.

다른 무장 경찰이 옛 학교의 문 밖으로 나왔다. 그는 자신들에게서 등을 돌리고 있었고, 문고리에 무언가를 하는 듯이 보였다.

잠그고 있나? 클라라는 궁금했다.

이내 그는 계단 위에 서서 몇 분 전에 그의 동료가 그랬던 것처럼 주위를 둘러보았다.

"저자를 찾고 있어요." 올리비에가 수갑을 차고 재갈이 물린 채 니콜의 감시를 받고 있는 자신들의 죄수를 가리켰다.

그들이 지켜보는 사이 그 무장 경찰은 밴으로 걸어갔다. 그는 커다란 캔버스 백을 뒷좌석에 던지고 문을 쾅 닫았다. 그런 다음 다시 마을을 살폈다. 당혹스러워하며.

그 순간, 테레즈 브루넬이 서점을 나섰다. 그녀는 두꺼운 코트를 입었고, 큰 털모자를 머리칼과 이마 위로 당겨 쓰고 있었다. 책을 한 아름 안은 그녀는 병약자처럼 천천히 그 경찰을 향해 걸었다.

"그녀가 뭘 하는 거지?" 클라라가 물었다.

"한겨울 달빛 아래서," 가브리가 우렁차게 노래했다. 그들은 몸을 돌려 그를 보았다. **"새들도 모두 날아갔을 때."**

무장 경찰은 교회에서 흘러나오는 노랫소리를 향해 몸을 돌렸다.

이 마을은 그를 소름 돋게 했다. 너무나 예뻐 보였지만 텅 비어 있었다. 이곳은 위협적이었다. 보부아르와 파트너를 빨리 찾아서 나갈수록 더 좋았다.

그는 교회를 향해 걷기 시작했다. 거기에는 분명 사람들이 있었다. 약간의 설득으로 보부아르가 어디 있는지 자신에게 털어놓을 사람들이. 자신의 동료가 어디 있는지. 다들 어디 있는지.

책을 안은 늙은 여자가 자신을 향해 걸어왔지만 그는 그녀를 무시했고, 언덕 위에 있는 작은 교회에 다다랐다.

무장 경찰은 노랫소리를 따라 계단을 올랐다.

그는 책을 든 여자 역시 방향을 바꾸어 자신을 따라오고 있었다는 것을 눈치채지 못했다.

그는 문을 열고 안을 들여다보았다. 교회 앞쪽에 한 무리의 사람이 반원 모양으로 서서 노래하고 있었다.

코트를 입은 나이 든 여자가 몇 줄 뒤 신자석에 앉아 있었다. 노래가 멈추고 합창단을 이끄는 듯 보이는 커다란 남자가 그에게 손짓했다.

"문을 닫아요." 그가 소리쳤다. "당신 때문에 냉기가 들어오잖아요."

하지만 무장 경찰은 움직이지 않았다. 그는 문지방에 서서 구경하고 있었다. 무언가가 잘못되었다. 그들이 자신을 이상하게 쳐다보고 있었다. 털모자를 벗지 않은 구부정한 늙은 여자를 빼고. 그녀는 돌아보지 않았다.

그는 총에 손을 뻗었다.

"경찰이다."

그는 그 말을 들었다. 금속이 딸깍하는 소리를 들었다. 두개골 밑에 총구가 느껴졌다. 책들이 떨어지는 소리가 들렸고, 그것들이 자신의 발치에 흩어지는 것이 보였다.

"내가 볼 수 있게 양손을 들어."

그는 지시대로 했다.

그는 몸을 돌려 자신을 따라온 늙은 여자를 보았다. 그녀가 들고 있던 책이 경찰용 리볼버로 대체되어 있었다. 테레즈 브루넬 경정이었다.

그녀는 그에게 총을 겨누고 있었고, 진지했다.

"다리가 무너졌다고?" 가마슈가 입을 벌린 채 프랑쾨르를 보았다.

"딱 제시간에." 총경이 말했다.

저 아래 마을에서 옛 퀘벡 캐럴을 부르는 목소리가 그들을 떠돌았다.

그것은 애가처럼 들렸다.

"못 믿겠는데." 가마슈가 말했다. "거짓말을 하고 있군."

"증거를 원하나?"

"르나르에게 전화해. 주지사에게 전화해. 그에게 확인해." 가마슈가
말했다.

"기꺼이 그러지. 그도 자네와 얘기를 나누고 싶을 거야."

프랑쾨르가 전화기 버튼을 눌렀다. 가마슈는 벨 소리를 들을 수 있었
다. 신호음을.

하지만 아무도 전화를 받지 않았다.

"바쁜가 보군." 가마슈가 말했다.

프랑쾨르가 그에게 날카로운 시선을 던지고 다른 번호를 눌렀다. 사
이버 범죄 수사과의 랑베르에게.

전화벨이 울리고 울렸다.

"아무도 안 받나?" 가마슈가 물었다.

프랑쾨르는 전화기를 내렸다. "무슨 짓을 했지, 아르망?"

"라코스트 구류. 가족 감금." 가마슈가 읊었다. "몇 분 뒤에 당신은 다
른 문자도 받았지. '빌뇌브 약간 저항했지만 오래가지 않음'."

프랑쾨르의 얼굴이 굳었다.

"정말 내가 내 부서가 파괴되도록 놔뒀다고 생각한 건 아니겠지?" 가
마슈의 눈이 꿰뚫고 있었고, 딱딱한 목소리는 분노로 타오르고 있었다.
"그만둔 수사관들. 전근을 요청한 수사관들. 경찰청 도처에."

그는 한마디 한마디가 과녁에 정확히 꽂히게끔 천천히 말했다.

"교통과에. 강력반에. 공공 안전 정책과에. 비상 대응 팀에. 사이버

범죄 수사과에."

그는 프랑쾨르가 제대로 이해했는지 확인하기 위해 잠시 멈춘 뒤 쿠드그라스coup-de-grâce 최후의 일격를 날렸다.

"공직자 보안과. 주지사를 지키는 팀이지. 당신이 직접 내 부서를 쪼개 내 수사관들을 조직 전체에 뿌렸지. 내 수사관들을, 실뱅. 내 부하들. 결코 당신 부하가 아니라. 내 목적에 부합했으니까 난 싸우지 않았지. 당신의 계획이 진행되는 동안 내 계획도 그랬지."

프랑쾨르는 눈처럼 하얗게 질렸다.

"내 부하들이 그 부서들을 제압했고, 당신을 따르는 경찰을 전부 체포했지. 주지사는 자기 부하들과 함께 우리 손에 있어. 우리가 바다에 있었다면 이걸 반란이라 부를 테지.

내가 사임했다는 소식은 내 부하들에게 움직이라는 신호였어. 당신의 계획이 무엇이고 증거가 있는지 내가 알 때까지는 기다려야 했지. 당신 전화에 응답이 없는 건 응답할 이가 아무도 없기 때문이야. 그리고 당신이 받은 문자들? 그 다리 얘기? 사람들이 체포됐다는 거? 라코스트 경위가 보낸 거지. 다리는 안전해."

"말도 안 돼."

프랑쾨르는 아주 잠깐 전화기를 다시 내려다봤지만 그걸로 충분했다. 가마슈가 움직였다.

장 기 보부아르는 가마슈의 볼보 뒤에 주차했다. 그는 로사를 위해 공기가 통하도록 창문을 조금 연 다음 밖으로 나왔다.

그는 어디로 갈지 확신하지 못한 채 길 위에 서 있었다. 처음엔 곧장 스리 파인스로 향할 생각이었다. 그는 이제 자신이 밴에서 본 장비가 무엇인지 알았다. 내내 알았는지도 몰랐다. 그것은 폭발물이었다. 그리고 기폭 장치. 그리고 인계철선.

그들은 학교 문에 철선을 연결하고 있었다. 문을 열면 폭발할 터였다.

그의 계획은 마을로 가 그 수사관들을 막는 것이었지만 익숙한 차가 눈에 들어오자 망설여졌다.

그는 땅을 보았다. 숲으로 새로 난 길을. 그리고 그 길을 따라갔다.

가마슈는 프랑쾨르에게 달려들었고, 총을 잡아채려 했지만 총은 프랑쾨르의 손에서 벗어나 눈 속에 파묻혔다.

두 남자는 나뒹굴었다. 가마슈는 팔뚝으로 프랑쾨르의 목을 감고 그를 총에서 떨어뜨려 놓으려고 애썼다. 프랑쾨르는 후려치고 버둥거리며 주먹을 날렸다. 총을 잡으려는 그의 손이 딱딱한 무언가에 닿았고, 그는 온 힘을 다해 몸을 돌려 가마슈의 옆머리를 쳤다.

경감은 옆으로 굴러 바위에 세게 부딪혔다. 프랑쾨르는 재빨리 무릎으로 기었고, 자신의 파카 앞섶을 할퀴며 열려고 애썼다. 허리춤에 찬 글록을 꺼내려고.

"테시에?"

보부아르의 목소리에 사다리를 내려오던 마르탱 테시에는 소스라치게 놀랐다. 위성안테나는 그가 블라인드에서 집어 던져 땅에 놓여 있었고, 그 옆에 장 기 보부아르가 서 있었다.

"보부아르." 테시에가 마음을 가라앉히고 마지막 가로대에서 발을 떼며 말했다. 그는 보부아르에게 등을 돌린 채로 자신의 총으로 손을 뻗었다. "찾고 있었는데."

하지만 그는 더 뻗지 못했다. 보부아르의 총이 그의 목을 눌렀다.

"가마슈는 어디 있지?" 그가 테시에의 귀에 속삭였다.

가마슈는 프랑쾨르가 총집에서 총을 꺼내 드는 것을 보았다. 그는 프랑쾨르가 자신을 조준하기 전에 달려들어 프랑쾨르를 바닥에 쓰러뜨렸다. 하지만 총은 프랑쾨르의 손에 남아 있었다.

이제 두 남자는 치고 비틀고 때리며 무기를 놓고 싸웠다.

프랑쾨르는 총을 잡았고, 가마슈는 프랑쾨르의 양손을 잡았지만 눈에 젖어 손이 미끄러지는 것을 느꼈다.

보부아르는 거칠게 밀치며 테시에의 얼굴을 나무껍질에 문댔다.

"가마슈는 어디 있지?" 보부아르가 되물었다. "네가 학교를 날려 버릴 걸 경감님이 아시나?"

나무껍질에 뺨이 벗겨지는 것을 느끼며 테시에가 끄덕였다. "그는 네가 학교에 있다고 생각해."

"경감님이 왜 그렇게 생각하지?"

"우리가 그렇게 생각했으니까."

"나를 죽일 셈이었나?"

"폭탄이 터지면, 너와 마을 사람들 대부분을."

"가마슈에게 뭐라고 말했지?"

"학교에 폭발물이 설치됐고, 네가 그 안에 있다고." 테시에가 말했다.

보부아르는 테시에를 돌려세워 그의 눈을 들여다보며 진실인지 확인하려 애썼다.

"폭탄이 문에 부착됐다는 걸 경감님이 아시나?" 보부아르가 따졌다.

테시에는 고개를 저었다. "하지만 상관없어. 어차피 멀리 못 갔을 테니까. 프랑쾨르가 숲속에서 처리하는 중이야."

가마슈는 손이 미끄러지는 것을 느꼈다. 그는 손을 떼고 양손으로 프랑쾨르의 코를 내리쳤다. 그는 코가 부러졌다는 것과 거기서 피가 솟구치는 것을 느꼈다. 프랑쾨르는 울부짖으며 간신히 몸을 일으켜 옆에 쌓인 눈으로 가마슈를 밀쳤다.

그가 몸을 돌렸을 때 프랑쾨르가 무릎으로 섰다.

가마슈는 눈에 꽂힌 까만 무언가를 보았다. 바위나 막대기일지 몰랐다. 혹은 총 손잡이. 그는 그쪽으로 굴렀다. 그리고 한 번 더 몸을 굴려 고개를 든 순간 총을 들어 자신을 겨누는 프랑쾨르를 보았다.

그리고 아르망 가마슈는 총을 쏘았다. 또 한 번. 그리고 다시 쏘았다.

실뱅 프랑쾨르 총경이 멍한 얼굴로 옆으로 쓰러질 때까지.

죽을 때까지.

가마슈는 몸을 일으켜 더 이상 프랑쾨르에게 시간을 낭비하지 않고 달렸다.

보부아르는 연달아 울리는 총소리를 들었다. 글록 소리를.

"가마슈야." 테시에가 말했다. "죽었군."

보부아르가 총소리에 고개를 돌리자 테시에가 총을 잡아채려고 달려

들었다.

보부아르는 방아쇠를 당겼다. 그리고 쓰러지는 테시에를 보았다.

그런 다음 그는 달렸다. 그리고 달렸다. 숲속으로. 이제 고요해진 곳을 향해.

아르망 가마슈는 복수의 세 여신에게 쫓기듯 달렸다. 숲이 타오르기라도 하듯 달렸다. 악마가 등 뒤에 있는 듯 달렸다.

그는 나무들 사이를 내달리다 쓰러진 나무에 걸려 비틀거렸다. 하지만 일어났고, 달렸다. 옛 학교를 향해. 폭발물을 향해. 장 기를 향해.

장 기 보부아르는 눈에 얼굴을 처박고 있는 시체를 보았고, 그것에 달려가 무릎을 털썩 꿇었다.

오, 안 돼, 안 돼, 안 돼.

그는 그것을 돌렸다.

프랑쾨르. 죽은.

보부아르는 일어서서 미친 듯이 주변을 둘러보았다. 이내 자신을 억지로 진정시켰다. 듣기 위해. 숲에 고요가 내려앉자 그것이 들렸다. 저 앞쪽에서. 누군가 달리고 있었다. 자신에게서. 스리 파인스를 향해.

학교를 향해.

장 기 보부아르는 튀어 나갔다. 달리며. 소리치며. 소리치며. 달리며.

"멈추세요! 멈추세요!" 그는 소리 질렀다.

하지만 앞선 남자는 듣지 않았다. 멈추지 않았다.

보부아르는 있는 힘껏 내달렸지만 자신들 사이의 거리는 너무 멀었다. 가마슈는 학교에 닿을 터였다. 보부아르가 안에 있다고 믿으면서. 보부아르가 위험하다고 믿으면서.

가마슈는 한 번에 두 계단씩 올라 문을 열어젖힐 테고, 그러면……

"멈추세요! 멈춰!" 보부아르는 소리쳤다. 그런 다음 악을 썼다. 말이 아닌 소리뿐. 공포, 분노, 자신이 남긴 모든 것이 울부짖음으로 표출되었다.

하지만 여전히 경감은 악마에게 쫓기듯 달렸다.

보부아르는 비틀거리며 멈춰 섰다. 흐느끼면서.

"안 돼. 멈춰."

그는 가마슈를 잡을 수 없었다. 그를 막을 수 없었다. 다만…….

이자벨 라코스트는 테시에 옆에 무릎을 꿇고 있었지만 오싹한 소리에 튕기듯 일어섰다. 그런 소리는 들어 본 적이 없었다. 무언가가 깨지고 찢겨 나가는 것 같았다. 그녀는 소리를 향해 달렸다. 그 불경스러운 비명을 따라 숲속 깊이 들어갔다.

아르망 가마슈는 총소리를 들었다. 자신 앞의 나무에서 나무껍질이 흩어지는 것을 보았다. 하지만 여전히 그는 달렸고, 달렸다. 속도를 늦춤 없이. 있는 힘을 다해서 최대한 빨리.

학교로 곧장.

그는 이제 숲의 흰빛과 잿빛 사이로 빨간 그것을 볼 수 있었다.

총알이 또 한 발 그 옆의 눈에 박혔지만 그는 여전히 달렸다. 테시에가 프랑쾨르를 발견했고, 이제 자신을 막으려는 게 분명했다. 하지만 가마슈는 멈추지 않을 것이었다.

장 기의 손이 떨려 총이 흔들린 탓에 총알이 목표를 비껴갔다. 그는 경감의 다리를 겨누고 있었다. 그의 피부가 까지길 바라고 기도하며. 그를 쓰러뜨릴 정도로만. 하지만 그렇게 되지 않았다.

"멈춰요. 오, 제발 멈추시라고요."

보부아르의 시야가 흐려졌다. 그는 소매로 얼굴을 닦은 다음 잠깐 고개를 젖혀 헐벗은 가지들 사이를 올려다보았다. 저 위 파란 하늘을.

"오, 제발."

가마슈는 거의 숲 밖에 있었다. 거의 학교에.

보부아르는 잠시 눈을 감았다.

"제발." 그는 애원했다.

그는 총을 다시 들어 올렸다. 이제 손이 진정되었다. 총이 흔들리지 않았다. 목표는 명확했다. 더 이상 가마슈의 다리가 아니었다.

"멈춰." 라코스트가 비명을 지르며 자신의 총으로 보부아르의 등을 겨눴다.

숲의 저 앞쪽에서 경감이 스리 파인스를 향해 뛰어가는 모습이 보였다. 그리고 장 기 보부아르는 경감을 쓰러뜨릴 참이었다.

"총 버려." 그녀가 명령했다.

"아냐, 이자벨." 보부아르가 외쳤다. "쏴야 해."

라코스트는 마음을 다잡고 조준했다. 여기에서 빗나갈 리 없었다. 하지만 여전히, 그녀는 망설였다.

그의 목소리에 무언가가 있었다. 부탁도, 애원도, 광기도 아닌.

보부아르의 목소리는 강하고 확고했다. 그의 예전 목소리.

그녀는 그가 하려는 짓을 의심하지 않았다. 장 기 보부아르는 가마슈 경감을 쏘려 하고 있었다.

"제발, 이자벨." 보부아르는 여전히 그녀에게 등을 돌리고 총을 겨눈 채 외쳤다.

이자벨 라코스트는 자신을 다잡았다. 양손으로 자신의 총을 부여잡았다. 그녀의 손가락이 방아쇠에 걸렸다.

장 기 보부아르는 시야에 아르망 가마슈를 확보했다.

경감은 학교에서 몇 발짝 떨어지지 않은, 숲이 끝나는 지점에 있었다.

보부아르는 숨을 깊이 들이마셨다. 숨을 깊이 내뱉었다.

그리고 방아쇠를 당겼다.

아르망 가마슈는 이제 학교에 거의 닿을 참이었다. 총격은 멈췄다.

그는 자신이 성공했다는 것을 알았다. 자신이 장 기를 구할 터였다.

그가 숲에서 막 벗어났을 때 총알이 쳤다. 그 힘이 그를 들어 올렸고, 그를 돌려세웠다. 땅에 곤두박질치기 직전, 세상이 사라지기 직전 그는 자신을 쏜 남자와 눈이 마주쳤다.

장 기 보부아르.

이윽고 아르망 가마슈는 땅에 떨어져 밝은 눈에 천사의 형태를 취하듯 대자로 누웠다.

42

스리 파인스의 세인트토머스 교회는 신자들이 미사의 차례를 읽느라 내는 종이의 부스럭거리는 소리를 빼면 조용했다. 네 명의 수사가 걸어 들어와 절을 하고 제단 앞에 반원형으로 섰다.

침묵이 흐르더니 그들은 노래를 시작했다. 그들의 목소리가 섞여 들고 합쳐지고 있었다. 소용돌이치며. 그러다 하나가 되었다. 클라라의 그림 중 하나를 듣는 것 같았다. 색채와 소용돌이와 빛과 어둠의 유희가 있는. 그 모든 게 고요한 성당의 한복판을 누비고 다녔다.

소박한 교회의 단성 성가.

세인트토머스 교회의 장식은 영원히 어릴 병사들이 표현된 스테인드 글라스뿐이었다. 그 창은 가장 어린 아침 빛을 받는 위치에 있었다.

장 기 보부아르는 그 순간의 장엄함에 눌려 고개를 숙였다. 그때 뒤에서 문이 열리는 소리가 들리고 모두가 일어섰다.

성가가 끝나자 침묵이 있은 뒤 또 다른 목소리가 들렸다. 보부아르는 누구인지 알기 위해 볼 필요가 없었다.

나무 신자석을 지난 가브리가 교회 앞에 서서 맑은 테너로 노래를 부르며 통로를 굽어보고 있었다.

여전히 울리는 종들을 울려라

그대의 완벽한 공물을 잊고

보부아르 주위로 신자들이 모였다. 그는 클라라의 목소리를 들었다. 올리비에와 머나의 목소리를. 루스의 가늘고 째지는 확고한 목소리도 알아들었다. 보병의 목소리. 확신은 없지만 고집은 센.

하지만 장 기는 목소리가 나오지 않았다. 입술이 움직였지만 어떤 소리도 내지 못했다. 그는 통로를 내려다보며 기다렸다.

모든 것에는 틈이 있기 마련이고
그것이 빛이 드는 법

그는 먼저 천천히 걸어 들어오는 마담 가마슈를 보았다. 그리고 그녀 옆의, 아니를.

웨딩드레스를 입은 눈부신 모습. 엄마와 팔짱을 끼고 통로를 걷는.

그리고 장 기 보부아르는 울기 시작했다. 기쁨으로, 안도감으로. 일어난 모든 일에 대한 서러움으로. 자신이 야기한 그 모든 고통 때문에. 그는 결코 집으로 돌아오지 못한 소년들이 던지는 아침의 빛 속에 서 있었고, 눈물을 흘렸다.

팔을 찌르는 게 느껴졌고, 건네지는 리넨 손수건이 보였다. 보부아르는 그것을 받아 들고 자신의 들러리의 깊은 갈색 눈을 들여다보았다.

"필요하시잖아요." 장 기는 손수건을 도로 건넸다.

"난 또 있네." 가마슈는 가슴 주머니에서 손수건을 꺼내 눈을 훔쳤다.

두 남자는 꽉 찬 교회 앞쪽에 어깨를 나란히 하고 서서 아니와 그녀의 엄마가 통로를 걸어오는 모습을 지켜보며 눈물을 흘리고 있었다. 아니 가마슈는 지금 자신의 처음이자 마지막 사랑과 결혼할 참이었다.

"이제 더 이상 외로움은 없을지니." 신부가 커플에게 마지막 축복을 내리며 말했다.

이제 그대들의 집으로 향하라

함께할 나날의 시작이리니

이 땅 위에 그대의 날들이 길고 충만하기를_{아파치족의 혼인 축복 기도.}

화창한 마을 광장에서의 파티는 7월 초의 늦은 아침에 시작해서 밤까지 이어졌다. 모닥불이 피워졌고, 불꽃놀이가 한창이었으며, 바비큐가 이어졌고, 하객 모두가 샐러드와 디저트, 파테와 치즈를 가져왔다. 갓 구운 빵. 맥주와 와인과 핑크 레모네이드.

첫 곡이 시작되자 모닝코트를 입은 아르망이 클라라에게 지팡이를 맡기고 천천히 다리를 절며 원을 그린 하객의 한가운데로, 마을 광장 한가운데로, 마을의 한가운데로 나아가 손을 내밀었다.

아니가 자신의 손을 그의 손에 놓았을 때, 그의 손은 떨림 없이 확고했다. 그는 몸을 굽혀 그 손에 키스했다. 그런 다음 그는 딸을 안고 춤을 추었다. 천천히. 거대한 세 그루 나무의 그림자 안에서.

"네가 뭘 떠맡았는지 확실히 아는 거니?" 그가 물었다.

"엄마는 알았어요?" 딸이 웃으며 대답했다.

"음, 엄마야 운이 좋았지. 내가 마침 완벽했으니까."

"쑥스럽네요. 부러진 데가 가장 강해진대요." 그녀는 아버지가 이끄는 대로 마을 광장을 천천히 돌며 그렇게 말했고, 아버지의 억센 어깨에 머리를 기댔다. 그가 자신이 사랑한 사람들을 위해 비워 둔 그 자리에.

그들은 춤을 추며 가브리와 올리비에를, 머나와 클라라를, 가게 주인들과 마을 사람들을 지나쳤다. 이자벨 라코스트와 그녀의 가족을, 브루넬 부부를, 그 옆에 서 있는 니콜 수사관을 지나쳤다. 이베트 니콜을.

그들은 춤을 추며 스쳐 가는 아르망과 그의 딸에게 웃으며 손을 흔들었다. 광장 반대편에서는 장 기와 렌 마리가 춤을 추며 다니엘과 로슬린과 앙리를 쓰다듬고 있는 가마슈의 손주들을 지나쳤다.

"우리가 얼마나 행복한지 알 거야, 장 기." 렌 마리가 말했다.

"정말요?"

그는 여전히 확인이 필요했다.

"우리 중 누구도 완벽하지 않아." 그녀가 속삭였다.

"저는 남편분을 죽이려고 했습니다." 장 기가 말했다.

"아니야. 자넨 그를 살리려고, 막으려고 했어. 그리고 해냈지. 내가 자네에게 영원히 빚을 진 거야."

두 사람은 그 순간을 생각하듯 침묵 속에 춤을 추었다. 장 기가 선택에 직면했었던 때를.

가마슈의 다리를 계속 쏘고 실패하기. 아니면 시선을 들어 그의 등을 조준하기. 자신이 살리려고 애쓴 바로 그 남자를 죽일지도 모를 한 방. 하지만 쏘지 않는다는 것은 경감이 확실히 죽는다는 것을 뜻했다. 그는 학교 문에 닿자마자 날아가리라. 자신이 장 기를 구한다고 믿으면서.

그것은 끔찍하고 끔찍한 선택이었다.

이자벨 라코스트도 마찬가지였다.

그녀는 본능에 따랐고, 총을 내렸다. 그리고 공포 속에서 보부아르가 총을 쏘는 것과 경감이 쓰러지는 것을 지켜보았다.

가마슈를 살린 것은 전직 응급실 담당 의사 제롬 브루넬의 존재였다. 그는 사람들이 911에 전화하는 동안 교회에서 달려왔다.

렌 마리는 화창한 마을 광장에서 새로 맞은 사위에게 몸을 맡긴 채 자신이라면 어떤 선택을 했을지 생각했다. 사랑하는 사람을 거의 확실히 죽일 수 있다는 것을 알면서 그 한 발을 쏠 수 있었을까?

그럼에도 그를 비난하지는 않을 터였다.

어느 쪽이든 감당하며 살 수 있을까?

그 이야기를 들었을 때 그녀는 그가 재활 치료를 받고 아니가 여전히 그를 원한다면, 그런 남자를 가족으로 맞는 것이 자신에게 축복이라고 생각했다. 그리고 지금 그는 자신의 품에 있었다.

아니는 그와 함께 안전했다. 렌 마리는 소수의 엄마만이 아는 그것을 알았다.

"바꿀까요?" 장 기가 가까이 다가오는 다른 커플을 가리키며 물었다.

"위." 렌 마리가 그렇게 말하며 보부아르를 놓아주었다.

잠시 뒤 아르망 가마슈는 누가 자신의 어깨를 톡톡 치는 것을 느꼈다.

"춰도 될까요?" 장 기가 물었고, 가마슈가 고개를 살짝 끄덕이며 옆으로 비켜섰다.

보부아르는 지극히 부드러운 시선으로 아니를 보았고, 가마슈는 기쁜 놀라움에 심장이 뛰는 것을 느꼈다.

이내 장 기는 렌 마리가 아니와 춤을 추는 동안 몸을 돌려 가마슈를 자신의 팔 안에 들었다.

하객들에게서 웃음과 박수갈채가 터져 나왔다. 가브리와 올리비에가 먼저 그들과 합류했고, 마을 전체가 뒤를 따랐다. 루스마저 로사를 팔에 안고 빌리 윌리엄스와 춤을 추며 서로의 귀에 달콤한 욕설을 속삭였다.

"나한테 할 말이 있나, 젊은이?" 가마슈는 장 기의 강한 손을 등에 느끼며 물었다.

보부아르는 웃음을 터트리더니 말이 없다가 입을 열었다. "유감이라고 말씀드리고 싶습니다."

"나를 쏴서?" 가마슈가 물었다. "용서하지. 다신 그러지 말게."

"뭐, 그것도요. 하지만 제 말은 경찰에서 은퇴하신 거요."

"고위직끼리 서로 쏴 대기 시작하면 떠날 때가 된 걸세." 가마슈가 말했다. "분명히 규정 어딘가에 있을 거야."

보부아르가 웃음을 터뜨렸다. 그는 지팡이 없이는 여전히 불안해하며 살짝 지친, 자신에게 기댄 나이 든 남자를 느꼈다. 체중을 자신에게 맡긴. 자신이 쓰러뜨리지 않으리라 믿는.

"마담 가마슈와 아니가 입장하는 모습을 보시는 게," 보부아르가 물었다. "낯설지 않으셨습니까?"

"렌 마리라고 불러야지. 부탁하네. 전에도 말했을 텐데."

"노력하죠." 경감을 아르망이라고 부르기가 거의 불가능하다고 깨달은 것처럼 수년간의 습관을 깨기는 어려웠다. 하지만 언젠가, 아마도 아이들이 태어나면 그를 그렇게 부를지도 몰랐다. '아버지'.

"난 아니의 첫 결혼에 그 애와 입장했네." 아르망이 말했다. "이번엔 그렇게 하는 게 그 애 엄마에게 공정한 것 같았지. 그 애의 다음 결혼식엔 내가 할 걸세."

"진절머리 나는 분이네요." 보부아르가 속삭였다.

그는 경감을 안고, 자신이 방아쇠를 당겼고 가마슈가 그 충격에 숲에서 나가떨어지던 순간을 떠올렸다. 그는 총을 내던지고 달리고 달리고 달렸다. 쓰러진 남자와 날개처럼 눈 위에 퍼지는 빨간 얼룩을 향해.

"아시겠지만 마음이 무너졌습니다." 보부아르는 속삭였고, 자신의 머리를 가마슈의 어깨에 묻고 싶은 욕구를 억눌렀다. "경감님을 쏠 때요."

"아네." 아르망이 부드럽게 말했다. "그리고 내 마음은 그 공장에서 자네 곁을 떠날 때 무너졌지." 가마슈가 다시 입을 열기까지 몇 발짝 움직일 동안 침묵이 흘렀다. "정말 모든 것에는 틈이 있기 마련이지."

"정말로요."

자정 무렵 아르망과 렌 마리는 에밀리의 집 넓은 베란다에 앉아 있었다. 두 사람은 마을 광장의 모닥불 앞에 부드러운 음악에 맞춰 서로의 품 안에서 흔들리는 아니와 장 기의 실루엣을 볼 수 있었다.

클라라와 머나는 아르망과 렌 마리와 함께 포치에 앉아 있었다. 다니엘, 로슬린 그리고 손녀들은 위층에서 잠들어 있었고, 앙리는 렌 마리의 발치에 몸을 말고 있었다.

누구도 말이 없었다.

가마슈는 퇴원할 만큼 회복하는 데 몇 달이 걸렸다. 그가 병원에 있는 동안 장 기는 재활 시설에 있었다.

당연히 다리 붕괴 음모에 대한 조사가 있었고, 조사 위원회가 부패 조사를 떠맡았다.

아르노, 프랑쾨르, 테시에는 죽었다. 조르주 르나르는 음모를 꾸미고 가담했던 다른 이들과 SHU에 수감되어 재판을 기다리고 있었다. 적어도 지금까지 잡아들인 이들과 함께.

이자벨 라코스트가 살인 수사과의 수장을 맡고 있었고, 곧 정식 임명될 터였다. 장 기는 파트타임 근무 중이었고, 남은 평생 중독에서 벗어나길 계속해야 할 터였다.

테레즈 브루넬이 임시 총경직을 맡았다. 가마슈에게 그 제안이 들어왔지만 그는 거절했다. 육체적으로는 회복이 됐는지 몰라도 그는 자신이 다른 면에서 회복이 됐는지 확신하지 못했다. 그리고 그는 렌 마리가 확신하지 못하리라는 것을 알았다.

이제 다른 누군가의 차례였다.

이후에 무엇을 할지 결정할 때가 왔을 때, 그것은 아주 쉬운 결정이었다. 그들은 스리 파인스 마을 광장에 있는 에밀리 롱프레의 집을 샀다.

아르망과 렌 마리 가마슈는 제자리를 찾았다.

피들 연주자가 친숙한 선율을 연주하는 동안 아르망 가마슈는 잡은 아내의 손을 엄지손가락으로 쓰다듬고 있었고, 그는 자신이 지금 있는 곳에서 괜찮다는 것을 알았다.

렌 마리는 남편의 손을 잡고 마을 광장의 딸과 사위를 바라보며 장 기와 춤출 때 나누었던 대화를 생각했다. 그는 자신이 얼마나 아르망이 그리울지 말했다. 경찰청이 그를 얼마나 그리워할지.

"하지만 다들 경감님의 은퇴 결정을 이해합니다." 장 기는 서둘러 그녀를 안심시켰다. "쉬실 때가 됐죠."

그녀는 웃었고, 장 기는 그녀를 관찰하기 위해 몸을 물렀다.

"뭔데요?" 그가 물었다.

"아르망은 지금 하고 있는 그 일을 하기 위해 태어난 사람이야. 은퇴할지는 몰라도 그만두지는 않을 거야."

"정말요?" 장 기가 그다지 확신 없이 물었다. "경감님은 상당히 확고해 보이시는데요."

"그는 아직 그걸 몰라."

"장모님은요? 언젠가 경감님이 경찰에 복직해도 괜찮으시겠어요? 장모님이 안 된다고 하시면 경감님은 그 말을 들으실 겁니다."

그녀의 얼굴에 떠오른 표정이 장 기에게 끔찍한 선택에 직면한 사람이 그뿐이 아니었다고 말했다.

그리고 이제 렌 마리는 남편의 손을 잡고, 장 기와 아니의 춤을 지켜보는 그를 보았다.

"무슨 생각 해, 몽 보?" 그녀가 물었다.

"이제 더 이상 외로움은 없을지니," 가마슈는 그렇게 말하며 그녀의 눈을 마주했다.

이제 그대들의 집으로 향하라

함께할 나날의 시작이리니.

첫 춤의 중간에 보부아르를 다시 아니에게 넘겼을 때, 아르망은 장 기의 눈에서 무언가를 보았었다. 행복 너머, 날카로운 지성 너머, 고통조차 너머 아르망 가마슈는 무언가 빛나는 것을 보았다. 반짝임을. 희미한 빛을.

이 땅 위에 그대의 날들이 길고 충만하기를.

캐나다인인 나는 1934년 캐나다 온타리오주 칼란더에서 태어난, 유명한 디온 다섯쌍둥이에 대한 이야기를 들으며 자랐다. 그들은 하나의 현상이었고, 돌풍을 일으켰었다. 여러분 중 많은 이가 내 다섯쌍둥이 이야기에서 그들을 떠올렸을지 모르며, 사실 소설 속의 다섯쌍둥이는 분명 디온 자매들에게서 영감을 얻었다. 하지만 『빛이 드는 법』을 쓸 자료를 찾으면서 나는 디온 자매들의 실제 삶을 철저히 캐지 않으려고 주의했다. 그것이 그들의 삶을 침해하는 동시에 내 구상에도 제한이 될 것이라고 느꼈다. 솔직히 나는 디온 자매들의 삶이 실제로 어땠는지 알고 싶지 않았다. 그것이 내가 원했고 필요했던 내 다섯쌍둥이의 삶을 창작하는 데 자유를 주었다.

분명 유사성이 있다―어떻게 안 그렇겠는가? 하지만 우엘레트가는 허구이고, 그들의 몸부림은 실제가 아니다. 디온가는 실제이다. 그 유사성은 양쪽 가족이 다섯쌍둥이라는 사실이 전부이다. 나는 독자 여러분, 그리고 분명 생존해 있는 디온 다섯쌍둥이에게 빚을 진 기분이며 그들에게 감사를 전한다. 그들은 멋진 영감이었다.

빛이 드는 법

HOW THE LIGHT GETS IN

초판1쇄 발행 2021년 11월 10일

지은이 | 루이즈 페니
옮긴이 | 안현주
발행인 | 박세진
독자 교정 | 박창순, 양은희
불어 감수 | 황은주
표지디자인 | 허은정
출　력 | 대덕문화사
용　지 | 두송지업
인　쇄 | 대덕문화사
제　본 | 바다제책사

펴낸곳 | 피니스 아프리카에
출판등록 | 2010년 10월 12일 제25100-2010-000041호
주소 | 03958 서울시 마포구 망원동 419-3 참존 1차 501호
전화 | 02-3436-8813
팩스 | 02-6442-8814
블로그 | www.finisafricae.co.kr
메일 | finisaf@naver.com